高职院校语文教育专业示范教材
四川省高职院校省级重点专业建设项目

中国古代文学（下）

（第二版）

主　编　○　罗　莹　　曾晓洪

副主编　○　汪　旭　　李建强　　周　济
　　　　　　李玉琦　　吕　凌　　廖　俐

参　编　○　米　雨　　谢明镜　　唐春玲
　　　　　　蔡　羽　　张　丹

西南交通大学出版社
·成　都·

图书在版编目（CIP）数据

中国古代文学. 下 / 罗莹，曾晓洪主编. —2 版. —成都：西南交通大学出版社，2021.11（2025.7 重印）
ISBN 978-7-5643-8356-5

Ⅰ. ①中… Ⅱ. ①罗… ②曾… Ⅲ. ①中国文学 – 古典文学 – 高等职业教育 – 教材 Ⅳ. ①I212.01

中国版本图书馆 CIP 数据核字（2021）第 226447 号

Zhongguo Gudai Wenxue (Xia)
(Di'erban)

中国古代文学（下）
（第二版）

主编	罗　莹　曾晓洪
责任编辑	郭发仔
封面设计	原谋书装
出版发行	西南交通大学出版社 （四川省成都市金牛区二环路北一段 111 号 西南交通大学创新大厦 21 楼）
邮政编码	610031
发行部电话	028-87600564　　028-87600533
网址	http://www.xnjdcbs.com
印刷	四川森林印务有限责任公司
成品尺寸	185 mm × 260 mm
印张	24
字数	598 千
版次	2016 年 10 月第 1 版 2021 年 11 月第 2 版
印次	2025 年 7 月第 8 次
书号	ISBN 978-7-5643-8356-5
定价	59.80 元

课件咨询电话：028-81435775
图书如有印装质量问题　本社负责退换
版权所有　盗版必究　举报电话：028-87600562

第二版前言

为了适应高职高专院校教师教育类专业的中国古代文学类课程教学实际，在体例、容量、难易程度等方面满足合高职高专人才培养和课程教学的要求，我们组织了一批教学、科研能力较强的教师编制了这套《中国古代文学（上、下）》教材，并于2016年10月出版。教材出版后得到了全国诸多高职院校教师的认可，很多学校都选用并提出了宝贵的意见和建议。根据老师的建议，结合新的教学大纲的要求，在第一版的基础上，我们进行了全面校勘，增加了一些经典篇目，还主要从两方面进行了修订。

一是贯彻落实教育部课程思政建设的要求。根据教育部《高等学校课程思政建设指导纲要》要求，我们充分发挥中国古代文学在课程思政方面得天独厚的优势，挖掘、梳理思政元素，从课程思政的内容、手段、路径等方面进行了尝试与探索。

二是增加数字媒体资源。微调第一版的纸质资源，增加数字媒体资源，以扩大教材容量，拓展内容范围，丰富学生视野。

第二版的体例变化如下。

全书分为上、下两册，涵盖先秦文学、秦汉文学、魏晋南北朝、隋唐五代文学、宋辽金文学、元代文学、明代文学、清代文学（含近代）八编。每编开头设"概说"，总述每一历史时期文学发展的总貌，适度分析该期文学发展与经济、政治、思想、文化等方面的关系。每编按文体分章（节），每章（节）由文学史简述和作品选读两部分构成。部分章（节）后设"课程思政"板块，以达到抛砖引玉之效。每章（节）尾设"思考与练习"，以帮助学生巩固与拓展知识。

本书修订后主要有四大特点。

一是文学史与文学作品合编，点与面充分结合。由史引出作品，用作品以证史述，做到经正而纬成，纲举而目张；同时又严格遵循专科层次文学课应以文学作品为主的原则，史与作品的比例大约为1∶2。

二是注重知识性、思想性、启发性和实用性相结合。教材侧重有定论的中国古代文学基本知识介绍，也适当介绍近年来的最新研究成果，以广学生耳目。

三是注重内容的深入浅出与繁简适度，给教师以发挥的余地，给学生以思考的空间。

四是大胆探索"课程思政"。部分章（节）后分设"以文化人""学有所悟"

两个栏目。"以文化人"重在梳理思政元素，侧重与教师探讨课程思政的内容、手段与路径；"学有所悟"主要针对学生，以任务驱动的形式让课程思政的效果真正落地。

本次校勘、修订工作主要由罗莹、曾晓洪、汪旭、李玉琦、周济完成。本书由罗莹、曾晓洪任主编，汪旭、李建强、周济、李玉琦、吕凌、廖俐任副主编，米雨、谢明镜、唐春玲、蔡羽、张丹为编委。分工如下：

第一编	先秦文学	曾晓洪　米　雨
第二编	秦汉文学	汪　旭
第三编	魏晋南北朝文学	汪　旭　蔡　羽
第四编	隋唐五代文学	李建强　唐春玲　李玉琦　吕　凌
第五编	宋辽金文学 概说和第1~2章	曾晓洪　米　雨　李玉琦
	第3~6章	李建强　张　丹　李玉琦　廖　俐
第六编	元代文学	罗莹　谢明镜
第七编	明代文学	罗莹　谢明镜
第八编	清代文学	周济　张　丹

本书在编写过程中参考了众多专家学者的教材、论著和文章，吸收了他们的研究成果，由于诸多原因，未一一注明；同时，本书在编写过程中也得到了四川职业技术学院领导、同行专家，以及西南交通大学出版社的悉心指导与大力支持，在此一并致以深深的谢意。

尽管这是第二版，也反复校勘，但由于编者水平有限，书中错漏在所难免。特别是关于课程思政的探索，仅为尝试，恳请专家同仁和广大读者批评指正，以便我们进一步修改完善。

编　者
2021年8月

目 录

第一编　宋辽金文学

第一章　宋代散文 / 4
  第一节　新古文运动与宋代散文 / 4
  第二节　宋代散文选读 / 16

第二章　宋代词 / 38
  第一节　北宋词 / 38
  第二节　北宋词选读 / 46
  第三节　南宋词 / 61
  第四节　南宋词选读 / 69

第三章　宋代诗歌 / 89
  第一节　宋代诗歌概述 / 89
  第二节　北宋诗歌的发展 / 91
  第三节　南宋诗歌的发展 / 93
  第四节　宋代诗歌选读 / 96

第四章　宋代话本 / 104
  第一节　宋代话本概述 / 104
  第二节　宋代话本选读 / 106

第五章　宋代诗话词话 / 115
  第一节　宋代诗话词话 / 115
  第二节　宋代诗话词话选读 / 119

第六章　辽金文学 / 124
  第一节　辽金文学 / 124
  第二节　辽金文学作品选读 / 126

第二编 元代文学

第一章 元代杂剧 /132
- 第一节 元代杂剧的盛况 /132
- 第二节 关汉卿与《窦娥冤》/136
- 第三节 关汉卿杂剧选读 /140
- 第四节 王实甫与《西厢记》/160
- 第五节 王实甫杂剧选读 /163
- 第六节 元代前期其他杂剧作家 /168
- 第七节 元代前期杂剧选读 /172
- 第八节 元代后期杂剧作家 /179
- 第九节 元代后期杂剧选读 /182
- 第十节 《中原音韵》与《录鬼簿》/185

第二章 元代散曲 /188
- 第一节 元代散曲的繁荣 /188
- 第二节 元代散曲选读 /192

第三章 元代南戏 /201
- 第一节 元代南戏的发展状况 /201
- 第二节 元代南戏选读 /203

第四章 元代诗文 /206
- 第一节 元代诗文概述 /206
- 第二节 元代诗文选读 /207

第三编 明代文学

第一章 明代长篇小说 /212
- 第一节 明代长篇小说的繁荣 /212
- 第二节 《三国演义》/214
- 第三节 《水浒传》/225
- 第四节 《西游记》/231
- 第五节 《金瓶梅》及其他长篇小说 /234
- 第六节 明代小说批评的繁荣 /242

第二章　明代短篇小说 / 244
　　第一节　明代短篇小说概述 / 244
　　第二节　明代短篇小说选读 / 246

第三章　明代戏剧 / 259
　　第一节　明代杂剧 / 259
　　第二节　明代传奇 / 262
　　第三节　汤显祖与《牡丹亭》/ 265

第四章　明代诗文 / 270
　　第一节　明代诗文概况 / 270
　　第二节　明代诗文选读 / 274

第五章　明代散曲与民歌 / 283
　　第一节　明代散曲与民歌概况 / 283
　　第二节　明代散曲选读 / 285

第四编　清代文学

第一章　清代小说 / 288
　　第一节　清代小说概述 / 288
　　第二节　蒲松龄与《聊斋志异》/ 290
　　第三节　吴敬梓与《儒林外史》/ 304
　　第四节　曹雪芹与《红楼梦》/ 321
　　第五节　清代其他小说 / 334

第二章　清代戏曲 / 337
　　第一节　清代戏曲概述 / 337
　　第二节　清代戏曲选读 / 341

第三章　清代诗词文 / 344
　　第一节　清代诗词文概述 / 344
　　第二节　清代诗词文选读 / 349

第四章　近代文学 / 361
　　第一节　近代文学概述 / 361
　　第二节　近代文学作品选读 / 364

参考文献 / 375

第一编　宋辽金文学

宋代处于中国历史上由中古向近古转变时衰弱动荡的封建社会后期。在国力、事功等方面远远不及汉唐盛世，但在我国古代文学和文化的建设、发展方面，宋代却又是一个高度繁荣的时代，呈现出宏通广博、承前启后的面貌。

宋初百年，虽边患时有，但中原地区未有干戈之乱，生产持续发展，经济高度繁荣。北宋末，北方经济因金兵入侵而受到破坏，但其后南宋偏安一隅，经济依然处于较繁盛的状态。

经济的发展直接促进了教育、科技、文化的发展。宋代，学校的数量和种类大量增加，除了从国子学到县学的各级官办学校外，私立书院也大量涌现，有的规模比官学还要大。著名的白鹿洞书院、石鼓书院、应天府书院、岳麓书院，被称为"四大书院"。印刷术在唐代已经发明，但一般士人读的书还是手抄本。印刷业的繁荣始于宋代，尤其是庆历以后，随着活字印刷术的发明，公私刻书业进一步兴盛，各种刻本书籍大量流通，不但皇家秘阁、州县学校和民间书院藏书丰富，私人藏书也动辄上万卷，如宋敏求、叶梦得、晁公武等都是著名的藏书家。书籍的大量流行，著作的容易传播，使士人扩大了眼界，也提高了他们著书立说的兴趣。教育和印刷业的发达，使宋代士人的文化知识一般比前代学者丰富，总体学术水平也达到了空前的高度。学术修养的提高，不仅使作家善于深刻地思考社会和人生，而且更善于细密周详地进行议论，这影响到宋代诗文的发展和特色。

经济繁荣带来了城市的繁荣和市民阶层的壮大。北宋的都城汴京（今河南开封）、南宋的临安（今浙江杭州）以及建康（今江苏南京）、成都都是人口超过十万的大都市。市民阶层的扩大，催生了特殊的文化需求。宋代还逐渐取消了都市中坊（居住区）和市（商业区）的界限，不禁夜市，为商业和娱乐业的迅速发展提供了有利的环境。同时，宋代士大夫待遇优厚，宫廷和官僚阶层生活奢华，一般市民也染上崇尚奢靡的风气，都市生活十分繁华。宋代市井中各种民间说唱歌舞伎艺较唐代更为发展，而且各类以娱乐为目的的文艺形式如说话、杂剧、影剧、傀儡戏、诸宫调等迅速滋生和发展起来，而词则成为宋代最有成就的文学样式之一。

宋代的政治也深刻地影响到文学。首先，外患给整个宋代造成了十分沉重的压力。宋代的外患最多、最长，也最严重，但由于从赵匡胤起就采取"守内虚外"的政策，对外防御力量一直较弱，在对外战争上也一直处于劣势，不仅屡战屡败，而且外交上充满屈辱。最后北宋亡于金，南宋亡于元。其次，内忧加剧了政权的动摇。宋代中央集权高度发达，但始终无法解决冗官、冗兵、冗费的弊端，加上巨额的岁币，虽然经济相当发达，但农民负担依然日趋沉重，财政也时有困难，阶级矛盾日趋激化。激烈尖锐的党争与派系倾轧，伴随着宋王朝始终。北宋党争主要表现在革新与保守之争上，先是庆历年间以范仲淹和吕夷简为首的新旧党争，后是熙丰年间以王安石和司马光为首的新旧党争，后来演变为无原则的派系倾轧。南宋党争主要围绕和战之争展开，在绍兴和议、隆兴和议、嘉定和议前后都有激烈的表现。无休止的党争不仅消耗了政治财产，而且也消耗了不少人的政治热情。宋代士大夫的国家主人公意识十分强烈，他们以国家天下为己任，密切关注着这些内忧外患，"先天下之忧而忧"。因此，在作品中抒发爱国情感，忧念国计民生成为一种普遍现象，尤其是北宋末到南宋末，抗战爱国成为文学作品的最大主题。国势的衰弱也使宋代作家在表达个人抱负时相当拘谨和收敛。同时，宋代思想控制严密，党争激烈，因诗文而获罪的情况屡有发生，作家作诗讽世和述怀时有较多的顾虑，文学作品体现出严谨、平实、细密、深沉的特征，具有很强的现实性。

宋代文人的优遇是前所未有的。鉴于晚唐五代藩镇专横、尾大不掉的历史教训，为巩固政权，宋代确立重文抑武的基本国策。宋太祖即位次年，以"杯酒释兵权"的计谋解除武将石守信等人的兵权，在灭蜀时说："作相须读书人。"（《宋史》卷三）宋朝重用文人，不但宰相是读书人，而且主兵的枢密使等职也多由文人担任。文臣由科举进入仕途，构成宋代官僚阶层的主要成分。这些措施有效地加强了君权，也使士大夫的社会责任感和参与政治的热情高涨，常常意气风发地发表政见，"开口揽时事，议论争煌煌"（欧阳修《镇阳读书》）。导致宋代文学政治色彩浓，多政论，散文多议论，即使诗歌也表现出议论化的特点。

宋代各种思想的发展、融合影响到士大夫的文化性格、人生态度、审美情趣，从而影响到文学的创作。儒、释、道三家在宋代都很发达，而且都从注重外部事功向注重心性修养转变，呈现出合流的趋势。"以佛修身，以道养身，以儒治世"（宋孝宗《三教论》）逐渐成为文人身体力行的为人处世之道。三教合一的思潮使宋代士大夫的文化性格迥异于前代文人。士大夫对传统的处世方式进行了整合，承担社会责任与追求个性自由不再互相排斥，而是和谐地统一了起来。入仕之后勤于政务，勇于言事，但又能保持比较宁静的心态。他们将自我人格修养的完善看作是人生的最高目标，一切事功只是人格修养的外在表现而已。因此宋代士大夫虽然比唐人承担了更多的社会责任，也受到朝廷更严密的控制，但他们并不缺乏个性自由。他们可以在内心去寻求生命的意义，去追求经过道德自律的自由。基于此，宋代文人的生活态度也呈现全新的面貌。"不以物喜，不以己悲"、随缘任运、随遇而安的超然，以及理智、平和、稳健和淡泊是宋代文人较具普遍性的特征。表现在诗文上，就呈现出对老成、深邃、平淡的艺术极境的追求。

随着文化性格和人生态度的变化，宋代文人的审美情趣也发生了明显的变化。由于宋儒强调个人内心道德的修养，采取和光同尘、随俗俯仰的人生态度，其审美态度也世俗化了。他们认为，审美活动中的雅俗之辨，不在于审美客体本身是高雅的还是凡俗的，而在于审美主体是否具有高雅的品质和情趣。认为"凡物皆有可观，苟有可观，皆有可乐，非必怪奇瑰丽者也"（苏轼《超然台记》），"若以法眼观，无俗不真"（黄庭坚《题意可诗后》）。审美情趣的转变，促使宋代文学从严于雅俗之辨向以俗为雅转变，从而开拓了审美视野，实现由"俗"向"雅"的升华和超越。在宋诗中，以俗为雅扩大了诗歌的题材范围，增强了诗歌的表现手段，也使诗歌更加贴近日常生活。宋代文化发达，除文学外，其他艺术门类如音乐、绘画、书法等也十分繁荣，而且艺术家品味大都很高。艺术修养不但陶冶丰富了作家本身的审美情趣，而且其他艺术的审美意象和价值，也自然融入文学作品中，"诗中有画，画中有诗"成为众多文人追求的创作效果，从而丰富文学作品的表现形式。

宋代文学基本上是沿着中唐以来的方向发展起来的，取得了辉煌的成就，在中国文学史上具有特殊的地位。从表现来看，宋代作家多、作品多、风格多、流派多、体裁多；从发展角度看，诗、文、词总结发展了过去，至于巅峰，小说、戏剧等又开创了未来。

宋诗紧承成就最为辉煌的唐诗，却能在很多地方别开生面，走出自己的路子，形成自己的特色，从而走出唐诗这座高峰的阴影，在诗歌史上和唐诗双峰并峙。大体来说，唐诗主情致、风调，宋诗主气骨、理趣；唐诗以炽烈的情感去感受生活，宋诗以冷静的态度去体察世界；唐诗博大，宋诗精深。在美学风格上，唐宋诗既各树一帜，又相互补充。不过宋诗也具有历来被评论家诟病之处，如以学问相高，以议论相尚，不大注意以鲜明的诗歌意境来激动读者。这种作风在欧、王、苏三家中已有表现，到了黄庭坚、陈师道，变本加厉，"以文字为诗，以才学为诗，以议论为诗"（严羽《沧浪诗话》）的现象更加突出。

宋代散文沿着唐代散文的道路发展，最终成就超越了唐代。"唐宋八大家"有六人属于宋代，且其他散文名家也灿若星辰，作家阵容比唐代更为壮大。唐代的古文运动只取得了暂时性胜利，晚唐宋初文风复归浮华，骈文卷土重来。经过欧、苏等人的诗文革新运动，散文继承和发展了韩愈"文从字顺"的一面，革除险怪艰涩的辞章家习气，欧、苏等人并以自己的创作引导散文沿着健康的方向发展，形成了后世散文家所沿袭的近古散文的基本格局。同时，欧、苏并不绝对排斥骈文，他们的古文注意吸收骈文在辞采、声调等方面的长处，以构筑古文的节奏韵律之美。又将古文手法运用到骈文，对其进行改造，创造出参用单行的四六文和文赋。此外，宋代散文中还出现了独具一格的笔记文。这种文体长短自由，轻松活泼，是古文文体解放的重要标志。宋代散文在表达方式上也有很大发展。叙述、议论、抒情常常融于一体，增强了散文的抒情功能和文学意味。

宋代是词的黄金时代，在词史上，宋词占有无与伦比的巅峰地位。词在晚唐五代尚被视为小道，到宋代才逐渐与五七言诗相提并论。宋词名家辈出，流派众多，自成一家的词人就有几十位，他们都取得了独特的艺术成就。宋代不仅完成了词体建设，而且艺术手段臻于成熟和完善。无论是小令还是长调，最常用的词调都定型于宋代，而填词的规范也在宋代完成。在题材内容和风格上，宋词开拓了广阔的领域。晚唐五代以来形成的绮靡婉约词风，宋代词人进行了继承和改造，创作出大量抒情意味更浓的美丽动人的爱情词。同时，晚唐五代词人写作内容不外乎男女情愁和离情别绪，正好为宋人留下更广阔的空间来驰骋才情和笔力。咏物、咏史、田园、爱情、赠答、送别，甚至谐谑，无不入词。风格上，婉约与豪放并存，清新与秾丽共举。

宋代的通俗文学更是有空前的发展。北宋杂剧、金院本、南宋戏文，成为我国戏曲由雏形而臻于成熟的标志。话本小说在宋代产生，揭开了小说史上白话小说的第一页。诸宫调等说唱文学在宋代也极为兴盛。这一切预示了通俗文学在元以后取代诗文词而成为文坛主流的必然性。

两宋时期的辽、金在文学方面也取得了较高的成就。尤其是金朝统治中原地区一百多年间，文学创作相当繁荣，产生了元好问这样的大家，在俗文学方面，则产生了董解元的《西厢记诸宫调》。这些在中国文学史上，都具有一定的影响。

第一章　宋代散文

第一节　新古文运动与宋代散文

一、古文对骈体时文的反拨

晚唐五代古文卑弱，骈文复炽。进入北宋，文人多数是五代十国的旧人，如李昉、陶谷、徐铉等。他们入宋后的散文仍多为骈体，风格绮靡艳丽，但受到名流的推崇，影响很大。与此同时，柳开、梁周翰、王禹偁等人，则提倡古文，反对骈俪，从而揭开了古文运动的序幕。

柳开（947—1000）是宋初在文学理论上鲜明提出复古主张的第一人。他以继承韩柳古文传统为己任，宣扬文道合一，"吾之道，孔子、孟轲、扬雄、韩愈之道。吾之文，孔子、孟轲、扬雄、韩愈之文也"（《应责》）。这种道统和文统合一的观点，对后来的古文家和理学家产生了深刻的影响。在文与道的关系上，柳开有明确的主次观念，他说："文恶辞之华于理，不恶理之华于辞也。"（《上王学士第三书》）他提倡一种"古其理，高其意，随言短长，应变作制，同古人之行事"（《应责》）的古文。柳开的理论本来可以起到矫正五代浮华文风的作用，但在实践上他自己就没有真正做到，其文写得艰涩难读，缺乏文采，并没有对文坛产生实际的影响。

王禹偁（954—1001），字元之，济州钜野（今山东钜野县）人，出身贫寒，入仕后因性格刚直，不肯随俗俯仰，故多遭贬谪，曾以《三黜赋》以明志："屈于身而不屈于道兮，虽百谪而何亏！"晚年贬居黄州（今湖北黄冈），人称王黄州。有著述《小畜集》《小畜外集》。

王禹偁的散文理论比柳开更明确、更进步，提出"文以传道"的主张。其"道"的内涵比较实际，"道"就在于修身、事君，在于谏诤、论政，而不仅仅是"古其理"。认为为文行道，则应句之易道，义之易晓，反对"语艰而意奥"（《答张扶书》）的倾向。他不满于晚唐五代的浮靡文风，说："咸通以来，诗文不竞。革弊复古，宜其有闻。"（《送孙何序》）王禹偁的散文，言之有物，具有较强的现实性，清丽疏朗，论事、写人、状物、写景等都具有较高的艺术成就。如《黄州新建小竹楼记》的写景：

远吞山光，平挹江濑，幽阒辽夐，不可具状。夏宜急雨，有瀑布声；冬宜密雪，有碎玉声。宜鼓琴，琴调虚畅；宜咏诗，诗韵清绝；宜围棋，子声丁丁然；宜投壶，矢声铮铮然。皆竹楼之所助也。

公退之暇，被鹤氅衣，戴华阳巾，手执《周易》一卷，焚香默坐，消遣世虑。江山之外，第见风帆、沙鸟、烟云、竹树而已。

把远近环境的优雅、动中取静的乐趣融为一体，情景俱现，绘声绘色，充满诗情画意。骈散结合，既有古文的疏俊爽朗，也有骈文文字对称、音韵铿锵的特点。他的议论文如《待漏院记》，叙事文如《唐河店妪传》等，都是古文名篇，他继承韩柳传统，文字较为平易，为宋初文坛带来新的气息，也为后来欧阳修等人的新古文运动开了先声。

正当柳、王等人努力以理论和创作来廓清五代余风时，一些士大夫出于歌功颂德和声色享乐需要，仍以"四六"体粉饰太平，流连光景，大煽浮艳之风。在柳、王谢世后，此风更是愈演愈烈，其中声势最盛的是"西昆体"。西昆体是兼诗而言，因杨亿、刘筠、钱惟演等十余个馆阁文人编撰《册府元龟》时，互相酬唱，并结集为《西昆酬唱集》而得名。西昆体诗，总体来说，思想内容比较贫乏，与时代、社会缺少密切的关系，也少有真情实感；艺术上主要师法李商隐，但失之偏颇，多在辞藻华美、对偶精工、用典繁缛、音节铿锵这些形式上下功夫，缺少李诗蕴涵的真挚情感，最终显得雕缋满眼却支离破碎。在散文方面，虽有一些谈古论今、内容充实、语言较为自然流畅的骈俪文章，如杨亿的《论灵州事宜》《陈乞奏状》《汝州谢上表》等，但多数还是"穷妍极态""浮华纂组"（石介《怪说》）的雕琢之文。

二、新古文运动的酝酿

杨亿、刘筠、钱惟演等"四六时文"轻内容、重形式的不良文风，遭到了穆修、范仲淹、尹洙、石介等人的反对和批判。他们的批判与柳开、王禹偁等对晚唐五代不良文风的批判一脉相承，新古文运动和诗文革新运动在此酝酿。

穆修（979—1032）力倡古文而盛推韩、柳，在举世不为之时千方百计搜集、校印二人文集，并亲自出售，以扩大韩、柳的影响。他说："世之学者，如不志于古则已，苟志于古，求践立言之域，舍二先生而不由，虽曰能之，非予所敢知也。"（《唐柳先生集后序》）

宋仁宗庆历年间，随着经济、社会的各种弊端凸显和矛盾加剧，在范仲淹等人的推动下，一场遍及吏治、科举、农桑、武备等多方面的改革开始了，这就是"庆历新政"。尽管"庆历新政"由于被指为"朋党"，很快失败，但留给文坛、政坛的影响却非常深远。新政前后，主张改革、拥护新政的文人学者大量涌现，他们有极高的参政热情，并用文章来议政。他们深感骈文无益于政教，改革文弊的愿望十分强烈，古文的写作热潮应运而生。一场新的古文运动也开始酝酿并逐渐展开。

范仲淹（989—1052），字希文，苏州吴县人。出身清贫，入仕后仍保持艰苦的生活作风。庆历三年（1042）任枢密副使，参知政事，与杜衍、韩琦、富弼等同掌朝政，施行改革。因保守势力抵制，被诬为"朋党"，自此请求外任，先后知邠、邓、杭、青等州，后死于赴颍州任途中。著述有《范文正公文集》。

范仲淹作为一个政治家，文学创作不多，但对文风、文体改革影响颇大。他从政治家的角度，大力支持古文，赞赏柳开、王禹偁、穆修等人的创作，鼓励和肯定尹洙、欧阳修等年轻作家的创作，对浮艳文风多有批判，在天圣初就主张"更延博雅之士，布于台阁，以救斯文之薄而厚其风化"（《奏上时务书》）。而且范仲淹的文章议论剀切、切合时事，情感真挚，文笔流畅，其《岳阳楼记》就是千古传颂的名篇。该文名为"记"，实为抒情散文。作者将登楼览物概括为两种景象，两种情怀：一者"去国还乡，忧谗畏讥，满目萧然，感极而悲者矣"；一者"心旷神怡，宠辱皆忘，把酒临风，其喜洋洋者矣"。再以高超笔力，翻出"不以物喜，不以己悲"的正意，并以展现博大胸怀的"先天下之忧而忧，后天下之乐而乐"统揽全文。文章由楼而景，因景及情，叙事简洁，写景宏阔，议论精辟，立意深刻，情感沉郁雄壮，结构新巧，语言骈散相间，句式整齐，音韵和谐，文字精美，兼有赋体特征，具有极强的艺术感染力。

与范仲淹同时而年辈较轻的尹洙、石介、苏舜钦,既是范仲淹"庆历新政"的支持者,又是受其影响,是"古文运动"中较有代表性的作家。

尹洙(1001—1047),字师鲁,洛阳人,对欧阳修弃骈文作古文有一定的启发和影响。范仲淹称"其文谨严,辞约而理精"(《尹师鲁河南集序》),欧阳修赞"师鲁为文章,简而有法"(《尹师鲁墓志铭》)。尹洙之文,喜议论,偏重道而不重文采,但多切于实际,语言简古,立意、构思常能推陈出新。如《伊阙县筑堤记》本是记筑堤之事,作者却别出心裁,批评尸位素餐,不能为民干实事的地方官员。但其所作一般质木无文,成就不高。

石介(1005—1045),字守道,兖州奉符(今山东泰安)人,曾居徂徕山(泰山东南)下耕读讲学,人称"徂徕先生",与儒学大师胡瑗、孙复被称"宋初三先生"。石介提倡古文,是反对西昆体的一员猛将。他的《怪说》,上篇排佛老,下篇斥杨亿,并对道统、文统和淫靡文风作了论述,态度之鲜明,火气之大,前所未有:"今天下有杨亿之道四十年矣。……今杨亿穷妍极态,缀风月,弄花草,淫巧侈丽,浮华纂组;刓锼圣人之经,破碎圣人之意,离析圣人之言,蠹伤圣人之道。"是声讨西昆派的一篇檄文。希望与"三二同志,极力排斥之,不使害于道"(《上范思远书》)。但他强调文道合一,道学气很浓,否定一切骈俪之体,也不重视文的美学价值,作文常质木简陋,成就不高。

苏舜钦(1008—1048),字子美,原籍梓州铜山(今四川中江),实生开封。年轻时,不顾流俗耻笑,与穆修一起倡导古文,作古文比尹洙、欧阳修等人都早。因积极支持"庆历新政",被视为"范党",遭旧党报复诬告落职,放废吴中。苏舜钦以诗与梅尧臣齐名,时称"苏梅",亦与欧阳修为诗友,著述有《苏学士文集》。

苏舜钦年轻时即以散文知名,今存书、疏、表、状、记、序和杂文等70篇。总体上看,其论政言事之文,能辅时济世,敢道人所难言;记叙抒情之文,笔致轻灵,豪俊而富于文学情趣,在创作实践上较好的继承了韩、柳古文的优良传统。传世名作《沧浪亭记》为其流寓苏州时所写,"沧浪亭"取意于古代民歌"沧浪之水清兮,可以濯我缨;沧浪之水浊兮,可以濯我足",寓有远离污浊政治,隐居自娱之意,借记亭抒发胸中丘壑。文章不仅叙事写景,更有抒情议论,真实地再现了一个横遭迫害的文人的心路历程。其对沧浪亭的风光与"鱼鸟共乐"的野趣,描绘生动、亲切:

前竹后水,水之阳又竹无穷极。澄川翠干,光影会合于轩户之间,尤与风月为相宜。予时榜小舟,幅巾以往,至则洒然忘其归。觞而浩歌,踞而仰啸,野老不至,鱼鸟共乐。形骸既适则神不烦,观听无邪则道以明;返思向之汩汩荣辱之场,日与锱铢利害相磨戛,隔此真趣,不亦鄙哉!

徜徉在园林中,触物而情生,显得自然真切,情景交融,可与柳宗元的山水游记媲美。

三、欧阳修和新古文运动及其创作成就

欧阳修(1007—1072),字永叔,号醉翁,晚年号六一居士,庐陵(今江西永丰)人。四岁丧父,家境贫寒,母亲郑氏以荻杆画地教其识字。24岁进士及第,次年到洛阳任西京留守推官,与尹洙、梅尧臣、苏舜钦等互相师友,同声相应,切磋诗文。后入京任职,勇于言事,风节凛然,一度被贬为夷陵县令。仁宗庆历年间,参与范仲淹新政,被贬滁州等地。48岁召

回京师，晚年官至参知政事。65岁致仕，定居颍州，次年病逝。有《欧阳文忠公集》。

欧阳修博学多才，诗文创作和学术著作都成就卓著，是众望所归的文坛领袖。他又是一代名臣，政治上有很高的声望。他以双重身份入主文坛，引荐同道，奖掖后进，肩负起了革新文风的领导责任。

欧阳修在文学理论上有巨大的发展和革新。在"文"与"道"的问题上，欧阳修有自己新的认识和见解。他在《答吴充秀才书》中说："学者未始不为道，而至者鲜焉；非道之于人远也，学者有所溺焉尔。盖文之为言，难工而可喜，易悦而自足。世之学者往往溺之，一有工焉，则曰：'吾学足矣。'甚者至弃百事不关于心。"认为"道"不远人，就在被弃的"百事"之中，就是在现实的丰富多彩的社会生活之中，而且"六经之所载，皆人事之切于世者"（《答李诩第二书》）。这就大大超越了韩愈以来古文家的将"道"囿于"孔孟之道"的狭窄格局，丰富、扩充了"道"的现实内容，使"道"贴近了实际。在文、道关系上，欧阳修认为"道"对"文"有主导作用，"道胜者文不难而至也"（《答吴充秀才书》），"道纯则充于中者实，中充实则发为文者光辉"（《答祖择之书》）。但他更主张文道并重，认为"言之无文，行而不远。……言以载事而文以饰言。事信言文乃能表见后世"；"言之所载者大且文，则其传也彰；言之所载者不文而又小，则其传也不彰"（《代上人王枢密求先集序书》）。甚至认为"文"具有独立的审美价值。他说："古人之学者非一家，其中道虽同，言语文章未尝相似"（《与乐秀才第一书》）。即文章的主旨虽然一样，但不同作家的作品风格却不会雷同。他不仅认为作家作品风格应该多样化，而且将"文"从"道"中分离出来，指出言语文章的独立价值。因此，他主张文风平易自然，要"革故取新""归彼淳朴"（《斫雕为朴赋》），反对石介"好异以取高"的艰涩的"太学体"，告诫古文运动的参与者不要走向文风怪异的歧途。在处理骈与散、继承与革新的问题上，欧阳修具有通达和实事求是的态度。他说："偶俪之文，苟合于理，未必为非"（《论尹师鲁墓志》）。他既反对西昆体，又能肯定杨亿等"雄文博学，笔力有余"（《六一诗话》）。欧阳修的理论务实而不偏执，有前瞻性而少局限，因此能产生很大影响，有力地促成了新古文运动的彻底胜利。

欧阳修丰富而成功的散文创作实践，对当时文风改变产生了巨大的引领示范作用。为了改变文风，欧阳修甚至利用行政手段来加以干预。在嘉祐二年（1057）知贡举时，就通过科举考试来提倡平实朴素的文风，打压继西昆体后而起的"险怪奇涩之文"，使"场屋之习，从是遂变"（《宋史·本传》）。同时极力提携后进，王安石、曾巩、苏轼、苏辙等人的诗文，名重一时，与他的揄扬提拔分不开。

欧阳修的散文今存500多篇，内容充实，形式多样。无论是议论，还是状物写景，叙事怀人，都摇曳多姿，具有较强的感人力量。

欧阳修的议论文常常论及时政，剖析时弊，有胆有识，畅达而透辟。如《朋党论》针对保守势力诬蔑范仲淹等人结为朋党的言论，旗帜鲜明地提出"小人无朋，唯君子则有之"的论点，有力地驳斥了政敌的谬论，显示了革新者的凛然正气和过人胆识。

《五代史伶官传序》是被称为"抑扬顿挫，得《史记》深髓，《五代史》中第一篇文字"（沈德潜《唐宋八大家文读本》）的史论佳作。它借后唐庄宗李存勖宠幸伶人，后竟死于伶人之手的史实，提出盛衰之理非关天命而在人事的论点。然后以李存勖几件具体事迹为例，分析其盛衰兴亡的具体情况。"方其盛也，举天下之豪杰，莫能与之争；及其衰也，数十伶人困之，而身死国灭。"通过盛衰对照，从而得出"忧劳可以兴国，逸豫可以亡身"的结论，并进而引出"祸患常积于忽微，而智勇多困于所溺"的推论。全文立意高远，警告统治者居安思危，不能耽于逸乐。充溢其中的忧患意识与北宋时势也很有现实关系。写法上，史论结合，抑扬互衬，对比鲜明，语言简练，句式整散相错，跌宕起伏，气势雄健。

欧阳修创作了大量抒情散文，在少有抒情文章的北宋初是一个极大的突破，为散文开拓了更为广泛、更有文学价值的领域，对后来王安石、苏轼，以至明清散文发展都有很深的影响。其脍炙人口的作品有《醉翁亭记》《丰乐亭记》《秋声赋》《泷冈阡表》等。《醉翁亭记》是一篇写景抒情散文，作于欧阳修庆历六年被贬滁州时。文章通过对滁州风物人情的描写，展现了一幅作家理想的"官民同乐"的社会生活图景。文章从亭写起，通过对醉翁亭与亭周围山色景物的摹写，描绘了一幅优美的风景画面，为后文游人活动铺上背景。其次写游，分三层展开。先写山间朝暮与四时的景物变化，"景不同，而乐亦无穷"；次写游人的快乐，人不同，其乐也有异；最后写游后山林之乐和作者的感受。文章格调清新，意境优美。语言骈散相间，句式灵活，骈句写景，散句叙事。对仗整齐，声韵铿锵。

欧阳修散文在记叙人物时，常有娓娓生动、细腻曲折的描写。如《泷冈阡表》，全用母亲委婉的叙述来记录父亲的为人和对自己的教诲，对后代抒情性人物记叙作品有明显影响。

欧阳修散文总体特色是既平易自然，又委婉曲折。他继承并发扬了韩愈散文"文从字顺"的文风，叙事简括有法，议论迂徐有致，章法曲折变化，语句圆融轻快，声韵和谐婉转。

四、王安石、曾巩等古文家的散文

比欧阳修稍晚，一批优秀的散文作家活跃于文坛，其中最著名的有王安石、曾巩、苏洵、苏轼、苏辙，他们与欧阳修，唐代的韩愈、柳宗元被后世合称为"唐宋八大家"。

王安石（1021—1086），字介甫，抚州临川（今江西抚州市）人。王安石年轻时就"慨然有矫世变俗之志"（《宋史·本传》）。二十二岁中进士，历任知县、知州、提点刑狱等，公元1069年被神宗任命为参知政事，开始推行新政，实行变法，但遭到以司马光为首的旧党的强烈反对，先后两次罢相。晚年退居江宁钟山筑半山园，自号半山，封荆国公，世称王荆公。著述有《临川先生文集》。

王安石为文强调"有补于世""以适用为本"（《上人书》），有重道轻文的倾向，这和他政治家的身份分不开。王安石的散文大多是直接为其政治改革服务的，近900篇文章中，奏疏、表启、制诰、书信、政论等应用型文字就有800余篇。其奏疏、政论、书信等政治色彩鲜明，识见高远，往往能见人之所未见，发人之所未发。论点鲜明，逻辑严密，议论犀利，笔力矫健，具有很强的说服力。其青年时期所写奏疏《上仁宗皇帝言事书》，洋洋万言，论述朝政"积弊"，提出改革方案，是全面展现他政治家风采的"政见宣言书"，梁启超称之为"秦汉以后第一大文"。

《答司马谏议书》是王安石政论中的名篇，体现了其短文直陈己见，不枝不蔓，简洁峻切，短小精悍的风格特点。该文仅以300多字来答复司马光3000多字的《与王介甫书》对新法的指责。王文集中笔墨对司马光信中关于"侵官""生事""征利""拒谏""招怨"的指责逐条批驳，义正词严，行文"劲悍廉厉无枝叶"，如对"征利"的驳斥仅用"为天下理财，不为征利"一句话，极为"简贵"。简洁的行文、严密的逻辑与严正的气势相结合，形成了"瘦硬通神"（刘熙载《艺概·文概》）的独特风格。

王安石还善于在短篇之中发惊人之语,从而取得令人耳目一新的效果,如《读孟尝君传》:

世皆称孟尝君能得士,士以故归之,而卒赖其力以脱于虎豹之秦。嗟乎!孟尝君特鸡鸣狗盗之雄耳,岂足以言得士?不然,擅齐之强,得一士焉,宜可以南面而制秦,尚何取于鸡鸣狗盗之力哉?夫鸡鸣狗盗之出其门,此士之所以不至也。

层次分明,议论严密,句句转折,文意凌厉畅达。发前人之所未发,文虽短而意悠长。

王安石的叙事散文也很有特色。一是记叙中多发议论,即使是游记、抒情之作,也偏于议论,且往往以议论见长;一是记叙中的议论,也翻新出奇,从事件中抽绎出某种哲理或独特的见解。如《游褒禅山记》就比较充分地体现了这种特色。文章以游历华山洞的体验而生发出要成功就必须"有志""有力""有物以相之"的议论。

曾巩（1019—1083),字子固,建昌南丰(今江西南丰)人,后人称"南丰先生"。曾任福州、明州、亳州知州,后官至中书舍人,著有《元丰类稿》。

曾巩是唐宋八大家之一,散文成就很高,尤善杂记、序文、书启等体裁。其政论纡徐委备似欧阳修;序、传纵横开阖如韩愈。其记叙文条理分明,详略有致;杂说、小品则议论风生,深寓理趣。《墨池记》是曾巩的名作。这篇杂记以大书法家王羲之一件轶闻为因由,记述墨池的处所、形状、来历,说明王羲之书法的成就并非"天成",而是"以精力自致"的结果。并由此发挥出去,勉励后学"欲深造道德",必须勤奋学习。文章叙事、议论紧密结合,即事抒情,委婉含蓄,一唱三叹。曾巩作文主张质朴,不尚文采,总体上,其文平正有余而生动不足。

苏洵（1009—1066),字明允,号老泉,眉州眉山(今四川眉山)人。二十七岁发奋读书,仁宗嘉祐元年(1056)携子苏轼、苏辙至京师,献所作文章22篇于欧阳修,由此文名大振。后经荐引,除秘书省校书郎。有《嘉佑集》。

苏洵擅长策论,论点鲜明,论证有力,纵横驰骋,言辞锋利。往往从历史人物和历史事件出发,针对当前政治议论治政治军方略,议论透辟,见解深刻,具有较强的现实意义。苏洵《权书》中的《六国论》就是脍炙人口的言兵名作。文章借秦并六国的历史题材讽喻北宋王朝为外夷积威所劫而自取灭亡之道。该文以六国破灭"弊在赂秦"为论题,以"或曰"设问,先排除常人见解,为阐明题旨扫清障碍,再以古人"成败之迹"展开论证。简明而深刻地分析了齐、燕、赵各国相继破灭的历史教训,总结出战则存、赂则亡的深刻道理,并振聋发聩地推广开来:"苟以天下之大,下而从六国破亡之故事,是又在六国下矣。"文章借古讽今,针对性强,从正面、反面、侧面反复论证,层层剖析,宏论滔滔,情感激越,颇有战国纵横家之风。

苏辙（1039—1112),字子由,19岁随父兄入京,与苏轼同榜进士,官至尚书右丞、门下侍郎。晚年居颍川,自号颍滨遗老。有《栾城集》。

苏辙论文主"养气",认为"文者,气之所形。然文不可以学而能,气可以养而致"(《上枢密韩太尉书》)。其文、论、记、书、传各体皆备,最见功力者为政论和史论。其议论以稳健见长,曾自评说:"子瞻之文奇,予文但稳耳。"(《栾城遗言》)大多立意平允,老成持重,结构谨严,行文回环跌宕,语言淡雅,正如苏轼对其的评价:"其文如其为人,故汪洋澹泊,有一唱三叹之声,而其秀杰之气,终不可没。"(《答张文潜》)《六国论》是其代表作,就六国亡于秦"深思远虑",选题与其父同,持论却异。认为六国之灭,在于"当时之士,虑患之疏,而见利之浅，且不知天下之势也！"文章反复论证，各国自安之计应为知天下之势，支援韩魏，以抗强秦。全篇行文遒劲简练，寄慨婉转，有一种疏宕之气。

苏辙的写景叙事之文也善于传神写意，疏宕有致，如《黄州快哉亭记》《武昌九曲亭记》都是名作。《黄州快哉亭记》是苏辙为张梦得贬黄州时所建亭作的记，苏轼其时也在黄州，并名亭曰"快哉"。文章先描写长江黄州段"与海相若"的水势，以"览观江流之胜"引出"快哉"之亭名。再围绕"快哉"亭，写登临纵目，览赏自然之"快"；缅怀历史，览观人文之"快"；再以楚襄王兰台披襟当风的"快哉"引出人有"遇"与"不遇"之别。遇与不遇，虽有"快"与"不快"之分，但"不以物伤性"者，则无往而不快，将张梦得、苏轼的境遇和心境融入此时此地的人文、风物之中，对其泰然处之，自放于山水的"快哉"情怀作了肯定和抚慰。文章融写景、叙事、抒情、议论于一体，于汪洋淡泊之中，错落有致，在平稳中显出秀气。

北宋后期的散文，主要沿着欧、苏、王、曾的道路发展，以说理散文成果最丰。被称为"苏门四学士"的黄庭坚、秦观、张耒、晁补之皆以诗名世，但散文亦有佳构。如黄庭坚的《与王观复书》，秦观的《精骑集序》，张耒的《答李推官书》，晁补之的《新城游北山记》等，或与友人论文，或发读书杂感，或记风物游历，都议论风生，平易自然，理明辞畅。

五、苏轼的散文

苏轼（1037—1101），字子瞻，号东坡居士，眉州眉山（今四川眉山）人。幼即受父亲苏洵和母亲程氏教养。青年时期，苏轼就学通经史。嘉祐元年（1056）随父入京，次年与其弟同榜中进士，深得主考官欧阳修赏识。嘉祐六年（1061）应制科入第三等，开始进入仕途。其间写有大量策论，呼吁改革弊端。

熙宁二年（1069）始，神宗用王安石变法，因与新党政见不同，苏轼曾上书反对。熙宁四年（1071），针对新法的失误，上书神宗，希望不要"求治"太急，而应"渐变""人治"。意见不被采纳，故求外任。先后通判杭州，知密州、徐州，多有政绩，其诗、文、词的创作进入繁盛期。元丰二年（1079），政敌诬劾其诗包藏祸心，讪谤朝廷，苏轼被捕入狱受审，史称"乌台诗案"，最后贬斥黄州为团练副使，但形同流放。其时躬耕东坡，以诗文自慰，其文学创作进入全盛期，诗、文、词佳构纷呈，个性也更加鲜明。

元丰八年（1085），幼童哲宗继位，高太后秉政，启用司马光等旧党，次年新法尽废，苏轼得以回京，很快官至翰林学士、中书舍人等职。但苏轼又与司马光政见不合，对司马光"专欲变熙宁之法"而不"参用其长"（《辩试馆职策问札子》）的做法表示反对，被旧党视为异己，再次离朝，先后知杭、颍、扬、定等州。这一时期，文学成就相对较平淡。但在京期间，拔擢黄庭坚、张耒、秦观、陈师道等后进，形成了一个以苏轼为领袖的作家群。

元祐八年（1093），哲宗亲政，任用新党，于是苏轼再次以"讥刺先朝"，一贬再贬，直至贬至琼州、儋州（今属海南）。垂老之年，漂泊荒岛，家人离散，亲人亡故，十分悲凄，但苏轼依然坦然处之，勤政爱民，著书以为乐。元符三年（1100）徽宗继位，苏轼遇赦，次年病逝于北归途中的常州。

苏轼一生著作宏富，计有《东坡七集》110卷，另有《苏氏易传》《论语说》（已佚）。今点校本《苏轼文集》存诗2700余篇、散文4000余篇、词300余首。

苏轼一生顺境少而逆境多，但都能安之若素，这与其思想和文人气质密切相关。苏轼思想中，儒、释、道三家兼融贯通，并由此形成了独特的人生态度。政治上倾向儒学，积极入世，平生倾慕贾谊、陆贽，在成年之前就有经邦济世之志，反对因循守旧，主张变革。但苏轼从少年起就爱好老庄，老庄无为而治的思想与他"法相因则事易成，事有渐则民不惊"（《上神宗皇帝书》）的主张有一致之处，认为变革要渐进。因此新党、旧党均不能相容，终生卷入无休止的党争中，成为党争的牺牲品。苏轼喜和僧人交往，仕宦不顺时"惟佛经以遣日"（《与章子厚》），于佛学也深会于心。以儒学为根本，浸染释、道是苏轼人生观的哲学基础。儒家的执着于人生形成了苏轼性格中的坚定和韧性，释、道的超然物外、与世无争形成了苏轼性格中的乐观、旷达和洒脱。于是，无论在庙堂之上，还是江湖之远，苏轼都能勤政爱民，勇于建树；在个人际遇上，无论顺与逆、甘与苦，都能保持旷达、淡泊。

苏轼的文学思想是文、道并重，十分推崇韩愈、欧阳修对古文的贡献。苏轼的散文创作和理论也是沿着韩、欧的道路前进的。但是，苏轼继承前人，更有创新。他所理解的"道"，既突破了韩愈的儒家之道，也突破了欧阳修在于"生活百事"的道，而是存在于大千世界的具体事物中的自然之理，是事物的规律。苏轼比前人更重视"文"。认为文章"如精金美玉，市有定价"（《答谢民师书》），肯定它独立的艺术价值。苏轼不仅继承了欧阳修的"取其自然""与造化争巧"的理论，而且更进一层探求了"文"的艺术规律和美学价值。他说："有道有艺，有道而不艺，则物虽形于心不形于手"（《书李伯时山庄图后》）。推崇"如行云流水"般"文理自然，姿态横生"（《答谢民师书》）的艺术美。而要做到这一点，则要"求物之妙""了然于心""了然于口与手"，这也揭示了从艺术发现到艺术构思和艺术物化的创作阶段和规律。

苏轼的散文各体皆备，创作出了不少超越前人、影响时辈和后人的散文杰作。

苏轼擅长写议论文，政论、史论"诵说古今，考论是非"（《答李端叔书》），言之有据，不落窠臼，常有独到的见解。如《留侯论》，认为张良之所以能为豪杰之士，就在于能"忍小忿而就大谋"。文章翻新出奇，理路畅达，逻辑严密。《平王论》借平王东迁造成周室名存实亡的史实，反复论证"避寇而迁都"的严重失策，以此警醒统治者。苏轼早年的政论和史论有较浓厚的纵横家习气，有的甚至是不审查情势、大言欺人的书生之见，但在写作上善于随机生发，翻空出奇，士子在科场考试中常常以之作为模版或借鉴。

苏轼的杂说、书札、序跋等议论文同样成就非凡。这些文章同样善于翻新出奇，但形式更为灵活，议论更为生动，往往夹叙夹议，兼带抒情，艺术感染力更强。如《在儋耳书》：

吾始至南海，环视天水无际，凄然伤之。曰："何时得出此岛耶？"已而思之，天地在积水中，九州在大瀛海中，中国在少海中，有生孰不在岛者？覆盆水于地，芥浮于水，蚁附于芥，茫然不知所济。少焉水涸，蚁即径去，见其类，出涕曰："几不复与子相见。"岂知俯仰之间，有方轨八达之路乎？念此可以一笑。

作者以垂暮之年，投身荒岛，与幼子苦栖贬所，可谓凄凉酸楚。但他却倔强地面对苦难，将凄伤化为苦笑，将凄凉转为妙悟。将老庄的达观契入现实，观照出宇宙的无限和人生的渺小，涉笔成趣，深含哲理，也充分展示了他"不可救药的乐天派"（林语堂《苏东坡传》）的性格。

又如《筼筜谷偃竹记》，一方面记述文与可画竹的情形，一方面回忆与文与可的往来唱和，及文死后自己的悲伤，笔触细腻，饱含感情，感人至深。文章又从文与可的创作经验中得出"画竹必先得成竹于胸"的艺术规律，夹叙夹议，文理自然，姿态横生。

苏轼的叙事记游之文，叙事、抒情、议论更是结合得水乳交融。如《石钟山记》，围绕石钟山得名的由来，根据实地考察的见闻，纠正成说，引申出对没有"目见耳闻"的事物不能"臆断其有无"的哲理。文章叙述波澜起伏，跌宕回环，写景简略而传神，在情景交融的优美意境中展开议论，显示了高超的艺术才能。其《记承天寺夜游》：

元丰六年十月十二日，夜，解衣欲睡，月色入户，欣然起行。念无与为乐者，遂至承天寺，寻张怀民。怀民亦未寝，相与步于中庭。庭下如积水空明，水中藻、荇交横，盖竹柏影也。何夜无月？何处无竹柏？但少闲人如吾两人者耳。

全文仅83字，但贬谪的落寞处境，在落寞中的淡然心境，对生活与自然的一往情深，都含蓄地透露出来，令人咀嚼不尽。行文毫无枝蔓，意境超然，韵味隽永，正如他在《答谢民师书》中所说："如行云流水，初无定质，但常行于所当行，常止于所不可不止，文理自然，姿态横生。"

苏轼的辞赋也取得了很高的成就，他的辞赋继承和发展了欧阳修的文赋传统，不仅笔调更灵活自由，写法更趋散化，而且吸收诗歌的抒情意味，成为优美的散文诗。如《前赤壁赋》《后赤壁赋》是苏轼写景、状物、抒情最富情趣和哲理的散文。

苏轼的散文向来与欧、王并称，但单从文学的角度看，苏文无疑是宋文中成就最高的。

六、南宋散文

南宋散文没有出现北宋时期大家辈出的局面，但也发生了明显的变化。一是与时局密切相关，号召、鼓动抗金救亡，反对妥协投降的言兵论政的文章成为时代的最强音，洋溢着慷慨激昂的爱国热情。二是更强调散文的务实致用，文学性散文明显减少。三是笔记、游记、序跋等纪实性散文大量出现，内容包罗万象，笔法灵活自由，成为南宋散文的鲜明特色。

南宋散文的发展，大体可以分为三个时期。

自高宗南渡至孝宗隆兴和议，约40年的宋金对峙时期，散文以呼吁抗金救国、揭露投降主和势力为主调，体现出壮怀激烈，情调高昂的爱国热忱，以宗泽、李纲、胡铨等为代表。

宗泽（1059—1128）、李纲（1083—1140）是南宋初的政治家、军事家，其文主要为奏疏一类的应用文。宗泽的《乞毋割地与金人疏》，直斥高宗割地媚敌，不顾祖宗基业、不思恢复而欲苟且偷安。直言敢谏，情感沉痛而振聋发聩。李纲的《议国是》论述了"和、战、守"三者关系，表明战、守立场，批驳投降主和派的种种谬论。全文条分缕析，立场鲜明，总结历史教训，分析敌我形势，批驳反面言论，提出战略战术，义正词严，逻辑严密。

胡铨（1102—1180），字邦衡。一生坚决反对投降议和，力主抗金，因此长期被贬谪。虽颠沛流离，但矢志不移，直到辞归故里，"犹以归陵寝，复故疆为言"（《宋史·本传》）。《戊午上高宗封事》是其代表作，文中对王伦、秦桧、孙近三位权臣投降卖国的丑恶嘴脸进行痛快淋漓的揭露，直言无忌，要求"斩三人头，竿之藁街"。甚至指斥高宗"屈膝""竭民膏血而不恤，忘国大仇而不报，含垢忍耻，举天下而臣之"，甘居"犬戎藩臣之位"，不惜触犯"天威"。这种"甘俟斧钺"的血性与气节，喊出了天下爱国志士的胸中之痛和胸中之愿。文章铺陈排比，情绪激昂，语言酣畅明快，具有纵横家说辞的特点。

夫天下者，祖宗之天下也，陛下所居之位，祖宗之位也。奈何以祖宗之天下为犬戎之天下，以祖宗之位为犬戎藩臣之位！陛下一屈膝，则祖宗庙社之灵尽污夷狄；祖宗数百年之赤子尽为左衽；朝廷宰执尽为陪臣；天下之士大夫，皆当裂冠毁冕，变为胡服。异时豺狼无厌之求，安知不加我以无礼如刘豫也哉！夫三尺童子，至无知也，指犬豕而使之拜，则怫然怒。今丑虏则犬豕也，堂堂天朝，相率而拜犬豕，曾童孺之所羞，而陛下忍为之邪？

胡铨另有《上孝宗论兵书》《上孝宗封事》等文章，主张抗战救国，都写得情感激越，有极强的鼓动性。

李清照（1084—1151？），号易安居士，济南人。李清照多才多艺，工书画，晓音律，诗、词、散文成就均高，是中国古代最为杰出的女作家。李清照的散文流传于世的仅七篇，其《词论》是研究宋词的重要文献。《打马图序》是一篇叙议密纶的优美文字。作者通过叙述《打马图经》的问世，主要抒写平生喜好博戏的性情，同时对"慧、通、达、专、精、妙"辩证关系作了精当论述，也描写了时局动荡不安、人民颠沛流离，流露出内心的忧郁。《金石录后序》是李清照的名篇。该文是为丈夫赵明诚撰述的金石学名作《金石录》一书所作的序言，着重回忆与丈夫收集、编撰金石书画的志趣和甘苦。文章的重点放在金石书画的"得之艰而失之易"上，抒写夫妻生离死别，作者迁徙流离之凄苦。既有"手泽如新，而墓木已拱"的失亲之痛，更有国破家亡的深沉哀伤。

后屏居乡里十年，仰取俯拾，衣食有余。连守两郡，竭其俸入以事铅椠。每获一书，即同共勘校，整集签题；得书画彝鼎，亦摩玩舒卷，指摘疵病，夜尽一烛为率。故能纸札精致，字画完整，冠诸收书家。余性偶强记，每饭罢，坐归来堂烹茶，指堆积书史，言某事在某书某卷第几页第几行，以中否角胜负，为饮茶先后。中，即举杯大笑，至茶倾覆怀中，反不得饮而起。甘心老是乡矣。故虽处忧患困穷，而志不屈。收书既成，归来堂起书库大橱，簿甲乙，置书册。如要讲读，即请钥上簿，关出卷帙。或少损污，必惩责揩完涂改，不复向时之坦夷也。是欲求适意而反取僇栗。余性不耐，始谋食去重肉，衣去重彩，首无明珠翠羽之饰，室无涂金刺绣之具。遇书史百家，字不刓缺，本不讹谬者，辄市之，储作副本。自来家传《周易》、《左氏传》，故两家者流，文字最备。于是几案罗列，枕席枕藉，意会心谋，目往神授，乐在声色狗马之上。

……

建炎戊申秋九月，侯复起，知建康府。己酉春三月罢，具舟上芜湖，入姑孰，将卜居赣水上。夏五月，至池阳，被旨知湖州。过阙上殿，遂驻家池阳，独赴召。六月十三日，始负担舍舟，坐岸上，葛衣岸巾，精神如虎，目光烂烂射人，望舟中告别。余意甚恶，呼曰："如传闻城中缓急，奈何？"戟手遥应曰："从众。必不得已，先弃辎重，次衣被，次书册卷轴，次古器，独所谓宗器者，可自负抱，与身俱存亡，勿忘也。"遂驰马去。途中奔驰，冒大暑，感疾。至行在，病疟。七月末，书报卧病，余惊怛。念侯性素急，奈何病疟，或热，必服寒药，疾可忧。遂解舟下，一日夜行三百里。比至，果大服柴胡、黄芩药，疟且痢，病危在膏肓。余悲泣仓皇，不忍问后事。八月十八日，遂不起。取笔作诗，绝笔而终，殊无分香卖履之意。

葬毕，余无所之。朝廷已分遣六宫，又传江当禁渡。时犹有书二万卷，金石刻二千卷，器皿茵褥，可待百客，他长物称是。余又大病，仅存喘息。事势日迫，念侯有妹婿任兵部侍郎，从卫在洪州，遂遣二故吏先部送行李往投之。冬十二月，金寇陷洪州，遂尽委弃。所谓连舻渡江之书，又散为云烟矣……

本文做到了叙事、抒情的完美统一，是委曲而有情致的杰作。

自孝宗隆兴和议（1164）至宁宗开禧北伐（1205）约40年是南宋偏安江左时期。此期时局相对稳定，但和与战的交锋依然激烈。面对南北分裂，以陆游、辛弃疾、陈亮等为代表，以行动和文字，疾呼抗战恢复。

陆游著述颇丰，有《剑南诗稿》《渭南文集》《南唐书》《老学庵笔记》等。

陆游一生志在恢复，表达抗击胡虏的愿望和失望，收复失地的豪情和壮志，是他诗、词、文的主旋律。在《书渭桥事》《铜壶阁记》《跋李庄简公家书》等文中，或述恢复之志，或陈抗金豪情，或赞抗敌英杰。其《姚平仲小传》，描写一位果敢勇决的抗金青年将领，屡建奇功，却不见容于统治集团，终逃逸深山隐居。人物刻画鲜明，使其行事奇伟、如神龙见首不见尾的形象跃然纸上。字里行间也隐含着作者怀才不遇、报国无门的愤懑。陆游的《入蜀记》《老学庵笔记》为其亲历、亲见、亲闻之事的记录，或叙或议，或抒情或描写，笔法灵活，挥洒自如，笔记体散文的特点十分鲜明。如《入蜀记》记巫峡：

二十三日，过巫山凝真观，谒妙用真人祠。真人即世所谓巫山神女也。祠正对巫山，峰峦上入霄汉，山脚直插江中。议者谓太华、衡、庐，皆无此奇。然十二峰者不可悉见，所见八九峰，惟神女峰最为纤丽奇峭，宜为仙真所托。祝史云："每八月十五夜月明时，有丝竹之音，往来峰顶，山猿皆鸣，达旦方渐止。"庙后，山半有石坛平旷。传云："夏禹见神女，授符书于此。"坛上观十二峰，宛如屏障。是日，天宇晴霁，四顾无纤翳，惟神女峰上有白云数片，如鸾鹤翔舞徘徊，久之不散，亦可异也。

笔触清新，刻画传神，所见所闻，涉笔成趣。

陈亮（1143—1195），字同甫，号龙川，婺州永康（今属浙江）人。少年好学，"慨然有经略四方志"（《中兴五论·跋》），然主要活动为著书讲学。虽一介布衣，但一生所念，实为抗金中兴。

陈亮散文成就最高的是政论。他的奏疏和与朱熹论争的书信都贯穿着为国计民生的思想，内容充实，情感饱满。如《中兴五论》《上孝宗皇帝书》《戊申再上孝宗皇帝书》等都体现了这些特色。如《中兴五论》第一篇奏疏针对当时宋金形势，论述北伐的必要性、迫切性和可行性，批判苟且偷安的消极防守政策，提出系列复兴国家的经济、政治和军事建议。文章纵横捭阖，议论风生，极具震撼力。其开端云：

臣窃惟海内涂炭，四十余载矣。赤子嗷嗷无告，不可以不拯；国家凭陵之耻，不可以不雪；陵寝不可以不还；舆地不可以不复！此三尺童子之所共知，曩独畏其强耳。

以多个双重否定句构成排比，气势如虹，不容辩驳。

辛弃疾的散文主要是奏议，其中《美芹十论》最为有名。辛弃疾从一位具有强烈爱国热忱的军事家、政治家的立场出发，在奏议中对敌我形势条分缕析，对敌人之弊洞若观火，提出切实可行、富国强兵的"恢复之道"，识见卓越，眼光超迈，而文章又平实严谨，代表了当时政论的最高水平。

此外，范成大、朱熹的游记，叶适的议理散文也有不俗的成就。

此期笔记散文大量涌现，除陆游的笔记外，著名的有范成大的《揽辔录》《吴船录》，孟元老的《东京梦华录》，洪迈的《容斋五笔》《夷坚志》，晁公武的《郡斋读书志》，楼钥的《北行日录》，吴曾的《能改斋漫录》、王明清的《挥麈录》等。这些作品形式自由活泼，文词朴实精到，具有较高的审美价值和史料价值。如孟元老在《东京梦华录》中，通过对北宋都城汴京昔日繁华的生动描写和夸饰，寄寓着深沉的黍离之悲和亡国之痛。

自开禧北伐失败至南宋覆亡是南宋散文的最后时期。此时恢复无望，士气低落，除了文天祥、谢翱的气节悲壮之作和一些遗民的作品外，文学性散文几近绝迹。

文天祥（1236—1282），字宋瑞，号文山，吉州庐陵（今江西吉安）人，是南宋末伟大的政治家、军事家，在抗元斗争中表现了崇高的民族气节，被囚四年，从容就义。文天祥在诗、词、文创作上均有成就，有《文山先生全集》。《指南录后序》是文天祥广为传颂的代表作，历记他出使元营、抗辞犯敌、羁縻敌营、被押北行、逃回福州等九死一生的种种遭际。在简明的叙事中，凸现出临危不惧、忠心报国的英雄气概。在陈述数十种必死险境后，作家写道：

呜呼！予之生也幸，而幸生也何为？所求乎为臣，主辱臣死，有余僇；所求乎为子，以父母之遗体，行殆而死，有余责。将请罪于君，君不许；请罪于母，母不许；请罪于先人之墓，生无以救国难，死犹为厉鬼以击贼，义也；赖天之灵，宗庙之福，修我戈矛，从王于师，以为前驱，雪九庙之耻，复高祖之业，所谓"誓不与贼俱生"，所谓"鞠躬尽力，死而后已"，亦义也。嗟夫！若予者，将无往而不得死所矣。向也，使予委骨于草莽，予虽浩然无所愧怍，然微以自文于君亲，君亲其谓予何！诚不自意，返吾衣冠，重见日月，使旦夕得正丘首，复何憾哉！复何憾哉！

守义不屈、拼死报国的节操，千古之下，凛然如生。

谢翱（1249—1295），字皋羽，福州长溪（今属福建）人，曾追随文天祥，为抗元志士。《登西台恸哭记》为宋亡后，谢翱登浙江严子陵钓鱼台，哭祭文天祥之作。迫于元统治者的高压政策，文章辞意隐约，借颜真卿指文天祥，表达出作者缅怀友人与故国的真挚之情。

后期散文作家还有谢枋得、周密、林景熙、郑思肖等，也有较好作品传世。

【课程思政】

以文化人 结合庆历新政、王安石变法和宋代文人的人格修养等内容，介绍中国改革发展所取得的成就，让学生懂得中国今日之富强和发展来之不易，应珍惜改革开放以来所取得的伟大成就，相信习近平新时代中国特色社会主义思想一定能够引领十四亿中国人民实现强国梦、复兴梦。

学有所悟 范仲淹怀着"先天下之忧而忧，后天下之乐而乐"的精神主持"庆历新政"，王安石排除万难、力推"熙宁变法"，主动承担起对国家富强和民族振兴的使命担当。"唐宋八大家"中有六个在宋代，他们都是有理想、有信念、有济世之志的文学家兼政治家，他们的人生格局也值得后人钦佩。改革开放是中国人民和中华民族发展史上一次伟大革命，推动了中国特色社会主义事业的伟大飞跃。请同学们谈谈大学生应当怎样在中华民族发展的最好时代中，开辟事业，实现理想。

习近平在北京大学师生座谈会上的讲话

【思考与练习】

1. 简述欧阳修在新古文运动中的作用。
2. 简述北宋散文名家及其名作。
3. 试述苏轼散文的成就。

第二节 宋代散文选读

一、王禹偁作品选读

唐河店妪传

【题解】本文讲述了一个年老体弱的老妇人，面对一个强壮的敌国士兵却毫无惧色，并且能够巧妙与之周旋，最后将敌兵推入井中，突出表现了老妪沉着冷静、聪明勇敢的个性特征。这则故事对于北宋时期屡受北方胡骑侵扰的边关百姓是一个巨大的鼓舞，因而广为流传。

唐河店，南距常山郡七里，因河为名。平时房至店饮食游息，不以为怪；兵兴已来，始防捍之，然亦未甚惧。

端拱中[1]，有妪独止店上[2]。会一虏至，系马于门，持弓矢，坐定，呼妪汲水。妪持绠缶趋井[3]，悬而复止。因胡语呼虏为王；且告虏曰："绠短不能及也[4]。妪老力惫，王可自取之。"虏因系绠弓抄，俯而汲焉。妪自后推虏堕井，跨马诣郡。马之介甲具焉[5]，鞍之后复悬一彘首[6]。常山民吏观而壮之[7]。噫！国之备塞，多用边兵，盖有以也；以其习战斗而不畏懦矣。一妪尚尔，其人可知也。

近世边郡骑兵之勇者，在上谷曰"静塞"，在雄州曰"骁捷"，在常山曰"厅子"[8]。是皆习干戈战斗而不畏懦者也。闻虏之至，或父母鞴马，妻子取弓矢，至有不俟甲胄而进者。顷年胡马南下[9]，不过上谷者久之，以"静塞"骑兵之勇也。会边将取"静塞"马分隶帐下以自卫，故上谷不守。

今"骁捷""厅子"之号尚存，而兵不甚众，虽加召募，边人不应，何也？盖选归上都，离失乡土故也；又月给微薄，或不能充；所赐介胄鞍马，皆脆弱羸瘠，不足御胡；其坚利壮健者，悉为上军所取；及其赴敌，则此辈身先，宜其不乐为也。

诚能定其军，使有乡土之恋；厚其给，使得衣食之足；复赐以坚甲健马，则何敌不破！如是得边兵一万，可敌客军五万矣。谋人之国者，不于此而留心，吾未见其忠也。

故因一妪之勇，总录边事，贻于有位者云。

【注释】

[1] 端拱：北宋宋太宗赵光义的年号（988—989）。

[2] 妪（yù）：老年妇女。店：唐河店，地名，在今河北省的西北部。

[3]缶：瓦罐。

[4]及：赶得上，此指够得到。

[5]介甲：铠甲。具：完备。

[6]彘（zhì）首：猪头。

[7]壮：认为……豪壮。

[8]静塞、骁捷、厅子：皆为当时地方武装的徽号。

[9]顷年：近年。

二、范仲淹作品选读

岳阳楼记[1]

【题解】该文写于庆历六年（1046）九月，当时范仲淹因推行新政遭到权贵排挤，由参知政事贬知邓州（今河南省邓县）。文章抒写了作者的满腔怨愤和积极有为的政治理想，尤其"先天下之忧而忧，后天下之乐而乐"的忧乐观，语极正大，不仅展示了作者高尚的襟怀，也提出了政治家立身行事的一个准则，对后世产生了深远的影响。

文章的章法极佳。首段叙重修岳阳楼的经过和作记的缘由，交待简洁。全文的重点在以鲜明的对比手法抒写"迁客骚人"不同景象下的"览物之情"，描写细致，情景交融。最后以一段议论揭示全文中心思想。文章写得步步深入，水到渠成。语言散骈间用，句式整齐中有参差，辞采华美，用字千锤百炼。

庆历四年春[2]，滕子京谪守巴陵郡[3]。越明年[4]，政通人和，百废具兴[5]。乃重修岳阳楼，增其旧制[6]，刻唐贤、今人诗赋于其上[7]，属予作文以记之[8]。

予观夫巴陵胜状[9]，在洞庭一湖。衔远山[10]，吞长江[11]，浩浩汤汤[12]，横无际涯[13]；朝晖夕阴[14]，气象万千。此则岳阳楼之大观也[15]，前人之述备矣[16]。然则北通巫峡[17]，南极潇湘[18]，迁客骚人[19]，多会于此，览物之情，得无异乎[20]？

若夫霪雨霏霏[21]，连月不开[22]，阴风怒号，浊浪排空[23]，日星隐曜[24]，山岳潜形[25]；商旅不行，樯倾楫摧[26]；薄暮冥冥[27]，虎啸猿啼。登斯楼也，则有去国怀乡[28]，忧谗畏讥，满目萧然，感极而悲者矣。

至若春和景明[29]，波澜不惊[30]，上下天光，一碧万顷[31]；沙鸥翔集[32]，锦鳞游泳[33]；岸芷汀兰[34]，郁郁青青[35]，而或长烟一空[36]，皓月千里，浮光跃金[37]，静影沉璧[38]；渔歌互答，此乐何极！登斯楼也，则有心旷神怡，宠辱皆忘[39]，把酒临风，其喜洋洋者矣。

嗟夫！予尝求古仁人之心[40]，或异二者之为[41]。何哉？不以物喜，不以己悲[42]。居庙堂之高[43]，则忧其民；处江湖之远[44]，则忧其君：是进亦忧，退亦忧。然则何时而乐耶？其必曰[45]："先天下之忧而忧，后天下之乐而乐"欤[46]！噫，微斯人，吾谁与归[47]！

时六年九月十五日。

【注释】

[1]岳阳楼：在今湖南省岳阳县城西门上，下临洞庭湖，景观壮阔，建于唐代开元初年，

为历代游览胜地。

[2] 庆历四年：1044年。庆历：宋仁宗年号。

[3] 滕子京：名宗谅，字子京，河南洛阳人。与范仲淹同年中进士，守庆州时，被人诬告曾在泾州私用官钱六十万贯，降官知岳州。谪（zhé）：被贬官。巴陵郡：即岳州。

[4] 越明年：到第二年。越：及，到。

[5] 百废具兴：一切被废置了的事情都兴办起来。具，通"俱"。

[6] 增其旧制：扩大它原来的规模。

[7] 唐贤：唐代名人。今人：指宋代人。

[8] 属：通"嘱"，嘱托。

[9] 胜状：美丽的景物。

[10] 衔远山：形容远方山影倒映湖中。远山当指君山。

[11] 吞长江：形容长江之水注入湖中。

[12] 浩浩汤汤（shāng）：水势广阔盛大。

[13] 横无际涯：宽广得无边无际。横：广。

[14] 晖：同"辉"，日光。阴：云翳，昏暗。

[15] 大观：壮观，壮阔的景象。

[16] 前人之述备矣：谓唐宋文人的诗文，对岳阳楼的描绘已经十分详尽了。

[17] 巫峡：长江三峡之一，在四川省巫山县，下与湖北省的巴东县相接，在洞庭湖的西北方。

[18] 南极潇湘：往南一直通到湘江上游。极：尽，直通。潇湘：指湘江及其支流潇水，流经湖南中部，合流后注入洞庭湖。

[19] 迁客：被贬谪调往偏远地区的官吏。骚人：屈原曾作《离骚》，后世因而称诗人为骚人。

[20] 得无：能不。表推测语气。

[21] 霪雨：同"淫雨"，连绵不断的雨。霏霏：细雨纷飞的样子。

[22] 不开：不放晴。

[23] 排空：冲击天空。形容水势的汹涌。

[24] 隐曜：光亮隐没不见。曜（yào）：光亮。

[25] 潜形：掩藏形体。

[26] 樯倾楫摧：船桅倾倒，船桨摧折。

[27] 冥冥：昏暗的样子。

[28] 去国：离开国都。

[29] 景明：阳光明朗。景：日光。

[30] 波澜不惊：波平浪静。不惊：不动。

[31] 谓天色湖水交相辉映，上下一片碧绿，无边无际。

[32] 翔集：或飞翔，或栖止。集：栖止。

[33] 锦鳞：鳞光鲜丽的鱼。

[34] 岸芷汀兰：岸边的香草和水中小洲上的兰草。

[35] 郁郁：香气浓郁。青青：青翠茂盛。

[36] 而或：或者。长烟一空：长空的云雾散尽。

[37] 浮光跃金：湖面上月光浮动，金光闪耀。

[38] 静影沉璧：平静的月影映入水底，如同沉下一块玉璧。

[39] 宠辱皆忘：一切荣辱得失都忘掉了。

[40] 仁人：指具有高尚的品德修养和政治抱负的人。

[41] 二者：指上文所说"感极而悲"与"喜洋洋"两种心情。为：名词，指心理活动及其外在表现。

[42] 不因外界的境遇好而高兴，也不因自己的遭遇不幸而悲哀。物：指外界的环境；己：指个人的得失遭遇。

[43] 居庙堂之高：指在朝廷做官。庙堂：指朝廷。高：指高的官位。

[44] 处江湖之远：处在偏远的江湖，指被贬到偏远的地区或隐居乡野不仕。

[45] 其：表揣度语气。

[46] 忧在天下人之前，乐在天下人之后。

[47] 假如没有这样的人，我的心将归向于谁呢？微：无，非。与：语助词，无意。

三、欧阳修作品选读

五代史伶官传序[1]

【题解】正史一般不为伶人立传，《伶官传》为欧阳修《新五代史》所特创，记叙唐庄宗李存勖宠信的伶人周匝、景进、史彦琼、郭门高等人败政乱国的史实。本文是《伶官传》的序文，通过后唐的兴亡，论述国家盛衰之理。

文章开门见山，揭示中心论点，指出一个封建王朝的盛衰，不是由于"天命"，而是由于"人事"。继而以庄宗一生成败事迹，有力地论证了自己的观点。最后的结论"忧劳可以兴国，逸豫可以亡身"，既是对于史实的阐发，也是对开头"人事"二字的具体说明。虽然后唐的灭亡并不完全是由于伶人用事，但是作者的结论在封建社会却具有较普遍的意义，颇能发人深省。

这篇文章议论言简意赅，笔锋犀利，论点明确；叙事大处着笔，高度概括，对比鲜明；文章首尾呼应，结构严谨，逻辑性强；语言凝练，音节铿锵。

呜呼！盛衰之理[2]，虽曰天命，岂非人事哉！原庄宗之所以得天下[3]，与其所以失之者，可以知之矣。

世言晋王之将终也[4]，以三矢赐庄宗，而告之曰："梁，吾仇也[5]；燕王，吾所立[6]；契丹，与吾约为兄弟[7]，而皆背晋以归梁。此三者，吾遗恨也。与尔三矢，尔其无忘乃父之志[8]！"庄宗受而藏之于庙[9]。其后用兵，则遣从事以一少牢告庙[10]，请其矢，盛以锦囊[11]，负而前驱，及凯旋而纳之[12]。

方其系燕父子以组[13]，函梁君臣之首[14]。入于太庙，还矢先王。而告以成功，其意气之盛，可谓壮哉！及仇雠已灭[15]，天下已定，一夫夜呼，乱者四应[16]，仓皇东出，未及见贼，而士卒离散，君臣相顾，不知所归[17]。至于誓天断发，泣下沾襟，何其衰也[18]！岂得之难而失之易欤？抑本其成败之迹，而皆自于人欤？《书》曰[20]："满招损，谦得益。"忧劳可以兴国,逸豫可以亡身[21],自然之理也。故方其盛也,举天下之豪杰莫能与之争[22];及其衰也,数十伶人困之,而身死国灭,为天下笑[23]。夫祸患常积于忽微[24],而智勇多困于所溺[25],岂独伶人也哉!作《伶官传》。

【注释】

[1] 五代史:指欧阳修晚年撰写的《五代史记》,为区别于宋初薛居正修的《五代史》,亦称《新五代史》。五代:指存在于唐宋之间的五个王朝,即后梁、后唐、后晋、后汉、后周。本文是其中《伶官传》的序文。伶官:古代的乐官,此指供奉内廷、授有官职的歌舞杂剧演员。

[2] 盛衰:指一个王朝的兴盛和衰亡。

[3] 原:推究、考察事物的根本,动词。庄宗:指后唐庄宗李存勖(xù),沙陀部族首领李克用的长子,923年灭掉后梁,建立后唐。

[4] 晋王:李克用,本姓朱邪,其父因事唐有军功,赐姓李。他曾参与镇压黄巢起义,因功封为晋王。

[5] 梁吾仇也:梁指后梁太祖朱温,原为黄巢起义军将领,后叛变降唐,与李克用同为镇压义军的强大军阀,被封为梁王,后灭唐自立。他与李克用为扩充势力,互相攻伐,并设计谋害李,结仇甚深。

[6] 燕王吾所立:燕王,指刘仁恭、刘守光父子。刘仁恭原为幽州将,后因兵败投奔李克用,甚得信用,又因李克用保荐,被任命为唐检校司空,卢龙军节度使,后叛晋。李克用死时,刘仁恭尚未称燕王,后其子刘守光囚父杀兄,被朱温封为燕王。此言"燕王",乃作者追叙之辞。

[7] 契丹是生活于我国东北和华北一带的少数民族。天祐二年(905),李克用曾与其酋长耶律阿保机相会于云中(今山西大同市),约为兄弟,共谋举兵攻梁,阿保机自云中归后,却遣使与梁通好,求梁册封,并约共灭晋。

[8] 其:表祈使语气。乃父:你的父亲。

[9] 庙:指太庙。帝王供奉祖先神位的庙宇。

[10] 从事:官名,此处泛指一般属官。少牢:古代祭祀祖先的供品。告庙:古代帝王、诸侯举大事时向祖庙祭祀的仪式。

[11] 锦囊:丝织的袋子。

[12] 纳之:将箭放回宗庙原处。

[13] 天祐十年(918),晋王李存勖督军攻破幽州。先后生俘燕王刘守光及其父刘仁恭,绑赴晋阳(今山西太原)。先诛守光,以仁恭奠告于李克用陵之后亦斩之。组:丝编的绳索。

[14] 后唐同光元年(923),李存勖攻破后梁首都大梁(今河南开封),梁末帝朱友贞及控鹤都将皇甫麟皆自杀,李存勖命"漆其首函之,藏于太社(即太庙)(《资治通鉴·后唐纪一》)。函:用木匣封装。

[15] 仇雠(qiúchóu):仇敌。

[16] 同光四年(926),庄宗听信谗言,杀功臣大将李继麟等,人皆震骇,贝州军士皇甫晖与其徒夜间聚赌不胜,遂趁人心不安,拥赵在礼为乱。其后,各地州县相继叛乱。

一夫：指皇甫晖。因其夜间作乱，故曰"夜呼"。
[17] 诸军离叛，庄宗避乱东逃，侍从们怨愤，纷纷逃散。
[18]《资治通鉴·后唐纪三》载："帝（指庆宗李存勖）至石侨西，置酒悲涕，谓李绍荣等诸将曰：'卿辈事吾以来，急乱富贵靡不同之；今致吾至此，皆无一策以相救乎？'诸将百余人，皆截发置地，誓以死报，因相与号泣。"
[19] 或者推究其成功失败的原因，不都是由人决定的吗？抑：或，然而，转折词。本：推究。迹：事迹。自：由于。
[20] 书：指《尚书·大禹谟》。
[21] 逸豫：安乐。
[22] 举：全部，整个。
[23] 庄宗即位后，疏远功臣旧将，宠信伶人，赏赐无度，又曾封伶人陈俊等为刺史，将士愤愤不平。皇甫晖兵变后，庄宗曾戏言宠伶郭门高欲反，郭门高畏惧，遂于同光四年（926）率兵作乱，庄宗被乱军射死。
[24] 忽微：皆小数名。忽是一寸的十万分之一，微是寸的百万分之一。
[25] 所溺：指沉溺于其中而不能自拔的事物。

醉翁亭记

【题解】庆历五年（1045）春，欧阳修由于声援范仲淹等人，再遭贬斥，出知滁州，本文即作于到滁州的第二年。"庆历新政"的失败，使他感到苦闷；外放可以摆脱朝廷党争，对他也是一种安慰。文章表现了作者这种复杂的心情。

文章以一个"乐"字贯穿全篇。叙事、写景、抒情层次井然，繁简安排极具匠心。语言骈散结合，参差错落，句式丰富，音韵和谐。

环滁皆山也[1]。其西南诸峰，林壑尤美[2]，望之蔚然而深秀者[3]，琅琊也[4]。山行六七里，渐闻水声潺潺[5]，而泻出于两峰之间者，酿泉也[6]。峰回路转，有亭翼然临于泉上者[7]，醉翁亭也。作亭者谁？山之僧智仙也[8]。名之者谁[9]？太守自谓也[10]。太守与客来饮于此，饮少辄醉，而年又最高，故自号曰醉翁也。醉翁之意不在酒，在乎山水之间也。山水之乐，得之心而寓之酒也[11]。

若夫日出而林霏开[12]，云归而岩穴暝[13]，晦明变化者[14]，山间之朝暮也。野芳发而幽香[15]，佳木秀而繁阴[16]，风霜高洁[17]，水落而石出者，山间之四时也。朝而往，暮而归，四时之景不同，而乐亦无穷也。

至于负者歌于途[18]，行者休于树，前者呼，后者应，伛偻提携[19]，往来而不绝者，滁人游也。临溪而渔，溪深而鱼肥；酿泉为酒，泉香而酒洌[20]；山肴野蔌[21]，杂然而前陈者，太守宴也。宴酣之乐，非丝非竹[22]，射者中[23]，弈者胜[24]，觥筹交错[25]，坐起而喧哗者，众宾欢也。苍颜白发，颓乎其中[26]，太守醉也。

已而夕阳在山，人影散乱，太守归而宾客从也。树林阴翳[27]，鸣声上下，游人去而禽鸟乐也。然而禽鸟知山林之乐，而不知人之乐；人知从太守游而乐，而不知太守之乐其乐也[28]。醉能同其乐，醒能述以文者，太守也。太守谓谁[29]？庐陵欧阳修也[30]。

【注释】

[1] 环滁皆山：环，环绕。滁：即滁州。滁州除西部琅琊外，别无他山，此是夸张写法。
[2] 壑（hè）：山谷。
[3] 蔚然：草木茂盛的样子。深秀：幽深秀丽。
[4] 琅琊（yá）：山名，在滁州西南十里。
[5] 潺潺（chán）：流水的声音。
[6] 酿泉：即琅琊泉，又名醴泉，水清可以酿酒，故名酿泉。
[7] 翼然：鸟展翅飞翔的样子，形容醉翁亭飞檐高翘。
[8] 智仙：琅邪山琅邪寺的僧人。
[9] 名之者谁：给亭子题名的是谁呢？名：此处用作动词。
[10] 太守：古代地方行政长官，秦代称郡守，汉代称一郡行政最高长官为太守，宋时一州的长官称知军州事，此处沿用太守称呼。作者此时任滁州知州。
[11] 寓：寄托。
[12] 若夫：发语词，相当"至于"。林霏（fēi）开：树林里的雾气消散了。
[13] 云归：指傍晚时云烟聚拢山间，古人以为云自山中出，故曰"云归"。暝：昏暗。
[14] 晦明变化：指山间早晚时暗时明的变化。
[15] 野芳：野花。
[16] 佳木：美好的树木。秀：茂盛。繁阴：浓密的树荫。
[17] 风霜高洁：天高气爽，霜色洁白。
[18] 负者：背东西或挑担的人。
[19] 伛偻（yǔlǚ）：弯腰弓背，此指老年人。提携：搀扶、携领，此指小孩。
[20] 酒洌（liè）：酒清凉。洌：寒冷。
[21] 山肴（yáo）：野味。野蔌（sù）：野菜。
[22] 丝：指琴、瑟之类的弦乐器。管：指箫管之类的管乐器。
[23] 射：即投壶，古代宴饮中的一种游戏，以箭投入壶中，以中否决胜负，负者罚酒。一说，射指"射覆"，即猜谜语，古代酒令之一。
[24] 弈（yì）：下棋。
[25] 觥（gōng）：酒杯。筹：酒筹，行酒令时用以计胜负的筹码。交错：杂乱。
[26] 颓乎：原指精神萎靡不振的样子，此处指酒后昏然欲倒的神情。
[27] 阴翳（yì）：暮色笼罩。翳：遮蔽。
[28] 乐其乐：为游人的快乐而快乐。前一个"乐"字为动词，后一个"乐"字是名词。
[29] 谓：此处同"为"，是。
[30] 庐陵：地名，即吉州（今江西吉安县），欧阳修的祖籍。

秋声赋

【题解】此文作于嘉祐四年（1059），时欧阳修任翰林学士。"庆历新政"失败后，作者因三遭贬谪，历经政治斗争的艰苦与磨难，精神日益苦闷，身体亦因劳累忧烦折磨而日渐衰颓，对险恶的官场已感厌倦，遂生退归田园之心。此文即反映了这种历经沧桑后的感受。秋声无形，文中却以形形色色的意象表现其肃杀特征，描绘萧瑟寂寥的肃秋景象与气氛，以深切的情感抒发对自然人生的深沉感慨。叙事议论，悲秋咏怀，采用传统赋的主客问答体形式，骈散结合，行文自由活泼，讲究辞采，运用多种比喻、铺排手法，写秋声，更写秋心。

  欧阳子方夜读书[1]，闻有声自西南来者。悚然而听之[2]，曰："异哉！"初淅沥以萧飒[3]，忽奔腾而砰湃[4]，如波涛夜惊，风雨骤至。其触于物也，鏦鏦铮铮[5]，金铁皆鸣；又如赴敌之兵，衔枚疾走[6]，不闻号令，但闻人马之行声。予谓童子："此何声也？汝出视之。"童子曰："星月皎洁，明河在天[7]，四无人声，声在树间。"

  予曰："噫嘻悲哉[8]！此秋声也，胡为而来哉？"盖夫秋之为状也[9]：其色惨淡，烟霏云敛[10]；其容清明，天高日晶[11]；其气栗冽[12]，砭人肌骨[13]；其意萧条，山川寂寥。故其为声也，凄凄切切，呼号愤发。丰草绿缛而争茂[14]，佳木葱茏而可悦[15]；草拂之而色变，木遭之而叶脱；其所以摧败零落者，乃其一气之余烈[16]。夫秋，刑官也[17]，于时为阴[18]；又兵象也[19]，于行用金[20]；是谓天地之义气[21]，常以肃杀而为心[22]。天之于物，春生秋实[23]，故其在乐也，商声主西方之音[24]，夷则为七月之律[25]。商，伤也[26]，物既老而悲伤；夷，戮也，物过盛而当杀[27]。

  "嗟乎！草木无情，有时飘零。人为动物，惟物之灵[28]；百忧感其心，万事劳其形；有动于中，必摇其精[29]。而况思其力之所不及，忧其智之所不能，宜其渥然丹者为槁木[30]，黟然黑者为星星[31]。奈何以非金石之质[32]，欲与草木而争荣。念谁为之戕贼[33]，亦何恨乎秋声！"

  童子莫对，垂头而睡。但闻四壁虫声唧唧，如助予之叹息。

【注释】

[1] 欧阳子：作者自称。方：正。

[2] 悚然：惊惧貌。

[3] 淅沥：细雨声，此喻风声。以：而。萧飒：风声。

[4] 砰湃：同"澎湃"。波涛汹涌声，此喻风声。

[5] 鏦（cōng）鏦铮铮：金属相击声，此喻风声。

[6] 衔枚：古代秘密行军时为了肃静，士兵口中衔着小木棒，以防喧哗。枚：形状似筷子的小棒，两头系有带子，以套在脖子上。

[7] 明河：银河。

[8] 噫嘻：叹息声。悲哉：宋玉《九辩》："悲哉秋之为气也！萧瑟兮草木摇落而变衰。"

[9] 状：景象。

[10] 烟霏云敛：犹烟雾弥漫，云气聚集。言天气阴晦。敛：聚集。

[11] 日晶：阳光灿烂。

[12] 栗冽：寒冷貌。

[13] 砭：针刺。

[14] 绿缛：犹绿草茂盛。缛：繁密貌。

[15] 葱茏：树木青翠茂盛貌。

[16] 一气：指秋气。余烈：即余威。
[17] 刑官：即司寇，亦称秋官，掌管刑法、狱讼。周朝设官，用天地四时之名，司寇为秋官。秋季为判决死罪犯用刑的时节，后称刑部为秋官。
[18] 于时为阴：谓在时令中以秋季为阴。古代以阴阳配四时，春夏为阳，秋冬为阴。《汉书·律历志上》："故春为阳中，万物以生。秋为阴中，万物以成。"
[19] 兵象：用兵的征象。《汉书·刑法志》："秋治兵以狝，冬大阅以狩。"颜师古注称："狝，应杀气也。"狝：指古代秋天打猎。古代练兵、出兵征伐多在秋季。
[20] 于行用金：谓在五行中以秋季为金。《汉书·五行志上》："金，西方，万物既成，杀气之始也。故立秋而鹰隼击，秋分而微霜降。其于王事，出军行师，把麾杖钺，誓士众，抗威武，所以征畔逆止暴乱也。"行：五行，即水、火、木、金、土。古代以五行配四时，秋属金。
[21] 义气：犹刚正之气。《礼记·乡饮酒义》："天地严凝之气，始于西南，而盛于西北，此天地之尊严气也。此天地之义气也。"孔颖达疏："西南，象秋始。"谓秋气自西南而来。此文开篇"闻有声自西南来者"即有本于此。
[22] 肃杀：严酷萧瑟貌。喻深秋或冬季天气和景色。心：用心。
[23] 实：果实，此处用作动词，谓结果实于秋季。
[24] 商声：亦商音、商调，其声悲凉哀怨。商声为我国古代五声音阶中的商音，旋律以商调为主音的乐声。我国古代以五声配四时，商属秋。《礼记》："孟秋之月，其音商。"西方之音：谓属于西方之音乐。我国古代以五声配五行，商声属金。又以五声配四方，商声属西方。五声，即宫、商、角、徵、羽五声音阶。此五个音级亦为五种调式，旋律以各音为主音，分别为宫调、商调、角调、徵调、羽调。
[25] 夷则：音乐十二律之一。十二律为黄钟、大吕、太簇、夹钟、姑洗、中吕、蕤宾、林钟、夷则、南吕、无射、应钟。律为古代音乐中正音的标准。我国古代以十二律配十二月，夷则为七月。《史记·律书》："七月也，律中夷则。夷则，言阴气之贼万物也。"
[26] 商：指商声。伤也：张守节《史记正义》中引《白虎通》云："夷，伤也。则，法也。言万物始伤，被刑法也。"
[27] 杀：谓衰败。
[28] 灵：灵性。《尚书·泰誓》："惟人，万物之灵。"
[29] 劳其形，摇其精：语出《庄子·在宥》："无视无听，抱神以静，形将自正。必静必清，无劳汝形，无摇汝精，乃可以长生。"此处反用其意。劳：使劳苦。形：形体。摇：动摇，此谓损耗。精：精神。
[30] 渥然丹者：语出《诗·秦风·终南》："颜如渥丹。"渥丹：容颜红润貌，喻年轻健康。槁木：枯木，喻衰老。《庄子·齐物论》："形固可使如槁木，而心固可使如死灰乎？"
[31] 黟（yī）然：黑貌。星星：白貌。喻鬓发花白。左思《白发赋》："星星白发，生于鬓垂。"
[32] 金石之质：《古诗十九首·回车驾言迈》："人生非金石，岂能长寿考。"此处借用其意。质：本质。
[33] 戕贼：伤害。

四、苏洵作品选读

六国论

【题解】 本文选自《权书》。清人朱晴川评论此文说:"借六国赂秦而灭,以暗刺宋事。其言痛切悲愤,可谓深谋先见之智。"强烈的针对性,是本文内容上的一大特点。宋朝是我国历史上一个十分软弱的王朝,对异族入侵者一味妥协退让,许多有识之士对此深表忧虑。苏洵的这篇文章,以战国时楚、韩、魏、齐、赵、燕六国因赂秦而遭致灭亡的历史教训,向宋朝的统治者发出了警告。

文章的布局谋篇极具匠心。头一段,开门见山,点明主旨。"弊在赂秦"四字,片言居要,为一篇之警策。以下针对六国不同情形,分别论述"赂秦而力亏""不赂者以赂者丧";然后又为六国谋划,提出了封谋臣、礼奇才、并力西向的强国之策;最后一段是向宋朝廷发出的语重心长的告诫,与开头呼应,表明了文章目的之所在。文章结构谨严,议论纵横,或引物托喻,或指事析理,极尽跌宕恣肆之妙。

六国破灭,非兵不利[1],战不善,弊在赂秦[2];赂秦而力亏[3],破灭之道也。或曰:"六国互丧[4],率赂秦耶[5]?"曰:"不赂者以赂者丧;盖失强援,不能独完[6]。故曰,弊在赂秦也。"

秦以攻取之外,小则获邑,大则得城。较秦之所得,与战胜而得者,其实百倍[7];诸侯之所亡[8],与战败而亡者,其实亦百倍。则秦之所大欲,诸侯之所大患,固不在战矣。

思厥先祖父[9],暴霜露[10],斩荆棘,以有尺寸之地。子孙视之不甚惜,举以予人,如弃草芥[11]。今日割五城,明日割十城,然后得一夕安寝。起视四境,而秦兵又至矣。然则,诸侯之地有限,暴秦之欲无厌[12],奉之弥繁[13],侵之愈急,故不战而强弱胜负已判矣。至于颠覆,理固宜然。古人云:"以地事秦,犹抱薪救火,薪不尽,火不灭[14]。"此言得之。

齐人未尝赂秦,终继五国迁灭[15],何哉?与嬴而不助五国也[16]。五国既丧,齐亦不免矣。燕、赵之君,始有远略,能守其土,义不赂秦。是故燕虽小国而后亡,斯用兵之效也。至丹以荆卿为计,始速祸焉[17]。赵尝五战于秦,二败而三胜。后秦击赵者再,李牧连却之[18];洎牧以谗诛[19],邯郸为郡[20],惜其用武而不终也。且燕、赵处秦革灭殆尽之际[21],可谓智力孤危,战败而亡,诚不得已。向使三国各爱其地[22],齐人勿附于秦,刺客不行[23],良将犹在[24],则胜负之数[25],存亡之理,当与秦相较[26],或未易量[27]。

呜呼!以赂秦之地,封天下之谋臣;以事秦之心,礼天下之奇才;并力西向[28],则吾恐秦人食之不得下咽也[29]。悲夫!有如此之势,而为秦人积威之所劫[30],日削月割,以趋于亡。为国者[31],无使为积威之所劫哉!

夫六国与秦皆诸侯,其势弱于秦,而犹有可以不赂而胜之之势;苟以天下之大,下而从六国破亡之故事[32],是又在六国下矣[33]。

【注释】

[1] 兵:兵器,武器。
[2] 弊在赂秦:弊端在于以割地贿赂秦国。语出贾谊《过秦论》:"于是从散约败,争割地以赂秦。"

[3] 力亏：指国家力量衰弱。
[4] 互丧：相继灭亡。
[5] 率：全都、一概。
[6] 强援：强有力的援助。独完：单独保全。
[7] 将秦国通过贿赂所得到的土地，与通过战胜所得到的相比较，它的实际数量要超过许多倍。百倍：极言其多。
[8] 所亡：所丧失的土地。
[9] 他们的先人和祖父、父亲辈。思：句首助词，无意。厥：其，他们。
[10] 暴（pù）霜露：冒着风霜雨露之苦。
[11] 草芥：比喻极轻微而没有价值的东西。
[12] 厌：通"餍"，本义引申为满足。
[13] 奉之弥繁：送给秦国越多。弥：越。
[14] 古人：指战国时的苏代、孙臣。二人都对魏安王说过类似的话。
[15] 迁灭：灭亡。
[16] 与嬴（yíng）：亲近秦国。与：亲的意思。嬴：秦王的姓，此指秦国。
[17] 始皇二十年（前227），燕太子丹遣勇士荆轲谋刺秦王未中，荆轲被杀。秦举兵伐燕，燕国遂亡，太子丹亦被杀。卿：敬称。速祸：招致祸患。
[18] 李牧：赵国大将。连却之：连续打退秦军。据《史记·赵世家》载，赵幽缪王迁二年、四年（前234、232）李牧接连战胜秦军。
[19] 等到李牧由于谗言遭到杀害。据《史记·廉颇蔺相如列传》载，赵幽缪王迁七年（前229），秦使王翦攻赵，赵使李牧等御之。秦以金贿赂赵王宠臣郭开为反间计，郭开诬李牧谋反，赵王信谗，暗中捕杀李牧。第二年王翦破赵，赵遂亡。洎（jì）：及、至。
[20] 邯郸为郡：秦灭赵后，于秦始皇十九年（前228）置邯郸郡。邯郸：原赵国都城，此处指代赵国。
[21] 革灭：消灭，灭亡。殆：几乎、差不多。
[22] 向使：假使。三国：指韩、魏、楚。
[23] 刺客：指荆轲。
[24] 良将：指李牧。
[25] 胜负之数：胜败的命运。数：定数，命运。
[26] 当：假如。
[27] 量：判断，估计。
[28] 并力西向：齐心协力对抗西方的秦国。
[29] 食之不得下咽：形容秦国畏惧东方六国联合，害怕得吃不下饭去。
[30] 积威：长期积累的威势。劫：胁迫，挟制。
[31] 为国者：治理国家的人。
[32] 降低而重蹈六国灭亡的覆辙。
[33] 这种做法又在六国之下了。

五、曾巩作品选读

墨池记[1]

【题解】 该文是作者应抚州州学教授王盛之请而写的,它通过传说与王羲之有关的一处古迹,来说明只有通过刻苦学习,在文章和道德上才能有所成就。本文体现了作者讲求行文布局、叙事条理分明的特点。

临川之城东,有地隐然而高[2],以临于溪,曰新城。新城之上,有池洼然而方以长[3],曰王羲之之墨池者[4],荀伯子《临川记》云也[5]。羲之尝慕张芝,临池学书[6],池水尽黑,此为其故迹,岂信然耶[7]?

方羲之之不可强以仕[8],而尝极东方[9],出沧海,以娱其意于山水之间。岂有徜徉肆恣[10],而又尝自休于此耶?羲之之书,晚乃善[11],则其所能,盖亦以精力自致者[12],非天成也。然后世未有能及者,岂其学不如彼耶?则学固岂可以少哉!况欲深造道德者耶[13]?

墨池之上,今为州学舍[14]。教授王君盛恐其不彰也[15],书"晋王右军墨池"之六字于楹间以揭之[16],又告于巩曰:"愿有记!"

推王君之心,岂爱人之善,虽一能不以废[17],而因以及乎其迹耶?其亦欲推其事以勉其学者耶?夫人之有一能,而使后人尚之如此[18],况仁人庄士之遗风余思[19],被于来世者如何哉[20]!庆历八年九月十二日[21],曾巩记。

【注释】

[1] 墨池:在江西省临川县,相传是东晋书法家王羲之练习书法后洗笔洗砚的地方。
[2] 隐然而高:微微高起。隐然:不显露貌。
[3] 洼然:低深之状。方以长:长方形。以:而。
[4] 王羲之:字逸少,东晋人,官至右将军,会稽内史,世称王右军,是我国古代有名的大书法家,世称"书圣"。
[5] 荀伯子:南朝人,东晋时,曾任尚书祠部郎,入宋为尚书左丞,出补临川内史。著有《临川记》六卷,今已亡佚。
[6] 张芝:字伯英,东汉末年书法家,善草书,世称"草圣"。据说他"临池学书,池水尽黑",深为王羲之所仰慕。
[7] 岂信然耶:难道是真的吗。
[8] 王羲之原与王述齐名,但轻视王述,后羲之作会稽内史时,王述任扬州刺史,管辖会稽郡,羲之深以为耻,遂称病去职,并在父母墓前自誓不再出仕。
[9] 尝极东方:曾经遍游东方。极:穷尽。《晋书》本传云:"羲之既去官,与东土人士尽山水之游,弋钓为娱。……偏游东中诸郡,穷诸名山,泛沧海。叹曰:'我卒当以乐死。'"
[10] 徜徉:徘徊、漫游。肆恣:自由放纵,尽情任意。
[11] 羲之二句:王羲之的书法晚年才完善精美。据《晋书》本传记,王羲之早年书法不如当时的书法家庾翼、郄愔,到了晚年才精妙异常,曾用草书给庾翼之兄庾亮写信,

庾翼看后十分叹服，认为焕若神明，可与张芝媲美。

[12] 大概也是以自己的精神毅力才达到的。
[13] 深造道德：谓在道德修养上有崇高造诣。
[14] 州学舍：指抚州州学的校舍。
[15] 教授：官名，此指州学教授，主管学政和教育所属生员。彰：著名，显扬。
[16] 楹（yíng）：房屋前面的柱子。揭：挂起，标出。
[17] 虽一能不以废：即使一技之长，也不使它埋没。一能，此处指王羲之擅长书法的技能。
[18] 尚：推崇、尊重。
[19] 仁人庄士：指品德高崇、行为端庄的人。遗风余思：遗留下来令人思慕的美好风范。
[20] 被于来世：影响到后世。
[21] 庆历：宋仁宗年号。庆历八年即 1048 年。

六、王安石作品选读

答司马谏议书[1]

【题解】宋神宗熙宁三年（1070）二月，王安石针对司马光来信指责新法，以此作答。这封复信不仅从根本上否定了司马光对新法的指责，而且尖锐地批评了"不恤国事、同俗自媚于众"因循苟且的社会风气，表明推行新法的信心和坚定态度。文章观点鲜明，语言精练，笔带锋芒，绝无枝蔓。清末古文家吴汝纶评此文："固由傲兀性成，究亦理足气盛，故劲悍廉厉无枝叶如此。"

某启[2]：昨日蒙教[3]，窃以为与君实游处相好之日久[4]，而议事每不合，所操之术多异故也[5]。虽欲强聒[6]，终必不蒙见察[7]，故略上报[8]，不复一一自辨。重念蒙君实视遇厚[9]，于反覆不宜卤莽[10]，故今具道所以[11]，冀君实或见恕也。

盖儒者所争，尤在于名实[12]。名实已明，而天下之理得矣。今君实所以见教者[13]，以为侵官、生事、征利、拒谏[14]，以致天下怨谤也。某则以谓受命于人主[15]，议法度而修之于朝廷[16]，以授之于有司[17]，不为侵官；举先王之政[18]，以兴利除弊，不为生事；为天下理财，不为争利；辟邪说[19]，难壬人[20]，不为拒谏。至于怨诽之多，则固前知其如此也[21]。

人习于苟且非一日[22]，士大夫多以不恤国事同俗自媚于众为善[23]。上乃欲变此[24]，而某不量敌之众寡[25]，欲出力助上以抗之，则众何为而不汹汹然[26]？盘庚之迁，胥怨者民也[27]，非特朝廷士大夫而已[28]；盘庚不为怨者故改其度[29]，度义而后动[30]，是而不见可悔故也[31]。

如君实责我以在位久，未能助上大有为，以膏泽斯民[32]，则某知罪矣；如曰今日当一切不事事[33]，守前所为而已，则非某之所敢知。

无由会晤[34]，不任区区向往之至[35]。

【注释】

[1] 司马谏议：司马光。谏议：官名，即谏议大夫，时司马光任此职。
[2] 某：作者自称，古时写书信，都自称姓名，起草时为了省事，以"某"代替自己的姓名。也有由于作者的子孙、门人等编集子时，用"某"字来代替姓名，以示尊敬

或避讳。启：陈述。
[3] 蒙教：承蒙教诲。写回信时的一种客气说法。
[4] 窃：私下，表谦虚之意。君实：司马光字君实。游处：朋友间交游相处。写此信时，王安石与司马光已相识十多年，又同朝为官，故云。
[5] 所操之术：个人所坚持的政治主张和见解。操：持。术：方法，道路，主张。故：缘故。
[6] 强聒：硬要解释给人听。聒（guō）：《楚辞·九思》注曰："多声乱耳为聒。"
[7] 见察：被了解，被谅解。
[8] 略：简略，简单。上报：写回信时的一种客气说法。王安石接司马光信后，先曾有一简短的复函，故称"略上报"。此复函已失传，在司马光给王安石的第二封信中曾提及此事。
[9] 重念：又考虑到。视遇厚：很看得起我。视遇：看待。厚：优厚。
[10] 于反覆：对于书信往来之事。不宜卤莽：不该草率从事。
[11] 具道所以：详述这样做的理由。具：完全，详尽。所以：所持的理由。
[12] 尤：特别，尤其。名实：名称和实际，此指名实是否相符。《孟子·告子下》："先名实者，为人也。"赵岐注："名者，有道德之名；实者，治国惠民之功实也。"
[13] 所以见教者：拿来教训我的。
[14] 侵官：侵犯原来官吏的职权。王安石变法，设立"制置三司条例司"来理财，司马光认为这是侵夺了原来主管财政的三司（盐铁、度支、户部）的职权。生事：无事生非，此指派人到各地去推行新法，打乱了旧的秩序，司马光认为这是"生事扰民"。征利：新法努力增加国家的财政收入，司马光认为这是与民争利。征：求，谋。拒谏：拒绝接受别人的劝谏。
[15] 受命于人主：接受皇帝的命令。人主：君主，此指宋神宗赵顼。
[16] 议法度：议订法令制度。修之于朝廷：又在朝廷之上加以修改。
[17] 授之于有司：把各项法令制度交给各主管部门的负责官员去执行。
[18] 举：施行。先王：泛指古代的贤明君主。
[19] 辟：抨击，驳斥。邪说：不正确的言论。
[20] 难：诘难。壬人：奸佞、善于巧辩之人。《汉书·元帝纪》："是故壬人在位，而吉士雍蔽。"颜师古注引服虔曰："壬人，佞人也。"
[21] 固前知其如此：本来事前就料到会是这样。固：本来。前：事前。
[22] 习于：习惯于，安于。苟且：偷安，得过且过。
[23] 恤：关心。同俗自媚于众：附和世俗之见，献媚讨好众人。善：好。
[24] 乃：却。变此：改变这种风气。
[25] 不量：不衡量，不考虑。敌：政敌，此指反对变法的保守派。
[26] 汹汹然：大吵大闹的样子。
[27] 盘庚：殷代国君。他曾把殷的国都由奄（今山东省曲阜市）迁至亳殷（今河南省安阳市）。胥：皆，相与。《尚书·盘庚》序："盘庚五迁，将治亳殷，民咨胥怨，作《盘庚》三篇。"孔颖达疏曰："自汤至盘康，凡五迁都。今盘庚将欲迁居，而治于亳之

殷治。民皆恋其故居,不欲移徙,咨嗟忧愁,相与怨上。盘庚以言辞告之。史叙其事。作《盘庚》三篇。"

[28] 非特:不只是。

[29] 故:缘故。度(dù):指计划,决定,《左传·昭公四年》:"(子产曰)且吾闻为善者不改其度,故能有济也。民不可逞,度不可改。"这句是说,盘庚不因为有人怨恨的缘故就改变自己迁都的决定。

[30] 度(duó):动词,谋划,考虑。义:同"宜",合适,适宜。后动:然后再采取行动。

[31] 是:认为正确。

[32] 膏泽:恩泽,恩惠,这里用作动词,施恩泽。膏:油。泽:雨露。斯民:人民。《孟子·离娄下》:"膏泽下于民。"孙奭:"膏泽之恩,施之下浃于民。"这句是说,使人民得到实惠。

[33] 一切不事事:什么事情都不做。第一个"事"为动词,第二个"事"为名词。

[34] 无由会晤:没有机会和您见面。

[35] 不任:不胜。区区:小,谦指自己狭小的内心。向往之至:仰慕到了极点。这句是说,内心不胜仰慕。此乃旧时书信结尾常用套语。

七、苏轼作品选读

留侯论[1]

【题解】 这是一篇著名的史论,文章以张良受书于圯上老人之事为主要依据,论述了"忍则胜,不忍则败"的道理。文章议论纵横跌宕,若断若续,变幻不羁。首段确立通篇主脑,破空而来;继而以张良"逞于一击之间",几至于死的事实,说明"不能忍则败",这是从反面论证。然后生发开去,引证史实,以郑伯、勾践危亡之中先保全自身最后转败为胜的事例,说明"忍则胜",这是正面论证。最后以楚汉相争的成败,"在能忍与不能忍之间",而汉之胜,则是由于"子房教之"收束全文,余音袅袅。

古之所谓豪杰之士者,必有过人之节。人情有所不能忍者,匹夫见辱[2],拔剑而起,挺身而斗,此不足为勇也。天下有大勇者,卒然临之而不惊[3],无故加之而不怒,此其所挟持者甚大[4],而其志甚远也。

夫子房受书于圯上之老人也[5],其事甚怪。然亦安知其非秦之世有隐君子者出而试之[6]。观其所以微见其意者[7],皆圣贤相与警戒之义。世人不察,以为鬼物[8],亦已过矣。且其意不在书。当韩之亡,秦之方盛也,以刀锯鼎镬待天下之士[9],其平居无罪夷灭者[10],不可胜数;虽有贲、育[11],无所复施[12]。夫持法太急者,其锋不可犯,而其势未可乘[13]。子房不忍忿忿之心,以匹夫之力,而逞于一击之间[14]。当此之时,子房之不死者,其间不能容发[15],盖亦已危矣!千金之子[16],不死于盗贼。何者?其身之可爱,而盗贼之不足以死也[17]。子房以盖世之才,不为伊尹、太公之谋[18],而特出于荆轲、聂政之计[19],以侥幸于不死,此圯上老人之所为深惜者也。是故倨傲鲜腆而深折之[20],彼其能有所忍也,然后可以就大事,故曰:"孺子可教也。"

楚庄王伐郑，郑伯肉袒牵羊以逆[21]，庄王曰："其君能下人[22]，必能信用其民矣。"遂舍之。勾践之困于会稽，而归臣妾于吴者，三年而不倦[23]。且夫有报人之志[24]，而不能下人者，是匹夫之刚也。夫老人者，以为子房才有余，而忧其度量之不足，故深折其少年刚锐之气，使之忍小忿而就大谋。何则？非有生平之素[25]，卒然相遇于草野之间，而命以仆妾之役，油然而不怪者[26]，此固秦皇之所不能惊[27]，而项籍之所不能怒也。

观夫高祖之所以胜，而项籍之所以败者，在能忍与不能忍之间而已矣。项籍惟不能忍，是以百战百胜，而轻用其锋[28]。高祖忍之，养其全锋[29]，以待其毙。此子房教之也。当淮阴破齐而欲自王，高祖发怒，见于词色[30]。由此观之，犹有刚强不忍之气，非子房其谁全之？

太史公疑子房以为魁梧奇伟，而其状貌乃如妇人女子[31]，不称其志气[32]。呜呼！此其所以为子房欤[33]！

【注释】

[1] 留侯：即张良，字子房，刘邦的重要谋士，辅佐刘邦灭秦，败项羽，建立汉朝，封于留（今江苏沛县东南）。

[2] 匹夫见辱：普通的人被侮辱。匹夫：指一般人，平常人。见：被。

[3] 卒然：猝然，忽然，突然。

[4] 此其句：这是由于他胸怀广阔，抱负远大。所挟持者：所怀抱的，此处指抱负、志向。

[5]《史记·留侯世家》记载，张良行刺秦始皇失败后，逃至下邳，在闲游下邳桥上时，见一老人，老人将鞋掉到桥下，命张良说："孺子下取履。"张良十分惊愕，强忍着下桥取来。老人又命他给穿上，张良又跪下给他穿上，老人说："孺子可教矣。"五日后，授与张良一部《太公兵法》。圯（yí）：桥。

[6] 隐君子：隐居的高士。

[7] 微见其意：隐约地流露出自己的用意。

[8] 以为鬼物：认为圯上老人是鬼。王充《论衡》："张良游泗水之上，遇黄石公，授太公书。盖天佐汉诛秦，故命令神石为鬼书授人。"

[9] 谓秦始皇以残酷的刑罚虐杀百姓。刀锯用以杀人，鼎镬用以烹人。

[10] 平居无罪夷灭：平白无故地遭到杀害。夷灭：此特指灭族。

[11] 贲（bēn）育：即孟贲、夏育，二人均为古代勇士。

[12] 无所复施：本领再也无法施展。

[13] 其势未可乘：谓形势有利于秦，还没有可乘之机。

[14] 逞于一击之间：指张良使刺客在博浪沙以铁椎击秦始皇事。张良原为韩国贵族，秦灭韩后，张良倾尽家财请求刺客谋刺秦王，为韩报仇，得一大力士，以一百二十斤重的大铁椎，狙击秦王于博浪沙，误中副车，张良遂亡命下邳。

[15] 其间不能容发：谓生与死之间，相距甚近，当中容纳不了一根头发，比喻形势十分危急。

[16] 千金之子：指富贵人家子弟。

[17] 不足以死：不值得和盗贼拼命而死。

[18] 伊尹：商朝的开国功臣。太公：即姜子牙，周朝的开国功臣。

[19] 荆轲：战国时著名刺客，曾为燕太子丹刺杀秦始皇，失败而死。聂政：战国时刺客，曾为严仲子刺杀韩相侠累。
[20] 倨傲鲜腆（tiǎn）而深折之：用傲慢无礼的态度来侮辱他。鲜腆：厚颜、无礼。折：摧折、侮辱。
[21] 楚庄王伐郑事，见《左传·宣公十二年》。郑伯：郑襄公。肉袒：脱衣露体，以示接受责打或杀戮。牵羊：以羊作为奉献的礼物。逆：迎。
[22] 下人：屈于人下。
[23] 春秋时，越国被吴国打败，国君勾践与妻子及大臣范蠡投降吴国为奴仆三年。会稽：今浙江省绍兴市。归臣妾于吴：投降吴国为其臣妾。臣妾：古时对奴隶的称谓。男曰臣，女曰妾。
[24] 报人：向人报仇。
[25] 生平之素：长期的交往。
[26] 油然：自然而然。
[27] 不能惊：不能使他惊惧。
[28] 锋：锋芒，锐气。此处指兵力。
[29] 养其全锋：保存实力。
[30] 淮阴：指淮阴侯韩信。《史记·淮阴侯列传》记载，韩信平定齐地后，派人向刘邦请求封为"假王"，当时刘邦正被项羽围困于荥阳，得信大怒，骂韩信不来救援，反欲自立为王，后经张良提醒，恍然大悟，于是派张良前往，立韩信为齐王。
[31] 《史记·留侯世家》："太史公曰：吾以为其人计魁梧奇伟，至见其图，状貌如妇人好女。"
[32] 谓张良的外貌与其志气不相称。
[33] 这大概正是他的过人之处。

文与可画筼筜谷偃竹记

【题解】《文与可画筼筜谷偃竹记》是一篇文艺随笔，也是一篇悼念性的记人散文，是苏轼为表兄兼好友文与可《筼筜谷偃竹》画卷所写的一篇题记。文章即以此画为线索，叙述作者和文与可的深挚友谊及睹物思人的悲痛，写得庄谐相衬，情深意切，是篇典型地体现苏轼文理自然、姿态横生特点的优秀散文。文中还提出了"胸有成竹"的文学批评观点。

竹之始生，一寸之萌耳[1]，而节叶具焉。自蜩腹蛇蚹以至于剑拔十寻者[2]，生而有之也。今画者乃节节而为之，叶叶而累之，岂复有竹乎？故画竹必先得成竹于胸中，执笔熟视，乃见其所欲画者，急起从之，振笔直遂[3]，以追其所见，如兔起鹘落，少纵则逝矣。与可之教予如此。予不能然也，而心识其所以然。夫既心识其所以然，而不能然者，内外不一，心手不相应，不学之过也。故凡有见于中而操之不熟者，平居自视了然，而临事忽焉丧之，岂独竹乎？

子由为《墨竹赋》以遗与可曰："庖丁[4]，解牛者也，而养生者取之；轮扁，斫轮者也[5]，而读书者与之。今夫夫子之托于斯竹也，而予以为有道者则非邪？"子由未尝画也，故得其意而已。若予者，岂独得其意，并得其法。

与可画竹，初不自贵重，四方之人持缣素而请者[6]，足相蹑于其门。与可厌之，投诸地而骂曰:"吾将以为袜材。"士大夫传之,以为口实。及与可自洋州还,而余为徐州。与可以书遗余曰:"近语士大夫,吾墨竹一派[7],近在彭城,可往求之。袜材当萃于子矣[8]。"书尾复写一诗,其略云:"拟将一段鹅溪绢[9],扫取寒梢万尺长。"予谓与可:"竹长万尺,当用绢二百五十匹,知公倦于笔砚,愿得此绢而已。"与可无以答,则曰:"吾言妄矣。世岂有万尺竹哉?"余因而实之,答其诗曰:"世间亦有千寻竹,月落庭空影许长。"与可笑曰:"苏子辩则辩矣,然二百五十匹绢,吾将买田而归老焉。"因以所画筼筜谷偃竹遗予曰:"此竹数尺耳,而有万尺之势。"筼筜谷在洋州,与可尝令予作《洋州三十咏》,《筼筜谷》其一也。予诗云:"汉川修竹贱如蓬,斤斧何曾赦箨龙[10]。料得清贫馋太守,渭滨千亩在胸中。"与可是日与其妻游谷中,烧笋晚食,发函得诗,失笑喷饭满案。

元丰二年正月二十日,与可没于陈州。是岁七月七日,予在湖州曝书画,见此竹,废卷而哭失声。昔曹孟德祭桥公文,有"车过""腹痛"之语。而予亦载与可畴昔戏笑之言者,以见与可于予亲厚无间如此也。

【注释】

[1] 萌:嫩芽。
[2] 蜩(tiáo)腹:蝉的肚皮。蛇蚹:蛇腹下的横鳞。
[3] 遂:完成。
[4] 庖丁:厨师。《庄子·养生》说:庖丁解牛的技艺高妙,因为他能洞悉牛的骨骼肌理,运刀自如,十九年解了数千头牛,其刀刃还同新磨的一样,毫无损伤。文惠君听了庖丁的介绍后,说:"善哉!吾闻庖丁之言,得养生焉。"
[5] 轮扁(piān):斫(zhuó)轮者也:《庄子·天道》载:桓公在堂上读书,轮扁在堂下斫轮,轮扁停下工具,说桓公所读的书都是古人的糟粕,桓公责问其由。轮扁说:臣斫轮"不徐不疾,得之于手而应于心,口不能言,有数存焉于其间。却无法用口传授给别人。"斫:雕斫。
[6] 缣素:供书画用的白色细绢。
[7] 墨竹一派:善画墨竹的人,指苏轼。
[8] 袜材当萃于子矣:谓求画的细绢当聚集到你处。
[9] 鹅溪:在今四川盐亭县西北,附近产名绢,称鹅溪绢,宋人多用以作书画材料。
[10] 箨(tuò)龙:指竹笋。陈州:治所在今河南淮阳。湖州:今浙江吴兴,时苏轼任湖州知州。

前赤壁赋[1]

【题解】 此赋为苏轼因"乌台诗案"被贬为黄州团练副使夜游赤壁而作,表现了作者旷达的人生态度和通达的历史观。这是一篇出色的文赋,它采用主客对答的传统手法,运用骈散相间的形式,将叙事、写景、抒情、议论融为一体。写景如诗如画,议论气象高远。

壬戌之秋[2],七月既望[3],苏子与客泛舟游于赤壁之下。清风徐来,水波不兴。举酒属客[4],诵明月之诗,歌窈窕之章[5]。少焉[6],月出于东山之上,徘徊于斗牛之间[7]。白露横江[8],水光接天。纵一苇之所如,凌万顷之茫然[9]。浩浩乎如冯虚御风[10],而不知其所止;飘飘乎如遗世独立[11],羽化而登仙[12]。

于是饮酒乐甚,扣舷而歌之[13]。歌曰:"桂棹兮兰桨[14],击空明兮溯流光[15]。渺渺兮予怀[16],望美人兮天一方[17]。"客有吹洞箫者,倚歌而和之[18]。其声呜呜然[19],如怨如慕[20],如泣如诉;余音袅袅[21],不绝如缕[22],舞幽壑之潜蛟[23],泣孤舟之嫠妇[24]。

苏子愀然[25],正襟危坐[26],而问客曰:"何为其然也[27]?"客曰:"'月明星稀,乌鹊南飞[28]',此非曹孟德之诗乎[29]?西望夏口[30],东望武昌[31],山川相缪[32],郁乎苍苍[33],此非孟德之困于周郎者乎[34]?方其破荆州,下江陵[35],顺流而东也,舳舻千里[36],旌旗蔽空,酾酒临江[37],横槊赋诗[38],固一世之雄也[39],而今安在哉?况吾与子渔樵于江渚之上[40],侣鱼虾而友麋鹿[41]。驾一叶之扁舟,举匏樽以相属[42]。寄蜉蝣于天地[43],渺沧海之一粟[44]。哀吾生之须臾[45],羡长江之无穷。挟飞仙以遨游[46],抱明月而长终。知不可乎骤得,托遗响于悲风[47]。"

苏子曰:"客亦知夫水与月乎?逝者如斯[48],而未尝往也;盈虚者如彼[49],而卒莫消长也[50]。盖将自其变者而观之[51],则天地曾不能以一瞬[52];自其不变而观之,则物与我皆无尽也[53]。而又何羡乎[54]?且夫天地之间,物各有主,苟非吾之所有,虽一毫而莫取。惟江上之清风,与山间之明月,耳得之而为声,目遇之而成色;取之无禁,用之不竭,是造物者之无尽藏也[55],而吾与子之所共适[56]。"

客喜而笑,洗盏更酌[57]。肴核既尽[58],杯盘狼藉[59]。相与枕藉乎舟中[60],不知东方之既白[61]。

【注释】

[1] 赤壁:长江、汉水流域叫赤壁的地方共有五处,苏轼所游的赤壁,在黄州(今湖北省黄冈)城外,长江北岸,俗名赤鼻矶;而三国时"赤壁之战"的赤壁,在今湖北省嘉鱼县东北,长江南岸。

[2] 壬戌(rénxū):宋神宗元丰五年(1082)。

[3] 七月既望:农历七月十六日。望:农历每月十五日这一天月亮正圆,与太阳遥遥相望,故称"望"。既:过了。

[4] 举酒属客:举起酒杯,请客人饮酒。属:倾注,引申为劝酒。

[5] 明月之诗:指《诗经·陈风·月出》。此诗第一章云:"月出皎兮,佼人僚兮,舒窈纠兮。""窈纠"与"窈窕"音近。

[6] 少焉:不大一会儿。

[7] 斗牛:星辰名,即南斗星、牵牛星。

[8] 白露:指江面上白色的水汽。

[9] 任凭小船至茫茫万顷的江面上飘荡。纵:任凭。一苇:像一片苇叶的小船。所如:所往。凌:越过。万顷:形容江面广阔。

[10] 冯虚御风:凌空驾风。冯:同"凭"。虚:太空。御:驾御。

[11] 遗世独立:离开人世,超然独立。

[12] 羽化:道家用语,指成仙。《抱朴子·对俗》:"古之得仙者,或身生羽翼,变化飞行。"

[13] 扣舷(xián):敲击船边。此指打节拍。

[14] 桂棹(zhào)兰桨:丹桂树做的船棹,木兰树做的桨。此形容划船用具的精美。棹,与桨形状相似,在船旁拨水。

[15] 船桨划开明澈的江水，小船在月光浮动的江面上逆流而上。
[16] 渺渺兮予怀：我的心怀念着远方。渺渺：悠远貌。
[17] 美人：指内心所思慕的贤人。或以为隐喻宋神宗。天一方：在天的那一边。
[18] 倚歌而和（hè）之：按照歌曲的声调节拍来伴奏。
[19] 呜呜：象声词。
[20] 如怨如慕：既像抒发哀怨，又像倾诉思慕。
[21] 余音袅袅：尾声悠长细微。
[22] 不绝如缕：像似断非断的丝线。
[23] 舞幽壑之潜蛟：使潜藏在深渊中的蛟龙为之起舞。幽壑：深谷，此处指深渊。
[24] 泣孤舟之嫠（lí）妇：使孤舟中独处的女子为之哭泣。嫠妇：寡妇。
[25] 愀（qiǎo）然：忧愁的样子。
[26] 正襟危坐：整理好衣襟，严肃地端坐。
[27] 何为其然也：箫声为何如此悲凉呢？
[28] 曹操《短歌行》中的诗句。
[29] 孟德：曹操，字孟德。
[30] 夏口：古城名，故址在今湖北省武昌市，相传为三国时吴国孙权所建。
[31] 武昌：今湖北省鄂城县，并非现在的武昌。
[32] 相缪（liǎo）：相互连结、环绕。
[33] 郁乎苍苍：树木茂密，一片苍翠。郁乎：茂盛的样子。
[34] 这不是曹操被周瑜所围困的地方吗？周郎即周瑜，他二十四岁时被任命为建威中郎将，时人称之为周郎。汉献帝建安十三年（208），周瑜在赤壁一举大破曹操号称八十万的大军。对于所游之处并非赤壁之战旧战场一事，苏轼是知道的，其《与范子丰》云："黄州少西山麓，斗入江中，石室如丹。《传》云：'曹公败所'所谓赤壁者。或曰：'非也'。"
[35] 汉献帝建安十二年，曹操南击荆州，荆州刺史刘表病死，刘表次子刘琮率众投降。曹操不战而得荆州后，又追败刘备，占领江陵。荆州，此指湖北省襄阳县一带。江陵，今湖北江陵县。
[36] 舳舻（zhúlú）：长方形的大船，此指战船。
[37] 酾（shī）酒临江：面对长江酌酒。
[38] 横槊（shuò）赋诗：横执长矛，吟咏诗歌。槊：长矛。
[39] 固：本来。一世之雄：一代的英雄。
[40] 渔樵：打鱼、砍柴。江渚（zhǔ）：江中小洲。此句言贬官放逐于江湖之间。
[41] 侣鱼虾而友麋（mí）鹿：与鱼虾为伴，与麋鹿为友。侣、友：此处都用作动词。
[42] 匏（páo）樽：用葫芦作的酒器。匏：葫芦的一种。
[43] 寄蜉蝣（fúyóu）于天地：寄托像蜉蝣一样短暂的生命于天地之间。蜉蝣，一种只能活几个小时的小昆虫，此用以比喻人的短暂的生命。
[44] 渺沧海之一粟：渺小得如同大海中的一粒小米。渺：小。
[45] 须臾（yú）：片刻。

[46] 挟飞仙以遨游：偕同神仙漫游。挟：偕持。飞仙：神仙。
[47] 遗响：余音，此处指箫声。
[48] 逝者如斯：《论语·子罕》："子在川上曰：'逝者如斯夫！不舍昼夜。'"斯：这，指水。
[49] 盈虚者：指月亮。盈：满，指圆月。虚：缺，指缺月。
[50] 卒莫消长：始终没有增减。卒：始终。
[51] 盖将句：要是从变动的一方面来看。盖：发语词。
[52] 那么天地万物连一眨眼的工夫都不曾停止运动。曾：竟。一瞬：一眨眼。
[53] 物与我皆无尽：万物与人都不会消失。
[54] 而又何羡乎：与上文"羡长江之无穷"相照应。
[55] 这是自然界无穷无尽的宝藏。造物者：原意指"天"，即大自然。
[56] 共适：共同享受。
[57] 洗盏更酌：洗杯再饮。
[58] 肴核：菜肴和果品。
[59] 狼藉：纵横散乱。
[60] 相与枕藉（jiè）：互相枕着睡觉。藉：垫。
[61] 既白：已经显出白色，即天亮了。

八、苏辙作品选读

黄州快哉亭记

【题解】此文于元丰六年（1083）作，时苏辙被贬监筠州（今江西高安）盐酒税。张梦得谪居黄州（今湖北黄冈），在其寓所侧临江筑亭，苏轼时亦贬为黄州团练副使，以为其亭能览江山之胜，而名为"快哉亭"，苏辙作此文以记之。写快哉亭形胜和览胜快意、旷达乐观的心态，以及不以谪为患、不以物伤性的坦荡胸怀和逆境不屈的精神，透露出居官不得意的不平和厌倦官场的情绪。融叙事、抒情、议论于一体，气象宏大，文风雄放豪迈。

江出西陵[1]，始得平地，其流奔放肆大，南合沅、湘[2]，北合汉、沔[3]，其势益张，至于赤壁之下[4]，波流浸灌，与海相若。清河张君梦得[5]，谪居齐安[6]，即其庐之西南为亭，以览观江流之胜，而余兄子瞻，名之曰"快哉"。盖亭之所见，南北百里，东西一舍[7]，涛澜汹涌，风云开阖。昼则舟楫出没于其前，夜则鱼龙悲啸于其下。变化倏忽[8]，动心骇目，不可久视。今乃得玩之几席之上[9]，举目而足。西望武昌诸山，冈陵起伏[11]，草木行列，烟消日出，渔夫樵父之舍，皆可指数。此其所以为"快哉"者也。

至于长洲之滨[12]，故城之墟[13]，曹孟德、孙仲谋之所睥睨[14]，周瑜、陆逊之所骋骛[15]，其流风遗迹，亦足以称快世俗。昔楚襄王从宋玉、景差于兰台之宫[16]，有风飒然至者，王披襟当之曰："快哉此风！寡人所与庶人共者耶[17]？"宋玉曰："此独大王之雄风耳，庶人安得共之[18]！"玉之言盖有讽焉。夫风无雄雌之异，而人有遇不遇之变。楚王之所以为乐，与庶人之所以为忧，此则人之变也，而风何与焉！

士生于世，使其中不自得[19]，将何往而非病[20]？使其中坦然，不以物伤性[21]，将何适而非快[22]！今张君不以谪为患，窃会计之余功[23]，而自放山水之间，此其中宜有以过人者。将蓬户瓮牖[24]，无所不快，而况乎濯长江之清流[25]，挹西山之白云[26]，穷耳目之胜以自适也[27]！

不然，连山绝壑[28]，长林古木，振之以清风，照之以明月，此皆骚人思士之所以悲伤憔悴而不能胜者[29]，乌睹其为快也哉[30]！

元丰六年十一月朔日[31]，赵郡苏辙记[32]。

【注释】

[1] 西陵：即西陵峡。长江三峡之一，在湖北秭归香溪口至宜昌县南津关之间，峡长66千米。长江出西陵峡，江面豁然宽阔，两岸平坦。

[2] 沅、湘：即沅江、湘江。二江为长江两条支流，在湖南境内，流经洞庭湖，再汇入长江。

[3] 汉、沔：即汉水，汉水上游为沔水，源于陕西宁羌县，东流经沔县南，因称沔水，与襄河合流后东至武汉流入长江。

[4] 赤壁：此指赤鼻矶，在今湖北黄冈城附近。

[5] 清河：今河北清河县。张君梦得：即张怀民，元丰六年（1083）贬谪黄州，与苏轼、苏辙有交往。

[6] 齐安：古郡名，即黄州，郡治在今湖北黄冈。

[7] 一舍：古三十里为一舍。舍：一本作"合"。

[8] 倏忽：迅速。

[9] 玩：观赏。几席：小桌与座位。

[10] 武昌：在今湖北鄂州，非今武汉三镇之一的武昌。

[11] 冈陵：山脊与大阜。

[12] 长洲：江中沙洲。黄冈西南长江中沙洲多，其名有：得胜洲、木鹅洲、鸭蛋洲等。此处泛指。

[13] 故城：指孙权的故都旧城。墟：废墟。

[14] 曹孟德：即曹操，曹操字孟德。孙仲谋：即孙权，孙权字仲谋。二人为三国时赤壁之战的敌对统帅。睥睨：斜视貌，此含蔑视、争雄意。

[15] 周瑜：字公瑾，三国赤壁之战吴军主将。陆逊：字伯言，吴国将军，曾于猇亭（今湖北宜都北）破刘备伐吴大军，两次驻节黄州。骋骛：急驰。

[16] 楚襄王：即楚顷襄王，楚怀王之子。宋玉：楚国大夫，郢都（今湖北江陵）人，楚怀王、楚襄王时为文学侍从，擅长辞赋。景差：楚国大夫，亦擅长辞赋。兰台：楚宫苑，故址在今湖北钟祥县东。宋玉《风赋》："楚襄王游于兰台之宫，宋玉、景差侍。有风飒然而至，王乃披襟而当之曰：'快哉此风！寡人所与庶人共者邪？'宋玉对曰：'此独大王之风耳，庶人安得共之？'"

[17] 寡人：诸侯自称。

[18] 见前注[16]。

[19] 其中：其内心。

[20] 病：忧虑。

[21] 不以物伤性：谓不因外物影响而伤害心性。

[22] 适：即往。
[23] 窃：偷闲，此有"利用"之意。会计：指征收赋税钱谷之事。余功：余暇。
[24] 蓬户瓮牖：喻简陋的住所。蓬户：以蓬草编的门。瓮牖：以破瓮作窗子。
[25] 濯：洗涤。
[26] 揖：拱手礼。揖：一本作"挹"。西山：樊山，在湖北鄂州市鄂城西。
[27] 穷：尽。胜：胜景，此谓观赏到的胜景。自适：自得愉悦闲适。
[28] 绝壑：幽深的山谷。
[29] 骚人思士：忧伤不得志的诗人和怀才不遇的士大夫。
[30] 乌睹：哪里看得出。
[31] 元丰六年：即宋神宗元丰六年（1083）。元丰：宋神宗年号（1078—1085）。朔日：阴历每月的初一日。
[32] 赵郡：苏辙祖籍赵郡栾城（今河北赵县）。

九、谢翱作品选读

《登西台恸哭记》

【思考与练习】

1. 以《五代史伶官传序》为例分析欧阳修散文的风格。
2. 简述王安石《答司马谏议书》的特点。
4. 试述《前赤壁赋》的思想和艺术特点。

第二章 宋代词

第一节 北宋词

一、北宋前期词

北宋前期词与诗文一样，沿袭五代余风，体制以小令为主，题材以柔情为主，审美取向以柔软婉丽为主，但在继承中又有革新，词风向深俊拓展，内容进一步开拓，词体进一步诗化，慢词开始创制等。

晏殊（991—1055），字同叔，抚州临川（今江西抚州）人，官至宰相。其《珠玉词》大部分作品内容抒写流年光景、男女恋情和离愁别恨。如"无情不似多情苦,一寸还成千万缕。天涯地角有穷时,只有相思无尽处"(《玉楼春》)。晏殊的作品具有较浓的士大夫气和文人气,已摆脱五代"花间"词所包含的轻佻艳冶之气,而显得雍容淡雅,神清气远。同时,晏殊在对自然景物的细腻把握中,写出了人生的况味,显得意境高远。其名作《浣溪沙》在伤春怀人的表层意象中,通过对自然景物变与不变的描绘,表达出强烈的时间意识和生命意识。其《蝶恋花》词句"昨夜西风凋碧树,独上高楼,望断天涯路"被王国维借以形容"成大事业、大学问,必经过三种之境界"(《人间词话》)中的第一种。

张先(990—1078),字子野,乌程(今浙江湖州)人。其词也主要抒写当时文人诗酒交欢和男女恋情的生活情趣。张先词善于精细入微地刻画自然景物和人情态度,生动传神,常有清词丽句。他善于写"影",其中"云破月来花弄影""帘压卷花影""堕絮飞无影"。世称颂之,谓之"张三影"(陈师道《后山诗话》)。张先写了较多慢词,对长调创作起了推动作用。他也是词中使用题序的第一人,在题序中叙写相关写作缘起、背景等,使词更具现实感和纪实性,也更贴近生活。张先还大量用词来赠别酬唱,打破了文士间只能用诗来唱和赠答的惯例,扩大了词的日常交际功能,在观念上提高了词的文学地位。

范仲淹和欧阳修是为宋词开辟新境界的先行者。范仲淹不以词闻名,今只存五首,但大都即景抒怀,格调高迈,表现了开阔深沉的意境。如《渔家傲》,情辞慷慨,气魄雄浑悲壮,襟怀博大,意境高远,实开苏辛豪放词之先河。

欧阳修对词的评价不高,仍把词视为"聊佐清欢"的"薄伎"。他的词大部分描写爱情,主要是走五代词人的老路,但有所革新。一是扩大词的抒情功能,进一步用词来抒发自我的人生感受,如《朝中措·平山堂》:

平山阑槛倚晴空,山色有无中。手种堂前垂柳,别来几度春风。　　文章太守,挥毫万字,一饮千钟。行乐直须年少,尊前看取衰翁。

词中的人物形象颇似《醉翁亭记》里"苍颜白发"的滁州太守。二是部分即景抒情的词作洗刷了晚唐五代以来的脂粉气味和婉约情调,使词格向清疏峻洁方面发展,如他题咏颍州西湖的十首《采桑子》:

轻舟短棹西湖好,绿水逶迤,芳草长堤,隐隐笙歌处处随。　　无风水面琉璃滑,不觉船移,微动涟漪,惊起沙禽掠岸飞。

描写山水风光,语言精美,画面鲜活,格调清新明畅,既突破了词的表现手法,又开拓了题材领域。

王安石词作不多,但颇具开创性。他的词常常抒发自我怀抱,对历史和现实人生进行思考,把以往用诗表达的内容放入词中,与晚唐五代以来词浅斟低唱、柔情软调的轨道分离,标志着词风向诗风靠拢。如《桂枝香·金陵怀古》:

登临送目,正故国晚秋,天气初肃。千里澄江似练,翠峰如簇。归帆去棹残阳里,背西风,酒旗斜矗。彩舟云淡,星河鹭起,画图难足。　　念往昔、繁华竞逐,叹门外楼头,悲恨相续。千古凭高,对此谩嗟荣辱。六朝旧事随流水,但寒烟衰草凝绿。至今商女,时时犹唱,后庭遗曲。

此词通过对六朝历史兴亡的感喟，寄托了作者对现实社会危机的忧虑。全词情景交融，境界雄浑阔大，风格沉郁悲壮，意蕴不尽。

柳永（987—1053？），原名三变，字耆卿，崇安（今福建武夷山市）人。初到汴京应试，因擅长词曲，结识了许多歌妓，为她们填词作曲，为守旧文人所轻视。多次科考失败，柳永变得更放荡不羁，"日与猖子纵游娼馆酒楼间，无复检约，自称云'奉旨填词柳三变'"（胡仔《苕溪渔隐丛话后集》卷三九）。其在汴京、苏州、杭州等都市过着流浪生活，后更名柳永，中进士，官至屯田员外郎，世称"柳屯田"。有《乐章集》。

柳永是北宋第一个专力写词的作家。其词作内容广泛，有的反映女性，特别是下层歌妓生活和情感。柳永对这些聪明却不幸的女子怀着平等和同情的态度，欣赏、赞美和关心她们。他的作品或写她们"心性温柔，品流详雅，不称在风尘"（《少年游》）的品质；或写她们"丰肌清骨，容态尽天真"（《少年游》）的天然风韵；或写她们"一生赢得是凄凉。追前事、暗伤心"（《少年游》）的不幸；或表达她们"万里丹霄，何妨携手同归去。永弃却、烟花伴侣"的从良愿望（《迷仙引》）。

江湖流落，羁旅离愁也是柳词的重要内容，《雨霖铃》是其代表作。词写离情别绪，着重写景，景中含情，情景交融，"词末余恨无穷，余味不尽"（唐圭璋《唐宋词简释》）。

柳词还从多方面展现北宋繁荣的都市生活和丰富多彩的市井风情，有元宵节的千门灯火、九陌香风（《迎新春》），有清明时节的斗草踏青、斗鸡走马（《抛球乐》）。《望海潮》尤为人所传诵，此词浓墨重彩地展现了杭州的繁华壮丽和民众喜乐，相传金主完颜亮听词后，"遂起投鞭渡江之志"（罗大经《鹤林玉露》）。

柳永在词史上具有重要的位置，他的创作对后世影响很大。柳永大量创作慢词，从根本上改变了唐五代以来词坛小令一统天下的格局，使词能够容纳更多的内容，对后来慢词创作开了先路。在创作方法上，柳永以俗入雅、雅俗相兼，运用通俗的语言，甚至口语，来表现世俗化的市民生活情趣，使词具有新的审美内涵和审美趣味，改变了五代以来文人词尚雅的传统。其词作通俗浅显，近于敦煌民间词，更具生机与活力，深受市民阶层的喜爱，以至于"凡有井水处，即能歌柳词"（叶梦得《避暑录话》），进一步扩大了词的影响力。在题材的开拓上，柳永彻底打破了此前词人只是浅斟低唱、表现富贵闲愁的狭窄格局。他虽也写享乐和风情，但更把市井青楼中的现实生活与实在人物放入自己的作品中。都市繁华风光和中下层市民多样生活成为其作品叙写的重要内容；羁旅行役、漂泊流离的哀苦愁怨更是作品的组成部分。在表现手法上，柳永的作品以铺叙白描见长。慢词的体制极大增加了词的容量，故柳永词并不以精准传神地表达瞬间感受取胜，而是以从容铺叙漫衍为长。他常常将叙事、写景、抒情融合一起，使词的结构层次和情感内容变得复杂丰富。柳永在词中大量使用白描手法，刻画细节，无论写景状物还是情感表达，都明白显豁，绝少假借掩饰与雕琢刻镂。

二、苏轼的词

词到苏轼，发生了很大的转变和发展。苏轼不仅在词的创作上取得了非凡的成就，更对词这种文体的发展作出了历史性贡献。后世对其评价较高，"一洗绮罗香泽之态，摆脱绸缪宛转之度，使人登高望远，举首高歌，而逸怀浩气，超然乎尘垢之外，于是《花间》为皂隶，而柳氏为舆台矣"(胡寅《酒边词序》)。"东坡先生非心醉于音律者，偶尔作歌，指出向上一路，新天下耳目，弄笔者始知自振。"(王灼《碧鸡漫志》)

苏轼将诗文革新运动扩展到了词的领域，对词体进行了全面的改革，突破了词为"艳科"的传统格局。他认为诗词同源、本属一体，这就从理论上破除了诗尊词卑的观念，将词与诗的文学地位等量齐观，提高了词的文学地位。为词逐渐与音乐分离、向诗进一步靠拢，并成为一种独立的抒情诗体提供了理论依据，从根本上改变了词的发展方向。

在内容上，苏轼将感怀、观览、交游、平居、读书、躬耕、说理等素来入诗的题材用词来表达，而"无意不可入，无事不可言"(刘熙载《艺概·词概》)，把词的内容从传统的"花间""樽前"引向广阔的社会生活，使词摆脱了仅仅作为乐曲歌词而存在的状态，成为可以独立发展的新诗体。

苏词众多的题材中，男女恋情的传统内容比较少，大部分是抒写自己的胸襟、怀抱、志趣和情感的。如《念奴娇·赤壁怀古》：

大江东去，浪淘尽，千古风流人物。故垒西边，人道是三国周郎赤壁。乱石穿空，惊涛拍岸，卷起千堆雪。江山如画，一时多少豪杰。　遥想公瑾当年，小乔初嫁了，雄姿英发。羽扇纶巾，谈笑间、樯橹灰飞烟灭。故国神游，多情应笑我，早生华发。人间如梦，一樽还酹江月。

该词通描绘月夜赤壁古战场的雄奇景象，凭吊追念英雄人物的才略、气度、功业，曲折地表达了作者人生受挫、功业未就、老大未成的苦闷之情，也展现了作者旷达的人生态度和为国建功立业的豪迈心情。全词借古抒怀，雄浑苍凉，大气磅礴，笔力遒劲，境界宏阔，将写景、咏史、抒情融为一体，给人以撼魂荡魄的艺术力量，被誉为"古今绝唱"(胡仔《苕溪渔隐丛话》)。

在《江城子·密州出猎》中苏轼表达希望驰骋疆场、以身许国的豪情壮志；《水调歌头·明月几时有》《木兰花令·次欧公西湖韵》等词中，抒发了兄弟、师生、朋友等人伦之情。《江城子·十年生死两茫茫》是苏轼悼念发妻王弗而作的悼亡词，全词现实与梦境交织，深刻传达出对亡妻的思念和后死者的悲伤。词中采用白描手法，出语如话家常，但字字血泪，"真情郁勃，句句沉痛"(唐圭璋《唐宋词简释》)。

苏轼的咏物词数量多、水平高，描绘形神兼备，且多有寄托。如《卜算子》：

缺月挂疏桐，漏断人初静。谁见幽人独往来？缥缈孤鸿影。惊起却回头，有恨无人省。拣尽寒枝不肯栖，寂寞沙洲冷。

此词写于黄州，上片写鸿见人之寥落，下片写人见鸿之惊惶，借月夜孤鸿这一形象托物寓怀，表达了作者在"乌台诗案"之后"惊魂未定，梦游缥缈之中；只影自怜，命寄江湖之上"(《谢量移汝州表》)的心情。全词借物比兴，写景兴怀，托物咏人，物我交融，含蕴深广，风格清奇。《水龙吟·似花还似非花》上阕主要写杨花飘忽不定的际遇和不即不离的神态；下阕与上阕相呼应，主要是写柳絮的归宿，感情色彩更加浓厚。全词不仅写出了杨花的形神，而且采用拟人的艺术手法，通过精神上的相通之处，将杨花、思妇、我，这三种本不相干的形象，融合成一个有神无迹的艺术整体，把咏物与写人巧妙地结合起来，将物性与人情毫无痕迹地融合在一起，真正做到了"借物以寓性情"(沈祥龙《论词随笔》)，写得声韵谐婉，情调幽怨缠绵。

苏轼的农村词清新可喜，他在徐州所作《浣溪沙》五首组词是这方面的代表作。如第二首：

旋抹红妆看使君，三三五五棘篱门，相挨踏破茜罗裙。　　老幼扶携收麦社，乌鸢翔舞赛神村，道逢醉叟卧黄昏。

此词描写一群天真活泼的农村姑娘争着、挤着站在家门口看望使君的有趣情景，和丰收后乡村祭祀神灵的欢乐场景。在形象生动的笔触中，描写出农村人物的淳朴可喜，流露出为农夫的喜悦而倍觉欣慰的情感。词作格调清新，语言清丽自然。苏轼将农村题材带入北宋词坛，给词坛带来了朴素清新的乡土气息，对词的题材具有开拓意义。

在风格上苏轼改变了晚唐五代词家婉约的作风，成为豪放词派的开拓者。自明清以后，用"豪放"这一概念来评价词的风格，主要指那些恢宏刚健、豪迈磅礴的作品。北宋一些著名文人在政治上都有较大的抱负，他们不满晚唐五代以来柔靡的文风，掀起诗文革新运动，在词坛也产生了影响。范仲淹、欧阳修、王安石的词已有一些风格豪放的作品。苏轼继承此种作风并恢宏扩大，从而开创了新的词派。同时苏轼旷达的人生态度和深厚的学养，使他的词如其诗文一样，纵横捭阖，不受拘束，从内容和形式都打破了词的历史传统。苏轼的豪放词情感充沛激昂、悲壮苍凉，词中常常具有慷慨豪迈的形象、飞动峥嵘的气势、阔达雄壮的场景，显示出新的风格特征。

"以诗为词"是苏轼改变词风的重要手段。"以诗为词"一是将历来用诗表达的内容纳入词中。内心所感发的各种情感、情绪都可以用词来表现，故苏词中真性情特别突出，自我形象鲜明，突破了应歌而作的代言体范畴，使词成为缘事而发、抒情言志之体；二是用诗的表现手法来写词，主要表现在用题序和用典两个方面。因词体长于抒情而不宜叙事，苏轼以标题和序的形式来交代词的创作动机和缘起，以确定词中所抒情感的指向，标题和题序成为与词的本文构成不可分割的有机整体，从而解决词不宜叙事的矛盾。如《满庭芳·归去来兮》：

元丰七年四月一日，余将去黄移汝，留别雪堂邻里二三君子。会李仲览自江东来别，遂书以遗之。

归去来兮，吾归何处？万里家在岷峨。百年强半，来日苦无多。坐见黄州再闰，儿童尽楚语吴歌。山中友，鸡豚社酒，相劝老东坡。　　云何？当此去，人生底事，来往如梭。待闲看，秋风洛水清波。好在堂前细柳，应念我，莫剪柔柯。仍传语，江南父老，时与晒渔蓑。

这首词以序的形式叙写了作词的时间、地点、缘由和背景，用散文式的句子和通俗的语言，真切的表现了宦海沉浮中作者对蜀中故里的思念、对黄州邻里的惜别、对江南父老的牵挂（苏轼贬黄州之前曾在杭州等地任职，故请李仲览"传语江南"），多重情感交织，细腻绵密，情致温厚，于深情之中寓旷达胸怀。

词中大量使事用典是苏词一个鲜明的特色。使事用典能使词作蕴涵丰富，也利于深婉曲折地抒情写意。如上词借用陶渊明《归去来兮辞》"归去来兮，田园将芜胡不归"的原意，化用曹操《短歌行》"譬如朝露，去日苦多"诗句，以一当十地隐含了作者对官场生活的厌倦却又有家难归的惆怅情怀。《江城子·密州出猎》上阕叙写出猎盛况和声势后，以孙权射虎的典故，生动地展现了太守一马当先、亲身射虎的英姿和豪情。下阕用冯唐的典故，既表达了作者兴国安邦之志，又蕴涵了对历史人物和自身壮志难酬的隐痛，增强了词的历史感和现实感。

苏轼"以诗为词"在本质上突破了音乐对词体的制约和束缚，把词从音乐的附属品变为一种独立的抒情诗体，这是苏轼对词的一大贡献。他精通音律，但又不受其所限，注重抒情言志的自由。他在写了《江城子·密州出猎》后，给朋友写信说："近却颇作小词，虽无柳七郎风味，亦自是一家。……作得一阕，令东州壮士抵掌顿足而歌，吹笛击鼓以为节，颇壮观也。"为自己在词境、情调、音律诸方面的创新颇感得意。诚如陆游所评："公非不能歌，但豪放不喜剪裁以就声律耳。试取东坡诸词歌之，曲终，觉天风海雨逼人。"（《老学庵笔记》）

苏词具有清空旷达的特点，与其人格相似。这不仅表现在苏词中众多清远高洁的审美意象，如月夜清辉、薄云疏雨、清幽湖山、飘渺孤鸿、照水红蕖、江路野梅，更在于苏轼以高雅清旷的情怀来欣赏、同情和描绘展现所面对的人、事、景、物，笔端不染凡俗，用语用意清新疏朗，即使一些充满谐谑意味的词作也绝无粗鄙气。前人评苏词"无一点尘俗气"（《苕溪渔隐丛话》引黄庭坚语），与其"坡仙"人格一样"具有神仙出世之姿"（刘熙载《艺概》）的无穷魅力。

三、北宋中后期词

北宋中后期词坛有两大创作群体，一是以苏轼为领袖，黄庭坚、秦观、晁补之、陈师道、毛滂等为羽翼的苏门词人群，以及与之交往密切的晏几道、贺铸等；二是以周邦彦为首的、曾供职于大晟乐府的词人群体。

苏轼以诗人豪放飘逸之笔，发为内容丰富的歌词，词境阔大，自成一格，其词的可读性胜于可歌性。但由于常常不合音律，遂有"句读不葺之诗"（李清照《词论》）、"要非本色"（陈师道《后山诗话》）之讥评。以周邦彦为代表的词人则注重协律可歌，情感抒发有所节制而力避豪迈，精心锤炼，对词艺的追求重于对词境的开拓。

晏几道（1038—1106），字叔原，晏殊幼子。婉约词派的代表作家之一，是北宋词坛最后一位专攻小令的词人，与其父齐名，时称"二晏"。

晏几道《小山词》仍固守"花间"传统，以小令抒写荡气回肠的男女悲欢离合之情。与传统恋情词往往是泛化的恋情不同，晏几道有明确而具体的思恋对象，主要表现在他与朋友家的莲、鸿、苹、云四位歌女之间的悲欢离合，如《临江仙·梦后楼台高锁》即为怀念歌女小苹而作。晏几道为人痴情，其恋情词常常是对昔日爱情的追忆，表现刻骨铭心的相思，爱情成为纯粹的精神追求，词的结构始终表现为今昔两重不同情感世界的对比。

语淡情深是《小山词》的风格特点。他善于用平淡的语言、常见的景物来表现深情。如《鹧鸪天》：

彩袖殷勤捧玉钟，当年拚却醉颜红。舞低杨柳楼心月，歌尽桃花扇底风。　　从别后，忆相逢，几回魂梦与君同。今宵剩把银釭照，犹恐相逢是梦中。

从生活中动人的场景来写重逢的惊喜交集。上阕回忆当年初会一见钟情；下阕写别后思念，结想成梦，一往情深，如今久别重逢，竟然将真疑梦，情义清丽深婉。

秦观（1049—1100），字少游，扬州高邮（今属江苏）人。因苏轼推荐，除太学博士、兼国史院编修官，后新党执政，受苏轼牵连累遭贬斥。他是北宋末最重要的词人之一，被认为是北宋词坛最能体现当行本色的"词手"。

秦观为人多愁善感，贬谪生涯使他"不能无悒悒尔"（秦观《与苏先生》），从而影响到他的创作风格。其词的题材主要表现离愁别恨的恋情和漂泊失意，具有浓厚的感伤情调。其高处在于情韵兼胜，情感真挚，语言淡雅，意境深婉，音韵和谐。如《踏莎行》作于被贬郴州之时，全词用一系列凄迷的景色委婉曲折地抒写了失意人的凄苦和哀怨，最后两句含蓄蕴藉，有不尽之意。

秦词语言精美平易，刻画细腻传神，联想丰富生动，情韵不尽。如写愁，"春去也，飞红万点愁如海"（《千秋岁》），"自在飞花轻似梦，无边丝雨细如愁"（《浣溪沙》），写景如"山抹微云，天连衰草""寒鸦万点，流水绕孤村"（《满庭芳》）。

秦观词被视为婉约正宗，对后来的词家，从周邦彦、李清照直到清代纳兰容若等都有很大的影响。

贺铸（1052—1125），字方回，出身贵族，少年时意气豪侠，一生不肯屈节权贵，沉沦下僚，郁郁不得志。

贺铸小词情思缠绵，温柔秾丽，组织精工。其名作《青玉案·凌波不过横塘路》情思宛转，以江南凄迷烟景表现"闲愁"。尤其"一川烟草，满城风絮，梅子黄时雨"以三种具象比喻愁绪之深、广、密，想象奇特，贺铸也因此有"贺梅子"之称。

贺铸在词的题材、风格上曾做过多方面的探索，他写思妇的五首《捣练子》，写贾妇的《生查子》，格调颇近张籍、王建的乐府。贺铸还是用词来表现英雄豪侠气概的第一人。如《六州歌头》：

少年侠气，交结五都雄。肝胆洞，毛发耸。立谈中，死生同，一诺千金重。推翘勇，矜豪纵，轻盖拥，联飞鞚，斗城东。轰饮酒垆，春色浮寒瓮，吸海垂虹。闲呼鹰嗾犬，白羽摘雕弓，狡穴俄空。乐匆匆。　似黄粱梦，辞丹凤；明月共，漾孤蓬。官冗从，怀倥偬，落尘笼，簿书丛。鹖弁如云众，供粗用，忽奇功。笳鼓动，渔阳弄，思悲翁。不请长缨，系取天骄种，剑吼西风。恨登山临水，手寄七弦桐，目送归鸿。

此词追忆倜傥逸群的侠少生活，展现豪侠们"侠""雄"品格，极写报国无门的悲愤。全词格调苍凉悲壮，叙事、议论、抒情紧密结合，笔力雄健劲拔，神采飞扬，而且格律谨严，句短韵密，激越的声情在跳荡的旋律中得到体现，词作也体现了贺铸喜用典的特点。

周邦彦（1056—1021），字美成，号清真居士，钱塘（今浙江杭州）人有《清真居士集》。在太学读书时向神宗献《汴京赋》赞颂皇帝和新法而得官。神宗死后，旧党执政，周邦彦被排挤出京到庐州（今安徽合肥）等地任职。徽宗新党重新上台后回京，官至提举大晟府，为王朝制礼作乐。晚年又被逐出朝廷到顺昌（今安徽阜阳）等地为官。

周邦彦少年落拓不羁，后又宦海沉浮，倍偿漂泊流落的辛酸，因此离愁别绪、羁旅行役之感成为他词作中的重要主题。如《兰陵王·柳》：

柳阴直，烟里丝丝弄碧。隋堤上、曾见几番，拂水飘绵送行色。登临望故国，谁识京华倦客？长亭路，年去岁来，应折柔条过千尺。　闲寻旧踪迹，又酒趁哀弦，灯照离席，梨花榆火催寒食。一箭风快，半篙波暖，回头迢递便数驿，望人在天北。凄恻，恨堆积。渐别浦萦回，津堠岑寂，斜阳冉冉春无极。念月榭携手，露桥闻笛。沉思前事，似梦里，泪暗滴。

此词别情里含无尽的漂泊之感。全词构思萦回曲折，今昔交织，情、景、事交错一体，似浅实深，有吐不尽的心事流荡其中。周词中也有大量的咏物词，在咏物中融入身世飘零之感、仕途沦落之悲、情场失意之苦，影响了南宋咏物词重寄托的特点。

周词在内容上并没有什么突破，但在艺术技巧上有了重要的创新。他不仅开了南宋词的先河，而且集五代到北宋以来的大成，形成"富艳精工"（刘熙载《艺概》）的风格，甚至被誉为"词中老杜"（王国维《清真先生遗事》），是婉约词的名家。周邦彦创作时精心结撰，"下字运意，皆有法度"（沈义父《乐府指迷》），在章法、句法、炼字和音律方面，法度井然，成为"格律派"的代表人物。

周词多慢词，在章法上讲究结构深曲。其铺叙承柳永，但改变了柳词的平铺直叙，将顺序、倒叙、插叙等错综结合，在时空上形成跳跃的回环往复的结构。如《兰陵王·柳》写"客中送客"（周济《宋四家词选》），抚今追昔，感慨别离，遥想别后，凄恻难耐，层层曲折，反复勾勒，备极吞吐之妙。

周词语言工丽，描绘刻画极尽工巧，又善于融化前人诗句入词而成为新的语言，并常常点化前人诗句而创造新的意境。如《西河·金陵怀古》：

佳丽地，南朝盛事谁记。山围故国绕清江，髻鬟对起。怒涛寂寞打孤城，风樯遥度天际。

断崖树、犹倒倚，莫愁艇子曾系。空馀旧迹郁苍苍，雾沉半垒。夜深月过女墙来，伤心东望淮水。

酒旗戏鼓甚处市？想依稀、王谢邻里，燕子不知何世。入寻常、巷陌人家，相对如说兴亡，斜阳里。

该词化用刘禹锡咏金陵的《石头城》《乌衣巷》两首诗，又浑然天成。通过景物描写作今昔对比，形象地抒发作者的沧桑之感、悲慨之情。

周邦彦精通音律，善自度曲，其《瑞龙吟》《兰陵王》《六丑》等，声腔圆润优美，用语高雅，深得知音识律的文人喜爱而遵从效法。

【课程思政】

以文化人 通过介绍苏轼坎坷曲折的人生经历和乐观旷达的人生态度，引导学生坚定理想信念，正确面对生活中的困难与挫折，形成健全的人格、健康的心态和良好的心理素质。

学有所悟 苏轼是伟大的文学家、政治家、画家、书法家，他从小就有儒家用世的志向，即"士当以天下为己任"的理想，在朝廷中坚持原则，不盲从，不随波逐流，以致一生坎坷，屡遭贬谪。面对生活中的苦难，苏轼保持乐观旷达的平常心，处变不惊，而他对于国家、人民的忠爱之心始终没有改变。无论经历多少磨难，他仍然忠诚正直，初心不改。请同学们结合实际，讨论苏轼的人生态度给自己带来怎样的精神启迪。

【思考与练习】

1. 简述晏殊词的风格。
2. 简述欧阳修词的风格。
3. 简述柳永在词史上的贡献和成就。
4. 试述苏轼对词的贡献。
5. 简述周邦彦在词史上的贡献。

第二节　北宋词选读

一、范仲淹作品选读

渔家傲[1]

【题解】宋人魏泰《东轩笔录》记云："范文正公守边日,作《渔家傲》乐歌数阕,皆以'塞下秋来'为首句,颇述边镇之苦。欧阳公（按:指欧阳修）尝呼为穷塞主之词。"这首词的上片以粗犷的笔触,勾勒出西北边地一派荒凉、苍莽的景色以及戍边将士单调、孤独寂寞的生活。下片抒情,"燕然未勒归无计"一句为这首词的主旨,既表现了作者意欲报效祖国、勒铭燕然的雄心,也反映了由于北宋统治者苟且偷安,使其欲进不能、欲归无计的矛盾苦闷心情。感情慷慨悲壮,意境沉郁苍凉。

塞下秋来风景异[2],衡阳雁去无留意[3]。四面边声连角起[4]。千嶂里[5],长烟落日孤城闭。浊酒一杯家万里,燕然未勒归无计[6]。羌管悠悠霜满地[7],人不寐,将军白发征夫泪!

【注释】

[1] 渔家傲:词牌名,《词谱》卷十四云:"此调创自晏殊,因词有'神仙一曲渔家傲'句,取以为名。"
[2] 塞下:边塞,此处指西北边疆。
[3] 衡阳雁去:雁去衡阳的倒文。衡阳旧城南有回雁峰,峰势如雁的回旋,相传雁至此不再南飞。
[4] 边声:边疆地区的各种声音,如笳声、马声等。李陵《答苏武书》:"侧耳远听,胡笳互动,牧马悲鸣,吟啸成群,边声四起。"
[5] 千嶂里:群山之中。嶂:山峰直立如同屏障。
[6] 燕然句:谓尚未驱除敌人,安定边境,不能归家。据《后汉书·窦宪传》载,窦宪追北单于,"去塞三千余里,刻石勒功"而还。燕然:指燕然山,今蒙古人民共和国的杭爱山。勒:刻。
[7] 羌管:笛子,以其出自羌地（古代西北少数民族居住的地区）而得名。

二、晏殊作品选读

浣溪沙[1]

【题解】这首词抒发惜春伤逝的情怀。上片写作者深感时光的流逝如夕阳之西下,一去无回,产生了一种怅惘的心情;下片写对春归花落的悼惜情状。作者善于借景抒情,将他那淡淡的哀愁,借日下、花落、燕归等景物表现出来,含蓄委婉,余味无穷。"无可奈何"二句,以花落去而燕归来这种一反一正的景物描写，倍加动人地表现了伤春之情，"意致缠绵，语调谐婉"（张宗橚《词林纪事》），属对精工，是历来传诵的名句。

一曲新词酒一杯，去年天气旧亭台，夕阳西下几时回？　　无可奈何花落去，似曾相识燕归来。小园香径独徘徊[2]。

【注释】

[1] 浣溪沙：词牌名，原为唐玄宗时教坊曲名，后用为词牌。沙，一作"纱"。
[2] 香径：落花飘香的园中小路。

三、张先作品选读

天仙子[1]

【题解】这首词是作者在秀州通判任上所作。年老、职卑、多病，又恰逢暮春季节，由晚入夜时分，伤春嗟老之情不能自已，遂写了这首词。上片着重抒发"临晚镜，伤流景"的空虚、伤感，下片在描绘月夜美丽幽静景色的同时，流露出怜花伤春的叹惋之情。作品的内容虽不新鲜，但"云破月来花弄影"一句，却使这首词名噪一时。

时为嘉禾小倅[2]，以病眠不赴府会。
水调数声持酒听[3]，午醉醒来愁未醒。送春春去几时回？临晚镜[4]，伤流景[5]，往事后期空记省[6]。　　沙上并禽池上暝[7]，云破月来花弄影。重重帘幕密遮灯，风不定，人初静，明日落红应满径。

【注释】

[1] 天仙子：词牌名，唐玄宗时教坊曲名，后用为词牌。
[2] 嘉禾小倅（cuì）：嘉禾，宋时郡名，即秀州，治所在今浙江省嘉兴市。倅：副职。作者时任秀州通判，是知州攀文书的佐吏。
[3] 水调：曲调名，流行于唐，一称《水调子》，相传为隋炀帝所制。
[4] 临晚镜：傍晚临镜自照。
[5] 流景：像流水一样消逝的时光。
[6] 往事句：谓往事已是前尘旧梦，来日能否重逢也难以预期，保留在记忆之中，徒增伤感。记省（xǐng）：记得。
[7] 并禽：双栖的鸟儿。暝：暮色笼罩。

四、欧阳修作品选读

踏莎行[1]

【题解】这首词写一对情侣两地相思之情。上片从游子着眼，写他于草薰风暖、春光大好之际，不在情侣身边，却催马奔走于旅途。词以迢迢不断的春水，比喻其了无穷尽的离愁，形象而又贴切。下片从思妇着眼，写她登楼长望之情状，其"平芜尽处是春山，行人更在春山外"二句，不只写景，更在想象中推进一层，极为真挚细腻地刻画了思妇望眼欲穿，失望怅惘的心情。

候馆梅残[2]，溪桥柳细，草薰风暖摇征辔[3]。离愁渐远渐无穷，迢迢不断如春水[4]。寸寸柔肠，盈盈粉泪[5]，楼高莫近危栏倚[6]。平芜尽处是春山[7]，行人更在春山外。

【注释】

[1] 踏莎（suō）行：词牌名。始见于北宋寇准、晏殊词。
[2] 候馆：迎候宾客的馆舍，此处指旅馆。《周礼·地官·遗人》："五十里有市，市有候馆。"
[3] 薰：原指香草，这里指香气。江淹《别赋》："闺中风暖，陌上草薰"。摇征辔：指骑马远行。辔（pèi）：驾驭马的嚼子和缰绳。
[4] 迢迢：原意形容遥远。此处有绵长的意思。
[5] 盈盈：形容泪水充溢。
[6] 危栏：高楼上的栏杆。
[7] 平芜：平坦旷远的草地。

蝶恋花[1]

【题解】 这首词写闺情，抒发贵族少妇独守深闺的苦闷。上片写闺怨，起首三句，勾勒出少妇幽居的生活环境，其独坐独守，愁苦可知；而夫婿则走马章台，游冶不归。两相对照，哀乐分明。下片写雨横风狂，花飞春归，如同少妇已逝之青春，无计相留，则其伤春自怜之情毕见。这首词的一起一结颇佳。起首一句，叠用三个"深"字，渲染了庭院深邃、冷寂的意境；结末二句，意思层层深入，毛先舒云："人愈伤心，花愈恼人，语愈浅而意愈入，又绝无刻划费力之迹"（《古今词论》）。

庭院深深深几许[2]？杨柳堆烟，帘幕无重数。玉勒雕鞍游冶处[3]，楼高不见章台路[4]。雨横风狂三月暮[5]，门掩黄昏，无计留春住。泪眼问花花不语，乱红飞过秋千去[6]。

【注释】

[1] 蝶恋花：词牌名，出自唐教坊曲，此词牌一般以抒写缠绵悱恻或抒写心中愁闷的情感为多。虽有部分山水，但还是寄情于物的表现。
[2] 深深：极言其深。深几许：到底有多深。
[3] 玉勒：镶玉的马笼头。雕鞍：雕刻花纹的马鞍。"玉勒雕鞍"此处代指华贵的车马。游冶处：供人游乐之处，此处指歌楼妓馆。
[4] 章台路：汉代长安有章台街，是娼妓聚居的场所。

[5] 雨横风狂：指风雨急骤。
[6] 乱红：零乱的落花。

五、晏几道作品选读

临江仙[1]

【题解】 作者自序其《小山词》云："始时沈十二廉叔、陈十君宠家，有莲、鸿、苹、云，品清讴娱客。每得一解，即以草授诸儿。吾三人持酒听之，为一笑乐而已。而君宠疾废卧家，廉叔下世。昔之狂篇醉句，遂与两家歌儿酒使，俱流转于人间。……考其篇中所记悲欢合离之事，如幻如电，如昨梦前尘，但能掩卷怃然，感光阴之易迁，叹境缘之无实也。"

这首词即为怀念小苹而作，结构上用逆写法。上片先写今日之相思，起首三句，以环境之冷落，表现人物心境之空寂。"落花"二句，虽借用前人成句，由于其融情于景，真切地表现了作者此时极为凄婉的心情，艺术感染力比原作更高一筹，得点铁成金之妙。下片追溯当年之相见，以衣着的描绘，喻其一见倾心之情，表现手法新颖含蓄。

梦后楼台高锁，酒醒帘幕低垂[2]。去年春恨却来时[3]，落花人独立，微雨燕双飞[4]。记得小苹初见[5]，两重心字罗衣[6]，琵琶弦上说相思。当时明月在，曾照彩云归[7]。

【注释】

[1] 临江仙：词牌名，原为唐玄宗时教坊曲，因曲词多是歌咏水仙而得名。
[2] 此二句互文，写梦后酒醒之时所见到的人去楼空的冷落、凄凉景象。
[3] 却来：再来，又来。
[4] 此二句写暮春景色，原出五代翁宏《春残》诗"又是春残也，如何出翠帷？落花人独立，微雨燕双飞。寓目魂将断，经年梦亦非。那堪向愁夕，萧飒暮蝉辉。"
[5] 小苹：一个歌女的名字。
[6] 两重：两层。心字罗衣：杨慎《词品》"心字香"条谓："心字罗衣，则谓心字香熏之尔，或谓女人衣曲领如心字。"此处"两重心字"，似含有"心心相印"的寓意。
[7] 彩云：此处喻指小苹。

六、柳永作品选读

雨霖铃[1]

【题解】 这首词是柳永的代表作，写作者离开汴京之时，与恋人长亭话别的情景，表现了惜别伤离的情怀。上片写都门分手时凄凉冷落的清秋景色和难分难舍的离别场面。下片设想分别之后，旅途酒醒，意兴萧索的心境和千种风情无处倾诉的痛苦情怀。"多情自古伤离别，更那堪冷落清秋节"一句，以极其精练的语言，概括出一种自古皆然的离情别绪，而"今宵酒醒何处？杨柳岸晓风残月"，则是以景物的凄清，点染出人物处境的孤寂和心情的空寞，被人赞为"古今俊句"（贺裳《皱水轩词筌》）。

这首词的结构层次明晰而又自然，作者善于以白描的手法描写景物，以细腻的笔触刻画人物心情，使情和景有机地融为一体。情调凄清哀婉，典型地表现了婉约派的风格。

寒蝉凄切[2]，对长亭晚[3]，骤雨初歇。都门帐饮无绪[4]，留恋处，兰舟催发[5]。执手相看泪眼，竟无语凝噎[6]。念去去[7]，千里烟波，暮霭沉沉楚天阔[8]。

多情自古伤离别，更那堪冷落清秋节！今宵酒醒何处[9]？杨柳岸晓风残月。此去经年[10]，应是良辰好景虚设。便纵有千种风情[11]，更与何人说？

【注释】

[1] 雨霖铃：词牌名，一作《雨淋铃》，原为唐教坊曲名。相传唐玄宗因安禄山之乱迁蜀，入斜谷，时霖雨连日，栈道中闻铃声，为悼念杨贵妃，遂采其声作此曲以寄恨。
[2] 寒蝉：蝉的一种，又名寒蜩，似蝉而小。
[3] 长亭：古时设在驿路旁供行人休息的亭子，因各亭之间的距离长短不一，所以有"长亭""短亭"之分。庾信《哀江南赋》："十里五里，长亭短亭。"
[4] 都门：京都，此处指汴京（今河南省开封市）。帐饮：在郊外张设帷帐，摆宴饯别。
[5] 兰舟：木兰舟，相传鲁班曾刻木兰树为舟，后人用为船的美称。
[6] 凝噎：喉咙被气流阻塞，意即因悲伤而说不出话来。噎：又写作"咽"。
[7] 去去：不断地远行。
[8] 楚天：南国的天空。古时楚国占有长江中下游一带地区，故称南天为楚天。
[9] 此句以下皆设想之词。
[10] 经年：年复一年。
[11] 风情：深厚的情意，此处指爱情。

望海潮[1]

【题解】 这首词为赠献之作，据宋人罗大经《鹤林玉露》记载："孙何帅钱塘，柳耆卿作《望海潮》词赠之"。词中描绘了北宋时期江南名城杭州的风貌。上片写杭州地理形势之优越，人物之康阜，钱塘江景色之壮观及市井之繁华、生活之富足豪奢；下片写西湖荷艳桂香，湖山之清秀佳丽以及百姓、官员游湖的欢乐盛况。作者用铺叙的手法，由都会而重湖，由十万人家而钓叟莲娃，层层展开，淋漓尽致地反映了北宋前期人民生活安定，社会繁荣富庶的太平景象，笔致清雄，气势阔大，充分体现了柳词"音律谐婉，语意妥帖，承平气象，形容曲尽"（陈振孙《直斋书录解题》）的特点。

东南形胜[2]，三吴都会[3]，钱塘自古繁华。烟柳画桥，风帘翠幕[4]，参差十万人家。云树绕堤沙，怒涛卷霜雪[5]，天堑无涯[6]。市列珠玑[7]，户盈罗绮，竞豪奢。

重湖叠巘清嘉[8]，有三秋桂子[9]，十里荷花。羌管弄晴[10]，菱歌泛夜[11]，嬉嬉钓叟莲娃[12]。千骑拥高牙[13]，乘醉听箫鼓，吟赏烟霞[14]。异日图将好景[15]，归去凤池夸[16]。

【注释】

[1] 望海潮：词牌名，首见于柳永集中，可能是他自制的。词咏钱塘（今杭州市），调名当从钱塘观潮取意。

[2] 形胜：地理形势优越的地方。《荀子·强国》："其固塞险，形势便，山林川谷美，天材之利多，是形胜也。"

[3] 三吴：据郦道元《水经注·浙江水》云，吴兴（今浙江省吴兴县）、吴郡（今江苏省苏州市）、会稽（今浙江省绍兴市）"世号三吴"，三，一作"江"。

[4] 风帘翠幕：挡风的帘子，翠绿的帷幕。

[5] 霜雪：指白如霜雪的浪涛。

[6] 天堑（qiàn）：天然的险阻，古指长江，此处指钱塘江。

[7] 珠玑：珍珠。玑是不圆的珠。

[8] 重湖：西湖以白堤为界，分外湖、里湖，所以称为重湖。叠巘（yǎn）：重叠的山峦。清嘉：清秀佳丽。

[9] 三秋：秋季三个月中的第三个月，即阴历九月。桂子：桂花。

[10] 羌管：即笛子，见范仲淹《渔家傲》注。

[11] 泛夜：夜间在水面上浮动。

[12] 嬉嬉：游戏笑乐。莲娃：采莲的女子。

[13] 千骑（jì）：一人一马谓一骑，此处千骑指州郡长官出行时的众多随从。高牙：高耸的牙旗。牙旗原为将帅大旗或军前大旗，古代兵书谓"牙旗者，将军之旌"。又，封演《封氏闻见记》："军前大旗谓之牙旗。"此处指大官出行时的仪仗旗帜。

[14] 烟霞：山水景物。

[15] 图将：画出。图：此处用为动词。将：语助词。

[16] 凤池：凤凰池，本为皇帝禁苑中的池沼，因是中书省的所在地，后遂作中书省的代称，此处指朝廷。

八声甘州[1]

【题解】这首词抒写游子思乡怀人的哀愁。上片写游子登高临远所见到的空阔、寂寥的暮秋景色，下片抒写由秋景所引起的归思。

这首词的景物描写，由暮雨而至残照，由江天而至关河，由物候而至长江，处处从大处着笔，使秋景于肃杀之中，别显出一种空阔之美。"渐霜风凄紧，关河冷落，残照当楼"几句，气象高远，境界阔大。词的抒情，或直写自己的思乡，或设想佳人的盼归，虚实相生，曲折委婉，真实细致地表现了主人公旅途飘泊、失意苦闷的心情。

词的上下两片分别写景抒情，界线分明而内容却不可分割，开头的一个"对"字，总领上片，结尾的一句"倚阑干"，回应全篇，首尾呼应，使全词浑然成为一个整体。

对潇潇暮雨洒江天[2]，一番洗清秋[3]。渐霜风凄紧，关河冷落[4]，残照当楼。是处红衰翠减[5]，苒苒物华休[6]，惟有长江水，无语东流。

不忍登高临远，望故乡渺邈[7]，归思难收。叹年来踪迹，何事苦淹留[8]？想佳人妆楼长望[9]，误几回天际识归舟。争知我倚阑干处，正恁凝愁[10]。

【注释】

[1] 八声甘州：又名《甘州》，本为唐边塞曲，后用为词牌。因全词共八韵，故曰"八声"。
[2] 潇潇：形容雨声。
[3] 一番句：谓经过风雨的洗涤，秋色更加凄清。
[4] 关河：山河。关：关塞。
[5] 是处：处处。红衰翠减：红花凋谢，绿叶枯萎。
[6] 苒（rǎn）苒：即"冉冉"，渐渐。物华：美好的景物。
[7] 渺邈（miǎo）：遥远。
[8] 淹留：久留。
[9] 长望：凝神久望。长，又作"颙"（yóng）。
[10] 恁（nèn）：这样。凝愁：愁绪郁结。

七、苏轼作品选读

卜算子·黄州定慧院寓居作[1]

【题解】此词为神宗元丰三年（1080）苏轼初贬黄州、暂居于定慧院（黄州佛寺）时所作。词中所写孤鸿，实际上是自己饱受政治迫害之后孤独抑郁的心情及孤芳自赏、不与世俗同流的个性反映。上阕描写深夜院中所见景色，渲染出孤高的境界，为幽人、孤鸿的出场作准备。下阕直写孤寂的心境，尽管无人理解，但仍然"拣尽寒枝不肯栖"，不肯屈服于流俗，将主观感情以具象化，托物寓人，显示了高超的艺术技巧。

缺月挂疏桐，漏断[2]人初静。谁见幽人[3]独往来，缥缈孤鸿影。惊起却回头，有恨无人省[4]。拣尽寒枝不肯栖[5]，寂寞沙洲冷。

【注释】

[1] 卜算子：词牌名，按《山谷词》"似扶着卖卜算"，应取义于今卖卜算命之人。定慧院：苏轼初到黄州时所暂居的佛寺。
[2] 漏断：漏为古时滴水计时之器，夜深则水尽而漏断。
[3] 幽人：幽居之人。《易·履卦》："幽人贞吉"，或指幽囚之人。
[4] 省：理解。
[5] 拣尽寒枝：此句有良禽择木而栖的意思。《左传·哀公十一年》："鸟则择木，木岂能择鸟。"

定风波[1]

【题解】此词为苏轼贬居黄州时纪行之作，句句写实，而句句又是作者一生遭遇、心胸及人格的写照，潇洒旷达，体现出不以物喜、不以己悲的开朗襟怀。上阕以"穿林打叶"描写身处环境之恶劣，"竹杖芒鞋"形容行走条件之艰苦，但仍然潇洒从容，徐徐前进。下阕写雨停转晴，作者感受到寒冷中有温暖，逆境中有希望，忧患中有喜悦，在精神和心灵上没有被打败。最后"也无风雨也无晴"又是一转，表达以平淡闲适的心情对待生活中的逆境或顺境，既不必因雨而狼狈，也不必因晴而欢欣，是苏轼经历磨难和打击之后，在灵魂上的升华。

三月七日，沙湖[2]道中遇雨，雨具先去，同行皆狼狈，余独不觉。已而[3]遂晴，故作此词。

莫听穿林打叶声[4]，何妨吟啸且徐行[5]。竹杖芒鞋[6]轻胜马，谁怕？一蓑烟雨任平生[7]。料峭春风吹酒醒，微冷，山头斜照[8]却相迎。回首向来萧瑟处[9]，归去，也无风雨也无晴。

【注释】

[1] 定风波：词牌名，原为唐玄宗时教坊曲名，后用为词调。敦煌曲子词中《定风波》中有"问儒士，何人敢去定风波"语。
[2] 沙湖：位于黄州东南三十里左右，又名螺师店。
[3] 已而：过了一会儿。
[4] 穿林打叶声：雨点落在树叶上的声音。
[5] 吟啸：吟咏长啸。徐行：自在、从容地慢慢前行。
[6] 芒鞋：草鞋。
[7] 一蓑烟雨任平生：指一生本来就是在披蓑衣冒风雨中度过，向来处之泰然。蓑：蓑衣，用棕制成的雨衣。
[8] 斜照：偏西的阳光。
[9] 向来：方才。萧瑟处：风吹雨打之处。

江城子·乙卯正月二十日夜记梦[1]

【题解】 这首词为悼念亡妻而作。上片写生死阻隔十年，作者于人世浮沉之中，对亡妻始终怀着刻心镂骨的思念，这是致梦的原因。下片写梦境中的相逢及梦醒之后的悲哀，表现了诗人凄苦的心情。作者将现实和梦境，生者和死者交织在一起来描写，上片写现实，下片写梦境；"千里"二句从生者的角度写，"纵使"三句从死者的角度写；而"料得"三句，更是将生者、死者的感情融汇在一起，创造了一个迷离恍惚而又情真意切的境界。

十年生死两茫茫[2]。不思量，自难忘。千里孤坟[3]，无处话凄凉。纵使相逢应不识，尘满面，鬓如霜。　　夜来幽梦忽还乡。小轩窗[4]，正梳妆。相顾无言，惟有泪千行。料得年年肠断处：明月夜，短松冈[5]。

【注释】

[1] 江城子：词牌名，又名《江神子》《水晶帘》等。乙卯：宋神宗熙宁八年（1075）。
[2] 十年：此词为悼念亡妻王弗而作，王逝世于治平二年（1065），距作者写此词时，正好十年。

[3] 千里：指王弗孤坟远在千里之外。王弗坟茔在四川彭山安镇乡可龙里，时作者在密州（今山东诸城），两地相距很远，故云"千里"。

[4] 轩：有窗棂的小窗。

[5] 短松冈：长有短小松树的山冈，此处指王弗的坟茔。

江城子·密州出猎[1]

【题解】傅藻《东坡纪年录》："乙卯（一〇七五）冬，祭常山回，与同官习射放鹰作。"知此词作于苏轼知密州的次年。词中写出猎的盛况，有声有色，使人如身历其境。下片气概尤为豪迈，结语表现作者要求保卫边疆、为国效命的决心。北宋国势长期积弱不振，北方和西北边防经常受到辽和西夏的严重威胁。苏轼一贯主张加强国防（在这一点上和王安石新政的精神是一致的）。他的作品也反映了这种爱国思想。他同时写的一首《祭常山回小猎》诗中云："圣朝若用西凉簿，白羽犹能效一挥。"意思正同。作者在给鲜于子骏的信中说："近却颇作小词，虽无柳七郎风味，亦自是一家。数日前，猎于郊外，所获颇多，作得一阕。令东州壮士抵掌顿足而歌之，吹笛击鼓以为节，颇壮观也。"（《东坡续集》卷五）就是指这一首。这是苏轼写的最早的一首豪放词。

老夫聊发少年狂。左牵黄，右擎苍[1]，锦帽貂裘[2]，千骑卷平冈[3]。为报倾城随太守，亲射虎，看孙郎[4]。　　酒酣胸胆尚开张[5]，鬓微霜，又何妨！持节云中，何日遣冯唐[6]？会挽雕弓如满月[7]，西北望，射天狼[8]。

【注释】

[1] 谓左手牵黄狗，右手举苍鹰。《史记·李斯列传》："（斯）谓其中子曰：'吾欲与若复牵黄犬俱出上蔡东门逐狡兔，岂可得乎！'"《梁书·张充传》："值充出猎，左手臂鹰，右手牵狗。"鹰和狗，古时打猎用以追捕猎物。

[2] 锦帽貂裘：汉羽林军所服，这里指随从将士的服装。陈陶《陇西行》："誓扫匈奴不顾身，五千貂锦丧胡尘。"

[3] 谓兵马极众，有席卷山林之势。

[4] 意谓请为我报知全城老百姓，使随我出猎，看我像当年孙权一样亲射猛虎。太守，作者自指。宋时知州的职权等于汉时的太守，故称。《三国志·吴志·孙权传》："二十三年十月，权将如吴，亲乘马射虎于凌亭。马为虎所伤。权投以双戟，虎却废。常从张世击以戈，获之。"此以孙权事喻自己亲自参加射猎。

[5] 谓畅饮极欢之后，更加激发了豪情壮志。尚：更。

[6] 意谓朝廷何日派遣冯唐去云中赦免魏尚的罪呢？《史记·冯唐列传》载汉文帝时，魏尚为云中太守。他爱惜士卒，优待军吏，匈奴远避。匈奴进犯，魏尚亲自率车骑阻击，所杀甚众。因报功的文书上所载杀敌数字与实际不符（缺少六人），被削职。后经冯唐代为辩白，文帝即派冯唐"持节"（带着传达命令的符节）前往赦免了魏尚的罪，仍令担任云中太守。苏轼这时也是"太守"，在政治上处境不甚得意，故以魏

尚自许，希望得到朝廷的信任。云中：郡名，今内蒙古自治区托克托县一带，包括山西省西北一部分地区。

[7] 会：会当，定将。彫弓：弓背上雕有花纹。彫：同"雕"。如满月：弓形如半月，射时把弦尽量拉开，便成满月形。

[8] 天狼：星名，一称犬星，星的分野在西北地带。此处比喻侵犯北宋的辽国与西夏。辽国在此之前的几个月胁迫北宋割让一大块边地。《楚辞·九歌·东君》："举长矢兮射天狼。"

水调歌头[1]

【题解】 这首词作于熙宁九年（1076），作者时知密州，胞弟子由在济南任掌书记。由于政治原因，兄弟被迫离开已近七年。

词以月为线索，表现了作者在处境不顺遂时的矛盾复杂心情和对子由的深挚的同胞情谊。上片写把酒问月，开端二句，笔势突兀，破空而来，有"天风海雨逼人"之势，接下去，时而欲乘风高举，时而又留恋人间，实际是以月为喻，表现了作者对朝廷的向往和对党派纷争政局的恐惧。下片写对月怀人，既抒发了对亲人的思念，也表现出一种于苦闷之中善于自我排解的旷达。

这是苏轼词作中的名篇，在曲折淋漓地抒写其中秋望月所产生的繁纷思绪的同时，还表现了作者对人生际遇变化不定的哲理性的认识，反映了作者豪放、达观的襟怀。词的内容丰富，感情跌宕起伏，笔势纵横捭阖，意境空灵蕴藉。作者笔下的月，不是一个单纯的客观实体，它有寒热，有感情，作者以浪漫主义的丰富想象，赋予月亮以艺术的生命。

丙辰中秋[2]，欢饮达旦，大醉，作此篇，兼怀子由[3]。

明月几时有？把酒问青天[4]。不知天上宫阙，今夕是何年[5]。我欲乘风归去，又恐琼楼玉宇[6]，高处不胜寒。起舞弄清影，何似在人间！　　转朱阁，低绮户，照无眠[7]。不应有恨，何事长向别时圆？人有悲欢离合，月有阴晴圆缺，此事古难全。但愿人长久，千里共婵娟[8]。

【注释】

[1] 水调歌头：词牌名。相传隋炀帝开汴河时，曾制《水调歌》，唐人演为"大曲"，"歌头"是大曲中的一章。

[2] 丙辰：宋神宗熙宁九年（1076）。作者时在密州。

[3] 子由：即苏辙，作者之弟，时在济南。

[4] 李白《把酒问月》诗："青天有月来几时？我欲停杯一问之。"此用其语。

[5] 托名牛僧孺《周秦行纪》："香风引到大罗天，月地云阶拜洞仙。共道人间惆怅事，不知今夕是何年。"此句出自这首诗。

[6] 琼楼玉宇：指月亮中的华美宫殿。

[7] 写月光移动照射，三句的主语皆为月亮。低：动词，低低地射进。无眠：难以入眠之人。

[8] 共：共赏。婵娟：形态美好的样子，此处指月亮。许浑《怀江南同志》："唯应洞庭月，万里共婵娟。"

浣溪沙

【题解】 这首词是作者《浣溪沙》五首中的第四首。元丰元年（1078），作者任徐州知州。是年，徐州大旱，作者曾往城东石潭祈雨，降雨后，又往谢雨。这组词即写于谢雨途中，从不同的侧面表现了徐州一带农村的自然风光、人情习俗。

此词的上片写途经一村庄时所见的景象，展现了淮上农村仲夏季节特有的风貌，也流露出作者对农村生活的喜爱之情。下片写作者途中困倦思茶，真实地表现了夏日旅人共有的感受，其"敲门试问野人家"一句，以旅途中常见的生活细节，表现出作者接近下层百姓的作风，极富生活情趣。

徐门石潭谢雨，道上作五首。潭在城东二十里，常与泗水增减，清浊相应[1]。

簌簌衣巾落枣花[2]，村南村北响缲车[3]，牛衣古柳卖黄瓜[4]。　　酒困路长唯欲睡，日高人渴谩思茶[5]，敲门试问野人家。

【注释】

[1] 据作者《起伏龙行》序云："徐州城东二十里，有石潭。父老云：'与泗水通，增损清浊，相应不差。时有河鱼出焉。'元丰元年春旱，或云：'置虎头潭中，可以致雷雨'。用其说作《起伏龙行》。"徐门：即徐州。谢雨：旱后得雨谢神。泗水：古河名，源出山东蒙山南麓，南流至江苏淮阴，注入淮河。

[2] 簌（sù）簌句：是"枣花簌簌落衣巾"的倒文。簌簌：花纷纷下落的样子。

[3] 缲（sāo）车：缲丝的工具。

[4] 牛衣：据《汉书·食货志》："董仲舒曰：'贫民常衣牛马之衣，而食犬彘之食'"，牛衣当是以草或乱麻编成，与蓑衣相似，覆盖牛身上用以御寒之物，此处指卖瓜人衣服粗劣。

[5] 谩：颇，甚。一作"漫"，此句语出唐人皮日休《闲夜酒醒》诗中"酒渴谩思茶"句。

水龙吟·次韵章质夫杨花词[1]

【题解】 这是一首咏物词，亦当作于苏轼贬谪黄州时期。其间，诗人的好友章质夫作有咏杨花词《水龙吟》一首，盛传一时，诗人因依原韵和了这首词寄去，并告"不以示人"。词中通过丰富的想象和独特的艺术构思，运用拟人化的手法，把咏物和写人有机地结合在一起，"即物即人，两不能别"，所谓"物物而不物于物也"（刘永济《词论》）。

似花还似非花[2]，也无人惜从教坠[3]。抛家傍路[4]，思量却是，无情有思[5]。萦损柔肠[6]，困酣娇眼，欲开还闭[7]。梦随风万里，寻郎去处，又还被莺呼起[8]。

不恨此花飞尽，恨西园落红难缀[9]。晓来雨过，遗踪何在[10]？一池萍碎[11]。春色三分：二分尘土，一分流水[12]。细看来，不是杨花，点点是离人泪[13]。

【注释】

[1] 水龙吟：词牌名，又名《龙吟曲》《小楼连苑》。次韵：依照别人的原韵和诗或词。

章质夫：名楶（jié），字质夫，蒲城（在今福建省）人，历仕哲宗、徽宗两朝，累官至同知枢密院事，是苏轼的好友，其咏杨花词《水龙吟》是传诵一时的名作。杨花：柳絮。

[2] 古人把柳絮当作花，但毕竟又不是花，故云。

[3] 也没有人爱惜它，一任它自飘自坠。从：任凭。教：使。

[4] 抛家傍路：指杨花飞离枝头，坠落路旁。

[5] 指杨花看似无情，实际却自有它的愁思。杜甫《白丝行》："落絮游丝亦有情，随风照日宜轻举。"又韩愈《晚春》诗："杨花榆荚无才思，惟解漫天作雪飞。"这里合其意而反用之。思：意思，思绪。

[6] 萦（yíng）：萦，缠绕，牵挂。柔肠：委婉而柔软的心肠，多指女子温柔而缠绵的情意。这一句是以情喻物，用女子温柔的心肠形容杨花纤细而轻盈的体态。

[7] 这里是用美女困倦时眼睛欲开还闭，来形容杨花的忽飘忽坠，时起时落。

[8] 这里用拟人化手法写杨花随风飘坠。金昌绪《春怨》诗："打起黄莺儿，莫教枝上啼。啼时惊妾梦，不得到辽西。"这里化用了这首诗的意思。

[9] 落红：落花。缀：连接，收拾。

[10] 遗踪：留下来的痕迹。这里指雨后杨花下落。

[11] 一池萍碎：指杨花落在水里化为一池碎萍。作者原注云："杨花落水为浮萍，验之信然。"其实，杨花落水为萍不过是世俗传闻，实际情况并非如此。

[12] 指杨花大部分坠落地上化为尘土，小部分随流水漂去。

[13] 曾季狸《艇斋诗话》称这三句系化用唐人"君看陌上梅花红，尽是离人眼中血"的诗句，并说有"夺胎换骨"之妙。

八、秦观作品选读

鹊桥仙[1]

【题解】这首词通过牛郎织女七夕相会的神话，歌颂了真挚坚贞的爱情。词的上片写相会，以秋天夜空变幻多姿的云彩与划破长空的流星，交织成一幅美丽画卷为背景，抒写了牛郎织女短暂会面的欢乐。下片写离别，在描写二人难分难舍，缱绻深情之后，笔锋一转，"两情若是久长时，又岂在朝朝暮暮！"独出机杼，不只歌颂了牛郎织女坚贞的爱情，赋予这个古老传说新的意义，且表现了作者超出常人的爱情观，在历代以牛郎织女故事为题材的众多作品之中，可谓别开生面。

纤云弄巧[2]，飞星传恨[3]，银汉迢迢暗度[4]。金风玉露一相逢[5]，便胜却人间无数[6]。　　柔情似水，佳期如梦[7]，忍顾鹊桥归路[8]！两情若是久长时，又岂在朝朝暮暮！

【注释】

[1] 鹊桥仙：词牌名，《词谱》卷十二："此调有两体：五十六字者始自欧阳修。因词中

有'鹊迎桥路接天津'句,取为调名。……八十八字者始自柳永。"又名《金风玉露相逢曲》《广寒宫》等,这个词牌多用来写牛郎织女七夕相逢的故事。

[2] 缕缕云彩幻化出各种巧妙的花样。此处暗喻七夕,旧时七夕有乞巧的风俗,妇女们向织女星祈祷,请求传授刺绣缝纫的技巧。

[3] 飞星传恨:流星飞越银河,似为牛郎织女传达离别之恨。

[4] 银汉:即银河,传说牛郎、织女每年渡河相会。

[5] 金风:秋风。玉露:白露。金风玉露用以指秋天。李商隐《辛未七夕》诗:"由来碧落银河畔,可要金风玉露时?"

[6] 谓虽然一年只见一次,然天长地久,爱情永在,比之犹胜过人间。赵璜《七夕》诗:"莫嫌天上稀相见,犹胜人间去不回",此用其意。

[7] 佳期如梦:佳会之时恍若梦境。

[8] 谓怎忍回头去看。鹊桥:传说每年七夕,喜鹊相聚成桥,让牛郎织女过河相会。

踏莎行·郴州旅舍[1]

【题解】这首词是哲宗绍圣四年作者贬居郴州之时所作。词的上片描绘了大雾迷茫、月色朦胧的春夜景象和孤寂、凄清的旅舍环境。下片写友人的寄赠与劝慰,反而更增添了作者的怨恨之情,显示了人物极其悲苦的心情。结尾二句:"郴江幸自绕郴山,为谁流下潇湘去"以比兴的手法,写江水无由流向潇湘,比喻自己的无端远行求任,寄寓着深切的身世之感。词的情调凄婉、哀绝,反映了古代社会知识分子仕途失意时的软弱性格和灰暗心理。

雾失楼台[2],月迷津渡[3],桃源望断无寻处[4]。可堪孤馆闭春寒[5],杜鹃声里斜阳暮。 驿寄梅花[6],鱼传尺素[7],砌成此恨无重数。郴江幸自绕郴山,为谁流下潇湘去[8]?

【注释】

[1] 郴(chēn)州:治所在今湖南郴县。
[2] 雾失楼台:谓大雾迷茫,遮蔽了楼台。
[3] 月迷津渡:谓月色昏暗,看不清渡口。津渡:渡口。
[4] 桃源:桃花源,即陶渊明在《桃花源记》中所虚构的世外乐园。望断:极目远眺。
[5] 可堪:哪堪。
[6] 驿寄梅花:《荆州记》:"宋陆凯与范晔相善,自江南寄梅花与晔,并赠诗曰:'折梅逢驿使,寄与陇头人;江南无所有,聊赠一枝春。'"此处用来指朋友间的赠送和安慰。
[7] 鱼传尺素:古乐府诗:"客从远方来,遗我双鲤鱼。呼儿烹鲤鱼,中有尺素书。"尺素,书信的代称,古人书信用素绢,通常为一尺,故称尺素。
[8] 谓郴江本沿郴山流淌,为什么还要向远处的潇湘流去?以喻自己的转徙飘零,实乃出于不得已。幸自:本自。为谁:为什么。潇湘:湖南南部二水名,在零陵合流后称为湘江。诗词中多称潇湘。

九、贺铸作品选读

青玉案[1]

【题解】 这首词写作者与一女子邂逅相逢而引起的种种思绪。上片写其一见倾心的思慕,虽然未对女子的形象作正面描写,但通过对想象中女子生活环境的渲染,暗示出了她的姣美。下片写因思而不得所引起的种种闲愁。词写艳情,实际上表现了作者退隐后的孤寂处境和怅然若失的心情。最后几句,以三种不同景象来比喻闲愁之多,十分新奇,为时人所激赏。

凌波不过横塘路[2],但目送,芳尘去[3]。锦瑟华年谁与度[4]?月桥花院,琐窗朱户[5],只有春知处。 碧云冉冉蘅皋暮[6],彩笔新题断肠句[7]。试问闲愁都几许?一川烟草,满城风絮,梅子黄时雨[8]。

【注释】

[1] 青玉案:词牌名。《词谱》:"汉张衡诗:'何以报之青玉案。'调名取此。"又名《横塘路》《西湖路》等。
[2] 凌波:形容美人步态轻盈。曹植《洛神赋》:"凌波微步,罗袜生尘"。横塘:地名,在今江苏省苏州市附近,贺铸在那里有居室。全句说美人的足迹不曾到达我的住处。
[3] 芳尘:美人走过时扬起的尘土,借指美人。
[4] 锦瑟华年:美好的青春年华。李商隐《锦瑟》诗:"锦瑟无端五十弦,一弦一柱思华年。"
[5] 琐窗:雕刻着连锁形花纹的窗子。
[6] 冉冉:形容云彩缓缓飘动。蘅皋(gāo):生长着香草的水边高地。蘅:香草名。
[7] 彩笔:指出色的文才。《南史·江淹传》:"淹少以文章显,晚节才思微退。……尝宿于冶亭,梦一丈夫自称郭璞,谓淹曰:'吾有笔在卿处多年,可以见还。'淹乃探怀中,得五色笔一以授之。尔后为诗,绝无美句。时人谓之才尽。"
[8] 以眼前景物,写愁之多。一川:遍地。梅子黄时雨:即指江南地区阴历四、五月间的连绵阴雨,因其时正值梅子黄熟,故称"黄梅雨"。

十、周邦彦作品选读

六丑[1]

【题解】 这首词描写游子思念佳人。笔触细腻,融情于景。全词以美人喻鲜花,用爱的柔笔抒发自己的迟暮之感,使花园的寂寞与人世的幽独有机地结合在一起,词人惜花伤春的同时,也在自怜自伤。上阕写花谢,极尽想家之思;下阕写追惜,极尽缠绵之情。全词妙想联翩、委婉曲折。

正单衣试酒,怅客里、光阴虚掷。愿春暂留,春归如过翼[2],一去无迹。为问花何在?夜来风雨，葬楚宫倾国[3]。钗钿堕处遗香泽[4]。乱点桃蹊，轻翻柳陌[5]。多情为谁追惜[6]？但蜂媒蝶使，时叩窗槅。

东园岑寂，渐蒙笼暗碧。静绕珍丛底，成叹息。长条故惹行客[7]，似牵衣待话，别情无极。残英小、强簪巾帻[8]。终不似、一朵钗头颤袅，向人欹侧[9]。漂流处、莫趁潮汐。恐断红、尚有相思字[10]，何由见得？

【注释】

[1] 六丑：周邦彦创调。试酒：宋代风俗，农历三月开或四月初尝新酒。见《武林旧事》等书。
[2] 过翼：飞过的鸟。
[3] 楚宫倾国：楚王宫里的美女，喻蔷薇花。
[4] 钗钿（diàn）堕处：花落处。白居易《长恨歌》："花钿委地无人收，翠翘金雀玉搔头。"
[5] 桃蹊（xī）：桃树下的路。柳陌：绿柳成荫的路。
[6] 多情为谁追惜：即"为谁多情追惜"，意即还有谁多情（似我）地痛惜花残春逝呢？
[7] 惹：挑逗。珍丛：花丛。
[8] 强簪巾帻：勉强插戴在头巾上。巾帻：头巾。
[9] 向人欹侧：向人表示依恋媚态。
[10] 恐断红、尚相思字：唐卢渥到长安应试，拾得沟漂出的红叶，上有宫女题诗。后娶遣放宫女为妻，恰好是题诗者，见范《云溪友议》。本句用红叶比落花。联系前句，意指红花飘零时，对人间充满了依恋之情。

苏幕遮

【题解】 这首词写作者旅居京华，见夏日雨后的荷花，而想起故乡吴门，引起一段思乡之情。词以荷花为线索，上片写风荷在雨后亭亭玉立之神态，下片写轻舟入荷塘之归梦。构思精巧，极富情致。"叶上初阳"三句写荷花，王国维赞其"真能得荷花之神理者"（《人间词话》）。

燎沉香[1]，消溽暑[2]。鸟雀呼晴，侵晓窥檐语[3]。叶上初阳干宿雨[4]，水面清圆，一一风荷举[5]。　　故乡遥，何日去？家住吴门[6]，久作长安旅[7]。五月渔郎相忆否？小楫轻舟，梦入芙蓉浦[8]。

【注释】

[1] 燎沉香：点燃香料。燎：燃烧。沉香：常绿乔木，心材为名贵熏香料。
[2] 溽（rù）暑：潮湿炎热的天气。
[3] 侵晓：天刚亮时。侵：近。
[4] 宿雨：昨夜的雨。
[5] 一一句：谓荷叶在晨风中一一擎举者。
[6] 吴门：苏州的别称，按作者为钱塘（今杭州）人，钱塘原属吴郡，或以此称吴门。
[7] 长安：此处指北宋都城汴京。

[8] 芙蓉浦：荷花塘，此处指西湖。

【思考与练习】

1. 以《八声甘州·对潇潇暮雨》为例分析柳永词的特色。
2. 以《念奴娇·大江东去》为例分析苏轼豪放词的特点。
3. 以《踏莎行·雾失楼台》为例分析秦观词的特点。
4. 简述周邦彦《六丑》的艺术特点。

第三节　南宋词

一、南宋前期词

南宋前期词坛主要是由李清照、朱敦儒、张元干等南渡词人构成。这些词人的生活以南渡为界分为前后两段，前期生活大多稳定安逸，词作也多吟风弄月。靖康之难后，金人的铁蹄改变了他们的生活和创作倾向。山河破碎、民族屈辱、民生苦难及个人遭际促使他们自觉接受苏轼词风，为救亡图存而呐喊呼号，表现战乱时代民族、社会的苦难忧患和个体的压抑、苦闷。词作与新的社会环境紧密结合，言志抒情的功能进一步拓展，风格或苍凉悲壮，或慷慨豪迈，一改北宋末一味讲究含蓄浑厚、婉约圆润之风，具有强烈的现实感。

李清照是这一时期最重要的词人，有《漱玉集》。南渡前李清照的生活安定舒适，婚前闺房绣户是她主要的生活世界，婚后夫妇志趣恰合、情感深笃，唯一的缺憾是丈夫不时外出为官，不免孤独寂寞。此期词多为多愁善感或轻愁思念之作，像《如梦令·昨夜雨疏风骤》抒写贵族少女的闲情，情调轻松。如《醉花阴》：

薄雾浓云愁永昼，瑞脑消金兽。佳节又重阳，玉枕纱厨，半夜凉初透。　　东篱把酒黄昏后，有暗香盈袖。莫道不销魂，帘卷西风，人比黄花瘦。

这首词作于夫妇两地分离时，委婉而含蓄地表达了闺中的寂寞和离情。其他如《凤凰台上忆吹箫》《一剪梅》等小词，都是抒写闺情的名篇，流露出对美好爱情生活的向往和对大自然的热爱。南渡后，李清照遭受了国破家亡的巨大变故，丈夫死后更过着飘零无依的凄苦生活，饱尝人世间的种种辛酸，感情变得悲哀沉痛和凄切。此期词作主要表达个人的不幸，同时也表达了南渡初期许多离乡背井、骨肉分离的人的共同感受，如《菩萨蛮》《念奴娇》《声声慢》《添字采桑子》等。

李清照是杰出的女词人，她对词有自己系统的认识。在《词论》中她提出"词别是一家"的观点，强调了词与诗的分野，并通过对先前各家的评价，阐述了优秀词作的标准应以高雅、含蓄、典重、和律为主，因此受她肯定和推崇的都是婉约词。

李清照词在艺术上自成一家，被后人誉为"易安体""婉约正宗"。

在艺术表现方式上，李清照善于选取日常生活中的起居环境、行动、细节，并以白描的方式加以呈现，来展现内心世界，塑造多愁善感的自我形象。如《点绛唇》：

蹴罢秋千,起来慵整纤纤手。露浓花瘦,薄汗轻衣透。　　见有人来,袜刬金钗溜。和羞走。倚门回首,却把青梅嗅。

此词是她早期作品,通过一系列细节的精准刻画,塑造了一个天真纯洁、感情丰富却又矜持的少女形象。《永遇乐》里"怕见夜间出去。不如向,帘儿底下,听人笑语"几句,通过心理和动作的细节描写,委婉曲折表达出老年寡居所独有的辛酸与寂寞心境。

李清照词的语言清新朴素而又精美雅洁。她善于将朴素的口语和精美的书面语进行提炼熔铸,运用多种修辞手法,形成别开生面,而又风韵天然的语言,如"绿肥红瘦"(《如梦令》)、"人比黄花瘦"(《醉花阴》)、"才下眉头,却上心头"(《一剪梅》)等,都达到"极练而不练,出色而本色"(刘熙载《艺概》)的效果。又如《武陵春》:

风住尘香花已尽,日晚倦梳头。物是人非事事休,欲语泪先流。　　闻说双溪春尚好,也拟泛轻舟。只恐双溪舴艋舟,载不动许多愁。

词借暮春之景,以外在行为和内心活动,诉说无尽的孤寂和凄苦。语言质朴精准,尤其运用比喻和夸张将无形的愁绪具体化和量化,既曲折生动又巧妙自然。

李清照的《渔家傲·天接云涛连晓雾》是其婉约之外难得的豪放之作。其意象飞扬健举,情感悲慨豪迈,二者相融为一,境界高远,当受到苏轼的影响。

李清照是中国文学史上最具创造力和成就的女性作家。她以女性身份,大胆地表现对爱情的热烈追求,真诚地抒写自我情感世界,不仅比"男子作闺音"更为真切自然,而且改变了男子一统天下的文坛格局。她被推为"当行本色"的婉约正宗和最高代表,对后世词人产生了重要的影响。

朱敦儒(1081—1159),字希真,洛阳人。南渡前生活疏荡狂放,蔑视权贵。南渡后避难岭南,后被召入朝为官,后又因不附秦桧议和而罢官,任性逍遥,过着世外桃源的生活。

朱敦儒的词鲜明地体现了他人生经历的变化。早年多写批风抹月的名士生活,婉丽明快。中年忧时伤世,苍凉激越。如《相见欢》:

金陵城上西楼,倚清秋。万里夕阳垂地大江流。　　中原乱,簪缨散,几时收?试倩悲风吹泪过扬州。

晚年描摹自然景色,表现闲适的生活,语言直白如话,格调清疏晓畅。

张元干(1091—?),字仲宗,福建人,有《芦川词》。南渡前过着"百万呼卢,拥越女吴姬共榔"(《柳梢春》)的放纵生活。创作上模拟花间词人,词风绮艳。靖康之难后,词风转变,为慷慨悲凉之声,抒写抗金爱国激情,赠送胡铨的《贺新郎》是他此类词的名作。

张孝祥(1132—1169),字安国,历阳乌江(今安徽和县)人。高宗时状元,一生仕宦较顺利,官至中书舍人。有《于湖词》。《六州歌头·长淮望断》是其名作,词中洋溢着浓烈的爱国热情、宣泄着对投降行为的愤慨。词作节拍急促、画面鲜明,具有强烈的时代感和艺术感染力。相传此词作于建康留守席上,张浚为之罢席。

张孝祥词学苏轼,部分即景抒情的作品风格清旷,意境与苏词相近。如《念奴娇·过洞庭》:

洞庭青草,近中秋,更无一点风色。玉界琼田三万顷,着我扁舟一叶。素月分辉,明河共影,表里俱澄澈。悠然心会,妙处难与君说。　　应念岭表经年,孤光自照,肝胆皆冰雪。短发萧骚襟袖冷,稳泛沧溟空阔。尽挹西江,细斟北斗,万象为宾客。扣舷独啸,不知今夕何夕。

此词为泛舟洞庭湖时即景抒怀之作。词人借洞庭夜月之景抒写高洁忠贞和豪迈旷达,词中的浪漫奇想甚至超过苏轼,"飘飘有凌云之气,觉东坡《水调》犹有尘心"(王闿运《湘绮楼词选》)。张孝祥的词作影响较大,他是南宋豪放词派重要的奠基人之一,在苏、辛之间起了过渡性作用,是辛派词人的先驱。

二、辛弃疾词

南宋中期,宋金处于对峙状态,时局相对稳定,和战之争仍是南宋内部政治斗争的焦点。以辛弃疾等为代表的仁人志士爱国热情依然高涨,在词中抒写抗战恢复的豪情和壮志难酬的悲慨,发出了时代的最强音,豪放词也因此成为此期词坛主流。南宋中期也是词的昌盛期,以辛弃疾、陆游、陈亮、刘过等词坛主将为代表的"中兴"词人群把词的创作推向了高峰。

辛弃疾(1140—1207),字幼安,号稼轩,山东历城(今山东济南)人。因生长于金人占领区,受祖父教育和目睹身受沦陷区人民的苦难,辛弃疾自幼就决心为民族复仇雪耻、收复失地。高宗绍兴三十一年(1161),年仅20岁的辛弃疾聚集2000余人揭竿而起,参加济南人耿京的反金义军并任掌书记。他劝耿京与南宋朝廷取得联系,次年正月,受耿京委派赴建康(今江苏南京)面见宋高宗。北归途中,听闻叛徒张安国杀害耿京,迅疾率领50余骑,直奔济州(今山东巨野),突入有五万之众的金兵大营,将已作金人济州知府、正在饮酒庆功的张安国生擒缚于马上,复突出敌营,疾驰渡淮,将叛徒押往建康处死。此举"壮声英概,懦士为之兴起,圣天子一见三叹息"(洪迈《稼轩记》),展现了辛弃疾惊人的胆略和勇气。

辛弃疾投奔南宋,因南人歧视和不信任,最初并未受到重用。面对议和势力不断上涨的局面,他不顾自身官职低微,向宋孝宗先后上《美芹十论》《九议》提出切实可行的复国中兴大计,斥责投降派的谬论,并指出必须做好打持久战的准备。从32岁以后,辛弃疾官职虽有升迁,在多地任要员,每到一地也均有建树,但"二年历遍楚山川"(《鹧鸪天·离豫章别司马汉章大监》)的走马灯似调任,使他爱国抱负和英雄长才终难施展。42岁因建飞虎营被弹劾罢职,在50岁左右一度被短暂启用为福建安提刑,后一直闲居在家20多年。晚年再度被启用,参与韩侂胄主持的北伐事宜,但并未得到真正重用和信任,不久又被罢职。北伐失败后,辛弃疾亦不久离世,临终前"大呼杀贼数声"(《济南府志》)。有《稼轩词》。

辛弃疾和陆游一样,是南渡后坚决主张北伐恢复的代表人物,"一世之豪,以气节自负,以功业自许"(刘克庄《稼轩词序》)。他既有超凡的治国理军才干和战略家的远见卓识,又有词人气质。辛弃疾的人生理想在于统兵驰骋疆场,驱除胡虏,"把诗书马上,笑驱锋镝"(《满江红》),但最终理想成空,"雕弓挂壁无用","长剑铗,欲生苔"(《水调歌头》),"却把万字平戎策,换得东家种树书"(《鹧鸪天》),只得"笔作剑锋长"(《水调歌头·席上为叶仲恰赋》),转而在词坛上纵横驰骋,开疆拓土,在词史上建立丰碑。

辛弃疾的词作继承和弘扬苏轼的豪放传统,"有意雄华泰,无意巧玲珑"(《临江仙》),在词中叙写自我行藏出处和精神世界,充满雄豪激烈的情怀和雄奇飞动的意象。境界雄伟壮阔,语音雄健刚劲。

与苏轼、陆游不同,辛弃疾文学创作的主要表现形式是词。他的《稼轩词》现存600多首，不但在数量上超过前辈和同代作家，而且在题材、词境上有了进一步的开拓，几乎达到了无事无意不可以入词的地步。

辛词中最震撼人心的当属爱国词。辛弃疾曾亲自领军在前线与金人周旋，具有一般作家所没有的金戈铁马的雄豪人生经历。他首先是一位爱国斗士，然后才是一个词人，因此他的爱国词不仅多，而且情感也最自然和真切，并在词中塑造出虎啸生风、气势豪迈的自我英雄形象。如"少年横槊，气凭陵，酒圣诗豪余事"（《念奴娇》）、"壮岁旌旗拥万夫，锦檐突骑渡江初"（《鹧鸪天》），渴望成就英雄伟业，成为曹操、刘备那样的英雄；"天下英雄谁敌手，曹刘，生子当如孙仲谋"（《南乡子》），充满对英雄的钟情、崇拜，充满对自我的高度期许和自信。但辛弃疾一生长才未施、壮志难酬，尤其进入中年以后，英雄失路的悲愤成为其词作的重要内容。如《贺新郎》：

老大那堪说。似而今、元龙臭味，孟公瓜葛。我病君来高歌饮，惊散楼头飞雪。笑富贵、千钧如发。硬语盘空谁来听？记当时、只有西窗月。重进酒，换鸣瑟。　　事无两样人心别。问渠侬：神州毕竟，几番离合？汗血盐车无人顾，千里空收骏骨。正目断、关河路绝。我最怜君中宵舞，道男儿到死心如铁。看试手，补天裂。

此词于淳熙十五年（1173）冬天为酬答爱国志士陈亮而作，此时辛弃疾正落职闲居上饶。词中道出作者不被重用的悲愤心情，也表达了他的坚定信念，情感悲愤却不消沉。

辛词批判了当时社会腐朽黑暗的政治。他谴责苟且偏安的南宋朝廷，"剩水残山无态度"（《贺新郎》）；辛辣嘲讽和抨击排挤嫉妒自己的奸佞小人，"君莫舞，君不见，玉环飞燕皆尘土"（《摸鱼儿》）；直接讽刺宋光宗迫使自己退隐闲居，"君恩重，教且种芙蓉"（《小重山》）。与南渡词人相比，辛词更具有深刻强烈的批判性和战斗性。

辛词中有大量的写景词和怀古词。无论是登山临水，还是吊古伤今，辛词总能将一腔爱国热忱和忧愤焦虑自然地融入其中，词中情感总是超越小我而具有深厚博大的襟怀，具有强烈的现实感。像《念奴娇·我来吊古》《永遇乐·京口北固亭怀古》《水龙吟·楚天千里清秋》《菩萨蛮·郁孤台下清江水》《水龙吟·举头西北浮云》等，都是这类优秀作品。

辛词中也有不少表现农村田园生活和隐逸情趣的作品。他在江西上饶、铅山的农村先后生活过二十多年，对乡村怀有很深的感情。乡村的人事景物通过他的描述，呈现出清新自然、极具生活气息的景象，如《清平乐·茅檐低小》《西江月·夜行黄沙道中》等，都是脍炙人口的农村词。

辛词的艺术成就是多方面的。首先，辛词充实、巩固、发展了苏轼开创的豪放词风。豪放词至辛弃疾，才蔚为大观，正式成派，辛词也成为该派的代表。辛弃疾创作了大量的"英雄语""豪杰词""能于剪红刻翠之外，屹然别立一宗"（《四库提要》）。

辛词善于塑造雄奇、豪健，充满生气的形象。笔下人物常是慷慨悲歌、雄姿英发。他写自己的远大抱负是"袖里珍奇光五色，他年要补天西北"（《满江红》），写自己矫健的身手是"马作的卢飞快，弓如霹雳弦惊"（《破阵子》），写自己的狂态是"回首叫，云飞风起，不恨古人吾不见，恨古人不见吾狂耳"（《贺新郎》），即使古雄今杰，也是"气吞万里如虎"（《永遇乐》）。辛弃疾笔下的景、物也同样气象宏大，波澜壮阔，"叠嶂西驰，万马回旋""检校长身十万松。吾庐小，在龙蛇影外，风雨声中"（《沁园春》）。在他眼里，突兀坚定的青山化为万马飞腾，森严的松林化为接受检阅的威武之师，虎啸龙吟般的气势排空而至。辛弃疾笔下没有纤细柔弱之物，有的是磊落长松，直节劲竹，傲霜梅花。倚天万里的长剑，千丈晴虹的长桥，哪怕是小小的水仙盆景，也是"汤沐烟波万顷"（《贺新郎·赋水仙》）的宏阔气象。

辛词善于运用浪漫主义的想象、夸张来加强豪放色彩。他的词里不仅有"红旗清夜，千骑月临关"（《水调歌头·三山用赵丞相韵》）、"汉家组练十万，列舰耸高楼"（《水调歌头·舟次扬州》）的战斗场景，就是对着水边鸥鸟，眼前酒杯，拦路长松，也会对之发号施令；姹紫嫣红的花朵会让他想起吴宫训练女兵，从幽静小窗传进的下棋落子声，想到铁骑突围的杀伐。如《太常引》：

一轮秋影转金波，飞镜又重磨。把酒问姮娥：被白发、欺人奈何？　　乘风好去，长空万里，直下看山河。斫去桂婆娑，人道是、清光更多。

浪漫恣肆的想象直追屈原、李白。"乘风"三句所表现的思想情感与屈原"陟升皇之赫戏兮，忽临睨乎旧乡"相同，而"斫去桂婆娑"，"所指甚多，不止秦桧一人而已"（周济《宋四家词选》）。

辛弃疾是从北方"归正"的军人，他的抗金恢复志愿和抱负与偷安江南的小朝廷不相容，政治上的孤危地位和屡遭毁谤的经历使他不能肆意逞辞，有时不得不采用幽隐曲折的比兴手法来有所寄托，借儿女之情来写君臣之事，将刚健融于温柔之中。《摸鱼儿》就是这方面的代表作。这种手法继承了《离骚》香草美人的传统，也接受了婉约派词人的影响。

除了豪放，辛词也不乏婉约、平淡、清丽等多种风格，他的农村词清新自然，登临写景词也常常情感欲吐还吞，蕴藉委婉，如《菩萨蛮·郁孤台下清江水》《丑奴儿·少年不识愁滋味》等，"其间固有清而丽，婉而妩媚"之作，"其秾纤绵密者，亦不在小晏、秦郎之下"（刘克庄《稼轩词序》）。辛词也有寓庄于谐之作，在谐谑中具有严肃的主题和深刻的思想内涵。如《卜算子·千古李将军》写贤愚错位，《千年调·卮酒向人时》表现官场中圆滑世故的和事佬，冷嘲热讽，幽默风趣。

对词表现手法的发展也是辛词的重要成就。辛词不但以诗为词，还进一步以文为词，有意识地把其他文学样式的手段运用到词的创作当中。

大量用典是辛词一个鲜明的特点。辛词中的用典大都托古喻今，如《水龙吟·登建康赏心亭》《永遇乐·京口北固亭怀古》《贺新郎·绿树听鹈鴂》等，每首都用了几个典故。有的直接引用，有的融化入词句，或正用其意，或反用其意，用典和他的比兴手法具有相通之处，常寄托深慨。

词中喜欢议论，有的议论融于生动的艺术形象中，如"青山遮不住，毕竟东流去"；有的借古，如"君莫舞，君不见，玉环飞燕皆尘土"；有的是直接议论，如"江头未是风波恶，别有人间行路难"（《鹧鸪天·送人》）。

语言上，不仅运用古体、近体诗的句法，还吸收散文、骈文、民间口语入词，甚至将经、史、子、集，古人诗文的句子信手拈来，或稍加改变，或直接引用，恰合自然，别有风味。如"只疑松动要来扶，以手推松曰去"（《西江月》），"甚矣吾衰矣""不恨古人吾不见，恨古人不见吾狂耳。知我者，二三子"（《贺新郎》），"千古兴亡多少事，悠悠，不尽长江滚滚流""生子当如孙仲谋"（《南乡子·登京口北固亭有怀》）等，表现出独特的语言风格。

辛弃疾的词作也存在过于逞才使气，过于追求以文为词，使词失去应有的韵味，但在两宋词史上，辛弃疾的词作数量最多，在内容境界、表现方法和语音的丰富性、深刻性、创造性和开拓性诸方面的成就空前绝后，不但确立了豪放一派，而且对当时和后来的词人都产生了较大的影响。

三、南宋中期词

南宋中期，与辛弃疾大约同时或稍后的词人有陆游、陈亮、刘过等，他们或与其词风相近，或传其衣钵，可视为辛派词人。

陆游专力于诗，在诗歌创作上取得了极高的成就，其词作只是以余力为之，但成就也不同凡俗。他的词与诗一样，将写实与抒情高度结合，题材丰富，风格多样。

他的爱国词风格豪放，情感激烈，如《诉衷情·当年万里觅封候》《汉宫春·羽箭雕弓》《夜游宫·记梦寄师伯浑》等，都足以和他的爱国诗篇相媲美。刘克庄评价此类作品说："其激昂感慨者，稼轩不能过"（《后村诗话续集》）。

陆游也有清雄旷达之作，如《卜算子·咏梅》，其兴象寄慨，与苏轼《卜算子·缺月挂疏桐》堪为同调。其农村词也清新可喜，如《鹧鸪天·煮茧》。陆游的爱情词纤丽婉约，与他的爱情诗一样，以伤痛之怀写伤心之事，如《钗头凤》：

红酥手，黄縢酒，满城春色宫墙柳。东风恶，欢情薄。一怀愁绪，几年离索。错！错！错！春如旧，人空瘦，泪痕红浥鲛绡透。桃花落，闲池阁。山盟虽在，锦书难托。莫！莫！莫！

此词描写与唐婉的爱情悲剧，作于词人被迫与唐婉分开、在绍兴城南沈园一次偶然相遇后。通过形象、鲜明的今昔对比，充分地表现出"几年离索"给唐婉带来的巨大精神折磨和痛苦，抒发了作者怨恨愁苦而又难以言状的凄楚痴情，情感甚至而哀伤，荡气回肠，大有恸不忍言、恸不能言的情致。

陈亮为辛弃疾密友，是一位豪侠奇士。其作多是表现抗战复仇、救国安民的爱国词。词风与辛相似，以气势见长，往往直抒胸臆，语言斩截痛快，风格雄豪恣肆，但太过直露，缺少余蕴。《水调歌头·不见南师久》是其代表作，陈廷焯评该词说："就词论，则非高调"，但"精警奇肆，几乎握拳透爪，可作中兴露布读"（《白雨斋词话》）。

刘过（1154—1206），字改之，江西太和（今泰和）人，感情狂放，终身以布衣游历天下。他对辛弃疾十分崇拜，作词有意效法稼轩，像《沁园春·御阅还上郭殿帅》《沁园春·张路分秋阅》写阅兵场面，意象飞动，境界雄阔，与稼轩神似。但刘过以文为词，有时不守音律，造语狂宕，不免粗豪。

四、南宋后期词

南宋后期，国力进一步衰弱，不仅恢复无望，国势更是岌岌可危。无可奈何的喟叹和抚今追昔的哀伤逐渐代替了北伐、恢复的呼声。此期词人主要有以姜夔为代表的骚雅派和刘克庄、刘辰翁等为代表的辛派后劲。

骚雅词派是南宋末期规模最大、作家最多的一个词学流派，又是成就卓然、理论与实践并重的一个文人群体。所谓"雅"是指他们以雅相标榜，以雅为美学理想，反俚俗、反直露、反柔媚、反浮艳、反狂怪、反豪放。所谓"骚"是指以诗人的笔法入词,侧重继承以《离骚》开创和代表的传统,以表现自我、抒发自我的主观性为主要目的,注重写心境是其重要特征。骚雅派词人加强提升词表现自我的能力,丰富了词的表现手法,是对词的发展与贡献。但又容易使词走上隐晦朦胧、细小破碎的道路,将词带到一个狭小的天地,影响词的发展。

姜夔(约1155—约1221),字尧章,号白石道人,江西鄱阳人。终生不第,浪迹江湖,寄食诸侯。青年时代曾漫游淮楚潇湘,后客居合肥、湖州和杭州。姜夔一生清贫自守、耿介清高,以文艺创作自娱,诗词散文、音乐书法,造诣均高,受到当世名流辛弃疾、杨万里、范成大、朱熹、萧德藻的推重,名震一时,萧德藻甚至以侄女妻之。有《白石词》传世。

姜夔词的题材以感时、伤怀、咏物、恋情为主。有的词抒发流落江湖又不忘国事的感情,但情调低沉感伤,隐约含蓄,与让人灰心失望的时代相符,《扬州慢·淮左名都》是这方面的代表作。姜夔的恋情词常表现别后相思,色调凄冷,情调高雅脱俗。如《踏莎行》:

燕燕轻盈,莺莺娇软,分明又向华胥见。夜长争得薄情知?春初早被相思染。　　别后书辞,别时针线,离魂暗逐郎行远。淮南皓月冷千山,冥冥归去无人管。

此词以记梦方式来怀念合肥恋人,没有缠绵温馨的相遇风情,只是别后魂牵梦萦的思念。最后两句创造出词史上少有的冷境,深得推崇。

姜夔的咏物词往往别有寄托,自我人生失意、伤时之感与咏物融为一体,写得空灵蕴藉。如《暗香》:

旧时月色,算几番照我,梅边吹笛。唤起玉人,不管清寒与攀摘。何逊而今渐老,都忘却、春风词笔。但怪得、竹外疏花,香冷入瑶席。　　江国,正寂寂。叹寄与路遥,夜雪初积。翠尊易泣,红萼无言耿相忆。长记曾携手处,千树压、西湖寒碧。又片片、吹尽也,几时见得?

作品无句非梅,以梅怀人,借梅喻人,也有自我零落的哀伤。全词不断在过去和现在之间往复摇曳,结构空灵精致,意境清虚骚雅。

张炎评姜词:"如野云孤飞,去留无迹……如《疏影》《暗香》《扬州慢》……不惟晴空,又且骚雅,读之使人神观飞越。"(《词源》卷下)。其"清空"特色主要表现为:善于遗貌取神,提空描写。不论何种题材,姜词都不作过多质实描写,而是摄取对象精神气韵进行点染,并融入自我感受;善于将各种题材、情感用统一的风格来呈现,用健笔写柔情,用清笔写浓愁,用空笔写实情;善于用诗人笔法入词。姜夔以诗为词,不是为了扩大词的表现功能,主要是以周邦彦炼字琢句的创作态度,借鉴江西诗派清劲瘦硬的语言特色来改造传统的艳情词、婉约词华丽柔弱的语言基调,创造出清刚醇雅的风格。

姜夔精通音律,也善于自度曲。但他不是因曲为词,而是因词制曲,音乐的旋律和节拍就更能与其情感的律动相一致,其自度曲都音韵谐婉。

姜夔词作常常配有精心结撰的小序。这些小序不仅交代创作缘起,本身也韵味隽永,具有独立的艺术价值,与歌词珠联璧合,相得益彰。如《扬州慢·淮左名都》的小序写景抒情,情景交融,可作独立的小品文看。

史达祖,生卒年不详,字邦卿,汴京(今河南开封)人,曾为韩侂胄堂吏。开禧北伐失败,韩侂胄被诛,史达祖受黥刑,死于贬所。有《梅溪词》传世。

史达祖词风与姜夔有神似之处。其词多咏物、写景之作,注重用笔新巧,词中多精警之句,但缺乏兴寄,过分注重炼句,有的词作雕琢过甚,境界不浑成。其最负盛名的是咏燕的《双双燕》、咏春雨的《绮罗香》两首自度曲。

吴文英(1207?—1269?),字君特,号梦窗,四明(今浙江宁波)人。长期以清客身份出入于权贵之门,流寓各地。有《梦窗词》传世。

吴文英一生倾心于词的创作,但在情思内容上已无法突破前人,于是专力于艺术技巧上的争奇斗胜。在艺术思维上,他彻底改变正常的思维习惯,将常人眼中的实景化为虚幻,将常人心中的虚无化为实有,通过奇特的想象和联想,创造出如梦如幻的艺术境界。如《八声甘州·灵岩陪庾幕诸公游》:

渺空烟四远,是何年、青天坠长星?幻苍崖云树,名娃金屋,残霸宫城。箭径酸风射眼,腻水染花腥。时靸双鸳响,廊叶秋声。　　宫里吴王沉醉,倩五湖倦客,独钓醒醒。问苍波无语,华发奈山青。水涵空、阑干高处,送乱鸦、斜日落渔汀。连呼酒、上琴台去,秋与云平。

词全篇以"幻"为词眼,通过凭吊吴宫古迹,借吴越争霸往事,抒古今兴亡之感和白发无成之恨。词中将眼前的灵岩山比拟为青天陨落的星辰,化实为虚;在一片废墟的馆娃宫前却又看到了当年流水漂浮着宫女洗妆后的脂粉、嗅到了花朵染上脂粉的腥味、听到了西施漫步响屧廊的步履声,化虚为实。词境亦真亦幻,奇丽凄迷,意境悠远,气势雄浑,情景交融,清丽高雅。章法结构上,吴词常把不同时空的场景、情事统摄于同一画面。不按客观时空的自然顺序,只以自己心理变化和情感逻辑为构思线索,以心理时空来安排篇章,再加上情事、情景虚实交叠错综,形成深曲难测、扑朔迷离的风格。这种作风强化了词的模糊性、多义性,但无疑增加了读者理解的难度。

吴词的语言生新奇异。在语言搭配、字句组合中常常打破常规,如"落絮无声春坠泪"(《浣溪沙》)、"飞红若到西湖底,搅翠澜,总是愁鱼"(《高阳台》)、"剪红情、裁绿意"(《祝英台近》)等。吴词喜欢用一些生怪的、色彩艳丽的词汇,情绪化、装饰性很强。如"箭径酸风射眼,腻水染花腥"(《八声甘州》)、"红情密,腻云低护秦树"(《宴清都》)、"妖红斜紫"(《喜迁莺》)等。张炎评其词"如七宝楼台,炫人眼目,拆碎下来,不成片段"(《词源》卷下)是有道理的。

周密(1232—1298?),字公瑾,号草窗。其词融姜夔、吴文英之长,词风典雅清丽。宋亡后,词作内容多抒发凄苦幽咽的情怀,《一萼红·登蓬莱阁有感》是其代表作。

王沂孙,生卒年不详,字圣与,会稽(今浙江绍兴)人。其词工于咏物,并以此寄托亡国之哀。其词善于隶事用典和使用象征、拟人的手法,使所咏之物具有丰富的象征意蕴和深远的寄托,但情调过于凄幽。《眉妩·新月》是其名作。

张炎(1248—1321?),字叔夏,号玉田。有《山中白云词》,词学著作《词源》集骚雅派词论之大成,具有较高的学术价值。张炎词主要表现贵介公子沦落的生活感受,词风清雅疏朗,与姜夔相近,对清初浙西派词人影响很大。其名作《解连环·孤雁》为他赢得"张孤雁"的雅号。

蒋捷(1245?—1305?),字胜欲,号竹山,阳羡(今江苏宜兴)人,有《竹山词》。蒋捷先世为宜兴巨族,南宋亡后,深怀亡国之痛,隐居不仕,人称"竹山先生",其气节为时人所重。长于词,与周密、王沂孙、张炎并称"宋末四大家"。其词多抒发故国之思、山河之恸、遗民漂泊流离之苦,词风兼融豪放词的清奇流畅和婉约词的含蓄蕴藉,在宋季词坛别开生面。

宋末辛派词人以刘克庄、刘辰翁等为代表，他们的词作具有强烈的现实性和时代感。

刘克庄（1197—1269），字潜夫，号后村居士，莆田（今福建莆田）人。词作内容以爱国忧民为主，风格豪迈激越，手法上也好议论和散文化，是辛派后劲中的翘楚。

【课程思政】

以文化人 通过介绍抗金将领岳飞、张孝祥等人保家卫国的故事，以及词人辛弃疾誓死捍卫民族尊严的民族气节，文天祥视死如归的精神，培养学生爱国精神和爱国情怀。

学有所悟 南宋时，由于宋金、宋辽、宋元之间的长期对峙，激烈的民族矛盾使得爱国词人和爱国词作大批涌现，陆游、辛弃疾、岳飞、文天祥在国家危亡之际，不惜牺牲自己，舍小家救大家，创作出许多激励了历代中国人的千古不朽名篇。2018年，习近平总书记在北大师生代表座谈会上提出："爱国，是人世间最深层、最持久的情感，是一个人立德之源，立功之本。"爱国主义情感深沉地孕育在中华民族的文化基因之中，绽放在英雄的战歌之中，也绽放在忧国忧民的诗篇之内。在今天，爱国主义不是体现在封建帝制时代只忠于国君一人，而是忠诚于祖国，忠诚于人民，忠诚于共产主义事业。请同学们选取一个南宋时期的优秀人物，分析其爱国事迹，讨论爱国主义应该怎样表现在实际行动中。

【思考与练习】

1. 比较李清照前后两期词在内容和情调上的区别。
2. 分析辛弃疾的人生经历与其豪放词风的关系。
3. 试述辛弃疾在词史上的贡献。
4. 简述姜夔在词史上的贡献。

第四节　南宋词选读

一、李清照作品选读

如梦令[1]

【题解】 这首词又题作《春晓》《暮春》，通过一个年轻的贵族女子对于花事的探寻，表现了她惜花、伤春和自怜的情怀。"浓睡"一句，暗示了女主人公生活之空虚和心情之愁闷。"试问"以下几句写主仆间的对话，问者情多，答者意淡，于是逼出了最后两句。"绿肥红瘦"四字，以清新的语言，准确地刻画了事物的形象，表现了主人公此时的心境。

昨夜雨疏风骤，浓睡不消残酒[2]。试问卷帘人[3]，却道"海棠依旧"。"知否？知否？应是绿肥红瘦[4]。"

【注释】

[1] 如梦令：词牌名，苏轼《东坡乐府》卷下《如梦令》词序："此曲本唐庄宗制，名《忆仙姿》，嫌其不雅，故改为《如梦令》。庄宗作此词，卒章云：'如梦，如梦，和泪出门相送'，因取以为名云。"
[2] 浓睡：酣睡。
[3] 卷帘人：指正在卷帘的侍女。
[4] 绿肥红瘦：谓枝叶繁茂，花朵凋零。

渔家傲

【题解】此词写梦中海天溟蒙的景象及与天帝的问答，隐喻词人对社会现实的不满与失望，对理想境界的追求和向往。作者把真实的生活感受融入梦境，以浪漫主义的艺术构思，梦游的方式，奇妙的设想，倾诉隐衷，寄托情思。全词打破了上片写景下片抒情或情景交错的惯常格局，以故事性情节为主干，以人神对话为内容，实现了梦幻与生活、历史与现实的有机结合，用典巧妙，景象壮阔，气势磅礴，音调豪迈，充分显示了作者性情中豪放不羁的一面。

天接云涛连晓雾，星河欲转千帆舞[1]。仿佛梦魂归帝所[2]。闻天语[3]，殷勤问我归何处[4]。我报路长嗟日暮[5]，学诗谩有惊人句[6]。九万里风鹏正举[7]。风休住，蓬舟吹取三山去[8]！

【注释】

[1] 星河：银河。转：《历代诗余》作"曙"。
[2] 帝所：天帝居住的地方。
[3] 天语：天帝的话语。
[4] 殷勤：关心地。
[5] 我报路长嗟（jiē）日暮：路长，隐括屈原《离骚》："路漫漫其修远兮，吾将上下而求索"之意。日暮：隐括屈原《离骚》："欲少留此灵琐兮，日忽忽其将暮"之意。嗟：慨叹。
[6] 学诗谩有惊人句：隐括杜甫句："语不惊人死不休"。谩有：空有。
[7] 九万里：《庄子·逍遥游》中说大鹏乘风飞上九万里高空。鹏：古代神话传说中的大鸟。
[8] 蓬舟：像蓬蒿被风吹转的船。古人以蓬根被风吹飞，喻飞动。吹取：吹得。三山：《史记·封禅书》记载：渤海中有蓬莱、方丈、瀛洲三座仙山，相传为仙人所居住，可以望见，但乘船前往，临近时就被风吹开，终无人能到。蓬莱，又称蓬壶。

声声慢[1]

【题解】这是李清照晚年的名作，写她在迭遭国破、家亡、夫丧等一连串沉重打击之后孤寂难耐的生活和凄凉愁苦的心情。上片起首三句，连用七组十四个叠字，或写人物动作行为，或写周围环境，或直抒胸臆，将词人在遭受了一系列深创巨痛之后的茫然若失、凄凉、惨淡、悲戚的情怀，全面、准确、细腻入微地刻画了出来。以下几句，或写气候变化无常之难忍，或写晚风袭人之难忍，或写雁声入耳之难忍，一句一景，一句一情。下片具体描绘眼前残秋景象，进一步表现诗人愁苦之情。"满地黄花"一句，以花的憔悴，喻自己生涯的衰落，"守着窗儿"一句，更进一步直接抒写作者寂寞难耐的痛苦。这首词的情调虽嫌低沉，但是，由于作者的个人哀愁，是在异族入侵、国土沦丧、人民流离失所这样一个大的社会背景之下而产生的，因而就具有了一定的时代色彩和社会意义。

寻寻觅觅[2]，冷冷清清，凄凄惨惨戚戚[3]。乍暖还寒时候[4]，最难将息[5]。三杯两盏淡酒，怎敌他、晚来风急！雁过也，正伤心，却是旧时相识。　　满地黄花堆积，憔悴损[6]，如今有谁堪摘！守着窗儿，独自怎生得黑[7]！梧桐更兼细雨，到黄昏、点点滴滴。这次第[8]，怎一个愁字了得！

【注释】

[1] 声声慢：词牌名。又名《胜胜慢》《凤求凰》。毛先舒《填词名解》说："词以慢名者，慢曲也。拖音袅娜，不欲辄尽。"
[2] 寻寻觅觅：若有所失、四顾张望的样子。
[3] 戚戚：忧愁悲伤的样子。
[4] 乍暖还寒：忽暖忽寒。乍：忽然。
[5] 将息：调养，休息。宋石孝友《醉落魄》词："相逢后会知何日，去也奴哥，千万好将息。"
[6] 憔悴损：指菊花枯萎凋萎的样子。
[7] 怎生得黑：怎么熬到天黑。生：语助词。得：待。
[8] 次第：光景，情况。张相《诗词曲语辞汇释》云："次第，况状之辞，犹云状态也；规模或规矩也；光景或情形也。"

永遇乐[1]

【题解】张端义《贵耳集》云"（清照）南渡以来，常怀京洛旧事。晚年赋元宵《永遇乐》词"，其时作者寓居临安。词的上片，在以浓墨重彩描绘出临安佳节时的艳丽春色之后，却以"谢他酒朋诗侣"，流露出心情的黯淡和孤寂。下片写"中州盛日"时都城汴京元宵之夜的盛况与词人的绰约风姿和愉快欢乐，继而笔锋一转，展现了自己今日的沦落憔悴处境和凄楚心情。词以两宋两个都城元宵节日的不同情况和词人的不同心情，构成鲜明、强烈的对比，表现了深沉的故国之思，具有强烈的感人力量。

落日镕金[2]，暮云合璧[3]，人在何处[4]？染柳烟浓[5]，吹梅笛怨[6]，春意知几许！元宵佳节，融和天气，次第岂无风雨[7]？来相召，香车宝马[8]，谢他酒朋诗侣。　　中州盛日[9]，闺门多暇，记得偏重三五[10]。铺翠冠儿[11]，捻金雪柳[12]。簇带争济楚[13]。如今憔悴，风鬟霜鬓[14]，怕见夜间出去[15]。不如向、帘儿底下，听人笑语。

【注释】

[1] 永遇乐：词牌名。《词谱》卷三十二："此调有平韵、仄韵两体。仄韵者始自北宋，

平韵者始自南宋。"本词为仄韵。

[2] 落日镕金：形容夕阳如被镕的黄金，极为灿烂。

[3] 暮云合璧：形容暮云聚拢，如同美丽的璧玉。

[4] 人：指飘泊无依的作者自己。一说指已经去世的丈夫赵明诚。

[5] 染柳烟浓："烟染柳浓"的倒文，谓在暮霭笼罩下柳色愈加深浓。

[6] 吹梅笛怨："笛吹梅怨"的倒文，谓笛子吹出幽怨的《梅花落》曲调。

[7] 次第：转眼之间。杨万里《多稼亭看梅》："先生次第即还家，更上城头一望赊。"

[8] 香车宝马：指华美的车马。

[9] 中州：今河南省为古豫州地，居九州之中，故称中州。

[10] 三五：古人常将每月十五日称为三五，此处特指正月十五。

[11] 铺翠冠儿：镶嵌着珍珠翡翠的帽子。

[12] 捻金雪柳：以金线捻金制作的绢花。

[13] 济楚：整齐、美丽。

[14] 风鬟霜鬓：头发蓬乱，两鬓如霜。形容自己衰老。

[15] 怕见：懒得，怕得。

二、张元干作品选读

贺新郎·送胡邦衡谪新州[1]

【题解】 曾噩在《芦川归来集序》中说，胡铨被贬时，"平生亲属，避嫌畏祸，唯恐去之不速"，而张元干独"作长短句送之。微而显，哀而不伤，深得三百篇讽刺之义。"由此可见张元干强烈的正义感和不畏权势、不计个人安危的高尚情操。词的上片，作者以沉痛的心情，描写了中原沦陷后的荒凉景象，对误国的北宋统治者，提出了有力的责问。"天意"两句，更是把矛头直指高宗皇帝，表现了作者过人的胆识。下片对胡铨因爱国而获罪的遭遇，表示了深切的同情，抒写了对胡铨的深挚友谊。词风豪迈悲壮，笔力直透纸背，是南宋初期爱国词作中最负盛名的一首。

梦绕神州路[2]，怅秋风连营画角[3]，故宫离黍[4]。底事昆仑倾砥柱[5]，九地黄流乱注[6]，聚万落千村狐兔[7]？天意从来高难问，况人情老易悲难诉[8]；更南浦[9]，送君去！　　凉生岸柳催残暑。耿斜河[10]，疏星淡月，断云微度。万里江山知何处[11]？回首对床夜语[12]。雁不到，书成谁与[13]？目尽青天怀今古，肯儿曹恩怨相尔汝[14]！举大白[15]，听《金缕》[16]。

【注释】

[1] 贺新郎：词牌名，又名《贺新凉》，毛先舒《填词名解》谓此调为苏轼所创，因苏词中有"晚凉新浴"句，故名。亦名《乳燕飞》《金缕曲》等。胡邦衡：名铨，宋高宗时进士，原为枢密院编修官，绍兴八年（1138）宋金和议时，上书极力反对，并请斩王伦、秦桧、孙近三人头，以谢天下。遭秦桧迫害，降职外放，后又除名编管新

州（今广东新兴县）。元干激于义愤，作此词以赠。词题或作"送胡邦衡待制赴新州"，但胡邦衡此时尚未任宝谟阁待制。

[2] 神州：古时称中国为赤县神州，此处指中原地区。

[3] 画角：军中的号角，上面涂有彩绘。

[4] 故宫：此处指北宋故都汴京的宫殿。离黍：《诗经·王风·黍离》："彼黍离离"，小序云："周大夫行役至于宗周，过故宗庙宫室，尽为禾黍，闵周室之颠覆，彷徨不忍去，而作是诗也。"黍：小米。离离：行列整齐貌。

[5] 底事：为什么。倾：倒塌。砥柱：传说中的擎天柱，《神异经》："昆仑之山，有铜柱焉。其高入天，所谓天柱也。"

[6] 九地：九州之地，即遍地。黄流乱注：黄河之水到处奔流，泛滥成灾。

[7] 狐兔：比喻金兵。

[8] 杜甫《暮春江陵送马大卿公恩命追赴阙下》诗："天意高难问，人情老易悲。"此二句化用杜甫诗意，谓皇帝高高在上，心思难测，人们的爱国热情也容易衰退。

[9] 南浦：泛指送别的地方。江淹《别赋》："送君南浦，伤如之何！"浦：水滨。

[10] 耿：明亮。斜河：银河。银河斜转，表示夜深。

[11] 万里江山：指胡铨被贬斥到万里之外。

[12] 回忆当年深夜并床谈心之事。

[13] 谓书信难通。相传北雁南飞，止于衡阳。胡铨远谪广州，雁亦不能到。

[14] 肯：岂肯。儿曹：小儿女辈。恩怨相尔汝：你我个人之间的私情。此句谓分手之际，怎么能象小儿女那样只谈些个人私情呢！

[15] 大白：酒杯。

[16] 金缕：《金缕曲》，《贺新郎》之异名。

三、张孝祥作品选读

六州歌头[1]

【题解】宋孝宗隆兴元年（1163），主战派将领张浚出师江淮，收复宿州，但是符离战败，主和派重新得势，遣使向金人求和，这首词即写于此时。词的上片描绘了淮河沿线边备松弛、荒凉冷寂的景象，洙泗沦为异域，文化昌盛之邦竟弥漫着牛羊的膻腥。下片抒写自己壮志难酬的悲愤，对南宋统治者妥协投降的丑行，予以辛辣的讽刺和谴责，对中原父老盼望恢复表示了深切的同情。

这首词只有一百四十多字，思想容量却很大。作者选用《六州歌头》这一词牌，句子短促，音节顿挫，很适合表现悲凉苍劲的感情。另外，作者选用典型的场景、细节来寄托情思，如写边防无备，便从"莽然平""悄边声"这视听两个角度来写；写沦陷区，则以"弦歌地，亦膻腥"这样前后对比来写；写壮志难酬，则突现了"心徒壮，岁将零"这样的矛盾；讥讽投降派，则描绘了"冠盖使，纷驰骛"这样的画面，使形象与感情浑然成为一体，有强烈的感人力量。

长淮望断[2]，关塞莽然平[3]。征尘暗，霜风劲，悄边声[4]。黯销凝[5]！追想当年事[6]，殆天数，非人力。洙泗上[7]，弦歌地，亦膻腥[8]。隔水毡乡[9]，落日牛羊下，区脱纵横[10]。看名王宵猎[11]，骑火一川明。笳鼓悲鸣，遣人惊[12]。　念腰间箭，匣中剑，空埃蠹[13]，竟何成！时易失，心徒壮，岁将零[14]。渺神京[15]！干羽方怀远[16]，静烽燧[17]，且休兵。冠盖使[18]，纷驰骛[19]，若为情[20]？闻道中原遗老，常南望，翠葆霓旌[21]。使行人到此，忠愤气填膺[22]，有泪如倾。

【注释】

[1] 六州歌头：词牌名。杨慎《升庵词品》："六州歌头，本鼓吹曲也。音调悲壮，又以古兴亡事实之，闻之使人慷慨，良不与艳词同科，诚可喜也。六州得名，盖唐人西边之州，伊州、梁州、甘州、石州、渭州、氐州也。宋人大祀大恤，皆用此调。"

[2] 长淮：淮河，高宗绍兴十一年（1141），宋与金订立"绍兴和议"，规定淮河为宋金之间东部边界。望断：极目远望。

[3] 莽然：草木茂盛的样子。以上两句针对南宋撤掉两淮边备而言，谓边备不修，戍守无人，淮河一带，关塞为草木所淹埋。

[4] 悄边声：边境寂静无声，暗示边防前沿毫无战斗气息。

[5] 黯销凝：黯然伤神。

[6] 当年事：指金兵于靖康二年（1127）攻陷中原事。

[7] 洙泗：洙水和泗水，在山东曲阜，相传孔子曾在此聚徒讲学，因儒教注重礼乐，学生们要学习音乐，故称此处为"弦歌地"。

[8] 膻腥：牛羊的腥臊气味，此处谓中原文化礼仪之邦，也遭金人践踏。

[9] 毡乡：帐篷集中之地。金人为游牧民族，多住帐篷，故称其住地为毡乡。

[10] 区（ōu）脱：匈奴语，边境屯戍或守望的土堡。

[11] 名王：指金兵的将帅。《汉书·宣帝纪》："匈奴单于遣名王奉献。"颜师古注："名王者，谓有大名，以别诸小王也。"宵猎：夜间打猎，此处指金人借打猎以炫耀武力。

[12] 遣：使。

[13] 空埃蠹（dù）：白白地被尘封虫蛀。谓武器长期废置不用。

[14] 岁将零：一年即将过去。零：尽。

[15] 渺神京：谓收复故都的希望十分渺茫。神京：指北宋首都汴京。

[16] 原意谓用礼乐文化怀柔远人。此外讥讽南宋统治者向金人妥协、屈辱求和。干羽：盾牌和雉羽，舞者所用的道具。怀远：安抚边远异族。

[17] 静烽燧：边境平静无战事。烽燧：古代在边境筑高台举火以报警，黑夜举火叫烽，白天升烟叫燧。

[18] 冠盖使：求和的使臣。冠盖：指使臣的冠服、车马。

[19] 驰骛（wù）：奔走。

[20] 若为情：何以为情。

[21] 翠葆：以翠鸟羽毛装饰的车盖。霓旌：涂饰有霓虹的旌旗。此处指皇帝的车驾仪仗。

[22] 填膺：犹言充满胸怀。江淹《恨赋》："置酒欲饮，悲来填膺。"

四、陆游作品选读

诉衷情[1]

【题解】 这首词写于作者晚年退居山阴（浙江绍兴）时。词中回顾了自己早年万里赴边，慷慨从戎的战斗生活，抒写了自己灭胡壮志未酬，被迫隐居的悲愤痛苦心情，对南宋统治集团的妥协投降政策表示了极大的不满。直抒胸臆，感慨不平之气一口喷出。

当年万里觅封侯[2]，匹马戍梁州[3]，关河梦断何处[4]，尘暗旧貂裘[5]。　　胡未灭，鬓先秋[6]，泪空流。此生谁料，心在天山[7]，身老沧洲[8]。

【注释】

[1] 诉衷情：词牌名，唐玄宗时教坊曲名，另名《桃花水》《步花间》。
[2] 万里觅封侯：言到万里之外寻找建功立业，博取封侯的机会。
[3] 梁州：今陕西南郑。
[4] "关河"句说：一梦醒来，已见不到关塞河防了。梦断：梦醒。
[5] 谓军中所穿的貂皮战袍已积满尘土，表示长期闲散，早已脱离军旅生活。
[6] 秋：指鬓发已白如秋霜。
[7] 天山：在新疆境内，是汉唐时的边境，此处借指南宋抗金前线。
[8] 沧洲：水边，指隐者居处。作者晚年隐居绍兴镜湖边上。

卜算子·咏梅

【题解】 这是一首托物言志之作，作者通过对梅花不怕风雨摧残，一任群芳嫉妒，在孤独寂寞的黄昏中开放、永葆馨香等一系列特质的描写，寄托了自己为抗金救国不怕打击，不怕孤立，决不与投降派同流合污的崇高节操。词用比兴寄托手法，形象鲜明，含蓄委婉。

驿外断桥边[1]，寂寞开无主[2]。已是黄昏独自愁，更著风和雨[3]。　　无意苦争春，一任群芳妒[4]。零落成泥碾作尘[5]，只有香如故。

【注释】

[1] 驿：驿站，古代供传送公文的人或来往官员中途住宿、换马的地方。
[2] 无主：无人欣赏。
[3] 更著：又遭受，又加上。
[4] 一任：完全听凭。
[5] 碾：轧碎。

五、辛弃疾作品选读

水龙吟·登建康赏心亭[1]

【题解】 此词当作于宋孝宗乾道五年（1169），建康府通判任上。作者南归到此时已经七年，目睹南宋朝廷上下苟安妥协的局面，深感自己报国之志难酬，愤而写下这首词。

上片写登上赏心亭后所见江山秀丽景色，抒发了山河沦落的悲痛，壮志难酬、报国无门的激愤，以及无人理解的苦闷与孤寂。下片连用三典，借历史人物抒发自己抑郁的情怀和失意的悲痛。

作者对景物不是作纯客观的描写，如写远山，不只写它的美，还写它"献愁供恨"，与词人的悲痛情怀相渲染，这种"移情及物"的手法，达到了情景交融的效果。

楚天千里清秋[2]，水随天去秋无际。遥岑远目[3]，献愁供恨，玉簪螺髻[4]。落日楼头，断鸿声里[5]，江南游子[6]。把吴钩看了[7]，栏杆拍遍，无人会[8]，登临意。　　休说鲈鱼堪脍，尽西风，季鹰归未[9]？求田问舍，怕应羞见，刘郎才气[10]。可惜流年，忧愁风雨，树犹如此[11]！倩何人，唤取[12]红巾翠袖[13]，揾英雄泪[14]？

【注释】

[1] 建康：今江苏省南京市，为六朝时的京城。赏心亭：《景定建康志》："赏心亭，在下水门之城上，下临秦淮，尽观览之胜。"
[2] 楚天：泛指南方的天空。楚：指长江中下游湖北、湖南等地。
[3] 谓眺望远山。岑：小而高的山。远目：远望。
[4] 形容远山的形状如同妇女插戴的玉簪和螺形的发髻。
[5] 断鸿：失群的孤雁。
[6] 江南游子：漂泊流落于江南的人，指作者自己。
[7] 吴钩：古代吴国所制造的一种弯形宝刀。
[8] 会：理解。
[9] 《晋书·张翰传》载，晋吴郡人张翰（字季鹰）在洛阳做官，见秋风起，想起故乡的菰菜、莼羹、鲈鱼鲙，说："人生贵得适志，何能羁宦千里以要名爵乎？"遂弃官而归。这里反说国难当头，自己不愿归隐。
[10] 《三国志·魏志·陈登传》记载，三国时天下大乱，而许汜置田买房，不问国事，刘备对他表示极端鄙视。
[11] 《世说新语·言语》："桓公（桓温）北伐，经金城，见前为琅琊令时种柳皆已十围，慨然曰：'木犹如此，人何以堪！'攀枝折条，泫然流泪。"
[12] 倩：请。
[13] 红巾翠袖：代指歌女。
[14] 揾（wèn）：擦拭。

菩萨蛮·书江西造口壁[1]

【题解】 宋高宗建炎三年（1129），金兵分两路南下，一路由金兀术率领，沿建康、临安一线追击高宗；一路从湖北大冶偷袭洪州（今江西南昌），追踪隆祐太后。据罗大经《鹤林玉露》卷四载："南渡之初，虏人追隆祐太后御舟至造口，不及而还。"宋孝宗淳熙三年（1176），作者任江西提点刑狱，官署设在赣州，当其经临造口时，想起几十年前的这段沉痛往事，不禁心潮起伏，写下了这首词。

词的上片，写作者俯视江水，眺望远山，既对当年逃亡中无数颠沛流离者的不幸遭遇表示同情，也为汴京如今仍在敌手感到伤心。下片开头将山水合写，表现作者抗金之志如江水之东流，是任何力量也阻挡不住的。末句以鹧鸪作结，暗喻此志毕竟难以实现，尤觉无限悲凉。

这首小词，抚今追昔，写景抒情兼而有之，内容丰富，意境苍凉悲壮。

郁孤台下清江水[2]，中间多少行人泪。西北望长安[3]，可怜无数山。　　青山遮不住，毕竟东流去。江晚正愁余，山深闻鹧鸪[4]。

【注释】

[1] 菩萨蛮：词牌名，原为唐玄宗教坊曲名，又名《子夜歌》《花间意》等。造口：亦写作"皂口"，地名，在江西万安县西南六十里处。
[2] 郁孤台：古台名，在今江西赣县西南之贺兰山顶，又名望阙台。清江：江西表江与赣江合流处，旧称清江，此处指赣江。
[3] 长安：此处指北宋都城汴京。
[4] 鹧鸪：鸟名，其鸣声如曰"行不得也哥哥"。

摸鱼儿[1]

【题解】 这首词以比兴寄托手法，抒发了作者政治上的怨愤之情。上片起笔三句，以强烈的感情，写春色在雨打风吹之中匆匆归去，其下依次写惜春、留春、怨春，宛转曲致。作者以春事衰残、春去难留来比喻抗金的大势已去，南宋政局风雨飘摇的危殆形势。下片取典陈皇后事，以喻君臣阻隔以及自己遭谗被讥的处境和满腔怨愤之情，同时也对投降派予以辛辣的讽刺。

这首词的内容具有强烈的政治性，而以比兴手法出之，极沉郁顿挫之致而又姿态飞动，兼有豪放、婉约两家之长。

淳熙己亥[2]，自湖北漕移湖南[3]，同官王正之置酒小山亭[4]，为赋。

更能消几番风雨[5]，匆匆春又归去。惜春长怕花开早，何况落红无数[6]！春且住，见说道、天涯芳草无归路[7]。怨春不语。算只有殷勤，画檐蛛网，尽日惹飞絮[8]。　　长门事，准拟佳期又误。蛾眉曾有人妒。千金纵买相如赋，脉脉此情谁诉[9]？君莫舞[10]，君不见、玉环飞燕皆尘土[11]！闲愁最苦！休去倚危栏[12]，斜阳正在，烟柳断肠处。

【注释】

[1] 摸鱼儿：词牌名，原为唐教坊曲名，出自民歌。又名《摸鱼子》《买陂塘》《陂塘柳》等。
[2] 淳熙己亥：宋孝宗淳熙六年（1179）。
[3] 由湖北转运副使调任湖南转运副使。漕：指漕司，官职名，即转运使，掌管一路财赋及督察地方官吏等事务的官员。
[4] 王正之：王正己，字正之，辛弃疾的好友，此时前来接替辛的职务，故曰"同官"。
[5] 谓再也经受不了几次的风吹雨打。消：经受。
[6] 落红：落花。
[7] 听说芳草一直长到天边，遮断了春天的归路。
[8] 算起来只有屋檐下的蜘蛛网，还在终日殷勤地沾挂着飘飞的柳絮，想要留住春天。算：看来，算来。画檐：涂饰彩色花纹的屋檐。尽日：整天，终日。惹：沾挂住。飞絮：飘飞的柳絮。
[9] 长门事：司马相如《长门赋序》："孝武皇帝陈皇后，时得幸，颇妒，别在长门宫，愁闷悲思，闻蜀郡成都司马相如天下工为文，奉黄金百斤，为相如、文君取酒，因于解悲愁之辞。而相如为文以悟主上，陈皇后复得幸。"作者引用此典，以陈皇后遭人妒忌，比喻自己受投降派的压制、排斥而未获得重用的现实处境。长门：汉代宫名。准拟佳期：约定了的好日子。蛾眉：借指美人。脉脉：含情的样子。
[10] 君莫舞：你们不要手舞足蹈，得意忘形。
[11] 玉环：杨玉环，唐玄宗的宠妃。安史之乱时，由于兵变，被赐死于马嵬坡。飞燕：赵飞燕，汉成帝宠幸的皇后，成帝死后，她被废为庶人而自杀。二人皆以善妒著称。
[12] 危栏：高楼上的栏杆。

丑奴儿·博山道中效李易安体

【题解】此词写大雨后傍晚的山光水色，上片首写起云，次写骤雨，再次写放晴，是写夏天山村的天气变化；下片是作者设想在这里生活的情景。全词浅显明快，恬淡清新，反映了作者退居上饶后，寄情山林的心情。文字秀丽、温婉，深似李清照词风。

千峰云起，骤雨一霎儿价[1]。更远树斜阳风景，怎生图画[2]！青旗卖酒[3]，山那畔别有人家。只消山水光中[4]，无事过这一夏。　　午醉醒时，松窗竹户，万千潇洒。野鸟飞来，又是一般闲暇。却怪白鸥，觑着人欲下未下[5]。旧盟都在[6]，新来莫是，别有说话[7]？

【注释】

[1] 骤雨：急雨，暴雨。一霎儿价：一会儿。价：语尾助词。李清照《行香子》词有："一霎儿晴，霎儿雨，霎儿风。"此句是说忽地下了一阵暴雨。
[2] 怎生：犹言"怎么"宋时口语。李清照《声声慢》词："独自怎生得黑？"
[3] 青旗：酒帘。古时酒店挂的幌子。又称"青帘"。
[4] 山水光：山光水色。

［5］觑（qù）：窥伺，偷看。

［6］旧盟：辛弃疾退隐带湖之初，曾写有《水调歌头》（盟鸥）一词。词中有句云："凡我同盟鸥鹭，今日既盟之后，来往莫相猜。"旧盟指此，参看本书此篇之注。

［7］谓近来莫非是有了悔弃旧盟的意思。

破阵子·为陈同甫赋壮词以寄之[1]

【题解】淳熙十五年（1188）冬，陈亮访辛弃疾于带湖，二人志同道合，在抗金复国的事业上彼此引为知己，别后辛弃疾以此词相赠。

词描写了作者梦中的一次盛大的点兵场面。"醉里"四句，将点兵前将军的豪壮情怀、军营的肃整威严、士兵的昂扬激情，充分地予以展示。"马作"二句，直接描写了练兵时战马奔驰、弓箭飞鸣的热烈紧张场面。"了却"二句，写为完成国家统一大业、建立个人功名的练兵目的。以上九句，气势纵横、酣畅淋漓。最后一句，笔锋陡然一转，写将士们纵有报国豪情、杀敌本领，然而，壮志未酬人已老，诗情顿时转为悲壮。

这首词在结构上打破了词的上下片相对独立的传统写法，前九句集中笔墨写一件事，最后一句抒情，章法奇特，前所罕见。

醉里挑灯看剑[2]，梦回吹角连营[3]。八百里分麾下炙[4]，五十弦翻塞外声[5]，沙场秋点兵[6]。马作的卢飞快[7]，弓如霹雳弦惊[8]。了却君王天下事[9]，赢得生前身后名。可怜白发生。

【注释】

［1］破阵子：词牌名，原为唐玄宗时教坊曲名，出自《破阵乐》，后用为词牌。陈同甫：即陈亮，辛弃疾的好友。

［2］挑灯：拨亮灯光。

［3］在梦中回到了各个兵营都吹响号角的生活里。连营：一座座相连的兵营。

［4］把烤牛肉分赏给官兵部下。八百里：指牛。《世说新语·汰侈》载：晋王恺有牛名叫八百里驳（bó）。麾下：部下。炙：烤肉。又说八百里含有营地分布之广的意思，句意谓在八百里地的广大营地，部下都分到了烤牛肉的犒赏。

［5］军营演奏起雄壮的边塞乐曲。五十弦：原指瑟，此处泛指乐器。翻：演奏。塞外声：反映边塞征战生活的乐曲。

［6］沙场：战场。点兵：检阅军队。

［7］战马像的卢马那样飞快奔驰。作：像，如。的卢：一种性烈的骏马。据说刘备有骏马名的卢，曾一跃三丈，载刘备脱险。

［8］弓弦发出霹雳般的响声。霹雳：形容弓弦的响声。

［9］了却：完成。天下事：指收复中原，统一国家的大业。

鹧鸪天

【题解】《鹧鸪天》，双调，55字，上下片各三平韵。此稼轩晚年闲居时作。通篇采用今昔对比手法，形象地概括了词人作为抗金名将的悲壮一生。上片英雄话当年，宏壮奋励，气盖万夫；下片喟叹现实处境，悲怆深沉，痛苦无奈，对照十分强烈。感情激荡如惊涛崩云，仰天长吟如虎啸山冈，可视为作者最出色、最有分量之令词。

有客慨然谈功名，因追念少年时事，戏作[1]。

壮岁旌旗拥万夫，锦襜突骑渡江初[2]。燕兵夜娖银胡䩮，汉箭朝飞金仆姑[3]。　　追往事，叹今吾，春风不染白髭须[4]。却将万字平戎策[5]，换得东家种树书[6]。

【注释】

[1] 此词题序，交代了填词的起因。少年时事，盖指作者年轻时率众起义抗金"与图恢复"（详辛弃疾《进美芹十论札子》），后来又纵马"径趋金营"生擒叛将张安国、突围南归（详《宋史·辛弃疾传》）那段轰轰烈烈的英雄往事。

[2] 锦襜（chān）突骑：穿锦衣的精锐骑兵。古称衣裳前襟为襜。

[3] 燕兵：指北地的士兵。俞平伯释："'燕兵''汉箭'为对偶，就国家言之，则谓之汉……以地望言，则谓之燕，实为一事的互文。"（《唐宋词选释》）娖（chuò）：整理。胡䩮：即箭袋。金仆姑：矢名。

[4] 叹年华老去不能恢复青春。化用欧阳修《圣无忧》词："春风不染髭须。"

[5] 平戎策：此指辛弃疾所写《美芹十论》《九议》等议论恢复、力陈抗金的奏疏。

[6] 表示退隐归耕。种树书：韩愈《送石洪》："长把种树书，人云避世士。"

永遇乐·京口北固亭怀古[1]

【题解】 宋宁宗嘉泰四年（1204），六十四岁的辛弃疾被调任镇江知府，其时韩侂胄正筹划北伐。镇江隔江与扬州相望，为江防要冲，是宋金前线的战略要地。辛弃疾受命于此时，深感责任重大。北伐是他毕生梦寐以求的理想，但是，鉴于南宋几次出兵的历史教训，他深感必须深思熟虑，谨慎从事。对韩侂胄急于事功，未经充分准备就草率用兵的做法，他是不赞成的，这首词就表达了这个意思。

词的上片，赞颂了孙权、刘裕这两位曾经雄踞京口、建立了赫赫伟业的历史人物，寄寓着作者"时无英雄"的深沉感慨。下片用宋文帝刘义隆听信王玄谟的怂恿，草率出兵北伐，落得个大败而归的历史教训，警告南宋当权者要慎重用兵，以免重蹈历史覆辙。结尾作者以廉颇自比，表明自己老当益壮，愿为北伐大业尽力的雄心。

这首词抚时感事，笔势纵横，气概雄伟，感情悲壮苍凉，语言铿锵有力。词的联想自然，叙事简洁，含义丰富，针对性强。

千古江山，英雄无觅，孙仲谋处[2]。舞榭歌台[3]，风流总被[4]，雨打风吹去。斜阳草树，寻常巷陌[5]，人道寄奴曾住[6]。想当年，金戈铁马，气吞万里如虎[7]。　　元嘉草草，封狼居胥，赢得仓惶北顾[8]。四十三年，望中犹记、烽火扬州路[9]。可堪回首[10]，佛狸祠下[11]，一片神鸦社鼓[12]！凭谁问：廉颇老矣，尚能饭否[13]？

【注释】

[1] 京口：古城名，在今江苏镇江市。北固亭：在今镇江市东北北固山上。
[2] 意谓江山千古永存，而英雄孙权却无处寻找了。孙仲谋：孙权，字仲谋，三国时吴国的君主，曾在京口建都。
[3] 舞榭歌台：供歌舞之用的楼台。榭（xiè）：高台上的建筑物。
[4] 风流：指英雄事业的流风余韵。
[5] 寻常巷陌：普通的街巷。
[6] 寄奴：南朝宋武帝刘裕的小名，他生于京口，并从这里起兵北伐。
[7] 晋安帝义熙五年（409）、十二年（416），刘裕曾两次统率晋军北伐，先后灭南燕、后秦，收复洛阳、长安等地，此指其事。金戈铁马，形容兵强马壮。气吞万里，形容士气旺盛、军威远震，扫荡了占据万里中原的敌人。
[8] 刘裕之子宋文帝刘义隆好大喜功，准备不足就草率北伐，大败而归。元嘉：宋文帝刘义隆的年号（424—453）。草草：轻率之意。封狼居胥，在狼居胥山上举行筑坛祭天的仪式。《史记·霍去病传》载霍去病曾追击匈奴单于至狼居胥山（在今内蒙古自治区西北部），封山而还。仓皇北顾：于败退途中，惊恐地回头北望。
[9] 谓四十三年的岁月已经过去，今日登亭眺望，当年扬州一带的抗金烽火，仍在记忆之中。四十三年：辛弃疾 1162 年南归，1204 年作此词，相距正好四十三年。扬州路：指淮南东路，辖今江苏省北部、安徽省、东北部一带，扬州为其首府。
[10] 可堪：不堪。
[11] 佛狸祠：北魏太武帝拓跋焘率军追击王玄谟至长江北岸的瓜步山（在今江苏省六合县东南），在山上建立行宫，即后来的佛狸祠，佛狸为拓跋焘小名。
[12] 神鸦：在庙里吃供品的乌鸦。社鼓：祭神时的击鼓声。
[13] 还有谁来关心年高心雄的老英雄呢？《史记·廉颇蔺相如列传》载，赵国老将廉颇晚年被黜奔魏，"赵以数困于秦兵，赵王思复得廉颇，廉颇亦思复用于赵。赵王使使者视廉颇尚可用否，廉颇之仇郭开，多与使者金，令毁之。赵使者既见廉颇，廉颇为之一饭斗米，肉十斤，被甲上马，以示尚可用。赵使还报王曰：'廉将军虽老，尚善饭，然与臣坐，顷之，三遗矢矣。'赵王以为老，遂不召。"此处作者以廉颇自比。

六、陈亮作品选读

水调歌头·送章德茂大卿使虏[1]

【题解】根据宋金"绍兴和议"，南宋小朝廷除了向金人称臣、割地、纳币外，每逢金主生辰和正旦，宋朝还要遣使致贺。此词即为章德茂使金而作。

词的上片，赞扬了章德茂独当重任、力敌万夫的英武气概，表明南方不乏有志之士。但对汉使屈尊朝拜金人，流露出深深的懑愤，并激励章德茂保持民族尊严，相信这种局面一定会改变的。下片中，作者表示相信在尧舜禹的故土上生活的后代子孙，决不会都向敌人屈服，民族的正气必然会发扬光大。"胡运何须问，赫日自当中"两句，表现了作者炽热的爱国感情和对胜利的坚定信念。

这首词写得慷慨激越,豪气纵横,令人振作,给人力量。

不见南师久,谩说北群空[2]。当场只手,毕竟还我万夫雄[3]。自笑堂堂汉使,得似洋洋河水,依旧只流东[4]。且复穹庐拜,会向藁街逢[5]。

尧之都,舜之壤,禹之封。于中应有,一个半个耻臣戎[6]。万里腥膻如许[7],千古英灵安在[8],磅礴几时通[9]?胡运何须问,赫日自当中[10]!

【注释】

[1] 章德茂:章森,字德茂,宋孝宗淳熙十一年(1184)八月、十二年十二月两次使金。这里指第二次,与容州观察使吴曦等赴金贺春节事。大卿:章时任户部尚书,其职位相当于秦、汉时的九卿,故尊称其为大卿。虏:对金人的蔑称。
[2] 因为长期未见南方的军队北伐,有人便讥讽宋朝没有人才。南师:南宋北伐的军队。谩说:胡说。北群空:典出韩愈《送温处士赴河阳军序》:"伯乐一过冀北之野,而马群遂空。……解之者曰:吾所谓空,非无马也,无良马也。"此处指没有人才。
[3] 在这样的情势之下能够独当一面,我们毕竟又有了出类拔萃的英雄。当场:主持大事。只手:独力支撑的巨手。万夫雄:力敌万夫的英雄,指章森。
[4] 谓宋朝的堂堂使臣,岂能够像河水东流一样,年年去朝拜金人。自笑:充满自信的样子。得似:岂能像。洋洋:水盛大的样子。流东:古人以河水东流入海,比喻诸侯朝见天子。
[5] 姑且再向金人朝拜一次,总有一天会把他们的首领悬首示众的。穹庐:北方游牧民族所住的圆形帐篷,此处指金朝廷。会:应当,一定会。藁(gǎo)街:汉代长安城内街道名,当时为少数民族及各国使臣居住之所。
[6] 谓尧舜大禹的故土之内,总会有一些以向金人称臣为耻的人。都:都城。壤:土地。封:封疆。戎(róng):古代对西部少数民族的称呼。
[7] 谓中原广大土地被金人践踏得如此不像样子。腥膻:牛羊的腥膻气,形容被金人占领。
[8] 千古英灵:指古代杰出人物的英灵。
[9] 磅礴:气势盛大、充满。
[10] 谓金人的命运已注定灭亡,宋朝正如光辉的太阳当空高照。

七、姜夔作品选读

扬州慢[1]

【题解】作者于淳熙三年(1176)经过扬州时,距金人第二次南侵已十五年,扬州的景象依然萧条,二十二岁的年轻词人感触很深,写下了这首著名的词。

词的上片写作者有慕于扬州的盛名而暂驻,可是,往日春风十里的繁华景象已不复存在,触目则荠麦青青,入耳则清角吹寒,一派残破荒凉。"自胡马"三句,以拟人的手法,表现了当地人们对金人残暴行为的切齿痛恨。词的下片以唐人杜牧赞美扬州的诗为背景,将昔日的繁华与眼前的残破进行对比,抒发了一种深沉的今昔之感。

这种感慨国事之作，在姜夔的词作中是少见的，在当时有一定的现实意义。词中用对比手法，并化用杜牧诗句，巧妙自然。

淳熙丙申至日[2]，予过维扬[3]。夜雪初霁[4]，荠麦弥望[5]。入其城，则四顾萧条，寒水自碧，暮色渐起，戍角悲吟[6]。予怀怆然[7]，感慨今昔，因自度此曲，千岩老人以为有黍离之悲也[8]。

淮左名都[9]，竹西佳处[10]，解鞍少驻初程[11]。过春风十里[12]，尽荠麦青青。自胡马窥江去后[13]，废池乔木，犹厌言兵[14]。渐黄昏，清角吹寒[15]，都在空城[16]。　杜郎俊赏[17]，算而今[18]重到须惊。纵豆蔻词工，青楼梦好，难赋深情[19]。二十四桥仍在[20]，波心荡，冷月无声。念桥边红药[21]，年年知为谁生？

【注释】

[1] 扬州慢：此调为作者自度曲，原注"中吕宫"调，并填旁谱。
[2] 淳熙丙申至日：宋孝宗淳熙三年（1176）冬至日。
[3] 维扬：扬州。
[4] 霁：此处指雪止转晴。
[5] 荠麦弥望：满眼都是荠菜和麦子。一说，荠麦是野生的麦子。弥望：满眼。
[6] 戍角：军营里吹的号角。
[7] 怆然：悲痛的样子。
[8] 千岩老人：萧德藻，字东夫，自号千岩老人，姜夔曾跟他学诗，又是他的侄女婿。黍离之悲：见前张元干《贺新郎》（送胡邦衡谪新州）注。
[9] 淮左名都：指扬州。宋代在淮水下游设置淮南东路，称为淮左，扬州是其首府。
[10] 竹西：亭名，在扬州城东禅智寺侧，环境清幽。
[11] 初程：作者初到扬州，故云。
[12] 春风十里：杜牧《赠别》诗："春风十里扬州路，卷上珠帘总不如。"此处指原来十分繁华的扬州街道。
[13] 胡马窥江：宋高宗建炎三年（1129）和绍兴三十一年（1161），金兵两度南侵，扬州都遭惨重破坏，此处主要指第二次。
[14] 谓胡人侵扰之后，池台荒废，古树残存，人们至今还不愿谈起战争。
[15] 清角吹寒：凄清的号角带来了寒意。
[16] 空城：指洗劫之后荒芜萧条的扬州城。
[17] 杜郎：指唐代诗人杜牧。杜牧曾以扬州为题材，写出过著名的《赠别》《遣怀》等诗。俊赏：指对景物有出色的赏鉴能力。
[18] 算：料想。
[19] 谓即使有杜牧写"豆蔻""青楼"那样美好诗句的才华，也难以表现我此时的悲怆深情。豆蔻：指杜牧《赠别》诗，中有"娉娉袅袅十三余，豆蔻梢头二月初"之句；青楼：指《遣怀》诗中有"十年一觉扬州梦，赢得青楼薄幸名"之句。
[20] 二十四桥：一说"即吴家砖桥，一名红药桥"（《扬州画舫录》）。一说唐时扬州确有二十四座桥，宋时已不全存，见《梦溪笔谈·补笔谈》。

[21] 红药：芍药花。

点绛唇·丁未冬过吴松作[1]

【题解】《点绛唇》，双调，41字，前片三仄韵，后片四仄韵。此为过吴淞时作。借记游以抒怀抱，于淡远空灵、孤高劲健境界中，展示洒落之襟怀与性情。词中"清苦""参差舞"等语，化实为虚，使词更具一种空灵清峭之美感。

燕雁无心[2]，太湖西畔随云去。数峰清苦[3]。商略黄昏雨[4]。
第四桥边[5]，拟共天随住[6]。今何许？凭栏怀古，残柳参差舞[7]。

【注释】

[1] 丁未：宋孝宗淳熙十四年（1187），岁次丁未。吴松：即吴淞江，亦名松江，源出江苏太湖，流经上海，入长江。丁未冬：作者自湖州赴苏州谒范成大，过吴松。（据夏承焘《行实考·系年》，见《姜白石词编年笺校》）
[2] 燕（yān）雁：自北地而来之雁。燕：指北燕地。李涉《重过文上人院》："南随越鸟北燕鸿。"
[3] 清苦：清峻寒苦之状，形容寒山寥落、萧瑟。
[4] 商略：商量。此用拟人句法，比拟雨意浓酣，似商量欲下。
[5] 第四桥：即苏州甘泉桥，因泉水甘美，故名甘泉。《苏州府志》卷三十四《津梁》："甘泉桥一名第四桥，以泉品居第四也。"
[6] 天随：晚唐诗人陆龟蒙，居松江甫里，一生漂泊江湖，自称"江湖散人"、自号"天随子"。姜夔的经历与其相似，亦以陆天随自比；杨万里尝称他"甚似陆天随"（《齐东野语》卷十二《姜尧章自叙》）。白石诗云："沉思只羡天随子，蓑笠寒江过一生"（《三高祠》）。
[7] 何许：何处，何时。"残柳"句，仍点染"凭栏"之景。沈祖棻评："柳舞本属纤柔，而'柳'上着'残'字，'舞'上着'参差'字，便觉悲壮苍凉……力透纸背。"

八、史达祖作品选读

双双燕[1]·咏燕

【题解】这是一首摹写双燕的咏物词，层次极为分明。上片写双燕穿越帘幕，飞入旧家；始以"差池欲住"写其先后飞入室内，次以"软语商量"写其梁间呢喃，后以"飘然快拂"写其飞向花丛，写了从入室到出室这一段时间。下片从"贴地争飞"的野外飞逐，到"红楼归晚"的黄昏回巢，到"栖香正稳"的入夜安睡，写的是从室外到室内这一段过程。结尾由物及人，由春燕双飞双栖，反衬出少妇独守的苦闷。

史达祖以描摹物象"极妍尽态"闻名，这首词为其代表作。词中以"软语商量"形容鸣声之娇柔，以"飘然快拂""贴地争飞"形容飞势的轻盈俊秀，以"翠尾"描写其色彩的鲜美，无不生动传神。

过春社了[2]，度帘幕中间[3]，去年尘冷[4]。差池欲住[5]，试入旧巢相并。还相雕梁藻井[6]，又软语商量不定。飘然快拂花梢[7]，翠尾分开红影[8]。　　芳径[9]，芹泥雨润[10]。爱贴地争飞，竞夸轻俊[11]。红楼归晚[12]，看足柳暗花暝[13]。应自栖香正稳[14]，便忘了天涯芳信[15]。愁损翠黛双蛾[16]，日日画阑独凭。

【注释】

[1] 双双燕：词牌名，史达祖自度曲。
[2] 春社：社是古时春秋两次祭祀土神的活动。春社在立春之后、清明之前。
[3] 度：越过，飞越。帘幕：古时富贵人家院宇深邃，楼阁多张设帘幕。
[4] 谓时隔一年，旧居布满尘土，冷冷清清。
[5] 差池：差参不齐，谓燕子一前一后飞行。
[6] 相：察看、仔细看。雕梁：雕花的屋梁。藻井：绘有花纹的天花板。
[7] 谓轻快地飞掠过花梢。
[8] 翠尾：指燕尾。红影：花影。
[9] 芳径：花草丛生的小路。
[10] 谓被春雨滋润过的芹泥。芹泥：水边长芹草的泥土，燕子衔来筑巢。
[11] 轻俊：轻盈俊俏。
[12] 红楼：指富贵人家的楼房。
[13] 柳暗花暝：暮色笼罩下花柳朦胧不清的景色。
[14] 应自：一作"应是"，料想之词。栖香正稳：睡得香甜安稳。
[15] 谓忘记传递游子给闺中人捎的信。
[16] 翠黛双蛾：指代女子。翠黛：古代妇女用以描眉的青绿色颜料。

九、吴文英作品选读

八声甘州·灵岩陪庾幕诸公游[1]

【题解】本篇为梦窗在苏州登临怀古之作。借吴越争霸史事，叹古今兴亡之感、白发无成之恨；并隐含北宋失国之痛，形成古今时空错综、真幻丛叠之境界。篇末以景结情，振爽飞扬而貌似平和，深婉有致。

渺空烟四远[2]，是何年、青天坠长星[3]？幻苍厓云树，名娃金屋，残霸宫城[4]。箭径酸风射眼[5]，腻水染花腥[6]。时靸双鸳响[7]，廊叶秋声[8]。　　宫里吴王沉醉[9]，倩五湖倦客[10]，独钓醒醒[11]。问苍波无语[12]，华发奈山青。水涵空[13]，阑干高处，送乱鸦斜日落渔汀[14]。连呼酒，上琴台去，秋与云平[15]。

【注释】

[1] 此词一题作"陪庾幕诸公游灵岩"。灵岩：山名，在今苏州市西南。上有春秋时吴国遗迹，《吴郡志》："灵岩山即古石鼓山，在吴县西三十里，上有吴馆娃宫、琴台、响屧廊。山前十里有采香径，斜横如卧箭云。"庾幕：仓幕，指仓司的幕府。宋代管理粮仓的机构，谓之仓司，亦谓之庾司。时作者入苏州仓幕，另词《木兰花慢》题曰"游虎丘。陪仓幕"。

[2] 四远：四望无边无际。

[3] 长星：彗星。后曳长尾，呈云状，俗称扫帚星。此奇幻之想，以灵岩为天坠彗星。

[4] 厓：同"崖"。名娃金屋：指吴王夫差为西施筑馆娃宫事。吴人以美女为娃，旧谓"吴娃越艳"。名娃：美女，此指西施。金屋：《汉武故事》载汉武帝儿时对姑母言："若得阿娇作妇，当作金屋贮之。"此比馆娃宫。残霸：指夫差先后曾破越败齐，争霸中原，后为越国所败，身死国灭，霸业未终，故云。

[5] 箭径：即采香径，在灵岩山前，小溪也。相传吴王"使美人泛舟于溪以采香。今自灵岩山望之，一水直如矢，故俗称箭径"（《吴郡志·古迹》）。酸风射眼：指冷风刺眼。李贺《金铜仙人辞汉歌》："东关酸风射眸子。"

[6] 腻水：指宫人濯妆的脂粉残水。杜牧《阿房宫赋》："渭流涨腻，弃脂水也。"范成大《吴郡志·古迹一》：吴宫香水溪，俗云西施浴处，人呼为脂粉塘。吴王宫人濯妆于此。水染花：从李贺《绿章封事》诗"溪女洗花染白云"化出。腥：气味，谓花香。作者另词《高阳台·过种山》："岩上闲花，腥染春愁。"

[7] 靸（sǎ）：拖鞋；此指穿（鞋）。双鸳：鸳鸯履，指女鞋。

[8] 廊：即响屧廊。相传廊中地面用梓木板铺成，吴王令西施背着木屧步行廊上，顿生妙响。皮日休《馆娃宫怀古》："砚沼只留溪鸟浴，屧廊空信野花埋。"

[9] 谓吴王沉湎酒色而亡国。李白《乌栖曲》："吴王宫里醉西施。"

[10] 倩（qìng）：使。五湖倦客：指范蠡。赵晔《吴越春秋》载：越国大夫范蠡辅佐勾践灭吴后，"乘扁舟，出三江入五湖，人莫知其所适"。五湖：指太湖。

[11] 独钓：借指隐居生活。醒醒：犹清醒，此喟叹意，谓范蠡功成身退、弃官归隐，才是真正的清醒。

[12] 问：有凭吊意。

[13] 涵空：水映天空。温庭筠《春江花月夜》："千里涵空照水魂。"

[14] 渔汀：水边捕鱼滩地。

[15] 琴台：在灵岩山绝顶，相传西施弹琴处。

十、蒋捷作品选读

虞美人[1]·听雨

【题解】1267年，元灭南宋。宋元之际的词人，经历了这一沧桑变故，其国破之痛、家亡之恨，都在他们的作品中表现了出来。其中，蒋捷是颇有代表性的作家。蒋捷用词作来抒发黍离之悲、铜驼荆棘之感，表现悲欢离合的个人遭遇，其中《虞美人·听雨》便是这一时期的代表作。

少年听雨歌楼上，红烛昏罗帐[2]。壮年听雨客舟中，江阔云低，断雁[3]叫西风。
而今听雨僧庐[4]下，鬓已星星[5]也。悲欢离合总无情[6]，一任[7]阶前点滴到天明。

【注释】

[1] 虞美人：著名词牌之一。唐教坊曲。兹取两格，一为五十六字，上下片各两仄韵，两平韵。一为五十八字，上下片各两仄韵，三平韵。
[2] 昏：昏暗，罗帐：古代床上的纱幔。
[3] 断雁：失群孤雁
[4] 僧庐：僧寺，僧舍。
[5] 星星：白发点点如星，形容白发很多。左思《白发赋》："星星白发，生于鬓垂。"
[6] 无情：无动于衷。
[7] 一任：听凭。

十一、张炎作品选读

解连环

【题解】此词是宋亡后之作，是一篇著名的咏物词。它构思巧妙，体物较为细腻。在写其外相的同时，又寄寓了深刻的含意。这首词可以透视出张炎词深厚的艺术功力。作者糅咏雁、怀人、自怜为一体，抒发了他的家国之痛，漂泊之苦，凄婉动人。词咏孤雁，实则借孤雁寄托作者宋亡后的伤感，也反映了宋遗民普遍生活体验及感触，具有典型意义。

楚江空晚[1]。怅离群万里，恍然惊散[2]。自顾影、欲下寒塘，正沙净草枯，水平天远[3]。写不成书，只寄得、相思一点[4]。料因循误了，残毡拥雪，故人心眼[5]。

谁怜旅愁荏苒。漫长门夜悄，锦筝弹怨[6]。想伴侣、犹宿芦花，也曾念春前，去程应转[7]。暮雨相呼，怕蓦地、玉关重见[8]。未羞他、双燕归来，画帘半卷[9]。

【注释】

[1] 楚：泛指南方。
[2] 恍（huǎng）然：惆怅失意的样子。
[3] 欲下寒塘：唐崔涂《孤雁》诗："暮雨相呼失，寒塘欲下迟。"这三句是指江南秋暮，水天相接，沙净草枯，受惊离群成为孤雁，欲飞下寒塘又顾影而自伤孤单。
[4] 写不成书：雁群在飞行时，常排列成行，队形如字，故称"雁阵"。孤雁在天上只有一点，排不成字，所以说写不成书信，而只能带回来一点相思之意。
[5] 因循：拖延。残毡拥雪：指汉苏武被匈奴所拘，不屈，因"幽武置大窖中，绝不饮食。天雨雪，武卧啮（niè）雪与毡毛并咽之，数日不死。"后来匈奴对汉使者假说苏武已死，使者说："汉天子在上林苑射雁，雁足上系信，说苏武未死。"见《汉书·李

广苏建传》。这里可能暗指被俘北上的故人，上面"写不成书"，也是用"雁足传书"的典故。这三句是指孤雁因离群而拖延误事，没能传达久困胡地的故人的艰危处境。

[6] 荏苒：辗转。指时光流逝。长门：汉武帝陈皇后被废后居长门宫。杜牧《早雁》诗："仙掌月明孤影过，长门灯暗数声来。"锦筝：钱起《孤雁》诗："二十五弦（瑟）弹夜月，不胜清怨却飞来。"这里以筝代瑟。这三句承上片"故人心眼"而来，是指光阴流驶，被幽闭的故人空自在深夜弹筝抒怨，他的愁思就更加深了。

[7] 伴侣：指归雁，即孤雁离群之前的伴侣。这三句是指归雁还宿在芦苇丛中，可曾想到孤雁在来春将飞回北方。

[8] 怕蓦（mò）地：倘忽然。玉关：玉门关，泛指北方。这两句是孤雁设想与伴侣在北地忽然重逢，于暮雨中互相招呼时的欣悦心情。

[9] 谓旧侣重逢，孤雁不孤，则当双燕飞归楼前时，就不会有形单影只之叹了。

十二、刘克庄作品选读

贺新郎·送陈真州子华[1]

【题解】 宋理宗宝庆三年，陈薛去真州赴任，作者以此词相赠。上片以问句开头，"试平章这场公事，怎生分付？"提起下文，继而以宗泽驾驭百万义军抗金的往事和当今统治者对起义武装猜疑畏惧的态度，从正反两个方面表明了自己的主张：只有团结义军，共同抗敌，才能"谈笑里、定齐鲁"，完成光复大业。下片指责南宋统治者懦弱无能，偷安一隅，置沦陷区广大人民于不顾，并叹息自己报国无门。全词直抒胸臆，壮语起懦。

北望神州路，试平章、这场公事，怎生分付[2]？记得太行山百万，曾入宗爷驾驭[3]，今把作握蛇骑虎[4]。君去京东豪杰喜[5]，想投戈下拜真吾父[6]。谈笑里，定齐鲁[7]。　　两河萧瑟惟狐兔[8]，问当年、祖生去后[9]，有人来否？多少新亭挥泪客[10]，谁梦中原块土？算事业须由人做。应笑书生心胆怯[11]，向车中、闭置如新妇[12]。空目送，塞鸿去[13]。

【注释】

[1] 陈子华：即陈薛，字子华，福建人，主战派将领，曾率兵抗金。此时受命知真州兼淮南东路提点刑狱。真州：治所在今江苏仪征市，地处长江北岸，当时是抗金前线。

[2] 平章：评论。公事：指抗击金兵，收复失地之事。分付：发落、处理。

[3] 北宋末年，中原地区人民不甘降金，自动组织起来抵抗，声势浩大，后多由宗泽招募。宗爷：即宗泽，北宋抗金名将。驾驭：统率。山：一作"兵"。

[4] 把作：当作。握蛇骑虎：比喻处境十分危险。此处指南宋统治者对北方抗金义军的猜疑、畏惧态度。

[5] 京东：宋代路名，管辖今山东、河南东部及江苏北部。豪杰：指抗金的义军将士。

[6] 投戈：放下武器。真吾父：果真像我们的父亲一样。

[7] 齐鲁：今山东省一带，此处泛指中原沦陷地区。

[8] 两河：黄河两岸地区。狐兔：见前张元干《贺新郎·梦绕神州路》词注。

[9] 祖生：指东晋著名将领祖逖。他曾统兵北伐，收复黄河以南地区。此处借以指宗泽、岳飞等曾在中原抗金的名将。自绍兴和议（1141）以后，八十年来，南宋军队不曾再至中原。

[10] 新亭挥泪客：新亭，故址在今南京市南。《世说新语·言语》载，东晋南渡以后，贵族们只知偏安，不图北伐，常在新亭饮酒作诗。席间也曾流泪感叹北方山河沦陷，但止于感叹，并无行动。此处借以指南宋妥协投降集团。

[11] 书生：作者自指。

[12] 谓心情郁闷，如同闭置在车中的新婚妇女一样。

[13] 塞鸿去：以鸿雁北飞喻陈薛北行，鸿雁生长于北方边塞，故称塞鸿。

【思考与练习】

1. 以《永遇乐·落日熔金》为例分析李清照词的艺术特点。
2. 分析辛词《水龙吟·楚天千里清秋》的思想内容和艺术特色。
3. 以《扬州慢·淮左名都》为例分析姜夔词的特点。

第三章　宋代诗歌

第一节　宋代诗歌概述

宋诗与宋词、宋文相比，有一个特殊之处，它不但受宋代社会风尚和士风的主客观制约，而且在很大程度上还受唐代诗歌的影响与制约。这是因为唐诗像一座巍峨的高峰耸立在宋诗面前，成为宋诗难以回避的文化背景。前人对于唐宋诗的比较，很多是从"优劣"角度入手的，认为宋诗劣于唐诗的占多数。他们认为宋诗的弊病在于喜好奇特，过于追求理趣，导致形象性、抒情性不足，不如唐诗真率多情、兴致盎然。宋人严羽说："近代诸公作奇特解会，遂以文字为诗，以议论为诗，以才学为诗。以是为诗，夫岂不工，终非古人之诗也。盖于一唱三叹之音有所欠焉。其作多务使事，不问兴致；用字必有来历，押韵必有出处，读之终篇，不知着到何在。"（《沧浪诗话·诗辨》）概括了这种观点。相反，也有人认为宋诗并不低于唐诗，他们认为欧阳修、梅尧臣、苏轼、黄庭坚、陆游、范成大、杨万里等诸大家"于物无所不收，于法无所不有，于情无所不畅，于境无所不取，滔滔莽莽，有若江河"（袁宏道《雪涛阁集序》），那么，该如何看待宋诗？

北宋积贫积弱的社会特点和南宋深重的民族危机，使宋诗缺乏唐诗那种宏大开阔的气象和充满青春气息的浪漫歌唱，宋代文人更多采用写实的创作视点，痛陈国事，沉郁悲壮。面对宋王朝的内忧外患，诗人们往往用诗歌来表达自己的政治态度，抒发自己的政治感慨，特别是随着民族灾难的日益深重，促使不少诗人站在爱国的立场，在诗中揭露入侵之敌的罪行，批判屈辱妥协的求和派，反映举国上下抗敌卫国的正义要求，使爱国主义诗歌创作形成空前的高潮。可见，宋诗大多具有浓厚的政治色彩，体现出诗人关心时政的忧患意识。

在艺术上，唐诗以强烈的激情去感受现实生活，重视生活感受的直接抒写和描写，艺术效果显得浑厚博大；宋诗多以冷静的态度去体察客观事物，比较喜欢用典，注重点化前人诗文句，书卷气较浓，艺术效果显得委婉精深。唐诗语言清丽自然，宋诗则往往把散文的章法、句法引入诗中，结构手段、叙述方法和语言风格具有明显的散文化倾向。唐诗善于言情，即使说理也多以抒情的方式传达出，以情韵取胜；宋诗多喜说理，尚议论，以理趣见长。总之，正如钱钟书指出"唐诗、宋诗，并非仅朝代之别，乃体格、性分之殊""唐诗多以丰神情韵擅长，宋诗多以筋骨思理见胜"（《谈艺录》）。宋诗的风格特点可以概括为——议论化、才学化、散文化，我们不能简单地评价宋诗和唐诗的"优劣"，更不能以唐诗的辉煌成就而否定宋诗的思想与艺术价值。

宋诗的发展可以分为如下六个阶段：

北宋初期：沿袭期。主要有白体、晚唐体、西昆体三派，其共同特点是沿袭唐诗风格，尚未形成宋诗的独特风貌。白体，主要继承白居易现实主义精神，诗风平易，但往往"流易有余而深警不足"，以王禹偁成就最高。晚唐体以师法晚唐诗人贾岛、姚合得名，注重描写身边景物，写闲情逸致，意境清幽，缺点是题材狭窄，有秀句少佳篇，该派诗人多为隐士、僧侣，代表诗人林逋。西昆体，以杨亿等人编辑的《西昆酬唱集》为代表，讲究词采丰赡华美，代表诗人杨亿、刘筠、钱惟演，他们对于改变白体过于浅切、晚唐体过于破碎有一定意义。

北宋中期：成熟与繁荣期。先是欧阳修、梅尧臣、苏舜钦发端于前，一方面结束了盛行一时、愈演愈烈的西昆华靡之体，另一方面又奠定了宋调的主要风格，如言之有物，重视诗歌的实际功用，以议论、才学、散文句法入诗等。然后是王安石、苏轼等集大成于后，他们不但使宋诗更趋于成熟，如进一步加强诗歌的现实性，改进以议论入诗的写作手法，而且在完善宋诗共性时，还十分鲜明地表现个性，如王安石的卓绝工练，苏轼的雄放飘逸，都足以称为大家风范。

北宋后期：蜕变分化期。活跃于诗坛的主要人物是苏门四学士——秦观、黄庭坚、晁补之和张耒及和苏门关系很密切的陈师道，其中以黄庭坚、陈师道为代表，他们以继承欧阳修、苏轼为标榜，但他们过分强调以议论入诗、以才学入诗等形式上的特点，以致把过多的注意力放在人工的安排上，从构思立意到遣词造句，都过于雕琢，甚至走上追求无一字无来历的极端。

南宋初期：过渡期。江西诗派在这一时期正式形成，诗派成员多数学习杜甫，把杜甫称为江西诗派之祖，而把黄庭坚、陈师道、陈与义三人称为诗派之"宗"，提出了江西诗派的"一祖三宗"之说。从总体上讲，这一时期诗歌的创作成就不高，影响力不及同时代的词，但他们确实起到承前启后的作用，开启了陆游、杨万里等大家的创作之路。

南宋中期：中兴期。随着尤袤、杨万里、范成大、陆游中兴四大家的出现，宋代诗歌再度出现了繁荣的局面，他们在诗法造诣上受江西诗派熏陶较深，但又能冲破江西诗派过分重视师法前人、师法书本的局限，最终转向师法自然、面向生活，在南宋深重的民族灾难面前，爱国主义思想等得到充分体现，达到最高峰。这些诗人中以陆游成就为最突出。

南宋后期：衰落期。随着北伐理想的破灭，在南宋后期，最有生命力的爱国诗作逐渐衰落，出现了"四灵派"和"江湖派"，总体成就都不高。在南宋末期，南宋的亡国之变又造就了文天祥、汪元量等爱国诗人，他们的作品既有高度的爱国纪实性，又有强烈的抒情性，为宋诗做了光辉的总结。

【思考与练习】

宋诗与唐诗在艺术特质上的区别。

第二节　北宋诗歌的发展

王禹偁诗歌主要内容是关怀国事、同情民生，如《感流亡》描写因天灾而逃荒他乡的陕西难民饥寒交加、流离失所，在自责中表示了深切的同情。又如《对雪》作于早年任谏官，写年终大雪想到"输税供边鄙"的"河朔民"和"荷戈御胡骑"的"边塞兵"，从而引起了不能为国分忧的自责：

自念亦何人，偷安得如是。深为苍生蠹，仍尸谏官位。謇谔无一言，岂得为直士。褒贬无一词，岂得为良史。不耕一亩田，不持一只矢。多惭富人术，且乏安边议。空作对雪吟，勤勤谢知己。

表现出一个正直士大夫忧民律己的情怀。这首诗在立意和构思上受杜甫的《茅屋为秋风所破歌》和白居易的《村居苦寒》的影响，富于现实主义的积极精神，全诗用语朴素，感情诚挚。他还有部分语言清新、平和冲淡的写景抒情诗，如《村行》，描写村行所见晚秋景色，传达出对官场的厌倦之情。他也有学习民歌体的诗，如《畲田词》五首。王禹偁的诗歌，继承杜甫、白居易的现实主义精神，在结构和语言上具有议论化、散文化倾向，对于扭转西昆浮靡诗风，开创宋一代诗风具有重要意义。

北宋中期开始，梅尧臣、苏舜钦、欧阳修、王安石等高举诗文革新大旗，反对西昆体，为北宋诗坛开创出新的局面。

梅尧臣（1002—1060），字圣俞，宣城（今属安徽）人，出身贫寒，仕途上极不得意，而在诗坛上却享有盛名。梅尧臣在文学创作上，力主现实主义传统，他有很多讽喻时政、同情民生的政治诗，如《猛虎行》将保守势力比作吃人的猛虎，表现了他对守旧、腐朽势力的憎恨。又如《汝坟贫女》通过一个贫家女子哭诉，揭露天灾、残酷的官吏及徭役赋税给民众造成的灾难。又如《陶者》"陶尽门前土，屋上无片瓦。十指不沾泥，鳞鳞居大厦"，用质朴的语言揭露贫富的悬殊、阶级的对立。梅尧臣还有一些清新含蓄的写景之作，如《鲁山山行》：

适与野情惬，千山高复低。好峰随处改，幽径独行迷。
霜落熊升树，林空鹿饮溪。人家在何许，云外一声鸡。

语言平淡，境界清新高远。总之，"梅诗和平简远，淡而不枯，丽而有则"（胡应麟《诗薮》）。

苏舜钦诗与梅尧臣齐名，并称"苏梅"。他有批评军政的政治诗，如《己卯冬大寒有感》，揭露赏罚不公的军政制度，同情士卒和平民。《吾闻》"予生虽儒生，气欲吞逆羯"，表现出杀敌报国的雄心。苏舜钦在反映民生疾苦上比较大胆和直率，如《城南感怀呈永叔》"十有七八死，当路横其尸；犬豨咋其骨，乌鸢啄其皮"。真实反映了当时平民百姓因为饥荒而横尸街头的惨状。他也有一些清新隽永的写景抒情小诗，如《淮中晚泊犊头》"春阴垂野草青青，时有幽花一树明。晚泊孤舟古祠下，满川风雨看潮生"，塑造了孤独寂寞的诗人形象，表达了不屈服的精神。总之，苏舜钦诗歌豪迈雄放，感情充沛，欧阳修评为"笔力豪隽""超迈横绝"（《六一诗话》），但他的诗多铺叙和议论，艺术上也往往失之粗糙与生硬。

欧阳修是诗文革新运动的领袖，他有关注现实、同情民生的诗歌，如《食糟民》，该诗通过鲜明的对比，揭露了官吏喝酒，而种粮的农民只能以酒糟充饥的不合理现实。《边户》描写了宋辽边境地区人民的不幸遭遇。其诗更多的是描写山水风光，抒发个人情怀，如《戏答元珍》：

春风疑不到天涯，二月山城未见花。残雪压枝犹有橘，冻雷惊笋欲抽芽。夜闻归雁生乡思，病入新年感物华。曾是洛阳花下客，野芳虽晚不须嗟。

传达出谪居山乡的寂寞心情，自解宽慰之意以及不甘屈服的意志，表现出达观自信的精神。他还有一些借咏史表达寄托的作品，如《再和明妃曲》，该诗借古讽今，抒发仁人志士不被重用的愤懑。欧阳修的诗歌主要学韩愈，也学李白，其诗吸收韩诗散文化和议论入诗的特点，又能与记事、抒情融为一体，诗风平易畅达。自此，宋诗的风格基本成熟。

王安石的诗歌创作大致可以以熙宁九年（1076）他第二次罢相为界分为两个阶段。王安石前期的诗歌注重社会现实，反映下层人民的痛苦，直抒胸臆，倾向性十分鲜明，风格直白明了。如《感事》揭露了农民所受残酷租税的惨象，表达了对国势的担忧。又如《河北民》：

河北民，生近二边长苦辛。家家养子学耕织，输与官家事夷狄。今年大旱千里赤，州县仍催给河役。老小相依来就南，南人丰年自无食。悲愁天地白日昏，路旁过者无颜色。汝生不及贞观中，斗粟数钱无兵戎！

全面反映当时百姓深受阶级剥削和民族压迫之苦，高度概括了北宋民族矛盾和阶级矛盾交织、国贫民弱的社会现实。王安石前期诗歌还有咏史之作，往往能发人所未发，如《明妃曲》其一，借塑造王昭君思念故国、亲人的形象，抒发怀才不遇的悲愤，讥讽了统治者的昏庸，全诗形象鲜明，"君不见咫尺长门闭阿娇，人生失意无南北"的议论新颖大胆。其前期名作还有《登飞来峰》"不畏浮云遮望眼，自缘身在最高层"。既有生动的形象又有深刻的哲理，表现了诗人在政治上高瞻远瞩，不畏奸邪的勇气和决心。王安石晚年罢相隐居后，随着生活与心境的变化，诗风也有明显的变化，创作了很多借景抒情的小诗，政治性和现实性有所减弱，但炼字精巧，意境清新，诗体多为七绝，被人称为"半山体"。如《书湖阴先生壁》其一，"茅檐长扫净无苔，花木成畦手自栽。一水护田将绿绕，两山排闼送青来。"描绘了富有生机的江南山村景致，既赞美了主人朴实勤劳，又表达了诗人退休闲居的恬淡心境。最广为传诵的《泊船瓜洲》"京口瓜洲一水间，钟山只隔数重山。春风又绿江南岸，明月何时照我还"展现了春光的明媚、春风的活力、怀乡的情怀，尤其是"春风又绿江南岸"，炼字精当，将无形的春风化为鲜明的形象，极其传神。

苏轼的诗歌，题材广泛、数量众多、风格多样，代表了宋诗的最高成就。他有不少反映民生疾苦，谴责封建官吏贪鄙，关心国家命运的现实主义诗歌。如《鱼蛮子》"人间行路难，踏地出赋租"感叹民生艰难。七言古诗《荔枝叹》"宫中美人一破颜，惊尘溅血流千载"，形象地批判了封建统治者的荒淫腐朽。苏轼诗歌中，数量最多、成就最高的是抒发个人情怀、歌咏自然的作品。如《和子由渑池怀旧》"人生到处知何似，应似飞鸿踏雪泥"把人生比作飞鸿雪泥，表达对人生来去无定的怅惘。《东栏梨花》"惆怅东栏一株雪，人生看得几清明"抒发了诗人感叹春光易逝，人生短促之愁思。《登云龙山》"醉中走上黄茅冈，满冈乱石如群羊。

冈头醉倒石作床，仰看白云天茫茫。歌声落谷秋风长，路人举首东南望，拍手大笑使君狂"表现了诗人自由洒脱的情怀，体现出身处逆境却寄情于山水的态度。《饮湖上初晴后雨》其二"欲把西湖比西子，淡妆浓抹总相宜"，比喻精妙，堪称神来之笔，遂称西湖之"定评"。他的题画诗品评艺术，体现出对绘画艺术的深刻认识。如《慧崇春江晚景》其一"竹外桃花三两枝，春江水暖鸭先知。蒌蒿满地芦芽短，正是河豚欲上时"，既保留了画面的形象美，又用他饶有风味、虚实相间的笔墨，将原画所描绘的春色展现得那样令人神往。又如《书摩诘蓝田烟雨图》提出了"诗中有画""画中有诗"的诗画结合评价标准。他的哲理诗，往往能做到景、情、理的结合，使理趣诗既形象生动、又蕴涵哲理。如《题西林壁》"横看成岭侧成峰，远近高低各不同。不识庐山真面目，只缘身在此山中"，它告诉人们从不同角度观察庐山，只能看到某一侧面，从而说明"当局者迷，旁观者清"的哲理，给人以深刻的启示。苏轼的诗歌，各体皆工，富于想象，长于比喻，既有宋诗议论化、散文化的典型特点，又充满生活情趣，境界开阔。王士禛《带经堂诗话》说"汉魏以来，二千余年间，以诗名其家者众矣。顾所号为仙才者，唯曹子建、李太白、苏子瞻三人而已。"赵翼《瓯北诗话》说"以文为诗，自昌黎始，至东坡益大放厥词，别开生面，成一代之大观"都肯定了苏诗高超的艺术成就。

黄庭坚（1045—1105），字鲁直，号山谷道人，洪州分宁（今江西修水县）人，江西诗派的开创者，与苏轼并称"苏黄"。黄庭坚作诗主张"要从学问中来""无一字无来处"，注重用典，提倡"点铁成金"和"夺胎换骨"，即点化前人诗文句，从前人诗意中翻出新意。黄庭坚有一部分反映现实、关怀民生疾苦的作品，如《虎号南山》《流民叹》《上大蒙笼》等。他晚年一再被贬，但一些作品却能突破其诗歌理论的束缚，具有较高的艺术价值，如《寄黄几复》《雨中登岳阳楼望君山》等。黄庭坚作诗推崇学杜甫，讲究技巧，刻意求新求变，喜好造拗句、押险韵，形成瘦硬奇峭的艺术风格。

陈与义（1090—1138），字去非，号简斋，洛阳（今河南洛阳）人，两宋之交杰出的诗人，江西诗派后期的代表作家。南渡之前，其诗歌带有尊崇书本、讲究技巧、脱离现实的倾向。南渡后，写了不少感伤时局、抨击时政的作品，如《次韵尹潜感怀》"胡儿又看绕淮春，叹息犹为国有人。可使翠华周宇县，谁持白羽静风尘。五年天地无穷事，万里江湖见此身。共说金陵龙虎气，放臣迷路感烟津"，批判了朝廷的投降逃跑政策，抒发了国破家亡、万里漂泊的感慨；又如《伤春》，"庙堂无策可平戎，坐使甘泉照夕烽。初怪上都闻战马，岂知穷海看飞龙。孤臣霜发三千丈，每岁烟花一万重。稍喜长沙向延阁，疲兵敢犯犬羊锋"，既抨击了南宋朝廷不采取抵抗政策，又歌颂了官兵纷起抗敌的爱国壮举，全篇雄浑沉郁，忧愤深广，跌宕起伏，深得杜诗的神韵。

【思考与练习】

1. 苏轼诗歌的艺术风格与价值。
2. 概述江西诗派的特点。

第三节　南宋诗歌的发展

范成大（1126—1193），字至能，号石湖居士，吴县（今江苏苏州）人，出身贫寒，绍兴二十四年进士及第，历任司户参军、校书郎、吏部员外郎、四川制置使等职，曾出使金国，不辱使命。范成大作诗早年学习江西诗派，后比较广泛地汲取了中晚唐诗歌的风格与技巧，终于摆脱江西诗派，形成温婉、峻拔、精严的诗风。他有一些揭露黑暗现实、同情民生的诗歌，如《催租行》《后催租行》等。范成大最有价值的是使金纪行诗和晚年退居农村所写的田园诗，他在使金途中所写的七十二首绝句，主要内容是描写沦陷区山河破碎的景象，中原人民遭受蹂躏、盼望光复的情形，凭吊古代爱国志士的遗迹以表示自己誓死报国的决心。如《青远店》《州桥》《双庙》等，这些作品反映了北方人民的痛苦生活和他们的民族感情，南宋诗人描写中原的诗大多是出于想象，而范成大却亲临其境，所以感触格外深刻，描写格外真切，在当时的爱国主题诗歌中独树一帜。其田园诗以《四时田园杂兴》60首为代表，每12首为一组，分咏春日、晚春、夏日、秋日和冬日的田园生活，范成大创造性地把描写农村风光和表现农民劳作合为一体，全面、真切地描写了农村生活的各种细节，使田园诗成为名副其实的反映农村生活之诗。

杨万里（1127—1206），字廷秀，号诚斋，吉州吉水（今江西省吉水县）人，绍兴二十四年进士，为人刚直，敢于上书言事，曾任漳州、扬州等处的地方官，官至宝谟阁学士，终因触怒权贵忧愤而卒。杨万里是很有爱国热情的诗人，他有不少关怀国家命运的作品，如《初入淮河四绝句》："船离洪泽岸头沙，人到淮河意不佳。何必桑乾方是远，中流以北即天涯！"（其一）"两岸舟船各背驰，波痕交涉亦难为。只余鸥鹭无拘管，北去南来自在飞。"（其三）唱出了灾难深重中爱国士人和广大人民渴望恢复的共同心声。在见到金山吞海亭已成专为金使烹茶的场所时，他发出痛苦的呼喊："大江端的替人羞！金山端的替人愁！"（《雪霁晓登金山》），鞭挞了南宋统治阶级的苟安和无能。他还有同情农民、船工等贫民的诗歌，如《悯农》《农家叹》《秋雨叹》《歌舞四时词》等。杨万里在诗歌创作上曾广泛学习前人，先学江西诗派，后学唐人，终走上师法自然的道路。他的诗歌多以自然景物、日常生活为题材，想象丰富，构思新颖奇特，语言通俗活泼，风格幽默诙谐，人称"诚斋体"，如《戏笔》"野菊荒苔各铸钱，金黄铜绿两争妍。天公支予穷诗客，只买清愁不买田"，就野菊、荒苔等寻常之物，议论奇妙，洒脱幽默。《过上湖岭望招贤江南北山》"岭下看山似伏涛，见人上岭旋争豪。一登一陟一回顾，我脚高时他更高"，语言轻快活泼，想象出人意表。《小池》"泉眼无声惜细流，树阴照水爱晴柔。小荷才露尖尖角，早有蜻蜓立上头"，运用丰富、新颖的想象和拟人的手法，细腻地描写了小池周边自然景物的特征和变化，富于生活情趣。虽然杨万里的诗歌有意境不够深远的局限，但能摆脱江西诗派的束缚，不失为一个有独创性和个性的杰出诗人。

陆游（1125—1210），字务观，号放翁，越州山阴（今绍兴）人。陆游生逢北宋灭亡之际，父亲是有爱国思想的士大夫，少年时即深受家庭爱国思想的熏陶，青年时曾向爱国诗人曾几学诗。宋高宗时，参加礼部考试，因受秦桧排挤而被除名。宋孝宗即位后，赐进士出身，历任福州宁德县主簿、敕令所删定官、隆兴府通判等职，因坚持抗金，屡遭主和派排斥。乾道七年（1171），应四川宣抚使王炎之邀，投身军旅，任职于南郑幕府。次年，幕府解散，陆游奉诏入蜀，与范成大相知。宋光宗继位后，升为礼部郎中兼实录院检讨官，不久即因"嘲咏风月"罢官归居故里。嘉泰二年（1202），宋宁宗诏陆游入京，主持编修孝宗、光宗《两朝实录》和《三朝史》，官至宝章阁待制，书成后，陆游长期闲居山阴，嘉定二年（1210年）与世长辞，留绝笔《示儿》"死去元知万事空，但悲不见九州同。王师北定中原日，家祭无忘告乃翁"，抒发了至死不渝的爱国主义精神。

陆游具有多方面文学才能，尤以诗的成就为最，自言"六十年间万首诗"，存世有九千三百余首（这还不是其创作诗歌的全部），大致可以分为三个时期：46岁入蜀以前，偏于技巧，多因袭前人，还没有摆脱江西诗派的束缚；入蜀到66岁罢官东归，随着对社会现实观察和认识的深入，其诗歌创作愈加成熟，内容更充实了，充满战斗气息及爱国激情；66岁闲居故乡山阴后，创作了大量反映农村生活和田园风光的诗歌，诗风趋向自然古朴，表现出一种清旷淡远的田园风味，并不时流露出苍凉的人生感慨。

作为一个集大成的诗人，陆游的诗歌涵盖面非常广泛，几乎涉及南宋前期社会生活的各个领域，按内容大致可分为四个方面：

爱国诗。陆游不仅在南宋，而且在整个文学史上，都是伟大的爱国主义诗人。其爱国诗真实广泛的反映了他的爱国思想，具有鲜明的时代性和个性。有的表现抗金救国、北定中原的壮志，如早年的《夜读兵书》"平生万里心，执戈王前驱。战死士所有，耻复守妻孥"，强烈抒发了诗人以身报国的决心。中年的《金错刀行》"黄金错刀白玉装，夜穿窗扉出光芒。丈夫五十功未立，提刀独立顾八荒"表明杀敌立功的壮志。直至晚年，在《老马行》中高唱"一闻战鼓意气生，犹能为国平燕赵"表达了慷慨救国的心声。有的强烈抨击了南宋朝廷的屈辱求和政策，斥责投降派专权误国的罪行，以《关山月》为典型代表。用乐府古题表现时事，以鲜明的对比，高度概括了上层统治者和守边士兵、沦陷区人民在主战和主和立场上的矛盾，集中揭露了南宋统治集团的妥协求和政策造成的严重恶果。有的表达了报国无门、壮志难酬的悲愤，如《书愤》"早岁那知世事艰，中原北望气如山。楼船夜雪瓜洲渡，铁马秋风大散关。塞上长城空自许，镜中衰鬓已先斑。出师一表真名世，千载谁堪伯仲间"，抒发壮心未遂、时光虚度、功业难成的悲愤之气，全诗意境开阔，感情沉郁，气韵浑厚。又如《十一月四日风雨大作》其二"僵卧孤村不自哀，尚思为国戍轮台。夜阑卧听风吹雨，铁马冰河入梦来"，诗人空怀壮志，却不为朝廷所重，只能"僵卧孤村"，把为国家恢复中原的理想寄托到梦境之中，感情深沉悲壮，凝聚了诗人的爱国主义激情。有的反映民众恢复中原的强烈愿望，将爱国与爱人民的思想高度统一起来，如《秋夜将晓出篱门迎凉有感》（其二）"三万里河东入海，五千仞岳上摩天。遗民泪尽胡尘里，南望王师又一年"，用鲜明的形象深刻地表达了人民渴望恢复的心声。

农村诗。陆游农村题材的内容十分丰富，有的哀民生之多艰，对农民所受沉重的剥削和压迫表示深切理解和关切，如《太息》其二"太息贫家似破船，不容一夕得安眠。春忧水潦秋防旱，左右枝梧且过年"，形象展示了民众的悲苦。有的生动描写了农民简朴勤劳的劳动，体现了对田园生活的热爱，如《农家歌》"君不见朱门玉食烹万羊，不如农家小甑吴粳香"。有的记录农村的风土人情、民风民俗，如《社日》《赛神曲》等。

写景抒怀诗。陆游热爱生活，善于从各种生活情景中发现题材。无论是高山大川还是草木虫鱼，无论是旅途的风情逸致还是书斋的闲情雅趣，"凡一草、一木、一鱼、一鸟，无不裁剪入诗"（赵翼《瓯北诗话》），充满了人生的感叹。如《剑门道中遇微雨》"衣上征尘杂酒痕，远游无处不销魂。此身合是诗人未？细雨骑驴入剑门"在诗情画意中委婉传达出壮志未酬的慨叹。《游山西村》一诗，色彩明丽，并在景物的描写中寓含哲理，其中"山重水复疑无路，柳暗花明又一村"成为广泛流传的名句。他的《临安春雨初霁》，描写江南春天，虚景实写，细腻而优美，意韵十足。

爱情诗。由于宋代理学对士人思想感情的约束和宋词的发展，宋诗言情的功能渐渐减弱，宋代的爱情诗在数量和质量上，都难以和唐诗比肩，但陆游却是个例外。陆游年轻时曾和前妻有着一段刻骨铭心的感情经历，他悼念前妻的诗歌，情真意切，令人动容，晚年创作的《沈园二首》，被后人称作"绝等伤心之诗"，是古代爱情诗中不可多得的精品。

作为宋代最杰出的诗人，陆游的诗歌创作博采众长，兼容诸家，具有突出的现实主义特征，主要表现在他取材多来自现实社会，比较全面地展示了他那个时代的社会风貌，因此，人们把他比作杜甫。他的诗歌又具有浓厚的浪漫主义色彩，主要表现在其诗歌着力抒发爱国情怀和渴望恢复的理想，想象丰富，夸张奇特，气势雄放。总之，陆游的诗歌兼融杜甫的沉郁顿挫与李白的飘逸奔放，风格雄浑奔放，语言精练晓畅，章法整饬谨严，兼长各体，尤长于近体。

南宋末期，抗敌救国成为诗歌的突出主题，涌现了文天祥、汪元量、谢翱等一批爱国主义诗人。

文天祥是著名的爱国志士和抗元英雄，他用诗歌抒发了爱国激情，体现了崇高的气节，主要保存在《指南录》《指南后录》中。文天祥的爱国诗歌一方面抒发了伟大的爱国精神，如《正气歌》，此诗是被囚于元大都狱中所作，诗的开头即点出浩然正气存乎天地之间，随后连用十二个典故，都是历史上有名的人物，他们的所作所为显示出浩然正气的力量。接下来八句说明浩然正气贯日月，立天地，为三纲之命，道义之根。最后联系到自己的命运，自己虽然兵败被俘，处在极其恶劣的牢狱之中，但是由于自己一身正气，各种邪气和疾病都不能侵犯自己，因此自己能够坦然面对命运。全诗感情深沉、气壮山河，充分体现了作者崇高的精神境界。又如历来传诵的《过零丁洋》，此诗作于 1279 年兵败被俘经过零丁洋时。诗前二句回顾平生；中间四句紧承"干戈寥落"，明确表达了作者对当前局势的认识；末二句"人生自古谁无死？留取丹心照汗青"是作者对自身命运的一种毫不犹豫的选择，表现了慷慨激昂的爱国热情和视死如归的高风亮节，以及舍生取义的人生观。文天祥的爱国诗歌另一方面抒写国破家亡的沉痛心情和对故土的怀念，如著名的《金陵驿》两首，此组诗作于被俘后，经过金陵驿，"从今别却江南路，化作啼鹃带血归"真实地传达出被俘永离故土的沉痛心情。

【思考与练习】

1. 杨万里诗歌的艺术风格与价值。
2. 陆游诗歌的艺术风格与价值。

第四节　宋代诗歌选读

一、王安石作品选读

明妃曲（其一）[1]

【题解】一个历史题材，可以从不同的角度去写，由此也可以看出作家们不同的观点和艺术技巧。历代歌咏王昭君的诗词，大部分都是描写昭君的悲怨，寄以深切的哀怜；或描绘昭君心理,也是一心思念君王,心怀汉朝皇帝。王安石却一反传统的看法,翻出了新意。昭君远嫁,传说原因是毛延寿故意把她画丑了,故得不到君王招幸。王安石则从另一个角度说,按图招幸本来就是荒唐的,更何况"意态由来画不成",人在实际行动中表现出来的神情姿态优雅气质是静态的描绘难以完全传达出来的。看似为毛延寿鸣不平,其实是写出王昭君绝世美貌的不同寻常之处,并犀利地讽刺了汉元帝的昏庸。最后关于阿娇的议论,是从宫妃本身的遭遇落笔的。陈阿娇后来失去宠幸,虽与君王近在咫尺,却落得幽闭深宫。是否"失意"才是根本,地域的远近并不重要。正因为如此。"汉恩自浅胡自深,人生乐在相知心",具有振聋发聩的作用,体现了诗人对王昭君命运的深刻理解。这对把王昭君刻画成一个留恋汉朝皇帝恩宠的哀怨宫妃的形象,以及传统的夷夏之防的观念,都是一个强烈的冲击,因而宋人对王安石的《明妃曲》当时就有非常不同的看法,引起了激烈的争论,这也正好说明了作者新的视角和不为流俗所束缚的精神。欧阳修就非常欣赏王安石的《明妃曲》。

明妃初出汉宫时,泪湿春风鬓脚垂[2]。低回顾影无颜色,尚得君王不自持[3]。归来却怪丹青手,入眼平生未曾有[4]。意态由来画不成,当时枉杀毛延寿[5]。一去心知更不归,可怜着尽汉宫衣。寄声欲问塞南事,只有年年鸿雁飞[6]。家人万里传消息,好在毡城莫相忆[7]。君不见咫尺长门闭阿娇,人生失意无南北[8]。

【注释】

[1]《明妃曲》是乐府旧题,咏昭君故事。明妃:即王嫱,字昭君,汉元帝时宫人,竟宁元年(前33)被遣嫁匈奴呼韩邪单于。西晋时避司马昭讳改称明君。王安石以昭君失意的遭遇为主题,立意新颖,刻画精致,不同于写王昭君留恋君恩、怨而不怒的传统见解,同时讽刺了汉元帝的昏庸。

[2] 春风:这里作为美人面部的代称。

[3] 君王:指汉元帝。不自持:控制不了自己。指仍能强烈吸引汉元帝。

[4] 丹青手:画师。

[5] 毛延寿:汉元帝时画师。据《西京杂记》记载,元帝命画工画宫女容貌,按图召幸。宫人皆贿赂画工。昭君独恃其貌,独不肯与。画工故意把她的图得很丑,遂不得召见。后匈奴入朝,求美人。帝按图遣昭君。临去时才发现她的容貌为后宫第一。但后悔已经不及了。于是追究此事,画工毛延寿被杀弃市。

[6] 寄声:捎口信。塞南:指汉朝。

[7] 毡城:匈奴是游牧民族,住在毡帐里,故称匈奴地区为毡城。

[8] 阿娇:汉武帝刘彻的皇后,姓陈,小名阿娇。后被刘彻遗弃,禁闭在长门宫里。

二、苏轼作品选读

荔枝叹

【题解】该诗作于绍圣二年(1095),时苏轼贬谪广东惠州,惠州盛产荔枝,苏轼写了多首荔枝诗,往往结合朝政身世,抒发自己的感慨。诗先写古时进贡荔枝事,以纪实手法,追思汉唐贡荔之害。再转入议论感慨，诗人以无比愤慨的心情，批判统治者的荒淫无耻。最后写近时事，对民众遭受祸害深切同情。本诗是一首讽喻诗，也是一篇直指时政腐败，痛斥奸佞媚上取宠的政论文。

十里一置飞尘灰，五里一堠兵火催[1]。颠坑仆谷相枕藉[2]，知是荔枝龙眼来[3]。飞车跨山鹘横海[4]，风枝露叶如新采[5]。宫中美人一破颜[6]，惊尘溅血流千载。永元荔枝来交州[7]，天宝岁贡取之涪[8]。至今欲食林甫肉[9]，无人举觞酹伯游[10]。我愿天公怜赤子[11]，莫生尤物为疮痏[12]。雨顺风调百谷登，民不饥寒为上瑞[13]。君不见，武夷溪边粟粒芽[14]，前丁后蔡相笼加[15]。争新买宠各出意，今年斗品充官茶[16]。吾君所乏岂此物，致养口体何陋耶[17]？洛阳相君忠孝家[18]，可怜亦进姚黄花[19]。

【注释】

[1] 此二句谓驿站传送荔枝急如战火。置、堠：指驿站。
[2] 此句谓送荔枝的人一路上倒毙甚多，山谷中尸体互相枕藉。颠：仆倒、坠落。仆：向前跌倒。枕藉：纵横相叠，言死者很多。
[3] 龙眼：桂圆。
[4] 此句谓水陆兼程送荔枝。飞车：快车。鹘（hú）：鸷鸟名，即隼（sǔn）。
[5] 此句谓荔枝送到宫中犹带风露之色，如同刚从树上采下来一样新鲜。
[6] 宫中美人：指杨贵妃。《新唐书·杨贵妃传》"妃嗜荔枝，必欲生致之，乃置骑传送，走数千里，味未变至京师"。破颜：笑。
[7] 永元：东汉和帝年号（89—104）。交州：古地名。东汉时期，交州包括今越南北部和中部、我国广西和广东。
[8] 天宝：唐玄宗年号。涪（fú）州：今重庆涪陵区。作者自注"唐天宝中，盖取涪州荔枝，自子午谷路进入。"
[9] 林甫：李林甫，唐玄宗时宰相，在位十九年，谄媚专权，朝纲败坏。
[10] 觞（shāng）：古代酒器。酹：祭祀。作者自注："汉永元中，交州进荔枝、龙眼，十里一置，五里一堠，奔腾死亡，罹猛兽毒虫之害者无数。唐羌字伯游，为临武长，上书言状，和帝罢之。"此二句谓至今人们都痛恨李林甫，却忘了纪念敢于直言的唐羌。
[11] 赤子：百姓。
[12] 尤物：珍贵的物品，指荔枝。疮痏（chuāngwěi）：祸害。
[13] 上瑞：最大的吉兆。
[14] 武夷：福建武夷山，盛产茶。粟粒芽：武夷茶的上品。
[15] 丁：指丁谓，宋真宗时宰相，善迎合取宠，封晋国公。蔡：蔡襄，字君谟，曾为福州知州。笼加：装笼加封，进贡朝廷。作者自注："大小龙茶，始于丁晋公，成于蔡君谟。欧阳永叔闻君谟进小龙团，惊叹曰：'君谟士人，何至作此事？'"
[16] 斗品：茶叶之精品。官茶：贡茶。
[17] 致养口体：这里指满足口和腹的欲望。致养：原意是得到养育。
[18] 洛阳相君：指钱惟演，他曾任西京留守。他的父亲吴越王钱俶叙归降宋朝，宋太宗称之为"以忠孝而保社稷"，所以苏轼说钱惟演是"忠孝家"。

［19］姚黄花：牡丹的名贵品种。作者自注："洛下贡花，自钱惟演始。"

《饮湖上初晴后雨》

三、黄庭坚作品选读

雨中登岳阳楼望君山

【题解】崇宁元年（1102），他赴家乡分宁（今江西修水），从湖北沿江东下，途经岳阳，冒雨登岳阳楼，饱览湖光山色，写下这两首诗以表达自己遇赦后的喜悦心情。这时，他已被贬七年，流转在四川湖北一带，环境非常恶劣。据任渊所作黄庭坚诗谱，此二诗手迹有跋云："崇宁之元（1102年）正月二十三日，夜发荆州，二十六日至巴陵（今岳阳），数日阴雨不可出。二月朔旦，独上岳阳楼。"岳阳楼，湖南岳阳城西门楼，面临洞庭湖。君山，在洞庭湖中，亦名洞庭山。

其一

投荒万死鬓毛斑[1]，生入瞿塘滟滪关[2]。未到江南先一笑[3]，岳阳楼上对君山。

【注释】

[1] 投荒：被流放到荒远边地。绍圣二年（1095），黄庭坚被谪官涪州别驾黔州（今四川彭水）安置，到了元符元年（1098），再徙戎州（今四川宜宾）。元符三年（1100），被放还。鬓（bìn）毛：鬓发。唐贺知章《回乡偶书》诗："少小离家老大回，乡音无改鬓毛衰。"斑：花白。

[2] 瞿（qú）塘：瞿塘峡，在今重庆市奉节县东，长江三峡之首。滟（yàn）滪（yù）关，滟滪堆是矗立在瞿塘峡口江中的一块大石头，突兀江心，形势险峻。附近的水流得非常急，是航行很危险的地带。古代民谣有"滟滪大如襆，瞿塘不可触"的话。因其险要，故称之为关。生入瞿塘滟滪关，东汉班超从军西域三十一年，年老思归，有"但愿生入玉门关"的话。此用其语。

[3] 江南：这里泛指长江下游南岸，包括作者的故乡分宁在内。

其二

满川风雨独凭栏[1]，绾结湘娥十二鬟[2]。可惜不当湖水面[3]，银山堆里看青山[4]。

【注释】

[1] 川：这里指洞庭湖。

[2] 绾（wǎn）结：（将头发）向上束起，一作"绾髻"。湘娥，《楚辞·九歌》中的湘君

和湘夫人，相传即帝舜二妃娥皇和女英，君山是她们居住的地方。鬟（huán），发髻。十二鬟，是说君山丘陵起伏，有如女神各式各样的发髻。

[3] 当：正对着，指在岳阳楼上面对着湖水。

[4] 银山：一作"银盘"，比喻波浪。

四、范成大作品选读

四时田园杂兴

【题解】《四时田园杂兴》是南宋诗人范成大退居家乡后写的一组大型的田园诗，分春日、晚春、夏日、秋日、冬日五部分，每部分各十二首，共六十首。诗歌描写了农村春、夏、秋、冬四个季节的景色和农民的生活，同时也反映了农民遭受的剥削以及生活的困苦。本书选其中四首描写江南的景物，反映岁时劳动和人民所受的剥削，是一幅江南风俗长卷。

其一

蝴蝶双双入菜花，日长无客到田家。鸡飞过篱犬吠窦[1]，知有行商来买茶[2]。

【注释】

[1] 犬吠窦（dòu）：狗在洞边叫。窦：孔穴，此处指狗洞。
[2] 行商：游动的商贩。

其二

昼出耘田夜绩麻[1]，村庄儿女各当家[2]。童孙未解供耕织[3]，也傍桑阴学种瓜[4]。

【注释】

[1] 绩麻：把麻搓成线。
[2] 当家：管理家事。
[3] 未解：不懂得。供：从事、担任。
[4] 傍桑阴：依傍在桑树荫中。

其三

采菱辛苦废犁锄[1]，血指流丹鬼质枯[2]。无力买田聊种水，近来湖面亦收租。

【注释】

[1] 废犁锄：废弃犁锄不用。锄：同锄。
[2] 鬼质枯：谓枯瘦如鬼，不成人形。

其四

新筑场泥镜面平，家家打稻趁霜晴。笑歌声里轻雷动，一夜连枷响到明[1]。

【注释】

[1] 连枷：农具，由一个长柄和一组平排的竹条或木条构成，用来拍打谷物、小麦、豆子、芝麻等，使籽粒掉下来。

五、杨万里作品选读

初入淮河四绝句

【题解】淳熙十六年（1189）冬十二月，金人派遣使者来南宋贺岁，杨万里奉命去迎接金廷派来的"贺正使"（互贺新年的使者），这组诗是他来到原为北宋腹地，当时已成为宋金国界的淮河后触景伤怀所写的四首绝句。诗题中的淮河，是宋高宗时期"绍兴和议"所规定的宋金分界线，淮河以北的广大中原地区被全部割让给金国。

其一

船离洪泽岸头沙[1]，人到淮河意不佳[2]。何必桑乾方是远[3]，中流以北即天涯。

【注释】

[1] 洪泽：洪泽湖。作者由此北行入淮河。
[2] 意不佳：作者感慨国土沦丧而心情不好。
[3] 桑乾：亦作"桑干"，桑干河为永定河上游，桑干河流域当时已沦入金人之手。

其二

刘岳张韩宣国威[1]，赵张二相筑皇基[2]。长淮咫尺分南北[3]，泪湿秋风欲怨谁？

【注释】

[1] 刘岳张韩：刘锜、岳飞、张俊、韩世忠，都是南宋初期抗金的爱国将领。
[2] 赵张：赵鼎和张俊，二人在宋高宗建炎四年（1135）为尚书左右仆射，是当时宰相的职位。
[3] 咫（zhǐ）尺：周制八寸为咫，十寸为尺。形容距离近。

其三

两岸舟船各背驰，波浪交涉亦难为[1]。只余鸥鹭无拘管[2]，北去南来自在飞。

【注释】

[1] 此句谓淮河中流南北两方的波纹也不可能交接，极言两国隔绝。
[2] 拘管：拘束、管制。

其四

中原父老莫空谈[1]，逢着王人诉不堪[2]。却是归鸿不能语[3]，一年一度到江南。

【注释】

[1] 中原：金人占领的汴京地区。莫空谈：因为当时南宋当朝没有抗金的决心，所以不必谈论光复中原之类的话。

[2] 王人：帝王的使者，此处指南宋使臣。

[3] 归鸿：南归的鸿雁。

六、陆游作品选读

游山西村

【题解】这是一首山村记游抒情诗，为诗人乾道三年（1167）闲居家乡时所作。作者以简朴的笔墨勾勒出深山野谷中的山村风光。诗的首联渲染出丰收之年农村一片宁静、欢悦的气象；次联写山间水畔的景色，写景中寓含哲理，千百年来广泛被人所引用；三联描绘乡村社日前夕的热闹场景；尾联道出了作者对农村生活的向往。全诗语言质朴清新，结构严谨，主线突出，八句中虽无一个"游"字，但又处处切"游"字，游兴十足，游意不尽，达到了很高的艺术水平。

莫笑农家腊酒浑[1]，丰年留客足鸡豚[2]。山重水复疑无路，柳暗花明又一村。箫鼓追随春社近[3]，衣冠简朴古风存。从今若许闲乘月[4]，拄杖无时夜叩门[5]。

【注释】

[1] 腊酒：腊月里酿造的酒。

[2] 足鸡豚：菜肴很多。豚，小猪。

[3] 箫鼓：吹打的乐器。春社：古代立春后祭拜土地和五谷神的日子。

[4] 乘月：趁着月明之夜出访。

[5] 无时：随时。

关山月

【题解】"关山月"是古乐府的诗题。用的乐调属于"横吹曲"，原是西域音乐，前人多用此题写征人边塞之事，或写思妇怀念良人的愁苦。陆游赋予这个诗题新的内容，诗中假托一位老战士之口，痛责统治者一纸和议抛弃半壁江山、苟且偷生贪图享乐的无耻行径，倾诉了爱国将士和沦陷区人民的满腔悲愤，以及对外族入侵者的无比仇恨。

《关山月》不仅有着深刻的思想，而且有充沛的感情、丰满的形象和生动的描写。首先值得注意的是概括性强，抒情性强。陆游相当巧妙地紧扣着关、山、月三个字，去组织材料表现主题，显示了非凡的概括能力。歌舞沉迷，白发益多，尸骨未收，泪痕依旧。借着月光的照射，诗人从历史到现实，把长期和戎不战的政治局面，作了鲜明真切的艺术概括，沉痛悲愤之情充溢于字里行间。诗中把三个不同的场景、三类不同的人物放在"今宵"这同一个月夜之下，运用对比的手法，清晰地揭示出面对共同的民族矛盾时，不同人物的不同心态和行为，不仅深化了本诗反对妥协投降、主张收复故土的爱国主义主题，还深刻反映出南宋尖锐的社会矛盾和阶级矛盾。语言精练自然，圆转流畅，没有剑拔弩张惊人的句子，但在客观事实的描述中，却更显出一种催人泪下、惊心动魄的力量。

和戎诏下十五年[1]，将军不战空临边[2]。朱门沉沉按歌舞[3]，厩马肥死弓断弦[4]。戍楼刁斗催落月[5]，三十从军今白发。笛里谁知壮士心[6]，沙头空照征人骨[7]。中原干戈古亦闻，岂有逆胡传子孙[8]。遗民忍死望恢复，几处今宵垂泪痕[9]。

【注释】

[1] 和戎诏：指宋王室与金人讲和的命令。戎：指金人。
[2] 空：徒然，白白地。边：边境，边塞。
[3] 朱门：指富豪之家。杜甫《自京赴奉先咏怀》："朱门酒肉臭"。沉沉：深沉。按歌舞：依照乐曲的节奏歌舞。
[4] 厩：马棚。
[5] 戍楼：边境上的岗楼。刁斗：军中打更用的铜器。
[6] 笛里：指笛中吹出的曲调。《关山月》本是笛曲。唐代诗人王昌龄《从军行》："更吹羌笛《关山月》，无那（奈）金闺万里愁。"
[7] 沙头：沙原上，沙场上。征人：出征在外的人。
[8] 干戈：代指战争。亦：也。闻：听说。岂有：哪有。逆胡：对北方少数民族之蔑称。
[9] 遗民：指金占领区的原宋朝百姓。望恢复：盼望宋朝军队收复故土。

七、文天祥作品选读

过零丁洋

【题解】《过零丁洋》是一首充满着爱国激情的诗篇，是文天祥的代表作。这首诗是文天祥被俘第二年（1279）被押解路过零丁洋时所作。诗中概括了文天祥一生的主要经历，表现了他忠心报国、视死如归的决心和崇高的民族气节。整首诗将个人的遭遇与国家民族的命运联系在一起，充分表达了诗人赤诚的爱国情怀和沉痛而悲壮的心境。诗中巧用地名表达事件和心境，浑然天成。在强烈的对比中，将叙事、抒情、议理融为一体。最后两句议论，亦诗亦理，以磅礴的气势、高亢的情调收束全篇，表现了诗人的英雄气概与舍生取义的生死观。这两句名言从此流芳百世，成为中华民族诗史上千古不朽的名句，感召后代无数仁人志士为正义事业而英勇献身。全诗结构紧凑，格调沉郁而高昂，富于巨大的艺术感染力，是一曲千古不朽的正气歌。

辛苦遭逢起一经[1]，干戈寥落四周星[2]。山河破碎风飘絮，身世浮沉雨打萍[3]。惶恐滩上说惶恐[4]，零丁洋里叹零丁[5]。人生自古谁无死，留取丹心照汗青[6]。

【注释】

[1] 遭逢：遭遇，遭际。起一经：指出身科举。文天祥进士及第，官至丞相，故有此说。
[2] 寥落：稀少，冷落。四周星：四年。文天祥从1275年在江西起兵勤王，至1278年被俘，为时四年。
[3] 萍：水上的浮萍。
[4] 惶恐滩：在今江西万安县的赣江中。说惶恐：指对时局的忧惧。
[5] 零丁洋：在今广东省的珠江口外。当时文天祥已兵败被俘，被解押过此地。叹零丁：指自己身陷敌营，深感孤苦伶仃。
[6] 汗青：史书。古代用竹简纪事，竹简要用火烤干水分才容易书写，称为汗青。

【思考与练习】

1. "西施"与"西湖"为什么能进行类比？两者有何相似点？
2. 请赏析名句"山重水复疑无路，柳暗花明又一村"。
3. 请赏析文天祥《过零丁洋》的艺术价值。

第四章　宋代话本

第一节　宋代话本概述

话本原是说话人演讲故事所用的底本，是由民间说话产生和发展起来的一种新的俗文学样式。从敦煌发现的资料看，唐代已出现话本，但到宋元时代才趋于成熟。其主要原因一是在宋代汴京、杭州等工商业繁盛的都市里，为了适应市民的娱乐需要，各种瓦肆伎艺应运而生。在瓦肆中演出各种伎艺，其中以说话艺人的数量最多。说话艺人还有书会等组织，用以出版书籍，切磋伎艺。二是受前代说唱文艺形式的影响，话本是唐代"变文"进一步发展的产物。

宋代"说话"分为小说、讲史、说经、合生等四家，其中以小说、讲史两家为最重要，影响也最大。小说家的话本称作小说，都是短篇故事。讲史家的话本称作平话，一般篇幅较长，讲的是历史故事。

宋代话本以叙说为主，开头和结尾多用诗词韵文，起吸引听众、加深印象的作用。宋代话本民间说话人的创作，既具有口传文学清新活泼的特色，又发扬了六朝志怪和唐传奇等古代小说的优良传统，具有鲜明的审美特性和较高的艺术价值。

"小说"是说话中影响最大的一家。正如南宋时耐得翁所说的，当时讲史的"最畏小说人，盖小说者能以一朝一代故事，顷刻间提破"（《都城纪胜》）。小说家的话本，一般也称为小说。因为小说多就现实生活汲取题材，形式短小精悍，内容新鲜活泼，因此最受欢迎。

宋元小说话本有一定的体制。其文本大体由入话、正话、结尾几个部分构成。入话是小说话本的开端部分，它有时以一首或若干首诗词"起兴"，说风景，道名胜，往往与故事的发生地点相联系，或与故事的主人公相关联；有时先以一首诗点出故事题旨，然后叙述一个与题旨相关的小故事，其行话是"得胜头回"（或"笑耍头回"），实则这个小故事与将要细述的故事有着某种类比关系。显然，入话的设置，乃是说话人为安稳入座听众、等候迟到者的一种特意安排，也含有引导听众领会"话意"的动机。正话，则是话本的主体，情节曲折，细节丰富，人物形象鲜明突出。正话之后，往往以一首诗总结故事主题。

现存宋元小说话本约有40种，除了元刻本以外，大多经过明人的修改增订。这些小说话本以爱情婚姻和公案两类作品为最多，成就也最高。

以爱情婚姻为题材的小说作品，大多描写了市井细民的日常生活和普通感情，尤其是生动地刻画了下层妇女泼辣、勇敢的性格。这以《碾玉观音》和《闹樊楼多情周胜仙》为代表。《碾玉观音》的主人公璩秀秀是裱褙铺璩公的女儿，被咸安郡王买作"养娘"，后来她爱上碾玉匠崔宁，二人就趁王府失火，逃至潭州安家立业。后因郭排军告密，郡王抓回秀秀处死，她的鬼魂又和崔宁在建康府同居，最后并惩处了郭排军。作品中的璩秀秀为了争取人身自由和婚姻自由而努力抗争，生死不渝，形象十分鲜明。《闹樊楼多情周胜仙》的主人公周胜仙也同样表现了对爱情的大胆追求和执着热情，并带有市民的色彩。她在金明池畔遇到青年范二郎，借和卖水人吵架的机会，主动向范二郎介绍自己的身世，表达了爱慕之情。她父亲因范家门户太低，不准他们结婚，但她始终没有屈服。最后又通过五道将军，将范二郎救出监狱。《快嘴李翠莲记》写李翠莲嫁给张狼为妻，因为心直口快，能说会道，不肯逆来顺受，竟敢训斥丈夫，顶撞公婆，终于被休回娘家，又为父母兄嫂所不容，只能出家当尼姑。小说中用李翠莲对话的方式，插入许多段快板式的唱词，酣畅活泼，塑造了一位刚烈泼辣、敢于蔑视封建礼教、争取独立的下层女子形象。

公案类的作品大多揭露官场的黑暗，为民间的冤案鸣不平，《错斩崔宁》是其代表作《错斩崔宁》写崔宁和陈二姐被误卷入因十五贯钱而引起的谋杀案中，结果在昏官的严刑拷打之下，招供诬服，被判处死刑。作品批判了官府的草菅人命，反映民众要求社会公平的愿望。这个故事流传很广，清初朱素臣据以改编为传奇《双熊梦》（一名《十五贯》），在昆曲中演唱不衰。又如《简帖和尚》述说一个和尚贪图皇甫松的妻子杨氏貌美，命人送一封匿名简帖给她，引起皇甫松的怀疑，把妻子休了。杨氏走投无路，濒临绝境，终於被迫落入了和尚精心安排的圈套。最后真相大白，和尚受到惩处，杨氏和皇甫松再成夫妻。这个故事情节曲折，引人入胜，表现手法巧妙，生活气息浓厚，语言通俗生动。

小说话本也有表现人民反抗阶级压迫和民族压迫的，如《宋四公大闹禁魂张》，该作品塑造了宋四公、赵正、侯兴、王秀等一伙侠盗，他们机智、大胆，劫富济贫，专和官府、恶霸作对，为穷人伸张正义，闹得整个京师惶惶不安。他们的行动寄托着平民百姓的愿望。

宋小说话本运用现实主义创作原则，扩大了题材范围和表现深度，通篇用通俗、生动的语言叙述故事，情节曲折离奇，标志着我国古代白话文体的正式出现，开创了中国文学语言发展的一个新阶段。与魏晋六朝小说和唐代传奇小说相比较，宋小说话本在故事结构上更注重情节的曲折动人，在人物刻画上更讲究细节真实和心理描写，为后代的小说创作提供了宝贵的艺术经验。

宋讲史的话本，通称"平话"。"平话"的含义，盖指以平常口语讲述而不加弹唱，即只说不唱。与小说话本不同，平话的篇幅一般较长，内容复杂，结构庞大，人物众多，大多取材于前代史书文传、民间传说和野史笔记。平话大多结构散乱，人物性格模糊，故事、情节前后不连贯，语言文白夹杂，因此在思想、艺术上都无法与小说话本相比。

现存宋元讲史话本主要有《新编五代史平话》《大宋宣和遗事》以及《全相平话五种》。《新编五代史平话》讲说五代十国时期梁、唐、晋、汉、周兴废战争史，反映连年战乱的社会现实及给人民带来的苦难。《大宋宣和遗事》反映"花石纲"给人民带来的灾难，揭露统治阶级的荒淫腐朽，对《水浒传》有重要影响。《全相平话五种》中《三国志平话》《武王伐纣书》分别对《三国演义》《封神榜》的成书有较重要的影响。

说经话本，有无名氏的《大唐三藏取经诗话》对《西游记》的创作提供最早的依据。

话本的出现，如鲁迅所言，"实在是小说史上的一大变迁"（《中国小说的历史变迁》）。宋元话本在文言小说之外开辟了一个广阔的艺术天地，它是中国小说史的一个重要发展阶段，也影响了明清的白话小说发展。

【思考与练习】

1. 名词术语解释：话本。
2. 请总结话本的艺术价值。

第二节　宋代话本选读

碾玉观音[1]

【题解】作者写出了秀秀的大胆、果敢、生死不渝地追求爱情的顽强个性，她生前主动、热烈地追求爱，死后也要将"爱"带走，并向破坏她幸福的郭排军复仇，表现了封建社会中一个下层妇女的命运及与封建礼教抗争的顽强斗志。

小说深刻地反映了宋代理学对广大下层妇女的压制和束缚。宋代是理学昌盛的时代，以程朱理学为代表的精神统治，将封建礼教及伦理道德的桎梏发展到了无以复加的境地。在这种社会环境下，人性、自由理所当然地受到压抑。程朱理学明确提出："存天理，灭人欲"，"人之一心，天理存则人欲亡；人欲胜则天理灭"。在宋代，统治阶层为了维护自身的利益和统治的需要，极力提倡理学，企图达到控制百姓的目的。作者正是通过下层妇女秀秀这一典型形象，以及她大胆的举动、以死同封建礼教进行抗争，反映了宋代广大下层妇女追求婚姻自由，追求人身自由美好愿望。同时，作者对秀秀所代表的宋代广大下层妇女同封建礼教进行顽强的斗争精神进行了热烈的赞颂。

上

山色晴岚影物佳[2]，暖烘回雁起平沙。东郊渐觉花供眼，南陌依稀草吐芽。堤上柳，未藏鸦[3]，寻芳趁步到山家。陇头几树红梅落，红杏枝头未着花。

这首《鹧鸪天》说孟春景致[4]，原来又不如《仲春词》做得好[5]：

每日青楼醉梦中，不知城外又春浓。杏花初落疏疏雨，杨柳轻摇淡淡风。浮画舫，跃青骢[6]，小桥门外绿阴笼。行人不入神仙地，人在珠帘第几重[7]？

这首词说仲春景致，原来又不如黄夫人做着《季春词》又好[8]：

先自春光似酒浓，时听燕语透帘栊。小桥杨柳飘香絮，山寺绯桃散落红。莺渐老，蝶西东，春归难觅恨无穷。侵阶草色迷朝雨，满地梨花逐晓风。

这三首词，都不如王荆公看见花瓣儿片片风吹下地来[9]，原来这春归去，是东风断送的；有诗道：

春日春风有时好，春日春风有时恶。不得春风花不开，花开又被风吹落。

苏东坡道："不是东风断送春归去，是春雨断送春归去。"[10]有诗道：

雨前初见花间蕊，雨后全无叶底花。蜂蝶纷纷过墙去，却疑春色在邻家。

秦少游道："也不干风事，也不干雨事，是柳絮飘将春色去。"[11]有诗道：

三月柳花轻复散，飘扬澹荡送春归[12]。此花本是无情物，一向东飞一向西。

邵尧夫道："也不干柳絮事，是蝴蝶采将春色去。"[13]有诗道：

花正开时当三月，蝴蝶飞来忙劫劫[14]。采将春色向天涯，行人路上添凄切。

曾两府道："也不干蝴蝶事，是黄莺啼得春归去。"[15]有诗道：

花正开时艳正浓，春宵何事老芳丛？黄鹂啼得春归去，无限园林转首空。

朱希真道："也不干黄莺事，是杜鹃啼得春归去。"[16]有诗道：

杜鹃叫得春归去，物边啼血尚犹存[17]。庭院日长空悄悄，教人生怕到黄昏。

苏小妹道："都不干这几件事，是燕子衔将春色去。"[18]有《蝶恋花》词为证[19]：

妾本钱塘江上住，花开花落，不管流年度。燕子衔将春色去，纱窗几阵黄梅雨[20]。斜插梳犀云半吐[21]，檀板轻敲，唱彻《黄金缕》[22]，歌罢彩云无觅处[23]，梦回明月生南浦[24]。

王岩叟道："也不干风事，也不干雨事，也不干柳絮事，也不干蝴蝶事，也不干黄莺事，也不干杜鹃事，也不干燕子事；是九十日春光已过，春归去。"曾有诗道[25]：

风怨雨两俱非[26]，风雨不来春亦归。腮边红褪青梅小，口角黄消乳燕飞。蜀魄健啼花影去[27]，吴蚕强食柘桑稀[28]。直恼春归无觅处，江湖辜负一蓑衣[29]！

说话的因甚说这春归词？绍兴年间[30]，行在有个关西延州延安府人[31]，本身是三镇节度使咸安郡王[32]。当时怕春归去，将带着许多钧眷游春[33]。至晚回家，来到钱塘门里，车桥前面。钧眷轿子过了，后面是郡王轿子到来。只听得桥下裱褙铺里一个人叫道[34]："我儿出来看郡王！"当时郡王在轿里看见，叫帮总虞候道[35]："我从前要寻这个人，今日却在这里！只在你身上，明日要这个人入府中来！"当时虞候声诺[36]，来寻这个看郡王的人，是甚色目人[37]？正是：

尘随车马何年尽？情系人心早晚休[38]。

只见车桥下一个人家，门前出着一面招牌，写着"璩家装裱古今书画。"铺里一个老儿，引着一个女儿，生得如何：

云鬟轻笼蝉翼，蛾眉淡指春山。朱唇缀一颗樱桃，皓齿排两行碎玉。莲步半折小弓弓[39]，莺啭一声娇滴滴。

便是出来看郡王轿子的人。虞候即时来他家对门一个茶坊里坐定，婆婆把茶点来，虞候道:"启请婆婆,过对门褾褙铺里,请璩大夫来说话。"[40]婆婆便去请到来。两个相揖了就坐,璩待诏问[41]:"府干有何见谕?"虞候道:"无甚事,闲问则个[42]。适来叫出来看郡王轿子的人,是令爱么?"待诏道:"正是拙女,止有三口。"虞候又问:"小娘子贵庚?"[43]待诏应道:"一十八岁。"再问:"小娘子如今要嫁人,却是趋奉官员?"[44]待诏道:"老拙家寒,那讨钱来嫁人?将来也只是献与官员府第。"虞候道:"小娘子有甚本事?"待诏说出女孩儿一件本事来,有词寄《眼儿媚》为证[45]:

深闺小院日初长,娇女绮罗裳。不做东君造化,金针刺绣群芳样[46]。斜枝嫩叶包开蕊[47],唯只欠馨香。曾向园林深处,引教蝶乱蜂狂。

原来这女儿会绣作。虞候道:"适来郡王在轿里,看见令爱身上系着一条绣裹肚[48]。府中正要寻一个绣作的人,老丈何不献与郡王?"璩公归去与婆婆说了,到明日写一纸献状[49],献来府中。郡王给与身价,因此取名秀秀养娘[50]。

不则一日[51],朝廷赐下一领团花绣战袍[52],当时秀秀依样绣出一件来。郡王看了欢喜道:"主上赐与我团花战袍,却寻甚么奇巧的物事献与官家?"[53]去府库里寻出一块透明的羊脂美玉来,即时叫将门下碾玉待诏道:"这块玉堪做甚么?"内中一个道:"好做一副劝杯[54]。"郡王道:"可惜!恁般一块玉,如何将来只做得一副劝杯。"又一个道:"这块玉上尖下圆,好做一个摩侯罗儿。"[55]郡王道:"摩侯罗儿只是七月七日乞巧使得,寻常间又无用处。"数中一个后生,年纪二十五岁,姓崔名宁,趋事郡王数年,是升州建康府人[56]。当时叉手向前[57],对着郡王道:"告恩王:这块玉上尖下圆,甚是不好,只好碾一个南海观音。"郡王道:"好!正合我意。"就叫崔宁下手,不过两个月,碾成了这个玉观音。郡王即时写表进上御前,龙颜大喜。崔宁就本府增添请给[58],遭遇郡王[59]。

不则一日,时遇春天,崔待诏游春回来,入得钱塘门,在一个酒肆,与三四个相知方才吃得数杯,则听得街上闹吵吵,连忙推开楼窗看时,见乱哄哄道:"井亭桥有遗漏!"[60]吃不得这酒成,慌忙下酒楼看时,只见:

初如萤火,次若灯火。千条蜡烛焰难当,万座糁盆敌不住[61];六丁神推倒宝天炉[62],八力士放起焚山火[63]。骊山会上,料应褒姒逞娇容[64];赤壁矶头,想是周郎施妙策[65]。五通神牵住火葫芦[66],宋无忌赶番赤骡子[67]。又不曾泻烛浇油,直恁的烟飞火猛!

崔待诏望见了,急忙道:"在我本府前不远。"奔到府中看时,已搬挈得罄尽,静悄悄地无一个人。崔待诏既不见人,且循着左手廊下入去。火光照得如同白日,去那左廊下,一个妇女摇摇摆摆从府堂里出来,自言自语,与崔宁打个胸厮撞[68]。崔宁认得是秀秀养娘,倒退两步,低声唱个喏。原来郡王当日曾对崔宁许道:"待秀秀满日[69],把来嫁与你。"这些众人都撺掇道[70]:"好对夫妻。"崔宁拜谢了,不则一番。崔宁是个单身,却也痴心。秀秀见恁地个后生,却也指望。当日有这遗漏,秀秀手中提着一帕子金珠富贵,从左廊下出来,撞见崔宁,便道:"崔大夫!我出来得迟了,府中养娘,各自四散,管顾不得。你如今没奈何,只得将我去躲避则个。"

当下崔宁和秀秀出府门,沿着河走到石灰桥。秀秀道:"崔大夫!我脚疼了,走不得。"崔宁指着前面道:"更行几步,那里便是崔宁住处。小娘子到家中歇脚,却也不妨。"到得家中坐定,秀秀道:"我肚里饥,崔大夫与我买些点心来吃。我受了些惊,得杯酒吃更好。"当时崔宁买将酒来,三杯两盏,正是:

三杯竹叶穿心过,两朵桃花上脸来[71]。

道不得个"春为花博士，酒是色媒人[72]"。秀秀道："你记得当时在月台上赏月，把我许你，你兀自拜谢[73]。你记得也不记得？"崔宁叉着手，只应得喏。秀秀道："当日众人都替你喝彩：'好对夫妻！'你怎地倒忘了？"崔宁又则应得喏。秀秀道："比似只管等待[74]，何不今夜我和你先做夫妻，不知你意下何如？"崔宁道："岂敢！"秀秀道："你知道不敢，我叫将起来，教坏了你[75]。你却如何将我到家中？我明日府里去说！"崔宁道："告小娘子：要和崔宁做夫妻不妨；只一件，这里住不得了。要好趁这个遗漏，人乱时，今夜就走开去，方才使得。"秀秀道："我既和你做夫妻，凭你行。"当夜做了夫妻。

四更已后，各带着随身金银物件出门。离不得饥餐渴饮，夜住晓行，迤逦来到衢州[76]。崔宁道："这里是五路总头，是打那条路去好？不若取信州路上去[77]。我是碾玉作，信州有几个相识，怕那里安得身。"即时取路到信州。住了几日，崔宁道："信州常有客人到行在往来，若说道我等在此，郡王必然使人来追捉，不当稳便。不若离了信州，再往别处去。"两个又起身上路，径取潭州[78]。

不则一日，到了潭州，却是走得远了。就潭州市里，讨间房屋，出面招牌，写道"行在崔待诏碾玉生活"。崔宁便对秀秀道："这里离行在有二千余里了，料得无事。你我安心，好做长久夫妻。"潭州也有几个寄居官员，见崔宁是行在待诏，日逐也有生活得做[79]。崔宁密使人打探行在本府中事，有曾到都下的，得知府中当夜失火，不见了一个养娘，出赏钱寻了几日，不知下落。也不知道崔宁将他走了，见在潭州住。

时光似箭，日月如梭，也有一年之上。忽一日，方早开门，见两个着皂衫的[80]，一似虞候！府干打扮，入来铺里坐地[81]，问道："本官听得说有个行在崔待诏，教请过来做生活。"崔宁分付了家中，随这两个人到湘潭县路上来。便将崔宁到宅里，相见官人，承揽了玉作生活。回路归家，正行间，只见一个汉子，头上戴个竹丝笠儿，穿着一领白缎子两上领布衫，青白行缠扎着裤子口，着一双多耳麻鞋，挑着一个高肩担儿；正面来，把崔宁看了一看。崔宁却不见这汉面貌，这个人却见崔宁，从后大踏步尾着崔宁来。正是：

谁家稚子鸣榔板[82]，惊起鸳鸯两处飞。

下

竹引牵牛花满街，疏篱茅舍月光筛。琉璃盏内茅柴酒[83]，白玉盘中簇豆梅。休懊恼，且开怀，平生赢得笑颜开。三千里地无知己，十万军中挂印来。

这只《鹧鸪天》词是关西秦州雄武军刘两府所作[84]；从顺昌入战之后[85]，闲在家中，寄居湖南潭州湘潭县。他是个不爱财的名将，家道贫寒，时常到村店中吃酒。店中人不识刘两府，欢呼啰唣[86]。刘两府道："百万番人[87]，只如等闲。如今却被他们诬罔！[88]"作了这只《鹧鸪天》，流传直到都下。当时殿前太尉是阳和王[89]，见了这词，好伤感："原来刘两府直恁孤寒！"教提辖官差人送一项钱与刘两府[90]。今日崔宁的东人郡王[91]，听得说刘两府恁地孤寒，也差人送一项钱与他。却经由潭州路过，见崔宁从湘潭路上来，一路尾着崔宁到家，正见秀秀坐在柜身子里。便撞破他们道："崔大夫！多时不见，你却在这里！秀秀养娘他如何也在这里？郡王教我下书来潭州，今遇着你们。原来秀秀养娘嫁了你？也好！"当时唬杀崔宁夫妻两个，被他看破。

那人是谁？却是郡王府中一个排军[92]，从小伏侍郡王，见他朴实，差他送钱与刘两府。

这人姓郭名立，叫做郭排军。当下夫妻请住郭排军，安排酒来请他，吩咐道："你到府中，千万莫说与郡王知道。"郭排军道："郡王怎知得你两个在这里？我没事却说甚么？"当下酬谢了出门。回到府中，参见郡王，纳了回书，看看郡王道："郭立前日下书回，打潭州过，却见两个人在那里住。"郡王问："是谁？"郭立道："见秀秀养娘并崔待诏两个，请郭立吃了酒食，教休来府中说知。"郡王听说，便道："叵耐这两个做出这事来[93]！却如何直走到那里？"郭立道："也不知他仔细。只见他在那里住地[94]，依旧挂招牌做生活。"郡王教干办去分付临安府[95]，即时差一个缉捕使臣，带着做公的，备了盘缠，径来湖南潭州府，下了公文，同来寻崔宁和秀秀。却似：

皂雕追紫燕[96]，猛虎啖羊羔。

不两月，捉将两个来，解到府中，报与郡王得知，即时升厅，原来郡王杀番人时，左手使一口刀，叫做"小青"，右手使一口刀，叫做"大青"，这两口刀不知剁了多少番人，那两口刀，鞘内藏着，挂在壁上，郡王升厅，众人声喏，即将这两个人押来跪下，郡王好生焦躁，左手去壁牙上取下小青[97]，右手一掣，掣刀在手，睁起杀番人的眼儿，咬得牙齿剥剥地响，当时唬杀夫人，在屏风背后道："郡王！这里是帝辇之下，不比边庭上面，若有罪过，只消解去临安府施行，如何胡乱凯得人？[98]"郡王听说道："叵耐这两个畜生逃走，今日捉将来，我恼了，如何不凯？既然夫人来劝，且捉秀秀入府后花园去，把崔宁解去临安府断治。"

当下喝酒赐钱赏犒捉事人[99]，解这崔宁到临安府，一一从头供说："自从当夜遗漏，来到府中，都搬尽了，只见秀秀养娘从廊下出来，揪住崔宁道：'你如何安手在我怀中？若不依我口，教坏了你。'要共逃走，崔宁不得已，与他同走，只此是实。"临安府把文案呈上郡王，郡王是个刚直的人，便道："既然恁地，宽了崔宁，且与从轻断治。"崔宁不合在逃，罪杖，发遣建康府居住，当下差人押送。

方出北关门，到鹅项头，见一顶轿儿，两个人抬着，从后面叫："崔待诏且不得去！"崔宁认得像是秀秀的声音，赶将来又不知怎地，心下好生疑惑，伤弓之鸟，不敢揽事，且低着头只顾走，只见后面赶将上来，歇了轿子，一个妇人走出来，不是别人，便是秀秀，道："崔待诏，你如今去建康府，我却如何？"崔宁道："却是怎地好？"秀秀道："自从解你去临安府断罪，把我捉入后花园，打了三十竹篦，遂便赶我出来？我知道你建康府去，赶将来同你去！"崔宁道："怎地却好！"讨了船，直到建康府！押发人自回，若是押发人是个学舌的，就有一切是非出来！因晓得郡王性如烈火，惹着他不是轻放手的！他又不是王府中人，去管这闲事怎地？况且崔宁一路买酒买食，奉承得他好，回去时，就隐恶而扬善了。

再说崔宁两口在建康居住，既是问断了[100]，如今也不怕有人撞见，依旧开个碾玉作铺。浑家道[101]："我两口却在这里住得好。只是我家爹妈，自从我和你逃去潭州，两个老的吃了些苦；当日捉我入府时，两个去寻死觅活，今日也好教人去行在取我爹妈来这里同住。"崔宁道："最好！"便教人来行在取他丈人丈母。写了他地理脚色与来人[102]，到临安府寻见他住处，问他邻舍，指道："这一家便是。"来人去门首看时，只见两扇门关着，一把锁锁着，一条竹竿封着，问邻舍："他老夫妻那里去了。"邻舍道："莫说！他有个花枝也似女儿，献在一个奢遮去处[103]，这个女儿不受福德，却跟一个碾玉的待诏逃走了。前日从湖南潭州捉将回来，送在临安府吃官司；那女儿吃郡王捉进后花园里去。老夫妻见女儿捉去，就当下寻死觅活，至今不知下落，只恁地关着门在这里。"来人见说，再回建康府来，兀自未到家。

且说崔宁正在家中坐，只见外面有人道："你寻崔待诏住处，这里便是。"崔宁叫出浑家来看时，不是别人，认得是璩公、璩婆。都相见了，喜欢的做一处。

那去取老儿的人，隔一日才到，说如此这般，寻不见，却空走了这遭。两个老的且自来到这里了。两个老人道："却生受你[104]！我不知你们在建康住，教我寻来寻去，直到这里。"其时四口同住，不在话下。

且说朝廷官里，一日到偏殿看玩宝器，拿起这玉观音来看。这个观音身上，当时有一个玉铃儿失手脱下。即时问近侍官员："却如何修理得。"官员将玉观音反覆看了，道："好个玉观音！怎地脱落了铃儿！"看到底下，下面碾着三字"崔宁造"。"恁地容易。既是有人造，只消得宣这个人来教他修整。"敕下郡王府，宣取碾玉匠崔宁。郡王回奏："崔宁有罪，在建康府居住。"

即时使人去建康取得崔宁到行在歇泊了[105]。当时宣崔宁见驾，将这玉观音教他领去用心整理。崔宁谢了恩，寻一块一般的玉，碾一个铃儿接住了，御前交纳！破分请给养了崔宁[106]，令只在行在居住。崔宁道："我今日遭际御前[107]，争得气再来清湖河下，寻间屋儿开个碾玉铺，须不怕你们撞见[108]。"可煞事有斗巧[109]，方才开得铺三两日，一个汉子从外面过来，就是那郭排军，见了崔待诏便道："崔大夫恭喜了；你却在这里住。"抬起头来，看柜身里却立着崔待诏的浑家。郭排军吃了一惊，拽开脚步就走。浑家说与丈夫道："你与我叫住那排军，我相问则个。"正是：

平生不作皱眉事，世上应无切齿人。

崔待诏即时赶上扯住。只见郭排军把头只管侧来侧去，口里喃喃地道："作怪！作怪！"没奈何只得与崔宁回来，到家中坐地，浑家与他相见了。便问："郭排军：前者我好意留你吃酒。你却归来说与郡王。坏了我两个故事，今日遭际御前。却不怕你去说。"郭排军吃他相问得无言可答。只道得一声"得罪！"相别了。便来到府里。对着郡王道："有鬼！"郡王道："这汉则甚[110]。"郭道："告恩王。有鬼！"郡王问道："有甚鬼。"郭立道："才打清湖河下过。见崔宁开个碾玉铺。却见柜身里一个妇女。便是秀秀养娘。"郡王焦躁道："又来胡说：秀秀被我打杀了。埋在后花园。你须也看见。如何又在那里；却不是取笑我！"郭立道："告恩王。怎敢取笑；方才叫住郭立。相问了一回，怕恩王不信。勒下军令状了去。"郡王道："真个在时。你勒军令状来。"那汉也是合苦。真个写一纸军令状来，郡王收了。叫两个当直的轿番[111]。抬一顶轿子。教："取这妮子来，若真个在。把来凯取一刀；若不在，郭立你须替他凯取一刀！"郭立同两个轿番，来取秀秀。正是：

麦穗两歧[112]，农人难辨。

郭立是关西人，朴直，却不知军令状如何胡乱立得！三个一径来到崔宁家里。那秀秀兀自在柜身里坐地。见那郭排军来得恁地慌忙。却不知他勒了军令状来取你，郭排军道："小娘子！郡王钧旨。教命取你则个。"秀秀道："既如此。你们少等。待我梳洗了同去。"即时入去梳洗，换了衣服，出来上了轿，分付了丈夫。两个轿番便抬着径到府前，郭立先入去。

郡王正在厅上等待，郭立唱了喏道："已取到秀秀养娘。"郡王道："着他入来。"郭立出来道："小娘子：郡王教你进来。"掀起帘子看一看，便是一桶水倾在身上，开着口则合不得。就轿子里不见了秀秀养娘，问那两个轿番，道："我不知。则见他上轿，抬到这里，又不曾转动。"那汉叫将入来道："告恩王，怎地真个有鬼。"郡王道："却不回耐[113]，教人捉这汉，等我取过军令状来，如今凯了一刀。"先去取下小青来。那汉从来伏侍郡王，身上也有十数次官了[114]；盖缘是粗人，只教他做排军。这汉慌了道："见有两个轿番见证，乞叫来问。"即时叫将轿番来道："见他上轿，抬到这里，却不见了。"说得一般，想必真个有鬼，只消得叫将崔宁来问。便使人叫崔宁来到府中。崔宁从头至尾说了一遍。郡王道："恁地，又不干崔宁事，且放他去。"崔宁拜辞去了。郡王焦躁，把郭立打了五十背花棒[115]。

崔宁听得说浑家是鬼，到家中问丈人丈母。两个面面厮觑，走出门，看着清湖河里，扑通地都跳下水去了。当下叫"救人"，打捞，便不见了尸首。原来当时打杀秀秀时，两个老的听得说，便跳在河里，已自死了。这两个也是鬼。

崔宁到家中，没情没绪，走进房中，只见浑家坐在床上，崔宁道："告姐姐，饶我性命。"秀秀道："我因为你，吃郡王打死了，埋在后花园里。却恨郭排军多口，今日已报了冤仇，郡王已将他打了五十背花棒。如今都知道我是鬼，容身不得了。"道罢，起身双手揪住崔宁，叫得一声，四肢倒地。邻舍都来看时，只见：

两部脉尽总皆沉[116]，一命已归黄壤下。

崔宁也被扯去和父母四个一块儿做鬼去了。后人评论得好：

咸安王捺不下烈火性，郭排军禁不住闲磕牙[117]。

璩秀娘舍不得生眷属，崔待诏撇不脱鬼冤家。

【注释】

[1] 宋话本小说《碾玉观音》，选自《京本通俗小说》中的一卷，作者不详，在明朝冯梦龙《警世通言》第八卷中题名《崔待诏生死冤家》。碾：雕刻。

[2] 晴岚：指山林间晴天的雾气。

[3] 此句比喻枝叶荫蔽，还藏不住乌鸦。梁简文帝《金乐歌》："槐花欲覆井，杨柳正藏鸦。"

[4] 《鹧鸪天》：作者未详。

[5] 仲春词：按张孝祥《于湖词》有《鹧鸪天》(春情)，字句大略相同。

[6] 此二句谓乘着彩船、骑着骏马。

[7] 人：指青楼女子。

[8] 黄夫人：据说是黄铢之母，南宋初女词人孙道绚。

[9] 王荆公：王安石，此处所录诗王安石集中不载。

[10] 苏东坡：苏轼。此处所录诗为王驾所作，说话人误作苏轼。王驾《晴景》诗载《全唐诗》卷六百九十。

[11] 秦少游：秦观，此处所录秦观集中不载。

[12] 澹荡：谓使人和畅。多形容春天的景物。

[13] 邵尧夫：邵雍字尧夫，谥号康节，北宋理学家，能诗，有《伊川击壤集》，此处所录集中不载。

[14] 劫劫：犹汲汲，匆忙急切貌。

[15] 曾两府：宋朝中书省与枢密院称两府，此处可能指曾布（曾布执掌过两府，有词流传）

[16] 朱希真：又名朱敦儒，字希真，号岩壑，南宋词人。

[17] 物边：当作"吻边"，嘴边。

[18] 苏小妹：相传为苏轼之妹，此处将传说中的苏小妹误作南齐杭州名妓苏小小。参见下注。
[19]《蝶恋花》：北宋词人司马槱的作品，传说上片是司马槱梦里所得苏小小唱的，下片是秦观续成。（见《词林纪事》卷七）
[20] 黄梅雨：春夏交替的时候长江以南的地区，多雨潮湿，此时正是梅子成熟的时候，故称黄梅雨，或梅雨。
[21] 梳犀：犀牛角制成的梳子。云：指女子秀发。半吐：谓头发一半露在梳子外。
[22]《黄金缕》：词牌名，《蝶恋花》的别称。
[23] 彩云：指歌女。
[24] 南浦：水边，常用称送别之地。
[25] 王岩叟：字彦霖，北宋哲宗时的大臣。
[26] 两：原本作"雨"，误写。
[27] 蜀魄：犹蜀魂，鸟名，指杜鹃。相传蜀主名杜宇，号望帝，死化为鹃。
[28] 柘（zhè）：桑科植物，可以喂蚕。
[29] 一蓑衣：一渔翁，诗人自称。
[30] 绍兴：宋高宗赵构年号（1131—1162）。
[31] 行在：专指天子巡行所到之地。延州：北宋为延安府，在今陕西延安。
[32] 三镇节度使咸安郡王：指南宋名将韩世忠，但此处不可当历史人物看待。
[33] 钧眷：对豪门贵族的家眷或他人的亲属的尊称。
[34] 裱褙铺：装裱字画的店铺。
[35] 帮总虞候道：古代武官的随从。
[36] 声诺：答应。
[37] 甚色目人：哪一种人。
[38] 早晚：何时。此二句谓尘世纷扰、情丝牵系，无休无止。
[39] 莲步半折：形容女子脚步小。
[40] 大夫：此处为手工艺人的尊称。
[41] 待诏：此处为手工艺人的尊称。
[42] 则个：句末语助词，有便了之意。
[43] 贵庚：问对方今年的年龄是多少，多用于问长辈的年龄和书面语。
[44] 趋奉：伺候。
[45] 词寄《眼儿媚》：用《眼儿媚》词调填词。
[46] 东君：司春之神。此二句谓娇女虽然不做春神化育万物，却能用金针绣出百龙。
[47] 包开蕊：未开和已开的花朵。
[48] 裹肚：腰巾、围裙。
[49] 献状：投献的状纸。此处指献出女儿的字据。
[50] 养娘：婢女、丫头。
[51] 不则一日：不止一日。
[52] 团花：将花朵绣在圆圈里。
[53] 官家：皇帝。
[54] 劝杯：酒杯名。专用于敬酒或劝酒，体积较大而制作精美。

[55] 摩侯罗儿：又作"摩睺罗""摩诃罗"。唐、宋、元习俗，用土、木、蜡等制成的婴孩形玩具。多于七夕时用，为送子之祥物。

[56] 升州：今南京市。

[57] 叉手：拱手。

[58] 请给：俸禄。

[59] 遭遇郡王：得到郡王赏识。

[60] 遗漏：失火。

[61] 糁（shēn）盆：旧时除夕日祭祖送神时焚烧松柴的火盆。

[62] 六丁神：民间传说中的火神。

[63] 八力士：传说中的八位天将。

[64] 骊山：在西安市临潼区。褒姒：褒姒生性不爱笑，周幽王为取悦褒姒，举烽火召集诸侯。此处借烽火写王府的火势。

[65] 此二句谓三国时周瑜用计焚毁曹操战船于赤壁之事。

[66] 五通神：民间传说中的火神。

[67] 宋无忌：亦作宋毋忌，传说中的火仙，常骑一红骡子。

[68] 打个胸厮撞：谓两人迎面相撞。

[69] 满日：指秀秀作奴婢期满之日。

[70] 撺掇：鼓动。

[71] 此二句为话本通用语。竹叶：竹叶酒。

[72] 此二句为话本通用语。博士：卖酒卖茶的人。

[73] 兀：还。

[74] 比似：比起，与其如此。

[75] 教坏了你：教你坏了名声。

[76] 迤逦：曲折连绵。衢州：今浙江衢州市。

[77] 信州：今江西省上饶市。

[78] 潭州：今湖南长沙市。

[79] 日逐：每天。

[80] 皂衫：黑色短袖单衣，衙门里差役的服装。

[81] 坐地：坐着。

[82] 鸣榔板：渔人用长木敲叩船板发声，惊鱼入网。

[83] 茅柴酒：味苦性烈的酒。

[84] 秦州：今甘肃天水市。刘两府：指南宋名将刘锜，骁勇善战，刘锜为德顺军（今甘肃静宁）人，说话人误作雄武军。

[85] 顺昌入战：宋高宗绍兴十年（1180），刘锜在顺昌（今安徽阜阳）大破金兵。

[86] 啰唣（luózào）：吵闹。

[87] 番人：指金兵。

[88] 诬罔：诬陷毁谤。

[89] 殿前太尉：杨沂中以太尉领殿前都指挥使，死后追封和王。

[90] 提辖官：宋代州郡多设置提辖，或由守臣兼任，专管统辖军队，训练教阅、督捕盗贼。

[91] 东人：东家。

[92] 排军：原指一手持盾，一手执矛的士卒。后用以泛称军校。

[93] 叵（pǒ）耐：指不可容忍，可恨。

[94] 住地：住着。

[95] 干办：办事员。

[96] 皂雕：黑色的老鹰。

[97] 壁牙：壁上挂东西的短钉。

[98] 剀：砍。

[99] 捉事人：指捕役或缉访的人。

[100] 问断：指案件的判决。

[101] 浑家：古人谦称自己妻子的一种说法。

[102] 地理：籍贯。脚色：身份。

[103] 奢遮去处：了不起的去处。

[104] 生受：难为，对不起。

[105] 歇泊：住下，安顿。

[106] 破分请给养：破例给了工钱。

[107] 遭际御前：受到皇帝赏识。

[108] 须：应该。

[109] 可煞：可是。

[110] 则甚：做什么。

[111] 轿番：轿夫。

[112] 麦穗两歧：一根麦秆上长出两根麦穗。

[113] 却不叵耐：岂不可恶。

[114] 此句谓有十来次做官的机会。

[115] 背花棒：把背打烂的重棒。

[116] 两部脉：两个手腕上的脉搏。

[117] 闲磕牙：说闲话、搬弄是非。

第五章　宋代诗话词话

第一节　宋代诗话词话

一、宋代诗话词话概况

"诗话"之名，始于欧阳修《六一诗话》。"集以资闲谈"的文人雅兴与灵活洒脱的随笔或记录，引起甚多的仿作，"诗话"本身也取得了很大发展。清代何文焕《历代诗话》收录宋诗话 16 种，近代丁福保的《〈历代诗话〉续编》增录宋诗话 12 种。据考证，以各种形式存在和已佚的宋诗话 138 种（郭绍虞《宋诗话考》）。

宋诗话主要呈现出如下特点：

首先，诗论不再仅由理论家批评作品，更多的是诗人最直接经验的总结。如欧阳修、苏轼、苏辙、陆游，首先是诗人、大文学家，然后才是理论家，他们诗话中的理论往往与其创作实践契合，直接源于自身的创作经验，对现实的指导意义也就更加突出。如欧阳修开创了并且奠定了宋诗的作风，与其大力批判西昆体的弊病是分不开的。

其次，在形式上既带有零散、不成系统的特点，如苏轼的诗论大多存见于诗歌、书信、序跋之中，也有理论性、系统性、思辨性很强的专著，典型的如胡仔《苕溪渔隐丛话》、严羽《沧浪诗话》等。

再次，视野更开阔，在广度和深度上有较大拓展。不仅有诗歌作品的具体品评，更有风格、流派、目的、鉴赏等（如欧阳修、苏轼、严羽），因此，其影响更为深远。

词起于唐，兴于宋。唐五代时期，对词的论述不多，偶有之，亦较零散，五代欧阳炯为赵崇祚《花间集》所作的序是现存最早的一篇完整的词论。宋词虽然兴盛，然宋代的词话尚不发达。唐圭璋《词话丛编》共收入宋词话 7 种，赵万里《校辑宋金元人间》又据各种古籍辑补 3 种。

宋词论的发展主要有如下几个阶段：

初兴期：北宋初期，对词的认识基本还停留在"艳科"上。北宋中期，苏门开启了论词之风，苏轼词论的基本观点是词为"诗之裔""诗词同源"，黄庭坚、张耒等继承其观点。北宋杨绘《本事词》开创了词话体，并支持苏轼的词论。晁补之、李之仪等反对苏轼诗词合一的观点。晁补之《评本朝乐章》中批评苏轼词"不协音律"，李之仪《跋吴思道小词》主张词"自有一种风格"。这两派观点论争，开启了豪放、婉约论争的先河，影响直至清代。

发展期：北宋中后期，词论既继承了花间派对声律、色彩的重视，也反思了苏轼诗词合一的观点，更为注重词自身的特征，代表人物有李清照、陈师道。李清照有《论词》一篇，涉及词创作的诸多问题，对唐五代以来，词作为新兴文学样式所具有的独特风格的概括和总结，力主"别是一家"。要求词在汲取诗特点的同时保持自己的艺术个性，注重婉约典重风格和严格的韵律。陈师道《后山诗话》"退之以文为诗，子瞻以诗为词，如教坊雷大使舞虽极天下之工，要非本色"，首次提出词"本色"的概念。

兴盛期：南宋后期，总体上，词论受苏轼词论影响较大，追求雅化。王灼《碧鸡漫志》高度评价苏轼词"指出向上一路，新天下耳目"，批评了柳永词"浅近卑俗"，鲖阳居士《复雅歌词序》、汤衡《张紫微雅词序》等均提倡雅正的词风，重视词的音乐性。

成熟期：南宋后期，这一时期的词论重在探究作词之法，宋代词论不论是文体形态，还是理论本身都达到了高峰，代表作为代表即沈义父《乐府指迷》和张炎《词源》。《乐府指迷》重点探讨作词具体要求，《词源》主张词以协合音律为重，在思想内容上强调"雅正"，风格上追求"清空"。

宋代词论在词的起源、作用、体制、风格、作法等问题研究上，均有建设性贡献，为后世词学的发展，奠定了基础。

二、欧阳修的《六一诗话》

欧阳修的《六一诗话》是第一部以"诗话"为名称、以随笔为形式，在品评中阐发诗歌主张的诗论之作。在5000多字的诗话中，欧阳修以闲谈的方式，品评李白、杜甫、孟郊、韩愈、贾岛、郑谷、梅尧臣、苏轼等唐代和本朝诗人的诗歌，并于其中阐明自己的观点。其文艺理论主要有：

创作原则上，提出"穷而后工"，重视创作与现实生活的联系。欧阳修说："孟郊、贾岛皆以诗穷至死，而平生尤自喜为穷苦之句……人谓非其身备尝之不能道此句也"，穷困的境界，往往能使诗人对现实感受更清醒、更深刻，创作上更能真切感人。所以，欧阳修更重视追求生活的真实，如谓："诗人贪求好句而理有不通，亦语病也。如'袖中谏草朝天去，头上宫花侍宴归'，诚佳句也，但进谏必以章疏，无直用稿草之理。唐人有诗云：'姑苏台下寒山寺，半夜钟声到客船'，说者亦云句则佳矣，其如三更不是打钟时。如贾岛《哭僧》云：'写留行道影，焚却坐禅声'，时谓烧杀活和尚，此尤可笑也。若'步随青山影，坐学白骨塔'，'独行潭底影，数息树边身'，皆岛诗，何精粗顿异也？"作者连举数例，说明诗句虽佳，但理有不通；更以贾岛优劣诗句正反对比，说明事理通达与否正是诗之精粗的一条重要标准。

在语言上，欧阳修注重锤炼，反对过于浅俗的，比如"圣俞尝云：诗句义理虽通，语涉浅俗而可笑者，亦其病也。如有《赠渔父》一联云：'眼前不见市朝事，耳畔惟闻风水声'，说者云：'患肝肾风'。又有咏诗者云：'尽日觅不得，有时还自来'，本谓诗之好句难得耳，而说者云：'此失却猫儿诗'。人皆以为笑也。"此虽为梅圣俞之言，其实也正是欧阳修之意。在他看来，诗句之产生歧义，乃缘于语句浅俗易解，因此诗语得之过易，反致作者本意被人歪曲。关于此点，他还有数则诗话，复申其旨。如"有禄肥妻子，无恩及吏民"之遭人误解，盖因"其语多得于容易"；吕文穆公"挑尽寒灯梦不成"被胡旦讥为"乃是一渴睡汉耳"，实亦因其出语浅俗。

在风格上，提倡风格多样，他既注重豪迈雄奇的风格，又看中娴雅淡远的诗风，"圣俞、子美齐名于一时，而二家诗体特异。子美笔力豪隽，以超迈横绝为奇；圣俞覃思精微，以深远闲淡为意。各极其长，虽善论者不能优劣也。"

三、严羽的《沧浪诗话》

严羽《沧浪诗话》，系统性、理论性较强，是宋代最负盛名、对后世影响最大的一部诗话。全书分"诗辩""诗体""诗法""诗评""诗证"五部分，其主要有如下三个方面：

1."入神"与"兴趣"

关于好诗的标准，严羽在《诗辩》中说："诗之法有五：曰体制、曰格力、曰气象、曰兴趣、曰音节。诗之品有九：曰高、曰古、曰深、曰远、曰长、曰雄浑、曰飘逸、曰悲壮、曰凄婉。……其大概有二：曰优游不迫、曰沉着痛快。诗之极致有一：曰入神。诗而入神至矣！尽矣！蔑以加矣！惟李杜得之，他人得之盖寡也"，把"入神"当作最高标准，即自由挥洒才华，如何实现"入神"，他主张"诗者，吟咏情性也。盛唐诸人，惟在兴趣，羚羊挂角，无迹可求。故其妙处透彻玲珑，不可凑泊，如空中之音，相中之色，水中之月，镜中之象，言有尽而意无穷"，即诗歌重在抒发个人情感。因此，他批评了宋诗"以文字为诗，以才学为诗，以议论为诗，夫岂不工？终非古人之诗也"，强调诗歌注重情感与形象。

2."禅道"与"妙悟"

严羽对后世影响最大的是"以禅论诗"，他说："禅家者流，乘有小大，宗有南北，道有邪正，学者须从最上乘，具正法眼，悟第一义，若小乘禅，声闻群支果，皆非正也。论诗如论禅，汉魏晋与盛唐之诗，则第一义也；大历以还之诗，则小乘禅也，已落第二义矣；晚唐之诗，则声闻辟支果也。学汉魏盛唐诗，临济下也；学大历以还之诗者；曹洞下也。"如何实现"禅道"，他认为"大抵禅道惟在妙悟，诗道亦在妙悟。且孟襄阳学力下韩退之远甚，而其诗独出退之之上者，一味妙悟而已。惟妙悟乃为当行，乃为本色"，并且"悟有深浅，有分限；有透彻之悟，有但得一知半解之悟。汉魏尚矣，不假悟也；谢灵运至盛唐诸公，透彻之悟也；他虽有妙者，皆非第一义也。非第一义之悟，即但得一知半解之悟，大概就是指韩吕及其他江西诗人而言"，主张创作应发自于内心的感悟，反对拘泥于前人。"

3."上学"与"熟参"

对于学习诗歌创作，他提出："夫学诗当以识为主，入门须正，立志须高，以汉魏晋盛唐为师，不作开元天宝以下人物；若退屈即有下劣诗魔入其肝腑之间，由入门之不正也。故曰：学其上，仅得其中；学其中，斯为下矣。……工夫须从上做下，不可从下做上。先须熟读楚辞，朝夕风咏以为之本；及读古诗十九首、乐府四篇、李陵苏武汉魏五言，皆须熟读；即以李杜二集，枕藉观之，如今人之治经；然后取盛唐名家，酝酿胸中，久之自然悟入。虽学之不至，亦不失正路。此乃是从头顶上做来，谓之向上一路，谓之直截根源，谓之顿门，谓之单刀直入也。"又说"诗道如是也。若以为不然，则是见诗之不广，参诗之不熟耳。试取汉、魏之诗而熟参之，次取晋、宋之诗而熟参之，次取南北朝之诗而熟参之，次取沈、宋、王、杨、卢、骆、陈拾遗之诗而熟参之，次取开元、天宝诸家之诗而熟参之，次独取李、杜二公之诗而熟参之，又取大历十才子之诗而熟参之，又取元和之诗而熟参之，又尽取晚唐诸家之诗而熟参之，又取本朝苏、黄以下诸家之诗而熟参之，其真是非自有不能隐者"，重视学习前人的优秀作品。

四、李清照的《词论》

《词论》是我国古代第一篇系统的词学专论。在《词论》中，李清照以亲身参与创作的实践经验，梳理总结词的发展流变，并对词坛诸多名家进行批评品鉴。《词论》篇制虽不长，却较为集中地反映了李清照的词学思想及审美标准。其主要内容有：

首先，核心观点是"词别是一家"，把词和诗歌严格区分开。当时，宋词坛在理论上广为接受苏轼的"词为诗裔"，作为一个大词人，李清照对词的自身特点进行审视，通过批评苏轼词"句读不葺之诗"，强调词与诗的区别，从丰富词的风格来看，她的主张是颇有积极意义的。

其次，重视词的音乐性，维护了词的本色。李清照从音乐的角度批评苏轼词"不协音律者"，并进一步指出"诗文分平仄，而歌词分五音，又分五声，又分六律，又分清浊轻重"，这就从合乐性，把词与音乐分开，她不但重视平、上、去、入在押韵上的运用，还注重歌词用字发声的浊轻重。

再次，就词的文学性而言，李清照批评柳永词"词语尘下"，反映出重"雅正"的审美思想；批评张先"破碎"、晏几道"无铺叙"、贺铸"少典重"、秦观"少故实"、黄庭坚"多疵病"，体现出重视典雅精工、浑成、铺叙的文学思想。

【思考与练习】

请总结宋诗话的基本特点。

第二节 宋代诗话词话选读

一、李清照作品选读

词论

【题解】李清照在《词论》中提出词"别是一家"，指出：词是"歌词"，必须有别于诗，词在协音律，以及思想内容、艺术风格、表现形式等方面，都应保持自己的特色。她就词区别于诗的种种特点，进行了认真的考索，提出了许多精到的见解。李清照关于词"别是一家"的理论，对于后世的影响是极大的，直至明清之间，李渔诸人论词，有"上不似诗，下不似曲"的要求，就是沿循此说而来的。

乐府声诗并著[1]，最盛于唐开元、天宝间[2]，有李八郎者[3]，能歌擅天下。时新及第进士开宴曲江[4]，榜中一名士，先召李，使易服隐姓名，衣冠故敝[5]，精神惨沮[6]，与同之宴所。曰："表弟愿与坐末[7]。"众皆不顾。既酒行乐作，歌者进，时曹元谦、念奴为冠[8]，歌罢，众皆咨嗟称赏[9]。名士忽指李曰："请表弟歌。"众皆哂[10]，或有怒者。及转喉发声，歌一曲，众皆泣下。罗拜曰[11]：此李八郎也。"

自后郑、卫之声日炽[12]，流靡之变日烦[13]。已有《菩萨蛮》《春光好》《莎鸡子》《更漏子》《浣溪沙》《梦江南》《渔父》等词[14]，不可遍举[15]。

五代干戈，四海瓜分豆剖[16]，斯文道息[17]。独江南李氏君臣尚文雅[18]，故有"小楼吹彻玉笙寒"、"吹皱一池春水"之词[19]。语虽甚奇，所谓"亡国之音哀以思"也[20]！

逮至本朝[21]，礼乐文武大备。又涵养百余年[22]，始有柳屯田永者[23]，变旧声作新声，出《乐章集》，大得声称于世；虽协音律，而词语尘下[24]。又有张子野、宋子京兄弟、沈唐、元绛、晁次膺辈继出[25]，虽时时有妙语，而破碎何足名家！至晏元献[26]、欧阳永叔[27]、苏子瞻[28]，学际天人[29]，作为小歌词，直如酌蠡水于大海[30]，然皆句读不葺之诗尔[31]。又往往不协音律，何耶？盖诗文分平侧[32]，而歌词分五音[33]，又分五声[34]，又分六律[35]，又分清浊轻重[36]。且如近世所谓《声声慢》《雨中花》《喜迁莺》，既押平声韵[37]，又押入声韵；《玉楼春》本押平声韵，有押上去声，又押入声。本押仄声韵，如押上声则协；如押入声，则不可歌矣。王介甫[38]、曾子固[39]，文章似西汉[40]，若作一小歌词，则人必绝倒[41]，不可读也。

乃知词别是一家，知之者少。后晏叔原[42]、贺方回[43]、秦少游[44]、黄鲁直出[45]，始能知之。又晏苦无铺叙[46]。贺苦少典重[47]。秦即专主情致，而少故实[48]。譬如贫家美女，虽极妍丽丰逸，而终乏富贵态。黄即尚故实，而多疵病，譬如良玉有瑕，价自减半矣。

【注释】

[1] 声诗：指乐府以外唐人所作可以演唱的五七言诗。

[2] 开元、天宝：均为唐玄宗李隆基的年号。

[3] 李八郎：李衮，唐代有名歌唱者。唐李肇《国史补》有记载。

[4] 曲江：地名，在长安城东南，唐京郊著名风景区，每届新及第进士，照例在这里游赏宴会。

[5] 故弊：破旧。

[6] 惨沮：沮丧。

[7] 坐末：犹陪下座。

[8] 曹元谦、念奴：二者皆唐代有名歌唱者。

[9] 咨嗟：感叹。

[10] 哂：冷笑。

[11] 罗拜：团团下拜。

[12] 郑卫之声：本指春秋郑、卫国的音乐，这里指靡靡之音。

[13] 烦：多。

[14] 《菩萨蛮》等：皆词牌名。

[15] 遍举：一一列举。

[16] 瓜分豆剖：形容四分五裂。

[17] 斯文：文明。

[18] 李氏君臣：批南唐李璟、李煜父子与冯延巳等人。

[19] "故有"句：《南唐书·冯延巳传》："元宗尝戏延巳曰：'吹皱一池春水，干卿何事？'延巳答：'未如陛下小楼吹彻玉笙寒。'元宗悦。"

[20] 亡国之音哀以思：语出《礼记·乐记》。

[21] 逮：及。

[22] 涵养：准备。

[23] 柳屯田永：北宋词人柳永，官至屯田员外郎。

[24] 尘下：庸俗低下。

[25] 张子野等：皆宋代词人。

[26] 晏元献：北宋词人晏殊，卒谥元献。

[27] 欧阳永叔：欧阳修，字永叔。

[28] 苏子瞻：苏轼，字子瞻。

[29] 天人：形容学问深不可测。

[30] 酌蠡：舀取。蠡：瓠瓢。

[31] 葺：整理。此处指句子长短不齐。

[32] 平侧：平仄。

[33] 五音：指唇、齿、喉、舌、鼻发之音。

[34] 五声：指宫、商、角、徵、羽五音阶。

[35] 六律：即黄钟、太簇、姑洗、蕤宾、夷则、无射。

[36] 清浊轻重：即清音、浊音、轻声、重声。
[37]《声声慢》等：皆词牌名。
[38] 王介甫：王安石，字介甫。
[39] 曾子固：曾巩，字子固。
[40] 西汉：指以司马迁为代表的西汉文风。
[41] 绝倒：笑倒。
[42] 晏叔原：晏几道，字叔原。
[43] 贺方回：贺铸，字方回。
[44] 秦少游：秦观，字少游。
[45] 黄鲁直：黄庭坚，字鲁直。
[46] 铺叙：铺陈、叙写。
[47] 典重：庄重。
[48] 故实：典故、史实。

二、严羽作品选读

沧浪诗话·诗辨

【题解】"诗辨"是《沧浪诗话》的第一部分，主要是论述学诗的门径、方法、诗歌的艺术风格和艺术特点。严羽提出了"以识为主"，要求学诗要有眼力，辨认真伪邪正。认准学习对象，走正学习路子，这是学诗的第一步，即所谓"入门须正"。严羽把学习汉、魏、晋、盛唐当成"正路"，这几个时代的诗歌气象博大，形象鲜明，应该以他们为师。关于诗的风格，他认为有九种：曰高、曰古、曰深、曰远、曰长、曰雄浑、曰飘逸、曰悲壮、曰凄婉。对于诗歌创作要"悟"，主要指捕捉形象，处理好"词、理、意、兴"的关系。他运用"别材""别趣"两个概念，强调了"诗者，吟咏情性也"，要运用艺术思维的规律寓情于物，突出具体可感的艺术形象，还可以"言有尽而意无穷"。而且"不涉理路、不落言筌者，上也"，即不要抽象说教，不要引经据典掉书袋。因此，严羽反对"以文字为诗，以才学为诗，以议论为诗"。严羽评价诗歌的最高标准是"入神"，主要强调"气象"和"兴趣"，"气象"要深厚博大，"兴趣"则是形象鲜明，意境深远。严羽还推崇空明、超然的形象，从而使诗歌具有含蓄蕴藉的特点，如文中所说："透彻玲珑不可凑泊，如空中之音、相中之色、水中之月、镜中之象，言有尽而意无穷。"诗歌自然含蓄，就会收到"一唱三叹"的艺术效果。

夫学诗者以识为主，入门须正，立志须高，以汉、魏、晋、盛唐为师，不作开元、天宝以下人物。若自退屈[1]，即有下劣诗魔入其肺腑之间；由立志之不高也。行有未至，可加工力；路头一差，愈骛愈远；由入门之不正也。故曰：学其上，仅得其中；学其中，斯为下矣。又曰：见过于师，仅堪传授；见与师齐，减师半德也[2]。工夫须从上做下，不可从下做上，先须熟读楚辞，朝夕风咏以为之本；及读《古诗十九首》、乐府四篇[3]；李陵、苏武、汉魏五言皆须熟读；即以李杜二集枕藉观之，如今人之治经，然后博取盛唐名家酝酿胸中，久之自然悟入。虽学之不至，亦不失正路。此乃是从顶上做来，谓之向上一路[4]，谓之直截根源，谓之顿门[5],谓之单刀直入也[6]。

诗之法有五:曰体制、曰格力、曰气象、曰兴趣、曰音节。

诗之品有九:曰高、曰古、曰深、曰远、曰长、曰雄浑、曰飘逸、曰悲壮、曰凄婉。其用工有三:曰起结、曰句法、曰字眼。其大概有二:曰优游不迫、曰沉着痛快。诗之极致有一:曰入神。诗而入神至矣!尽矣!蔑以加矣!惟李杜得之,他人得之盖寡也。

禅家者流,乘有小大[7],宗有南北[8],道有邪正。学者须从最上乘、具正法眼悟者[9],是谓第一义[10]。若声闻、辟支果[11],皆非正也。论诗如论禅:汉、魏、晋等作与盛唐之诗,则第一义也;大历以还之诗[12],则已落第二义矣;晚唐之诗,则声闻、辟支果也。学汉魏晋与盛唐诗者,临济下也[13]。学大历以还之诗者,曹洞下也[14]。大抵禅道惟在妙悟,诗道亦在妙悟,且孟襄阳学力下韩退之远甚、而其诗独出退之之上者,一味妙悟而已。惟悟乃为当行,乃为本色。然悟有浅深,有分限之悟,有透彻之悟,有但得一知半解之悟。汉魏尚矣,不假悟也。谢灵运至盛唐诸公,透彻之悟也。他虽有悟者,皆非第一义。吾评之非僭也,辩之非妄也,天下有可废之人,无可废之言,诗道如是也。若以为不然,则是见诗之不广,参诗之不熟耳。试取汉、魏之诗而熟参之,次取晋、宋之诗而熟参之,次取南北朝之诗而熟参之,次取沈、宋、王、杨、卢、骆、陈拾遗之诗而熟参之[15],次取开元天宝诸家之诗而熟参之,次独取李杜二公之诗而熟参之,又取大历十才子之诗而熟参之[16],又取元和之诗而熟参之[17],又尽取晚唐诸家之诗而熟参之,又取本朝苏、黄以下诸家之诗而熟参之,其真是非自有不能隐者。倘犹于此而无见焉,则是野狐外道蒙蔽其真识,不可救药,终不悟也。

夫诗有别材,非关书也;诗有别趣,非关理也。而古人未尝不读书、不穷理。所谓不涉理路、不落言筌者,上也。诗者,吟咏情性也。盛唐诸人惟在兴趣,羚羊挂角,无迹可求[18]。故其妙处透彻玲珑,不可凑泊,如空中之音、相中之色、水中之月[19]、镜中之象,言有尽而意无穷。近代诸公乃作奇特解会[20],遂以文字为诗,以议论为诗,以才学为诗,夫岂不工?终非古人之诗也。盖于一唱三叹之音[21],有所歉焉。且其作多务使事,不问兴致;用字必有来历,押韵必有出处,读之反覆终篇,不知着到何在。其末流甚者,叫噪怒张,殊忠厚之风,殆以骂詈为诗[22],诗而至此可谓一厄也。然则近代之诗无取乎?曰:有之,吾取其合于古人者而已。国初之诗,尚沿袭唐人:王黄州学白乐天[23],杨文公、刘中山学李商隐[24],盛文肃学韦苏州[25],欧阳公学韩退之古诗[26],梅圣俞学唐人平澹处[27]。至东坡、山谷始自出己法以为诗。唐人之风变矣。山谷用工尤为深刻[28],其后法席盛行海内,称为江西宗派[29]。近世赵紫芝、翁灵舒辈独喜贾岛、姚合之诗[30],稍稍复就清苦之风;江湖诗人多效其体[31],一时自谓之唐宗;不知止入声闻、辟支之果,岂盛唐诸公大乘正法眼者哉。嗟乎!正法眼之无传久矣!唐诗之说未唱,唐诗之道或有时而明也。今既唱其体曰唐诗矣,则学者谓唐诗诚止于是耳,兹诗道之重不幸邪?故予不自量度,辄定诗之宗旨,且借禅以为喻,推原汉、魏以来,而截然谓当以盛唐为法,虽获罪于世之君子,不辞也。

【注释】

[1]退屈:退缩屈服。
[2]见过于师四句:此怀海禅师语,《五灯会元》卷三引。
[3]乐府四篇:指《饮马长城窟行》《君子行》《伤歌行》《长歌行》四篇。
[4]向上一路:佛教禅宗指不可思议的彻悟境界。《碧岩录》第二卷:"向上一路,千圣

不传。学者劳形,如猿捉影。"
[5] 顿门:佛教语,顿悟法门。
[6] 单刀直入:认准目标,直入本题。
[7] 乘有小大:佛法中神妙者为大乘,浅小者为小乘。
[8] 宗有南北:佛教禅宗自五祖宏忍后分为南北二宗,南宗为慧能所创,北宗为神秀所创。
[9] 正法眼:禅家语,指佛所说之正法。
[10] 第一义:借用佛家语,《大乘义章》:"第一义者,亦名真谛。"
[11] 声闻、辟支果:佛家有三乘:菩萨乘、辟支乘、声闻乘。菩萨乘普济众生,故称大乘;辟支、声闻仅求自度,故称小乘。
[12] 大历以还之诗:指中唐之诗。
[13] 临济:禅宗五个主要流派之一。从曹溪的六祖惠能,历南岳、马祖、百丈、黄檗,一直到临济的义玄,于临济禅院举扬一家,后世称为临济宗。
[14] 曹洞:曹洞宗也称洞家。是我国佛教禅宗五家七宗之一,以洞山良价为宗祖,宗名之由来有二:一说洞指洞山,曹指曹山,乃合师良价所住之江西宜丰县之洞山与徒本寂所住之吉水县之曹山之名,本应称洞曹宗,习惯于称曹洞宗;另一说取曹溪惠能之曹与其法孙洞山良价之洞,合称为曹洞宗。
[15] 沈、宋:初唐诗人沈佺期和宋之问,他们所创作的五七言近体诗标志着五七言律体已趋于定型。
[16] 大历十才子:唐代宗大历年间10位诗人所代表的一个诗歌流派。他们的共同特点是偏重诗歌形式技巧,但这10人中的生卒年皆不详。据姚合《极玄集》和《新唐书》载:十才子为李端、卢纶、吉中孚、韩翃、钱起、司空曙、苗发、崔洞(一作峒)、耿湋、夏侯审。
[17] 元和:唐宪宗的年号(806—820),元稹、白居易代表了元和诗风。
[18] 羚羊挂角:羚羊夜宿,挂角于树,脚不着地,以避祸患。比喻意境超脱,不着形迹。宋代释道原《景德传灯录》:卷十六载义存禅师示众语谓:"我若东道西道,汝则寻言逐句;我若羚羊挂角,你向什么处扣摸?"
[19] 空中之音三句:指诗歌空灵的意境。
[20] 奇特解会:追求奇特。
[21] 一唱三叹:原指音乐和歌唱简单而质朴,后转用来形容诗婉转而含义深刻。
[22] 骂詈(lì):斥骂、讥刺。
[23] 王黄州:王禹偁,北宋诗人,学习白居易,多反映社会现实,风格清新平易。
[24] 杨文公、刘中山:杨亿和刘筠,诗学李商隐。
[25] 盛文肃:盛度,谥文肃,北宋著名的政治家、军事家、外交家。诗学韦应物。
[26] 欧阳公:欧阳修,字永叔。
[27] 梅圣俞:梅尧臣,字圣俞,世称宛陵先生,北宋著名现实主义诗人。
[28] 山谷:黄庭坚,号山谷道人,北宋著名文学家、书法家,为江西诗派开山之祖。
[29] 江西宗派:江西诗派。
[30] 近世赵紫芝句:南宋诗人徐照字灵晖,徐玑号灵渊,翁卷字灵舒,赵师秀号灵秀,皆着意学习唐贾岛、姚合诗风,形成一个创作流派。因他们四人都是永嘉人,字号

中皆有一"灵"字,时人称为"永嘉四灵"。
- [31] 江湖诗人:指江湖诗派,南宋后期继永嘉四灵后而兴起的一个诗派,因陈起刊刻的《江湖集》而得名。江湖诗人中成就较著的是戴复古和刘克庄。

第六章 辽金文学

第一节 辽金文学

一、辽金文学概况

辽是契丹族统治者在北方建立的国家,它从五代后梁末帝贞明二年(916)建国,到宋徽宗宣和七年(1125)为金所灭,和北宋对峙了166年。辽建都燕京后,受汉民族文化的影响,逐步转变了对文学的轻视态度,君臣多能吟诗作文,如辽圣宗、兴宗、道宗都好诗歌,但艺术上较粗糙,其中道宗皇后萧观音作的《回心院词》十首抒写宫中的孤寂苦闷,细腻委婉,较为流传。总的来看,辽代文坛缺乏有价值的作品。

金是女真族统治者在北方建立的国家,它从宋徽宗政和五年(1115)建国,到宋理宗端平元年(1234)为蒙古所灭,和南宋对峙 119 年。金代从武功走向文治,要比辽先进些,其文学成就也更高。在金代初期,统治尚不稳定,文学的作者主要是辽宋旧臣,他们在诗歌中多流露出故国之思和仕金的矛盾心情,但还没有形成金代诗人的民族特色,比如吴激《岁暮江南四忆》诗,含蓄地表达了去国怀乡之思;词《人月圆》(南朝千古伤心事)感怀沦落异乡的凄苦。宇文虚中《己酉岁书怀》、高士谈《晚登辽海亭》等诗歌都抒写思乡情怀。

金代中期,与南宋议和,局势相对稳定,各民族不断融合,金统治者更为重视思想文化建设,金出现了较多的文学侍从,如党怀英、赵秉文、王庭筠等,但他们多模唐仿宋,多写景状物,少有佳作,成就并不太高,金代中期较有特色的是女真诗人完颜璹,还有一位重要的批评文学家—王若虚,著有《滹南诗话》,论文主张辞达理顺,论诗提倡晓畅自然,反对模拟雕琢,见解较为精辟。

金代后期面临蒙古族的威胁和南侵,民族矛盾和阶级矛盾日趋尖锐,忧时伤乱成为诗歌的主调,如赵元《修城去》写金国人民在蒙古侵扰下的灾难,宋九嘉的《途中出事》反映兵荒马乱中流民的痛苦。后期最有名的诗人是元好问,代表了金诗的最高成就。

金代俗文学有较高成就。院本是在北宋杂剧的基础上发展的,已是比较成熟的戏剧形式,虽作品已失传,但对元杂剧有着直接的影响。金代的说唱文学也比较重要,董解元《西厢记诸宫调》具有很高的艺术成就和历史地位。

二、元好问

元好问(1190—1257),字裕之,号遗山,太原秀容(今山西忻州)人。天资聪明,父元德明为诗人,幼年曾从学于著名学者郝天挺,32岁中进士,做过几任县令。金亡不仕,编集了金诗总集《中州集》、词集《中州乐府》《壬辰杂编》等。

元好问是金代杰出的诗人，首先，他写下了很多反映时代动荡、人民疾苦的丧乱诗，如《岐阳三首》之二"百二关河草不横，十年戎马暗秦京。岐阳西望无来信，陇水东流闻哭声；野蔓有情萦战骨，残阳何意照空城！从谁细向苍苍问，争遣蚩尤作五兵"，展现了蒙古军围攻岐阳的惨状，控诉了战乱给人民造成的苦难。《壬辰十二月车驾东狩后即事》（五首）抒写了蒙古军包围汴京，作者目睹战乱的沉痛心情。京都沦陷后，他被蒙古军押解至聊城，沿途看到山河破碎、人民涂炭，创作了《癸巳五月三日北渡》（三首）等诗。金亡后，他写了不少反映国破家亡的作品，如《眼中》《雪香亭杂咏》《癸巳四月二十九日出京》等。

元好问的写景诗也颇多佳作，如《台山杂吟》"山云吞吐翠微中，淡绿深青一万重"、《游黄华山》"悬流千丈忽当眼，芥蒂一洗平生胸"、《颖亭留别》"寒波澹澹起，白鸟悠悠下"等，用语清新自然，境界明丽。

元好问的诗歌批评理论也很有价值，这集中体现在《论诗绝句三十首》，通过对建安以来的诗人和流派进行评述，阐发了文学主张，即重视自然清新的意境和雄放壮伟的风格，这对后来的创作和批评影响较大。

元好问的词代表金代词最高成就。他的词取法苏辛，反映时代变化和人民的苦难，风格慷慨悲壮，如《木兰花慢》（游三台）："拥岩岩双阙，龙虎气，郁峥嵘。想暮雨珠帘，秋香桂树，指顾台城。台城，为谁西望，但哀弦凄断似平生。只道江山如画，争教天地无情。"凭吊古迹，声情激越。

三、董解元的《西厢记诸宫调》

诸宫调是一种说唱文学，主要流行于宋金时期。所谓诸宫调，是相对于限用一个宫调的说唱形式而言，其中唱的部分用多种宫调串接而成，其间插入一定的说白，与唱词配合，叙述有人物、情节的长篇故事。而每种宫调，则由若干曲牌联成短套，套曲少则一二首，多则十多首。

《西厢记诸宫调》的作者董解元，生平事迹已不可详考，"解元"是金、元社会对读书人的泛称。《西厢记诸宫调》是今存宋金诸宫调最完整的作品，代表当时说唱文学的最高水平，其故事源于唐代元稹《莺莺传》，但对原作进行了根本性的改造和发展。

在主题意义上，改变了原作以欣赏的态度写张生对莺莺"始乱终弃"的态度，对张生与莺莺邂逅相遇、心生爱慕、私结终生、矢志不渝的违抗礼教的行动给予充分的肯定，使之成为一个以大胆追求婚姻自由为基调，充满乐观进取精神的爱情故事。

在人物形象上，既改变了《莺莺传》中的人物形象，还增添了一些人物。如张生被改成了有情有义、敢于追求爱情的形象，崔莺莺也表现了更多的勇气，不再是受尽委屈而只能寄哀婉于尺牍诗束的柔弱人物，她的自许婚事和私奔都相当大胆，作者着力表现了她的勇敢抗争和大胆追求。红娘也更为鲜明、活跃。她热心地为崔张奔走，勇敢机智地向老夫人斗争，充分体现了劳动人民的智慧、幽默和斗争精神。郑氏在原作中只出场一次，是一个普通老妇人形象，董解元将其塑造成门第观念浓厚的封建家长，她在危急时刻将女儿许给张生，但又在张、崔的爱情道路上设置重重障碍，此外，还增添了和尚法聪、郑恒等人物形象，衬托了张、崔的深挚爱情，也进一步深化了主题。

在情节上，将一个较为简单的短篇小说发展成结构宏大、生动曲折的长篇说唱文学，增添了佛殿相逢、月下联吟、闹道场、张生害相思、莺莺问病、长亭送别、村店惊梦、郑恒骗亲、出走、团圆等许多情节，这些情节大大丰富了内容，更加引人入胜。

在艺术表现力上，《董西厢》的心理刻画细腻，尤其崔莺莺心中对自由爱情的追求和封建礼教影响的矛盾斗争表现得细腻真实，如莺莺既致简给张生约会，又赖简；既希望张生采取主动，又惧怕落入被遗弃的结局；既利用红娘传书递简，又惟恐红娘走漏风声。同时，《董西厢》在描绘景物、渲染气氛上也较为成功。如"小亭送别"一段，景物描写具体细致，烘托了主人公因离别而悲伤。此外，《董西厢》一方面大量吸收古典诗词词汇与句法，又把民间口语入曲，形成了清新优美、新鲜活泼的语言风格。

《董西厢》也存在不足之处，如情节不够集中、人物性格也不够完整。如兵围普救寺一场，兵马厮杀占了六分之一的篇幅，处理不当。再如张生有时软弱，有时又显得太世故。此外，还有部分庸俗的描写。但从总体上看，它的情节、人物、语言等都具有较高价值，直接影响了王实甫《西厢记》的创作，许多优秀作家如汤显祖、曹雪芹等都从中吸取养料，后代出现的才子佳人小说创作也受它的启发。

【思考与练习】

1. 简述元好问的文学成就。
2. 请总结"董西厢"的成就与不足。

第二节　辽金文学作品选读

一、元好问作品选读

岐阳（其二）

【题解】金哀宗正大八年（1231）正月，元兵围攻岐阳（今陕西凤翔县），四月城陷。元好问时为河南南阳县令，闻此事，感而作《岐阳》三首，此为第二首。这是一首纪乱诗。全诗描写了凤翔城被蒙古军攻陷时人民流离失所和金兵横尸野草的惨状，表现了诗人对侵略战争的谴责。全诗气氛悲壮，风格苍劲沉郁，具有很强的表现力和概括力。

百二关河草不横，十年戎马暗秦京。岐阳西望无来信[1]，陇水东流闻哭声[2]。野蔓有情萦战骨[3]，残阳何意照空城！从谁细向苍苍问[4]，争遣蚩尤作五兵[5]。

【注释】

[1] 杜甫《喜达行在所》"西忆岐阳信，无人遂却回"句意，意谓凤翔已陷落。
[2] 化用汉乐府《陇头歌》"陇头流水，鸣声呜咽"语意，写秦地难民东迁的悲哀。
[3] 江淹《恨赋》："试望平原，蔓草萦骨，拱木敛魂。"

[4] 苍苍：天的颜色。这里用作天的代称。《庄子·逍遥游》："天之苍苍，其正色邪？"
[5] 争：同"怎"。五兵：指五种兵器，即矛、戟、钺、楯、弓矢。

二、董解元作品选读

西厢记诸宫调·小亭送别[1]

【题解】《董西厢》是今存宋金时期唯一完整的诸宫调作品，也是中国文学中最长的韵文作品之一，堪称一部爱情的史诗，代表了宋金时代说唱文学的最高水平。同时，它也是王实甫《西厢记》以前写崔莺莺与张生爱情故事的最完美作品。

张生原来就是一个打算上朝取应的举子，由于邂逅莺莺才滞留蒲东，现在爱情已获得，上京应考就是顺理成章的事。因此，可以说，在求取功名这一点上，他和老夫人是一致的。只有莺莺反对张生上京赴考，但她无力留住张生，所以，她内心十分痛苦。这一场三个主人公对科举功名的不同态度，表现了礼教和爱情的对立以及礼教对妇女的压迫。

后数日，生行，夫人暨莺送於道，法聪与焉。经於蒲西十里小亭置酒。悲欢离合一樽酒，南北东西十里程。

【大石调·玉翼蝉】蟾宫客[2]，赴帝阙[3]，相送临郊野。恰俺与莺莺，鸳帏暂相守，被功名使人离缺。好缘业！空悒怏[4]，频嗟叹，不忍轻离别。早是恁凄凄凉凉，受烦恼，那堪值暮秋时节！雨儿乍歇，向晚风如漂冽[5]，那闻得衰柳蝉鸣凄切！未知今日别后，何时重见也。衫袖上盈盈，揾泪不绝[6]。幽恨眉峰暗结。好难割舍，纵有千种风情，何处说？

【尾】莫道男儿心如铁，君不见满川红叶，尽是离人眼中血！

【越调·上平西缠令】景萧萧，风淅淅，雨霏霏，对此景怎忍分离？仆人催促，雨停风息日平西。断肠何处唱《阳关》[7]？执手临岐。蝉声切，蛩声细，角声韵，雁声悲，望去程依约天涯。且休上马，苦无多泪与君垂。此际情绪你争知，更说甚湘妃[8]！

【斗鹌鹑】嘱付情郎："若到帝里[9]，帝里酒酽花秾[10]，万般景媚，休取次共别人[11]，便学连理。少饮酒，省游戏，记取奴言语，必登高第。专听着伊家，好消好息；专等着伊家[12]，宝冠霞帔。妾守空闺，把门儿紧闭；不拈丝管，罢了梳洗。你咱是必，把音书频寄。"

【雪里梅】"莫烦恼，莫烦恼！放心地，放心地！是必是必，休恁做病做气！""俺也不似别的，你情性俺都识。临去也，临去也！且休去，听俺劝伊。"

【错煞】"我郎休怪强牵衣，问你西行几日归？着路里小心呵，且须在意。省可里晚眠早起，冷茶饭莫吃，好将息[13]，我倚着门儿专望你。"

生与莺难别。夫人劝曰："送君千里，终有一别。"

【仙吕调·恋香衾】冉冉征尘动行陌，杯盘取次安排。三口儿连法聪，外更无别客。鱼水似夫妻正美满，被功名等闲离拆。然终须相见，奈时下难捱。

君瑞啼痕污了衫袖，莺莺粉泪盈腮。一个止不定长吁，一个顿不开眉黛。君瑞道"闺房里保重"，莺莺道"途路上宁耐[14]"。两边的心绪，一样的愁怀。

【尾】仆人催促怕晚了天色，柳是儿上把瘦马儿连忙解。夫人好毒害，道："孩儿每回取个坐车儿来。"

生辞。夫人及聪，皆曰："好行！"夫人登车。生与莺别。

【大石调·蓦山溪】离筵已散，再留恋应无计。烦恼的是莺莺，受苦的是清河君瑞。头西下控着马，车向驭坐车儿。辞了法聪，别了夫人，把樽俎收拾起[15]。

临上马，还把征鞍倚。低语使红娘，"更告一盏以为别礼"。莺莺君瑞，彼此不胜愁，厮觑者，总无言，未饮心先醉。

【尾】满斟离杯长出口儿气，比及道得个"我儿将息"，一盏酒里，白冷冷的滴彀半盏儿泪[16]。

夫人道："教郎上路，日色晚矣！"莺啼哭，又赋诗一首赠郎。诗曰："弃置今何道，当时且自亲。还将旧来意，怜取眼前人。"

【黄钟宫·出队子】最苦是离别，彼此心头难弃舍。莺莺哭得似痴呆，脸上啼痕都是血，有千种恩情何处说？夫人道："天晚教郎疾去。"怎奈红娘心似铁，把莺莺扶上七香车[17]。君瑞攀鞍空自攧[18]，道得个"冤家宁耐些"。

【尾】马儿登程，坐车儿归舍；马儿往西行，坐车儿往东拽：两口儿一步儿离得远如一步也！

【注释】

[1] 选自《西厢记诸宫调》第六卷。
[2] 蟾宫客：赴考的人，此处指张生。
[3] 帝阙：宫门，指京城。
[4] 悒怏（yìyàng）：忧郁不快。
[5] 漂冽同"栗烈"，寒气。
[6] 搵（wèn）：擦。
[7] 《阳关》：又名《阳关曲》《渭城曲》，是根据唐代诗人王维的七言绝句《送元二使安西》谱写的一首著名的艺术歌曲。
[8] 湘妃：相传为帝尧之二女，帝舜之二妃，名曰娥皇、女英。相传二妃没于湘水，遂为湘水之神。
[9] 帝里：犹言帝都，京都。
[10] 秾（nóng）：花木繁盛。
[11] 取次：随便，任意。
[12] 伊家：你。
[13] 将息：调养，休息。
[14] 宁耐：亦作"宁奈"，忍耐。
[15] 樽俎（zūnzǔ）：古代盛酒食的器皿，樽以盛酒，俎以盛肉，代指宴席。
[16] 彀（gòu）：同"够"。
[17] 七香车：用多种香料涂饰或用多种香木制作的车，亦泛指华美的车。
[18] 攧（diān）：顿足，怅惘。

【思考与练习】

1. 结合《岐阳》诗，分析元好问诗歌的创作特色。
2. 分析《董西厢》的莺莺形象。

第二编　元代文学

1206年，蒙古孛儿只斤部的铁木真统一了蒙古各部落，建立蒙古汗国，铁木真被尊为"成吉思汗"；1234年，窝阔台灭金，统一北方；1271年忽必烈取《易经》'大哉乾元'之义改国号为"元"，定都大都（今北京），于1279年灭南宋。1368年，元顺帝退出大都，明王朝建立。我们通常所说的元代文学，主要是指元灭金至明朝建立130多年间的文学现象。

一、元代社会特点

元朝是中国历史上由蒙古族当政并实现大一统政权的朝代。由于当政的蒙古族经济文化等各方面都比汉族落后，于是在大一统的局面之下形成了元代一些特殊的社会特点，对文学的发展有较大影响。

第一，蒙古民族强悍雄放，统一全国，疆域辽阔，促进了各民族经济文化的大融合。

蒙古民族强悍雄放，声威远达西欧和北非，结束了唐末以来长期分裂的局面，建立了继秦汉、隋唐之后又一个大一统政权。元代疆域空前辽阔，"北逾阴山，西极流沙，东尽辽左，南越海表"（《元史·地理志》）。元朝大一统局面的出现，改变了北宋以来长期积弱不振的形势，促进了中国多民族的统一发展，也促进了各民族经济文化的大融合。一方面，由于汉文化的影响，少数民族的文明程度大大提升。元世祖忽必烈大胆起用汉族知识分子，以汉法治国，以宽容的态度对待佛教与道教，使少数民族能更广泛地接受汉族文化的熏陶；不少少数民族作家擅长以汉语进行文学创作，如耶律楚材（契丹族）、贯云石（维吾尔族）、萨都剌（回族）等擅长诗词创作，杨景贤（蒙古人）、李质夫（蒙古人）等杂剧创作也取得一定的成就。另一方面，少数民族文化亦为汉文化注入了新的活力。如少数民族的天文、医药等方面的成就被汉人吸纳；少数民族火葬等习俗逐渐被汉人接受；少数民族的乐曲更是流入中原，为汉族群众喜闻乐见；将游牧民族质朴率直、粗犷豪放的性格注入文学形象之中，使元代的文坛更加多姿多彩。

第二，元朝统治者在政治上实行民族压迫、民族歧视政策，汉族文人地位空前低下。

元朝统治者把国人分为四等：蒙古人、色目人（西域各族及西夏人）、汉人（原属金朝境内的汉族、契丹、女真等民族）、南人（淮水以南的汉族和各少数民族）。四等人在政治、法律、军事、经济上的地位各不一样。元初科举废止，直到元仁宗延祐二年（1315）才重开，但四等人分开举行。凡进士授官，蒙古人比色目人高一级，色目人比汉人、南人高一级，待遇亦不平等。汉族文人地位卑贱低下，在历代封建王朝中前所未有，他们同普通百姓一样受压迫、遭杀戮，不少人还沦为"驱口"，成为奴隶。除了少数投靠统治者得到录用外，大多数处于社会生活的底层。民间有"七伶八娼,九儒十丐"之说,足见文人地位之尴尬。落魄的文人,或为生计,或为抒愤,多浪迹于勾栏瓦肆,一部分人走上了与民间艺人结合的道路,组成"书会",从事通俗文学的创作和演出,如杨显之为艺人加工演出脚本,马致远与艺人花李郎、红字李二合写《黄粱梦》,关汉卿面敷粉墨与艺人同台演出等,文人不幸文坛幸,他们成为元曲创作的主力军,为元曲的兴盛繁荣创造了重要条件。

第三,都市经济快速发展,为通俗文学的发展奠定了较好的物质基础。

元朝统治者在入驻中原和席卷江南的过程中,烧杀抢掠,一度将大量的良田改为牧场,使经济遭到严重的破坏。后来统治者逐渐认识到这样对统治不利,才放弃了这一做法。特别是元世祖忽必烈即位后,采取了一系列恢复农业生产的措施,如设立劝农司,劝导农业生产,兴修水利,鼓励垦荒,减免赋税,禁止圈地等,对农业生产的恢复与发展起到了积极的作用。元朝统治者重视工商业,一改传统重农抑商的政策,"以功利诱天下",商人地位大大提高,工商业活跃。城市各类作坊遍布,工匠云集,兵器业、纺织业、盐业、制瓷业等都有相当的规模和水平。随着农业的恢复和手工业的发达,加上驿站遍布全国,漕运和海运的沟通,促进了商业的发展和都市经济的繁荣。当时大都(今北京)是全国最大的商业中心。《马可·波罗游记》记载了当时大都繁华的盛况:"外界巨价异物及百物之输入此城者,世界诸城无能与比……百物输入之众,有如川流不息。"杭州亦商贾云集,繁华富庶,马可·波罗亦曾说:"这座城市的庄严和秀丽,堪为世界其他城市之冠。"此外,北方的真定、大同、汴梁、济南、太原、平阳;南方的扬州、上海、福州、温州、泉州、广州等城市,工商业都很繁盛。都市经济的发达,为通俗文学的繁荣发展奠定了物质基础;市民阶层不断壮大,他们的精神需求与文化娱乐消费也大大刺激了戏曲、话本等俗文学的兴盛繁荣。

第四,思想领域活跃松动,为文学的发展带来新的机遇与审美情趣。

元朝,儒学继续被统治者推崇。仁宗恢复科举,朝廷设立官学,以四书五经为教科书,以朱熹、程颐等人的传注为经学考试的依据,尊孔子为"大成至圣文宣王"。从表面看,儒学仍占统治地位,程朱理学首次成为官学。然而,表面的声势却掩盖不了儒学影响力日益下降的趋向,儒家独尊的地位在元朝被严重削弱。同时,元朝统治者官方虽然利用儒学维护统治,但同时对各种宗教信仰都加以推崇,提倡佛、道、回(即伊斯兰教)、基督等教,这种兼容并蓄的做法,大大削弱了儒学的独尊地位和在民众中的影响力。而在众多宗教中佛教和道教影响尤大。据1291年宣政院统计,仅佛教寺院就有四万余处,僧尼二十万余。僧侣道士在政治经济上享有种种特权,如仁宗时普庆寺得赐田八万亩。随着儒学理学影响力的下降,加之都市经济的发展,旧有的思想礼教和道德观念发生了动摇与变化,思想界相对松动与活跃。理学束缚的松弛,传统意识的改变,给文学的发展带来了新的机遇与审美情趣。"俗"的趣向越来越浓,"雅"的趣向日趋边缘化;过去遭到轻视的戏曲、小说等俗文学,受到了各阶层人们,尤其是市民群众的喜爱,高官显宦和上层文人也乐于欣赏,从而刺激"俗"文学蓬勃发展,而作为封建正统文学的诗文则明显逊色了。

二、元代文学审美趣向

元代社会激烈变动,"俗"文学蓬勃发展,从而使整个文坛的审美情趣发生了巨大的变化。为明清戏曲、小说的进一步繁荣开了先河,对后世文学的发展产生深远的影响。

元代以前，传统的文学观念注重"温柔敦厚""乐而不淫，哀而不伤"，以简古含蓄为美。所谓"含不尽之意，见在言外"（欧阳修《六一诗话》），是传统诗文的总体审美追求。然而元代文坛的审美观与这一传统大异其趣。从当时属于文坛主体的戏剧、散曲题材内容看，多写"时代之情状"，毫不隐晦；语言不事藻绘，生动鲜活，正如王国维所说："元曲之佳处何在？一言以蔽之，曰：自然而已矣。"从创作风格看，多具有淋漓尽致、跌宕酣畅之风格。以戏剧而论，故事情节波澜跌宕，悲欢离合，引人入胜；人物形象鲜明生动，情感丰富，个性十足；语言"本色"，大量运用俗语、俚语，以及衬字、双声、叠韵，生动跳挞，绘声绘色。剧作者往往毫无遮拦地让人物尽情宣泄爱与恨，如关汉卿笔下的窦娥怨天恨地，骂官骂吏，痛发三桩无头愿，把悲怨之情推向极致；郑光祖写倩女追求爱情，魂魄脱壳，飞越千山万水，勇敢地追求至爱。元代散曲也句式灵活多变，表达直白明快。如关汉卿的《南吕·一枝花·不伏老》感情奔放、酣畅淋漓；睢景臣的《般涉调·哨遍·高祖还乡》也是语言俚俗幽默、诙谐辛辣。概言之，元代文学总体倾向于自然、酣畅、显露。这种审美趣向，恰与简古含蓄为美的传统文学观念大相异趣，表现出特殊的艺术魅力。

元代文学的主流是元曲，与唐诗、宋词并举，是元代文学中最具特色的代表。元曲包括杂剧和散曲。杂剧是戏剧，散曲属诗歌，它们都以曲辞为主合乐歌唱，因而总称为曲。元代是戏曲发展的黄金时期，出现了一大批剧作家、散曲家，取得了丰硕的成果。元代后期，南戏开始复兴，体制比杂剧更加自由，为明清传奇的兴盛奠定了坚实的基础。元代诗文总体而言以模仿唐宋为主，成就不高。相对而言，杂剧、散曲、南戏在元代文学史上占有突出的地位，是本编的重点。

【课程思政】

以文化人　通过给学生分享《马可·波罗游记》对元代大都、杭州、扬州、泉州等城市盛况的记载与描写，让学生感受元代都市经济的发展盛况，增强民族自豪感，为实现中华民族伟大复兴的中国梦而努力奋斗。

学有所悟　2021年7月25日在第44届世界遗产大会上，"泉州：宋元中国的世界海洋商贸中心"获准列入《世界遗产名录》。教育部副部长、中国联合国教科文组织全国委员会主任、第44届世界遗产大会主席田学军答记者问时说，泉州项目见证了中国长期矗立世界舞台中央的辉煌，见证了东西方文明交流互鉴和各国人民友好交往的佳话，见证了古代海上丝绸之路"涨海声中万国商"的繁盛。请同学们课后查阅资料，讨论这次成功申遗的重要历史意义和在"一带一路"倡议中的现实意义。

《马可·波罗游记》对大都、泉州等城市的描述

第一章　元代杂剧

第一节　元代杂剧的盛况

元末罗宗信在《中原音韵·序》中说:"世之共称唐诗、宋词、大元乐府,诚哉!"由此可见元人自己已将"大元乐府"同唐诗、宋词并列为一代文学。所谓"大元乐府",就是"元曲",包括了元杂剧和散曲两个门类。元曲的兴盛,标志着中国戏曲艺术发展到了成熟的阶段。中国戏曲从萌芽到雏形,再到成熟,经历了漫长的发展过程。

一、戏曲的渊源

中国戏曲的萌芽,可以追溯到上古时期的原始歌舞。《尚书·舜典》载:"予击石拊石,百兽率舞。"反映了原始部落的人们敲石作器,披着各种兽皮舞蹈的情景。春秋战国时期,出现了"优人"技艺,有以表演歌舞为主的"倡优"(女性),以表演滑稽、讽刺的内容和竞技的"俳优"(男性)以及专事器乐演奏的"伶优"三种,对我国戏曲的形成具有重要意义。汉代出现了"百戏",又称"角抵戏"。其中有装扮人物的大型歌舞,如"总会仙倡",装扮动物的"鱼龙曼延",以及带有简单故事的"东海黄公",对于形成以唱、念、打、舞的综合表演为特征的戏曲艺术有着重要的影响,堪称中国戏曲的原型。

南北朝时期出现了"大面""钵头"和"踏摇娘"等新的歌舞表演形式。"大面"亦称"代面",是一种戴着头套和面具的表演,后来戏曲中涂面而成的脸谱就源于"大面"。"钵头""踏摇娘"都是用歌舞形式表现一个具体故事,这些表演形式已具有了基本的戏曲因素。

唐代戏剧艺术有了新的发展,主要表现是歌舞戏和参军戏。歌舞戏基本上沿袭以前的"大面""钵头""踏摇娘",但表演得到丰富和提高。参军戏主要是"科白戏",也包含一些歌舞,它主要由参军、苍鹘两个角色表演,或讽朝政,或讥时俗,诙谐滑稽,有一定的故事情节,具备了戏剧的雏形。唐玄宗时还专设教坊和"梨园",用以教练宫廷歌舞艺人。这些,对戏曲乐舞的发展起了一定的推动作用。

宋代,戏剧进入了蓬勃发展的新时期。随着宋代都市经济的发展,市民阶层不断扩大,娱乐场所——瓦舍、勾栏应时而生。有了瓦舍、勾栏,戏剧演出就有了固定的场所,并出现了专业戏班,促进了戏剧艺术的迅猛发展,在唐代歌舞杂戏基础上发展形成的宋代杂剧登上了舞台。宋杂剧是各种滑稽表演、歌舞、杂戏的统称,它还没有形成元杂剧那样的体制,但其形式和规模已比前代有了很大发展,据吴自牧《梦粱录·乐妓》载,宋杂剧的角色已发展到"每一场四人或五人",即末泥、引戏、副末、副净,有时添一"装孤"的角色。演出一般分三段:开头是"艳段"(相当于序曲),次做正杂剧表演故事,后演一段滑稽调笑的"杂扮"。孟元老《东京梦华录·中元节》载:"构肆乐人自过七夕,便般《目连救母》杂剧,直至十五日止,观者增倍。"可知宋杂剧已表演完整的故事,亦可见演出之盛况。周密《武林旧事》录有宋杂剧名目280种，可惜剧本均已不存。

宋金对立时期，宋杂剧出现了南北分流的情况。南方浙江温州一带出现了用南曲演唱的戏曲，叫温州杂剧，即后来所称的南戏。南戏具备了曲、白、介等戏曲的基本要素，故事完整，结构复杂，角色行当也较完备。北方的金则出现了院本。院即行院，为艺妓的居处。院本就是行院演剧所用的脚本。元人陶宗仪《辍耕录》载有院本名目690种之多。此外，宋金时期还相当流行一种说唱艺术——诸宫调，从今存董解元《西厢记诸宫调》看，它的规模宏大，演唱故事完整复杂，乐曲组织丰富多样，与元杂剧的音乐组织已非常接近。可以说，金院本和诸宫调为元杂剧的形成奠定了最直接的基础。

戏剧在宋代南北分流后，后面元明清时期一直分两条线发展，一是杂剧，一是南戏（明清发展为传奇），此起彼伏，取得了很高的成就。元杂剧融合了前代各种表演艺术，把唱、念、科、舞等艺术有机结合起来，形成了一种用北曲演唱的、具有独特民族风格的戏曲艺术形式。它已是一种纯粹代言体的、情节复杂、结构完整、人物角色众多的成熟戏曲形式。南戏发展到元代，也非常成熟了，用南曲演唱，在体制上与元杂剧有所不同。

二、元杂剧的兴盛

元代是杂剧发展的黄金期，涌现出了一大批优秀作家、作品。根据元钟嗣成《录鬼簿》和明贾仲明《录鬼簿续编》、明朱权《太和正音谱》等书的记载，元代剧作家大约200人，剧目700多种。可惜的是由于当时统治者和文人的漠视，大部分作品都亡佚了，现存作品不多，根据臧懋循《元曲选》和隋树森《元曲选外编》收录相加，仅存162种。

元杂剧的发展，以元成宗大德年间为界限，大致可分为前后两期。

从金灭到元成宗大德年间，是元杂剧的鼎盛时期。这一时期，名家辈出，如关汉卿、白朴、马致远、王实甫、高文秀、杨显之、石君宝、纪君祥、康进之、尚仲贤、李好古、高文秀等。被周德清《中原音韵序》称为"元曲四大家"的关汉卿、白朴、马致远、郑光祖，前期就占了三位。作品质量很高，名作如林。如关汉卿的《窦娥冤》《救风尘》《单刀会》，王实甫的《西厢记》，白朴的《墙头马上》《梧桐雨》，马致远的《汉宫秋》《黄粱梦》，高文秀的《双献功》，石君宝的《秋胡戏妻》，纪君祥的《赵氏孤儿》，康进之的《李逵负荆》，尚仲贤的《柳毅传书》，李好古的《张生煮海》等，可谓盛况空前。《赵氏孤儿》于18世纪被译到欧洲，非常风行，产生了深远的世界影响。这一时期，杂剧作家多以大都为活动中心。根据《录鬼簿》记载，仅大都籍的杂剧作家就有关汉卿、王实甫、马致远、纪君祥等17位。其他如山东籍的高文秀，山西籍的白朴等也曾在大都进行过创作活动。他们中多人参加了玉京书会，互相切磋，共同提高杂剧创作水平。据夏庭芝的《青楼集》所载，当时著名的杂剧演员如珠帘秀、顺时秀、天然秀等二十多人经常在大都舞台献艺，成为大都观众喜爱的明星。被尊为"杂剧班头"的关汉卿还"躬践排场，面敷粉墨"（臧晋叔《元曲选序》），与珠帘秀等名旦同台演戏。可以想见大都当时杂剧演出的盛况。

大德以后是元杂剧发展的后期，杂剧创作由鼎盛而渐趋衰微。元灭南宋统一了中国，随着经济文化的发展，杂剧活动中心逐渐由大都向杭州南移。北方作家纷纷南下，如关汉卿、白朴、郑光祖、宫天挺等，或游历江南，或侨寓杭州，马致远、尚仲贤等也到南方做官，这对杂剧的南移有很大影响。但后期名家名作大量减少，比较著名的作家有郑光祖、宫天挺、秦简夫、乔吉、肖德祥等，其他大多平庸。比较著名的作品有郑光祖的《倩女离魂》《王粲登楼》，宫天挺的《范张鸡黍》《七里滩》，乔吉的《金钱记》《扬州梦》，秦简夫的《东堂老》等，状况远不如前期。

元杂剧兴盛，一方面是我国历史上各种表演艺术发展的必然结果，另一方面也有时代的原因。第一，都市经济的发展为元杂剧的兴盛奠定了物质基础。元朝随着都市经济的发展，市民阶层不断扩大，为戏剧演出准备了大批消费者，为戏剧的繁荣起到了很好的推动作用；同时，商业经济的发展，也促进了戏剧演出的社会化与商业化，强烈的商业竞争与炒作，也促使戏剧在质与量上都有飞跃的发展。第二，严重的民族歧视政策，促使众多地位卑微的知识分子从事和参与戏剧活动，这是元杂剧的兴盛的又一重要条件。大量知识分子参与戏剧活动，使元杂剧有一批高质量的创作者，从而使长期以来以民间艺人为创作主体的戏曲艺术发生了质的飞跃。同时，黑暗的社会现实，为创作者们准备了丰富而深刻的题材内容。第三，大批著名演员的出现也促进了戏剧的繁荣。据夏庭芝《青楼集》记载，深受关汉卿赏识的珠帘秀，称为"杂剧当今独步"；珠帘秀之"高弟"赛帘秀，"声遏行云，乃古今绝唱"；燕山秀是"旦末双全，杂剧无比"；深受白朴赏识的天然秀，演闺怨剧"为当时第一手"等等，这些演员中，有的才情两俱，不仅能演，还能跟随剧作家们创作。在一定程度上，这些艺人对戏剧艺术的发展起到了较大的促进作用。第四，蒙古贵族的爱好对元杂剧的兴盛也起到了重要的推动作用。蒙古族相对落后的文化，使大多数人难以消费高雅的诗文，而歌舞伎乐才是他们最大的嗜好，宫廷中经常搬演各种歌舞与杂剧，彻底打破了正统诗文与民间俗文学的不平等地位，上行下效，推动了戏曲艺术的发展。

元杂剧的题材非常丰富，所反映的生活面极广。根据题材内容，元杂剧大致可分为社会公案剧、爱情婚姻剧、历史剧、神仙道化剧、英雄传奇剧等几大类。社会公案剧多针砭时弊，反映社会各类现象，如关汉卿《窦娥冤》《鲁斋郎》《蝴蝶梦》，无名氏《陈州粜米》等。爱情婚姻剧在元代有著名的"四大爱情剧"，即王实甫的《西厢记》、关汉卿的《拜月亭》、白朴的《墙头马上》、郑光祖的《倩女离魂》，另外关汉卿的《救风尘》《望江亭》，石君宝的《秋胡戏妻》等都是较著名的爱情婚姻剧。元代著名的"五大历史剧"，即纪君祥的《赵氏孤儿》、关汉卿的《单刀会》、高文秀的《渑池会》、马致远的《汉宫秋》、白朴的《梧桐雨》。神仙道化剧比较著名的作品有马致远的《黄粱梦》、尚仲贤的《柳毅传书》，李好古的《张生煮海》等。

在历时不长的元朝，涌现出了众多的杂剧作家和作品，而且题材广泛，内容丰富，风格多样，异彩纷呈。这一繁盛情况，在中国戏剧史上是罕见的，在同时代的世界剧坛上也是无与伦比的。

三、元杂剧的体制特点

元杂剧的结构通常是"四折一楔子"。但也有少数变例的，如《赵氏孤儿》为五折一楔子，《西厢记》是五本二十一折的连本戏。"折"是故事情节发展的自然段落，相当于现代戏剧的"幕"，四折大多表现出情节的起、承、转、合。"折"又是音乐组织的单元，一折戏的曲子是用同一宫调的一套曲子组成，四折可以选用四种不同的宫调。元代流行的宫调有九种：仙吕宫、南吕宫、正宫、中吕宫、黄钟宫、双调、越调、商调、大石调。这些宫调的调性（音乐情绪）各有不同，四折之中宫调的变换，是同剧情变化相对应的。"楔子"本义指插在木器榫子缝里的小木片儿，用以弥缝填裂，使其更加稳固。引申到杂剧中，是指对剧情起交代的开场戏或承上启下过程戏，弥补四折之局限，使之得到伸缩补充的余地，结构更加严密。

元杂剧的末尾通常还有一个"题目正名"。它用一联偶语来概括基本内容，确定剧本名称。如《窦娥冤》的题目正名：

    题目　秉鉴持衡廉访法
    正名　感天动地窦娥冤

杂剧一般取其末句作为杂剧的全名，如《感天动地窦娥冤》。

元杂剧的剧本构成：曲、白、科。曲指曲辞，是戏剧人物的唱词，是元杂剧的主要部分，包括宫调曲牌名称和曲词。元杂剧通常限定每一本由正旦或正末主唱，因此元杂剧有"旦本""末本"之分。楔子在一部杂剧中是相对自由的部分，通常只有一二支曲子，不用套曲，也不限由何角色演唱。白，又叫宾白，指剧中人物的台词、道白。因杂剧以唱为主，故把道白称为"宾"。宾白包括独白、对白、定场白、冲场白、背白和带白。定场白是角色第一次上场时作的自我介绍，一般用韵语。如《窦娥冤》第一折里赛卢医第一次上场念："行医有斟酌，下药依本草；死的医不活，活的医死了"，然后自报姓名、籍贯、身份之类。冲场白是角色再次上场的说白。背白是角色背着同台其他角色向观众的独白。带白是插在曲词中的道白，即"带云"。科，又称"科范"，指舞台提示，提示剧中人物动作与表情、音响效果等，如"笑科""鼓三下科，锣三下科"等。元杂剧中，曲主要功能是抒情；白、科的主要功能是叙事。

元杂剧的角色比较复杂，大致可分为旦、末、净、杂四大类。旦是女角，正旦是指女主角，还有贴旦、搽旦、花旦、老旦、小旦等。末是男角，男主角叫正末，还有副末、冲末、大末、二末等。净多扮演刚勇人物或喜剧角色，有净、副净、二净之别。杂，是杂角，如孤（官员）、祗从（侍从）、孛老（老头）、卜儿（老妇）、俫儿（小孩）、细酸（书生）、邦老（盗贼流氓）等。

【课程思政】

以文化人　通过观看戏剧表演的视频，让学生了解元代杂剧的盛况，掌握剧本的体制特点、人物角色等，充分感受中华民族的艺术瑰宝之一中国古典戏剧的魅力，激发学生主动研究戏剧、传承戏剧的热情与动力。

学有所悟　阅读下面一段话，谈谈你的理解。

乐府之盛，之备，之难，莫如今时。其盛，则自缙绅及闾阎歌咏者众；其备，则自关、郑、白、马一新制作，韵共守自然之音，字能通天下之语，字畅语俊，韵促音调；观其所述，曰忠曰孝，有补于世。其难，则有六字三韵："忽听、一声、猛惊"是也。诸公已矣，后学莫及。（元周德清《中原音韵序》）

【思考与练习】

1. 为什么说元代都市经济的发展和元代文人社会地位的低下，促进了元杂剧的繁荣兴盛？
2. 谈谈元杂剧的繁荣主要表现在哪些方面？
3. 元杂剧按照题材分类，可以分为哪几类？主要代表作品有哪些？
4. 谈谈元杂剧的体制特点。

第二节　关汉卿与《窦娥冤》

关汉卿是我国古代戏剧的奠基人，在中国文学史、戏剧史上具有很大的影响力。关汉卿居"元曲四大家"之首，是著名的杂剧作家，也是散曲名家，还是能粉墨登场的导演与演员。

一、关汉卿的生平与个性

关于他的生平资料，所存甚少。据钟嗣成的《录鬼簿》记载："关汉卿，大都人，太医院尹，号已斋叟。"一般都以这条资料为据，但实际上关于关汉卿的名字、籍贯、官职是有不同的记载与争议的。元末朱经《青楼集·序》载："我皇元初并海宇，而金之遗民若杜散人、白兰谷、关已斋辈，皆不屑仕进，乃嘲弄风月，流连光景。"明著杜散人、白朴、关汉卿是"金之遗民"，白兰谷生于1226年（金哀宗正大三年），关汉卿生年当相去不远，据研究者考证比白兰谷略长；元成宗大德年间，关汉卿还有创作活动，其卒年大抵在大德年间或其后。因此《中国大百科全书·中国文学》卷"关汉卿"条将其生年估计在1220年左右，将其卒年定在1300年左右，是比较合理的。

元代取消科举考试，断了文人的仕进之路，很多文人沦落社会下层。关汉卿一生就以勾栏瓦舍为安身立命之所，从事戏剧创作。他是元代最有名的"玉京书会"的领袖人物，与同时代的杂剧名家王和卿、杨显之、纪君祥等人关系密切，常在一起商酌文辞，评改作品。关汉卿不仅从事戏剧创作，还热爱戏剧艺术，他"躬践排场，面敷粉墨……偶倡优而不辞"（臧晋叔《元曲选·序》），与下层的民间艺人、青楼女子交往甚密。他与"当今独步"的杂剧演员珠帘秀的交往，堪称戏剧史上的一段佳话。《青楼集》及关汉卿本人创作的散曲《赠珠帘秀》不仅记载了他们交往的事实，而且反映出关汉卿对青楼女子的尊重和赞美。关汉卿既是一位伟大的戏剧文学作家，又是一位影响深远的戏剧活动家。贾仲明在《〈录鬼簿〉续编》中称他为"驱梨园领袖，总编修帅首，捻杂剧班头"。

关汉卿性格坚强，多才多艺。这在他的套曲《南吕·一枝花·不伏老》中有具体生动的描绘。他性格坚强，自称"我是个蒸不烂、煮不熟、捶不匾、炒不爆、响珰珰一粒铜豌豆"；他多才多艺，"会围棋、会蹴鞠、会打围、会插科、会歌舞、会吹弹、会咽作、会吟诗、会双陆"；称"普天下郎君领袖，盖世界浪子班头"。《不伏老》显示了他敢于与世俗抗争的倜傥风流、桀骜不驯的个性，表现了顽强、乐观、热爱生活的性格。元人熊自得《析津志》说他"生而倜傥，博学能文，滑稽多智，蕴藉风流，为一时之冠"。

关汉卿一生创作颇丰，是中国戏曲的奠基人。他创作的杂剧，存目60余种，占现存元杂剧全目的十分之一，数量之多，质量之高，在杂剧作家中是首屈一指的。关汉卿还是散曲名家，现存有57首小令和14套套数。

二、关汉卿的杂剧创作

关汉卿杂剧的创作成就最高。他创作的60余种杂剧作品中，流传下来的仅有18种：《窦娥冤》《救风尘》《蝴蝶梦》《鲁斋郎》《拜月亭》《调风月》《望江亭》《金线池》《谢天香》《玉镜台》《绯衣梦》《单刀会》《西蜀梦》《哭存孝》《陈母教子》《裴度还带》《五侯宴》《单鞭夺槊》。其中有个别作品（如《鲁斋郎》）是否确为关作尚有异说。现存这18种杂剧，内容丰富，大致可分三类：社会公案剧、爱情婚姻剧、历史剧。

社会公案剧主要有《窦娥冤》《蝴蝶梦》《鲁斋郎》等，揭露了统治阶级的贪婪残暴，对被压迫、受残害的人民寄予了深切的同情。其中最著名的是《窦娥冤》，通过窦娥悲剧形象的塑造，无情地揭露当时罪恶的经济制度、混乱的社会秩序、腐败的吏治等黑暗现实。《蝴蝶梦》《鲁斋郎》也具有较大影响力。《蝴蝶梦》是写皇亲葛彪无故打死王老汉，王氏兄弟三人金和、铁和、石和为报父仇，一怒之下打死皇亲葛彪，被判入狱抵罪。包拯复审此案时，王妻自愿认罪，三子也争相认罪。包拯只想判一人有罪，判金和、铁和，王妻都不同意，却让幼子石和领罪。包拯怀疑石和非其亲生，暗中观察后才知王妻爱护前妻所生二子，而甘愿牺牲亲生子石和。包拯大受感动，恰好梦见三蝴蝶坠入蛛网，另一大蝶飞来救出二蝶却置幼蝶于不顾，他受到启发，心怀恻隐，暗中用另一死囚偿命，将三子尽皆释放。《鲁斋郎》写权豪势要鲁斋郎先后强夺了银匠李四和六案都孔目张珪的妻子，弄得李、张两家妻离子散，后包公以"鱼齐即"之名请得御批，智斩了鲁斋郎。这两个剧作都揭露了统治阶级的凶残暴虐，反映了元代尖锐的阶级对立。《鲁斋郎》还把矛头指向了最高封建统治者。

爱情婚姻剧所占数量最多，主要作品如《救风尘》《拜月亭》《望江亭》《金线池》《谢天香》等。《救风尘》是一部爱情喜剧。富商周舍骗娶了幼稚单纯的汴梁妓女宋引章，百般虐待。对此早有预料的赵盼儿为了营救受难姐妹宋引章，巧设机谋，凭借自己美丽与机智，利用"风月手段"赚取了周舍给宋引章的休书，使得周舍落得个"尖担两头脱"的下场，全剧在正义获胜、邪恶受惩的喜剧气氛中结束。关汉卿以极大的热情歌颂了赵盼儿机智勇敢的品格和济困扶危的精神。《望江亭》也以喜剧的形式塑造了一个敢于反抗强暴的机智、勇敢的女性——谭记儿。写年轻美貌的寡妇谭记儿嫁给了去潭州赴任的白士中，权豪势要杨衙内早想霸占谭记儿，他在皇帝面前妄奏白士中"贪花恋酒"，请得势剑金牌前往潭州杀人夺妻。谭记儿充分利用杨衙内好色的心理，于中秋之夜巧扮渔妇到湖心亭为杨切鲙侑酒，把杨灌醉，赚走了势剑金牌，使杨在公堂上当众出丑，被治以"夺人妻妾"之罪。《拜月亭》是写尚书之女王瑞兰在战乱中与穷书生蒋世隆的爱情故事；《金线池》《谢天香》写的是士子与妓女的爱情故事，表现风尘妓女对美好爱情的向往与追求。

关汉卿的历史剧主要有《单刀会》《西蜀梦》《哭存孝》等。《单刀会》《西蜀梦》是写三国时期关羽英雄故事的，其中《单刀会》成就最高，影响最大；《西蜀梦》只存曲词。《单刀会》写鲁肃为了索取荆州，设计请关羽过江赴宴，埋下伏兵，企图于中取事。关羽明知是计，毫不畏惧，单刀赴会，毅然乘坐轻舟前往。席间双方由争辩而决裂，关羽以凛然正气和英雄气概慑服了鲁肃，胜利而返。《单刀会》强调"汉家基业"，歌颂"汉家节"，寄寓了民族感情，具有一定的现实意义。《哭存孝》是写五代时期英雄人物李存孝的人生悲剧，其一生忠心耿耿，却遭小人陷害，表现了人生无常和失意英雄的悲凉情绪。

总体而言，关汉卿杂剧涉及社会生活各个层面和各色人物，深刻地揭示了社会的黑暗面，比较集中地反映了社会底层受压迫弱者的生活遭遇和生活理想，热情赞美他们的美好品格和顽强的斗争精神，具有极强的现实意义。

三、《窦娥冤》

《窦娥冤》全名《感天动地窦娥冤》，是关汉卿社会剧的代表作，是元杂剧中最著名的悲剧。《窦娥冤》取材于民间流传的"东海孝妇"故事，该故事见于西汉刘向的《说苑》，是说东海郡有一孝妇，年轻守寡，尽心侍奉婆婆十年，婆婆死后却被太守冤判死刑，郡中大旱三年。后任太守为孝妇昭雪，立降甘霖。干宝《搜神记》中亦有记载，情节略有不同。关汉卿在此题材的基础上，结合元代社会现实，写出了这部震撼人心的悲剧杰作。

《窦娥冤》故事情节如下：山阳书生窦天章向蔡婆借了二十两银子的高利贷，无力还债，就将七岁的女儿窦娥给了蔡婆来抵债，然后进京赶考。窦娥长大与蔡子结婚，不久又当了寡妇，婆媳相依为命。一次，蔡婆向赛卢医讨债，被赛骗至郊外，赛卢医想勒死她以赖债，恰被流氓张驴儿父子撞见，惊走赛卢医。张驴儿父子强迫蔡婆婆媳招赘，遭到窦娥的坚决反抗。蔡婆生病想吃羊肚儿汤，张驴儿趁机想毒死蔡婆，以霸占窦娥。谁知阴错阳差，却把他自己的父亲毒死。张驴儿便嫁祸给窦娥，到官府告状，贪官桃杌受张驴儿贿赂，欲对蔡婆施以酷刑，窦娥为了救护婆婆，屈招罪名，冤判死刑。临刑前窦娥痛发三桩誓愿："血飞白练""六月飞雪""大旱三年"，三桩誓愿一一应验。后来，窦娥的父亲窦天章官至肃政廉访使，到楚州视察刑狱，窦娥冤魂托梦给父亲控诉冤情。最后，终于查明真相，窦娥冤案得以昭雪。

作为悲剧主人公窦娥，是一位具有中华民族传统美德的下层劳动妇女形象，是封建社会"孝女"和"节妇"的典型。窦娥三岁失母，七岁失父，首先是一个孤儿的悲剧；后与蔡子圆房，不久丈夫又因病逝世，沦落为寡妇。第一折窦娥出场就是一位寡妇，尽管命运苦难，但窦娥仍坚守当时统治阶级倡导的伦理道德：守节终身和侍奉婆婆到老。然而无端又受到流氓无赖张驴儿父子的要挟逼婚，窦娥坚决反抗；后被张驴儿诬告见官，谁知又受贪官污吏的迫害被推上了断头台。窦娥是当时社会悲剧的典型，融孤儿的悲剧、寡妇的悲剧、受流氓无赖欺负的悲剧、受贪官污吏迫害的悲剧为一体，深刻揭露了当时社会的黑暗。

窦娥是善良孝顺的，又是坚强敢于抗争的，她的性格是善良孝顺与勇敢抗争的对立统一，在戏剧冲突的层层推进中，该性格特点被推向了极致。当受到流氓无赖张驴儿父子的要挟逼婚时，她针锋相对，一方面谴责婆婆不把贞洁守，还骂张驴儿是个半死囚；但当婆婆生病想吃羊肚儿汤时，她又精心呵护婆婆。当公堂受审要被屈打成招时，她宁可打死也不屈招罪名；但当婆婆要遭受酷刑之时，她却不忍婆婆受罪而屈招了罪名。当法场临刑时，一方面骂天地不把清浊分，痛发三桩无头愿；另一方面又央求刽子手走后街，怕前街的婆婆见了伤心。被冤杀后，当冤魂向父亲控诉冤情后，还不忘请求父亲收养婆婆。窦娥是勇敢的，是敢于抗争的，但窦娥也是善良的孝顺的，这样的塑造完全符合中华民族传统美德的下层劳动妇女形象，具有典型性，也很具有意义：像窦娥这样遵守礼法、安于天命、善良温顺的下层妇女，竟然也要遭到迫害与残杀，可见当时社会何等黑暗，何等不公平！然而在黑暗的现实面前，窦娥是勇敢的，三桩无头愿将窦娥的抗争精神推向了极致，是一个手无寸铁的下层妇女的对黑暗社会抗争的宣言。

窦娥悲剧的一生，让人怜悯，让人愤怒，具有深刻的社会内涵。追溯窦娥悲剧的起因，源于罪恶的高利贷。高利贷是贯穿全剧的一条黑线。因为高利贷，窦娥被迫抵债而成为童养媳；因为高利贷，蔡婆才引狼入室，从而推进了窦娥悲剧人生的发展。伟大剧作家关汉卿以他敏锐的眼光从整个社会政治经济的高度去揭示了窦娥悲剧的起因，控诉了元代罪恶的经济制度。促进窦娥悲剧发展的是流氓无赖的欺负。元代社会秩序混乱,流氓无赖四处横行,民间的寡妇遭受欺凌比比皆是,关汉卿以无情的笔触揭露了元代混乱的社会秩序给下层人民带来的苦难。决定窦娥悲剧结局的是贪官污吏的迫害。像桃杌这样的昏官,贪赃枉法,草菅人命,只是元代贪官污吏的代表。关汉卿又以窦娥的鲜血控诉了元代吏治的腐败给人民带来的深重灾难。《窦娥冤》通过窦娥这一悲剧形象,深刻揭示了元代种种社会问题,具有深刻的现实意义。

四、关汉卿杂剧的艺术成就

关汉卿的杂剧具有很强的艺术创造力,成就是多方面的。

从创作方法看,关汉卿以现实主义笔触,真实展现了元代的社会生活图景。对诸如战乱、高利贷、流氓横行、官吏腐败、权豪作恶、官场妓院、家庭婚姻等社会现象都有生动的描绘;诸如皇亲国戚、权豪势要、流氓无赖、嫖客妓女、夫人小姐、文士书生、寡妇婢女等各类人物都粉墨登场,对现实中的重大问题都有深刻的揭露。同时,关汉卿的作品又充满浪漫主义色彩,体现了积极乐观的人生态度,闪耀着理想的光辉。

从塑造人物看,关汉卿塑造了一大批栩栩如生、鲜明生动的人物形象,大大丰富了中国古代戏剧人物画廊。如富有抗争精神且又机智勇敢的女性形象窦娥、赵盼儿、谭记儿、王瑞兰、燕燕、杜蕊娘、谢天香等,其中有大家闺秀、普通家庭妇女、婢女、妓女等各色人物;充满悲剧色彩的英雄人物如关羽、李存孝等;反面人物如张驴儿、桃杌、赛卢医、周舍、鲁斋郎、杨衙内等,都个性鲜明、栩栩如生。关汉卿善于在尖锐激烈的戏剧冲突中展示人物性格的发展变化,同时也擅长运用曲词、动作和语言展现人物心理和丰富思想感情。

从戏剧结构看,关汉卿杂剧大多结构严谨而巧妙,情节紧凑而多变。他的杂剧作品多能根据主题的需要来剪裁和安排故事情节,把大量的篇幅留给与主题关系密切的情节,用更多的笔墨去表现主要人物,做到主干突出。如《救风尘》的矛盾本来是在宋引章和周舍之间,但这本戏的主角是赵盼儿,主要的戏剧冲突便在赵盼儿和周舍之间展开。第二折写赵盼儿定计,第三折写赵盼儿与周舍正面周旋,充分表现了赵盼儿的胆识谋略和机智勇敢,收到了突出重点、深化主题的效果。

从戏剧语言看,关汉卿的戏剧语言具有通俗自然、朴实生动的特点。历来评论家们都用"本色"一词来概括关剧的语言风格,称他为本色派的代表。试看《窦娥冤》的语言,质朴自然、明白如话,通俗易懂。关汉卿的语言极富有个性,无论是曲词还是宾白,都符合人物的身份、地位和所处的环境。如作为文人的白士中,语言儒雅,而作为无赖的张驴儿,语言就俗不可耐。又如《救风尘》第一折写宋引章受花花公子周舍甜言蜜语的欺骗,立意要嫁周舍。当赵盼儿问她为何要嫁周舍时,她说:"夏天我好的一觉晌睡,他替你妹子打着扇;冬天替你妹子温的铺盖儿暖了,着你妹子歇息;但你妹子那里人情去……替你妹子提领系、整钗环。只为他这等知重你妹子,因此上一心要嫁他。"赵盼儿便立即向她指出,周舍这一套:"你道这子弟情肠甜似蜜,但娶到他家里,多无半载周年相弃掷,早努牙突嘴,拳推脚踢,打的你哭啼啼。"在这里,宋引章的阅历不深和幼稚天真与赵盼儿的认识深刻和成熟老练,形成鲜明对比。关汉卿的戏剧语言还融入现实生活中谚语、俚语、成语、口头禅等,形成一个自然真切、色彩斑斓的语言世界。

【课程思政】

以文化人 通过课堂小组讨论的形式,让学生分析窦娥悲剧人生的种种表现,挖掘引发悲剧的种种原因,深刻认识当时社会的黑暗。再结合《鲁斋郎》《蝴蝶梦》等戏剧,引导学生认知表面狂放不羁的关汉卿内在严肃的创作态度与批判现实的战斗精神,领悟其"梨园领袖""曲圣""世界文化名人"盛誉的真正内涵,增强社会责任感。

学有所悟 1958年,确认关汉卿被世界和平理事会列为世界文化名人后,中外广泛开展关汉卿创作700周年纪念活动。当时国内至少有100种不同的戏剧形式、1500个职业剧团,同时上演关汉卿的剧本。他的剧作被译为英文、法文、德文、日文等,在世界各地广泛传播。这时田汉的《关汉卿》应时而作,剧作在跌宕起伏的矛盾冲突中刻画了关汉卿"蒸不烂、煮不熟、捶不扁、炒不爆"的"铜豌豆"性格。这部剧不但体现了田汉话剧创作的最高成就,也是新中国成立后最优秀的剧作之一。请同学们阅读田汉的剧作《关汉卿》,体悟关汉卿的性格特征,写一篇关于关汉卿形象分析的小论文。

第三节 关汉卿杂剧选读

一、《窦娥冤》[1]选读

【题解】《窦娥冤》是关汉卿的代表作,也是中国文学史上著名的悲剧作品。王国维曾说:"则如关汉卿之《窦娥冤》、纪君祥之《赵氏孤儿》,剧中虽有恶人交构其间,而其蹈汤赴火者,仍出于其主人翁之意志,即列之于世界大悲剧中,亦无愧色也。"(《宋元戏曲考》)作品通过窦娥的蒙冤惨死,揭露了元代社会的混乱、政治的黑暗、吏治的腐败,广泛反映了元代的社会现实,具有强烈的批判精神,同时也表现了被压迫人民不可抑止的反抗情绪。《窦娥冤》具有很强的戏剧性,剧作情节单纯集中,但布局却颇具匠心。戏剧冲突紧凑集中,楔子和第一折开场,简叙窦娥失母、离父、丧夫的悲剧遭遇,作为铺垫,随即以张驴儿父子闯入蔡家展开冲突;第二折公堂审案达到情节的高潮,第三折法场又掀起情感的高潮;末折虽较平弱,但窦娥鬼魂的出场则加强了悲剧气氛。场面安排也很有特点,冷热悲喜,搭配得当,显示了中国古典悲剧悲喜交集的审美品格。剧作语言"曲尽人情,字字本色","质朴无华而又妙趣横生,构成独特的意境。写情则沁人心脾,写景则在人耳目,述事则如其口出是也。"(王国维《宋元戏曲考》),堪称"本色派"之典范。

楔子[2]

(卜儿蔡婆上[3])(诗云)花有重开日,人无再少年;不须长富贵,安乐是神仙。老身蔡婆婆是也,楚州人氏[4],嫡亲三口儿家属。不幸夫主亡逝已过,只有一个孩儿,年长八岁,俺娘儿两个,过其日月。家中颇有些钱财。这里一个窦秀才,从去年间我借了二十两银子,如今本利该银四十两。我数次索取,那窦秀才只说贫难,没得还我。他有一个女儿,今年七岁,生得可喜,长得可爱,我有心看上他与我家做个媳妇,就准了这四十两银子,岂不两得其便。他说今日好日辰,亲送女儿到我家来。老身且不索钱去,专在家中等候,这早晚窦秀才敢待来也。（冲末扮窦天章引正旦扮端云上[5]）（诗云）读尽缥缃万卷书[6]，可怜贫杀马相如[7]，汉庭一日承恩召，不说当垆说子虚[8]。小生姓窦名天章，祖贯长安京兆人也。幼习儒业，饱有文章；争奈时运不通[9]，功名未遂。不幸浑家[10]亡化已过，撇下这个女孩儿，小字端云，从三岁上亡了他母亲，如今孩儿七岁了也。小生一贫如洗，流落在这楚州居住。此间一个蔡婆婆，他家广有钱物，小生因无盘缠，曾借了他二十两银子，到今本利该对还他四十两。他数次问小生索取，教我把甚么还他，谁想蔡婆婆常常着人来说，要小生女孩儿做他儿媳妇。况如今春榜动，选场开[11]，正待上朝取应[12]，又苦盘缠缺少。小生出于无奈，只得将女孩儿端云送与蔡婆婆做儿媳妇去。（做叹科[13]，云）嗨！这个哪里是做媳妇？分明是卖与他一般，就准了他那先借的四十两银子，分外担得些少东西，勾小生应举之费，便也过望了。说话之间，早来到他家门首。婆婆在家么？（卜儿上，云）秀才请家里坐，老身等候多时也。（做相见科，窦天章云）小生今日一径的将女孩儿送来与婆婆，怎敢说做媳妇，只与婆婆早晚使用。小生目下就要上朝进取功名去，留下女孩儿在此，只望婆婆看觑则个[14]。（卜儿云）这等，你是我亲家了。你本利少我四十两银子，兀的是借钱的文书[15]，还了你；再送与你十两银子做盘缠。亲家你休嫌轻少。（窦天章做谢科，云）多谢了婆婆，先少你许多银子，都不要我还了，今又送我盘缠，此恩异日必当重报。婆婆，女孩儿早晚呆痴，看小生薄面，看觑女孩儿咱[16]。（卜儿云）亲家，这不消你嘱咐，令爱到我家，就做亲女儿一般看承他，你只管放心的去。（窦天章云）婆婆，端云孩儿该打呵，看小生面则骂几句[17]；当骂呵，则处分几句[18]。孩儿，你也不比在我跟前，我是你亲爷，将就的你；你如今在这里，早晚若顽劣呵，你只讨那打骂吃。儿呀，我也是出于无奈。（做悲科）（唱）

【仙吕·赏花时】[19]我也只为无计营生四壁贫，因此上割舍得亲儿在两处分。从今日远践洛阳尘，又不知归期定准，则落的无语暗消魂[20]。（下）

（卜儿云）窦秀才留下他这女孩儿与我做媳妇儿，他一径上朝应举去了。（正旦做悲科，云）爹爹，你直下的撇了我孩儿去也[21]！（卜儿云）媳妇儿，你在我家，我是亲婆，你是亲媳妇，只当自家骨肉一般。你不要啼哭，跟着老身前后执料去来[22]。（同下）

【注释】

[1] 本篇选自明臧懋循《元曲选》。全名《感天动地窦娥冤》。剧中最后出现的"肃政廉访使"，乃至元二十八年（1291）才有的事（据《元史》卷八十六《百官二·肃政廉访司》），可知该剧为关汉卿晚年之作。

[2] 楔（xiē）子：本是插在木器的榫子缝里的木片，元杂剧借用这一名称，指称加在剧首或折与折之间的一段戏。其作用，在于介绍人物、情节，和加紧前后剧情的联系，近于序幕或过场戏。所唱曲子，只用一二支小令，不用长套。

[3] 卜儿：杂剧角色名，一般扮演老妇人。宋元人把"娘"省写为"卜"；"卜儿"即老娘、老妇的意思。

[4] 楚州：唐为楚州，宋为淮安州，元为淮安府路，治所在今江苏省淮安县。

[5] 冲末：杂剧角色名，常用于指称冲场（第一个上场）的末角。杂剧中男角叫末，男主角称正末，此外尚有副末、冲末、外末、小末等名目。正旦：杂剧中的女主角。杂剧中女角叫旦，有正旦、副旦、贴旦、外旦、小旦、大旦、老旦、花旦、搽旦等名目。

[6] 缥缃：代指书籍。缥：淡青色绸子；缃：浅黄色绸子。古人常用缥缃包书或做书袋，

后人用为书籍的代称。

[7] 马相如：司马相如，汉代文学家。家世贫寒，徒有四壁。

[8] 不说当垆说子虚：蜀中豪富卓王孙的女儿卓文君，因爱慕司马相如，同他私奔。后因贫穷，夫妻开小酒店过活，卓文君当垆卖酒，司马相如涤器打杂。后来汉武帝赏识司马相如写的《子虚赋》，召他入朝做官（见《史记·司马相如列传》）。这里窦天章自比相如，表示他志在功名，不恋儿女私情。

[9] 争奈：即怎奈。

[10] 浑家：本是"全家"的意思，一般用来专指妻子。

[11] 春榜动：科举时代，进士考试和发榜多在春季于京城举行。

[12] 上朝取应：进京考试。

[13] 科：戏剧术语，是人物动作表情和舞台效果的舞台提示。

[14] 看觑则个：关照、照顾。则个：加重语气、表示希望的语助词，与"着""者"相近。

[15] 兀的：指示词，这个，这里。或作"兀底""兀得""阿的"。

[16] 咱：语助词，用在一句话的末尾，表示应当、命令或希望的意思。或作"者"。

[17] 则：通"只"，或作"子"。

[18] 处分：这里是开导、教育的意思。

[19] 仙吕：宫调名。赏花时：曲牌名。

[20] 暗消魂：黯然销魂。暗：通"黯"；消：通"销"。江淹《别赋》："黯然销魂者，唯别而已矣。"

[21] 直下的：竟舍得。

[22] 执料：照料。

第一折[1]

（净扮赛卢医上[2]）（诗云）行医有斟酌，下药依本草[3]；死的医不活，活的医死了。自家姓卢，人道我一手好医，都叫做赛卢医，在这山阳县南门开着生药局。在城有个蔡婆婆[4]，我问他借了十两银子，本利该还他二十两；数次来讨这银子，我又无的还他。若不来便罢，若来呵，我自有个主意！我且在这药铺中坐下，看有甚么人来。（卜儿上，云）老身蔡婆婆。我一向搬在山阳县居住，尽也静办[5]。自十三年前窦天章秀才留下端云孩儿与我做儿媳妇，改了他小名，唤做窦娥。自成亲之后，不上二年，不想我这孩儿害弱症死了[6]。媳妇儿守寡，又早三个年头，服孝将除了也。我和媳妇儿说知，我往城外赛卢医家索钱去也。（做行科，云）蓦过隅头[7]，转过屋角，早来到他家门首。赛卢医在家么？（卢医云）婆婆，家里来。（卜儿云）我这两个银子长远了，你还了我罢。（卢医云）婆婆，我家里无银子，你跟我庄上去取银子还你。（卜儿云）我跟你去。（做行科）（卢医云）来到此处，东也无人，西也无人，这里不下手，等甚么？我随身带的有绳子。兀那婆婆[8]，谁唤你哩？（卜儿云）在那里？（做勒卜儿科。孛老同副净张驴儿冲上[9]，赛卢医慌走下。孛老救卜儿科）（张驴儿云）爹，是个婆婆，争些勒杀了[10]。（孛老云）兀那婆婆，你是那里人氏？姓甚名谁？因甚着这个人将你勒死？（卜儿云）老身姓蔡，在城人氏，止有个寡媳妇儿守寡过日。因为赛卢医少我二十两银子，今日与他取讨；谁想他赚我到无人去处，要勒死我，赖这银子。若不是遇着老的和哥哥呵，那得老身性命来!(张驴儿云)爹,你听的他说么?他家还有个媳妇哩!救了他性命,他少不得要谢我。不若你要这婆子,我要他媳妇儿,何等两便?你和他说去。(孛老云)兀那婆婆,你无丈夫,我无浑家,你肯与我做个老婆,意下如何?(卜儿云)是何言语!待我回家,多备些钱钞相谢。(张驴儿云)你敢是不肯,故意将钱钞哄我?赛卢医的绳子还在,我仍旧勒死了你罢。(做拿绳科)(卜儿云)哥哥,待我慢慢地寻思咱!(张驴儿云)你寻思些什么?你随我老子,我便要你媳妇儿。(卜儿背云)我不依他,他又勒杀我。罢罢罢,你爷儿两个随我到家中去来。(同下)(正旦上,云)妾身姓窦,小字端云,祖居楚州人氏。我三岁上亡了母亲,七岁上离了父亲。俺父亲将我嫁与蔡婆婆为儿媳妇,改名窦娥,至十七岁与夫成亲。不幸丈夫亡化,可早三年光景,我今二十岁也。这南门外有个赛卢医,他少俺婆婆银子,本利该二十两,数次索取不还。今日俺婆婆亲自索取去了。窦娥也,你这命好苦也啊!(唱)

【仙吕·点绛唇】满腹闲愁,数年禁受[11],天知否?天若是知我情由,怕不待和天瘦。

【混江龙】则问那黄昏白昼,两般儿忘餐废寝几时休?大都来昨宵梦里[12],和着这今日心头。催人泪的是锦烂漫花枝横绣闼,断人肠的是剔团圆月色挂妆楼[13]。长则是急煎煎按不住意中焦,闷沉沉展不彻眉尖皱,越觉的情怀冗冗,心绪悠悠。

(云)似这等忧愁,不知几时是了也呵!(唱)

【油葫芦】莫不是八字儿该载着一世忧[14],谁似我无尽头!须知道人心不似水长流。我从三岁母亲身亡后,到七岁与父分离久。嫁的个同住人,他可又拔着短筹[15];撇的俺婆妇每[16]都把空房守,端的个有谁问,有谁瞅?

【天下乐】莫不是前世里烧香不到头[17],今也波生招祸尤[18]?劝今人早将来世修。我将这婆侍养,我将这服孝守,我言词须应口。

(云)婆婆索钱去了,怎生这早晚不见回来?(卜儿同孛老、张驴儿上)(卜儿云)你爷儿两个且在门首,等我先进去。(张驴儿云)奶奶,你先进去,就说女婿在门首哩。(卜儿见正旦科)(正旦云)奶奶回来了。你吃饭么?(卜儿做哭科,云)孩儿也,你教我怎生说波!(正旦唱)

【一半儿】为甚么泪漫漫不住点儿流?莫不是为索债与人家惹争斗?我这里连忙迎接慌问候,他那里要说缘由。(卜儿云)羞人答答的,教我怎生说波!(正旦唱)则见他一半儿徘徊一半儿丑。

(云)婆婆,你为什么烦恼啼哭那?(卜儿云)我问赛卢医讨银子去,他赚我到无人去处,行起凶来,要勒死我。亏了一个张老并他儿子张驴儿,救得我性命。那张老就要我招他做丈夫,因这等烦恼。(正旦云)婆婆,这个怕不中么!你再寻思咱:俺家里又不是没有饭吃,没有衣穿,又不是少欠钱债,被人催逼不过;况你年纪高大,六十以外的人,怎生又招丈夫那?(卜儿云)孩儿也,你说的岂不是!但是我的性命全亏他这爷儿两个救的。我也曾说道:待我到家,多将些钱物酬谢你救命之恩。不知他怎生知道我家里有个媳妇儿,道我婆儿媳妇又没老公,他爷儿两个又没老婆,正是天缘天对。若不随顺,他依旧要勒死我。那时节我就慌张了,莫说自己许了他,连你也许了他。儿也,这也是出于无奈。(正旦云)婆婆,你听我说波。(唱)

【后庭花】避凶神要择好日头,拜家堂要将香火修。梳着个霜雪般白鬏髻[19],怎将这云霞般锦帕兜?怪不的"女大不中留"。你如今六旬左右,可不道到中年万事休!旧恩爱一笔勾,新夫妻两意投,枉教人笑破口!

(卜儿云)我的性命都是他爷儿两个救的,事到如今,也顾不得别人笑话了。(正旦唱)

【青哥儿】你虽然是得他、得他营救，须不是笋条、笋条年幼[20]，划的便巧画蛾眉成配偶[21]！想当初你夫主遗留，替你图谋，置下田畴，早晚羹粥，寒暑衣裳。满望你鳏寡孤独，无捱无靠，母子每到白头。公公也，则落得干生受[22]！

（卜儿云）孩儿也，他如今只待过门。喜事匆匆的，教我怎生回得他去？（正旦唱）

【寄生草】你道他匆匆喜，我替你倒细细愁：愁则愁兴阑珊咽不下交欢酒，愁则愁眼昏腾扭不上同心扣，愁则愁意朦胧睡不稳芙蓉褥。你待要笙歌引至画堂前，我道这姻缘敢落在他人后。

（卜儿云）孩儿也，再不要说我了。他爷儿两个都在门首等候，事已至此，不若连你也招了女婿罢！（正旦云）婆婆，你要招你自招，我并然不要女婿。（卜儿云）那个是要女婿的？争奈他爷儿两个自家挨过门来，教我如何是好？（张驴儿云）我们今日招过门去也。帽儿光光，今日做个新郎；袖儿窄窄，今日做个娇客。"好女婿，好女婿，不枉了，不枉了。（同孛老入拜科）（正旦做不理科，云）兀那厮[23]，靠后！（唱）

【赚煞】我想这妇人每休信那男儿口。婆婆也，怕没有贞心儿自守，到今日招着个村老子，领着个半死囚。（张驴儿做嘴脸科，云）你看我爷儿两个这等身段，尽也选得女婿过，你不要错过了好时辰，我和你早些儿拜堂罢。（正旦不理科，唱）则被你坑杀人燕侣莺俦。婆婆也，你岂不知羞！俺公公撞府冲州，阄闯的铜斗儿家缘百事有[24]。想着俺公公置就，怎忍教张驴儿情受[25]？（张驴儿做扯正旦拜科，正旦推跌科，唱）兀的不是俺没丈夫的妇女下场头！（下）

（卜儿云）你老人家不要恼躁。难道你有活命之恩，我岂不思量报你？只是我那媳妇儿气性最不好惹的，既是他不肯招你儿子，教我怎好招你老人家？我如今拼的好酒好饭，养你爷儿两个在家，待我慢慢的劝化俺媳妇儿。待他有个回心转意，再作区处。（张驴儿云）这歪刺骨[26]！便是黄花女儿，刚刚扯的一把，也不消这等使性，平空的推了我一交，我肯干罢！就当面赌个誓与你：我今生今世不要他做老婆，我也不算好男子！（词云）美妇人我见过万千向外，不似这小妮子生得十分愈赖[27]；我救了你老性命死里重生，怎割舍得不肯把肉身陪待？（同下）

【注释】

[1] 折：杂剧一般一本四折，每折唱同一宫调的一个套曲，也是故事的一个段落，约相当于现代话剧中的一幕。
[2] 净：角色名，元剧中一般扮演男角，有时也扮演女角，面部往往搽土抹灰。卢医：古代良医扁鹊是卢（今山东省长清县西南）人，因称卢医。赛卢医：赛过名医扁鹊，元剧中常用以称庸医。是用反语打诨。
[3] 本草：记载中药的书籍，如《本草纲目》等。
[4] 在城：本城。
[5] 静办：清静，安静。
[6] 弱症：亏损不足的病症。
[7] 驀过：拐过。
[8] 兀：语头词，有加强语气的作用。
[9] 孛老：杂剧角色名，扮演老头。
[10] 争些：差些。

[11] 禁受：忍受。

[12] 大都来：大抵。

[13] 剔团圞：非常圆。剔：形容极圆的副词，犹如说"滴溜儿"。

[14] 八字：古代以干支纪年、月、日、时，出生的年、月、日、时共八字，星命术士以此来推算命运的好坏。

[15] 拔着短筹：比喻短命。筹：古代算命用的竹签。

[16] 每：相当"们"，是宋元时俗语。

[17] 前世里烧香不到头：迷信说法，前世烧了断头香，今生就得折断、分离的果报，夫妻不能一起到老。

[18] 今也波生：今生。也波：语句中助词，无义。

[19] 髢髻（díjì）：古时妇女头上套网的假发，带有装饰性的一种假髻。

[20] 笋条：竹根所生的幼草，比喻年纪轻。

[21] 划的：无缘无故地，平白地。或作"划地"。

[22] 干生受：白辛苦。

[23] 厮：对男子的贱称。

[24] 阐阅：同"挣"，用力谋取、取得。铜斗儿家缘：殷实、牢固的家产。

[25] 情受：承受。

[26] 歪剌骨：侮辱妇女的话，含有泼辣、不正派等义。

[27] 忒赖：泼赖，不通情理，难对付。

第二折

（赛卢医上，诗云）小子太医出身，也不知道医死多人，何尝怕人告发，关了一日店门？在城有个蔡家婆子，刚少他二十两花银，屡屡亲来索取，争些撺断脊筋[1]。也是我一时智短，将他赚到荒村，撞见两个不识姓名男子，一声嚷道："浪荡乾坤，怎敢行凶撒泼，擅自勒死平民！"吓得我丢了绳索，放开脚步飞奔。虽然一夜无事，终觉失精落魂；方知人命关天关地，如何看做壁上灰尘。从今改过行业，要得灭罪修因[2]，将以前医死的性命，一个个都与他一卷超度的经文。小子赛卢医的便是。只为要赖蔡婆婆二十两银子，赚他到荒僻去处，正待勒死他，谁想遇见两个汉子，救了他去。若是再来讨债时节，教我怎生见他？常言道的好："三十六计，走为上计"。喜得我是孤身，又无家小连累，不若收拾了细软行李，打个包儿，悄悄的躲到别处，另做营生，岂不干净？（张驴儿上，云）自家张驴儿，可奈那窦娥百般的不肯随顺我；如今那老婆子害病，我讨服毒药与他吃了，药死那老婆子，这小妮子好歹做我的老婆。（做行科，云）且住，城里人耳目广，口舌多，倘见我讨毒药，可不嚷出事来？我前日看见南门外有个药铺，此处冷静，正好讨药。（做到科，叫云）太医哥哥，我来讨药的。（赛卢医云）你讨什么药？（张驴儿云）我讨服毒药。（赛卢医云）谁敢合毒药与你？这厮好大胆也。（张驴儿云）你真个不肯与我药么？（赛卢医云）我不与你，你就怎地我？（张驴儿做拖卢云）好呀，前日谋死蔡婆婆的，不是你来？你说我不认的你哩？我拖你见官去。（赛卢医做慌科，云）大哥，你放我，有药有药。（做与药科）（张驴儿云）既然有了药，且饶你罢。正是：得放手时须放手，得饶人处且饶人。（下）（赛卢医云）可不晦气！刚刚讨药的这人，就是救那

婆子的。我今日与了他这服毒药去了,以后事发,越越要连累我;趁早儿关上药铺,到涿州卖老鼠药去也[3]。(下)

(卜儿上,做病伏几科)(孛老同张驴儿上,云)老汉自到蔡婆婆家来,本望做个接脚[4],却被他媳妇坚执不从。那婆婆一向收留俺爷儿两个在家同住,只说好事不在忙,等慢慢里劝转他媳妇,谁想他婆婆又害起病来。孩儿,你可曾算我两个的八字,红鸾天喜几时到命哩[5]?(张驴儿云)要看什么天喜到命!只赌本事,做得去自去做。(孛老云)孩儿也,蔡婆婆害病好几日了,我与你去问病波。(做见卜儿问科,云)婆婆,你今日病体如何?(卜儿云)我身子十分不快哩。(孛老云)你可想些什么吃?(卜儿云)我思量些羊肚儿汤吃。(孛老云)孩儿,你对窦娥说,做些羊肚儿汤与婆婆吃。(张驴儿向古门云[6])窦娥,婆婆想羊肚儿汤吃,快安排将来。(正旦持汤上,云)妾身窦娥是也。有俺婆婆不快,想羊肚汤吃,我亲自安排了与婆婆吃去。婆婆也,我这寡妇人家,凡事也要避些嫌疑,怎好收留那张驴儿父子两个?非亲非眷的,一家儿同住,岂不惹外人谈议?婆婆也,你莫要背地里许了他亲事,连我也累做不清不洁的。我想这妇人心好难保也啊。(唱)

【南吕·一枝花】他则待一生鸳帐眠,那里肯半夜空房睡;他本是张郎妇,又做了李郎妻。有一等妇女每相随,并不说家克计[7],则打听些闲是非;说一会不明白打凤的机关[8],使了些调虚嚣捞龙的见识[9]。

【梁州第七】这一个似卓氏般当垆涤器,这一个似孟光般举案齐眉[10],说的来藏头盖脚多伶俐!道着难晓,做出才知。旧恩忘却,新爱偏宜;坟头上土脉犹湿,架儿上又换新衣。那里有奔丧处哭倒长城[11]?那里有浣纱时甘投大水[12]?那里有上山来便化顽石[13]?可悲,可耻!妇人家直恁的无仁义,多淫奔,少志气;亏杀前人在那里,更休说百步相随[14]。

(云)婆婆,羊肚儿汤做成了,你吃些儿波。(张驴儿云)等我拿去。(做接尝科,云)这里面少些盐醋,你去取来。(正旦下)(张驴儿放药科)(正旦上,云)这不是盐醋?(张驴儿云)你倾下些。(正旦唱)

【隔尾】你说道少盐欠醋无滋味,加料添椒才脆美。但愿娘亲早痊济,饮羹汤一杯,胜甘露灌体,得一个身子平安倒大来喜[15]。

(孛老云)孩儿,羊肚汤有了不曾?(张驴儿云)汤有了,你拿过去。(孛老将汤云)婆婆,你吃些汤儿。(卜儿云)有累你。(做呕科,云)我如今打呕,不要这汤吃了,你老人家吃罢。(孛老云)这汤特做来与你吃的,便不要吃,也吃一口儿。(卜儿云)我不吃了,你老人家请吃。(孛老吃科)(正旦唱)

【贺新郎】一个道你请吃,一个道婆先吃,这言语听也难听,我可是气也不气!想他家与咱家有甚的亲和戚?怎不记旧日夫妻情意,也曾有百纵千随?婆婆也,你莫不为黄金浮世宝,白发故人稀[16],因此上把旧恩情全不比新知契。则待要百年同墓穴,那里肯千里送寒衣。

(孛老云)我吃下这汤去,怎觉昏昏沉沉的起来?(做倒科)(卜儿慌科,云)你老人家放精细着[17],你挣扎着些儿。(做哭科,云)兀的不是死了也!(正旦唱)

【斗虾蟆】空悲戚,没理会,人生死,是轮回[18]。感着这般病疾,值着这般时势;可是风寒暑湿,或是饥饱劳役;各人证候自知,人命关天关地;别人怎生替得,寿数非干今世。相守三朝五夕,说甚一家一计。又无羊酒段匹,又无花红财礼;把手为活过日[19],撒手如同休弃。不是窦娥忤逆,生怕旁人论议。不如听咱劝你,认个自家晦气,割舍的一具棺材停置,几件布帛收拾,出了咱家门里,送入他家坟地。这不是你那从小儿年纪指脚的夫妻[20],我其实不关亲，无半点凄惶泪。休得要心如醉，意似痴，便这等嗟嗟怨怨，哭哭啼啼。

（张驴儿云）好也啰！你把我老子药死了，更待干罢！（卜儿云）孩儿，这事怎了也？（正旦云）我有什么药在那里？都是他要盐醋时，自家倾在汤儿里的。（唱）

【隔尾】这厮搬调咱老母收留你[21]，自药死亲爷待要唬吓谁？（张驴儿云）我家的老子，倒说是我做儿子的药死了，人也不信。（做叫科云）四邻八舍听着：窦娥药杀我家老子哩。（卜儿云）罢么，你不要大惊小怪的，吓杀我也。（张驴儿云）你可怕么？（卜儿云）可知怕哩。（张驴儿云）你要饶么？（卜儿云）可知要饶哩。（张驴儿云）你教窦娥随顺了我，叫我三声嫡嫡亲亲的丈夫，我便饶了他。（卜儿云）孩儿也，你随顺了他罢。（正旦云）婆婆，你怎说这般言语？（唱）我一马难将两鞍鞴。想男儿在日，曾两年匹配，却教我改嫁别人，其实做不得。

（张驴儿云）窦娥，你药杀了俺老子，你要官休？要私休？（正旦云）怎生是官休？怎生是私休？（张驴儿云）你要官休呵，拖你到官司，把你三推六问[22]，你这等瘦弱身子，当不过拷打，怕你不招认药死我老子的罪犯！你要私休呵，你早些与我做了老婆，倒也便宜了你。（正旦云）我又不曾药死你老子，情愿和你见官去来。（张驴儿拖正旦、卜儿下）

（净扮孤引祗候上[23]）（诗云）我做官人胜别人，告状来的要金银；若是上司当刷卷[24]，在家推病不出门。下官楚州太守桃杌是也[25]。今早升厅坐衙，左右喝撺厢[26]。（祗候吆喝科）（张驴儿拖正旦、卜儿上，云）告状，告状。（祗候云）拿过来。（做跪见，孤亦跪科，云）请起。（祗候云）相公，他是告状的，怎生跪着他？（孤云）你不知道，但来告状的，就是我的衣食父母。（祗候吆喝科）（孤云）那个是原告？那个是被告？从实说来。（张驴儿云）小人是原告张驴儿，告这媳妇儿，唤做窦娥，合毒药下在羊肚汤儿里，药死了俺的老子。这个唤做蔡婆婆，就是俺的后母。望大人与小人做主咱。（孤云）是那一个下的毒药？（正旦云）不干小妇人事。（卜儿云）也不干老妇人事。（张驴儿云）也不干我事。（孤云）都不是，敢是我下的毒药来？（正旦云）我婆婆也不是他后母，他自姓张，我家姓蔡。我婆婆因为与赛卢医索钱，被他赚到郊外勒死；我婆婆却得他爷儿两个救了性命，因此我婆婆收留他爷儿两个在家，养膳终身，报他的恩德。谁知他两个倒起不良之心，冒认婆婆做了接脚，要逼勒小妇人作他媳妇。小妇人元是有丈夫的，服孝未满，坚执不从。适值我婆婆患病，着小妇人安排羊肚汤儿吃。不知张驴儿那里讨得毒药在身，接过汤来，只说少些盐醋，支转小妇人，暗地倾下毒药。也是天幸，我婆婆忽然呕吐，不要汤吃，让与他老子吃，才吃的几口，便死了。与小妇人并无干涉，只望大人高抬明镜，替小妇人做主咱。（唱）

【牧羊关】大人你明如镜，清似水，照妾身肝胆虚实。那羹本五味俱全，除了此百事不知。他推道尝滋味，吃下去便昏迷。不是妾讼庭上胡支对，大人也，却教我平白地说甚的？

（张驴儿云）大人详情：他自姓蔡，我自姓张，他婆婆不招俺父亲接脚，他养我父子两个在家做甚么？这媳妇年纪儿虽小，极是个赖骨顽皮，不怕打的。（孤云）人是贱虫，不打不招。左右，与我选大棍子打着。

（祗候打正旦，三次喷水科）（正旦唱）

【骂玉郎】这无情棍棒教我捱不的。婆婆也，须是你自做下，怨他谁？劝普天下前婚后嫁婆娘每，都看取我这般傍州例[27]。

【感皇恩】呀！是谁人唱叫扬疾，不由我不魄散魂飞。恰消停，才苏醒，又昏迷。捱千般打拷，万种凌逼，一杖下，一道血，一层皮。

【采茶歌】打的我肉都飞,血淋漓,腹中冤枉有谁知!则我这小妇人毒药来从何处也?天哪!怎么的覆盆不照太阳晖!

(孤云)你招也不招?(正旦云)委的不是小妇人下毒药来[28]。(孤云)既然不是你,与我打那婆子。(正旦忙云)住住住,休打我婆婆,情愿我招了罢。是我药死公公来。(孤云)既然招了,着他画了伏状[29],将枷来枷上,下在死囚牢里去。到来日判个斩字,押赴市曹典刑。(卜儿哭科,云)窦娥孩儿,这都是我送了你性命,兀的不痛杀我也!(正旦唱)

【黄钟尾】我做了个衔冤负屈没头鬼,怎肯便放了你好色荒淫漏面贼[30]!想人心不可欺,冤枉事天地知,争到头,竞到底,到如今待怎的?情愿认药杀公公,与了招罪。婆婆也,我怕把你来便打的,打的来恁[31]。我若是不死呵,如何救得你?

(随祗候押下)(张驴儿做叩头科,云)谢青天老爷做主!明日杀了窦娥,才与小人的老子报的冤。(卜儿哭科,云)明日市曹中杀窦娥孩儿也,兀的不痛杀我也!(孤云)张驴儿,蔡婆婆,都取保状,着随衙听候。左右,打散堂鼓,将马来,回私宅去也。(同下)

【注释】

[1] 撚(niǎn):搓。
[2] 灭罪修因:消除今生罪孽,修造来世福因。
[3] 涿州:今河北省涿县。这里是插科打诨,在大都演剧,提到涿州,可引起剧场的反响。
[4] 接脚:接脚女婿的省称,即后夫。
[5] 红鸾:星命家迷信的说法。命里有红鸾星照限,主婚姻成就。天喜:星命家迷信的说法,日支与月建相合,卯月逢亥日,皆为天喜,这一天就是吉日。
[6] 古门:杂技术语,指前台通向后台的出入口,或称"鬼门"。
[7] 说家克计:谈论持家的办法。
[8] 打凤:与捞龙连文,指安排圈套。
[9] 虚嚣:虚浮,伪诈。
[10] 似孟光般举案齐眉:东汉时梁鸿、孟光夫妇相敬如宾,吃饭时,孟光把食案高举到眉头献给梁鸿。事见《后汉书·梁鸿传》。
[11] 奔丧处哭倒长城:民间传说,秦时范杞梁被征去修筑长城,劳累至死,妻子孟姜女千里送寒衣,伏尸痛哭,长城为之坍倒。
[12] 浣纱时甘投大水:春秋时,伍子胥被楚王迫害出逃吴国,至江边,有一浣纱女同情他,给以酒食。伍子胥叮嘱她不要泄露自己的行踪,浣纱女为表明心迹,投江自杀。事见东汉赵晔《吴越春秋》。
[13] 上山来便化顽石:民间传说,一妇人因丈夫久出不归,日日上山眺望,化为石头,人称"望夫石"或"望夫山"。
[14] 百步相随:《元曲选》本作"本性难移"。现从《古名家杂剧》。"相随百步,尚有徘徊意",是当时成语。
[15] 倒大来:即倒大,原义到头、到顶,引申为极大、绝大。来:语助词。
[16] 黄金浮世宝二句:当时成语,意为黄金是世俗所宝的,从小相交到白头的朋友却很少见。这是讥讽蔡婆贪图眼前享受,轻视前夫恩爱。
[17] 精细:清醒的意思,乃元代俗语。

[18] 轮回：迷信说法，认为人死后会转世再生。
[19] 把手：手把手，携手。
[20] 指脚的夫妻：结发夫妻。
[21] 搬调：搬弄调唆。
[22] 三推六问：反复审问。推：推求，勘察。问：审讯。
[23] 孤：杂剧角色名，扮演官员。祗候：本宋代武官名，元代则称州、县衙役。
[24] 刷卷：清查案卷。
[25] 梼杌：梼杌，古代四凶之一。剧中借用这一名字来鞭挞贪官。《左传·文公十八年》："颛顼氏有不才子，不可教训，不可话言。告之则顽，舍之则嚚，傲很明德，以乱天常，天下之民，谓之'梼杌'。"
[26] 喝撺（cuān）厢：官员开庭审案时，衙役大声吆喝，以显示官威，后来叫"喊堂威"。厢：或作"箱"；撺厢：元代官府接受状词的用具。
[27] 傍州例：邻近州县的判例，引申为例子、榜样。
[28] 委的：真的，的确的。又作"委实的"。
[29] 伏状：伏罪的状子。
[30] 漏面：疑即镂面，宋元时在犯人面上刺字的一种刑法。
[31] 我怕把你来便打的二句：原无，现据《古名家杂剧》本及孟称舜《古今名剧合选·酹江集》本补正。

第三折

（外扮监斩官上[1]，云）下官监斩官是也。今日处决犯人，着做公的把住巷口，休放往来人闲走。（净扮公人，鼓三通，锣三下科，刽子磨旗、提刀[2]，押正旦带枷上）（刽子云）行动些，行动些，监斩官去法场上多时了。（正旦唱）

【正宫·端正好】没来由犯王法，不提防遭刑宪，叫声屈动地惊天。顷刻间游魂先赴森罗殿，怎不将天地也生埋怨。

【滚绣球】有日月朝暮悬，有鬼神掌着生死权。天地也只合把清浊分辨，可怎生糊突了盗跖颜渊[3]；为善的受贫穷更命短，造恶的享富贵又寿延。天地也！做得个怕硬欺软，却原来也这般顺水推船！地也，你不分好歹何为地！天也，你错勘贤愚枉做天！哎，只落得两泪涟涟。

（刽子云）快行动些，误了时辰也。（正旦唱）

【倘秀才】则被这枷纽的我左侧右偏，人拥的我前合后偃。我窦娥向哥哥行有句言[4]。（刽子云）你有甚么话说？（正旦唱）前街里去心怀恨，后街里去死无冤，休推辞路远。

（刽子云）你如今到法场上面，有什么亲眷要见的，可教他过来，见你一面也好。（正旦唱）

【叨叨令】可怜我孤身只影无亲眷，则落的吞声忍气空嗟怨。（刽子云）难道你爷娘家也没的？（正旦云）只有个爹爹，十三年前上朝取应去了，至今杳无音信。（唱）早已是十年多不睹爹爹面。（刽子云）你适才要我往后街里去，是什么主意？（正旦唱）怕则怕前街里被我婆婆见。（刽子云）你的性命也顾不得，怕他见怎的？（正旦云）俺婆婆若见我披枷带锁赴法场餐刀去呵，（唱）枉将他气杀也么哥[5]，枉将他气杀也么哥。告哥哥，临危好与人行方便！

（卜儿哭上科）（云）天那，兀的不是我媳妇儿！（刽子云）婆子靠后。（正旦云）既是俺婆婆来了，叫他来，待我嘱咐他几句话咱。（刽子云）那婆子，近前来，你媳妇要嘱咐你话哩。（卜儿云）孩儿，痛杀我也。（正旦云）婆婆，那张驴儿把毒药放在羊肚儿汤里，实指望药死了你，要霸占我为妻。不想婆婆让与他老子吃，倒把他老子药死了。我怕连累婆婆，屈招了药死公公，今日赴法场典刑。婆婆，此后遇着冬时年节，月一十五，有瀽不了的浆水饭[6]，瀽半碗儿与我吃；烧不了的纸钱，与窦娥烧一陌儿[7]。则是看你死的孩儿面上！（唱）

【快活三】念窦娥葫芦提当罪愆[8]，念窦娥身首不完全，念窦娥从前已往干家缘，婆婆也，你只看窦娥少爷无娘面。

【鲍老儿】念窦娥伏侍婆婆这几年，遇时节将碗凉浆奠；你去那受刑法尸骸上烈些纸钱，只当把你亡化的孩儿荐。（卜儿哭科，云）孩儿放心，这个老身都记得。天那，兀的不痛杀我也。（正旦唱）婆婆也，再也不要啼啼哭哭，烦烦恼恼，怨气冲天。这都是我做窦娥的没时没运，不明不暗，负屈衔冤。

（刽子做喝科，云）兀那婆子靠后，时辰到了也。（正旦跪科）（刽子开枷科）（正旦云）窦娥告监斩大人，有一事肯依窦娥，便死而无怨。（监斩官云）你有什么事？你说。（正旦云）要一领净席，等我窦娥站立，又要丈二白练，挂在旗枪上[9]；若是我窦娥委实冤枉，刀过处头落，一腔热血休半点儿沾在地下，都飞在白练上者。（监斩官云）这个就依你，打甚么不紧[10]。（刽子做取席站科，又取白练挂旗上科）（正旦唱）

【耍孩儿】不是我窦娥罚下这等无头愿[11]，委实的冤情不浅。若没些儿灵圣与世人传，也不见得湛湛青天。我不要半星热血红尘洒，都只在八尺旗枪素练悬。等他四下里皆瞧见，这就是咱苌弘化碧[12]，望帝啼鹃[13]。

（刽子云）你还有甚的说话，此时不对监斩大人说，几时说那？（正旦再跪科，云）大人，如今是三伏天道，若窦娥委实冤枉，身死之后，天降三尺瑞雪，遮掩了窦娥尸首。（监斩官云）这等三伏天道，你便有冲天的怨气，也召不得一片雪来，可不胡说！（正旦唱）

【二煞】你道是暑气暄，不是那下雪天；岂不闻飞霜六月因邹衍[14]？若果有一腔怨气喷如火，定要感的六出冰花滚似锦[15]，免着我尸骸现；要什么素车白马，断送出古陌荒阡？

（正旦再跪科，云）大人，我窦娥死的委实冤枉，从今以后，着这楚州亢旱三年[16]！（监斩官云）打嘴！那有这等说话！（正旦唱）

【一煞】你道是天公不可期，人心不可怜，不知皇天也肯从人愿。做甚么三年不见甘霖降，也只为东海曾经孝妇冤[17]。如今轮到你山阳县，这都是官吏每无心正法，使百姓有口难言。

（刽子做磨旗科，云）怎么这一会儿天色阴了也？（内做风科）（刽子云）好冷风也！（正旦唱）

【煞尾】浮云为我阴，悲风为我旋，三桩儿誓愿明题遍。（做哭科，云）婆婆也，直等待雪飞六月，亢旱三年呵，（唱）那其间才把你个屈死的冤魂这窦娥显。

（刽子做开刀，正旦倒科）（监斩官惊云）呀，真个下雪了，有这等异事！（刽子云）我也道平日杀人，满地都是鲜血，这个窦娥的血，都飞在那丈二白练上，并无半点落地，委实奇怪。（监斩官云）这死罪必有冤枉，早两桩儿应验了，不知亢旱三年的说话，准也不准？且看后来如何。左右，也不必等待雪晴，便与我抬她尸首，还了那蔡婆婆去罢。（众应科，抬尸下）

【注释】

[1] 外：元杂剧里指正角色以外的次要角色。这里是"外末"的省称。

[2] 磨旗：挥动旗子开路。《东京梦华录》卷七《驾登宝津桥》："次一人磨旗出马，谓之

［3］盗跖颜渊：盗跖是春秋时奴隶起义首领，时称大盗。颜渊是孔子著名的贤弟子。古时常将二人作为坏人、好人的代表。

［4］哥哥行（háng）：哥哥那里。行：指示处所的语助词，一般用在人词名称后面。

［5］也么哥：表示感叹的语气词。

［6］瀽（jiǎn）：倾倒，泼出。这里是浇莫酒浆。

［7］一陌儿：一百个纸钱。陌，通"百"，古时一百钱的总称。

［8］葫芦提：糊里糊涂，不明白。或作"胡卢提""胡卢题"。

［9］旗枪：杆上装有枪头的旗子。

［10］打什么不紧：没有什么要紧。

［11］无头愿：以头颅相拼的誓愿。

［12］苌（cháng）弘：传说中周朝的忠臣。碧：青绿色的美石。《庄子·外物》："苌弘死于蜀，藏其血，三年而化为碧。"

［13］望帝啼鹃：望帝是古代传说中的蜀王，被逼传位给臣下，死后化为杜鹃鸟，日夜悲啼。（见《华阳国志·蜀志》）

［14］飞霜六月因邹衍：传说战国燕惠王时，邹衍被诬下狱，仰天大哭。夏五月时，天竟下霜。（见《太平御览》十四引《淮南子》）

［15］六出冰花：雪花，因其结晶体多为六瓣。

［16］亢旱：大旱、久旱。

［17］东海曾经孝妇冤：汉朝东海郡孝妇，孝顺婆婆，婆婆因事自缢身死，孝妇被诬，判了死刑，死后郡中大旱三年。（见《汉书·于定国传》）

第四折

（窦天章冠带引丑张千、祗从上[1]）（诗云）独立空堂思黯然，高峰月出满林烟，非关有事人难睡，自是惊魂夜不眠。老夫窦天章是也。自离了我那端云孩儿，可早十六年光景。老夫自到京师，一举及第，官拜参知政事。只因老夫廉能清正，节操坚刚，谢圣恩可怜，加老夫两淮提刑肃政廉访使之职[2]，随处审囚刷卷，体察滥官污吏，容老夫先斩后奏。老夫一喜一悲，喜呵，老夫身居台省，职掌刑名，势剑金牌[3]，威权万里；悲呵，有端云孩儿，七岁上与了蔡婆婆为儿媳妇，老夫自得官之后，使人往楚州问蔡婆婆家，他邻里街坊道，自当年蔡婆婆不知搬在那里去了，至今音信皆无。老夫为端云孩儿，啼哭的眼目昏花，忧愁得须发斑白。今日来到这淮南地面，不知这楚州为何三年不雨？老夫今在这州厅安歇。张千，说与那州中大小属官，今日免参，明日早见。（张千向古门云）一应大小属官，今日免参，明日早见。（窦天章云）张千，说与那六房吏典[4]，但有合刷照文卷，都将来，待老夫灯下看几宗波。（张千送文卷科）（窦天章云）张千，你与我掌上灯，你每都辛苦了，自去歇息罢。我唤你便来，不唤你休来。（张千点灯，同祗从下）（窦天章云）我将这文卷看几宗咱。一起犯人窦娥，将毒药致死公公。我才看头一宗文卷，就与老夫同姓，这药死公公的罪名，犯在十恶不赦[5]，俺同姓之人，也有不畏法度的。这是问结了的文书，不看他罢。我将这文卷压在底下，别看一宗咱。（做打呵欠科，云）不觉的一阵昏沉上来，皆因老夫年纪高大，鞍马劳困之故，待我搭伏

定书案,歇息些儿咱。(做睡科)(魂旦上)(唱)

【双调·新水令】我每日哭啼啼守住望乡台[6],急煎煎把仇人等待,慢腾腾昏地里走,足律律旋风中来,则被这雾锁云埋,揾掇的鬼魂快。

(魂旦望科,云)门神户尉不放我进去[7]。我是廉访使窦天章女孩儿,因我屈死,父亲不知,特来托一梦与他咱。(唱)

【沉醉东风】我是那提刑的女孩,须不比现世的妖怪。怎不容我到灯影前,却拦截在门桯外[8]?(做叫科,云)我那爷爷呵,(唱)枉自有势剑金牌,把俺这屈死三年的腐骨骸,怎脱离无边苦海?

(做入见哭科,窦天章亦哭科,云)端云孩儿,你在那里来?(魂旦虚下)(窦天章做醒科,云)好是奇怪也,老夫才合眼去,梦见端云孩儿恰便似来我跟前一般,如今在那里?我且再看这文卷咱。(魂旦上做弄灯科)(窦天章云)奇怪,我正要看文卷,怎生这灯忽明忽灭的!张千也睡着了,我自己剔灯咱。(做剔灯,魂旦翻文卷科)(窦天章云)我剔的这灯明了也。再看几宗文卷。一起犯人窦娥,药死公公。(做疑怪科,云)这一宗文卷,我为头看过,压在文卷底下,怎生又在这上头?这几时问结了的,还压在底下,我别看一宗文卷波。(魂旦再弄灯科)(窦天章云)怎么,这灯又是半明半暗的?我再剔这灯咱。(做剔灯,魂旦再翻文卷科)(窦天章云)我剔的这灯明了,我另拿一宗文卷看咱。一起犯人窦娥,药死公公。呸!好是奇怪!我才将这文书分明压在底下,刚剔了这灯,怎生又翻在面上?莫不是楚州后厅里有鬼么?便无鬼呵,这桩事必有冤枉。将这文卷再压在底下,待我另看一宗如何?(魂旦又弄灯科)(窦天章云)怎生这灯又不明了?敢有鬼弄这灯?我再剔一剔去。(做剔灯科,魂旦上,做撞见科,窦天章举剑击桌科,云)呸!我说有鬼!兀那鬼魂,老夫是朝廷钦差带牌走马肃政廉访使,你向前来,一剑挥之两段。张千,亏你也睡的着,快起来,有鬼有鬼。兀的不吓杀老夫也。(魂旦唱)

【乔牌儿】则见他疑心儿胡乱猜,听了我这哭声儿转惊骇。哎,你个窦天章怎的威风大,且受你孩儿窦娥这一拜。

(窦天章云)兀那鬼魂,你道窦天章是你父亲,"受你孩儿窦娥拜",你敢错认了也!我的女儿叫做端云,七岁上与了蔡婆婆为儿媳妇。你是窦娥,名字差了,怎生是我女孩儿?(魂旦云)父亲,你将我与了蔡婆婆家,改名做窦娥了也。(窦天章云)你便是端云孩儿,我不问你别的,这药死公公,是你不是?(魂旦云)是你孩儿来。(窦天章云)嗔声!你这小妮子,老夫为你啼哭的眼也花了,忧愁的头也白了,你划地犯了十恶大罪,受了典刑。我今日官居台省,职掌刑名,来此两淮审囚刷卷,体察滥官污吏,你是我亲生之女,老夫将你治不的,怎治他人?我当初将你嫁与他家呵,要你三从四德:三从者,在家从父,出嫁从夫,夫死从子。四德者,事公姑,敬夫主,和妯娌,睦街坊。今三从四德全无,划地犯了十恶大罪。我窦家三辈无犯法之男,五世无再婚之女,到今日被你辱没祖宗世德,又连累我的清名。你快与我细吐真情,不要虚言支对,若说的有半厘差错,牒发你城隍祠内[9],着你永世不得人身,罚在阴山永为饿鬼。(魂旦云)父亲停嗔息怒,暂罢狼虎之威,听你孩儿慢慢的说一遍咱。我三岁上亡了母亲,七岁上离了父亲,你将我送与蔡婆婆做儿媳妇。至十七岁与夫配合,才得两年,不幸儿夫亡化,和俺婆婆守寡。这山阳县南门外有个赛卢医,他少俺婆婆二十两银子。俺婆婆去取讨,被他赚到郊外,要将婆婆勒死,不想撞见张驴儿父子两个,救了俺婆婆性命。那张驴儿知道我家有个守寡的媳妇,便道:"你婆儿媳妇既无丈夫,不若招我父子两个。"俺婆婆初也不肯，那张驴儿道："你若不肯，我依旧勒死你。"俺婆婆惧怕，不得已含糊许了。只得将他父子两个领到家中，养他过世。有张驴儿数次调戏你女孩儿，我坚执不从。那一日俺婆婆身子不快，想羊肚儿汤吃，你孩儿安排了汤。适值张驴儿父子两个问病，道："将汤来我尝一尝。"说："汤便好，只少些盐醋。"赚的我去取盐醋，他就暗地里下了毒药，实指望药杀俺婆婆，要强逼我成亲。不想俺婆婆偶然发呕，不要汤吃，却让与老张吃，随即七窍流血药死了。张驴儿便道："窦娥药死了俺老子，你要官休要私休？"我便道："怎生是官休？怎生是私休？"他道："要官休，告到官司，你与俺老子偿命。若私休，你便与我做老婆。"你孩儿便道："好马不备双鞍，烈女不更二夫，我至死不与你做媳妇，我情愿和你见官去。"他将你孩儿拖到官中，受尽三推六问，吊拷绷扒[10]，便打死孩儿也不肯认。怎当州官见你孩儿不认，便要拷打俺婆婆；我怕婆婆年老，受刑不起，只得屈认了。因此押赴法场，将我典刑。你孩儿对天发下三桩誓愿：第一桩要丈二白练挂在旗枪上，若系冤枉，刀过头落，一腔热血休滴在地下，都飞在白练上；第二桩，现今三伏天道，下三尺瑞雪，遮掩你孩儿尸首；第三桩，着他楚州大旱三年。果然血飞上白练，六月下雪，三年不雨，都是为你孩儿来。（诗云）不告官司只告天，心中怨气口难言，防他老母遭刑宪，情愿无辞认罪愆。三尺琼花骸骨掩，一腔热血练旗悬，岂独霜飞邹衍屈，今朝方表窦娥冤。（唱）

【雁儿落】你看这文卷曾道来不道来，则我这冤枉要忍耐如何耐？我不肯顺他人，倒着我赴法场；我不肯辱祖上，倒把我残生坏。

【得胜令】呀，今日个搭伏定摄魂台，一灵儿怨哀哀。父亲也，你现掌着刑名事，亲蒙圣主差。端详这文册，那厮乱纲常当合败。便万剐了乔才[11]，还道报冤仇不畅怀。

（窦天章做泣科，云）哎！我屈死的儿，则被你痛杀我也！我且问你：这楚州三年不雨，可真个是为你来？（魂旦云）是为你孩儿来。（窦天章云）有这等事！到来朝我与你做主。[诗云]白头亲苦痛哀哉，屈杀了你个青春女孩，只恐怕天明了你且回去，到来日我将文卷改正明白。（魂旦暂下）（窦天章云）呀，天色明了也。张千，我昨日看几宗文卷，中间有一鬼魂来诉冤枉。我唤你好几次，你再也不应，直恁的好睡那。（张千云）我小人两个鼻子孔一夜不曾闭，并不听见女鬼诉什么冤状，也不曾听见相公呼唤。（窦天章做叱科，云）（喂），今早升厅坐衙，张千，喝撺厢者。（张千做吆喝科，云）在衙人马平安，抬书案。（禀云）州官见。（外扮州官入参科）（张千云）该房吏典见。（丑扮吏入参见科）（窦天章云）你这楚州一郡，三年不雨，是为着何来？（州官云）这个是天道亢旱，楚州百姓之灾，小官等不知其罪。（窦天章做怒科，云）你等不知罪么！那山阳县有用毒药谋死公公犯妇窦娥，他问斩之时，曾发愿道："若是果有冤枉，着你楚州三年不雨，寸草不生。"可有这件事？（州官云）这罪是前升任桃州守问成的，现有文卷。（窦天章云）这等糊突的官，也着他升去！你是继他任的，三年之中，可曾祭这冤妇么？（州官云）此犯系十恶大罪，元不曾有祠，所以不曾祭得。（窦天章云）昔日汉朝有一孝妇守寡，其姑自缢身死，其姑女告孝妇杀姑。东海太守将孝妇斩了。只为一妇含冤，致令三年不雨。后于公治狱，仿佛见孝妇抱卷哭于厅前，于公将文卷改正，亲祭孝妇之墓，天乃大雨。今日你楚州大旱，岂不正与此事相类？张千，分付该房签牌下山阳县，着拘张驴儿、赛卢医、蔡婆婆一起人犯，火速解审，毋得违误片刻者。（张千云）理会的。（下）（丑扮解子押张驴儿、蔡婆婆，同张千上，禀云）山阳县解到审犯听点。（窦天章云）张驴儿。（张驴儿云）有。（窦天章云）蔡婆婆。（蔡婆婆云）有。（窦天章云）怎么赛卢医是紧要人犯不到？（解子云）赛卢医三年前在逃，一面着广捕批缉拿去了，待获日解审。（窦天章云）张驴儿,那蔡婆婆是你的后母么?(张驴儿云)母亲好冒认的?委实是。(窦天章云)这药死你父亲的毒药,卷上不见有合药的人,是那个的毒药?(张驴儿云)是窦娥自合就的毒药。(窦天章云)这毒药必有一个卖药的医铺,想窦娥个少年寡妇,那里讨这药来?张驴儿,敢是你合的毒药么?(张驴儿云)若是小人合的毒药,不药别人,倒药死自家老子?(窦天章云)我那屈死的儿,这一节是紧要公案,你不自来折辩,怎得个明白,你如今冤魂却在那里?(魂旦上,云)张驴儿,这药不是你合的,是那个合的?(张驴儿做怕科,云)有鬼有鬼,撮盐入水,太上老君,急急如律令[12],敕。(魂旦云)张驴儿,你当日下毒药在羊肚儿汤里,本意药死俺婆婆,要逼勒我做浑家,不想俺婆婆不吃,让与你父亲吃,被药死了,你今日还敢赖哩!(唱)

【川拨棹】猛见了你这吃敲材,我只问你这毒药从何处来?你本意待暗里栽排,要逼勒我和谐,倒把你亲爷害,怎教咱替你耽罪责?

(魂旦做打张驴儿科)(张驴儿做避科)(云)太上老君,急急如律令,敕。大人说这毒药必有个卖药的医铺,若寻得这卖药的人来,和小人折对[13],死也无词。(丑扮解子解赛卢医上,云)山阳县续解到犯人一名赛卢医。(张千喝云)当面。(窦天章云)你三年前要勒死蔡婆婆,赖他银子,这事怎么说?(赛卢医叩头科,云)小的要赖蔡婆婆银子的情是有的,当被两个汉子救了,那婆婆并不曾死。(窦天章云)这两个汉子你认的他叫做什么名姓?(赛卢医云)小的认便认的,慌忙之际,可不曾问他名姓。(窦天章云)现有一个在阶下,你去认来。(赛卢医做下认科,云)这个是蔡婆婆。(指张驴儿云)想必这毒药事发了。(上云)是这一个,容小的诉禀:当日要勒死蔡婆婆时,正遇见他爷儿两个,救了那婆婆去。过得几日,他到小的铺中讨服毒药,小的是念佛吃斋人,不敢做昧心的事,说道:"铺中只有官料药[14],并无什么毒药。"他就睁着眼道:"你昨日在郊外要勒死蔡婆婆,我拖你见官去。"小的一生最怕的是见官,只得将一服毒药与了他去。小的见他生相是个恶的,一定拿这药去药死了人,久后败露,必然连累,小的一向逃在涿州地方,卖些老鼠药。刚刚是老鼠被药杀了好几个,药死人的药,其实再也不曾合。(魂旦唱)

【七弟兄】你只为赖财,放乖,要当灾。(带云)这毒药呵,(唱)原来是你赛卢医出卖张驴儿买,没来由填做我犯由牌,到今日官去衙门在。

(窦天章云)带那蔡婆婆上来。我看你也六十外人了,家中又是有钱钞的,如何又嫁了老张,做出这等事来?(蔡婆婆云)老妇人因为他爷儿两个救了我的性命,收留他在家养膳过世;那张驴儿常说要将他老子接脚进来,老妇人并不曾许他。(窦天章云)这等说,你那媳妇就不该认做药死公公了。(魂旦云)当日问官要打俺婆婆,我怕她年老受刑不起,因此咱认做药死公公,委实是屈招个!(唱)

【梅花酒】你道是咱不该,这招状供写的明白。本一点孝顺的心怀,倒做了惹祸的胚胎。我只道官吏每还复勘,怎将咱屈斩首在长街!第一要素旗枪鲜血洒,第二要三尺雪将死尸埋,第三要三年旱示天灾,咱誓愿委实大。

【收江南】呀,这的是衙门从古向南开,就中无个不冤哉。痛杀我娇姿弱体闭泉台[15],早三年以外,则落的悠悠流恨似长淮。

(窦天章云)端云儿也,你这冤枉我已尽知,你且回去。待我将这一起人犯,并原问官吏,另行定罪,改日做个水陆道场,超度你升天便了[16]。(魂旦拜科)(唱)

【鸳鸯煞尾】从今后把金牌势剑从头摆,将滥官污吏都杀坏,与天子分忧,万民除害。(云)

我可忘了一件，爹爹，俺婆婆年纪高大，无人侍养，你可收恤家中，替你孩儿尽养生送死之礼，我便九泉之下，可也瞑目。（窦天章云）好孝顺的儿也。（魂旦唱）嘱咐你爹爹，收养我奶奶，可怜他无妇无儿谁管顾年衰迈。再将那文卷舒开，（带云）爹爹，也把我窦娥名下，（唱）屈死的于伏罪名儿改。

（窦天章云）唤那蔡婆婆上来。你可认得我么？（蔡婆婆云）老妇人眼花了，不认的。（窦天章云）我便是窦天章。适才的鬼魂，便是我屈死的女孩儿端云。你这一行人，听我下断：张驴儿毒杀亲爷，奸占寡妇，合拟凌迟[17]，押赴市曹中，钉上木驴[18]，剐一百二十刀处死。升任州守桃杌，并该房吏典，刑名违错，各杖一百，永不叙用。赛卢医不合赖钱勒死平民，又不合修合毒药，致伤人命，发烟瘴地面[19]，永远充军。蔡婆婆我家收养，窦娥罪改正明白。（词云）莫道我念亡女与他灭罪消愆，也只可怜见楚州郡大旱三年。昔于公曾表白东海孝妇，果然是感召得灵雨如泉。岂可便推诿道天灾代有，竟不想人之意感应通天。今日个将文卷重行改正，方显的王家法不使民冤。

  题目[20] 秉鉴持衡廉访法[21]
  正名 感天动地窦娥冤

【注释】

[1] 丑：角色名。
[2] 提刑肃政廉访使：元代官名，初名提刑按察使，设于各道，掌管纠察官吏善恶、政治得失和狱刑等事。
[3] 势剑金牌：皇帝所赐的宝剑和标志身份的金牌。
[4] 六房吏典：指孔目房、吏房、户房、兵房、礼房、刑房各部门的吏员。
[5] 十恶：指谋反、谋大逆、谋叛、恶逆、不道、大不敬、不孝、不睦、不义、内乱等十桩大罪。如若犯了其中任何一条，按律治罪，得不到赦免。
[6] 望乡台：佛教说法，望乡台高四十九丈，犯鬼登此台照镜见闻之后，押入叫唤大地狱内。因此，民间传说，阴司有望乡台，人死之后，魂登台上，可以望见阳世间家里情形。
[7] 门神户尉：旧时习俗，过年时门上贴着或画着神像，左边是门神，右边是户尉，左为神荼，右为郁垒。迷信说法，他们可以挡住鬼魂，不让进门。
[8] 门桯（tīng）：门槛。
[9] 牒发：用官署文书押送。
[10] 绷扒：剥去衣服，用绳子绷缚起来。或作"絣扒"。
[11] 乔才：坏家伙，坏蛋。
[12] 如律令：是汉代公文末尾的例行用语，要对方按照律令办事。后来道教模仿，画符念咒时，用"太上老君，急急如律令，敕"作为结尾，表示请求太上老君急速按符咒所要求的去办的意思。一说，"律令"是雷鬼中走得最快的一个。
[13] 折对：折辩，对证。
[14] 官料药：合法经营的药物。
[15] 泉台：犹言泉壤，即墓穴。
[16] 水陆道场：佛教设斋供奉以超度鬼魂成正果的法会，或称水陆斋。

[17] 凌迟：即剐刑，古代一种酷刑，先把受刑者的肢体砍断，再穿断咽喉，让他慢慢死掉。

[18] 木驴：执行剐刑时固定犯人手足的木架，上有铁刺。

[19] 烟瘴地面：瘴雾很多的荒僻地方，古代常作罪犯充军的处所。

[20] 题目正名：元杂剧在剧末概括全剧内容的词语，用两句或四句对子。一般以正名末句为剧名。

[21] 秉鉴持衡：掌握法鉴，公平执法。

二、《救风尘》选读

第三折

【题解】《救风尘》是一部爱情喜剧，而喜剧的基本特征是"寓庄于谐"。《救风尘》一剧在表现妓女赵盼儿战胜花花公子周舍，从他手中救出义妹宋引章的冲突过程中，不管是正面人物还是反面人物无不体现这一特点。作为冲突高潮的第三折同样具有这一喜剧特征。赵盼儿的目的是要救出宋引章，狠狠打击周舍的流氓行径；但她不采取硬拼的救法，而是把真正目的隐匿在利用风月手段引诱周舍上当的行动中。为此，人物自身的"内真"与"外假"（本质与现象）便形成错位，这便是喜剧的根源。周舍得知"店里有个好女子"，即如醉似狂，火速赶来；面对风情万种，既智且勇的赵盼儿，周舍不仅蒙在鼓里，而且越来越相信赵盼儿所说的"倒贴了奁房和你为眷姻"的假话，因而在反面人物身上，同样存在着现象与实质的错位。关汉卿所要表现的"庄"（歌颂赵盼儿的聪明机智，讽刺周舍的卑鄙愚蠢）就在这逐渐展开的"错位结构"中逐渐显现，喜剧性效果亦越来越强。

（周舍同店小二上，诗云）[1]万事分已定，浮生空自忙；无非花共酒，恼乱我心肠。店小二，我着你开着客店，我那里希罕你那房钱养家；不问官妓私科子[2]，只等有好的来你这客店里，你便来叫我，（小二云）我知道，只是你脚头乱，一时那里寻你去？（周舍云）你来粉房里寻我[3]。（小二云）粉房里没有呵？（周舍云）赌房里来寻。（小二）赌房里没有呵？（周舍云）牢房里来寻。（下）（丑扮小闲挑笼上，诗云）钉靴雨伞为活计，偷寒送暖作营生，不是闲人闲不得，及至得了闲时又闲不成。自家小闲的便是，平生做不的买卖，止是与歌者姐姐每叫些人，两头往来，传消寄信都是我。这里有个大姐赵盼儿，着我收拾两箱子衣服行李，往郑州去，都收拾停当了，请姐姐上马。（正旦上，云）小闲，我这等打扮，可冲动那厮么？（小闲倒科）（正旦云）你做甚么哩？（小闲云）休道冲动那厮，这一会儿连小闲也酥倒了。（正旦唱）

【正宫·端正好】则为他满怀愁，心间闷，做的个进退无门，那婆娘家一涌性无思忖[4]，我可也强打入迷魂阵。

【滚绣球】我这里微微把气喷，输个姓因[5]，怎不教那厮背槽抛粪[6]！更做道普天下无他这等郎君，想着容易情[7]，试献勤[8]，几番家待要不问[9]；第一来我则是可怜见无主娘亲[10]，第二来是我惯曾为旅偏怜客，第三来也是我自己贪杯惜醉人[11]，到那里呵，也索费些精神。

（云）说话之间，早来到郑州地方了，小闲，接了马者，且在柳阴下歇一歇咱。（小闲云）我知道。（正旦云）小闲，咱闲口论闲话：这好人家好举止，恶人家恶家法。（小闲云）姐姐，

你说我听。（正旦唱）

【倘秀才】县君的则是县君[12]，妓人的则是妓人，怕不扭捏着身子蓦入他门；怎禁他使数的到支分，背地里暗忍[13]。

【滚绣球】那好人家将粉扑儿浅淡匀，那里像咱干茨腊手抢着粉[14]；好人家将那篦梳儿慢慢地铺髻[15]，那里像咱解了那襻胸带[16]，下颏上勒一道深痕。好人家知个远近，觑个向顺，衒一味良人家风韵[17]；那里像咱们，恰便似空房锁定个猢狲；有那千般不实乔躯老[18]，有万种虚嚣歹议论[19]，断不了风尘。

（小闲云）这里一个客店，姐姐好住下罢。（正旦云）叫店家来。（店小二见科）（正旦云）小二哥，你打扫一间干净房儿，放下行李，你与我请将周舍来，说我在这里久等多时也。（小二云）我知道。（做行叫科，云）小哥在那里？（周舍上，云）店小二，有甚么事？（小二云）店里有个好女子请你哩。（周舍云）咱和你就去来。（做见科，云）是好一个科子也。（正旦云）周舍来了也。（唱）

【么篇】俺那妹子儿有见闻，可有福分，抬举的个丈夫俊上添俊，年纪儿恰正青春。（周舍云）我那里曾见你来？我在客火里[20]，你弹着一架筝，我不与了你个褐紬段儿[21]？（正旦云）小的，你可见来？（小闲云）不曾见他有甚么褐色紬段儿。（周舍云）哦，早起杭州散了，赶到陕西客火里吃酒。我不与了大姐一分饭来？（正旦云）小的每，你可见来？（小闲云）我不曾见。（正旦唱）你则是忒现新，忒忘昏[22]，更做道你眼钝。那唱词话的有两句留文[23]："咱也曾武陵溪畔曾相识[24]，今日伴推不认人。"我为你断梦劳魂。

（周舍云）我想起来了，你敢是赵盼儿么？（正旦云）然也。（周舍云）你是赵盼儿，好，好！当初破亲也是你来。小儿，关了店门，则打这小闲。（小闲云）你休要打我，俺姐姐将着锦绣衣服，一房一卧来嫁你[25]，你倒打我？（正旦云）周舍，你坐下，你听我说。你在南京时[26]，人说你周舍名字，说的我耳满鼻满的，则是不曾见你。后得见你呵，害的我不茶不饭，只是思想着你。听的你娶了宋引章，教我如何不恼？周舍，我待嫁你，你却着我保亲！（唱）

【倘秀才】我当初倚大呵妆儇主婚[27]，怎知我嫉妒呵特故里破亲，你这厮外相儿通疏就里村[28]！你今日结婚姻，咱就肯罢论。

（云）我好意将着车辆鞍马查房来寻你，你划地将我打骂[29]？小闲，拦回车儿，咱家去来。（周舍云）早知姐姐来嫁我，我怎肯打舅舅？（正旦云）你真个不知道？你既不知，你休出店门，只守着我坐下。（周舍云）休说一两日，就是一两年，您儿也坐的将去。（外旦上，云）周舍两三日不家去，我寻到这店门首，我试看咱。原来是赵盼儿和周舍坐哩。兀那老弟子不识羞[30]，直赶到这里来。周舍，你再不要来家，等你来时，我拿一把刀子，你拿一把刀子，和你一递一刀子截哩。（下）（周舍取棍科，云）我和你抢生吃哩[31]！不是奶奶在这里，我打杀你。（正旦唱）

【脱布衫】我更是的不待饶人，我为甚不敢明闻；肋底下插柴自忍[32]，怎见你便打他一顿？

【小梁州】可不道一夜夫妻百夜恩，你可便息怒停嗔。你村时节背地里使些村，对着我合思忖[33]：那一个双同叔打杀俏红裙[34]。

【么篇】则见他恶哏哏摸按着无情棍[35]，便有火性的不似你个郎君，（云）你拿着偌粗的棍棒[36]，倘或打杀他呵，可怎了？（周舍云）丈夫打杀老婆，不该偿命。（正旦云）这等说，谁敢嫁你？（背唱）我假意儿瞒，虚科儿喷[37]，着这厮有家难奔[38]，妹子也，你试看咱风月救风尘。

（云）周舍，你好道儿[39]。你这里坐着，点的你媳妇来骂我一场。小闲，拦回车儿，咱回去来。（周舍云）好奶奶，请坐。我不知道他来；我若知道他来，我就该死。（正旦云）你真个不曾使他来？这妮子不贤惠，打一棒快球子[40]，你舍的宋引章，我一发嫁你。（周舍云）我到家里就休了他。（背云）且慢着，那个妇人是我平日间怕的，若与了一纸休书，那妇人就一道烟去了。这婆娘他若是不嫁我呵，可不弄的尖担两头脱？休的造次[41]，把这婆娘摇撼的实着。（向旦云）奶奶，您孩儿肚肠是驴马的见识。我今家去把媳妇休了呵，奶奶，你把肉吊窗儿放下来[42]，可不嫁我，做的个尖担两头脱。奶奶，你说下个誓着。（正旦云）周舍，你真个要我赌咒？你若休了媳妇，我不嫁你呵，我着堂子里马踏杀，灯草打折臁儿骨[43]。你逼的我赌这般重咒哩！（周舍云）小二，将酒来。（正旦云）休买酒，我车儿上有十瓶酒哩。（周舍云）还要买羊。（正旦云）休买羊，我车上有个熟羊哩。（周舍云）好、好、好，待我买红去[44]。（正旦云）休买红，我箱子里有一对大红罗。周舍，你争甚么那？你的便是我的，我的就是你的。（唱）

【二煞】则这紧的到头终是紧，亲的原来只是亲。凭着我花朵儿身躯，笋条儿年纪，为这锦片儿前程，倒赔了几锭儿花银。拚着个十米九糠[45]，问什么两妇三妻！受了些万苦千辛，我着人头上气忍，不枉了一世做郎君[46]。

【黄钟尾】你穷杀呵甘心守分捱贫困，你富呵休笑我饱暖生淫惹议论。您心中觑个意顺，但休了你这眼下人，不要你钱财使半文，早是我走将来自上门。家业家私待你六亲，肥马轻裘待你一身，倒贴了奁房和你为眷姻。（云）我若还嫁了你，我不比那宋引章，针指油面，刺绣铺房，大裁小剪，都不晓得一些儿的。（唱）我将你写了的休书正了本[47]。（同下）

【注释】

[1] 店小二：客店里的伙计。

[2] 官妓：官籍有名（即官府所养）的妓女。私科子：即私窠子，暗娼。

[3] 粉：即粉头，古代对妓女的一种称谓。粉房：妓院。

[4] 一涌性：一时冲动。

[5] 输个姓姻：疑为"输个婚姻"之误。

[6] 背槽抛粪：牲口背向食槽拉粪便，比喻周舍忘恩负义。

[7] 容易情：轻易爱上。

[8] 忒：太，特别。

[9] 几番家：几次。

[10] 无主娘亲：没有主意的娘亲，此指宋引章的母亲。

[11] "为旅偏怜客"和"贪杯惜醉人"：为当时的俗语，比喻同病相怜。

[12] 县君：唐宋以来妇女的封号，元陶宗仪《辍耕录》："国朝品官母妻，四品赠郡君，五品赠县君。"

[13] 蓦入：迈进。使数的：奴仆。支分：使唤。怕不扭捏三句意谓尽管你扭捏迈进他们（良家）的家门，但连供使唤的奴仆也认出你不是好人家妇女，背着你暗暗忍笑。

[14] 干茨腊：又作干支，很干的意思。茨腊，语气词。

[15] 铺髻：梳头。

[16] 襻（pàn）胸带：此指古代妇女梳头时，从顶门上勒至下颔的包裹头发的带子。另一

说：妓女用以勒胸的带子。
[17] 衠（zhūn）一味：真是一派。
[18] 乔：假装。躯老：身体。乔躯老：假装模样。
[19] 虚嚣：又作嚣虚，虚假不实的意思。
[20] 客火：客店。
[21] 䌷段：绸缎。
[22] 忒现新，忒忘昏：太喜新忘旧之意。
[23] 唱词话：宋元时一种有说有唱的民间曲艺。
[24] 武陵溪畔曾相识：传说东汉刘晨、阮肇入山采药，遇仙女于武陵溪，后常以此代指男女幽会相恋。
[25] 一房一卧：一房妆奁，一床铺盖。
[26] 南京：指汴梁，今开封。金改汴都作南京，元人称南京路。
[27] 妆儇（xuān）：装乖弄巧。
[28] 通疏：通达。就里：内在、内里。村：愚蠢。外相儿通疏就里村：表面通达，实质愚蠢。
[29] 划（chǎn）地：平白无故地。
[30] 老弟子：老婊子，骂妓女的话。
[31] 抢生吃：东西不熟就抢着吃，比喻性急。我和你抢生吃：句意为我才不和你性急，回头再慢慢算账。
[32] 肋底下插柴自忍：当时成语，意为肋间插着木柴，虽痛苦，也得自己忍受。
[33] 合：应该。
[34] 双同叔：即双渐，宋元丰年间进士。俏红裙：即妓女苏小卿，相传双渐与苏小卿相恋。那一个双同叔打杀俏红裙：此句意为双渐怎会打杀情人苏小卿呢？
[35] 恶哏（gén）哏：恶狠狠，元人读"狠狠"为平声，故作"哏哏"。
[36] 偌（ruò）：那么，如此。
[37] 虚科儿：虚假的手段。
[38] 有家难迸：即有家难奔，此处的"奔"读去声，故写作"迸"。
[39] 道儿：诡计，圈套。
[40] 打一棒快球子：宋元时打球的术语，比喻快速解决问题，在此形容宋引章骂人直截了当。一说是赵盼儿自己要直截了当说话。
[41] 造次：大意。
[42] 肉吊窗儿：指眼皮，意为闭着眼睛不理睬。
[43] "我着"二句：发誓时用语。堂子：疑即"塘子"。臁（lián）儿骨：小腿骨、胫骨。钱塘丁氏藏本《罗李郎》杂剧第一折记汤哥誓词云："塘子里洗澡马踏杀，灯草打折臁儿骨。"
[44] 红：红罗，古时结婚前男方送给女方的聘礼。
[45] 十米九糠：比喻贫富。拚：舍弃。拚着个十米九糠：不计较贫富。
[46] "受了些"三句：意为不管怎样辛苦，我也忍住，一定不会使你白做一辈子丈夫。
[47] 正了本：够了本。意为你写休书休了宋引章，我不会叫你亏本的。

【思考与练习】

1. 简述关汉卿戏剧创作的主要成就。
2. 结合作品谈谈关汉卿戏剧语言"本色"的特点。
3. 简要分析窦娥形象的塑造与悲剧意义。
4. 简述关汉卿爱情婚姻剧的特点。

第四节 王实甫与《西厢记》

王实甫,名德信,大都人,生卒年与生平事迹不详。《录鬼簿》将他列为"前辈已死名公才人",位于关汉卿之后,据此推断他大约与关汉卿同时或稍后。从贾仲明对他的悼词来看,他似乎是混迹于教坊勾栏的一个风流落拓的文人,"作词章风韵美,士林中等辈伏低",在当时有很高的声望。王实甫创作的杂剧,《录鬼簿》录有剧目14种,保存全本到现在的只有《西厢记》《破窑记》和《丽春堂》3种,另有《贩茶船》《芙蓉亭》2种残本各一折。其中《西厢记》最为著名,是王实甫的代表作。

《西厢记》全名《崔莺莺待月西厢记》,是元杂剧中影响最大的一部戏剧,它是一部以五本二十一折的宏篇巨幅演绎的超大型爱情喜剧,达到了元代杂剧创作的最高水平。明初贾仲明说"《西厢记》天下夺魁",明末清初金圣叹称《西厢记》为"天下万世人心里公共之宝",被誉为"六才子书"之一,这些都充分肯定了《西厢记》在文学史上的地位。

一、西厢故事的流变

《西厢记》是在旧传奇的基础上加工而成的杂剧,属于"世代累积型作品"。关于张生与崔莺莺的爱情故事有一个漫长的流变过程。它源于唐中叶元稹的传奇小说《莺莺传》。一般认为,《莺莺传》是关于崔张故事的最早作品。《莺莺传》,又名《会真记》,是写崔张恋爱,最终张生始乱终弃,莺莺另嫁他人的故事。《莺莺传》的主题可用"始乱之,终弃之"来概括,作者着力宣传男尊女卑和女人是祸水的伦理观念,维护封建伦理道德。但《莺莺传》在客观上又塑造了莺莺这个美丽、多情、善良的少女形象,通过她追求幸福爱情而最终被抛弃的悲剧命运,也暴露了封建社会的冷酷。

宋代,秦观和毛滂都曾把崔、张故事改写成歌舞曲《调笑转踏》,赵令畤改写为鼓子词《商调·蝶恋花》。赵令畤对张生"弃掷前欢"表示了不满,摒弃了"始乱终弃"的结尾,认为崔张爱情是始相遇终相失的憾事。

宋、金时期,出现了以戏曲形式表演崔、张故事的作品,南宋有官本杂剧《莺莺六么》,金院本有《红娘子》,南戏有《张珙西厢记》。最为著名又保存完整的是金代董解元的《西厢记诸宫调》(简称《董西厢》)。《董西厢》对崔、张爱情故事进行了全面的再创作,把它扩展为一部五万余字规模宏伟的讲唱文学巨著。它增加了许多情节,对人物进行了根本性的改造;戏剧冲突不再是"始乱终弃",而是主要表现为崔张争取爱情自由、婚姻自主与封建礼教、封建家长的矛盾，突出反封建的主题。

王实甫对《董西厢》又进行了艺术再创造，写成了5本21折的大型爱情喜剧《崔莺莺待月西厢记》(简称《王西厢》)。该作品一是删减了《董西厢》中许多不必要的枝叶和臃肿部分，使结构更加完整，情节更加集中；二是让剧中人物性格更加鲜明，各自立场更加坚定，矛盾冲突更加尖锐激烈；三是明确提出"愿普天下有情的都成了眷属"，更加明确了"情"这一题旨，比之《董西厢》强调的"自今至古，自是佳人，合配才子"以及"报恩"的立意就高远多了。

总体而言，《董西厢》直接孕育了《王西厢》，而《王西厢》青出于蓝，在思想和艺术上又高于《董西厢》，但二者折射出来的社会心态大致是一致的。可以这样说，《董西厢》是民间文学，是原璞；《王西厢》是文人加工，是精品罢了。

二、《西厢记》的戏剧冲突

《西厢记》的戏剧冲突主要有两条线：一是以老夫人为代表的封建家长与以崔莺莺、张生、红娘为代表的争取爱情自由、婚姻自主一方之间的矛盾，是全书的主要冲突；二是崔莺莺、张生、红娘之间的性格冲突，是次要冲突。这两条冲突线，互相制约，交错展开，形成《西厢记》特有的戏剧性。

《西厢记》的戏剧冲突，是在一个很奇妙的环境中展开的。时间是在崔莺莺一家扶父亲灵柩归葬的途中。地点是在佛寺。佛寺本是六根清净之地，却成了崔张爱情的滋养地；按照"父丧未满，未得成合"的封建礼教，莺莺还在大丧期间，是绝对不能有风流韵事发生的。可王实甫偏偏把崔张爱情的滋生、发展放在了这样严肃的场景中，这让人性中对爱情的渴望与封建桎梏构成了更加强烈的冲突，使戏剧充满了荒诞的喜剧色彩，对封建礼教予以无声的嘲弄。崔、张一见钟情，彼此相慕，这对于"治家严肃"的老夫人是绝不容许的，爱情陷入困境；而后孙飞虎兵围普救寺，张生在老夫人许婚的条件下飞书解围，似乎使这一矛盾暂时得到了解决；然而紧接着又是老夫人"赖婚"，爱情转眼成虚话，矛盾激化，形成戏剧第一个高潮。此后崔、张在红娘的帮助下暗相沟通，却又因莺莺的疑惧而好事多磨，"传简""赖简"，使张生病卧相思床，眼见得好梦成空；忽然莺莺夜访，两人私自定情，出现爱情的高潮。此后幽情败露，老夫人发威大怒而"拷红"，剧情又迅速剑拔弩张；而红娘据理力争并抓住老夫人的弱点加以要挟，使得老夫人不得不顺应事实，矛盾似乎又得到解决。然而老夫人又提出相府不招"白衣女婿"的附加条件，迫使张生赴考，造成有情人的伤感别离。张生考上科举，眼看就要大团圆了，又出现同莺莺原有婚约的郑恒骗婚，再度横生枝节，戏剧推向了最高潮。最后，白马将军作证，郑恒羞愧撞死，有情人终成眷属，冲突全部结束。

《西厢记》这样山重水复、萦回曲折的复杂情节，扣人心弦，引人入胜。它不仅使得故事富于变化、情趣浓厚；而且人物的性格在戏剧冲突中不断丰富，栩栩如生；再有在情节的推进中，青年一代节节胜利，封建势力节节败退，作者要表现的"愿普天下有情的都成了眷属"的题旨也水到渠成而愈发清晰明确。

三、《西厢记》的艺术特色

《西厢记》的艺术成就，主要表现在体制革新、人物形象塑造和词章之美三个方面。

体制的革新。《西厢记》突破了元杂剧一本四折的体制,用五本二十一折的长篇巨幅来叙写崔张爱情,像是多本连演的连台本。同时《西厢记》还突破了元杂剧一人主唱的通例,采用了旦末轮流主唱的方式,如第一本第五折、第四本第四折等。这种体制的突破,不仅使剧情更加跌宕起伏,人物形象塑造也更加细致全面。

人物形象塑造。《西厢记》成功地塑造了莺莺、张生、红娘、老夫人等典型人物形象。每个人物形象都十分丰满,既有鲜明突出的个性,同时又具有性格的多重性。张生不过是一介书生,却能不顾门第悬殊,勇敢地追求相国千金,一见到意中人就把功名全抛脑后,执迷不悟,百折不挠,完全一个情真意切的"志诚种""风魔汉";张生大胆追求爱情的同时,也常常表现出书生的软弱性,如面对老夫人的"赖婚",莺莺的"赖简",束手无策,竟要"寻个自尽",被红娘讥为"银样蜡枪头";这个人物还具有酸腐、幽默的一面,充满喜剧色彩。崔莺莺是一个美丽、聪慧、善良、多情、敢于背叛封建礼教的贵族少女。她出身名门,深受封建礼教管束,但敢于冲破封建礼教的束缚追求爱情自由、婚姻自主,具有叛逆性;同时,戏剧又十分细腻真实地表现了这位相国小姐在反抗封建礼教过程中的重重顾虑与内心矛盾,也就是她那些"假意儿"的实质。戏剧严格遵循这位贵族少女的心理发展逻辑,充分、细致地表现了其性格的复杂性,这一形象才具有了真实感人的艺术魅力。红娘是戏剧塑造非常成功的一个婢女形象。她机智、勇敢、热情、泼辣,富有正义感,在崔、张实现爱情理想的过程中发挥着极大的作用,并在与老夫人斗争中取得了胜利。戏剧对老夫人的塑造也不是简单化,一方面她是封建礼教、封建家长的代表,顽固、保守、霸道;但另一方面,她又是一位慈爱的母亲,她以她的人生观爱着女儿,不是那种宁可牺牲女儿也要维护礼教的僵化殉道者。

词章之美。《西厢记》善于把古典诗词含蓄典雅的文学语言与通俗流畅的民间口语融为一体,从而形成既文采华丽又生动朴实的语言风格。如"碧云天,黄花地,西风紧,北雁南飞。晓来谁染霜林醉?总是离人泪"由景入情,富有诗词般的意境,具有很强的抒情性;而同是第四本第三折中,"见安排着车儿、马儿,不由人熬熬煎煎的气……","霎时间杯盘狼藉,车儿投东,马儿向西……"则显然又是通俗的白话口语,洗练浅近,叙事抒情融为一体。《西厢记》语言个性化的特点也非常突出,与人物的身份、地位、性格紧密结合。如作为书生的张生,语言坦直并略带夸张,富有文采而又略带着酸腐,富有幽默的情趣;莺莺为大家闺秀,语言含蓄蕴藉,优美动人;而作为婢女的红娘,语言则俚俗率直,泼辣俏皮。总之,《西厢记》的语言文采与本色相生,藻艳与白描兼备,朴实中含典雅,浅显中见深邃,音韵优美和谐,令人回味无穷。明人朱权在《太和正音谱》中评价说"王实甫之词如花间美人,铺叙委婉,深得骚人之趣";徐复祚在《曲论》中赞叹它"字字当行,言言本色,可谓南北之冠",他们对《西厢记》的语言给予了高度的评价。

《西厢记》对后世影响深远。因为它具有强烈的反封建思想倾向,一度被封建统治阶级诬为"淫书",而广大民众却非常喜爱它。明清以来,《西厢记》被不断改编为各种地方戏曲以及说唱艺术,在民间广泛流传。《西厢记》对《牡丹亭》《娇红记》《红楼梦》等后世的戏剧、小说创作影响也很大。

第五节　王实甫杂剧选读

西厢记

【题解】王实甫的《西厢记》是中国古典戏曲中最精彩的爱情篇章之一，是元杂剧的"压卷"之作。第二本第五折写崔莺莺"夜听琴"，表现了崔张二人在老夫人"赖婚"后的失落、苦闷；在红娘的帮助下，张生借"琴"传情，勾出莺莺无限情衷，人物心理描写细腻生动，语言优美典雅。第四本第二折，即"拷红"的这场戏情节跌宕起伏，出人意料之外，又在情理之中。崔夫人传红娘，剑拔弩张，大家以为红娘完蛋，或许一顿毒打在所难免；而张生也将被崔夫人追究，或被赶出崔家。没想到崔夫人对红娘的一番拷问，情势却来了个大变，红娘据理力争，反守为攻，责问崔夫人不该对张生失信，又留张生于书院为他勾引莺莺创造条件，并以"治家不严"进行反诘，变被动为主动，最终令崔夫人折服而接受崔张爱情这一事实。这折戏明是崔夫人拷问红娘，实则变成了红娘责问崔夫人，重点突出了红娘的机智、勇敢与泼辣。

第二本第五折

（末上云）红娘之言，深有意趣。天色晚也，月儿，你早些出来么！（焚香了）呀，却早发擂[1]也；呀，却早撞钟也。（做理琴科）琴呵，小生与足下湖海相随数年，今夜这一场大功，都在你这神品、金徽、玉轸、蛇腹、断纹、峄阳、焦尾、冰弦之上[2]。天那！却怎生借得一阵顺风，将小生这琴声吹入俺那小姐玉琢成、粉捏就、知音的耳朵里去者！（旦引红上，红云）小姐，烧香去来，好明月呵！（旦云）事已无成，烧香何济！月儿，你团圆呵，咱却怎生？

【越调·斗鹌鹑】云敛晴空，冰轮乍涌；风扫残红，香阶乱拥；离恨千端，闲愁万种。夫人那，"靡不有初，鲜克有终"[3]。他做了个影儿里的情郎，我做了个画儿里的爱宠。

【紫花儿序】则落得心儿里念想，口儿里闲提，则索向梦儿里相逢。俺娘昨日个大开东阁，我则道怎生般炮凤烹龙？朦胧，可教我"翠袖殷勤捧玉钟"[4]，却不道"主人情重"[5]？则为那兄妹排连，因此上鱼水难同。

（红云）姐姐，你看月阑[6]，明日敢有风也？（旦云）风月天边有，人间好事无。

【小桃红】人间看波，玉容深锁绣帏中，怕有人搬弄。想嫦娥，西没东生有谁共？怨天公，裴航不作游仙梦[7]。这云似我罗帏数重，只恐怕嫦娥心动，因此上围住广寒宫。

（红做咳嗽科）（末云）来了。（做理琴科）（旦云）这甚么响？（红发科[8]）（旦唱）

【天净沙】莫不是步摇得宝髻玲珑？莫不是裙拖得环珮叮咚？莫不是铁马儿檐前骤风[9]？莫不是金钩双控，吉丁当敲响帘栊？

【调笑令】莫不是梵王宫夜撞钟？莫不是疏竹潇潇曲槛中？莫不是牙尺剪刀声相送？莫不是漏声长滴响壶铜[10]？潜身再听在墙角东，原来是近西厢理结丝桐。

【秃厮儿】其声壮，似铁骑刀枪冗冗；其声幽，似落花流水溶溶；其声高，似风清月朗鹤唳空；其声低，似听儿女语，小窗中，喁喁。

【圣药王】他那里思不穷，我这里意不通。娇鸾雏凤失雌雄；他曲未终，我意转浓，争奈伯劳飞燕各西东[11]。尽在不言中。

我近书窗听咱。（红云）姐姐，你这里听，我瞧夫人一会便来。（末云）窗外有人，已定是小姐，我将弦改过，弹一曲，就歌一篇，名曰《凤求凰》[12]。昔日司马相如得此曲成事，我虽不及相如，愿小姐有文君之意。（歌曰）有美人兮，见之不忘，一日不见兮，思之如狂。凤飞翱翱兮，四海求凰。无奈佳人兮，不在东墙。张弦代语兮，欲诉衷肠。何时见许兮，慰我彷徨？愿言配德兮，携手相将！不得于飞兮，使我沦亡。（旦云）是弹得好也呵！其词哀，其意切，凄凄然如鹤唳天；故使妾闻之，不觉泪下。

【麻郎儿】这的是令他人耳聪，诉自己情衷。知音者芳心自懂，感怀者断肠悲痛。

【幺篇】这一篇与本宫、始终、不同。又不是《清夜闻钟》，又不是《黄鹤醉翁》，又不是《泣麟悲凤》[13]。

【络丝娘】一字字更长漏永，一声声衣宽带松。别恨离愁，变成一弄[14]。张生呵，越教人知重。

（末云）夫人且做忘恩，小姐，你也说慌也呵！（旦云）你差怨了我。

【东原乐】这的是俺娘的机变，非干是妾身脱空[15]；若由得我呵，乞求得效鸾凤。俺娘无夜无明併女工[16]；我若得些儿闲空，张生呵，怎教你无人处把妾身作诵[17]。

【绵搭絮】疏帘风细，幽室灯清，都只是一层儿红纸，几楹儿疏棂，兀的不是隔着云山几万重，怎得个人来信息通？便做道十二巫峰[18]，他也会赋高唐来梦中。

（红云）夫人寻小姐哩，咱家去来。（旦唱）

【拙鲁速】只见他走将来气冲冲，怎不教人恨匆匆，唬得人来怕恐。早是不曾转动，女孩儿家直恁响喉咙！紧摩弄[19]，索将他拦纵[20]，只恐怕夫人行把我来厮葬送。

（红云）姐姐则管听琴怎么？张生着我对姐姐说，他回去也。（旦云）好姐姐呵，是必再着他住一程儿！（红云）再说甚么！（旦云）你去呵。

【尾】只说道夫人时下有人唧哝[21]，好共歹不着你落空。不问俺口不应的狠毒娘，怎肯着别离了志诚种？（并下）

【络丝娘煞尾】不争惹恨牵情逗引，少不得废寝忘餐病症。

题目　张君瑞破贼计　　莽和尚生杀心
正名　小红娘昼请客　　崔莺莺夜听琴

【注释】

[1] 发擂：击鼓。此处指击起更鼓。
[2] 金徽、玉轸、蛇腹、断纹、峄阳、焦尾、冰弦：皆古琴名。
[3] 靡不有初，鲜克有终：语出《诗·大雅·荡》篇，谓有始无终。
[4] 翠袖殷勤捧玉钟：宋晏几道《鹧鸪天》词首句"翠袖殷勤捧玉钟，当年拼却醉颜红。"
[5] 主人情重：苏轼《满庭芳》词有"主人情重，开筵出红妆"句。
[6] 月阑：月晕。
[7] 裴航：出唐代裴铏《传奇》。叙秀才裴航与仙女云英的遇合故事。后世戏曲小说多取为素材。
[8] 发科：戏曲术语，指演员作出某种夸张可笑的动作或表情。
[9] 铁马儿：房檐下悬挂的铃铛或铁片，风动则响。

[10] 漏声长滴响壶铜：古人用铜壶滴漏以记时刻。此处状琴音之清脆悦耳。

[11] 伯劳飞燕各西东：喻情侣分离，不得相见。《古乐府》有"东飞伯劳西飞燕"之句。

[12] 凤求凰：汉司马相如悦卓王孙之女文君，以此曲挑之，卒使文君私奔。事见《史记·司马相如列传》。凤求凰诗见同传司马贞索引。

[13] 清夜闻钟、黄鹤醉翁、泣麟悲凤：皆古琴曲名。

[14] 一弄：王骥德云："弄，琴曲名也。一弄，犹言一曲。"

[15] 脱空：说谎；弄玄虚。

[16] 骈：催逼。

[17] 作诵：作念。含怨望之意。

[18] 十二巫峰：传说巫山有十二峰。

[19] 摩弄：安抚；笼络。

[20] 拦纵：拦阻。

[21] 唧哝：念叨；叽咕。

第四本第二折

（夫人引俫上[1]，云）这几日窃见莺莺，语言恍惚，神思加倍，腰肢体态，比向日不同；莫不做下来了么[2]？（俫云）前日晚夕，奶奶睡了[3]，我见姐姐和红娘烧香，半晌不回来，我家去睡了。（夫人云）这桩事都在红娘身上，唤红娘来！（俫唤红科[4]）（红云）哥哥唤我怎么？（俫云）奶奶知道你和姐姐去花园里去，如今要打你哩。（红云）呀！小姐，你带累我也！小哥哥，你先去，我便来也。（红唤旦科）（红云）姐姐，事发了也，老夫人唤我哩，却怎了？（旦云）好姐姐，遮盖咱！（红云）你做的稳秀[5]者，我道你做下来也。（旦念）月圆便有阴云蔽，花发须教急雨催。（红唱）

【越调·斗鹌鹑】则着你夜去明来，倒有个天长地久；不争你握雨携云[6]，常使我提心在口。你则合戴月披星，谁着你停眠整宿？老夫人心教多，情性㑇[7]；使不着我巧语花言，将没做有。

【紫花儿序】老夫人猜那穷酸做了新婿，小姐做了娇妻，"这小贱人做了牵头"。俺小姐这些时春山低翠，秋水凝眸[8]。别样的都休，试把你裙带儿拴，纽门儿扣，比着你旧时肥瘦[9]，出落得精神，别样的风流。

（旦云）红娘，你到那里小心回话者！（红云）我到夫人处，必问："这小贱人，

【金蕉叶】我着你但去处行监坐守[10]，谁着你迤逗的胡行乱走[11]？"若问着此一节呵如何诉休[12]？你便索与他个知情的犯由。姐姐，你受责理当，我图甚么来？

【调笑令】你绣帏里效绸缪[13]，倒凤颠鸾百事有[14]。我在窗儿外几曾轻咳嗽，立苍苔将绣鞋儿冰透。今日个嫩皮肤倒将粗棍抽，姐姐呵，俺这通殷勤的着甚来由[15]？

姐姐在这里等着，我过去。说过呵[16]，休欢喜；说不过，休烦恼。（红见夫人科）（夫人云）小贱人，为甚么不跪下！你知罪么？（红跪云）红娘不知罪。（夫人云）你故自口强哩。若实说呵，饶你；若不实说呵，我直打死你这个贱人！谁着你和小姐花园里去来？（红云）不曾去，谁见来？（夫人云）欢郎见你去来，尚故自推哩。（打科）（红云）夫人休闪了手，且息怒停嗔，听红娘说。（唱）

【鬼三台】夜坐时停了针绣，共姐姐闲穷究[17]，说张生哥哥病久。咱两个背着夫人，向书

165

房问候。

（夫人云）问候呵，他说甚么？（红云）他说来，道"老夫人事已休[18]，将恩变为仇，着小生半途喜变做忧"。他道："红娘你且先行，教小姐权时落后。"

（夫人云）他是个女孩儿家，着他落后怎么！（红唱）

【秃厮儿】我则道神针法灸[19]，谁承望燕侣莺俦[20]。他两个经今月余则是一处宿，何须你一一问缘由？

【圣药王】他每不识忧[21]，不识愁，一双心意两相投。夫人，得好休，便好休，这其间何必苦追求？常言道"女大不中留"。

（夫人云）这端事都是你个贱人[22]！（红云）非是张生、小姐、红娘之罪，乃夫人之过也。（夫人云）这贱人倒指下我来，怎么是我之过？（红云）信者，人之根本，"人而无信，不知其可也。大车无輗，小车无軏，其何以行之哉[23]？"当日军围普救，夫人所许退军者，以女妻之。张生非慕小姐颜色，岂肯建区区退军之策？兵退身安，夫人悔却前言，岂得不为失信乎？既然不肯成其事，只合酬之以金帛，令张生舍此而去。却不当留请张生于书院，使怨女旷夫，各相早晚窥视，所以夫人有此一端[24]。目下老夫人若不息其事，一来辱没相国家谱；二来张生日后名重天下，施恩于人，忍令反受其辱哉？使至官司，夫人亦得治家不严之罪。官司若推其详，亦知老夫人背义而忘恩，岂得为贤哉？红娘不敢自专，乞望夫人台鉴[25]；莫若恕其小过，成就大事，捐之以去其污[26]，岂不为长便乎？

【麻郎儿】秀才是文章魁首，姐姐是仕女班头；一个通彻三教九流，一个晓尽描鸾刺绣。

【幺篇】世有、便休、罢手，大恩人怎做敌头？起白马将军故友，斩飞虎叛贼草寇。

【络丝娘】不争和张解元参辰卯酉[27]，便是与崔相国出乖弄丑。到底干连着自己骨肉，夫人索穷究[28]。

（夫人云）这小贱人也道得是。我不合养了这个不肖之女。待经官呵，玷辱家门。罢，罢！俺家无犯法之男，再婚之女，与了这厮罢。红娘，唤那贱人来！（红见旦云）且喜姐姐，那棍子则是滴溜溜在我身上，吃我直说过了。我也怕不得许多，夫人如今唤你来，待成合亲事。（旦去）羞人答答的，怎么见夫人？（红云）娘根前有甚么羞？

【小桃红】当日个月明才上柳梢头，却早人约黄昏后。羞得我脑背后将牙儿衬着衫儿袖。猛凝眸，看时节则见鞋底尖儿瘦。一个恣情的不休[29]，一个哑声儿厮耨[30]。呸！那其间可怎生不害半星儿羞？

（旦见夫人科）（夫人云）莺莺，我怎生抬举你来，今日做这等的勾当！则是我的孽障，待怨谁的是！我待经官来，辱没了你父亲，这等事不是俺相国人家的勾当。罢罢罢！谁似俺养女的不长俊[31]！红娘，书房里唤将那禽兽来！（红唤末科）（末云）小娘子唤小生做甚么？（红云）你的事发了也，如今夫人唤你来，将小姐配与你哩。小姐先招了也，你过去。（末云）小生惶恐，如何见老夫人？当初谁在老夫人行说来[32]？（红云）休佯小心[33]，过去便了。

【小桃红】既然泄漏怎甘休？是我相投首[34]。俺家里陪酒陪茶倒捆就。你休愁，何须约定通媒媾？我弃了部署不收[35]，你原来"苗而不秀"。呸！你是个银样镴枪头。

（末见夫人科）（夫人云）好秀才呵，岂不闻"非先王之德行不敢行"[36]？我待送你去官司里去来，恐辱没了俺家谱。我如今将莺莺与你为妻，则是俺三辈儿不招白衣女婿，你明日便上朝取应去。我与你养着媳妇，得官呵，来见我；驳落呵[37]，休来见我。（红云）张生早则喜也。

【东原乐】相思事，一笔勾，早则展放从前眉儿皱，美爱幽欢恰动头[38]。既能勾，张生，你觑兀的般可喜娘庞儿也要人消受[39]。

（夫人云）明日收拾行装，安排果酒，请长老一同送张生到十里长亭去。（旦念）寄语西河堤畔柳，安排青眼送行人[40]。（同夫人下）（红唱）

【收尾】来时节画堂箫鼓鸣春昼，列着一对儿鸾交凤友。那其间才受你说媒红[41]，方吃你谢亲酒[42]。（并下）

【注释】

[1] 俫儿：元杂剧中对儿童角色的称呼，此处即指欢郎。

[2] 做下来了：做出了私下婚配之事。

[3] 奶奶：俫儿对夫人的尊称。下文他又称莺莺为姐姐，因莺莺年纪轻，他是崔家下人，可以混叫。

[4] 唤红科：做出唤叫红娘的动作。

[5] 稳秀：隐密。宋元习惯用语，"稳"通"隐"。

[6] 握雨携云：形容男女发生性关系。

[7] 㐽：固执、刚愎。

[8] 春山低翠：比喻莺莺身体沉缓。秋水凝眸：形容莺莺目光发呆。

[9] 比着你旧时肥瘦：要装得和过去比身材依旧一样。

[10] 行监坐守：到处监督保护。

[11] 迤逗：勾引、引诱。

[12] 诉休：应付、糊弄。

[13] 绣帏：床帐之中。绸缪：男女欢爱时的动作。

[14] 倒凤颠鸾：指男欢女爱。

[15] 着甚来由：为着什么。

[16] 说过：辩得过、应付得过。

[17] 闲穷究：抓住某一话题闲聊一番。

[18] 休：结束，此句意为与老夫人的纠葛、磨擦已完了。

[19] 神针法灸：意为医术高超。

[20] 谁承望：谁估计得到。燕侣莺俦：像燕子、黄莺般亲昵欢爱。

[21] 他每：他们俩。

[22] 这端事：这桩事。

[23] 此段话出于《论语·为政》，意为一个人怎可没信用？

[24] 一端：一件错误。

[25] 台鉴：让尊者阅读、思虑、决策，此处意为慎重行事。

[26] 捆：摩弄、揉搓，此处作胡涂一点促成之意。

[27] 参辰卯酉：和稀泥应付。

[28] 索穷究：不必穷认真。

[29] 恣情：恣意发泄。

[30] 厮耨：徐渭《南词叙录》称"北人谓相昵为耨"，此处形容欢爱时动作十分亲昵。

[31] 不长俊：不争气。

[32] 行说：说这件事，告这个状。
[33] 休佯小心：别假装害怕的样子。
[34] 投首：自首，主动认错。
[35] 部署：宋、元时枪棒师傅称谓。此句意为我不给你当老师出主意了。
[36] 非先王之德行不敢行：此语出《孝经》，意为不敢做不符合先王德行标准的事。
[37] 驳落：落榜。
[38] 恰动头：刚刚开局。
[39] 兀的般：这样的。
[40] 青眼：指柳叶，这里作双关语用。
[41] 说媒红：谢媒礼。
[42] 谢亲酒：谢媒酒宴。

【思考与练习】

1. 你是如何理解《董西厢》与《王西厢》的关系的？
2.《西厢记》是怎样表现莺莺性格的？你是如何理解莺莺的"假意儿"的？
3. 试分析《拷红》一折中红娘的形象。
4. 试比较分析关汉卿与王实甫的戏剧语言特色。

第六节　元代前期其他杂剧作家

元成宗大德年间之前，是元杂剧的前期，是元杂剧创作百花争艳的繁荣时期，名家辈出，佳作如林，除了前文中重点讲到的关汉卿、王实甫之外，白朴、马致远、纪君祥、高文秀、康进之、尚忠贤、李好古等都取得了很高的成就。

一、白朴的杂剧

白朴（1226—1306），字仁甫，号兰谷，陕州（今山西河曲）人，生于金末一个官僚家庭。白朴幼年遭遇金亡变故，金都城陷落，母亲被蒙古军掳去。他随父亲的好友元好问流亡山东，得到元好问的扶持和教育。他聪颖好学，博览群书。后拒绝仕元，流寓真定、大都等杂剧兴盛的地方，参加过大都的玉京书会，从事杂剧创作。诗词俱佳，尤工于曲，与关汉卿、马致远、郑光祖并称为元曲四大家。其杂剧创作，《录鬼簿》著录15种，王国维《曲录》著录16种，今存《唐明皇秋夜梧桐雨》《裴少俊墙头马上》《董月英花月东墙记》3种，以《梧桐雨》为代表作。其散曲，今存小令37首，套曲4首，今人隋树森《全元散曲》收录。另有词集《天籁集》两卷传世。

历史剧《梧桐雨》，全名《唐明皇秋夜梧桐雨》，取材白居易《长恨歌》，写李隆基、杨玉环的爱情故事及其政治遭遇。剧作对唐明皇纵情声色荒废朝政几乎断送江山的史事，进行了演绎和批判；同时对李、杨的爱情与不幸遭遇又深表同情。戏剧抒情气氛特别浓郁，重在摹写唐明皇从政治巅峰跌落后的寂寞、感伤与悲凉，表现了盛衰难料、人生无常的人生幻灭感。联系白朴的生平遭遇，戏剧融进了他亡国失母的悲伤，隐约透露了沧桑变化人事全非的怆痛与悲凉。孟称舜评曰："摹写明皇、玉环得意失意之状，悲艳动人。"(《新镌古今杂剧》)王国维称赞《梧桐雨》："沉雄悲壮，为元曲冠冕。"(《人间词话》)戏剧化用大量古诗词，意境优美，语言典雅，具有较强的文人化倾向。

爱情剧《墙头马上》，全名是《裴少俊墙头马上》，取材于白居易的乐府诗《井底引银瓶》。《井底引银瓶》描写了一少女与情人私奔而终遭遗弃的故事，其主题在诗的小序中明言为"止淫奔"，目的是起教化作用。《墙头马上》的情节与此大致相似：裴尚书之子裴少俊到洛阳选购花黄，洛阳总管之女李千金在花园墙头看到骑在马上的裴少俊，二人一见钟情。李当夜随裴私奔，在裴家后花园暗住七年，生一儿一女。裴尚书发觉后，大骂李千金，逼裴少俊休妻，李被驱遣还家。后裴少俊中状元，以母子之情打动李千金，夫妇得以重聚。很明显，杂剧的主题，不再是教化的"止淫奔"，而是热情赞美男女间的自由结合，变成了"赞淫奔"。李千金是戏剧重点塑造的人物形象，她大胆追求爱情，敢于无媒自聘，弃家出奔。当遭到裴尚书辱骂"娼优""枉坏了我少俊前程"时，她针锋相对地宣称："我则是裴少俊一个！""这姻缘也是天赐的。"后来裴少俊得官与裴尚书来赔礼认亲时，李千金严词拒绝，痛斥他们的无情无义，宁可放弃婚姻，也要维护人格的自尊。李千金的形象比之《西厢记》的崔莺莺更加大胆主动、泼辣奔放，鲜明地表现了反对封建礼教、歌颂婚姻自主的思想。这一人物形象与她在剧中身份实际是不太相符的，在她身上，更多地表现的是市井女子泼辣奔放的性格。《墙头马上》语言本色通俗、朴实生动，具有世俗化的审美倾向。

二、马致远的杂剧

马致远（约1250—约1321），号东篱，大都（今北京）人。早年在大都不得志，参加过元贞书会。《录鬼簿》说他曾任"江浙行省务官"，大概是中年时期的事。晚年隐居田园，过着"红尘不向门前惹"的闲散生活。马致远也是元曲四大家之一，杂剧和散曲的成就都很高。所作杂剧，据《录鬼簿》载共有15种，现存7种。他擅长神仙道化剧，作品有《任风子》《黄粱梦》《岳阳楼》《陈抟高卧》等；历史剧《汉宫秋》非常著名，是他的代表作。马致远以文采见长，无论是杂剧还是散曲，都写得文辞优美清丽，意境典雅，当时就有"曲状元"之美称。

历史剧《汉宫秋》，全名《破幽梦孤雁汉宫秋》，敷演王昭君出塞和亲的故事。剧情大意是：毛延寿替汉元帝挑选美女，秭归农家女王昭君被选中，但她拒绝纳贿，毛延寿竟点污美人图，导致昭君十年未得到皇上临幸。十年后，元帝偶遇昭君弹琵琶遣闷，才发现她才貌惊人，于是大加宠幸，封为明妃。毛延寿畏罪潜逃匈奴，挑唆单于兴兵强娶昭君。匈奴大军压境，满朝文武束手无策，昭君情愿和番以息刀兵。元帝无奈，为昭君饯别，昭君行至边界投江自尽。匈奴单于发现自己被毛延寿离间败盟，于是把他绑送汉朝治罪，重新与汉结盟修好。

"昭君和番"的故事，史书有记载。据《汉书·元帝纪》载，竟宁元年，匈奴呼韩邪单于来朝，请求和亲，元帝以后宫女王嫱妻之。《后汉书·南匈奴传》也有"昭君入宫数载，不得见御，积悲怨，乃请掖庭令求行"的记载。昭君入匈奴被封为宁胡阏氏，生一男二女。昭君出塞对增强汉、匈民族团结起到了积极作用。汉以后，此事在民间广为流传。马致远的《汉宫秋》，吸取民间传说，对史实作了较大改动，寄予了作者的人生感受与民族情绪。首先，戏剧加入了毛延寿这一人物，是叛国投敌、贪赃枉法的典型，成为贯穿全剧的"黑线"，表现了作者对奸佞小人的憎恶与鞭笞；其次，历史上昭君出塞是在和平时期，而戏剧写成是在匈奴大兵压境之时，突出了昭君国难当头勇于牺牲自己的宝贵精神；再次，历史上昭君从未得到汉元帝临幸，更不是宠妃，而戏剧写成宠妃，上演了一场汉家天子"妻嫁人，夫主婚"的屈辱悲剧，嘲讽了文武大臣的贪生怕死和汉元帝的昏庸无能；最后，正史记昭君到匈奴后，生儿育女"从胡俗"，而剧中昭君并未到胡地，行至黑水，投江自尽，充分表现了《汉宫秋》反抗民族压迫，歌颂民族气节的思想倾向。

马致远以擅写神仙道化剧而著称，贾仲明称他"万花丛中马神仙"。他的神仙道化剧多以劝人归隐，寻找脱离红尘的世外仙境为主旨，多表现归隐与避世思想。《黄粱梦》全名《邯郸道省悟黄粱梦》，就是写太极真人钟离权"度脱"吕洞宾的故事。吕岩（洞宾）进京赶考途中，在邯郸道一客店里休息，店家为他煮黄粱饭。钟离权奉命前来度化他，他却迷恋尘世功名，坚决不肯修道。倦睡之后，吕岩在梦中过了十八年，他应举高中，拜为兵马大元帅，并与高太尉之女翠娥结为夫妻，生有一双儿女，享尽人间富贵。世俗生活的富贵，不过是"酒、色、财、气"四字，可"酒恋清香疾病因，色爱荒淫患难根，财贪富贵伤残命，气竞刚强损陷身"。他奉命统兵出征前饮酒吐血，当日便戒了酒。征讨外出一年间，妻翠娥与魏尚书之子魏舍有私情，此时恰巧吕岩因卖阵受钱私自回家，撞破私情，欲杀翠娥，为院公劝阻，从此断了色念。统兵出战时他因卖阵受钱，被革职发配穷远之地，因此而断了财。流放深山途中，一双儿女被人摔死而不得不忍气吞声，气性全无。吕岩自己也被壮士持剑追杀，钢刀架到了脖子上。正在此时，吕岩从梦中惊醒，一摸脖子，头还在，方知大梦一场，而客店为他做的黄粱饭还没有熟。所谓"一梦中尽见荣枯，觉来时忽然醒悟"，吕洞宾省悟到"人生如梦，万事皆空"，于是断绝了酒色财气和人我是非之念而得道成仙。剧中所写的"独对青山酒一尊，闲将那朱顶鹤引"的神仙生活，不难看出作者渴求归隐的身影。马致远的《陈抟高卧》也表达了对逍遥自在的隐逸生活的向往。

三、纪君祥的《赵氏孤儿》

纪君祥，大都人，生平不详。《录鬼簿》录了他6种剧目，保存到现在的只有《赵氏孤儿大报仇》1种。

《赵氏孤儿》是一部悲壮感人、悬念迭起的历史剧，它取材司马迁《史记·赵世家》，并参照其他史料创作而成。春秋晋灵公时，奸臣屠岸贾专权，陷害赵盾诛杀其满门三百余口，又逼驸马赵朔（赵盾之子）自杀，还要杀死公主生下的赵氏孤儿以斩草除根。公主将孤儿托付给赵朔门客医生程婴后，为了保密而自缢身亡；程婴不愿助纣为虐，将婴儿放医药箱冒险救出；被守门将军韩厥发现，韩厥深明大义，毅然放行，自己拔剑自刎。屠岸贾为捕杀赵氏孤儿，下令要将全国半岁以下的婴儿一律杀死。程婴有子与孤儿同龄，他和退职老臣公孙杵臼商量，以己子替换孤儿，然后出首告密公孙藏匿了赵氏孤儿。屠岸贾带兵到公孙家搜出程子，误为赵氏孤儿将他杀死，公孙惨遭毒打触阶身亡。程婴因为告密有功而成了屠岸贾的门客。赵氏孤儿得以生存，被屠岸贾当作程婴之子而认作义子，改名程勃。二十年后，赵氏孤儿长大，程婴告之真相；赵氏孤儿杀了屠岸贾，报了冤仇。戏剧围绕"搜孤"与"救孤"的矛盾，展开了一系列惊心动魄的戏剧冲突，正义与邪恶殊死较量。

这是一部伸张正义、鞭挞邪恶的著名古典悲剧。作者对史料进行艺术化处理，使故事情节更加生动，矛盾冲突更加尖锐，使正义与邪恶的较量一直处于风口浪尖的状态，塑造了一批性格鲜明的人物形象。作者所歌颂的正面人物，如程婴、公孙杵臼、韩厥等体现了忍辱负重、见义勇为、舍己救人的崇高精神，是正义的化身；所鞭挞的邪恶人物屠岸贾，阴险毒辣、野蛮残暴，是人们深恶痛绝的邪恶势力。双方殊死较量，激发人们的斗志与正义感，不管弄权害人的奸臣暂时如何猖狂得势，最终都逃脱不了历史的惩罚。整部戏剧情节紧凑，矛盾尖锐，悬念迭生，扣人心弦，具有强烈的悲壮美；人物心理刻画细致入微，感人至深。王国维曾评价说："其最有悲剧之性质者，则如关汉卿之《窦娥冤》、纪君祥之《赵氏孤儿》。剧中虽有恶人交构其间，而其蹈汤赴火者，仍出于其主人翁之意志，即列之于世界大悲剧中，亦无愧色也。"(《宋元戏曲考》)

早在18世纪，《赵氏孤儿》就传到了欧洲，先后被翻译成法、英、俄、德等文字，成为世界文坛盛传的名剧。法国著名的思想家伏尔泰以它为样本改编为《中国孤儿》上演，轰动了巴黎。

四、《李逵负荆》与《双献功》

元杂剧中有一批人们喜闻乐见的"水浒戏"，为后来《水浒传》的成书奠定了一定的基础。康进之和高文秀就是写水浒剧的专家，都擅长写黑旋风李逵。康进之的《李逵负荆》和高文秀的《双献功》就是这类作品中比较优秀的代表。

《李逵负荆》是写两个歹徒宋刚、鲁智恩冒充宋江、鲁智深之名抢走了杏花村开酒店的店主王林的女儿满堂娇。恰逢李逵来店喝酒，店主王林向他哭诉，李逵立即赶回山寨找宋江、鲁智深算账，大闹聚义堂，斧砍杏黄旗，当众大骂宋江。宋江只好和他以头颅打赌，下山对质，结果李逵输了。李逵认识了错误，回山负荆请罪。宋江令李逵下山捉拿歹徒，将功折罪。全剧在庆功声中结束。这是一出轻松愉快、诙谐幽默的喜剧。通过李逵和宋江一场误会性的戏剧冲突，歌颂了李逵爱憎分明、嫉恶如仇、见义勇为以及知错即改的可贵品质，表现了梁山英雄"替天行道"、除暴安良的崇高精神。剧本的曲词个性化特征明显，如李逵游春、闹山、对质和负荆的一些曲子，写得十分精彩。《李逵负荆》直接影响了后来小说《水浒传》中李逵形象的塑造。

《双献功》是写李逵自告奋勇，愿做孙孔目的护臂，护送其夫妻二人去泰安进香。途中，权豪势要"白衙内"拐走了孙孔目的妻子；孙孔目去告状，"白衙内"又倚仗权势，将其打入死牢。这惹翻了自称"黑爹爹"的李逵，他设计进入牢房救出孙孔目，又在夜间潜入"白衙内"家，杀了奸夫淫妇，并用布蘸血在墙壁上写明"是宋江手下第十三个头领黑旋风李逵杀了白衙内来"。敢作敢当，尽显梁山英雄的粗豪气派。戏剧还刻画了李逵粗中有细的特点。如第三折写他谋划救孙孔目就非常精细：他先装傻捉弄牢卒，再用蒙汗药将其麻翻，无需一刀一枪，就救出了孙孔目和满牢囚犯。李逵鲁莽粗豪而又细心机敏，为广大民众所喜爱。

五、《柳毅传书》和《张生煮海》

尚仲贤《柳毅传书》(全称是《洞庭湖柳毅传书》)和李好古的《张生煮海》(全称是《沙

门岛张生煮海》）都是演述书生和龙女婚恋故事的，被认为是元代神话剧的双璧。

《柳毅传书》取材于唐人李朝威的传奇《柳毅传》，大意是说洞庭湖老龙的女儿龙女三娘嫁给泾河小龙为妻后，小龙为身边的婢女所迷惑，夫妻感情不和。泾河老龙听信儿子的指责，剥下龙女的冠袍，罚到泾河岸边去牧羊。龙女一人顶着风沙在河边牧羊，冷风梳头泪洗脸，因思念家乡而魂断频哭。这时有一名叫柳毅的书生落第返乡，路过泾河，他很同情龙女的不幸遭遇，答应为她传递家书。龙女家人收到书信后，其二叔钱塘君赶往泾河，杀死小龙，救出龙女。洞庭湖老龙欲招柳毅为婿，被柳毅拒绝。龙女为报恩，后化作范阳氏之女，嫁给穷书生柳毅为妻。《张生煮海》则是根据民间传说改编的，写书生张羽与龙女相爱，却为老龙王所阻遏，龙女回龙宫后就一去不复返。张羽苦苦寻觅，后遇毛女仙姑方知原委。仙姑送给他三件法宝（一只银锅，一文金钱、一把铁勺），将海水煮沸，迫使龙王答允婚事，二人成亲。

这两种戏剧都通过浪漫的神话歌颂了美好的爱情，反映了人们的美好愿望；但剧中的人物有时也不免俗气。比如柳毅传书之后，龙君要把龙女嫁给他，他心里想着"那龙女三娘在泾河岸上牧羊那等模样，憔悴不堪，我要他做甚么"，嘴里却说出一番仗义涉险，不可"杀其夫而夺其妻"的大道理；可后来见到龙女盛妆如仙，心里又懊悔地想："早知这等，我就许了那亲事也罢。"又如张羽与龙女定情时，听龙女讲述了龙宫的豪华后，忙表示："有如此富贵，小生愿往。"这样写固然有些俗气，与全剧浪漫的情调也似乎有些不和谐，却反映出元代文学因世俗化而更接近平凡真实人性的趋向。

第七节　元代前期杂剧选读

一、白朴杂剧选读

梧桐雨（第四折）

【题解】《梧桐雨》写李隆基、杨玉环的爱情故事及其政治遭遇。安史之乱爆发后，唐明皇避乱西逃，行至马嵬坡，六军不发，杀死杨国忠，缢死杨贵妃。安史之乱平定后，唐玄宗回到长安，退居西宫养老。他既未能以权势保住爱情，也没有因为牺牲爱情而保住权力。在爱情和权力双双失去的情况下他忧心如焚，每日空对贵妃的画像，痛苦思量。《梧桐雨》第四折就是抒写唐明皇对昔日爱侣和盛境怀恋的孤寂凄楚情怀，剧中一曲曲哀婉的悲歌，犹如一首首感人肺腑的抒情诗，熔铸着作者的思想情感。白朴是由金入元的作家，亲身经历了金元政权的对峙和嬗变，"自幼经丧乱，仓皇失母，便有山川满目之叹。迨亡国恒郁郁不乐……"（王博文《天籁集序》）。这一折戏，实际上也是白朴借境抒怀，用他人之酒杯，浇胸中之块垒，以间接隐晦的方式，表达了故国之思和沧桑之感。第四折艺术构思奇妙。元杂剧第四折多是以大团圆作为结局，惯例是"先离后合，始困终亨"。但本折不同，既没有众多的出场人物，也没有起伏跌宕的情节与冲突，全部曲词以表现唐明皇的内心活动为主。雨打梧桐，滴人心碎，使唐明皇的内心积怨喷涌而出，情景交融、和谐相生，具有浓郁的悲剧氛围，堪称绝唱。王国维认为："白仁甫《秋夜梧桐雨》剧，沉雄悲壮，为元曲冠冕。"

（高力士上，云）自家高力士是也。自幼供奉内宫，蒙主上抬举，加为六宫提督太监。往年主上悦杨氏容貌，命某取入宫中，宠爱无比，封为贵妃，赐号太真。后来逆胡称兵，伪诛杨国忠为名，逼的主上幸蜀。行致中途，六军不进。右龙武将军陈玄礼奏过，杀了国忠，祸连贵妃。主上无可奈何，只得从之，缢死马嵬驿中。今日贼平无事，主上还国，太子做了皇帝。主上养老，退居西宫，昼夜只是想贵妃娘娘。今日教某挂起真容，朝夕哭奠。不免收拾停当，在此伺候咱。（正末上，云）寡人自幸蜀还京，太子破了逆贼，即了帝位。寡人退居西宫养老，每日只是思量妃子。教画工画了一轴真容供养着，每日相对，越着烦恼也呵！（做哭科，唱）

【正官·端正好】自从幸西川还京兆，甚的是月夜花朝。这半年来白发添多少？怎打叠愁容貌[1]！

【幺篇】瘦岩岩不避群臣笑。玉叉儿将画轴高挑，荔枝花果香檀桌，目觑了伤怀抱。

（做看真容科，唱）

【滚绣球】险些把我气冲倒，身边靠，把太真妃放声高叫。叫不应，雨泪嚎咷。这待诏手段高[2]，画的来没半星儿差错。虽然是快染能描，画不出沉香亭畔回鸾舞，花萼楼前上马娇，一段儿妖娆。

【倘秀才】妃子呵，常记得千秋节华清宫宴乐[3]，七夕会长生殿乞巧[4]，誓愿学连理枝比翼鸟，谁想你乘彩凤返丹霄，命夭！

（带云）寡人越看越添伤感，怎生是好！（唱）

【呆骨朵】寡人待有心盖一座杨妃庙，争奈无权柄谢位辞朝。则俺这孤辰限难熬，更打着离恨天最高[5]。在生时同衾枕，不能勾死后也同棺椁。谁承望马嵬坡尘土中，可惜把一朵海棠花零落了。

（带云）一会儿身子困乏，且下这亭子去闲行一会咱。（唱）

【白鹤子】那身离殿宇，信步下亭皋。见杨柳袅翠蓝丝，芙蓉拆胭脂萼。

【幺】见芙蓉怀媚脸，遇杨柳忆纤腰。依旧的两般儿点缀上阳宫，他管一灵儿潇洒长安道。

【幺】常记得碧梧桐阴下立，红牙箸手中敲；他笑整缕金衣，舞按霓裳乐。

【幺】到如今翠盘中荒草满，芳树下暗香消；空对井梧阴，不见倾城貌。

（做叹科，云）寡人也怕闲行，不如回去来。（唱）

【倘秀才】本待闲散心追欢取乐，倒惹的感旧恨天荒地老。快快归来凤帏悄，甚法儿挨今宵，懊恼！

（带云）回到这寝殿中，一弄儿助人愁也。（唱）

【芙蓉花】淡氤氲串烟袅，昏惨刺银灯照；玉漏迢迢[6]，才是初更报。暗觑清宵，盼梦里他来到。却不道口是心苗，不住的频频叫。

（带云）不觉一阵昏迷上来，寡人试睡些儿。（唱）

【伴读书】一会家心焦燥，四壁厢秋虫闹；忽见掀帘西风恶，遥观满地阴云罩。俺这里披衣闷把帏屏靠，业眼难交[7]。

【笑和尚】原来是滴溜溜绕闲阶败叶飘，疏刺刺刷落叶被西风扫，忽鲁鲁风闪得银灯爆，厮琅琅鸣殿铎，扑簌簌动朱箔，吉丁当玉马儿向檐间闹。

（做睡科，唱）

173

【倘秀才】闷打颏和衣卧倒[8]，软兀剌方才睡着[9]。（旦上，云）妾身贵妃是也。今日殿中设宴。宫娥！请主上赴席咱。（正末唱）忽见青衣走来报，道太真妃将寡人邀，宴乐。

（正末见旦科，云）妃子，你从那里来？（旦云）今日长生殿排宴，请主上赴席。（正末云）分付梨园子弟齐备着。（旦下）（正末做惊醒科，云）呀！元来是一梦。分明梦见妃子，却又不见了。（唱）

【双鸳鸯】斜軃翠鸾翘[10]，浑一似出浴的旧风标，映着云屏一半儿娇。好梦将成还惊觉，半襟情泪湿鲛绡。

【蛮姑儿】懊恼，窨约[11]。惊我来的又不是楼头过雁，砌下寒蛩，檐前玉马，架上金鸡；是兀那窗儿外梧桐上雨潇潇。一声声洒残叶，一点点滴寒梢，会把愁人定虐[12]。

【滚绣球】这雨呵，又不是救旱苗，润枯草，洒开花萼；谁望道秋雨如膏。向青翠条，碧玉梢，碎声儿必剥，增百十倍歇和芭蕉。子管里珠连玉散飘千颗，平白地瀽瓮翻盆下一宵[13]，惹的人心焦。

【叨叨令】一会价紧呵，似玉盘中万颗珍珠落；一会价响呵，似玳筵前几簇笙歌闹；一会价清呵，似翠岩头一派寒泉瀑；一会价猛呵，似绣旗下数面征鼙操。兀的不恼杀人也么哥！兀的不恼杀人也么哥！则被他诸般儿雨声相聒噪。

【倘秀才】这雨一阵阵打梧桐叶凋，一点点滴人心碎了。枉着金井银床紧围绕，只好把泼枝叶做柴烧，锯倒。

（带云）当初妃子舞翠盘时，在此树下，寡人与妃子盟誓时，亦对此树。今日梦境相寻，又被他惊觉了。（唱）

【滚绣球】长生殿那一宵，转回廊说誓约，不合对梧桐并肩斜靠，尽言词絮絮叨叨。沉香亭那一朝，按霓裳，舞六幺，红牙箸击成腔调，乱宫商闹闹炒炒。是兀那当时欢会栽排下，今日凄凉厮輳着，暗地量度。

（高力士云）主上，这诸样草木，皆有雨声，岂独梧桐？（正末云）你那里知道。我说与你听者。（唱）

【三煞】润蒙蒙杨柳雨，凄凄院宇侵帘幕；细丝丝梅子雨，妆点江干满楼阁[14]；杏花雨红湿阑干，梨花雨玉容寂寞；荷花雨翠盖翩翩，豆花雨绿叶萧条：都不似你惊魂破梦，助恨添愁，彻夜连宵。莫不是水仙弄娇，蘸杨柳洒风飘。

【二煞】咪咪似喷泉瑞兽临双沼，刷刷似食叶春蚕散满箔。乱洒琼阶，水传宫漏，飞上雕檐，酒滴新槽。直下的更残漏断，枕冷衾寒，烛灭香消。可知道夏天不觉，把高凤麦来漂[15]。

【黄钟煞】顺西风低把纱窗哨，送寒气频将绣户敲。莫不是天故将人愁闷搅！度铃声响栈道，似花奴羯鼓调，如伯牙《水仙操》[16]。洗黄花，润篱落；渍苍苔，倒墙角；渲湖山，漱石窍；浸枯荷，溢池沼。沾残蝶粉渐消，洒流萤焰不着。绿窗前促织叫，声相近雁影高。催邻砧处处捣，助新凉分外早。斟量来这一宵，雨和人紧厮熬，伴铜壶点点敲，雨更多泪不少。雨湿寒梢，泪染龙袍，不肯相饶，共隔着一树梧桐直滴到晓。

  题目 安禄山反叛兵戈举 陈玄礼拆散鸾凰侣
  正名 杨贵妃晓日荔枝香 唐明皇秋夜梧桐雨

【注释】

[1] 打叠：打点，收拾。

[2] 待诏：待命供奉宫廷的人。这里指画待诏。
[3] 千秋节：泛指帝王的寿诞。唐玄宗李隆基诞辰为农历八月初五日，开元十七年以这一天为千秋节。
[4] 乞巧：古代民俗，每逢七月初七，传说为牛郎织女一年一度的鹊桥相会之期。妇女们结彩缕，穿七孔针，列瓜果于庭中，以求织女赐予针织技巧。或说感于有情人相会，祈求爱情婚姻美满。
[5] 离恨天：佛教传说，天有三十三层，其中"离恨天"最高。元曲中往往以"离恨天"喻有情男女隔绝。
[6] 玉漏：古代以铜壶盛水滴漏计时的装置。
[7] 业：与"孽"相通，即佛教所说的业障、业冤。
[8] 闷打颏：意即闷闷地。打颏：语助词。
[9] 软兀剌：意谓瘫软无力地。兀剌，语助词。
[10] 軃（duǒ）：下垂的样子。
[11] 窨（yìn）约：意谓暗中思忖。
[12] 定虐：打扰，扰乱。
[13] 瀽（jiǎn）：泼。
[14] 江干：江边。
[15] 高凤麦：东汉时，高凤专心读书，以致他看守晾晒的麦子被暴雨冲走都不知道。事见《后汉书·逸民列传》。
[16] 伯牙：春秋时人，善弹琴。相传他在东海蓬莱山上，闻海水澎湃、群鸟悲鸣之声，作《水仙操》曲。

二、马致远杂剧选读

汉宫秋[1]（第三折）

【题解】《汉宫秋》为马致远的历史剧，全名《破幽梦孤雁汉宫秋》，写汉元帝受匈奴威胁，被迫送爱妃王昭君出塞和亲的故事。第三折是全剧的高潮，主要写汉元帝在匈奴重兵压境的威胁下，含悲忍辱亲自为昭君送别的场景和昭君投江自尽的悲剧性情节。本折戏细致生动地展现了主人公汉元帝凄怆悲凉之情和复杂矛盾的心路历程：既有"妻嫁人，夫主婚"的荏弱屈辱，又有对群臣不能安定社稷的怨恨；既有对美人的恋恋不舍，又有不能不别的无可奈何；既有眼前的生离死别之痛，又有想象中的孤独寂寞之苦。本折以抒情见长，善于借景抒情，细腻生动地展现了人物的内心情感，具有抒情诗般的意境美和音律美。尤其是《梅花酒》《收江南》两支曲子，运用回环重叠的顶针句式，反复吟唱，节促音哀，百转千回，荡气回肠，烘托了汉元帝的悲伤情怀，突出了主题。

（番使拥旦上，奏胡乐科，旦云）妾身王昭君，自从选入宫中，被毛延寿将美人图点破[2]，送入冷宫。甫能得蒙恩幸[3]，又被他献与番王形像[4]，今拥兵来索，待不去，又怕江山有失；没奈何将妾身出塞和番。这一去，胡地[5]风霜，怎生消受[6]也！自古道："红颜胜人[7]多薄命，

莫怨春风当自嗟。"（驾[8]引文武内官[9]上，云）今日灞桥饯送[10]明妃，却早来到也。（唱）

【双调·新水令】锦貂裘生[11]改尽汉宫妆，我则索[12]看昭君画图模样。旧恩金勒短[13]，新恨玉鞭长。本是对金殿鸳鸯；分飞翼，怎承望[14]！

（云）您文武百官计议，怎生退了番兵，免明妃和番者。（唱）

【驻马听】宰相每商量，大国使还朝多赐赏。早是俺夫妻悒怏[15]，小家儿出外也摇装[16]。尚兀自渭城衰柳[17]助凄凉，共那灞桥流水添惆怅。偏您不断肠，想娘娘那一天愁都撮[18]在琵琶上。

（做下马科）（与旦打悲科）（驾云）左右慢慢唱者[19]，我与明妃饯一杯酒。（唱）

【步步娇】您将那一曲阳关[20]休轻放，俺咫尺如天样，慢慢的捧玉觞。朕本意待尊前捱[21]些时光，且休问劣了宫商[22]，您则与我半句儿俄延[23]着唱。

（番使云）请娘娘早行，天色晚了也。（驾唱）

【落梅风】可怜俺别离重[24]，你好是[25]归去的忙。寡人心先到他李陵台[26]上，回头儿却才魂梦里想，便休题贵人多忘。

（旦云）妾这一去，再何时得见陛下？把我汉家衣服都留下者。

（诗云）正是：今日汉宫人[27]，明朝胡地妾；忍着主衣裳，为人作春色！（留衣服科）（驾唱）

【殿前欢】则甚么[28]留下舞衣裳，被西风吹散旧时香[29]，我委实[30]怕宫车再过青苔巷，猛到椒房[31]，那一会想菱花镜[32]里妆，风流相，兜的[33]又横心上。看今日昭君出塞，几时似苏武还乡[34]？

（番使云）请娘娘行罢，臣等来多时了也。（驾云）罢罢罢！明妃你这一去，休怨朕躬[35]也。（做别科，驾云）我那里是大汉皇帝！（唱）

【雁儿落】我做了别虞姬楚霸王[36]，全不见守玉关[37]征西将。那里取保亲的李左车[38]，送女客的萧丞相？

（尚书云）陛下不必挂念。（驾唱）

【得胜令】那里也架海紫金梁[39]？枉养着那边庭上铁衣郎。您也要左右人扶侍，俺可甚糟糠妻[40]下堂？您但提起刀枪，却早小鹿儿心头撞[41]。今日央及煞[42]娘娘，怎做的男儿当自强！

（尚书云）陛下，咱回朝去罢。（驾唱）

【川拨棹】怕不待[43]放丝缰，咱可甚鞭敲金镫响[44]？你管燮理阴阳[45]，掌握朝纲，治国安邦，展土开疆；假若俺高皇，差你个梅香[46]，背井离乡，卧雪眠霜，若是他不恋恁春风画堂，我便官封你一字王[47]。

（尚书云）陛下不必苦死留他，着他去了罢。（驾唱）

【七弟兄】说什么大王不当恋王嫱，兀良[48]怎禁他临去也回头望！那堪这散风雪旌节影悠扬，动关山鼓角声悲壮。

【梅花酒】呀！俺向着这迥野[49]悲凉。草已添黄，兔早迎霜。犬褪得毛苍[50]，人搊起[51]缨枪，马负着行装，车运着糇粮，打猎起围场[52]。他他他，伤心辞汉主；我我我，携手上河梁[53]。他部从[54]入穷荒，我銮舆[55]返咸阳。返咸阳，过宫墙；过宫墙，绕回廊；绕回廊，近椒房；近椒房，月昏黄；月昏黄，夜生凉；夜生凉，泣寒螀[56]；泣寒螀，绿纱窗；绿纱窗，不思量！

【收江南】呀！不思量，除是铁心肠！铁心肠，也愁泪滴千行。美人图今夜挂昭阳[57]，我那里供养[58]，便是我高烧银烛照红妆。

（尚书云）陛下回銮[59]罢，娘娘去远了也。（驾唱）

【鸳鸯煞】我只索大臣行说一个推辞谎，又则怕笔尖儿那火编修[60]讲。不见他花朵儿精神，怎趁[61]那草地里风光？唱道伫立多时，徘徊半晌，猛听的塞雁南翔，呀呀的声嘹亮，却原来满目牛羊，是兀那[62]载离恨的毡车半坡里响。（下）

（番王引部落拥昭君上，云）今日汉朝不弃旧盟，将王昭君与俺番家和亲。我将昭君封为宁胡阏氏[63]，坐我正宫。两国息兵，多少是好。众将士，传下号令，大众起行，望北而去。（做行科）（旦问云）这里甚地面了？（番使云）这是黑龙江，番汉交界去处！南边属汉家，北边属我番国。（旦云）大王，借一杯酒，望南浇奠，辞了汉家，长行去罢。（做奠酒科，云）汉朝皇帝，妾身今生已矣，尚待来生也。（做跳江科）（番王惊救不及，叹科，云）嗨！可惜，可惜！昭君不肯入番，投江而死。罢罢罢！就葬在此江边，号为青冢者。我想来，人也死了，枉与汉朝结下这般仇隙[64]，都是毛延寿那厮搬弄出来的。把都儿[65]，将毛延寿拿下，解送汉朝处治。我依旧与汉朝结和，永为甥舅，却不是好？（诗云）则为他丹青画误了昭君，背汉主暗地私奔；将美人图又来哄我，要索取出塞和亲。岂知道投江而死，空落的一见消魂。似这等奸邪逆贼，留着他终是祸根；不如送他去汉朝哈喇[66]，依还的甥舅礼，两国长存。（下）

【注释】

[1] 《汉宫秋》全名为《破幽梦孤雁汉宫秋》。是写王昭君被选中出塞和番，最后投江殉国的故事。
[2] 点破：点上破绽，指在画像上画上毛病。
[3] 恩幸：皇帝的宠幸。
[4] 形像：图像。
[5] 胡地：指北方少数民族居住的地域。
[6] 消受：承受。
[7] 红颜胜人：才貌出众的女子。
[8] 驾：帝王车乘。常用作皇帝的代称，这里指汉元帝。
[9] 内官：侍奉皇帝的宦官、近臣。
[10] 饯送：设宴送行。
[11] 生：硬，勉强。
[12] 则索：只得。
[13] "旧恩"二句：旧恩短，新恨长。金勒：金饰的笼辔。玉鞭：玉饰的鞭子。
[14] 怎承望：怎么料想得到。
[15] 悒怏（yìyàng）：忧郁愁闷。
[16] 摇装：或作"遥装"，送行。古代风俗，远行的人选择吉日先期出门，由亲友送至江边饯行，被送者上船，移动一会即返回，改日再正式出发。
[17] 兀自：还是。渭城衰柳：用唐代诗人王维《送元二使安西》诗中"渭城朝雨浥轻尘，客舍青青柳色新"意。
[18] 撮：聚集。
[19] 唱者：唱着。者，语助词。
[20] 一曲阳关：指《阳关曲》，又称《阳关三迭》或《渭城曲》，是后人用《送元二使安西》谱成的送别歌曲。

[21] 捱（ái）：拖延。
[22] 劣了宫商：指唱得不合腔调曲律。劣：误。
[23] 俄延：慢慢地。
[24] 别离重：即"重别离"，舍不得分手的意思。
[25] 好是：真是。
[26] 李陵台：在今内蒙古自治区波罗城。当时属匈奴地界。
[27] "今日"四句：前两句出自李白《王昭君》诗，后两句出自陈师道《妾薄命》诗。忍着（zhuó）：怎忍心穿上。作春色：强颜欢笑之意。
[28] 则甚么：做什么，怎么。
[29] "被西风"句：元朝诗人元淮《昭君出塞》诗有"西风吹散旧时香，收起宫妆换北妆"。
[30] 委实：确实。
[31] 椒房：用椒（一种香料）和泥涂壁的宫室。是后妃居住的地方。
[32] 菱花镜：铜镜。
[33] 兜的：即"陡的"，突然的意思。
[34] 苏武还乡：汉代苏武出使匈奴，被扣留十九年，坚贞不屈，返回故国。
[35] 朕（zhèn）躬：皇帝自称。
[36] "我做"句：以"霸王别姬"之事，抒发离别之苦。
[37] 玉关：玉门关，与阳关同为通往西域的门户。
[38] "那里"二句：李左车与萧何均为汉初谋臣。史书没有记载他们有送亲之事。这里是汉元帝用反语讽刺文武大臣无能，只会送昭君和番。
[39] 架海紫金梁：元杂剧常以"擎天白玉柱，架海紫金梁"喻指贤臣良将。
[40] 糟糠妻：指贫贱时共过患难的妻子。《后汉书·宋弘传》记载，宋弘对汉光武帝说："贫贱之交不可忘，糟糠之妻不下堂。"
[41] "却早"句：指心里害怕发慌。
[42] 央及煞：死乞白赖地央求。
[43] 怕不待：难道不想。
[44] 鞭敲金镫响：形容得胜返回时的气概。
[45] 燮（xiè）理阴阳：调和阴阳。指大臣辅助皇帝治理国事。
[46] 梅香：戏剧小说中对婢女的通称。
[47] 一字王：辽、元时地位最高的王称，如赵王、燕王。其他如混同郡王、兰陵郡王之类，称为"二字王"，地位则次之。这里是把后来的制度用之于前代。
[48] 兀良：放在句首，加强语气。有时可用来表示惊讶之意。
[49] 迥（jiǒng）野：辽阔的荒野。
[50] 苍：这里是指灰白色。
[51] 搠（shuò）起：拿起。
[52] 围场：打猎围捕野兽的场地。
[53] "携手"句：表示惜别之意。
[54] 部从（zòng）：从属、随从。此作动词"入"的状语。当"率领部队"讲。
[55] 銮舆：皇帝乘坐的车子。这里当"乘坐銮舆"讲。

[56] 螀（jiāng）：蝉一类的秋虫。
[57] 昭阳：宫殿名。皇后居住的地方。
[58] 供养：供奉。
[59] 回銮：返回朝廷。
[60] 那火：即"那伙"。编修：主要负责文献修撰工作的官员。
[61] 趁：有"赶""寻觅"等义，这里是指用目光追寻。
[62] 兀那：即"那"，"兀"无实义。
[63] 阏氏（yānzhī）：匈奴君长的嫡妻，相当于皇后。
[64] 仇隙：仇恨。隙：这里指感情上的裂痕和嫌隙。
[65] 把都儿：蒙古语"勇士"的译音。
[66] 哈喇：蒙古语"杀"的译音。

【思考与练习】

1. 简析白朴《梧桐雨》浓郁的抒情性。
2. 历史剧《汉宫秋》是怎样利用历史题材来为现实服务的？
3. 谈谈你对《赵氏孤儿》主题的理解。
4. 简要分析《墙头马上》中李千金这一人物形象。

第八节　元代后期杂剧作家

随着元朝经济文化中心的南移，自元成宗大德年间开始，元杂剧的创作中心逐渐由北方的大都向南方的杭州转移，产生了"古杭书会"和"武林书会"等创作团体。元代后期的杂剧总体而言呈衰落之势，无论思想内容还是艺术魅力，都不能与前期杂剧相比。后期比较有名的作家作品有郑光祖的《倩女离魂》《王粲登楼》，宫天挺的《范张鸡黍》《七里滩》，乔吉的《两世姻缘》《扬州梦》，秦简夫的《东堂老》，无名氏的《陈州粜米》等。

一、郑光祖的杂剧

郑光祖，字德辉，平阳襄陵（今山西临汾附近）人，元代后期最著名的杂剧作家，生卒年不详。曾以儒补杭州路吏，在浙江一带当过小官。他为人方直，待友情厚，但不妄与人交。后在杭州病逝。火葬于西湖之滨灵芝寺。当时他名气很大，钟嗣成《录鬼簿》说他"以儒补杭州路吏，为人方直，不妄与人交……名香天下，声振闺阁，伶伦辈称郑老先生"。到了明代以后便被誉为"元曲四大家"之一，与关汉卿、白朴、马致远并列。剧作见于著录的有17种，今存8种：《倩女离魂》《王粲登楼》《伫梅香》《周公摄政》《三战吕布》《智勇定齐》《伊尹耕莘》《老君堂》。

《倩女离魂》全名《迷青琐倩女离魂》，是郑光祖的代表作，是元代后期优秀杂剧作品之一。戏剧取材唐人陈玄佑传奇《离魂记》，写王文举与张倩女原系"指腹为婚"，但张母嫌文举功名未就，以他家三辈不招白衣女婿为由，要王文举应试得官方可成婚。文举被迫上京应试，倩女忧念成疾，卧病不起，灵魂离开躯体去追赶王文举，与之相伴三年。王文举中状元后衣锦还乡，携倩女魂魄归至张家，离魂与病卧之身重合为一，遂欢宴成亲。

《倩女离魂》是一部优美的爱情剧，充满浪漫主义色彩。作品成功地塑造了一个无视功名利禄，大胆追求爱情婚姻的少女形象。魂体分离的离奇情节，显示了作者大胆的想象与构思的巧妙。如果说追赶文举的倩女之魂，象征着冲破封建礼教获得自由的"灵魂"，那么，卧病在家的倩女之体，则是妇女在封建礼教压迫下蒙受苦难的"肉体"。作品深刻展现了旧时代女子在封建礼教的束缚下灵与肉的冲突，从根本上指出了人性不可违背，人的天然情感不可抑制，表现了人们对爱情的强烈追求。作品文辞华美，感情细腻，富有浓厚的抒情性。

《王粲登楼》全名《醉思乡王粲登楼》，戏剧根据王粲的《登楼赋》而作，写三国时王粲因恃才骄矜而屡遭折挫，登楼遣闷时趁醉吟诗作赋的故事。剧情结构不怎么高明，但写王粲登楼时抒发怀才不遇之感慨的曲辞，表现了穷愁潦倒而不愿久居人下的知识分子的困苦和孤傲，境界高远，情调激越，抒情色彩浓郁，显示了作者高超的文学才华。戏剧渗透了郑光祖客寓他乡时悲愤不平之心绪，是元代文人内心感受的真实写照。

二、宫天挺的历史剧

元代后期作家中，宫天挺（约1260—约1330），字大用，原籍大名开州（今属河北大名县），生卒年不详。宫天挺与《录鬼簿》作者钟嗣成的父亲为莫逆之交。其创作活动大约在13世纪80年代至14世纪30年代之间。他历任学官，做过钓台书院山长。曾受权豪人物诬陷，虽获辨明，但再也没有起用，后客死常州。钟嗣成《凌波曲》吊辞中说："豁然胸次扫尘埃，久矣声名播省台。先生志在乾坤外，敢嫌天地窄，更词章压倒元白。凭心地，据手策，数当今，无比英才。"可窥见其思想、性格之一斑。他创作杂剧6种，今存《范张鸡黍》《七里滩》2种，均为历史题材的作品。

《范张鸡黍》全名《死生交范张鸡黍》，取材于《后汉书·范式传》。写东汉时期，山阳金乡的范式与汝南张劭是京城洛阳太学里的同学，二人因愤恨奸臣当道而绝意仕进，结为生死之交，同时离京回乡，相约两年后范式到张劭家拜访。转眼约期已至，范式走了几百里地登门拜访，张劭杀鸡煮黍准备待客。此剧在歌颂了朋友情谊时，抨击了仕途的黑暗。笔锋犀利，神采晔然。《七里滩》全名《严子陵垂钓七里滩》，写东汉严子陵视功名富贵如浮云，谢绝昔日好友汉代光武帝刘秀的征召，隐居于七里滩，以垂钓为乐，过一种自由闲散的生活。剧作充满了遗世独立的隐逸情调，反映了元代文人不满现实的一种普遍心态。

三、乔吉的爱情婚姻剧

乔吉（约1280—约1345），一称乔吉甫，字梦符，号笙鹤翁，又号惺惺道人。原籍山西太原，但流寓杭州近四十年。钟嗣成在《录鬼簿》中说他"美姿容，善词章，以威严自饬，人敬畏之"，又作吊辞云："平生湖海少知音，几曲宫商大用心。百年光景还争甚？空赢得，雪鬓侵，跨仙禽，路绕云深。"从中大略可见他的为人。剧作存目11种，有《扬州梦》《匹配金钱记》《两世姻缘》3种传世，都是才子佳人的爱情婚姻剧。

《两世姻缘》是乔吉的代表作,全名《玉箫女两世姻缘》,取材于唐末范摅《云溪友议》,是写洛阳名妓玉箫与书生韦皋的爱情故事。书生韦皋博览群书,与韩玉箫相爱,两人立下白首之誓。韩母因朝廷挂榜招贤,劝说韦赶选登科。韦果然状元及第,却因吐蕃作乱,奉命领兵西征,无暇传递书信,玉箫因此相思成疾,一病而亡。韦镇守吐蕃后,派人接取玉箫母女,然而玉箫已逝,韩母亦不知去向。十八年后,韦皋班师回朝,途中逢荆襄节度使张权,张设宴款待并出义女张玉箫相见,韦见张女肖似韩玉箫而求娶张女,张权大怒,几乎动武。后张见韩母所持其女画像,方知此女便是韩玉箫转世,双方消除误会,经皇帝御赐婚配,成就两世姻缘。《金钱记》,全名《李太白匹配金钱记》,根据唐人许尧佐的传奇小说《章台柳传》改编而成,写大历十大才子之一的韩翃与王府尹之女柳眉儿的恋爱婚姻故事,以私情始,奉旨完姻终。将"金榜题名"与"洞房花烛"捏合起来,敷衍成"奉旨完婚"美谈。语言华美工丽,富有藻饰。《扬州梦》全名《杜牧之诗酒扬州梦》,以杜牧《遣怀》诗"十年一觉扬州梦,赢得青楼薄幸名"命意,又取材于杜牧《张好好诗》,虚构了杜牧与妓女张好好的恋爱故事,表现了文人才子的诗酒人生与浪漫爱情。剧中对扬州繁华景色描绘颇为生动。乔吉的杂剧曲辞清丽,立意亦求新巧,但在题材上却没有脱出才子佳人、风流韵事的窠臼。

四、秦简夫的家庭伦理剧

秦简夫,大都(今北京)人,生卒年与生平事迹均不详。《录鬼簿》说他:"见在都下擅名,近岁来杭。"可知他先在北方成名,后移居杭州。著有杂剧 5 种,今存《东堂老》《赵礼让肥》《剪发待宾》3 种,均以表现家庭伦理为主题。

其代表作是《东堂老》,全名为《东堂老劝破家子弟》,写扬州李实,人称东堂老,受好友赵国器临终嘱托,照管其子扬州奴。扬州奴浪荡成性,在父死后挥霍无度,将家产荡尽,沦为乞丐;后经东堂老的教诲而痛改前非,重振家业。戏剧刻画了东堂老受人之托,忠人之事的善良诚实品德,对不肖子、帮闲的描绘也较真实生动。排场工致,结构严谨,在元代后期杂剧作品中是较出色的一部。《东堂老》第一次正面塑造了东堂老这样诚恳可信的商人形象。《赵礼让肥》全名《孝义士赵礼让肥》,取材于《后汉书·赵孝传》,写赵礼母子三人逃难,赵礼被山寨首领马武擒去,要剖取他的心脏做醒酒汤。赵礼的母亲、哥哥得知后,赶到山寨,争说自己肥胖,要求代替一死。马武被他们的深情所感动,于是释放了他们。戏剧大力宣扬子孝、弟悌和母慈的传统伦理道德。《剪发待宾》全名《陶母剪发待宾》,写晋代陶侃事母至孝,他母亲也严格要求他发奋读书,特别是做人要重信义。一次,陶侃来了客人,因家贫无以接待,陶母就自剪头发卖钱待宾,给儿子以榜样,同样是宣扬伦理观为主。

五、《陈州粜米》

在元人杂剧中,作家姓名不可考的作品为数不少。其中成就最高的是《陈州粜米》。

《陈州粜米》全名《包待制陈州粜米》,是元杂剧中最优秀的公案剧。它写北宋时陈州府大旱三年,颗粒无收,饥民几至相食。朝廷选派官员去开仓粜米,刘衙内保举儿子刘得中和女婿杨金吾前往,并通过大臣请皇帝赐给紫金锤,以惩治不法刁民。到陈州后,刘得中和杨金吾趁机大刮民财。他们加倍抬高米价,并向米里掺进泥土糠秕,用小斗卖米,用大秤收银,掌斗的差役量米时还要"打些鸡窝儿"。农民张憨古气愤不过，据理力争，刘得中用御赐紫金锤打死了张憨古。张憨古临死嘱咐儿子小憨古到包公那里告状，包公扮成庄家老儿微服私访，掌握了人证和物证，到陈州立斩了杨金吾，让小憨古也用紫金锤打死了刘得中，为民申冤除害。

作品再现了封建统治下广大人民群众在天灾人祸中饥寒交迫的真实生活画面，着力刻画了包拯这一清官形象。他不仅铁面无私、刚直不阿、廉洁爱民，深受人民喜爱，他还是一位历经宦海沉浮、与百姓分忧的血肉丰满的艺术形象。乔装私访一段，描绘包拯幽默风趣、平易近人的品格，洋溢着民间喜剧色彩。戏剧结构排场严谨精巧，是元代包公戏的上乘之作。

第九节　元代后期杂剧选读

倩女离魂（第三折）

【题解】郑光祖的《倩女离魂》原名《迷青琐倩女离魂》。倩女的灵魂随王生进京应举，她的病体则留在家里。倩女由于怨恨、忧虑加相思而病倒在床，第三折写倩女在家的恹恹病体。失去魂灵的倩女正在卧病相思，伤感命运，张千送来王生的书信。本来"一春鱼雁无消息"，现在忽然"一纸音书盼得"，倩女自然万分高兴，满以为这书信一定是"春心满纸墨淋漓"，可是打开一看，不仅不提婚聘之事，还有"同小姐一时回家"字样，倩女以为王生停妻再娶，当场气倒昏厥！《哨遍》《耍孩儿》和《四煞》三支曲子，是倩女接到家书气昏醒来后唱的，作者通过深入细致的心理描写，表现了倩女的多情、伤感，对爱情笃诚专一，生死不渝。她一边悲伤地回忆送别王生的情形，一边当面指责母亲"把冰绡剪破鸳鸯只"，还一边骂那个她以为负了心的王生"心肠黑"。倩女同其他封建时代的妇女一样，在婚姻上最担忧的，一是家长反对，二是男子负心。她思念王生，渴望得到幸福的爱情，又担心被母亲损害，或被王生抛弃，两种思绪扭结在一起，"剪不断，理还乱"，形成了十分微妙的心理状态。本折通过生动形象、华丽流畅的语言，细腻的心理描写，生动地点出了女主人公的心理。

（正末引祗从上，云）小官王文举，自到都下，揎过卷子，小官日不移影，应对万言，圣人大喜，赐小官状元及第。夫人敢随小官至此，我如今修一封平安家书，差人岳母行报知。左右的，将笔砚来。（做写书科，云）写就了也。我表白一遍咱：寓都下小婿王文举，拜上岳母座前：自到阙下，一举状元及第，待授官之后，文举同小姐一时回家，万望尊慈垂照。不宣。书已写了，左右的，与我唤张千来。（净扮张千）（诗云）我做伴当实是强，公差干事多的当，一日走了三百里，第二日刚刚掘下坑[1]。自家张千的便是。状元爷呼唤，须索走一遭去。（做见科，云）爷，唤张千那厢使用？（正末云）张千，你将这一封平安家信，直至衡州，寻问张公弼家投下。见了老夫人，说我得了官也，你小心在意者。（净接书，云）张千知道了，我将着这一封书直至衡州走一遭云。（同下）（老夫人上，云）谁想倩女孩儿自与王生别后，卧病在床，或言或笑，不知何症候。这两日不曾看他，老身须亲看去。（下）（正旦抱病，梅香扶上，云）自从王秀才去后，一卧不起，但合眼便与王生在一处，则被这相思病害杀人也呵！（唱）

【中吕·粉蝶儿】自执手临歧，空留下这场憔悴，想人生最苦别离。说话处少精神，睡卧处无颠倒，茶饭不知滋味。似这般废寝忘食，折挫[2]得一日瘦如一日。

【醉春风】空服遍眩药不能痊，知他这病何日起，要好时直等的见他时，也只为这症候因他上得，得。一会家缥缈呵忘了魂灵，一会家精细呵使着躯壳，一会家混沌呵不知天地。（云）我眼里只见王生在面前，原来是梅香在这里。梅香，如今春光将尽，绿暗红稀，将近四月也。（正旦唱）

【迎仙客】日长也愁更长，红稀也信尤稀，（带云）王生，你好下的也！（唱）春归也奄然[3]人未归。（梅香云）姐姐，俺姐夫去了未及一年，你如何这等想他？（正旦唱）我则道相别也数十年，我则道相隔几万里。为数归期，则那竹院里刻遍琅玕翠。

【红绣鞋】去时节杨柳西风秋日，如今又过了梨花暮雨寒食。（梅香云）姐姐，你可曾卜一卦么？（正旦唱）则兀那龟儿卦无定准，枉央及；喜蛛儿难凭信，灵鹊儿不诚实，灯花儿何太喜。

（夫人上，云）来到孩儿房门首也。梅香，您姐姐较好些么？（正旦云）是谁？（梅香云）是奶奶来看你哩！（正旦云）我每日眼界只见王生，那曾见母亲来？（夫人见科，云）孩儿，你病体如何？（正旦唱）

【普天乐】想鬼病最关心，似宿酒迷春睡。绕晴雪杨花陌上，趁东风燕子楼西。抛闪杀我年少人，辜负了这韶华日。早是离愁添萦系，更那堪景物狼藉。愁心惊一声鸟啼，薄命趁一春事已，香魂逐一片花飞[4]。

（正旦昏科）（夫人云）孩儿，你挣挫些儿！（正旦醒科）（唱）

【石榴花】早是俺抱沉疴添新病发昏迷，也则是死限紧相催逼，膏肓针灸不能及[5]。（夫人云）我请个良医来调治你。（正旦唱）若是他来到这里，煞强如请扁鹊卢医。（夫人云）我如今着人请王生去。（正旦唱）把似请他时便许做东床婿，到如今悔后应迟。（夫人云）王生去了，再无音信寄来。（正旦唱）他不寄个报喜的信息缘何意，有两件事我先知。

【斗鹌鹑】他得了官别就新婚，剥落呵羞归故里。（夫人云）孩儿休过虑，且将息自己。（正旦唱）眼见的千死千休，折倒的半人半鬼。为甚这思竭损的枯肠不害饥，苦恹恹一肚皮。（夫人云）孩儿吃些汤粥。（正旦云）母亲，（唱）若肯成就了燕尔新婚，强如吃龙肝凤髓。（云）我这一会昏沉上来，只待睡些儿哩。（夫人云）梅香，休要吵闹，等他歇息，我且回去咱。（夫人同梅香下）（正旦睡科）（正末上，见旦科，云）小姐，我来看你哩。（正旦云）王生，你在那里来？（正末云）小姐，我得了官也。（正旦唱）

【上小楼】则道你辜恩负德，你原来得官及第。你直叩丹墀，夺得朝章，换却白衣。觑面仪，比向日、相别之际，更有三千丈五陵豪气。

（正末云）小姐，我去也。（下）（正旦醒科，云）分明见王生，说得了官也，醒来却是南柯一梦。（唱）

【幺篇】空疑惑了大一会，恰分明这搭里。俺淘写相思，叙问寒温，诉说真实。他紧摘离，我猛跳起。早难寻难觅。只见这冷清清半竿残日。

（梅香上，云）姐姐，为何大惊小怪的？（正旦云）我恰才梦见王生，说他得了官也。（唱）

【十二月】元来是一枕南柯梦里，和二三子义翰相知。他访四科习五常典礼，通六艺有七步才识，凭八韵赋纵横大笔，九天上得遂风雷[6]。

【尧民歌】想十年身到凤凰池，和九卿相八元辅劝金杯。则他那七言诗六合里少人及。端的个五福全四气备占伦魁，震三月春雷。双亲行先报喜，都为这一纸登科记[7]。

（净上，云）自家张千的便是。奉俺王相公言语，差来衡州下家书，寻问张公弼宅子，人说这里就是。(做见梅香科,云)姐姐。唱喏哩。(梅香云)兀那厮,你是甚么人?(净云)这里敢是张相公宅子么?(梅香云)则这里就是。你问怎的?(净云)我是京师来的,俺王相公得了官也。着我寄书来与家里夫人知道。(梅香云)你则在这里,我和小姐说去。(见正旦科,云)姐姐,王秀才得了官也,着人寄家书来。见在门首哩。(正旦云)着他过来。(梅香见净,云)兀那寄书的,过去见小姐。(净见正旦,惊科,背云)一个好夫人也,与我家奶奶生在一般儿。(回云)我是京师王相公差我寄书来与夫人。(正旦云)梅香,将书来我看。(梅香云)兀那汉子,将书来。(净递书科)(正旦念书科,云)寓都下小婿王文举,拜上岳母座前:自到阙下,一举状元及第,待授官之后,文举同小姐一时回家。万望尊慈垂照。不宣。他原来有了夫人也,兀的不气杀我也!(气倒科)(梅香救科,云)姐姐苏醒者。(正旦醒科)(梅香云)都是这寄书的。(做打净科)(正旦云)王生,则被你痛杀我也!(唱)

【哨遍】将往事从头思忆,百年情只落得一口长吁气。为甚么把婚聘礼不曾题,恐少年堕落了春闱。想当日在竹边书舍,柳外离亭,有多少徘徊意。争奈匆匆去急,再不见音容潇洒,空留下这词翰清奇。把巫山错认做望夫石,将小简帖联做断肠集。恰微雨初阴,早皓月穿窗,使行云易飞。

【耍孩儿】俺娘把冰绡剪破鸳鸯只,不忍别远送出阳关数里。此时无计住雕鞍,奈离愁与心事相随。愁萦遍垂杨占驿丝千缕,泪添满落日长亭酒一杯。从此去孤辰限凄凉日,忆乡关愁云阻隔,着床枕鬼病禁持。

【四煞】都做了一春鱼雁无消息,不甫能一纸音书盼得。我则道春心满纸墨淋漓,原来比休书多了个封皮。气的我痛如泪血流难尽,争些魂逐东风吹不回。秀才每心肠黑,一个个贫儿乍富,一个个饱病难医。

【三煞】这秀才则好谒僧堂三顿斋,则好拨寒炉一夜灰。则好教偷灯光凿透邻家壁,则好教一场雨淹了中庭麦,则好教半夜雷轰了荐福碑[8]。不是我闲淘气,便死呵死而无怨,待悔呵悔之何及。

【二煞】情女呵病缠身则愿的天可怜,梅香呵我心事则除是你尽知。望他来表白我真诚意。半年甘分[9]耽疾病,镇日无心扫黛眉。不甫能挨得到今日,头直上打一轮皂盖,马头前列两行朱衣。

【尾煞】并不闻琴边续断弦,倒做了山间滚磨旗[10]。划地接丝鞭[11]别娶了新妻室。这是我弃死忘生落来的。

(梅香扶正旦下)(净云)都是俺爷不是了,你娶了老婆便罢,又着我寄纸书来做甚么?我则道是平安家信,原来是一封休书,把那小姐气死了,梅香又打了我一顿。想将起来,都是俺爷不是了。(诗云)想他做事没来由,寄的书来惹下愁。若还差我再寄信,只做乌龟缩了头。(下)

【注释】

[1] 张千上场诗:一天走了三百里,怎么到第二天还是刚刚下床呢?这几句是借打诨的方法讽刺那些口出大言、毫不切实际的人物。的当:得当。

[2] 折挫:折磨。

[3] 奄然:疑当作淹然,留滞的意思。

[4] [普天乐]全曲:这支曲子继承了婉约派词家的成就,写得十分漂亮。"绕晴雪杨花陌

上"二句,及"愁心惊一声鸟啼"三句,写幻想中魂游境界。晏几道词:"梦魂惯得无拘管,又踏杨花过谢桥",这里化用其意。

[5] 膏肓针灸不能及:病入膏肓,无法医治的意思。膏:心下面的脂肪;肓:横膈膜上的薄膜,是人体上药力难到的地方。

[6] 四科:指在德行、言语、政事、文学方面学有所长的人。五常典礼:封建时代提倡的家庭关系准则,即父义、母慈、兄友、弟恭、子孝,这些准则构成了封建家庭温情脉脉的面纱。六艺:封建时代的全部学问,一说它包括诗、书、易、礼、乐、春秋;一说为礼、乐、射、御(驾车)、书、数。七步才识:指才思敏捷;传说三国时的曹植,走了七步即写成一首诗。八韵:唐宋时科举要写一首五言八韵的律诗。九天:过去说天有九重,这里引申为在朝廷上。

[7] 十年身到凤凰池:宋元时谚语,意思是经过一番努力终于做上大官。凤凰池:指封建朝廷的内阁。九卿相、八元辅:泛指封建朝廷中最高层的官吏。六合:世间。五福:指寿、富、健康、好德、善终。四气:指喜、怒、哀、乐。登科记:宋元以后考中进士的名册。上面二曲先顺次以一至十数,叫"小措大";又倒数从十至一数叫"大措小",是一种文字游戏。

[8] "这秀才则好谒僧堂三顿斋"六句:这是倩女以为王生负恩薄幸,因而愤懑地诅咒他的话,意思是说这秀才只配挨饥受冻,一辈子当穷书生,过倒霉的生活。"谒僧堂三顿斋",用吕蒙正故事:传说吕蒙正生活贫困,曾每天到寺庙里赶斋求食,他的诗有"拨尽寒炉一夜灰"句,叙述寒夜难捱的情景。"偷灯光凿透邻家壁",用汉代匡衡故事:匡衡家贫,无法点灯照明读书,他便凿穿墙壁,借邻居的灯光夜读。"一场雨淹了中庭麦",用后汉高凤故事:高凤出身农家,爱好读书,其妻叫他看护晒在中庭的麦,他看书入了迷,麦给一场雨淹了也不觉得。"半夜雷轰了荐福碑":传说宋代穷书生张镐,流落在荐福寺,寺里有颜真卿书写的碑文。和尚可怜他,让他拓印碑文,以便卖了作旅费,谁料来了一阵大雷雨,把碑轰碎了。

[9] 甘分:甘心。

[10] 倒做了山间滚磨旗:写风雪之大。

[11] 接丝鞭:相传为元代贵族招婿的一种仪式。

【思考与练习】

1. 简述元代后期杂剧创作概况。
2. 简析秦简夫的家庭伦理剧。
3. 简要分析《倩女离魂》浪漫主义手法的运用对主题表达的作用。

第十节 《中原音韵》与《录鬼簿》

元代后期的杂剧创作成就虽然不如前期辉煌,但出现了有关元曲创作和杂剧作家及其剧作的总结性著作,如《中原音韵》《录鬼簿》等,均出自元后期的南方文人之手,在戏曲理论批评和戏剧史方面影响深远。

一、周德清与《中原音韵》

周德清（1277—1365），字日湛，号挺斋，高安（今属江西）人。他的《中原音韵》是一部曲韵专著，是我国出现最早的一部北曲曲韵和北曲音乐论著，在我国语音学史上具有划时代的意义。该书内容主要包括三个方面：曲韵韵谱、"正语作词起例"和"作词十法"。

第一部分，曲韵韵谱，是北曲创作和演唱者审音定韵的标准。周氏提出："欲作乐府，必正言语，欲正言语，必宗中原之音。"（《中原音韵·自序》）所谓"中原之音"，就是指元代已经开始形成的，在当时北方河北、河南等地，各种场合通用的共同语言。周氏以"中原之音"为依据，以北曲杂剧作品为对象，总结其发声规律，收集了北曲中用作韵脚的常用单词五千多个，将声韵规范为十九个韵部，每个韵部之下又分为平声、上声、去声。入声在当时北方方言中实际已无，故分别派入平、上、去三声之中，平声则又分为阴平和阳平。

第二部分，"正语作词起例"，主要论述曲韵韵谱的编制和审音原则，以及宫调曲牌和作曲方法等。周氏说明韵谱只收五千多个单字，有些单字则不宜作为曲韵韵脚。对一些易误混为同音的词，也列表两两对比，加以区别。周氏列举了北曲中常用的十二个宫调和三百三十五支曲牌。每个宫调下列有属于此宫调的各种曲牌。另外，周氏还对元代北曲宫调的调性色彩，分别作了描述说明。

第三部分，"作词十法"，主要表述了周氏的曲学理论主张。"十法"为：知韵、造语、用事、用字、入声作平声、阴阳、务头、对偶、末句和定格。"知韵"就是要求作曲者掌握北曲声韵规律，"究其词之平仄阴阳"，"考其词音"。"造语"是要求作曲时注意遣词造句，务造"俊语"并以"语、意俱高为上"。"用事"，周氏要求"明事隐使，隐事明使"，也即在运用古事时做到既含蓄又浅显，雅俗共赏。"用字"则是说作曲切不可用生硬字、太文字等。"入声作平声"是言入声作平声时不可不谨。"阴阳"是说阴平字和阳平字的用法。"务头"则是说要"知某调、某句、某字是务头，可施俊语于其上"。"对偶"则言扇面对、重叠对、救尾对。"末句"则讲曲尾末句的做法。"定格"是列举[仙吕]、[中吕]、[南吕]、[正宫]、[商调]、[越调]、[双调]所属曲牌的曲子，以及马致远[双调·夜行船]《秋思》一套散曲，作为定格，每支曲牌后各有评语，以这些定格曲牌作为作曲者的范本。

《中原音韵》无论是音韵学方面，还是曲学理论方面，不仅对当时元杂剧的创作具有指导意义，对后世也产生了极其深远的影响。

二、钟嗣成与《录鬼簿》

钟嗣成，号丑斋，祖籍大梁（今河南开封），寄居杭州。约元末、大德初（13世纪末）在杭州官学进学。曾多次参加明经考试，终不见遇，于是闭门著书。他曾有杂剧 7 种，皆已失传。他的《录鬼簿》，大约成书于元至顺元年（约 1330），记录元代的戏曲作家 152 人，大略以年代先后排列，剧目名称 400 多种，整个元代曲家的情况，都赖以传世。同时，在书中一些零星的记载中，还揭示了元代杂剧作家的活动和组织情况，并且透露了元代戏曲发展的线索，如院本的创作，杂剧作家的南迁，杂剧作家写南戏的情况，后期杂剧的音乐采用南北合套的情况等。这些都为元代戏曲的研究提供了第一手宝贵资料。

《录鬼簿》是历史上第一部为戏剧作家立传的书籍。名为鬼，实为戏剧作家。为什么叫《录鬼簿》呢？作者钟嗣成在其《录鬼簿序》中说："人之生斯世也，但以已死者为鬼，而不知未死者亦鬼也，酒罂饭囊，或醉或梦，块然泥土者，则其人与已死之鬼何异？"钟嗣成将元代戏曲家分为七类介绍，大致可以归结为"前辈已死名公才人"和"方今才人"两大类。目的是让这些已死和未死的戏曲家们均"作不死之鬼，得以远传"。"方今才人"属于和作者同时代的人，多为当时还活着的戏曲家，作者希望他们成为"不死之鬼"，可其中能垂名不朽的却并不多。而真正能称为"不死之鬼"的还是那些"前辈已死名公才人"，钟嗣成分为三类：

一是"前辈已死名公才人，有所编传奇行于世者"。包括关汉卿、高文秀、郑廷玉、白朴、马致远、王实甫、尚忠贤、杨显之等56位，属于前期的杂剧作家。这些人去世较早，钟嗣成对他们的事迹不甚了解，只是简略地记叙他们的姓氏、籍贯、名号、主要履历，以及他们创作流行于世的杂剧名目。

二是"方今已亡名公才人，余相知者，为之作传，以〔凌波曲〕吊之"。包括宫天挺、郑光祖、乔吉、睢景臣等20人，多为元后期一度活跃于文坛的剧作家。他们生活的年代与钟嗣成相接近，故《录鬼簿》除了记录其剧作名目外，还用小传的形式较为详细地记录了他们的经历和性格特点，并撰写"吊辞"对其创作的成败得失做出了实事求是的评价。

三是"已死才人不相知者"，包括胡正臣等10人。这类多属于二三流作家，成就不如前两类。他们多数只有散曲流传，故在书中只是简单地附带提及。

《录鬼簿》是我国历史上第一部专门为剧作家树碑立传的戏曲史著作，许多元杂剧作家由于有此书著录，才为后人所知，真正成为"不死之鬼"。

三、钟嗣成作品选读

《录鬼簿》序

【题解】该文立论鲜明，思路清晰，文笔精练，幽默泼辣。文章围绕"鬼"字谋篇，开门见山，指出世间有两种鬼，一种鬼是"酒罂饭袋"，另一种鬼是不思进取、麻木不仁者。按说后一种鬼要比前者好，但作者却说后者不如前者，由此自然引出下面话题未死之鬼和已死之鬼的问题。接着一语破的，顺势点出文章主旨，"亘古自今，自有不死之鬼在"。作者借鬼写人，热情讴歌了那些地位虽然卑微但才能却非常出众的元代剧作家们，表达了自己独特的生死观、审美观和不以贫富贵贱、地位高下看人的人文思想。文章层次井然，语言幽默泼辣，巧妙犀利。既有辛辣的讽刺，又有热情洋溢的赞美与讴歌。

贤愚寿夭、死生祸福之理，固兼乎气数而言，圣贤未尝不论也[1]。盖阴阳之屈伸[2]，即人鬼之生死，人而知夫生死之道，顺受其正，又岂有岩墙桎梏之厄哉[3]？虽然，人之生斯世也，但[4]知以已死者为鬼，而不知未死者亦鬼也，酒罂饭囊，或醉或梦，块然泥土者[5]，则其人虽生，与已死之鬼何异？此曹固未暇论也[6]。其或稍知义理，口发善言，而於学问之道，甘於暴弃，临终之后，漠然无闻，则又不若块然之鬼为愈也[7]。

予尝见未死之鬼吊已死之鬼，未之思也，特一间耳[8]。独不知天地阔辟[9]，亘古及今，自有不死之鬼在，何则[10]？圣贤之君臣，忠孝之士子，小善大功，著在方册者，日月炳煌，山川流峙，及乎千万劫无穷已，是则虽鬼而不鬼者也[11]。今因暇日，缅怀故人，门第卑微，职位不振，高才博艺，俱有可录，岁月弥久，湮没无闻，遂传其本末，吊以乐章[12]；复以前乎此者，叙其姓名，述其所作，冀乎初学之士，刻意词章，使冰寒於水，青胜於蓝，则亦幸矣。名之曰录鬼簿。嗟乎！余亦鬼也。使已死未死之鬼，作不死之鬼得以传远，余又何幸焉[13]？若夫高尚之士，性理之学，以为得罪於圣门者，吾党且啖蛤蜊，别与知味者道[14]。

至顺元年龙集庚午月建甲申二十二日辛未古汴钟嗣成序[15]。

【注释】

[1] 夭：短命，早死。固：副词，本来。
[2] 屈伸：指交替。
[3] 而：连词，如果。顺受其正：指顺应生死变化的规律。正：正常变化，即规律。岩墙：牢狱的石墙。桎梏：脚镣和手铐。厄：困厄，灾难。
[4] 但：只，仅仅。
[5] 酒罂饭囊：同"酒囊饭袋"。罂：酒器，小口大腹。块然：无知觉的样子。
[6] 曹：辈、等。
[7] 或：有的。不若：不如，比不上。愈：更加、尤甚。
[8] 吊：吊唁，哀悼。未之思：没有想到。特：只不过。间：空隙，引申为差别很小。
[9] 阖辟：关闭和打开。
[10] 何则：何故，为什么。
[11] 著：记录。方册：典籍、书籍。炳煌：彪炳辉煌，光明、显著。山川流峙：指像山川那样永远耸立，奔流不息。劫：佛教把天地的一成一败称为一劫，指一段极长的时间。是：代词，这。
[12] 因：副词，趁着。振：高。
[13] 传：动词，传写，记述。幸：有幸，幸运。
[14] 性理之学：指宋以来的理学。吾党：我们，指和我一样的人。啖：吃。蛤蜊：蚌类，肉可食。此处指不管别人如何，自己自顾吃蛤蜊。典出《南史·王融传》："不知许事，且食蛤蜊。"知味者：指懂得作者意图及杂剧艺术的人。
[15] 至顺元年，龙集庚午：1330年。至顺：元文宗年号。龙：岁星名。庚午：庚午年。汴：开封的古称。

【思考与练习】

1. 为什么说《中原音韵》在我国语音学史上具有划时代的意义。
2. 钟嗣成《录鬼簿》的贡献何在？

第二章　元代散曲

第一节　元代散曲的繁荣

散曲是金、元时期北方新兴的入乐歌唱的一种新诗体，当时称之为"乐府"，明代才有"散曲"之称。散曲与杂剧合称为"曲",二者有何联系呢?两者的唱词都是按照曲调填写,是用来合乐歌唱的;散曲中的小令与杂剧中的只曲相似,散曲中的套数与杂剧里套曲相近。但它们又是两种不同的文学体裁:杂剧是戏剧,有科白和故事情节,它的曲称为剧曲;而散曲是诗体,只是一种清唱的曲子。

一、散曲的兴起与特点

散曲是在金、元时期兴起的,由词发展演变而来的。词起源于民间,流传于歌女伶工之口,原也是一种通俗文学;但经历五代、两宋之后,词日益典雅文人化,向案头化方向发展,逐渐失去原来通俗清新活泼的面貌。而原来流传于歌女伶工之口的长短句开始寻求新的出路。金元时期,随着北方少数民族俗谣俚曲的大量传入,原有的长短句与之相结合,逐渐形成了一种新的诗歌形式,就是散曲。王世贞《曲藻序》说:"曲者词之变,自金元入主中国,所用胡乐,嘈杂凄紧,缓急之间,词不能按,乃更为新声以媚之。"

散曲的主要形式有小令和套数两种。小令是独立的只曲,是散曲的基本单位,相当于单调的词。小令主要是从民间小曲变化而来,当时叫"叶儿"。另外还有"带过曲""集曲""重头"等特殊形式。套数又叫套曲或散套,是由多支宫调相同的只曲连缀而成的组曲。它是散曲中的一种大型体式,至少由两支以上同宫调的曲子组成,多的可达二三十支。

散曲是由词发展演变而来的新诗体,它身上流淌着诗词等韵文文体的血脉,但它又不同于传统诗词,在体裁上有自己鲜明的特点:

第一,句式更加灵活多变。散曲和词都是按谱填写的长短句歌词。从句式看,词牌句数和字数都有十分严格的规定,不能随便增减。而散曲根据内容的需要,可突破曲牌的字数增加衬字。一句词的字数短的一二字,长的不超过十一个字。但散曲的句子可以加"衬字"(曲调规定的字数之外自由添加的字),长短更为不齐,少则一两个字,多则几十字。如关汉卿《南吕一枝花·不伏老》套数中的一句"我是个蒸不烂煮不熟捶不匾炒不爆响挡挡一粒铜豌豆",只有"我是一粒铜豌豆"七字为曲谱所规定的,其余都是衬字。

第二,语言以俗为尚,更加口语化,散文化。传统的诗词的语言总体倾向于"雅",追求工整雅致,是排斥"俗"的。散曲语言则总体倾向于"俗",以俗为美。从用语看,各种口语、俗语、方言、蛮语(少数民族之语)、嗑语(唠嗑琐碎之语)、谑语(戏谑调侃之语)、市语(行话、隐语)等纷纷入曲,具有浓郁的生活气息。正如凌濛初在《谭曲杂札》所说的"方言常语,沓而成章,着不得一毫故实"。从句法看,传统诗词往往省略语法,多意象平列,具有跳跃性;而散曲讲求句子完整连贯,一气呵成,口语化、散文化特点非常明显。

第三,用韵更加灵活。散曲没有入声,平仄可以通押,不论小令还是套数都要一韵到底,而且用韵较密,有的甚至一句一韵。如马致远的小令《天净沙·秋思》,"鸦""家""涯"三字是平声韵,"马"是上声韵,"下"是去声韵,平仄和谐地通押在一起,显得活泼生动,顺口动听,这种情况在诗词中是没有的。

第四,具有明快显豁、酣畅淋漓的审美倾向。传统诗词追求含蓄蕴藉之美,而散曲则大异其趣,多借用"赋"的铺陈白描手法,可以随意增字增句,可以用排比、顶针、鼎足对等多种手法,达到酣畅淋漓的艺术效果。正如任讷在《词曲通议》中的精辟论述:"曲以说得急切透辟、极情尽致为尚,不但不宽弛、不含蓄,且多冲口而出,若不能待者;用意则全然暴露于辞面,用比兴者并所比所兴亦说明无隐。此其态度为迫切、为坦率,恰与词处相反地位。"

散曲以清新的活力出现在中国诗坛上,取得了与诗、词并列的地位。据隋树森辑录的《全元散曲》载,元代有姓名可考的散曲作者有200多人,另有许多佚名作者;作品有小令3800多首,套数400多套。元散曲题材大致有叹世归隐、写景咏史、闺怨爱情、反映现实等类别。

二、元代前期的散曲创作

元代散曲和杂剧的分期情况大致相同,也可以大德年间为界分为前后两期。前期散曲作家大致三类:一类是书会才人,如关汉卿、王和卿等,二类是平民及胥吏作家,如白朴、马致远等;三类是达官显宦作家,如卢挚、姚燧等。散曲题材广泛,愤世嫉俗、讥时讽世、感叹人生、讴歌退隐、咏史怀古、儿女风情、伤离恨别之类作品数量众多,消极悲观的思想情绪很浓,这是元代苛政社会造成的结果。前期散曲的总体倾向是质朴自然,注重本色。前期的散曲作家中,以关汉卿、马致远、白朴和卢挚等成就较高。

关汉卿的散曲,流传下来的有小令75首,套数13套及残曲。关汉卿的曲作淋漓尽致地体现了书会才人的精神面貌。《南吕一枝花·不伏老》是他的代表作。全套以自述的形式,铺陈夸张、浓墨重彩地塑造了一个"浪子"形象,这形象是关汉卿本人的写照,也是当时社会书会才人群体精神面貌的展现,具有普遍意义。作品刻意描述自己在勾栏妓院中玩世不恭、放荡不羁的生活,在很大的程度上,是为了表现对现实社会与道德规范的叛逆,"除是阎王亲自唤,神鬼自来勾,三魂归地府,七魄丧冥幽,天哪,那其间才不向烟花路儿上走!"关汉卿的散曲真率直白,语言本色,具有浓郁的市井情趣。关汉卿的《杭州景》《赠朱帘秀》也是著名的套数。他的小令,多写男女恋情,离愁别绪,真切动人,如《双调·沉醉东风》等。

马致远是元代前期的散曲大家,留存作品最多,质量最高,现存小令115首,套数22首,另有残套4首。马致远的曲作恋世与愤世交织,旷放与悲感交融,擅长将超旷的情怀、人生的感悟和苍凉的意境融为一体。在他的直抒胸臆的曲作中,"叹世归隐"之作最多,套数《双调夜行船·秋思》是他的代表作。曲中描绘了两种境界:一是奔波名利,"看密匝匝蚁排兵","争名利何年是彻";二是陶情山水,"煮酒烧红叶","道东篱醉了也"。名利场的污浊和隐居田园的旷达形成鲜明的对比,表现了作者对隐逸生活的向往与肯定;同时又不难看出,作者潇洒旷放的背后又激荡着愤世嫉俗的深层情感。马致远的写景小令《天净沙·秋思》脍炙人口,把"枯藤""老树""昏鸦""小桥""流水""人家""古道""西风""瘦马"九种景物集中在一起,未加描述,却把秋日傍晚的苍凉意境、羁旅行役游子的心境表现无遗,自然天成,意境深远,被周德清誉为"秋思之祖"(《中原音韵》)。马致远被誉为"曲状元",在散曲艺术上的成就是很高的。与关汉卿相比,马致远的散曲少了些市井气,带有更多的传统文人气息,或写景,或言情,或咏史,或叹世,旷放而不失雅致,宏丽而不离本色,雅俗兼备而具有文采。

白朴的散曲,现存小令37首,套数4套。他和马致远一样,既受市井艺术的影响,又保持着对传统文学的爱好,曲作具有雅俗兼备的艺术效果。如他的套数《小石调恼煞人·无题》写恋人相思之苦,既有"残霞照万顷银波,江上晚景寒烟"的雅致描绘,又有"狗行狼心,全然不怕夭折挫"的市井俗骂。白朴的散曲,除了少量抒写男女恋情和写景咏物外,叹世归隐之作最多。这类作品也是旷达与悲愤交织,反映了一代知识分子的精神苦闷。如"糟腌两个功名字,醅淹千古兴亡事,曲埋万丈虹霓志。不达时皆笑屈原非,但知音尽说陶潜是"(《仙吕寄生草·劝饮》），"傲煞人间万户侯，不识字烟波钓叟"（《双调沉醉东风·渔父》）等，表面的旷放与内心的悲愤交织一体。

卢挚（约1242—约1315）是达官显宦作家的代表之一，现存小令120余首，多为咏史怀古和写景咏物之作。从艺术风格看，他的曲作偏于清雅，俚俗的成分较少。他喜欢化用前人诗词入曲，语言清丽，如"挂绝壁枯松倒倚，落残霞孤鹜齐飞"（《双调沉醉东风·秋景》），"银烛冷秋光画屏"（《双调沉醉东风·七夕》），"水笼烟明月笼沙"《双调蟾宫曲·商女》等。这些化用有些生吞活剥，但是增加了曲作雅丽的特征。

三、元代后期的散曲创作

元代前期的散曲作家大多为北方人，创作中心以北方为主；而随着创作中心的南移，后期的散曲作家多为南方人或者移居南方的北方人。如后期公认的享誉最高的张可久是南方人，乔吉是长期流寓杭州的太原人。后期散曲作家大多不乐仕进，醉心于江南湖光山色与城市繁华，前期散曲中那种愤世嫉俗与幻灭情绪逐渐淡化，他们似乎更注重艺术个性的表现。后期散曲总体趋向典雅工丽，讲究文采。元后期的著名散曲作家主要有张养浩、贯云石、张可久、乔吉、睢景臣、刘时中等，其中以张养浩、张可久、乔吉影响最大。

张养浩有散曲集《云庄休居自适小乐府》，张养浩的散曲多作于罢官退隐期间，回首官场中的尔虞我诈、风波惊险，笔下感慨万千、挖苦讽刺，更有着深于世故的锐利。他的散曲，咏史怀古，抒情言志，语言质朴，风格豪放，作品内容多批评政治、关注民生疾苦，具有明显的"以诗入曲"的特点。如一组《朱履曲·无题》中写道："祸来也何处躲，天怒也怎生饶，把旧来时威风不见了"，"拱着胸登要路，睁着眼履危机"，"里头教同伴絮，外面教歹人揪，到命衰时齐下手"等，写官场犹如陷阱，令人不寒而栗。又如《潼关怀古》"兴，百姓苦；亡，百姓苦"，气势雄浑，沉郁苍凉。张养浩完全把曲作为一种新的抒情诗体来写，奔放浩荡，后世评论家常把他作为元散曲中的豪放派大家。

张可久专攻散曲，特别致力于小令，他的《小山乐府》存小令855首，套数9套，是元人留存散曲最富者，与乔吉并称元曲两大家。张可久曾出任过典史一类的小吏，仕途不甚如意，平生好邀游，足迹遍江南各地。他的散曲涉及较多的是游荡江湖和隐居的生活。曲作以写景见长，形式整饬，格调简淡清丽，委婉蕴藉，明显具有"以词为曲"的特点。如《越调天净沙·江上》"嗈嗈落雁平沙，依依孤鹜残霞，隔水疏林几家。小舟如画，渔歌唱入芦花"，以凝炼的笔墨，勾画出一幅暮秋江边落日图，画面生动，从容闲适。明人朱权评价说："其词清而且丽，华而不艳，有不吃烟火食气，真可谓不羁之材，若被太华之仙风，招蓬莱之海月，诚词林之宗匠也。"（《太和正音谱》）小山的散曲除了大量写景之作，也有表现愤懑不平情绪，讽刺社会丑恶，同情民生疾苦的，如《中吕卖花声·怀古》："美人自刎乌江岸，战火曾烧赤壁山，将军空老玉门关。伤心秦汉，生民涂炭，读书人一声长叹。"

乔吉的散曲今存小令209首，套数11首，数量之多仅次于张可久。乔吉一生穷愁潦倒，浪迹江湖，寄情诗酒，曲作大多围绕其四十年落拓漂泊的生涯，写男女风情、离愁别绪、诗宴酒会，歌咏山川形胜，抒发隐逸襟怀，感叹人生短促、世事变迁。"不占龙头选，不入名贤传。时时酒圣，处处诗禅。烟霞状元，江湖醉仙。笑谈便是编修院。留连，批风抹月四十年"（《正宫绿幺遍·自述》），完全呈现出一个洒脱不羁的江湖才子的精神面貌。乔吉散曲的风格也以清丽婉约见长，形式整饬，节奏明快，注重炼字炼句。与张可久相比，张可久更倾向于清雅蕴藉，而乔吉则是不避俗趣，清雅中透着质朴疏放。如《中吕满庭芳·渔父》"秋江暮景，胭脂林障，翡翠山屏。几年罢却青云兴，直泛沧溟。卧御榻弯的腿痛，坐羊皮惯得身轻。风初定，丝纶慢整，牵动一潭星"，作品通过对渔父垂钓的描写，抒发了厌倦功名、向往隐逸的情怀。曲作将典故与俗语结合，典雅中有天籁，婉丽中有洒脱，充分体现了雅俗兼备的艺术特色。

【思考与练习】

1. 试比较分析散曲与传统诗词不同的审美特点。
2. 简述元代前期和后期散曲不同的审美倾向。

第二节　元代散曲选读

一、关汉卿散曲选读

〔南吕〕一枝花[1]

不伏老

【题解】 这个套数是用第一人称"我"来写的。作者十分坦荡地表露了自己的个性与爱好，毫不隐晦风流放荡的生活和自己的多才多艺，自称"普天下郎君领袖，盖世界浪子班头"。从中凸显了作者个性张扬、坚强不屈、一往无前的人生态度。作品中既有作者的自叙成分，也是那个时代书会才人生活状况的概括。在元蒙统治者的民族高压政策下，汉族知识分子社会地位极其卑下。他们和普通百姓一样饱受歧视和压迫，穷愁潦倒，毫无出路，混迹于勾栏妓院，组成书会，创制新曲。曲作语言尖新泼辣，俚俗生动，加上排比、对偶、比喻、夸张的运用，犹如飞瀑流泻，感情奔放不羁，酣畅淋漓，具有浓厚的浪漫情调。此曲表现了作者反抗专制统治的强烈情绪和永不屈服的倔强性格，是了解关氏的重要资料。

【一枝花】 攀出墙朵朵花，折临路枝枝柳[2]。花攀红蕊嫩[3]，柳折翠条柔[4]。浪子风流，凭着我折柳攀花手，直煞得花残柳败休[5]。半生来折柳攀花，一世里眠花卧柳。

【梁州第七】 我是个普天下郎君领袖[6]，盖世界浪子班头。愿朱颜不改常依旧，花中消遣，酒内忘忧；分茶攧竹[7]，打马藏阄[8]，通五音六律滑熟[9]，甚闲愁到我心头。伴的是银筝女银台前理银筝笑倚银屏，伴的是玉天仙携玉手并玉肩同登玉楼，伴的是金钗客歌金缕捧金樽满泛金瓯[10]。你道我老也暂休，占排场风月功名首，更玲珑又剔透[11]。我是个锦阵花营都帅头[12]，曾玩府游州。

【隔尾】 子弟每是个茅草岗沙土窝初生的兔羔儿乍向围场上走[13]，我是个经笼罩受索网苍翎毛老野鸡蹅踏的阵马儿熟[14]。经了些窝弓冷箭铁枪头[15]，不曾落人后。恰不道"人到中年万事休"[16]，我怎肯虚度了春秋。

【尾】 我是个蒸不烂煮不熟捶不扁炒不爆响珰珰一粒铜豌豆[17]，恁子弟每谁教你钻入他锄不断斫不下解不开顿不脱慢腾腾千层锦套头[18]。我玩的是梁园月[19]，饮的是东京酒，赏的是洛阳花[20]，攀的是章台柳[21]。我也会吟诗，会篆籀[22]；会弹丝，会品竹[23]；我也会唱鹧鸪[24]，舞垂手[25]；会打围，会蹴鞠[26]；会围棋，会双陆[27]。你便是落了我牙，歪了我口，瘸了我腿，折了我手，天赐与我这几般儿歹症候，尚兀自不肯休[28]。则除是阎王亲自唤，神鬼自来勾，三魂归地府，七魄丧冥幽[29]，天哪，那其间才不向烟花路儿上走[30]！

【注释】

[1] 〔南吕〕一枝花：套数名。套数是由同一宫调的若干曲子按一定规则连缀而成的组曲。套数的标题，按惯例标所用宫调名加上首曲曲牌名。本套名为"〔南吕〕一枝花"。

[2] 攀出二句：攀花折柳，喻狎妓。出墙花：喻妓女，语本叶绍翁《游园不值》"春色满园关不住，一枝红杏出墙来"。临路柳：喻妓女。

[3] 红蕊嫩：比喻妓女年轻貌美。

[4] 翠条柔：比喻妓女体态轻柔。

[5] 煞：同"杀"，此处有斗或弄的意思。煞得：弄得，弄到。

[6] 郎君领袖：意为花花公子的头领，与下文的"浪子班头"义同。

[7] 分茶攧（diān）竹：是当时妓院里的两种技艺。分茶：把茶均匀分注杯中以待客。攧竹：指画竹。

[8] 打马藏阄：古时的两种博戏。打马：用掷骰子打马牌以决胜负。藏阄：猜测别人手中藏物的游戏。

[9] 五音六律：指音乐。五音即宫、商、角、徵、羽。六律即黄钟、太簇、姑洗、蕤宾、夷则、无射，为十二律中的阳声律。

[10] 金钗客：头上插戴金钗的人，指妓女。金缕：曲调名，唐代有《金缕衣》曲，词调《贺新郎》亦名《金缕曲》《金缕歌》。金瓯：金杯，与金樽皆泛指贵重的酒杯。

[11] 你道三句：是假想一年轻风流子弟对"我"讲的话。意谓你老了，靠边去吧。已不能在风月场中充当主角，该让位给更玲珑剔透的年轻狎客了。占排场：指占据演戏的作场。风月功名：指风流韵事。玲珑又剔透：伶俐机敏。

[12] 锦阵花营：意为花柳丛中。此指艳妆的娼优群体。

[13] 子弟每句：意谓年轻狎客幼稚无知。子弟：指上文假想的风流子弟。每：们。兔羔儿：兔崽子。乍：刚。围场：猎场。

[14] "我是"句：以下两句以富有对付猎人经验的老野鸡自喻，说明他是风月场中的老手，胜过年轻的子弟们。苍翎毛：苍老的羽毛。蹅（chǎ）踏：奔走践踏。阵马儿熟：有巧妙躲过猎马，应付捕猎的本领。

[15] 铁枪头：一本作"镴枪头"。

[16] 不道：不管。

[17] 铜豌豆：用以比喻性格坚强，经得起任何折磨打击。

[18] 恁（nèn）：您，你们。锦套头：外表华美内藏奸险的圈套。

[19] 梁园：汉梁孝王在大梁（今河南开封）营建兔园，日与宾客游乐其中，后世称梁园。这里泛指游乐场所。

[20] 洛阳花：古有洛阳牡丹甲天下之称。此指名妓。

[21] 章台柳：代指妓女。章台：汉代长安的街名，为妓女聚居之地。据传唐代诗人韩翃

与一歌妓柳氏相爱，后游宦于外，置柳氏于长安，为他人所得。韩因思念而作词："章台柳，章台柳，昔日青青今在否？纵使长条似旧垂，也应攀折他人手。"见许尧佐传奇《柳氏传》。

[22] 会篆籀（zhòu）：会写古字。篆籀：古代字体名。
[23] 弹丝品竹：演奏乐器。丝：指弦乐。竹：指管乐。品：这里是"吹"的意思。
[24] 鹧鸪：指"鹧鸪天"等曲调。
[25] 垂手：舞蹈名。
[26] 蹴鞠（cùjū）：古代踢球游戏。
[27] 双陆：一种类似下棋的博戏。
[28] 尚兀自：尚自、还自。尚兀，同义词连用，均含有"还"的意思。
[29] 冥幽：阴间。
[30] 烟花路儿：指勾栏妓院。

二、马致远散曲选读

〔越调〕天净沙
秋思

【题解】《天净沙·秋思》是一首著名的散曲作品。此曲"十景一人"叠加，言简意丰，组合成一幅游子浪迹天涯的秋郊夕照图，意境苍凉，情调惆怅。全曲仅五句二十八字，语言极为凝练却容量巨大，意蕴深远，结构精巧，顿挫有致，周德清《中原音韵》誉为"秋思之祖"，王国维《宋元戏曲考》说它"纯是天籁，仿佛唐人绝句"，推之为"元曲令曲之表率"。

枯藤老树昏鸦[1]，小桥流水人家，古道[2]西风瘦马。夕阳西下，断肠人在天涯。

【注释】

[1] 昏鸦：黄昏时候的乌鸦。
[2] 古道：古老荒凉的道路。

〔双调〕夜行船[1]
秋思[2]

【题解】这个套曲被世人誉为元人散曲的压卷之作。他以奇异的历史联想和深沉的人生感悟，写出了对尘俗名利的厌弃，对解脱归隐的向往，最能代表马致远散曲的思想倾向和艺术风格。作品否定了帝王将相、功名利禄和丑恶人生，反映了作者对黑暗现实的强烈不满。作品流露的消极避世思想，反映了元代一代知识分子的精神创伤和内心苦闷。这套曲子以景寓情，用形象来表达思想。它通过一幅幅鲜明的图景宣扬及时行乐，讴歌退隐生活，否定富贵功名，抨击现实人生。如用"红尘不向门前惹"三句，描绘田园风光的幽美恬静；用"和露摘黄花"三句，形象说明隐居生活的乐趣；用"密匝匝蚁排兵"三句，揭露了丑恶的人生；

用"秦宫汉阙，都做了衰草牛羊野"，说明富贵无常；用"红日又西斜，疾似下坡车"，说明生命短促等。曲词生动形象，色彩鲜明，加上一系列比喻、对偶、排比的运用，直言快语，一气呵成，畅快淋漓，节奏鲜明，音韵和谐，显出质朴率直、豪迈奔放的风格，具有很强的艺术感染力。

【夜行船】百岁光阴一梦蝶[3]，重回首往事堪嗟。今日春来，明朝花谢，急罚盏夜阑灯灭[4]。

【乔木查】想秦宫汉阙[5]，都做了衰草牛羊野，不恁么渔樵没话说[6]。纵荒坟横断碑，不辨龙蛇[7]。

【庆宣和】投至狐踪与兔穴，多少豪杰[8]！鼎足虽坚半腰里折，魏耶？晋耶[9]？

【落梅风】天教你富，莫太奢[10]，没多时好天良夜[11]。富家儿更做道你心似铁，争辜负了锦堂风月[12]。

【风入松】眼前红日又西斜，疾似下坡车[13]。不争镜里添白雪[14]，上床与鞋履相别[15]。休笑鸠巢计拙[16]，葫芦提一向装呆[17]。

【拨不断】利名竭，是非绝。红尘不向门前惹[18]，绿树偏宜屋角遮，青山正补墙头缺。更那堪竹篱茅舍[19]。

【离亭宴煞】蛩吟罢一觉才宁贴，鸡鸣时万事无休歇[20]，争名利何年是彻[21]。看密匝匝蚁排兵，乱纷纷蜂酿蜜，急攘攘蝇争血[22]。裴公绿野堂，陶令白莲社[23]。爱秋来时那些：和露摘黄花，带霜烹紫蟹，煮酒烧红叶。想人生有限杯，浑几个重阳节[24]？嘱咐你个顽童记者[25]："便北海探吾来，道东篱醉了也[26]！"

【注释】

[1] 夜行船：曲牌名，属双调，这里用作套数的第一支曲子，故名为"夜行船套"。

[2] 秋思：一作"秋兴"。

[3] "百岁"句：意为人生犹如一场大梦。梦蝶：典出《庄子·齐物论》。庄周梦中化为蝴蝶，忽然醒来觉得自己又是庄周；不知到底是庄周梦中化蝶还是蝴蝶梦中化庄周。后人常以"梦蝶"比喻"人生如梦"。

[4] 急罚盏：意为赶紧喝酒，及时行乐。罚盏：宴会上行酒令，输者罚饮酒。

[5] 秦宫汉阙：秦汉的宫殿，以规模庞大及豪华著称。阙：皇宫门前两边的楼，代指宫殿。

[6] 不恁么句：意为如果不是这样，渔翁樵夫就没有闲聊的话题了。恁么：这样。

[7] "纵荒坟"二句：意谓帝王的坟墓如今纵横荒芜，残败不堪，连墓碑上刻的文字也辨认不清了。龙蛇：原是比喻书法的笔势，这里指文字。

[8] "投至"二句：这是前后倒置句，意为多少英雄豪杰，到头来他们的荒坟，也成了狐狸野兔出没的地方。投至：等到、到得。

[9] "鼎足"三句：意为三国鼎立的局面也不长久，半途破灭了，后来的魏在哪里，晋又在哪里呢？

[10] 莫太奢：不要有过分的欲望。奢：欲望。

[11] "没多"句："好天良夜没多时"的倒装，意为好景不常在。

[12] "富家"二句：意为富人只知迷恋钱财，其心肠硬如铁，可惜白辜负美好的时光。更做道：即便是。争：争奈，怎奈。锦堂风月：指美好的生活与大好时光。

[13]"眼前"二句：喻时光易逝。

[14]"不争"句：意为只要一照镜子便发现自己又添白发了。不争，只为。"不争"，一作"晓来"。白雪，喻白发。

[15]"上床"句：意为晚上脱鞋就寝，说不定就永远与鞋子告别，与世长辞了。言生死难保之意。

[16]鸠巢计拙：相传鸠是拙鸟，不会营巢，常借鹊窝栖息产卵。这里指不会营生的人。

[17]"葫芦提"句：意为自己稀里糊涂装傻混日子罢了。葫芦提：糊涂。

[18]红尘：喻指尘世的纷扰。

[19]更那堪：意为更兼之。

[20]"跫吟"二句：意为（争名利者）直到深夜蟋蟀叫罢了才得睡安稳，但鸡一叫又得起来干这干那奔忙不息了。跫（qióng）：蟋蟀。宁贴：安适。

[21]彻：完，尽，到头。

[22]"看密匝匝"三句：喻世人争名夺利紧张忙乱的情形。

[23]"裴公"二句：意为要学裴公那样建个绿野堂，像陶令那样结个白莲社，过隐居的生活。裴公：指裴度，唐宪宗时宰相，封晋国公，后在洛阳筑绿野草堂隐居，不问世事。陶令：即陶潜，曾为彭泽县令，不为五斗米折腰而退隐。白莲社：东晋僧人慧远在庐山东林寺发起的一个宗教社团。陶潜和慧远有交往，但是否参加白莲社还有待考证。

[24]浑几个：能有几个。浑：全、满，引申为总共的意思。

[25]记者：记着。者：语助词。

[26]"便北海"二句：意为即便是好客的孔融来探访，你也说我喝醉了酒不能见他。北海：指东汉末北海太守孔融。孔融好客，希望"座上客常满，樽中酒不空"。东篱：马致远的号。

三、张养浩散曲选读

张养浩（1270—1329），字希孟，号云庄，济南（今山东省济南市）人。官至监察御史、礼部尚书，廉洁奉公，直言敢谏。曾因上疏批评时政得罪权贵而辞官归隐。文宗天历二年（1329），关中大旱，重被召为陕西行台中丞，前去赈济饥民，到陕四月，积劳成疾，死于任所。张养浩是一位做过高官而又比较关心民生疾苦的散曲作家。他的散曲，题材多样，有的愤世嫉俗，有的吟咏山水、鼓吹隐居乐道的生活，有的直接反映现实、同情人民，风格清新质朴而又豪迈。有《云庄休居自适小乐府》一卷，存小令161首，套数3套。

〔山坡羊〕[1]潼关怀古[2]

【题解】这首著名的小令，是作者赴陕救灾时目睹饥民遍野的悲惨景象，有感而发的。名为怀古，实是伤今。头三句先从潼关的地理形势写起，用一"聚"字写高耸的华岳、攒立的群峰，用一"怒"字写一泻万里奔腾咆哮的黄河。气势雄伟，境界壮阔。写"山河表里"，是为了突出潼关的险要。接着由潼关联想到历代王朝的兴替。继而又以历代王朝的治乱兴衰联想到百姓的苦难。"兴，百姓苦；亡，百姓苦"，则一针见血揭示了封建王朝改朝换代的实质，无论兴亡，都是百姓受苦。小令表达了作者对人民的深切同情，也表现了作者对历史的深刻认识。作品触景生情，把历史和现实联结起来，上下古今，想象丰富，意境深远。语言生动凝炼，结语尤为精警，显出质朴沉郁而又雄浑豪迈的独特风格。

峰峦如聚[3]，波涛如怒，山河表里潼关路[4]。望西都[5]，意踟蹰[6]。伤心秦汉经行处[7]，宫阙万间都做了土。兴，百姓苦；亡，百姓苦。

【注释】

[1] 山坡羊：曲牌名。
[2] 潼关：在今陕西省潼关县东南。关隘雄踞崤山山腰，下临黄河，地势险要，扼秦、晋、豫之要冲，为长安的屏障，历来为兵家必争之地。
[3] 聚：聚集，形容群山攒立。
[4] 山河表里：潼关外有黄河，内有华山。表：外。里：内。《左传·僖公二十八年》载，子犯劝晋文公与楚决战，说："山河表里，必无害也。"这里用以说明潼关险要。
[5] 西都：指长安。东汉都洛阳，称为东都，以长安为西都。
[6] 意踟蹰：内心惆怅不安。一作"意踌躇"。
[7] "伤心"句：意为经过秦汉故地，感到无比伤心。经行处：行程所历经之处。

四、睢景臣散曲选读

睢景臣，字景贤，扬州（今江苏扬州市）人，生卒年不详。元成宗大德七年（1303）在杭州与钟嗣成相识，可知他的主要活动时期在13世纪末和14世纪初。《录鬼簿》说他"心性聪明，酷嗜音律。维扬诸公，俱作《高祖还乡》套数，惟公〔哨遍〕制作新奇，诸公者皆出其下"，并录有他的杂剧《屈原投江》等3种，均不传。散曲也仅存3个套数。

〔般涉调〕哨遍[1]

高祖还乡[2]

【题解】这是一个"制作新奇"的著名套数。汉高祖刘邦于公元前195年击败英布后班师过故乡沛县，逗留数日，"悉召故人父老子弟纵酒"，"日乐饮极欢，道旧故为笑乐"（《史记·高祖本纪》）。史传多有称颂。而这个套曲别出心裁，虚拟故事，完全摆脱正史的传统观念，用一个被抓差迎驾的乡民的口吻，把刘邦威加海内归故乡之举描写成一场滑稽可笑的讽刺喜剧，撕下了封建帝王"神圣尊严"的虚伪面纱，对皇权进行了大胆的嘲弄，对一切依附皇帝的爪牙以及文物典章，也给予辛辣的讽刺。该套曲构思巧妙而独特，先纵后擒，前后对比，用漫画的手法，讽刺喜剧的形式，把封建帝王虚伪贪婪的本质痛快淋漓地揭露了出来。全篇从乡民角度描写，用乡民眼睛观察，又用乡民口吻叙述，质朴自然而妙趣横生。语言俚俗生动，幽默诙谐，泼辣有力。

【哨遍】社长排门告示[3]，但有的差使无推故[4]。这差使不寻俗[5]：一壁厢纳草也根[6]，一边又要差夫索应付[7]。又言是车驾，都说是銮舆[8]，今日还乡故。王乡老执定瓦台盘[9]，赵忙郎抱着酒葫芦。新刷来的头巾[10]，恰糨来的绸衫[11]，畅好是妆么大户[12]。

【耍孩儿】瞎王留引定火乔男女，胡踢蹬吹笛擂鼓[13]。见一彪人马到庄门[14]，匹头里几面旗舒[15]：一面旗白胡阑套住个迎霜兔[16]，一面旗红曲连打着个毕月乌[17]，一面旗鸡学舞[18]，一面旗狗生双翅[19]，一面旗蛇缠葫芦[20]。

【五煞】红漆了叉，银铮了斧[21]，甜瓜苦瓜黄金镀[22]。明晃晃马蹬枪尖上挑[23]，白雪雪鹅毛扇上铺[24]。这几个乔人物，拿着些不曾见的器仗，穿着些大作怪的衣服[25]。

【四煞】辕条上都是马，套顶上不见驴[26]，黄罗伞柄天生曲[27]。车前八个天曹判[28]，车后若干递送夫[29]。更几个多娇女[30]，一般穿着，一样妆梳。

【三煞】那大汉下的车，众人施礼数。那大汉觑得人如无物。众乡老展脚舒腰拜，那大汉挪身着手扶。猛可里抬头觑[31]，觑多时认得[32]，险气破我胸脯。

【二煞】你身须姓刘，你妻须姓吕[33]，把你两家儿根脚从头数[34]。你本身做亭长耽几盏酒[35]，你丈人教村学读几卷书。曾在俺庄东住。也曾与我喂牛切草，拽坝扶锄[36]。

【一煞】春采了俺桑，冬借了俺粟。零支了米麦无重数。换田契强秤了麻三秤[37]，还酒债偷量了豆几斛。有甚胡突处[38]？明标着册历[39]，见放着文书[40]。

【尾声】少我的钱，差发内旋拨还[41]；欠我的粟，税粮中私准除[42]。只道刘三，谁肯把你揪摔住[43]，白什么改了姓、更了名，唤做汉高祖[44]！

【注释】

[1] 哨遍：曲牌名，北曲入般涉调，南曲入小石调。

[2] 高祖还乡：高祖，即汉高祖刘邦。刘邦平定淮南王英布后，曾回老家沛县。逗留多日，并作《大风歌》以抒其得意之情。事见《史记·高祖本纪》。

[3] "社长"句：意谓社长挨家挨户通知。社：元代的乡村基层组织，约以五十家为一社。排门：挨家挨户。

[4] "但有"句：意为只要有差使就不得借故推辞。

[5] 不寻俗：不同平常。

[6] "一壁"句：意为一边要交纳喂马草料。一壁厢：一边、一面。"纳草也根"的"也"为衬字，无义。一本作"纳草除根"。

[7] 素：须。

[8] 车驾、銮舆：皇帝乘坐的车，代指皇帝。

[9] "王乡老"句：意为王乡老端着盛食物的陶瓷托盘。王乡老与下句的赵忙郎是作者虚拟的乡间有地位的人物。

[10] 刷：刷洗。

[11] 糨（jiàng）：旧时洗干净衣服后，再用米汤浆泡一下，以便熨平，叫糨。

[12] 畅好句：意为简直像是装模作样的大富户。畅好是：真正是，正好是。

[13] "瞎王留"二句：写乡民吹笛擂鼓迎候皇帝。瞎王留：乡民的诨名。引定：引着、领着。火：伙。乔男女：对男人的贱称，相当于今之"不三不四的家伙"。乔：有"怪"之意。男女：偏指男人。胡踢蹬：胡乱地。

[14] 彪（biāo）：一队。

[15] 匹头里：劈头里，当头。
[16] "白胡阑"句：写月旗。本篇均从村民眼中所见的角度而写，下同。胡阑："环"的合音。迎霜兔，即白兔。民间传说月中有玉兔捣药。
[17] "红曲连"句：写日旗。曲连："圈"的合音。毕月乌：乌鸦。传说日中有三足乌，故用红圈套着乌鸦，以之代日。
[18] 鸡学舞：写飞凤旗。
[19] 狗生双翅：写飞虎旗。
[20] 蛇缠葫芦：写蟠龙旗。
[21] 银铮：镀银。
[22] 甜瓜苦瓜黄金镀：指金瓜锤。
[23] 马镫枪尖上挑：指朝天镫，形如倒置的马镫，下有长柄，故云。
[24] 鹅毛扇上铺：指鹅毛宫扇。
[25] 大作怪：极为古怪。
[26] "辕条"二句：当时农村拉套多用骡驴，故写乡民见到车驾用马感到奇异。辕条：车前套牲口的长木。套顶，套车的绳带。
[27] 黄罗伞：一种名叫曲盖的仪仗，其形似伞、柄弯曲。
[28] 天曹判：神庙里泥塑的天界判官。这里指车前导驾的侍臣，面目死板严肃。
[29] 递送夫：皇帝的侍从人员。
[30] 多娇女：指娇艳的宫女。
[31] 猛可里：忽然间。
[32] 认得：一本"认得"后有"熟"字。
[33] 你妻须姓吕：刘邦妻子叫吕雉。
[34] 根脚：根底，身世。
[35] "你本"句：意为你做过亭长嗜好喝几盅酒。刘邦曾做过沛县泗水亭长。秦时十里为一亭。耽：嗜好，沉溺。
[36] 拽坝扶锄：泛指种地。坝：通"耙"，一种碎土的农具。
[37] 麻三秤：三秤麻。这里的"秤"作量词。
[38] 胡突：糊涂。
[39] 册历：账本。
[40] 见放着文书：见，同"现"。文书：字据。
[41] 差发内旋拨还：意为在摊派官差时立即扣还。差发：官差。旋：立即。
[42] 私准除：暗中扣除。
[43] 刘三：刘邦排行第三。揪摔：揪住、抓住。
[44] 白什么：平白无故为什么。白：平白。

五、乔吉散曲选读

乔吉（1280—1345），字梦符，号笙鹤翁，又号惺惺道人，山西太原人，后流寓杭州。他一生潦倒，流转江湖，寄情诗酒，落拓不羁，自称是"不应举江湖状元，不思凡风月神仙"。

著有杂剧11种,今存《两世姻缘》《扬州梦》等3种。尤以散曲著称,后人辑有《惺惺道人乐府》《文湖州集词》《乔梦符小令》3种。《全元散曲》收了他的小令209首,套数11套,多是吟咏山水以及青楼调笑之作,也间有一些不满现实的作品,表现出江湖游子情绪和消极厌世思想。他重视技巧,讲究词藻声律,少用衬字,风格典雅清丽。

〔双调〕水仙子[1]
寻梅

【题解】这是一首咏梅的曲子。全曲围绕"寻"字来写。前三句写寻梅的经过:"冬前冬后"写寻的时间;"溪北溪南"写寻的地方;"树头树底"写寻的细心;"几村庄""两履霜",写寻的执着。这些描写表现了诗人对梅的酷爱。"冷风"两句写终于寻到梅花的情景,先闻其香,后见其形,梅花高洁的倩影就像素衣淡妆的女郎那样美丽,"忽"字表现出惊喜的情感。后三句写遇梅后的情怀,他高兴得醉卧梅下,因寒而醒来,面对"淡月昏黄",传来凄怨的笛声,似是对梅花的怜爱,又似对身世的感叹。语言通俗自然,活泼流丽,情调委婉含蓄。

冬前冬后几村庄[2],溪北溪南两履霜,树头树底孤山上[3]。冷风来何处香?忽相逢缟袂绡裳[4]。酒醒寒惊梦,笛凄春断肠,淡月昏黄[5]。

【注释】

[1]水仙子:曲牌名。
[2]几村庄:意谓走过好些村庄。
[3]孤山:在杭州西湖边,北宋诗人林逋隐居此处,植梅颇多。
[4]缟袂(gǎomèi)绡裳:指白梅花,其色素雅,如素服淡妆的女郎。缟袂:白绢做的衣袖。绡裳:薄绸做的裙子。
[5]淡月昏黄:月色朦胧。林逋《山园小梅》有"疏影横斜水清浅,暗香浮动月黄昏"的诗句。

六、张可久散曲选读

张可久,字小山,庆元(今浙江鄞县)人,生卒年不详,大约与乔吉同时。仕途不得志,只在地方上做过典史一类小官。晚年久居杭州,放情山水。他是元散曲后期的重要作家,尤长于小令创作,有《苏堤渔唱》《小山北曲联乐府》等散曲集。他的作品收入《全元散曲》的有小令850余首,套数9套,数量之多,为元人第一。作品题材多是吟咏山水,抒写个人情怀;注重形式格律,善于融化丽词雅句,风格典雅清丽,与乔吉并称"张乔"。

〔中吕〕卖花声[1]
怀古

【题解】这是一首怀古伤今之作。曲中以三个不同时代的史实为例,叙写了历代统治阶级无休止的争战杀伐,结果总是给人民带来深重的灾难。面对这种悲惨的历史和现实,"读书人一声长叹",虽然无可奈何,但表现了对统治阶级的愤懑,对人民的同情,对现实的不满。

美人自刎乌江岸[2],战火曾烧赤壁山[3],将军空老玉门关[4]。伤心秦汉,生民涂炭[5],读书人一声长叹。

【注释】

[1] 卖花声:曲牌名。
[2] 美人句:事见《史记·项羽本纪》:项羽被汉军重重围于垓下,在四面楚歌声中,其爱妾虞姬自刎而死。后项羽突出重围,被汉军追至乌江边,亦自刎身亡。乌江:在今安徽省和县东。
[3] 战火句:写三国时孙权刘备联军火烧赤壁大败曹操的事。
[4] 将军:指东汉名将班超。据《后汉书·班超传》载,班超久戍边地,年老思归,上疏曰:"臣不敢望到酒泉郡,但愿生入玉门关。"
[5] 生民涂炭:意谓人民生活在水深火热之中。涂炭:烂泥和炭火,喻极端困苦的境遇。

【思考与练习】

1. 为什么说关汉卿《南吕·一枝花·不伏老》反映了一代文人的生活状况与精神苦闷?
2. 试分析马致远《天净沙·秋思》的艺术特色。
3. 分析张养浩《山坡羊·潼关怀古》的思想意义。
4. 说说睢景臣《哨遍·高祖还乡》"制作新奇"的具体体现。

第三章 元代南戏

第一节 元代南戏的发展状况

南戏是"南曲戏文"的简称,是在宋代杂剧的基础上与南方地方曲调相结合发展起来的新型戏剧形式。因它起源于浙江温州一带,所以又称之为温州杂剧或永嘉杂剧。

一、南戏的兴起与发展

南戏大概产生于北宋末南宋初,据明代祝允明《猥谈》说:"南戏出于宣和之后,南渡之际,谓之温州杂剧。予见旧牒,其时有赵闳夫榜禁,颇述名目,如《赵贞女蔡二郎》等,亦不甚多。""旧牒",即旧时政府的档案;赵闳夫是宋光宗赵惇的同宗堂兄弟,他发榜文禁止南戏演出,说明当时南戏已经有一定的影响力了。温州在宋代是重要的对外贸易港口,商业发达,经济繁荣,人口集中,这些都是南戏产生和发展的有利社会条件。南戏是在宋代杂剧的基础上结合南方地方曲调发展起来的新型戏剧形式,为南方群众喜闻乐见,其产生之后,便广泛流传。元灭南宋之后，随着政治军事的影响，北方杂剧风靡全国，南戏一度衰落；但到了元代后期杂剧趋向衰微时，南戏又吸收了杂剧的某些优点重新兴盛起来。此后，南戏继续发展，演化为明清戏剧的主要形式——传奇。

宋元南戏的存目，难以准确统计。据今人搜辑，宋元南戏存目 230 多种，其中，有传本的 19 种，只有佚曲的有 130 种，可见数量相当可观。但由于统治者的禁毁和封建正统文人的轻视，南戏剧本少有刊刻的机会，多为师徒相传，保存下来的很少。《猥谈》和《南词叙录》等书所载最早的南戏《赵贞女蔡二郎》《王魁》，剧本已佚，后者仅存残曲。现存较早的南戏剧本是《永乐大典戏文三种》，即《张协状元》《小孙屠》和《宦门子弟错立身》。元代南戏剧本流传至今的有十多种，其中富有代表性的作品是高明《琵琶记》，另外比较著名还有元末明初流行的"四大传奇"：《荆钗记》《白兔记》《拜月亭》和《杀狗记》，简称为《荆》《刘》《拜》《杀》。南戏在元末剧坛上放射出耀人的光彩，获得了强大的艺术生命力，为明清传奇的兴盛奠定了基础。

南戏的形式比北杂剧更加灵活自由，主要有以下不同：

第一，在音乐方面，杂剧主要是在北曲诸宫调的基础上形成的，北曲激越昂扬，适合伴演威壮故事；南戏则是在南方地方曲调的基础上形成的，南曲轻柔婉转，适合伴演缠绵故事。杂剧每折限用一个宫调，一韵到底；南戏每出可用多种宫调，可以换韵。

第二，在体制方面，杂剧的通例是四折一楔子，南戏不称折而称出，没有固定的出数，长短自由，一般有二三十出，如《白兔记》33 出，《荆钗记》有 48 出；南戏没有楔子，开场便有"家门"，又叫"开场"或"开宗"。家门由末或副末介绍剧情概况或说明创作意图，它不是剧情的组成部分。开场之后，从第二出起才是正戏。开场用的是词牌而不是曲牌。

第三，从演唱形式看，杂剧的通例是由一个角色唱到底，南戏则是各种角色都可以唱，可独唱、对唱或者合唱，演唱形式灵活多样。南戏重要人物上场时先唱引子，继以一段定场白，每出戏例有下场诗。

第四，从角色看，南戏的角色行当与杂剧大同小异，杂剧的男女主角是正末、正旦，南戏的男女主角是生、旦。南戏也有末，但不是主角。

二、高明的《琵琶记》

高明（1307？—1359），字则诚，号菜根道人，温州瑞安（今浙江瑞安）人。博学多才，元末顺帝至正五年中进士，在杭州、处州等地做过几任小官。至正八年，曾在镇压方国珍起义的统帅府中任都事。后来大半生隐居，以词曲自娱。据《南词叙录》载，他的戏曲作品除《琵琶记》外，还有《闵子骞单衣记》（已佚）。他的诗文集《柔克斋集》共 20 卷，已散佚，经近人收辑还存 50 多篇。

《琵琶记》取材宋代南戏《赵贞女蔡二郎》。《赵贞女蔡二郎》剧目下注言："即旧伯喈弃亲背妇，被暴雷震死。"其情节大致是蔡伯喈上京应举，贪恋富贵功名，抛弃双亲和妻子，入赘相府。赵贞女在饥荒之年，独立支撑门户，赡养公婆，竭尽孝道。公婆死后，她身背琵琶，上京寻夫。可蔡伯喈不肯相认，还放马踩踏，最后蔡伯喈被暴雷轰死。剧中蔡伯喈是一个不孝不义之人，戏剧对其给予了严厉的批判。

《琵琶记》对《赵贞女蔡二郎》进行了创造性的改编，作者继续保留了赵贞女的"有贞有烈",但把蔡伯喈改为"全忠全孝",由批判变为歌颂,宣扬封建伦理道德的倾向比较明显。为了塑造蔡伯喈的"全忠全孝",戏剧精心设计了"三不从"的情节:他不热衷功名不肯应考,但父亲不从;中举后他要辞官归养父母,但皇帝不从;他不愿娶牛小姐为妻而辞婚,但丞相不从。有这"三不从",蔡伯喈背亲弃妇就完全是客观环境的逼迫所致,真相大白后还赋予了他忠孝的美名。作者塑造蔡伯喈这一形象,主观上是为了宣扬"忠孝"观;但客观上通过"三不从"又让我们看到了父权、相权、皇权的霸道专横,这是造成蔡伯喈背亲弃妇的社会根源,这对所谓的"全忠全孝"又构成了讽刺与嘲弄。同时,戏剧还细致地展现了蔡伯喈的矛盾性格、精神痛苦和对求取功名的忏悔。这不仅反映出当时读书人身上存在的软弱和动摇,还反映出了士人被科举制度扭曲的双重人格,也反映了那个时代文人的悲剧性格和复杂心态。

  剧中的另一主要人物是赵五娘,她恪守封建妇道,坚韧不拔,不管生活环境多么艰苦,她都能够时时处处以"贞孝"来要求自己,克己孝顺,柔韧坚强,体现了中国劳动妇女吃苦耐劳、朴实善良的传统美德,深受民众的喜爱。戏剧还刻意写了牛小姐的贤淑、礼让和行孝,把她与赵五娘并称为"两贤",这是一个更明显的封建妇道伦常的概念化的人物。很明显,作家通过歌颂这两个人物,主观上是要宣扬"贞烈观",以行教化。但客观上通过赵五娘这一人物的生活历程,广泛反映了下层民众生活的苦难和男权社会里妇女家庭角色的艰难,具有现实主义精神。

  《琵琶记》在艺术上的成就是鲜明突出的。首先,在结构上它是双线交叉式的。整个剧情沿着两条线索发展:一条线是蔡伯喈中举、为官、入赘,在牛丞相家享受荣华富贵;一条线是赵五娘在家苦守、侍奉公婆、糟糠自餍、剪发买葬,步步陷入绝境。两条线索对比鲜明,交错展开,突出了人物的悲剧性。这种结构方式,对后来明清传奇的影响颇大。

  其次,《琵琶记》的语言通俗而又富于文采,表现出人物鲜明的个性和不同的身份教养。赵五娘的唱词朴实真挚;蔡伯喈、牛小姐唱词典雅华丽。作家尤善于准确逼真地描写特定环境中人物的心理和情态。如"糟糠自餍"一出中赵五娘独唱的四支"孝顺歌",以神来之笔把赵五娘的悲痛情怀揭示得淋漓尽致,同时将赵五娘在极端困苦处境下,克己尽孝至善至诚的心灵展现出来,感人至深。李贽评点此曲时说:"一字千哭,一字万哭,可怜!可怜!"

  《琵琶记》在体制、曲律和艺术等方面是南戏的集大成者,对明清戏曲影响深远,成为戏曲创作和演出的典范。据《中国大百科全书·戏曲曲艺卷》载,《琵琶记》在 19 世纪就走向了世界,英、法、德和拉丁文都有翻译和介绍,20 世纪 30 年代曾在美国纽约百老汇上演,其声誉远播海外。

第二节　元代南戏选读

琵琶记

第二十七出　中秋望月[1]

  【题解】高明的《琵琶记》主要讲述书生蔡伯喈与赵五娘的爱情故事。作品讲述了书生蔡伯喈与赵五娘婚后想过幸福生活,其父蔡公不从。伯喈被逼赶考状元后又被要求与丞相女儿结婚，虽不允，但牛丞相不从而依之。当官后家里遇到饥荒，其父母双亡，他并不知晓。他想念父母，欲辞官回家，朝廷却不允。赵五娘一路行乞进京寻夫，最后终于找到，并团圆收场。这"三不从"是高明重点刻画蔡伯喈全忠全孝的关目。故事一共有四十二出，本文选自《琵琶记》第二十七出。

（贴上唱）【念奴娇】楚天过雨[2]，正波澄木落，秋容光净[3]。谁驾玉轮来海底[4]，碾破琉璃千顷。环佩风清，笙歌露冷[5]，人在清虚境。（净丑合唱）真珠帘卷，小楼无限佳兴[6]。

（白）【临江仙】玉作人间秋万顷，银葩点破琉璃[7]。（贴）瑶台风露冷仙衣，天香飘下处，此景有谁知？（净丑）未审明年明夜月，此时此景何如？（贴）珠帘高卷醉琼卮[8]，（合）正是莫辞终夕看，动是隔年期。（贴）老姥姥，惜春，今夜中秋，月色澄霁[9]，你与我请相公出来，玩赏则个。（丑）请请，夫人请相公玩月。（生房内应）我睡了，不来。（净）你可知道不请得相公出来[10]，你甚么脸儿了，相公见了好？我去请。（介）（生上唱）

【生查子】逢人曾寄书，书去神亦去。今夜好清光，可惜人千里。

（贴白）相公，今夜中秋，月色可爱。我请你玩赏一番，你没事推阻做什么？（生）月有甚好处？（贴）怎地不好！你看：

【酹江月】玉楼绛气[11]，卷霞绡云浪，寒光澄澈。丹桂飘香清思爽[12]，人在瑶台银阙[13]。（生）影透空帏，光窥罗帐，露冷蛩声切。关山今夜，照人几处离别。（净）须信离合悲欢，还如玉兔，有阴晴圆缺。便做人生长宴会，几见冰轮皎洁？（丑）此夜明多，隔年期远，莫放金樽歇。（合）但愿人长久，年年同赏明月[14]。（贴唱）

【本序】长空万里，见婵娟可爱，全无一点纤凝。十二栏杆，光满处，凉浸珠箔银屏[15]。偏称，身在瑶台，笑斟玉斝，人生几见此佳景？（合）惟愿取，年年此夜，人月双清。（生唱）

【前腔换头】孤影，南枝乍冷，见乌鹊缥缈惊飞，栖止不定[16]。万点苍山，何处是，修竹吾庐三径[17]？追省，丹桂曾扳，嫦娥相爱，故人千里谩同情。（合前）（贴唱）

【前腔换头】光莹，我欲吹断玉箫，骖鸾归去，不知风露冷瑶京？环佩湿，似月下归来飞琼[18]。那更，香鬟云鬟，清辉玉臂[19]，广寒仙子也堪并[20]。（合前）（生唱）

【前腔换头】愁听，吹笛《关山》[21]，敲砧门巷[22]，月中都是断肠声。人去远，几见明月亏盈。惟应，边塞征人，深闺思妇，怪他偏向别离明。（合前）（净丑合唱）

【古轮台】峭寒生，鸳鸯瓦冷玉壶冰，阑干露湿人犹凭，贪看玉镜[23]。况万里清冥，皓彩十分端正[24]。三五良宵[25]，此时独胜。（丑）把清光都付与酒杯倾，从教酩酊[26]，拚夜深沉醉还醒。酒阑绮席，漏催银箭，香消金鼎。斗转与参横，银河耿，辘轳声已断金井[27]。（净唱）

【前腔换头】闲评，月有圆缺与阴晴，人世有离合悲欢，从来不定。深院闲庭，处处清光相映。也有得意人人，两情畅咏；也有独守长门伴孤冷，君恩不幸[28]。（丑）有广寒仙子娉婷，孤眠长夜，如何捱得，更阑寂静？此事果无凭，但愿人长永，小楼看月共同登。（合）

【余文】声哀诉促织鸣，（贴）俺这里欢娱未听。（生）却笑他几处寒衣织未成。

（贴白）今宵明月最团圆。（生）几处凄凉几处喧。（合）但愿人生得长久，年年千里共婵娟。

（并下）

【注释】

[1] 时届秋天。清代李渔在《闲情偶寄》中评云："同一月也，牛氏有牛氏之月，伯喈有

伯喈之月。所言者月，所寓者心。""出于牛氏之口者，言言欢悦；出于伯喈之口者，字字凄凉。一座两情，两情一事，此其针线之最密者也。"

[2] 楚天：泛指南方的天空。杜甫《暮春》诗云："楚天不断四时雨，巫峡常吹千里风。"宋·柳永《雨霖铃》词："念去去千里烟波，暮霭沉沉楚天阔。"——均以楚天作多雨的意象。

[3] "正波澄"二句出自宋曾觌《念奴娇》词："洞庭微波澄，木落映秋容。"又《水龙吟》"楚天千里无云"词："露华洗出秋容净。"

[4] 玉轮：月亮。

[5] 环佩风清，笙歌露冷：语出宋朱敦儒（一作朱希真）《念奴娇》"插天翠柳"词："雾冷笙箫，风轻环佩。"

[6] 小楼：别本作"唐楼"。

[7] 银蟾：指月亮。按：本套曲文及念白涉及咏月词句，主要化用了宋范端臣所作《念奴娇》词："明月三五，问今夕何夕，婵娟都胜。天豁云收崩浪净，深碧琉璃千顷。银汉无声，冰轮直上，桂湿扶疏影。纶巾玉麈，庾楼无限清兴。谁念江海飘零，不堪回首，惊鹊南枝冷。万点苍山何处是，修竹吾庐三径。香雾云鬟，清辉玉臂，醉了愁重醒。参横斗转，辘轳声断金井。"又《念奴娇·上太守月词》"玉楼绛气，卷霞绡云浪，飞空蟾魄。人世江山惊照耀，烟霭鳌峰千尺。陆海蓬壶，银蟾星晕，点破琉璃碧……"

[8] 琼卮：玉制的酒杯。

[9] 澄霁：澄澈。

[10] 可知道：难怪、当然。

[11] 绛气：赤霞气。

[12] 丹桂飘香：唐宋之问《灵隐寺》诗："桂子月中落，天香云外飘。"

[13] 银阙：白玉宫殿。道家谓天上有白玉京，仙人所居。

[14] "须信"以下十句化用苏轼《水调歌头》"明月几时有"词意。

[15] 长空万里六句化用苏轼《念奴娇·中秋》词句："凭高眺远，见长空万里，云留无迹。桂魄飞来光射处，冷浸一天秋碧。"婵娟：以美人喻月亮。纤凝：细小的云彩。珠箔：珠帘。

[16] "孤影"四句化用《古诗十九首·行行重行行》："越鸟巢南枝"之意。又曹操《短歌行》："月明星稀，乌鹊南飞。绕树三匝，何枝可依。"南方越地的鸟，北飞后仍在向南的枝头筑巢居住，后以南枝指故乡、故土。

[17] 陶渊明《读山海经》："孟夏草木长，绕屋树扶疏。众鸟欣有托，吾亦爱吾庐。"

[18] 飞琼：许飞琼，传说中的仙女，为西王母侍女。见《汉武帝内传》。

[19] "香鬟"二句典出杜甫《月夜》："香雾云鬟湿，清辉玉臂寒。"香鬟：诸本作"香雾"，当从。

[20] 广寒仙子：嫦娥。传说月中有广寒宫，嫦娥所居。

[21] 《关山》：《关山月》，汉乐府曲名，征人思归之曲。

[22] 敲砧门巷：巷道里传来捣衣声。敲砧：捣衣，表达深闺思妇远怀征人之情。

[23] 玉镜：月明如镜，即月亮。

[24] 皓彩：皎洁的月光。
[25] 三五：指阴历每月十五，月圆时节。
[26] 酩酊（mǐngdǐng）：大醉貌。
[27] "斗转"三句：北斗转向，参星横斜，表示天色将明。参：shēn。辘轳（lùlu）：水井上打水的起重装置。
[28] "也有"二句：汉武帝时，陈皇后失宠，退居长门宫，以百金求司马相如为作《长门赋》，武帝读而伤之，复得亲幸。

第四章 元代诗文

第一节 元代诗文概述

相对于元曲创作而言，元代正统的诗文创作要逊色许多。诗不如曲，文不如诗，已是不争的事实。

以诗而言，元代作家作品为数亦不少，仅清代顾嗣立的《元诗选》及席世臣、顾果庭续编的《元诗选·癸集》，就共收有元代诗人 2600 余人，诗作 3 万余首。另外，有数百人的诗文集流传至今。元代诗歌尽管数量不少，但多因袭、模仿唐宋，少有创新，成就比之唐宋诗、元曲要逊色很多。元初诗坛基本上处于由金和宋入元的遗民诗人的影响之下，承袭宋、金诗的余韵。直到元代中、后期，才出现了"元诗四家"，以及萨都剌、杨维桢等一批有较大影响的诗人。不过，能用汉文写作而达到较高水平的少数民族诗人的大量涌现，是元代诗坛尤为值得注意的地方，这种前所未有的现象是元朝各民族文化融合的历史产物。

元初诗人多为宋、金遗民，较著名的有耶律楚材、方回、戴表元、刘因、赵孟頫、李思衍、杨弘道、高昌等，他们亲身经历了改朝换代的动乱，有人虽然一度仕元，但内心充满了矛盾和苦闷，在他们的诗歌中常常流露出眷怀故国之情，如刘因的《白沟》、赵孟頫的《岳鄂王墓》等，都表现了亡国之痛、故国之思。

元代中期，社会经济得到恢复和发展，科举取士制度的恢复也减少了知识分子的抵触情绪，因而诗坛上出现了大量题咏应酬之作。被称为延祐年间元诗"四大家"的虞集、杨载、范梈、揭傒斯是这一时期的代表。他们四人因有文才而被选入翰林院，在京师成为士子仰慕的著名人物，称誉诗坛。但他们的诗歌大多内容空泛，艺术上追求典雅，更多模仿。名噪一时，但实际成就不高。其中虞集（1272—1348）名声最大，他的《挽文山丞相》《滕王阁》等是较好的作品。

元诗发展到后期才真正显示出自己的特色来，其标志是出现了王冕、萨都剌、杨维桢等艺术个性鲜明的诗人，创作成就较高的少数民族诗人也成批涌现。

元代晚期诗人首推王冕，著有《竹斋集》，诗画皆负盛名。王冕出身贫寒，幼年替人放牛，靠自学成为诗人、画家。他以画梅著称，尤工墨梅，也喜欢咏梅。他常借梅花来表现自己的志趣情操，如著名的《墨梅》。王冕同情人民苦难、谴责豪门权贵，还写下了不少同情人民疾苦、反映社会现实的诗篇，他的作品不拘常法，语言质朴自然，如《悲苦行》《痛苦行》《猛虎行》《伤亭户》等。

萨都剌，著名的回族诗人，有诗集《雁门集》。萨都剌兼受南北文化的熏陶，其情感既热烈豪放，又清婉细腻，形成诗词清新俊逸的风格特征，如《寒夜闻角》《过赞善庵》等。他还写了一些以宫廷生活为题材的宫词、格调与宫词相近的艳情乐府，通称艳体诗，风格流丽清婉，在当时为创新之作，如《芙蓉曲》《游西湖六首》等。

给后期诗歌带来更大变化的是杨维桢。杨维桢，号铁崖。他所作的宫词、竹枝词和古乐府极为流行，世称"铁崖体"或"铁体"，在当时诗坛自成一派，效仿的人很多。他的宫词香艳绮靡，竹枝词情致清新、浅近活泼，古乐府自由奔放、瑰丽奇崛。总体而言，"铁崖体"受李贺影响驰骋异想，奇妙瑰丽，但有些流于奇诡怪癖。其中，《秋千曲》《西湖竹枝词》《鸿门会》等作品多为世人称道。

元代后期，还有一批来自西域的少数民族诗人崛起于诗坛，比较著名有马祖常、迺贤、泰不华、余阙、丁鹤年等，他们都是来自西域的色目人。西域诗人的崛起，是元代后期诗坛的一大景观。顾嗣立在《元诗选》里谈到这一现象时说："要而论之，有元之兴，西北子弟，尽为横经。涵养既深，异才并出。云石海涯（贯云石）、马伯庸（马祖常）以绮丽清新之派振起于前，而天锡（萨都剌）继之，清而不佻，丽而不缛，真能于袁、赵、虞、杨之外，另开生面者也。于是雅正卿（雅琥）、达兼善（泰不华）、易之（迺贤）、余廷心（余阙）诸人，各逞才华，标奇竞秀。亦可谓一时之盛者矣！"

元代散文创作大体和诗歌一样，也是走模拟的道路，成就不高，与诗歌相比亦显逊色。前期的散文作家较有名的是刘因、邓牧、吴澄，中后期则有虞集、李孝光、杨维桢等人。较有价值的是一些序跋赠言和山水游记。

第二节　元代诗文选读

一、王冕作品选读

王冕（1300？—1359），字元章，号煮石山农，诸暨（今浙江诸暨）人。出身贫寒，幼年替人放牛，靠自学成才。性孤傲，鄙视权贵，应试不中之后漫游吴楚、大都等地，晚年移住会稽九里山。诗画皆负盛名，尤善画梅。作诗不拘常法，语言质朴自然，寄意深远。著有《竹斋集》。

墨梅[1]（其三）

【题解】作者善画梅，也喜咏梅，这是一首题画诗。前两句写景，强调"我家"的梅花"淡墨痕"，素净淡雅，并不浓艳。后两句抒情言志，说明诗人所画的梅花，不是要人夸赞颜色好看，而是要让它的清香弥漫乾坤。诗人借"墨梅"寄予他鄙视流俗、贞洁自守的高尚情操。诗歌语言质朴清新，耐人寻味。

我家洗砚池头树[2]，朵朵花开淡墨痕[3]。
不要人夸好颜色，只流清气满乾坤[4]。

【注释】

[1] 墨梅：用水墨画的梅花。
[2] 洗砚池：写字、画画后洗笔洗砚的池子。一说三国时期是钟繇年轻的时候练字，经常用家旁边的池子洗毛笔，以致整个池子最后都是墨色了。一说东晋王羲之"临池学书，池水尽黑"，这里是化用典故自诩热爱书画艺术。头：边上。
[3] 淡墨：水墨画中将墨色分为四种，即清墨、淡墨、浓墨、焦墨。这里是说那朵朵盛开的梅花，是用淡淡的墨迹点化成的。
[4] 清气：清香之气，此处也暗喻人之清高自爱的精神。满乾坤：弥漫在天地间。

二、萨都剌作品选读

萨都剌（约1300—约1348），字天锡，号直斋。回族（一说蒙古族）。其先世为西域人，出生于雁门（今山西代县），泰定四年进士。先后任御史、闽海宪司知事、燕南宪司经历等职。晚年居杭州。萨都剌善绘画，精书法，尤善楷书。有虎卧龙跳之才，人称雁门才子。他的文学创作，以诗歌为主，内容以游山玩水、归隐赋闲、慕仙礼佛、酬酢应答之类为多。萨都剌还留有《严陵钓台图》和《梅雀》等画，现珍藏于北京故宫博物院。他诗词皆工，题材广泛，有不少反映现实和讴歌河山的作品。他的诗长于抒情，风格多样，具有浓厚的民族特色。有《雁门集》。

上京即事[1]

【题解】这两首诗描写了祖国北地的草原风光和蒙古族的生活习俗。第一首写草原晚景：红日西沉，放牧的牛羊纷纷归来；野草散发着清香，牧民享用着甜美的乳酪；入夜，朔风忽起，飞沙似雪，一座座帐篷赶紧放下了毡帘。四句诗生动展现了北国草原特有的景象和浓郁的牧民生活气息。第二首写王孙狩猎：以"风高"衬"弓力"，用"走马"托雄姿，最后是猎罢归来，"呼鹰腰箭""倒悬白狼"的特写镜头，表现了蒙族人民骑射技艺的高超和剽悍的民族性格。两首诗笔调清新，描绘生动，风格豪迈。

其三

牛羊散漫落日下[2]，野草生香乳酪甜[3]。
卷地朔风沙似雪[4]，家家行帐下毡帘[5]。

其四

紫塞风高弓力强[6]，王孙走马猎沙场。
呼鹰腰箭归来晚[7]，马上倒悬双白狼。

【注释】

[1] 上京即事：一作"上京杂韵"，此题共十首，这里选第八、第九两首。上京：元朝的上都，与大都并称为两都，故址在今内蒙古正蓝旗境内。

[2] 牛羊散漫：谓分散在各处放牧的牛羊。

[3] 乳酪：一种奶制品，用牛、羊、马的奶炼制而成。

[4] 朔风：北风。

[5] 行帐：帐幕。

[6] 紫塞：指长城。崔豹《古今注·都邑》："秦筑长城，土色皆紫，汉塞亦然，故称紫塞焉。"

[7] 腰箭：腰中悬挂着弓箭。腰：名词作动词用。

三、杨维桢作品选读

杨维桢（1296—1370），字廉夫，号铁崖。别号铁笛道人，诸暨（今浙江诸暨）人，与王冕同乡。泰定四年（1327）中进士，官至建德路总管府推官，关心民生疾苦。诗学李贺，驰骋异想，号称"铁崖体"，但常流于奇诡怪僻。其乐府诗多反映民生疾苦，竹枝词则有民歌风味。有《东维子集》《铁崖古乐府》。

《题苏武牧羊图》

【思考与练习】

1. 简述元代少数民族诗人在诗歌方面取得的成就。
2. 为什么说王冕的《墨梅》一诗表现了诗人高尚的情操？
3. 杨维桢的"铁崖体"有何特点？

第三编 明代文学

明代文学是指从朱元璋 1368 年建国到 1644 年李自成农民起义推翻明朝这 277 年间的文学现象。总体而言，明代文学可以分为前后两期，即明代前期（开国 1368 年至成化末年 1487 年，约 120 年）和明代中后期（明中叶弘治初年 1488 年至明灭 1644 年，150 多年），前期文学成就不高，中后期逐渐走向兴盛。

一、明代的社会特点

朱元璋建立明朝后，为了巩固政权，采取了一系列措施。在政治上，朱元璋为了巩固统治，排除异己，先后制造左丞相"胡惟庸案"和大将"蓝玉案"，连坐诛杀数万人，开国功臣几乎杀尽，又借机废除了秦汉以来上千年的丞相制度，集军政大权于一身。在社会经济方面，朱元璋鉴于"民急则乱"的历史教训，提倡节约，鼓励开荒，兴修水利，减轻赋税，抑制豪强，发展军屯，采取了一系列恢复农业生产的措施，生产力有较快的发展；同时解放工奴，减免商税，工商业和手工业也有相应发展。明初洪武、永乐、宣德年间经济比较繁荣，生活比较安定。在思想领域，朱元璋大力提倡程朱理学，实行严格的思想专制。规定《四书》《五经》《性理大全》为国子监监生必读之书，制定了八股取士的科举制度，实行思想专制。明代对知识分子采取笼络和高压相结合的手段。一方面采取优抚政策，笼络人才，如朱元璋开设文华堂广聚人才，朱棣征召天下文士三千人编纂《永乐大典》。另一方面采取高压手段，大兴文字狱，文人因一字一句之误而被害者不计其数。如浙江府学教授林元亮、北平府学训导赵伯宁、福州府学训导林伯璟、桂林府学训导蒋质，都因他们执笔的表章中有歌颂皇帝为天下"作则"一类字样，被认为"则"是影射"贼"，统统处死。还规定"寰中士大夫不为君用，罪该抄杀"，明初诗人高启因不受朱元璋征召而被腰斩；方孝孺不为明成祖朱棣起草登位诏书，被灭十族，坐死的亲故门生达八百多人。

明代前期，经济很快复苏，人民生活相对安定，销蚀了文人士子的忧患意识；而政治、思想领域的专制，又平添了文人生活与创作上的不安全感。因此，明代前期这一百年承平时期，除了成书于元末明初的《三国演义》《水浒传》影响很大以外，文坛相当漫长一段时间处于衰微冷落状态。歌功颂德，点缀升平，表彰节孝，是这一时期文学的主调，总体成就不高。

明代中叶，随着农业手工业的发展，商业经济亦日趋发达，城市日趋繁荣，市民阶层不断扩大，作为"俗"文学的受众越来越多，促使小说、戏曲日趋繁荣，成为明代文学最耀眼的部分。明代中后期商业经济迅速发展，造纸业、印刷业也日益发达，嘉靖、万历两朝是明代刻书的极盛时期，为俗文学的广泛传播创造了有利条件。在手工业、商业经济发达的同时，明朝政治则日趋腐败，自弘治、正德、嘉靖以后，统治阶级骄奢淫逸，穷奢极欲，横征暴敛，兼并土地，人民怨声载道。加之统治者昏庸无能，荒废朝政，造成宦官当权，奸臣当道。如武宗朱厚照贪恋女色，太监刘瑾权倾朝野，利用厂、卫等特务组织，残害忠良，士民切齿痛恨。世宗朱厚熜迷信道教，宠幸方士，嘉靖年间严嵩父子执政二十多年，军政败坏，人民灾难深重。神宗朱翊钧荒淫享乐，挥霍无度，社会风气堕落败坏，万历后期东林党与邪党斗争激烈。熹宗朱由校天启年间，宦官魏忠贤把持朝政，大肆杀害东林党人，东林党和阉党斗争更为激烈，后起的复社等与阉党斗争也非常尖锐，这场斗争一直延续到明亡。由于东林党、复社等既是政治团体，又是文学结社，因此，这场斗争不仅和明中后期的政治形势密切相关，同时对文学也有直接影响。

随着政治、经济领域的变化，思想文化领域也发生着显著的变化，其中王学左派的兴起，对文学领域影响甚大。弘治、正德年间，著名思想家王守仁（1472—1529）继承发扬了南宋陆九渊（1139—1193）的"心学"，认为"心外无理"，主张"知行合一"，反对束缚人性的程朱理学，对动摇明朝僵化的思想统治起了积极作用。嘉靖、万历年间，以王艮（1483—1540）为代表的王学左派发展了王守仁思想中反道学的积极因素，把"王学"从知识分子引向了下层劳动人民，认为"圣人之道无异于百姓之道……百姓日用处，即是圣人之条理处"。李贽是王学左派后期的杰出代表，他的"童心说"，猛烈批判封建礼教的虚伪和罪恶，具有强烈的反道统精神，在思想界和文学界影响很大。李贽强调"穿衣吃饭，即是人伦物理"（《焚书·邓石阳》），肯定"好货好色"是正当的"人欲"；从这种思想出发，他把传统视为末学小技的小说、戏曲看作是与秦汉文、六朝诗并肩的"天下之至文"，充分肯定了俗文学的地位，对俗文学的发展影响极大。在王学左派思想影响下，文学界出现了一批富有叛逆精神的代表人物，著名的有袁宏道、汤显祖、徐渭等，他们强烈反对封建礼教，强调人欲与性情，产生了一大批优秀作品。

明中叶以后，城市经济日益发达，统治阶级日益腐朽，思想界出现了王艮、李贽等一批有影响的"异端人物"，文学创作趋向活跃，呈现出繁荣局面。出现了众多的长篇、短篇小说，如《西游记》《金瓶梅》、"三言""二拍"等；戏曲也取得相当高的成就，出现了徐渭、沈璟、汤显祖等名家；诗歌、散文也富有特色。明代小说的成绩尤为突出，足以与唐诗、宋词、元曲相媲美，是本编的重点。

二、明代文学的特点

明代文学具有三大特点。

一是俗文学更加发达，文学地位大大提高。戏曲承继元代发展，仍然成就不斐；而重要的是大量白话长篇小说、白话短篇小说的出现，使小说的发展呈现出繁荣局面。在理论上，俗文学的地位与价值也得到了较明确的肯定。李梦阳第一次把《西厢记》与《离骚》并列（徐渭《曲序》）；唐顺之、王慎中将《水浒》与《史记》并称（李开先《词谑》）；李贽则极口赞扬《水浒》《西厢》为"古今至文"（《焚书·童心说》）；袁宏道将词、曲、小说与《庄》《骚》《史》《汉》并提，称《水浒传》《金瓶梅》为"逸典"（《觞政》）；冯梦龙认为《论语》《孝经》等经典的感染力不如小说"捷且深"（《古今小说序》）等，在文学史第一次形成了为俗文学争地位的高潮。

二是明代文学"俗"与"雅"交融的倾向比较明显。俗文学的发展，推动、刺激了雅文学向俗化的方向演变，而俗文学自身也在雅文学的规范、熏陶下趋向雅化。比如正宗的雅文学诗歌、散文，从李梦阳到徐渭，再到袁宏道、张岱，在民间文学的滋润下，陆续创作了一些通俗如话、自由活泼，但又俗而有趣、浅而不薄的作品。反过来，长、短篇通俗小说的编辑、创作，也大都从文言小说、三教经典、历史文本和诗词散文中汲取养料，于是从创作意趣、题材取向、表现手法到语言运用，都越来越趋向雅化。"鄙俚浅近"（王骥德《曲律·杂论》）的戏文，在文人的参与下，演变为传奇"雅部"。

三是众多的文学群体形成，呈现出百家争鸣的局面。明代文学流派林立，众彩纷呈，标新立异，论争不息。诗文方面，从明初的台阁体、茶陵派，到中叶以后的前后七子、唐宋派、公安派、竟陵派等各有主张，论争不休，自成一格。戏剧领域的"吴江派"和"临川派"，在曲律、曲意方面各有主张和偏长，其论争成为明代剧坛的一大盛事。万历以后，国事日非，文人结社多指斥朝廷，一些学术团体渐渐打上政治色彩，如复社、几社等团体。各流派分门立户，相互批评，在激烈的论争中又相互影响，相互渗透，促进文学的变通和发展。

第一章　明代长篇小说

明代小说空前繁荣，一方面是受都市经济的发展、各种社会进步思潮等因素的影响，同时也是我国古代小说长期艺术经验积累的结果。到明代，我国古代小说已经经历了漫长的酝酿、形成和发展的过程。从六朝志人志怪小说的初具雏形，到唐传奇（文言小说）的成熟，再到宋元话本的盛行，为小说的艺术形式技巧和题材内容方面都积累了丰富的经验。另外，宋元戏曲文学和民间讲唱文学的盛行对小说繁荣也有较大的影响。明代的许多作品既是前代话本、戏曲和民间讲唱文学创作经验的总结和继承，也是小说艺术自身的进一步发展。如长篇小说《三国演义》《水浒传》《西游记》等这些世代累积型作品均是如此；白话短篇"三言二拍"也是话本与拟话本的合集。

第一节　明代长篇小说的繁荣

明代小说成就很高。按文体可分为文言小说和白话通俗小说两个系统。其中文言一支大体上是依循"志怪"和"传奇"的两种格局，注重于满足士人的审美情趣，优秀作品甚少。相对而言，明代白话通俗小说数量很多，质量很高，造就了明代小说的繁荣局面。简言之，明代实际是白话通俗小说的天下。明代白话通俗小说分为长篇和短篇，相比较而言，长篇小说更为出色。明代流传下来的白话长篇小说有名可考的就有九十多部，大致可分为以《三国演义》为代表的历史演义小说、以《水浒传》为代表的英雄传奇小说、以《西游记》为代表的神话小说、以《金瓶梅》为代表的世情小说、公案小说五大类。

一、长篇小说的题材分类

历史演义小说源于宋元"讲史"话本,是用通俗的语言,以兴废争战、朝代更替为叙写重点,并以此表明一定的政治思想、道德观念和美学理想的作品。代表作是《三国演义》,之后沿袭《三国演义》创作道路的历史演义小说还有余邵鱼的《春秋列国志传》、甄伟的《两汉通俗演义》、谢诏的《东汉志传演义》、无名氏的《续编三国志后传》、夷白主人的《东西晋演义》、冯梦龙《新列国志》等。这类小说多依据的是正史,实多虚少,语言通俗,具有普及历史知识的作用。

英雄传奇小说源于宋元话本"说铁骑儿"一家,以历史上的英雄人物为描写重点,《水浒传》是代表作。此外,明代英雄传奇小说主要集中在说唐、说岳、说杨三大系列上。说唐系列包括罗贯中的《隋唐两朝志传》、袁于令的《隋史遗文》《大唐秦王词话》等,他们以李世民为中心展开故事,叙写隋末群雄逐鹿的英雄故事。说岳系列比较重要的是熊大木的《大宋中兴通俗演义》,刻画了岳飞精忠报国的艺术形象。说杨系列是以杨家将故事为题材的小说,主要有熊大木的《北宋志传》和纪振伦的《杨家府世代忠勇通俗演义》等。这类小说演绎的是历史人物,但大部分故事没有史料依据,虚多实少,人物形象鲜明。

神魔小说源于宋元话本"说经"一家,它以神魔鬼怪、奇异幻想故事为描写对象,以幻想手法曲折地反映现实社会生活。代表作是吴承恩的《西游记》,其次,许仲林的《封神演义》成就亦比较高。其他作品有罗贯中的《三遂平妖传》、罗懋登的《三宝太监西洋记通俗演义》、吴元泰的《东游记》、余象斗的《南游记》《北游记》、杨志和的《西游记》、董说的《西游补》、朱名世的《牛郎织女传》等。

世情小说源于宋元话本"小说"一家,它通过社会现实中的家庭生活、人物的悲欢离合来描写道德的沦丧与世态炎凉。兰陵笑笑生的《金瓶梅》是杰出代表。其它作品如《玉娇李》、《绣榻野史》等,价值不高。

另外还有公案小说,以描写冤狱诉讼案件为主,反映了广阔的社会生活。重要作品有李春芳的《海刚峰先生居官公案传》、安熙生的《全像包公演义》、安遇时的《包公图判百家公案全传》、余象斗的《皇明诸司公案传》和无名氏的《龙陶公案》等,歌颂海瑞、包拯、况钟等清官,该类作品追求情节的离奇曲折,传扬鬼神迷信和封建伦理道德。

二、我国古代长篇小说的体式——章回体

章回体,是我国古代长篇小说的一种体式。其特点是将全书分为若干章节,称为"回"或节。每回前用单句或两句对偶的文字作标题,称为"回目",概括本回的故事内容。每回开头以"话说""且说"等起叙,每回末有"欲知后事如何,且听下回分解"之类的收束语。一回叙述一个较完整的故事段落,有相对独立性。

章回体小说是中国古典长篇小说的主要形式,它由宋元时期的"讲史话本"发展而来。"讲史"就是说书的艺人们讲述历代的兴亡和战争的故事。讲史一般都很长,艺人在表演时必须分为若干次才能讲完。每讲一次,就相当于后来章回体小说中的一回。在每次讲说以前,艺人要用题目向听众揭示主要内容,这就是章回体小说回目的起源。章回体小说中经常出现的"话说"和"看官"等字样,可以明确看出它与话本之间的继承关系。元末明初《三国演义》

《水浒传》的出现，标志着章回体小说的成熟。明代中叶以后，章回体小说的走向兴盛，出现了《西游记》《金瓶梅》等著名作品。

【课程思政】

以文化人　　杨家将、岳飞是我国宋代著名的英雄，以他们为人物原型的英雄故事在民间广为流传，宋元时期多以话本、曲艺等形式传播，明清时期便兴起了"说杨系列""说岳系列"的英雄传奇小说。引导学生阅读这两个系列富有代表性的作品，充分感受小说中人物忠勇壮烈的民族气节和矢志不渝的精忠报国精神。

学有所悟　　"学习强国"平台2021年8月18日推出《少年习近平》一文，其中一段专写少年习近平"从《岳飞传》结下的文学情缘"。习近平总书记回忆了母亲背他去新华书店买岳飞小人书的场景："当时有两个版本，一个是《岳飞传》，一套有很多本，里面有一本是《岳母刺字》；还有一个版本是专门讲精忠报国这个故事的，母亲都给我买了。买回来之后，她就给我讲精忠报国、岳母刺字的故事。我说，把字刺上去，多疼啊！我母亲说，是疼，但心里铭记住了。'精忠报国'四个字，我从那个时候一直记到现在，它也是我一生追求的目标。"明清"说岳系列"小说，其中比较有名的是明代熊大木《大宋中兴通俗演义》和清代金丰、钱彩《说岳全传》，请任选一本进行阅读，给小组同学分享最感动你的片段，并联系实际谈谈在和平年代你将怎样报效祖国。

【思考与练习】

1. 简析明代中后期文学繁荣的原因。
2. 简述明代长篇小说的类型及其主要作品。

第二节　《三国演义》

《三国演义》全名《三国志通俗演义》，是我国第一部长篇章回体小说，也是最负盛名的历史演义小说。在人民群众中流传很广，影响非常深远。

一、作者、成书与版本

罗贯中，名本，字贯中，号湖海散人，太原人，元末明初人，具有丰富的社会阅历。关于罗贯中的生平资料很少，贾仲明的《录鬼簿续编》记载："罗贯中，太原人，号湖海散人，为人寡合，乐府隐语，极为清新。与余为忘年交，遭时多故，天各一方。至正甲辰复会，别来又六十余年，竟不知其所终"。推知罗贯中大约生活在1315年至1385年之间。明人王圻在《稗史汇编》中称他是"有志图王者"，故推断罗贯中应是一位具有雄才大略的文人。今存署名罗贯中的作品，除《三国志通俗演义》外，还与施耐庵合著的《水浒传》，还有小说《隋唐志传》《残唐五代史演义传》《三遂平妖传》和杂剧《赵太祖龙虎风云会》等。

《三国演义》属于世代累积型作品，罗贯中写定它主要依据三方面：

一是《三国演义》的基本素材和基本框架主要依据的是陈寿的《三国志》和裴松之的《三国志注》等正史材料。《三国演义》早期的版本署名有"晋平阳侯陈寿史传,后学罗本贯中编次",可见《三国志》及注本是其成书的重要依据。

二是大量吸收魏晋以来民间传说、话本、戏曲材料等,使《三国演义》内容丰富,生动鲜活。三国故事在民间广泛流传,刘义庆的《世说新语》收录三国故事20多则,裴启《裴子语录》也载有曹操、诸葛亮的故事;隋朝时三国故事已经搬上舞台,杜宝《大业拾遗录》记隋炀帝观水上杂戏,就有曹操谯水击蛟、刘备檀溪跃马等节目;唐代李商隐《骄儿诗》中有"或谑张飞胡,或笑邓艾吃"的描写,足见三国故事已经家喻户晓、妇孺皆知了;据孟元老《东京梦华录》载,北宋时说话人不仅将"说三分"列为讲史的专科,而且出现了"说三分"的专家霍四究;金元时期"三国戏"也非常盛行,剧目有40余种;元代至治年间新安虞氏所刊的《全相三国志平话》,虽比较粗糙,但已将诸多三国故事串联起来,初具《三国演义》的轮廓,表现出"尊刘贬曹"的倾向。民间这些三国故事的不断丰富与发展,为《三国演义》成书亦奠定了基础。

三是罗贯中本人的艺术创造。罗贯中依据正史,并充分吸收民间传说、话本、戏曲中的某些内容,结合时代的精神,融入自己的生活体验、思想情感与审美观念,进行创造性的艺术加工,最终写成鸿篇巨著《三国演义》。

《三国志通俗演义》现存最早刻本是嘉靖元年本,全书24卷,共240则,题"晋平阳侯陈寿史传,后学罗本贯中编次";万历后,新刊本纷出,大致可分文字较芜杂的《三国志传》和文字较精细的《三国志通俗演义》两个版本系统;明末李卓吾批评的"演义本",把原240则合为120回;康熙年间,毛纶、毛宗岗父子在嘉靖本的基础上进行了润色、加工和评点,简称为"毛本",是后来最为流行的版本。

二、思想倾向

《三国演义》描写了从东汉灵帝中平元年(184)至西晋武帝太康元年(280)这百年间的历史故事。它通过统治集团尤其是魏蜀吴三国的兴衰过程及其之间政治、军事、外交的矛盾斗争,展现了这一历史时期波澜壮阔的社会画卷。《三国演义》内涵丰富,关于它的主题众说纷纭,如"宣扬正统说""忠义说""拥刘反曹反映人民愿望说""三国兴亡说""歌颂统一说""分合说""讴歌贤才说""悲剧说"等,可谓仁者见仁智者见智。其中下面几种思想倾向值得高度重视。

1."拥刘反曹"的政治倾向

曹魏与蜀汉的矛盾斗争是《三国演义》的主要矛盾,作者对两个集团的褒贬泾渭分明。以刘关张及诸葛亮为代表的蜀汉集团是小说的中心,作者赋予他们国人所褒扬的种种美德:仁、义、忠、勇、智等,体现了作者和民众向往"仁政"的政治理想与强烈愿望;而曹魏集团自然成为"暴政"的象征,特别是曹操,作者有意突出他政治上的阴险狠毒和道德上的出尔反尔,以树立乱臣贼子的形象。这种"拥刘反曹"思想倾向并不是罗贯中的首创,在史书东晋习凿齿的《汉晋春秋》和南宋朱熹的《通鉴纲目》已有尊"蜀汉"为正统的传统;在民间传说和话本戏曲材料中这种"拥刘反曹"思想倾向就更明显。罗贯中继承了这一观念,借以表达自己的政治理想,同时也吸引广大读者情感的投入。这种倾向既沿袭了民间的正统观念,也反映了作者的政治理想和人民的愿望,即拥护"仁政",反对"暴政",渴望明君贤臣,憎恶暴君恶臣;同时也寄托了"人心思汉"的民族情绪。

2. 崇尚"忠义"的道德倾向

《三国演义》十分崇尚以"忠义"为核心的道德人格规范。作者倾注全部的感情,大力褒扬"忠义",以人物来寄予理想人格。诸葛亮是"忠"的典范。他的一生,连他的敌人也佩服他"竭尽忠诚,至死方休"。如第四次伐魏时,形势大好,后主却听信谗言,将他召回。此时,"如不从之,是欺主矣;若从之而退兵,祁山再难得也",在"正好建功"与完善道德的两难之中,他还是为了维护"忠"的人格而放弃了千载难逢的建功良机。关羽是"义"的化身。因为"桃园结义",他"身在曹营心在汉",不为曹操的金钱美女所动,最终上演了"挂印封金",过五关斩六将的壮举;而在赤壁之战中,关羽又为报曹操昔日之恩而上演"华容道义释曹操"。实际上,关羽的"义"具有双重含义,"桃园结义"强调的是"同心协力,救困扶危,上报国家,下安黎庶",是民族大义;而"华容道义释曹操",强调的是知恩图报,与江湖上的道德精神又息息相通。因此,《三国演义》中以"忠义"为核心的道德标准,又与渗透着民间理想的道德标准紧密联系,反映了当时的一种较为普遍的社会心理。

3. 斗智胜于斗力的倾向

《三国演义》战争描写非常出色,包容了这一历史时期所有重大的战役,被人们称为全景性军事文学。小说写战争,善于将战争与错综复杂的政治斗争、外交关系、经济实力、人才运用等交织于一体,展示多种因素共同作用、相互制约影响的动态发展过程。战争过程中,重点表现统帅人物的运筹帷幄、分析决策,突出智力角逐的过程,使小说具有广泛而持久的艺术魅力和吸引力。两军相斗勇者胜,但两勇相斗智者胜。"官渡""赤壁"等许多战争以少胜多,都是谋略与智慧的结晶。斗智胜于斗力,是小说的一大特色。司马徽曾对刘备说:"关、张、赵云之流,虽有万人之敌,而非权变之才;孙乾、糜竺、简雍之辈,乃白面书生,寻章摘句小儒,非经纶济世之士,岂成霸业之人也!"他说的"经纶济世之士",就是指诸葛亮。小说中的诸葛亮,不但是忠贞的典范,也是智慧的化身。他是杰出的政治家、军事家、外交家,天文、地理、阴阳、科技发明等无所不通、无所不精,运用自如,出神入化,是一位极富有传奇色彩的智囊人物。周瑜、庞统、司马懿、陆逊、姜维等人也长于计谋,但只要与诸葛亮一比,都相形见绌。《三国志·诸葛亮传》曾说:"亮才于治戎为长,奇谋为短,理民之干,优于将略。"小说却一反其说,把他的谋略胜算写得出神入化,这无疑是寄托着作者和广大民众的审美理想。诸葛亮的惊人智慧和绝世才能,实际上是我国古代历史上各种斗争经验和智慧的总结。

三、艺术成就

《三国演义》在我国小说发展史上是一个重要的里程碑,它的艺术成就是多方面的。

虚实结合的艺术构思。在处理历史真实与艺术虚构的关系上,《三国演义》为历史小说创作成功的范例。首先,作者尊重历史事实,小说的基本轮廓和重大事件大体上是符合历史本来面貌的,体现出厚重的历史感。其次,《三国演义》又大量吸取民间传说和话本戏曲材料,利用"移花接木""踵事增华""无中生有"等多种艺术手段,对史料进行了合理的取舍与调整,使全书不乏铺张渲染与大胆虚构之处。这些地方往往成为全书最为精彩的部分,人物性格也因此更加鲜明，故事情节亦更加曲折生动，更有利于体现作品的创作主旨和作者的审美理想。

绘声绘色的战争描写。《三国演义》共写四十多次战役，上百个战斗场面，盘根错节，波澜起伏，全景式地展现了那一时期动荡的社会现实。其战争描写的突出特点：一是大小战争相互穿插，但主次分明，层次清晰。小说抓住官渡、赤壁、夷陵三大主战役结构全书，其他穿插于三大战役之间或为人物服务的战争为次层次的战争。二是战争形式多样，各具特色，绝不雷同，充分展示出战争的复杂性和多样性。火战、水战、马战、步战等形式多样，全面展示了冷兵器时代各种战争形式；即使写同一形式的战争，也能灵活用笔，写出新意。例如同是"火攻"，在官渡、赤壁、夷陵三大战役中各有运用，各有特色。三是善于展示战争的全貌，善于展示战争与政治、军事、外交、经济、人才多种因素交织一体、相互制约的动态过程，强调斗智胜于斗力。

独具神采的人物形象。在人物塑造方面，《三国演义》采用类型化的写法，塑造了一批具有特征化性格的艺术典型。小说重点突出人物的某一个特点，往往利用典型事件，并通过夸张、对比、烘托等手法，把这一特点发展到极致。比如曹操的"奸"、诸葛亮的"智"、刘备的"仁"、关羽的"义"、张飞的"猛"、赵云的"勇"、周瑜的"狭"、鲁肃的"厚"、司马懿的"猾"等，这些人物都有一个非常突出性格特征，单一稳定，给读者印象强烈。《三国演义》中，有名有姓的人物数百人，给人印象深刻的也不下数十，将我国古代小说类型化人物塑造方法推向了高峰。

宏伟壮阔的叙事结构。《三国演义》人多事众，头绪纷繁，作者却能全局在胸，组织得当，以博大的气度，将我国古代史书"编年体"的叙事之长与"纪传体"的塑造人物之优有机融合，开创了历史小说新的史体结构。全书以魏、蜀、吴三国矛盾为主要内容，又着重抓住魏、蜀两大集团的矛盾斗争，其中又重点突出蜀汉集团，特别是把诸葛亮的活动作为描写的中心，精心设计历史事件与人物，使全书成为一个波澜壮阔而又严密精巧的艺术整体。

雅俗共赏的语言风格。《三国演义》采用了半文半白的语言，"文不甚深，言不甚俗"，典雅而不深涩，通俗而不鄙俚，大大提高了文学语言的表现功能，规范了长篇小说语言通俗化的方向。它的叙述描写语言以粗笔勾勒见长，简洁明快，生动活泼。作者还开始注意人物语言的个性化。

《三国演义》是我国第一部章回体的长篇历史小说，它的出现，结束了中国长篇小说创作是说书人底本的时代，这在小说发展史上具有划时代的意义，对后世的文学艺术创作，产生了深远的影响。《三国演义》在国外有多种文字的全译本，成为世界文学宝库中的一颗璀璨明珠。

【课程思政】

以文化人　通过"正统观念论"和"仁政观念论"让学生理解《三国演义》"拥刘反曹"的重要实质是拥护仁政、反对暴政，体现了广大人民群众的政治理想。在两个集团主要人物品质的鲜明对比中，让学生进一步理解"仁义礼智信，忠孝廉耻勇"等中国传统道德准则在治国理政中的重要作用，从而明辨是非，传承美德。

学有所悟　党的十八大以来，习近平总书记围绕弘扬中华优秀传统文化、传承中华传统美德作出一系列重要论述。他把中华优秀传统文化的时代价值概括为"讲仁爱、重民本、守诚信、崇正义、尚和合、求大同"六个方面。这六方面既是中华传统美德的集中体现，也是新时代树新风、化新人的价值引领。请同学们结合这"六个"方面,谈谈你对《三国演义》中人物的理解,哪些人物身上重点体现了这些美德?

听习近平讲传统美德

四、《三国演义》选读

三顾茅庐

【题解】 该篇节选自罗贯中的长篇巨著《三国演义》第37、38回。汉末,黄巾事起,天下大乱,曹操坐据朝廷,孙权拥兵东吴,汉宗室豫州牧刘备听徐庶和司马徽一再推荐诸葛亮,备好礼物,亲自前往南阳请诸葛亮出山辅佐他。一共去了三次,方遇诸葛亮,因此称为"三顾茅庐"。诸葛亮在著名的《出师表》中,也有"先帝不以臣卑鄙,猥自枉屈,三顾臣于草庐之中"之句。于是后世人见有人为请他所敬仰的人出来帮助自己做事,而一连几次亲自到那人的家里去的时候,就引用这句话来形容请人的渴望和诚恳的心情。建安十二年(207),诸葛亮27岁时,刘备"三顾茅庐"于诸葛亮躬耕地(今河南南阳卧龙岗),三次乃见。刘备前两次拜请诸葛亮不遇,但小说借刘备的视角大肆渲染卧龙岗的"清景非常"和诸葛亮系列风姿俊雅、道貌非常的亲朋好友,为诸葛亮的正式出场衬托铺垫、渲染气氛,以突出诸葛亮的非同凡响。第三次才真正见到诸葛亮,并向他询问统一天下大计。诸葛亮精辟地分析了当时的形势,提出了首先夺取荆、益作为根据地,对内改革政治,对外联合孙权,南抚夷越,西和诸戎,等待时机,两路出兵北伐,从而统一全国的战略思想的宏伟蓝图。"隆中决策"堪称《三国演义》的总纲,充分体现了诸葛亮运筹帷幄的政治才能。

却说玄德正安排礼物,欲往隆中谒诸葛亮。忽人报:"门外有一先生,峨冠博带,道貌非常,特来相探。"玄德曰:"此莫非即孔明否?"遂整衣出迎。视之,乃司马徽也。玄德大喜,请入后堂高坐,拜问曰:"备自别仙颜[1],日因军务倥偬,有失拜访。今得光降,大慰仰慕之私。"徽曰:"闻徐元直[2]在此,特来一会。"玄德曰:"近因曹操囚其母,徐母遣人驰书唤回许昌去矣。"徽曰:"此中曹操之计矣!吾素闻徐母最贤,虽为操所囚,必不肯驰书召其子,此书必诈也。元直不去,其母尚存;今若去,母必死矣。"玄德惊问其故。徽曰:"徐母高义,必羞见其子也。"玄德曰:"元直临行,荐南阳诸葛亮,其人若何?"徽笑曰:"元直欲去,自去便了,何又惹他出来呕心血也?"玄德曰:"先生何出此言?"徽曰:"孔明与博陵崔州平、颍州石广元、汝南孟公威与徐元直四人为密友。此四人务于精纯[3],唯孔明独观其大略。尝抱膝长吟而指四人曰:'公等仕进,可至刺史、郡守。'众问孔明之志若何?孔明但笑而不答。每常自比管仲、乐毅[4],其才不可量也。"玄德曰:"何颍州之多贤乎?"徽曰:"昔有殷馗善观天文,尝谓群星聚于颍分,其地必多贤士。"时云长[5]在侧曰:"某闻管仲、乐毅,乃春秋战国名人,功盖寰宇。孔明自比此二人,毋乃太过!"徽笑曰:"以吾观之,不当比此二人,我欲另以二人出之。"云长问："那二人？"徽曰："可比兴周八百年之姜子牙，旺汉四百年之张子房也[6]。"众皆愕然。徽下阶，相辞欲行。玄德留之不住。徽出门，仰天大笑曰："卧龙[7]虽得其主，不得其时，惜哉！"言罢，飘然而去。玄德叹曰："真隐居贤士也！"

次日，玄德同关、张[8]并从人等来隆中。遥望山畔数人，荷锄耕于田间，而作歌曰："苍天如圆盖，陆地如棋局。世人黑白分，往来争荣辱。荣者自安安，辱者定碌碌。南阳有隐居，高眠卧不足。"玄德闻歌，勒马唤农夫问曰："此歌何人所作？"答曰："乃卧龙先生所作也。"玄德曰："卧龙先生住何处？"农夫曰："自此山之南，一带高冈，乃卧龙冈也。冈前疏林内茅庐中，即诸葛先生高卧之地。"玄德谢之，策马前行。不数里，遥望卧龙冈，果然清景异常。后人有古风一篇，单道卧龙居处。诗曰：

襄阳城西二十里，一带高冈枕流水。高冈屈曲压云根，流水潺潺飞石髓。势若困龙石上蟠，形如单凤松阴里。柴门半掩闭茅庐，中有高人卧不起。修竹交加列翠屏，四时篱落野花馨。床头堆积皆黄卷，座上往来无白丁。叩户苍猿时献果，守门老鹤夜听经。囊里名琴藏古锦，壁间宝剑映松文。庐中先生独幽雅，闲来亲自勤耕稼。专待春雷惊梦回，一声长啸安天下。

玄德来到庄前下马，亲叩柴门。一童出问。玄德曰："汉左将军、宜城亭侯、领豫州牧、皇叔刘备，特来拜见先生。"童子曰："我记不得许多名字。"玄德曰："你只说刘备来访。"童子曰："先生今早少出。"玄德曰："何处去了？"童子曰："踪迹不定，不知何处去了。"玄德曰："几时归？"童子曰："归期亦不定，或三五日，或十数日。"玄德惆怅不已。张飞曰："既不见，自归去罢了。"玄德曰："且待片时。"云长曰："不如且归，再使人来探听。"玄德从其言，嘱付童子如先生回，可言刘备拜访。"遂上马，行数里，勒马回观隆中景物，果然山不高而秀雅，水不深而澄清，地不广而平坦，林不大而茂盛，猿鹤相亲，松篁交翠，观之不已。

忽见一人容貌轩昂，风姿俊爽，头戴逍遥巾，身穿皂布袍，杖藜从山僻小路而来。玄德曰："此必卧龙先生也。"急下马向前施礼，问曰："先生非卧龙否？"其人曰："将军是谁？"玄德曰："刘备也。"其人曰："吾非孔明，乃孔明之友博陵崔州平也。"玄德曰："久闻大名，幸得相遇。乞即席地权坐，请教一言。"二人对坐于林间石上，关、张侍立于侧。州平曰："将军何故欲见孔明？"玄德曰："方今天下大乱，四方云扰，欲见孔明，求安邦定国之策耳。"州平笑曰："公以定乱为主，虽是仁心，但自古以来，治乱无常。自高祖斩蛇起义[9]，诛无道秦，是由乱而入治也。至哀平之世二百年，太平日久，王莽篡逆，又由治而入乱。光武[10]中兴，重整基业，复由乱而入治。至今二百年，民安已久，故干戈又复四起，此正由治入乱之时，未可猝定也。将军欲使孔明斡旋[11]天地，补缀乾坤，恐不易为，徒费心力耳。岂不闻顺天者逸，逆天者劳，数[12]之所在，理不得而夺之；命之所定，人不得而强之乎？"玄德曰："先生所言，诚为高见。但备身为汉胄[13]，合当匡扶汉室，何敢委之数与命？"州平曰："山野之夫，不足与论天下事，适承明问，故妄言之。"玄德曰："蒙先生见教。但不知孔明往何处去了？"州平曰："吾亦欲访之，正不知其何往。"玄德曰："请先生同至敝县若何？"州平曰："愚性颇乐闲散，无意功名久矣，容他日再见。"言讫，长揖而去。玄德与关、张上马而行。张飞曰："孔明又访不着，却遇此腐儒，闲谈许久。"玄德曰："此亦隐者之言也。"三人回至新野。

过了数日，玄德使人探听孔明。回报曰："卧龙先生已回矣。"玄德便教备马。张飞曰："量一村夫，何必哥哥自去？可使人唤来便了。"玄德叱曰："汝岂不闻孟子云：'欲见贤而不以其道，犹欲其入而闭之门也。'孔明当世大贤，岂可召乎？"遂上马再往访孔明。关、张亦乘马相随。

时值隆冬，天气严寒，彤云密布。行无数里，忽然朔风凛凛，瑞雪霏霏。山如玉簇，林似银妆。张飞曰："天寒地冻，尚不用兵，岂宜远见无益之人乎？不如回新野，以避风雪。"玄德曰："吾正欲使孔明知我殷勤之意。如弟辈怕冷，可先回去。"飞曰："死且不怕，岂怕冷乎？但恐哥哥空劳神思。"玄德曰："勿多言，只相随同去。"将近茅庐，忽闻路旁酒店中有人作歌。玄德立马听之。其歌曰：

壮士功名尚未成，呜呼久不遇阳春！君不见东海老叟辞荆榛，后车遂与文王亲[14]。八百诸侯不期会[15]，白鱼入舟涉孟津[16]。牧野一战血流杵[17]，鹰扬[18]伟烈冠武臣。又不见高阳酒徒[19]起草中，长揖砀硑隆准公[20]。高谈王霸惊人耳，辍洗延坐钦英风[21]。东下齐城七十二[22]，天下无人能继踪。两人非际圣天子，至今谁复识英雄？

歌罢，又有一人击桌而歌。其歌曰：

吾皇提剑清寰海，创业垂基四百载。桓灵季业火德衰[23]，奸臣贼子调鼎鼐。青蛇飞下御座傍，又见妖虹降玉堂。群盗四方如蚁聚，奸雄百辈皆鹰扬。吾侪长啸空拍手，闷来村店饮村酒。独善其身尽日安，何须千古名不朽！

二人歌罢，抚掌大笑。

玄德曰："卧龙其在此间乎？"遂下马入店。见二人凭桌对饮，上首者白面长须，下首者清奇古貌。玄德揖而问曰："二公谁是卧龙先生？"长须者曰："公何人，欲寻卧龙何干？"玄德曰："某乃刘备也。欲访先生，求济世安民之术。"长须者曰："吾等非卧龙，皆卧龙之友也。吾乃颍川石广元，此位是汝南孟公威。"玄德喜曰："备久闻二公大名，幸得邂逅。今有随行马匹在此，敢请二公同往卧龙庄上一谈。"广元曰："吾等皆山野慵懒之徒，不省治国安民之事，不劳下问。明公请自上马，寻访卧龙。"

玄德乃辞二人，上马投卧龙冈来。到庄前下马，扣门问童子曰："先生今日在庄否？"童子曰："现在堂上读书。"玄德大喜，遂跟童子而入。至中门，只见门上大书一联云："淡泊以明志，宁静而致远。"玄德正看间，忽闻吟咏之声，乃立于门侧窥之，见草堂之上，一少年拥炉抱膝歌曰：

凤翱翔于千仞兮，非梧不栖；士伏处于一方兮，非主不依。乐躬耕于陇亩兮，吾爱吾庐；聊寄傲于琴书兮，以待天时。

玄德待其歌罢，上草堂施礼曰："备久慕先生，无缘拜会。昨因徐元直称荐，敬至仙庄，不遇空回。今特冒风雪而来，得瞻道貌，实为万幸。"那少年慌忙答礼曰："将军莫非刘豫州，欲见家兄否？"玄德惊讶曰："先生又非卧龙耶？"少年曰："某乃卧龙之弟诸葛均也。愚兄弟三人：长兄诸葛瑾，现在江东孙仲谋处为幕宾，孔明乃二家兄。"玄德曰："卧龙今在家否？"均曰："昨为崔州平相约，出外闲游去矣。"玄德曰："何处闲游？"均曰："或驾小舟游于江湖之中，或访僧道于山岭之上，或寻朋友于村落之间，或乐琴棋于洞府之内，往来莫测，不知去所。"玄德曰："刘备直如此缘分浅薄,两番不遇大贤。"均曰："少坐献茶。"张飞曰："那先生既不在,请哥哥上马。"玄德曰："我既到此间,如何无一语而回？"因问诸葛均曰："闻令兄卧龙先生熟谙韬略,日看兵书,可得闻乎？"均曰："不知。"张飞曰："问他则甚！风雪甚紧,不如早归。"玄德叱止之。均曰："家兄不在,不敢久留车骑,容日却来回礼。"玄德曰："岂敢望先生枉驾。数日之后,备当再至。愿借纸笔作一书,留达令兄,以表刘备殷勤之意。"均遂进文房四宝。玄德呵开冻笔,拂展云笺,写书曰：

备久慕高名,两次晋谒,不遇空回,惆怅何似！窃念备汉朝苗裔,滥叨名爵,伏睹朝廷陵替,纲纪崩摧,群雄乱国,恶党欺君,备心胆俱裂,虽有匡济之诚,实乏经纶之策。仰望先生仁慈忠义,慨然展吕望之大才,施子房之鸿略,天下幸甚,社稷幸甚。先此布达,再容斋戒薰沐,特拜尊颜,面倾鄙悃,统希鉴原。

玄德写罢,递与诸葛均收了,拜辞出门。均送出,玄德再三殷勤致意而别。方上马欲行,忽见童子招手篱外,叫曰："老先生来也。"玄德视之,见小桥之西,一人暖帽遮头,狐裘蔽体,骑着一驴,后随一青衣小童,携一葫芦酒,踏雪而来。转过小桥,口吟诗一首。诗曰：

一夜北风寒,万里彤云厚。长空雪乱飘,改尽江山旧。仰面观太虚,疑是玉龙斗。纷纷鳞甲飞,顷刻遍宇宙。骑驴过小桥,独叹梅花瘦。

玄德闻歌曰："此真卧龙矣。"滚鞍下马,向前施礼曰："先生冒寒不易,刘备等候久矣。"那人慌忙下驴答礼。诸葛均在后曰："此非卧龙家兄,乃家兄岳父黄承彦也。"玄德曰："适间所吟之句,极其高妙。"承彦曰："老夫在小婿家观《梁父吟》,记得这一篇。适过小桥,偶见篱落间梅花,故感而诵之,不期为尊客所闻。"玄德曰："曾见令婿否？"承彦曰："便是老夫也来看他。"玄德闻言,辞别承彦,上马而归。正值风雪又大,回望卧龙冈,悒怏不已。后人有诗单道玄德风雪访孔明。诗曰：

一天风雪访贤良,不遇空回意感伤。冻合溪桥山石滑,寒侵鞍马路途长。当头片片梨花落,扑面纷纷柳絮狂。回首停鞭遥望处,烂银堆满卧龙冈。

玄德回新野之后,光阴荏苒,又早新春,乃令卜者揲蓍[24],选择吉期,斋戒三日,薰沐更衣,再往卧龙冈谒孔明。关、张闻之不悦,遂一齐入谏玄德。正是：

高贤未服英雄志,屈节偏生杰士疑。

却说玄德访孔明两次不遇,欲再往访之。关公曰："兄长两次亲往拜谒[25],其礼太过矣。想诸葛亮有虚名而无实学,故避而不敢见。兄何惑于斯人之甚也！"玄德曰："不然,昔齐桓公欲见东郭野人,五反而方得一面。况吾欲见大贤耶？"张飞曰："哥哥差矣。量此村夫,何足为大贤；今番不须哥哥去；他如不来,我只用一条麻绳缚将来！"玄德叱曰："汝岂不闻周文王谒姜子牙之事乎？文王且如此敬贤,汝何太无礼！今番汝休去,我自与云长去。"飞曰："既两位哥哥都去,小弟如何落后！"玄德曰："汝若同往,不可失礼。"飞应诺。

于是三人乘马引从者往隆中。离草庐半里之外,玄德便下马步行,正遇诸葛均。玄德忙施礼,问曰："令兄在庄否？"均曰："昨暮方归。将军今日可与相见。"言罢,飘然自去。玄德曰："今番侥幸得见先生矣！"张飞曰："此人无礼！便引我等到庄也不妨,何故竟自去了！"

玄德曰："彼各有事，岂可相强。"三人来到庄前叩门，童子开门出问。玄德曰："有劳仙童转报：刘备专来拜见先生。"童子曰："今日先生虽在家，但今在草堂上昼寝未醒。"玄德曰："既如此，且休通报。"分付关、张二人，只在门首等着。玄德徐步而入，见先生仰卧于草堂几席之上。玄德拱立阶下。半晌，先生未醒。关、张在外立久，不见动静，入见玄德犹然侍立。张飞大怒，谓云长曰："这先生如何傲慢！见我哥哥侍立阶下，他竟高卧，推睡不起！等我去屋后放一把火，看他起不起！"云长再三劝住。玄德仍命二人出门外等候。望堂上时，见先生翻身将起，忽又朝里壁睡着。童子欲报。玄德曰："且勿惊动。"又立了一个时辰，孔明才醒，口吟诗曰："大梦谁先觉？平生我自知，草堂春睡足，窗外日迟迟。"孔明吟罢，翻身问童子曰："有俗客来否？"童子曰："刘皇叔在此，立候多时。"孔明乃起身曰："何不早报！尚容更衣。"遂转入后堂。又半晌，方整衣冠出迎。

　　玄德见孔明身长八尺，面如冠玉，头戴纶巾，身披鹤氅，飘飘然有神仙之概。玄德下拜曰："汉室末胄、涿郡愚夫，久闻先生大名，如雷贯耳。昨两次晋谒，不得一见，已书贱名于文几，未审得入览否？"孔明曰："南阳野人，疏懒性成，屡蒙将军枉临，不胜愧赧。"二人叙礼毕，分宾主而坐，童子献茶。茶罢，孔明曰："昨观书意，足见将军忧民忧国之心；但恨亮年幼才疏，有误下问。"玄德曰："司马德操之言，徐元直之语，岂虚谈哉？望先生不弃鄙贱，曲赐教诲。"孔明曰："德操、元直，世之高士。亮乃一耕夫耳，安敢谈天下事？二公谬举矣。将军奈何舍美玉而求顽石乎？"玄德曰："大丈夫抱经世奇才，岂可空老于林泉之下？愿先生以天下苍生为念，开备愚鲁而赐教。"孔明笑曰："愿闻将军之志。"玄德屏人促席而告曰："汉室倾颓，奸臣窃命，备不量力，欲伸大义于天下，而智术浅短，迄无所就。惟先生开其愚而拯其厄，实为万幸！"孔明曰："自董卓造逆以来，天下豪杰并起。曹操势不及袁绍，而竟能克绍者，非惟天时，抑亦人谋[26]也。今操已拥百万之众，挟天子以令诸侯[27]，此诚不可与争锋。孙权据有江东，已历三世，国险而民附[28]，此可用为援而不可图也[29]。荆州北据汉、沔，利尽[30]南海，东连吴会，西通巴、蜀，此用武之地[31]，非其主不能守；是殆天所以资将军[32]，将军岂有意乎？益州险塞[33]，沃野千里，天府之国[34]，高祖因[35]之以成帝业；今刘璋暗弱[36]，民殷[37]国富，而不知存恤[38]，智能之士，思得明君。将军既帝室之胄[39]，信义著于四海，总揽[40]英雄，思贤如渴，若跨有荆、益，保其岩阻[41]，西和诸戎[42]，南抚彝、越[43]，外结孙权，内修政理[44]；待天下有变，则命一上将将荆州之兵以向宛、洛，将军身率益州之众以出秦川，百姓有不箪食壶浆[45]以迎将军者乎？诚如是[46]，则大业可成，汉室可兴矣。此亮所以为将军谋者也。惟将军图之。"言罢，命童子取出画一轴，挂于中堂，指谓玄德曰："此西川五十四州之图也。将军欲成霸业，北让曹操占天时，南让孙权占地利，将军可占人和。先取荆州为家，后即取西川建基业，以成鼎足之势，然后可图中原也。"玄德闻言，避席拱手谢曰："先生之言，顿开茅塞，使备如拨云雾而睹青天。但荆州刘表、益州刘璋，皆汉室宗亲，备安忍夺之？"孔明曰："亮夜观天象，刘表不久人世；刘璋非立业之主：久后必归将军。"玄德闻言，顿首拜谢。只这一席话，乃孔明未出茅庐，已知三分天下，真万古之人不及也！后人有诗赞曰："豫州当日叹孤穷，何幸南阳有卧龙！欲识他年分鼎处，先生笑指画图中。"玄德拜请孔明曰："备虽名微德薄，愿先生不弃鄙贱，出山相助。备当拱听明诲。"孔明曰："亮久乐耕锄，懒于应世，不能奉命。"玄德泣曰："先生不出，如苍生何！"言毕，泪沾袍袖，衣襟尽湿。孔明见其意甚诚，乃曰："将军既不相弃，愿效犬马之劳。"玄德大喜，遂命关、张入，拜献金帛礼物。孔明固辞不受。玄德曰："此非聘大贤之礼，但表刘备寸心耳。"孔明方受。于是玄德等在庄中共宿一宵。

次日，诸葛均回，孔明嘱付曰："吾受刘皇叔三顾之恩，不容不出。汝可躬耕于此，勿得荒芜田亩。待我功成之日，即当归隐。"后人有诗叹曰：

身未升腾思退步，功成应忆去时言。只因先主丁宁后，星落秋风五丈原。

又有古风一篇曰：

高皇手提三尺雪，芒砀白蛇夜流血；平秦灭楚入咸阳，二百年前几断绝。大哉光武兴洛阳，传至桓灵又崩裂；献帝迁都幸许昌，纷纷四海生豪杰：曹操专权得天时，江东孙氏开鸿业；孤穷玄德走天下，独居新野愁民厄。南阳卧龙有大志，腹内雄兵分正奇；只因徐庶临行语，茅庐三顾心相知。先生尔时年三九，收拾琴书离陇亩；先取荆州后取川，大展经纶补天手；纵横舌上鼓风雷，谈笑胸中换星斗；龙骧虎视安乾坤，万古千秋名不朽！

玄德等三人别了诸葛均，与孔明同归新野。

玄德待孔明如师，食则同桌，寝则同榻，终日共论天下之事，孔明曰："曹操于冀州作玄武池以练水军，必有侵江南之意。可密令人过江探听虚实。"玄德从之，使人往江东探听。

【注释】

[1] 仙颜：仙人的容颜对对方的敬仰。
[2] 徐元直：徐庶，刘备早期的谋士与朋友。
[3] 精纯：精深。
[4] 管仲、乐毅：春秋战国时著名的谋士。
[5] 云长：关羽，字云长，俗称关公。
[6] 姜子牙、张子房：姜尚（俗称姜太公）、张良。
[7] 卧龙：卧龙先生，指诸葛亮，字孔明。
[8] 张：指张飞，字翼德。
[9] 高祖斩蛇起义：据《史记·高祖本纪》载，刘邦起兵前，曾醉行泽中，遇大蛇当道，乃拔剑斩之。
[10] 光武：光武帝刘秀。
[11] 斡旋：旋转，运转。比喻治理国家。
[12] 数：天命、命运。
[13] 汉胄：汉朝的后代。因刘备与汉室同姓刘，故云。
[14] "君不见"二句：姜尚未遇时，年老家贫，后钓于渭水上，得遇周文王，被尊为尚父，帮助武王兴兵伐纣，封于齐。
[15] "八百"一句：周武王伐纣时，反商纣的八百诸侯不约而同，齐会于孟津。不期会：不约而同聚集在一起。
[16] "白鱼"一句：周武王在孟津渡黄河时，行至中流，有白鱼跃入船中，武王俯取以祭。
[17] "牧野"一句：周武王联合诸侯在牧野大败商纣。牧野：在今河南省淇县西南。血流杵：血流漂杵，形容死伤众多。杵：古代的一种兵器。
[18] 鹰扬：飞扬，腾起。
[19] 高阳酒徒：指刘邦的谋士之一郦食其（yìjī）。郦是陈留高阳（今河南省杞县）人，

本为里监门吏，刘邦兵略陈留时前往投奔，成为刘邦的谋士之一。

[20] 砀砀隆准公：指刘邦。砀砀：刘邦起兵之处。隆准：鼻子高大。因刘邦鼻子高大，故称之为隆准公。

[21] "高谈"二句：郦食其初见刘邦时，刘邦因为他是读书人，很看不起他，一边让二女子洗脚，一边听郦说话。等到听郦谈论天下大事后，肃然起敬，停止洗脚，延之上座。

[22] "东下"一句：楚汉战争中，郦食其游说齐王田广归顺汉王，兵不血刃而下齐七十余城。

[23] "桓灵"一句：意思是到汉末桓帝、灵帝时，汉室气数已尽。按谶纬之说，秦为西方少昊之后，尚金德。汉承尧绪，尚火德，故当代秦而兴。

[24] 揲蓍：用蓍草占卜以测吉凶。

[25] 拜谒：拜访，拜见。

[26] 谋：谋划，筹划。

[27] 挟：挟持，控制。令：号令。诸侯：指当时割据一方的军阀。

[28] 国险而民附：地势险要，民众归附。

[29] 援：外援。图：谋取。

[30] 利：物资。尽：全部取得。

[31] 此用武之国：这是用兵之地。意思是兵家必争之地。

[32] 殆（dài）：大概。资：资助，给予。

[33] 险塞（sài）：险峻的要塞。

[34] 天府之土：指自然条件优越，物产丰饶，形势险固的地方。

[35] 因：依靠，凭。

[36] 暗弱：昏庸懦弱。

[37] 殷：兴旺富裕。

[38] 存恤：爱抚、爱惜。恤：体恤。

[39] 胄：后代。

[40] 总揽：广泛地罗致。揽：这里有招致的意思。

[41] 岩阻：险阻，指形势险要的地方。

[42] 戎：古时对我国西部各族的称呼。

[43] 夷越：这里泛指我国南部各族。

[44] 修：治理。政理：政治。

[45] 箪食壶浆：用箪筒（盛着）粮食，用壶（装着）美酒。"箪"和"壶"名词活用为动词。箪：用箪筒盛，古代盛饭的圆形竹器，类似竹篮。食：食物。壶：用水壶盛。浆：美酒。形容人民群众热情迎接和款待自己所爱戴的军队。

[46] 诚如是：果真像这样。

【思考与练习】

1. 怎样理解《三国演义》"拥刘反曹"的思想倾向？
2. 简述《三国演义》在处理虚实关系上所采用的一些手法。
3. 以"赤壁之战"为例，谈谈《三国演义》在战争描写方面的特色。

4. 以"三顾茅庐"为例,谈谈《三国演义》塑造人物"烘云托月"手法的运用。
5. 试分析诸葛亮、曹操、关羽等人物形象。

第三节 《水浒传》

《水浒传》,又名《忠义水浒传》,是我国英雄传奇小说中最杰出的巨著,在文学史上具有崇高的地位。

一、成书、作者与版本

《水浒传》也是一部世代累积型作品,其成书经历了历史记载、民间传说和文人加工三个阶段。

历史上的宋江起事,发生在北宋宣和年间。《宋史·徽宗本纪》载:"淮南盗宋江等犯淮阳军,遣将讨捕;又犯东京、河北,入楚、海州界,命知州张叔夜招降之。"另《宋史·张叔夜传》《宋史·侯蒙传》等都有零星的记载,这些记载说明宋江起事确有其事,最终以失败而告终。

从南宋起,宋江故事就在民间广泛流传。宋末元初龚开作《宋江三十六人赞》完整记录了宋江等36人的姓名和绰号,其自序云:"宋江事见于街谈巷语,不足采著。"同时代罗烨的《醉翁谈录》列有"石头孙立""青面兽""花和尚""武行者"等水浒故事名目。宋末元初的《大宋宣和遗事》写了杨志卖刀、智取生辰纲、宋江杀惜、张叔夜招安、征方腊、宋江受封节度使等,笔墨虽然粗略,但已把水浒故事联缀起来,像是《水浒传》的雏形。元代出现了大批"水浒戏",今存剧目30多种,实存剧本仅6种,水浒英雄由36人发展到了108人。

经过长期的民间流传和艺人加工,最后由作家进行艺术创造,终于写成杰出的长篇小说《水浒传》。根据明代高儒《百川书志》记载,最后写定《水浒传》的是施耐庵和罗贯中。但近人对此说有许多不同见解,所以关于《水浒传》的作者还有待于进一步考证。施耐庵,生平不详,依据一些零星材料推断,他可能是元末明初钱塘人,胡应麟《少室山房笔丛》以为罗贯中是他的门人;《兴化县续志》载王道生撰《施耐庵墓志》,说他原籍苏州,后迁淮安,元至顺进士,卒于明洪武初,年七十五。然可疑之处甚多,学者们多持怀疑态度。

《水浒传》的版本十分复杂,大致可分为繁本和简本两大类。繁本主要有百回本、百二十回本、七十回本。今知最早的版本是"《忠义水浒传》一百卷"(高儒《百川书志》),称为祖本。另有嘉靖年间武定侯郭勋所刊行的百回本,也较早,已佚。今存较早的较为完整的百回本有万历己丑(1589)天都外臣序本《忠义水浒传》和万历三十八年(1610)容与堂刊《李卓吾先生批评忠义水浒传》。百二十回本,增加了平田虎和王庆的故事,有万历末年的袁无涯刊本。七十回本是指明末金圣叹将繁本《水浒传》"腰斩"成70回本,砍去了大聚义后的内容,以卢俊义一梦作结,名《第五才子书施耐庵水浒传》,是清代最流行的版本。简本是繁本的节本,文字简陋、缺乏文学性,一般为研究者使用。现存较早而完整的简本有万历二十二年余象斗刊《水浒志传评林》等。

二、思想倾向

关于《水浒传》主题的理解，也是多元化的。早在明清时期就有"忠义""为英雄豪杰立传""愤书""诲盗"等诸多说法；鲁迅先生说该书是为市井细民写心；中华人民共和国成立后的相当长的一段时间里，《水浒传》被认为是一部反映和歌颂农民起义的小说；后又有不少学者认为，水浒英雄中真正的农民很少，它更多地反映了市民阶层的人生向往；再后来还出现了"绿林文化说""游民意识说""侠义说"等，观点众彩纷呈。无论从哪个角度来解读《水浒传》，下面几种思想倾向都是值得注意的：

1. 宣扬忠义思想

这是《水浒传》客观存在的最突出的思想倾向。第一，小说名就叫《忠义水浒传》。明杨定见《忠义水浒全传小引》认为："《水浒》而忠义也，忠义而《水浒》也。"第二，"忠义"是梁山英雄行事的基本道德准则。梁山泊杏黄旗上的"替天行道"与聚义厅改名"忠义"堂，就明确了整个梁山事业的行动纲领与道德基准。第三，塑造了以宋江为首的一批忠义之士。这批忠义之士在宋江的领导之下，"为主全忠仗义，为臣辅国安民"，希望"酷吏赃官都杀尽，忠心报答赵官家"。但具有讽刺意义的是这批"共存忠义于心，同著功勋于国"的英雄，最后仍被奸佞之臣、无道之君逼向了绝路。上自朝廷、下至地方的一批批贪官污吏、恶霸豪绅的"不忠不义"与梁山英雄的"全忠仗义"形成鲜明的对比。宋江是忠义的化身，即使最后被毒死，他仍坚定"宁可朝廷负我，我忠心不负朝廷"，甚至为了不毁一世"忠"名，还拉上了李逵。尽管宋江带有愚忠的味道，但从传统儒家的伦理规范来看，他忠君孝亲，遵守法度，辅国安民，为社会各阶层所敬仰；从江湖义气与规则看，他又"仗义疏财，济困扶危"，广交天下豪杰，体现了市井细民包括江湖游民在内的意志与愿望，深受下层民众所喜爱。这是小说得以在广泛流传的精神基础。

2. 崇尚勇武阳刚之气

长期以来，广大群众喜爱《水浒传》，在很大程度上还是由于它歌颂了英雄。梁山108好汉，以男性为主（只有3名女性，但都武功高强，具有男性化倾向），他们仗义勇为，除暴安良，其中不少英雄都是"力"和"勇"的象征，整部小说充满勇武阳刚之气。所谓"禅杖打开危险路，戒刀杀尽不平人"（鲁智深），"从来只要打天下硬汉不明道德的人，我若路见不平，真乃拔刀相助"（武松），可谓豪气干云，面对不平事，除了智慧，武力解决也许更给人直接的快感；另外像花和尚倒拔垂杨柳、武松景阳冈打虎、黑旋风斗浪里白条一类与社会矛盾无关的情节，同样由于主人公的豪气与力量，而给人以昂扬振奋、生命力得以舒张的快感；即便是"大块吃肉，大碗喝酒，大秤分金银"都让人感受到梁山英雄勇武阳刚的味道。在污浊的现实中，市井细民是弱小的，面对强大的恶势力，多采取忍让与退避的态度。但人们内心是不甘如此的，《水浒传》中这些勇武过人、除暴安良、敢作敢为的传奇英雄，正是市井细民心中的救赎者，如"鲁提辖拳打镇关西""武松醉打蒋门神"等都让读者压抑的心理得到极大的宣泄。因此，读《水浒传》，英雄们的"勇武阳刚"给读者极大的心理满足。

3. 具有浓烈的悲剧意识

《水浒传》塑造了一批"忠君报国"的英雄，但最终这批英雄的结局是让人触目惊心、悲叹惋惜的，整部小说充满了悲剧色彩。小说首先将108将置于一个神话构架之中，所谓36天罡、72地煞本是"魔气"未消的"星神"，他们降临人间，替天行道，接受招安，征讨大辽，平定方腊，以致最后星散云落，无一不是听于"天命"的结果，所谓"天罡尽已归天界，地煞还应入地中"，小说带有命运悲剧的色彩。同时，小说也具有文化悲剧的色彩。梁山英雄最终走向悲剧结局是宋江及弟兄们骨子里传统的"忠义"思想决定的。"义"是服从于"忠"的，而"忠"又带有愚忠的味道。这种"愚忠"是梁山群雄个性意识逐渐泯灭，骨子里奴性意识日渐增强的体现。再有，梁山英雄的悲剧更是朝廷骄奢失政、奸佞当道黑暗社会的必然结果。高俅是贯穿全书的一条黑线，而他先于 108 将出场，并详写"发迹"之过程，意在揭示"乱自上作"；并以高俅为核心揭示了一张上自朝廷、下至地方的贪官污吏、恶霸豪绅所构成的巨大黑网，他们是梁山事业败落的重要原因，具有浓烈的社会悲剧色彩。

三、艺术成就

《水浒传》具有很高的艺术成就，一直为后人所赞赏。

《水浒传》成功地塑造了大批栩栩如生、神态各异的人物，如宋江、李逵、鲁智深、林冲、武松等。《水浒传》注意结合社会环境和真实的生活来描写人物的个性及变化，开始了人物从类型化向性格化的过渡。一方面，作品中的好汉继承了古代英雄的特征，作为"勇"和"力"的化身，具有类型化倾向；另一方面，又体现了市井细民各自不同的道德理想和生活情趣，具有较突出的个性，具有性格化的倾向。如林冲、杨志、鲁达三人同为军官，同时被逼造反，但三人各具特色：林冲是为了保官，表现为软弱性；杨志为了求官，表现为奴才性；而鲁达是既不保也不求，所以表现为反抗的彻底性。《水浒传》开始注意人物性格的变化，如林冲从一忍再忍，到忍无可忍无需再忍，都是拜生存环境所赐。与《三国演义》相比，《水浒传》对人物的刻画更细腻，也更有生活气息。这个进步标志着传统的写实方法在古代小说创作上的重大发展。

《水浒传》的结构为单线发展的"珠串"式结构，即小说主要是单线发展，每组故事具有相对的独立性，又环环相扣，互相贯连，有机融合成为一个艺术的整体。这条主线就是梁山事业由星星之火发展为燎原之势，再到招安走向败落的全过程。小说前半部分按人物来分别叙述，每个人物的故事都好比一颗珠子，最后归总到梁山泊；后半部分依次写大聚义、受招安、征辽、征田虎、征王庆、征方腊结构单元故事，既相对独立，又前后勾连，使小说在一个大框架内的同时，又保存了若干具有独立意义的单元，结构完整而又灵活。

《水浒传》语言很具有特色。第一次将白话运用到了绘声绘色、惟妙惟肖的程度，成为中国白话文学的一座里程碑。《三国演义》的语言是半文半白的，而《水浒传》的语言是高度口语化的，简洁明快，生动活泼，多用白描，意态毕肖。特别是人物语言个性化方面，《水浒传》能"一样人，便还他一样说话"（金人瑞《读第五才子书法》）。

《水浒传》产生后，对明清的农民及绿林豪杰起义颇有影响与借鉴。在文学领域影响更是深远，其所创制的英雄传奇小说的体式，成为英雄传奇小说的典范，对后世历史演义、公案侠义等小说的创作都有直接或间接的影响。《水浒传》对戏剧、曲艺、绘画等领域也都产生了很大的影响。

【课程思政】

以文化人 《水浒传》主题的理解是多元的。明清有"忠义说""愤书说""诲盗说"等，后来鲁迅先生提出了"为市井细民写心说",再之后陆续提出了"农民起义说""绿林文化说""游民意识说""侠义说"等,可谓仁者见仁、智者见智。通过翻转课堂的形式,以学生讨论为主,引导学生认知不同时代、不同维度下人们对《水浒传》主题的不同理解,充分感受名著巨大的包容性、多元性和开放性,这正是名著经久不衰的魅力所在。激发学生对中国古典名著阅读和研究的兴趣,自觉担负起弘扬中国优秀传统文化的责任。

学有所悟 《水浒传》中宋江为108将之首,人称"孝义黑三郎""及时雨""呼保义"。结合下面的材料谈谈你对这一人物的理解,他身上有哪些值得我们学习的优秀品质?又有哪些应该给予批判?

子张问仁于孔子。孔子曰:"能行五者于天下为仁矣。""请问之。"曰:"恭、宽、信、敏、惠。恭则不侮,宽则得众,信则人任焉,敏则有功,惠则足以使人。"《论语·阳货》。

子曰:"君子义以为质,礼以行之,孙(xùn)以出之,信以成之。君子哉!"(《论语·卫灵公》)

四、《水浒传》选读

林教头风雪山神庙(节选)

【题解】本节选自《水浒传》第九回"林教头风雪山神庙,陆虞候火烧草料场"。《水浒传》生动展现了各路英雄被"逼上梁山"的曲折经历,揭示了"官逼民反"的社会本质。四面八方的英雄因为各种不同的经历,如同百川归海一样,汇聚于梁山,组成了浩浩荡荡的起义大军,猛烈冲击着北宋的腐朽统治。在被"逼上梁山"的众多英雄中,林冲最具有典型意义。八十万禁军教头林冲,武艺过人,尽管屈沉下僚,但由于家庭幸福、生活稳定,又使他安于现状,对统治阶级一直抱有幻想。高衙内欲霸占其妻,对其栽赃陷害,三番五次要置他于死地。最终让这个"一忍再忍"的英雄"忍无可忍",痛下杀手,彻底与封建统治阵营决裂。小说细致地描写了林冲白虎堂蒙冤、野猪林遇害、风雪山神庙的冤屈经历,塑造了这个"逼上梁山"的典型形象。林冲的生活之路和性格发展逻辑,揭露了统治阶级的极端昏愦与腐朽,突出了"官逼民反"的主题。因此,林冲这一人物形象的塑造包孕了丰富的政治社会意义。本节"林教头风雪山神庙"是故事的高潮,是林冲性格变化的转折点。小说借陆谦等人之口,将高衙内陷害林冲的阴谋诡计和盘托出,使林冲和读者心中的疑团顿时解开。至此,林冲忍无可忍,手起刀落,愤而杀敌。"杀人可恕,情理难容"八个字,既表现了这个受尽奸贼迫害的英雄彻底失望后挥刀杀人的理直气壮与正义凛然,也充分揭露了高衙内、陆谦等人的卑鄙狠毒与罪不可恕。

…………

话不絮烦。两人相别了。林冲自来天王堂,取了包裹,带了尖刀,拿了条花枪、与差拨一同辞了管营。两个取路投草料场来。正是严冬天气,彤云密布[1],朔风渐起;却早纷纷扬扬,卷下一天大雪来。林冲和差拨两个在路上又没买酒吃处。早来到草料场外。看时,一周遭有些黄土墙,两扇大门。推开看里面时,七八间草屋做着仓廒,四下里都是马草堆[2],中间两座草厅。到那厅里,只见那老军在里面向火[3]。差拨说道:"管营差这个林冲来替你回天王堂看守,你可即便交割。"老军拿了钥匙,引着林冲分付道:"仓廒内自有官司封记;这几堆草,一堆堆都有数目。"老军都点见了堆数,又引林冲到草厅上。老军收拾行李,临了说道:"火盆、锅子、碗、碟,都借与你。"林冲道:"天王堂内,我也有在那里,你要便拿了去。"老军指壁上挂一个大葫芦,说道:"你若买酒吃时,只出草料场投东大路去二三里便有市井[4]。"老军自和差拨回营里来。

只说林冲就床上放了包裹被卧。就坐下生些焰火起来——屋后有一堆柴炭,拿几块来,生在地炉里。仰面看那草屋时,四下里崩破了,又被朔风吹撼,摇振得动。林冲道:"这屋如何过得一冬?待雪晴了,去城中唤个泥水匠来修理。"向了一回火,觉得身上寒冷,寻思:"却才老军所说,二里路外有那市井,何不沽些酒来吃?"便去包裹里取些碎银子,把花枪挑了酒葫芦,将火炭盖了,取毡笠子戴上,拿了钥匙出来,把草厅门拽上,出到大门首,把两扇草场门外拽上锁了;带了钥匙,信步投东,雪地里踏着碎琼乱玉[5],迤逦背着北风而行,那雪正下得紧。

行不上半里多路,看见一所古庙,林冲顶礼道[6]:"神明庇佑,改日来烧纸钱。"又行了一回,望见一簇人家。林冲住脚看时,见篱笆中,挑着一个草帚儿在露天里[7]。林冲径到店里。主人道:"客人哪里来?"林冲道:"你认得这个葫芦么?"主人看了道:"这葫芦是草料场老军的。"林冲道:"原来如此。"店主道:"既是草料场看守大哥,且请少坐;天气寒冷,且酌三杯,权当接风[8]。"店家切一盘熟牛肉,烫一壶热酒,请林冲吃。又自买了些牛肉,又吃了数杯。就又买了一葫芦酒,包了那两块牛肉。留下些碎银子,把花枪挑了酒葫芦,怀内揣了牛肉,叫声"相扰",便出篱笆门,仍旧迎着朔风回来,看那雪,到晚越下得紧了。

再说林冲踏着那瑞雪,迎着北风,飞也似奔到草场门口,开了锁,入内看时,只叫得苦。原来天理昭然,佑护善人义士,因这场大雪,救了林冲的性命:那两间草厅已被雪压倒了,林冲寻思:"怎地好?"放下花枪、葫芦在雪里;恐怕火盆内有火炭延烧起来,搬开破壁子,探半身入去摸时,火盆内火种都被雪水浸灭了。林冲把手床上摸时,只拽得一条絮被。林冲钻将出来,见天色黑了,寻思:"又没打火处,怎生安排?"想起离半里路有个古庙可以安身,"我且去那里宿一夜,等到天明,却作理会。"把被卷了,花枪挑着酒葫芦,依旧把门拽上,锁了;望那庙里来。入得庙门,再把门掩上。旁边止有一块大石头,拨将过来靠了门。入得里面看时,殿上塑着一尊金甲山神;两边一个判官,一个小鬼;侧边堆着一堆纸。团团看来,又没邻舍,又无庙主。林冲把枪和酒葫芦放在纸堆上;将那条絮被放开;先取下毡笠子;把身上雪都抖了,把上盖白布衫脱将下来[9],早有五分湿了;和毡笠放在供桌上;把被扯开,盖了半截下身,却把葫芦冷酒提来慢慢地吃,就将怀中牛肉下酒。

正吃时,只听得外面必必剥剥地爆响,林冲跳起身来,就壁缝里看时,只见草料场里火起,刮刮杂杂地烧着。当时林冲便拿了花枪,却待开门来救火;只听得外面有人说将话来。林冲就伏门边听时,是三个人脚步响,直奔庙里来;用手推门,却被石头靠住了,再也推不开。三人在庙檐下立地看火。数内一个道:"这条计好么?"一个应道:"端的亏管营[10]、差拨两位用心!回到京师,禀过太尉,都保你二位做大官。这番张教头没得推故了!"一个道:"林冲今番直吃我们对付了!高衙内这病必然好了!"又一个道:"张教头那厮,三回五次托人情去说,'你的女婿没了[11]',张教头越不肯应承。因此衙内病患看看重了。太尉特使俺两个央浼二位干这件事[12]。不想而今完备了!"又一个道:"小人直爬入墙里去,四下草堆上点了十来个火把,待走那里去!"那一个道:"这早晚烧个八分过了。"又听得一个道:"便逃得性命时,烧了大军草料场,也得个死罪!"又一个道:"我们回城里去罢。"一个道:"再看一看,拾得他一两块骨头回京,府里见太尉和衙内时,也道我们也能会干事。"

　　林冲听那三个人时,一个是差拨,一个是陆虞候,一个是富安。自思道:"天可怜见林冲,若不是倒了草厅,我准定被这厮们烧死了!"轻轻把石头掇开,挺着花枪,左手拽开庙门,大喝一声:"泼贼那里去!"三个人都急要走时,惊得呆了,正走不动。林冲举手,胳察的一枪,先搠倒差拨[13]。陆虞候叫声:"饶命!"吓得慌了手脚,走不动。那富安走不到十来步,被林冲赶上,后心只一枪,又搠倒了。翻身回来,陆虞候却才行得三四步,林冲喝声道:"奸贼!你待那里去!"劈胸只一提,丢翻在雪地上,把枪搠在地里。用脚踏住胸脯,身边取出那口刀来,便去陆谦脸上搁着,喝道:"泼贼!我自来又和你无甚么冤仇,你如何这等害我!正是'杀人可恕,情理难容'!"陆虞候告道:"不干小人事;太尉差遣,不敢不来。"林冲骂道:"奸贼!我与你自幼相交,今日倒来害我!怎不干你事?且吃我一刀!"把陆谦上身衣服扯开,把尖刀向心窝里一剜[14],七窍迸出血来;将心肝提在手里。回头看时,差拨正爬将起来要走,林冲按住喝道:"你这厮原来也恁的歹,且吃我一刀!"又早把头割下来,挑在枪上。回来把富安、陆谦头都割下来,把尖刀插了,将三个人头发结做一处,提入庙里来,都摆在山神面前供桌上。再穿了白布衫,了搭膊[15],把毡笠子带上,将葫芦里冷酒都吃尽了。被与葫芦都丢了不要。提了枪,便出庙门投东去。

【注释】

[1] 彤(tóng)云:浓云。

[2] 仓廒(áo):存放粮食的地方。

[3] 向火:烤火。

[4] 市井:市镇。

[5] 碎琼(qióng)乱玉:指地上的雪。琼:美玉。

[6] 顶礼:佛教最敬之礼,即跪拜。

[7] 草帚(zhǒu)儿:当酒旗用的草把。

[8] 接风:设置招待远方的来客。

[9] 上盖:上身的外衣。

[10] 端的:果然。

[11] 没(mò)了:死了。

[12] 央浼(měi):恳求,请托。

[13] 搠(shuò):扎,刺。

[14] 剜(wān):挖。

[15] 搭膊:一种布制的长条,中间有带,可以束在腰间,又可称搭包。

【思考与练习】

1. 谈谈你对《水浒传》主题的理解。
2. 谈谈你对梁山英雄悲剧性的理解。
3. 如何理解宋江这一人物?如何理解梁山义军的招安结局?
4. 举例分析《水浒传》人物语言个性化的特点。

第四节 《西游记》

《西游记》是明代神魔小说最高成就代表作,在文学史也具有很高地位。

一、成书与作者

《西游记》写唐僧西天取经的故事,这个故事从历史到小说,经历了漫长的演变过程,也是世代累积型作品。

629年(唐太宗贞观三年),高僧玄奘(602—664)去天竺(印度)取经,跋涉数万里,力尽千辛万苦,历时17年,取回佛教经典600余部。回到长安后,玄奘亲自主持翻译,与弟子一起著书宣扬,为光大中土佛教做出了杰出贡献,取经故事也流传于民间。后玄奘奉诏口授见闻,由弟子辩机写成《大唐西域记》。后又由其弟子慧立、彦琮撰成《大唐大慈恩寺三藏法师传》,在详细记载玄奘取经事迹的同时,掺杂了一些佛教的灵怪异事,为后来的传说变幻打下了基础。而民间传说,则是愈传愈奇,不断丰富了故事的奇幻和怪诞,渐具神魔故事的色彩。南宋话本《大唐三藏取经诗话》开始把各种神话传说与取经故事融合起来,是取经故事艺术化的开始,故事的中心人物由玄奘变为猴行者,猪八戒尚未出现,它基本上仍属宗教文学的范畴。宋金元时期,取经故事搬上舞台,大放异彩。宋元南戏《陈光蕊江流和尚》,金院本《唐三藏》和元杂剧《唐三藏西天取经》(吴昌龄作)虽然作品已佚,但从剧目可知都是敷衍西游故事的。现存的还有元末明初人杨景贤的杂剧《西游记》。最晚至元末,已出现了规模较大的《西游记平话》,基本具备了《西游记》的主要人物与情节。吴承恩在上述史实、传说、话本、戏剧等材料基础上,进行了集大成式的再创造,从而产生了这部伟大的作品。

《西游记》作者吴承恩(至今尚有争论),山阳(今江苏淮安)人,嘉靖年间岁贡生,任过长兴县丞、荆府纪善等职,除《西游记》外,还有传奇小说《禹鼎志》和诗文集《射阳先生存稿》。

二、主旨与原型精神

《西游记》的内涵非常丰富,关于其主旨也是众说纷纭。清代就有"谈禅之作"(陈士斌)、"劝学之书"(张书绅)、"修道之书"(刘一明)等说法,多从宗教的角度进行解释。五四后,研究者又主要从功能属性上来解释,胡适主张"滑稽"和"玩世主义"说;鲁迅主张"游戏说",但同时鲁迅也认为《西游记》"讽刺揶揄则取当时世态"(《中国小说史略》)。中华人民共和国成立后从阶级斗争的角度,又有"人民斗争说""叛逆投降说""歌颂市民说""诛奸尚贤说"等。20世纪80年代后又有从哲理角度提出"反映人生说""追求真理说""表现理想说"等。

《西游记》作为一部神魔小说,既不是直接地抒写现实生活,又不类于史前的原始神话,在它奇幻的故事之中,诙谐滑稽的笔墨之外,隐含着中华民族在几千年的历史积淀中以不自觉的方式缓慢形成的民族集体无意识——即原型精神。作品前后两个部分,正好构成具有人类普遍精神的两大母题：桀骜不驯的个性自由精神和以造福人类为目的的不畏艰险的追求探索精神。

桀骜不驯的个性自由精神。向往和追求个性的自由是人类共有的天性。而《西游记》前半部分的孙悟空形象正是一个神通广大而又遭受镇压的不幸角色。有关这一母题的各种传说通过各种方法流入到孙悟空的形象中来，就自然而然了。孙悟空的这种个性张扬得到作者的充分肯定，这体现在《西游记》的前半部分"大闹三界"的精彩描写里，在后半部分的取经故事中也得到了极好的展现。我们正是通过孙悟空这个充满原始意象的原型，看出了它隐含的集中人类向往自由和个性精神的集体无意识。直到明代后期，以李贽为代表的"童心说"开始受到人们的重视，人们对这种桀骜不驯的个性的评价有了明显的转变。而孙悟空从桀骜不驯到循规蹈矩的转变，是宋明理学将伦理道德自律上升为本体这一最高目的鲜明而具体的体现。

以造福人类为目的的探索追求精神。随着孙悟空头上紧箍咒的出现，他的自由意志受到极大的限制，在小说的后半部分，第一母题暂时退居从属地位，而以造福人类为目的的探索追求精神成为小说褒扬的第二原型精神，这也是整个人类共有的原型精神。与前一原型相比，这里的探索追求精神具有造福人类的目的，所以是容易被社会所接受的。如果说原型一体现的是对人的个性价值的尊重和体认的话，那么原型二则体现了对人的个性价值与社会价值统一的认识，或者说是提出了个性价值如何在社会价值中得到实现的问题。菩萨要他们取的经是大乘之经，以"普济众生"为目的。因而取经也就成了追求真理、锲而不舍精神的象征，成了为人类冒险和牺牲的正义和壮丽的事业。取经过程中要经历艰难险阻，取经人不仅要战胜来自自然和社会方面的阻碍，更要战胜自己内心的私欲，才能以清净无欲之心去完成"普济众生"的使命。艰难险阻是一种象征，他们交相出现，使得人们不难找出它与不畏艰险的探索追求精神的对应关系。

两大原型的深刻蕴涵。作者为什么要把这两对矛盾统一到一部作品、统一到一个人物身上？他有深层的意蕴。《西游记》从一个新的视角对于这种矛盾提出了新的看法。如观音对孙悟空使用紧箍咒，目的不是想将其置于死地，而是在对其限制的前提下，充分利用孙悟空的一技之长来造福人类和社会，这是作者将两个原型合而为一的用意所在。两大原型还有十分强烈的现实指导意义。它对困扰在人们头脑中的个人自由和社会意志这一难题做了解答。对个性而言，它既肯定了个性自由的尊严和价值，又指出了它得以升华的价值和途径；对社会而言，它既指出了社会限制和规范过分的个性自由的必要性。

三、艺术成就

《西游记》的艺术成就主要表现在以下几方面：

奇诡变幻的神话世界。小说以诡异的想象、极度的夸张，突破时空、生死、神、人、物的界限，创造了一个光怪陆离、神异奇幻的境界，包括龙宫、地府、天庭、魔窟以及人间环境，充满了鲜明的浪漫主义色彩。在这奇诡变幻的神话世界里，小说又吸收借鉴了道教神仙谱系和佛教菩萨罗汉之系列，创造了一大批形象奇特、本领超群的神魔形象。除了唐僧师徒四人形象各异，本领有别之外，从天上宫殿群仙，到西方乐土众佛，以至于取经路上各路神仙妖魔、殊方异俗，无不花样翻新，异彩纷呈，令人目不暇接，眼花缭乱。各路神仙、妖魔的法力、武器更是五花八门，极度夸张，体现出惊人的想象力。

三性合一的人物形象塑造。小说塑造人物善于将动物的形态、神魔的法力和人的精神三者有机地融合。三者的和谐统一，便产生了形貌各异、个性独特而又栩栩如生的艺术形象。如孙悟空是猴精，所以他外形就是猴子，机灵敏捷，这是他的动物特征；他的72变，筋斗云，火眼金睛，这是他的神仙本领；他又具有人间英雄的品格，如大公无私，勇猛机智、爱出风头等。又如猪八戒是天神受罚而错投了猪胎，具有猪的外形和好吃懒做的特征；他性情粗夯莽撞，爱耍小聪明又常露馅丢丑，贪财好色，体现了人性特点；他也有三十六般变化，具有神的本领。此外，其他一些妖怪也多结合了动物的特点，写得活灵活现，千姿百态，如蜘蛛精、蜈蚣精、老鼠精等。鲁迅曾评曰："神魔皆通人情，精魅亦通世故。"（鲁迅《中国小说史略》）

轻松幽默的语言风格。《西游记》大量使用谐词戏语，语言轻松活泼、明快洗练、幽默诙谐。如在朱紫国时，国王为了重新得到金圣宫娘娘，便跪倒在地，情愿让出王位。这时猪八戒嘲笑说："这皇帝失了体统，怎么为老婆就不要江山？"语言风趣幽默，耐人寻味。又如师徒四人被迦叶戏弄，发现后唐僧是"满眼垂泪道：'徒弟呀！这个极乐世界也还有凶魔欺害哩！'"悟空却是大嚷："快回去告在如来之前，问他掯财作弊之罪。"如来却回护道："忒卖贱了，教后代儿孙没钱使用。"生动诙谐，出人意表，使人开怀。正如鲁迅所说，"虽述变幻恍惚之事，亦每杂解颐之言"（《中国小说史略》）。《西游记》的"讽刺揶揄"的效果，正是通过这种滑稽、幽默的语言实现的。

《西游记》的出现，标志着我国浪漫主义文学达到了一个新的高峰。因此，在它问世之后，又出现了许多的续作、仿作、补作，如《后西游记》《续西游记》《西游补》等，但成就均远远不如《西游记》。今天，这部小说有了英、法、德、意、俄等十多个语种的译本，英、美、法、德等国的大百科全书都高度评价了它，称它是"最珍贵的神奇小说"，"具有丰富的内容和光辉思想"，"充满幽默和风趣"，"寓有反抗封建统治的意义"。

【课程思政】

以文化人 《西游记》将桀骜不驯的个性自由精神和以造福人类为目的的不畏艰险的追求探索精神融为一体，让学生加深理解这两大原型精神在小说中的辩证统一关系，从而引导学生要将个人的人生价值追求与社会价值的实现统一起来。正如习近平总书记2020年7月7日给中国石油大学（北京）克拉玛依校区毕业生回信中所寄予的殷切希望："希望全国广大高校毕业生志存高远、脚踏实地，不畏艰难险阻，勇担时代使命，把个人的理想追求融入党和国家事业之中，为党、为祖国、为人民多作贡献。"

学有所悟 自从因贪图花帽之美而误戴紧箍儿后，这只冥顽的猴子只要犯错就会饱受头痛欲裂之苦。请欣赏下面这段话，结合规矩意识谈谈你对《西游记》中孙悟空"紧箍咒"的理解。为什么孙悟空成佛后紧箍儿又自动消失了？

孙行者却又对唐僧道："师父，此时我已成佛，与你一般，莫成还戴紧箍儿，你还念甚么'紧箍咒'儿掯勒我？趁早儿念个松箍儿咒，脱下来，打得粉碎，切莫叫那甚么菩萨再去捉弄他人。"唐僧道："当时只为你难管，故以此法制之。今已成佛，自然去矣，岂有还在你头上之理！你试摸摸看。"行者举手去摸一摸，果然无之。（《西游记》一百回）

233

四、《西游记》选读

《三打白骨精》

【思考与练习】

1. 分析孙悟空这一人物形象的原型意义。
2. 简要分析《西游记》的幽默讽刺的艺术特色。
3. 《西游记》在塑造人物方面有什么特点。

第五节 《金瓶梅》及其他长篇小说

一、《金瓶梅》

《金瓶梅》是明代世情小说的代表作,与《三国演义》《水浒传》《西游记》并称为明代的"四大奇书",在文学史上也具有很高的地位。

《金瓶梅》,也称《金瓶梅词话》,共100回。成书约在明朝隆庆至万历年间,作者署名兰陵笑笑生。兰陵系山东峄县(今枣庄)旧称,"笑笑生"生平事迹无可考。书名取书中潘金莲、李瓶儿、庞春梅三人名字拆合而成。小说借《水浒传》"武松杀嫂"一段故事为引子,写兼有恶霸、官僚、富商多重身份于一体的西门庆勾结官府由发迹到灭亡的故事。重点描写了他横行乡里、巧取豪夺、蹂躏妇女等故事,一定程度上显示了封建社会的腐朽,反映了晚明时期的社会现实与市井生活,塑造了西门庆及众多的市井人物。作者的笔触涉及明代后期社会生活的方方面面,对社会的腐朽本质特别是金钱的巨大力量和纵欲风气作了忠实的描绘,对明代后期"好货"与"好色"两种畸形社会思潮进行了最真实的反映。正如郑振铎所说:"如果净除了一切秽亵的章节",《金瓶梅》"仍不失为一部伟大的写实小说"。

西门庆原是个破落财主、生药铺老板。他善于夤缘钻营,巴结权贵,在县里包揽讼事,交通官吏,知县知府都和他往来。他不择手段地巧取豪夺,聚敛财富,荒淫好色,无恶不作。他抢夺寡妇财产,诱骗结义兄弟的妻子,霸占民间少女,谋杀奸妇的丈夫。为了满足贪得无厌的享乐欲望,他干尽伤天害理的事情。但由于有官府做靠山,特别是攀结上了当朝宰相蔡京并拜其为义父,这就使他不仅没有遭到应有的惩罚,而且左右逢源,步步高升。由于官商勾结,再加之西门庆经营得法,其财富迅速升值。他经商所得财富主要用于两大方面:一是贿赂官府,进一步巩固自己的政治地位和经济实力;二是大肆挥霍,生活荒淫无度,最终导致纵欲身亡。

《金瓶梅》在中国小说发展史上具有里程碑的意义。"四大奇书"中,《三国演义》《水浒传》《西游记》都是世代累积型作品，而《金瓶梅》是中国文学史上第一部由文人独创的白话长篇小说，开启了文人直接取材于现实社会生活而进行独立创作长篇小说的先河。从此，文人创作成为小说创作的主流。《金瓶梅》之前的长篇小说，莫不取材于历史故事或神话、传说，而《金瓶梅》则是中国文学史上第一部以家庭日常生活为题材来反映社会生活的世情小说，为小说发展开辟了新的题材领域。《金瓶梅》之前的长篇小说，在批评社会黑暗的同时，更多的是着力讴歌美好的理想，表现出浓厚的浪漫主义色彩；而《金瓶梅》则实现了中国古代小说审美观念的大转变，从表现美转为暴露丑，极写世情之恶、人性之丑，是一部彻底的暴露文学，对此后的讽刺文学产生了极大的影响。

《金瓶梅》描摹世态人情颇为细致，细节描写非常成功。语言生动、流畅、明快，多用方言、成语、谚语、歇后语。在题材、手法、结构上对《红楼梦》有很大影响。但作品采用自然主义方法处理情节，多有色情描写，开小说创作描写色情淫秽现象之风，曾多年被列为"禁书"。

二、其他长篇小说

明代除了"四大奇书"以外，影响较大的还有《封神演义》《西游补》《杨家府演义》《新列国志》《隋史遗文》和《好逑传》等。

《封神演义》又名《封神榜》，全书100回。《封神演义》的原型最早可追溯至南宋的《武王伐纣平话》，可能还参考了《商周演义》《昆仑八仙东游记》，是民间传说和文人创作相结合的产物。作者许仲琳，号钟山逸叟，南京应天府人，大约生活在明代隆庆、万历年间。《封神演义》以姜子牙辅佐周室（周文王、周武王）讨伐商纣的历史为背景，描写了阐教、截教诸仙斗智斗勇、破阵斩将封神的故事。阐教支持文王、武王，截教帮助纣王。双方祭宝斗法，几经较量，最后纣王失败自焚，以姜子牙封神、武王分封诸侯作结。小说鞭挞了昏君、佞臣的暴行，如写纣王炮烙朝臣，残害谏臣，杀妻弃子，挖趸盆，修鹿台，设酒池肉林等；歌颂了周文王、周武王的"仁政"，把西岐写成夜不闭户、道不拾遗、不行杀伐的净土，具有理想的色彩。小说宣扬"天下者，非一人之天下，乃天下人之天下"的观点，拥护"仁政"反对"暴政"倾向非常明显。同时，小说通过神魔斗法的描写，宣扬了"天命论"和"三教合一"的思想。在作者看来，人世间的忠奸、正邪、善恶等，都是上天注定的，所以在小说中尽管大部分写了忠奸、善恶、正邪两种对立面的激烈斗争，但到书的结尾，不论忠、奸、善、恶，也不论周将商臣，一个个都上了封神榜，完全抹杀了社会的阶级矛盾与统治阶级内部开明派与顽固派的界线。这种天命论的宣扬，又是借助宗教来进行的。作者反复描写儒、释、道三教合流的故事，使天命论蒙上了一层神秘的色彩。这些描写曲折地反映了明代多教盛行的情况。小说也明显地存在着局限性，如过分夸大妲己的责任，把她写成商亡的罪首，这显然是在鼓吹"女人亡国"论，是违反历史发展的客观事实的。

《西游补》是一部介于神魔小说与讽刺小说之间的作品，或者说是一部借神魔形象写的讽刺小说，全书16回。作者董说，字若雨，号俟庵，浙江乌程人。37岁出家，法号南潜。《西游补》是他21岁时写作的。《西游补》写唐僧师徒四人离开火焰山后，孙悟空为鲭鱼精所迷，做了一场幻梦。在梦中，他为了向秦始皇借驱山驿，打听唐僧的下落，经历了许多离奇古怪的事：他一会儿在科场看到了放榜的情景，一会儿又听项羽说平话，一会儿自己当上阎罗天子审判秦桧，一会儿看见唐僧与妻子抱头痛哭，一会儿又随师出征杀敌。最后被虚空主人唤醒，却见鲭鱼精变成的小和尚正在哄弄唐僧，被孙悟李一棒打去，现出原形，于是师徒继续西行。小说借孙悟空的见闻和行事，尽情地表达了作者对现实社会的不满，对生活中丑恶事物的揶揄讽刺。在书中，读者看到的是皇帝昏庸、奸臣肆虐、吏治腐败、文人无行、道教盛行、世风日下。作者以超人的想象描绘了一个与现实社会相映衬的梦幻世界，想象丰富，构思奇特，语言丰富多彩，富于幽默感。鲁迅说："惟其造事遣辞，则丰赡多姿，恍忽善幻，奇突之处，时足惊人，问以俳谐，亦常俊绝，殊非同时作手所敢望也。"(《中国小说史略》)

《杨家府演义》全名《杨家府世代忠勇通俗演义》，作者一说是万历年间的纪振伦，一说是嘉靖年间的熊大木。全书8卷58回，初刊于万历三十四年，比后世通行的《南北宋志传》合刊本，早出十二年。《杨家府演义》也是在民间传说、话本、杂剧的基础上由文人加工而成的小说。小说写杨门一家几代人前赴后继，忠勇卫国的英雄事迹。作品在着重表现激烈民族矛盾的同时，也在一定程度上揭露了封建统治集团内部的腐朽和最高统治者的昏庸无能，表达了人民群众要求抵御外患、谴责权奸、表彰忠烈的理想和愿望。语言通俗朴素、生动活泼，风格粗犷豪放。但其情节的安排尚欠妥帖，形象的塑造也显粗糙。小说从宋将杨业与辽作战，身陷重围，碰碑殉节写起，以十二寡妇征西，凯旋后归太行山结束，中间穿插杨业、杨延昭、杨宗保、杨文广、杨怀玉五代将领的征战业绩。其中对杨门女将的描写尤为生动，塑造了以穆桂英为代表的众多巾帼英雄形象。语言比较粗糙，故事情节杂乱而荒诞，人物多数缺少个性，只有语言还算流畅。

《新列国志》108回，冯梦龙编写。小说以春秋五霸、战国七雄的兴衰过程为主线，在广阔的历史背景下，生动地叙述诸侯之间在争夺霸权过程的政治、军事、外交诸方面的斗争，表现了作者改革政治、任用贤才、排斥奸佞的政治理想，揭露了腐朽、残暴、愚蠢的统治者，歌颂舍生忘死、忍辱负重、刚正不阿的传统美德，许多著名的故事如管仲与鲍叔牙辅佐齐桓公，宋襄公与楚国的泓水之战、程婴救孤、弦高犒师、西门豹治邺等，都写得极为生动。《新列国志》结构严谨，脉络分明，注重人物性格的刻画，语言朴实晓畅。它通过史料剪裁，抓住重点，从而有条不紊地将头绪纷繁的历史故事描写得清晰顺畅。

《隋史遗文》，袁于令著，是根据晚明说唱文学编写的，柳敬亭所说评话《秦叔宝志传》可能就是它的底本。本书为英雄传奇小说，秦琼与程咬金等是书中的主要人物，隋末唐初的帝王将相反居于次要地位。小说展现了隋末大动乱的历史画卷，较全面地揭露了隋炀帝的荒淫与罪恶，也描写了声势浩大的农民起义，塑造了一批栩栩如生的草莽英雄。

《好逑传》撰者不署，编次者署名"名教中人"。写学士之子过其祖垂涎独居在家的才女水冰心，多次意图强娶失败；再次用计强抢时，水冰心被恰好路过的侠士铁中玉撞见救下。过其祖怀恨在心，在铁中玉酒食中下毒，使其生命垂危。水冰心不顾闲言，将恩人接到家中医治。相处过程中，铁、水二人相互倾心，但始终以理自守，谈话吃饭隔帘相对。铁中玉功成名就后，双方父亲做主，欲使两人成婚，却又遭过家诽谤。最终，皇后验明水冰心的处子之身，皇帝下旨表彰二人，令二人完婚并惩处恶人。全书大旨在宣扬"守经从权"之说，将纲常名教与青年男女正当交往调合起来，使"名教生辉"，"以彰风化"，因此夹有大段说教。

三、《金瓶梅》选读

西门庆行贿免祸[1]

【题解】《金瓶梅》中国文学史上第一部以家庭日常生活为题材来反映社会生活的世情小说,广泛反映了明末的社会现实。《西门庆行贿免祸》一节,通过西门庆交结官府、奔走钻营,以行贿而变祸为福的描写,刻画了他工于心计,善于投机,借势沉浮的圆滑与世故,同时也揭露了朝廷大员贪赃枉法、官官相护的丑恶面目。小说以剔骨吸髓的刀笔解剖了封建社会这一富有典型意义的事件,为人们展示了一幅生动的明代社会后期官吏豪绅的百丑图。小说将无情的笔触从家庭延伸到了社会,尤其是朝廷,深刻揭示了西门庆之流得以滋生、得势的社会环境,因而小说有着鲜明的现实主义特色。作品善于通过富有代表性的语言行动和真实的细节,在不露声色之中刻画人物性格,显示丰富的社会内容。

话说五月二十日,帅府周守备生日[2]。西门庆那日封五星分资[3],两方手帕,打选衣帽齐整,骑着大白马,四个小厮跟随,往他家拜寿。席间也有夏提刑[4]、张团练[5]、荆千户[6]、贺千户,一般武官儿饮酒。鼓乐迎接,搬演戏文,只是四个唱的递酒。

玳安接了衣裳回马来家[7],到日西时分又骑马接去。走到西街口上,撞见冯妈妈,问道:"冯妈妈,那里去?"冯妈妈道:"你二娘使我来请你爹来。顾银匠整理头面完备[8],今日拿盒送来,请你爹那里瞧去,你二娘还和你爹说话哩。"玳安道:"俺爹今日都在守备府周老爹处吃酒,我如今接去。你老人家回罢,等我到那里对爹说就是了。"冯妈妈道:"累你好歹说声,你二娘等着哩。"

这玳安打马径到守备府,众官员正饮酒在热闹处。玳安走到西门庆席前,说道:"小的回马家来时,在街口撞遇冯妈妈,二娘使了来说,顾银匠送了头面来了,请爹瞧去,还要和爹说话哩。"西门庆听了,拿了些点心汤饭与玳安吃了,就要起身。那周守备那里肯放,拦门拿巨杯相劝。西门庆道:"蒙大人见赐,宁可饮一杯。还有些小事,不能尽情,恕罪,恕罪。"于是一饮而尽,作辞周守备上马,径到李瓶儿家。妇人接着。茶汤毕,西门庆分付玳安回马家去,明日来接。玳安去了,李瓶儿叫迎春盒儿内取出头面来,与西门庆过目。黄烘烘火焰般一付好头面,收过去,单等二十四日行礼,六月初四日准娶。妇人满心欢喜,连忙安排酒来,和西门庆畅饮。开怀吃了一回,使丫餐房中搽抹凉席干净,两个在纱帐之中,香焚兰麝,衾展鲛绡,脱去衣裳,并肩释股,饮泗调笑。(以下删去271字)旁边,迎春伺候下一个小方盒,都是各样细巧果仁肉心,鸡鹅腰掌,梅桂菊花饼儿,小金壶内满泛琼浆。从黄昏掌上灯烛,且干且饮,直耍到一更时分。只听外边一片声打的大门响,使冯妈妈开门瞧去,原来是玳安来了。西门庆道:"我分付明日来接我,这咱晚又来做甚么?"因叫进房来问他。那小厮慌慌张张走到房门首,西门庆与妇人睡着,又不敢进来,只在帘外说话,说道:"姐姐、姐夫都搬来了,许多箱笼在家中,大娘使我来请爹快去计较话哩[9]。"这西门庆听了,只顾犹豫:"这咱晚端的有甚缘故?须得到家瞧瞧。"连忙起来。

妇人打发穿上衣服,做了一盏暖酒与他吃,打马一直来家。只见后堂中秉着灯烛,女儿、女婿都来了,堆着许多箱笼床帐活计,先吃了一惊,因问:"怎的这咱来家?"女婿陈经济磕了头,哭说:"近日朝中,俺杨老爷被科道官参论倒了[10],圣旨下来,拿送南牢问罪。门下亲族用事人等，都问拟枷号充军。昨日府中杨干办连夜奔走[11]，透报与父亲知道。父亲慌了，教儿子同大姐和些家活箱笼，就且暂在爹家中寄放，躲避些时。他便起身，往东京我姑娘那里，打听消息去了。待的事宁之日，恩有重报，不敢有忘。"西门庆问："你爹有书没有？"陈经济道："有书在此。"向袖中取出，递与西门庆，拆开观看，上面写道：

眷生陈洪顿首[12]，书奉
大德西门亲家见字。馀情不叙。兹因北虏犯边，抢过雄州地界[13]，兵部王尚书不发人马，失误军机，连累朝中杨老爷俱被科道官参劾太重。
圣旨恼怒，拿下南牢监禁，会同三法司审问[14]。其门下亲族用事人等，俱照例发边卫充军。生一闻消息，举家惊惶，无处可投。先打发小儿、令爱，随身箱笼家活，暂借亲家府上寄寓。生即上京，投在家姐夫张世廉处，打听示下。待事务宁帖之日，回家恩有重报，不敢有忘。诚恐县中有甚声色，生令小儿另外具银五百两，相烦亲家费心处料。容当叩报，没齿不忘。灯下草草，不宣。
仲夏二十日洪再拜

西门庆看了，慌了手脚，教吴月娘安排酒饭，管待女儿、女婿。就令家下人等，打扫厅前东厢房三间，与他两口儿居住，把箱笼细软都收拾月娘上房来。陈经济取出他那五百两银子，交与西门庆打点使用。西门庆叫了吴主管来，与了他五两银子，教他连夜往县中孔目房里[15]，抄录一张东京行下来的文书邸报[16]。上面端的写的是甚言语？

兵科给事中宇文虚中等一本[17]，恳乞宸断[18]，亟诛误国权奸，以振本兵，以消虏患事。臣闻夷狄之祸，自古有之：周之俨狁，汉之匈奴，唐之突厥，迨及五代而契丹浸强，又我皇宋建国，大辽纵横中国者已非一日。然未闻内无夷狄，而外萌夷狄之患者。谚云：霜降而堂钟鸣，雨下而柱础润。以类感类，必然之理。譬犹病夫至此，腹心之疾已久，元气内消，风邪外入，四肢百骸，无非受病，虽卢扁莫之能救[19]，焉能久乎？今天下之势，正犹病夫尪羸之极矣[20]。君犹元首也，辅臣犹腹心也，百官犹四肢也。陛下端拱于九重之上，百官庶政各尽职于下，元气内充，荣卫外扞[21]，则虏患何由而至哉？今招夷虏之患者，莫如崇政殿大学士蔡京者；本以憸邪奸险之资[22]，济以寡廉鲜耻之行，逸谄面谀；上不能辅君当道，赞元理化[23]，下不能宣德布政，保爱元元[24]；徒以利禄自资，希宠固位，树党怀奸，蒙蔽欺君，中伤善类，忠士为之解体，四海为之寒心；联翩朱紫[25]，萃聚一门。迩者河湟失议[26]，主议伐辽，内割三郡，郭药师之叛，卒致金虏背盟，凭陵中夏：此皆误国之大者，皆由京之不职也。王黼贪庸无赖[27]，行比俳优，蒙京汲引，荐居政府，未几谬掌本兵，惟事慕位苟安，终无一筹可展。洒者张达残于太原，为之张皇失散；今虏之犯内地，则又挈妻子南下，为自全之计：其误国之罪，可胜诛戮。杨戬本以纨绔膏粱，叨承祖荫，凭藉宠灵，典司兵柄，滥膺阃外[28]，大奸似忠，怯懦无比。此三臣者，皆朋党固结，内外萌蔽，为陛下腹心之蛊者也。数年以来，招灾致异，丧本伤元，役重赋烦，生民离散，盗贼猖獗，夷虏犯顺，天下之膏腴已尽，国家之纪纲废弛，虽擢发不足以数京等之罪也。臣等待罪该科[29]，备员谏职，徒以目击奸臣误国，而不为皇上陈之，则上辜君父之恩，下负平生所学。伏乞宸断，将京等一干党恶人犯，或下廷尉，以示薄罚；或置极典[30]，以彰显戮；或照例枷号；或投之荒裔，以御魑魅。庶天意可回，人心畅快，国法已正，房患自消。天下幸甚，臣民幸甚。

奉圣旨："蔡京姑留辅政。王黼、杨戬便拿送三法司，会问明白来说。钦此钦遵。"续该三法司会问过，并党恶人犯王黼、杨戬，本兵不职，纵房深入，荼毒生民，损兵折将，失陷内地，律应处斩；手下坏事家人、书办、官掾[31]、亲党：董升、卢虎、杨盛、庞宣、韩宗仁、陈洪、黄玉、贾廉、刘成、赵弘道等，查出有名人犯，俱问拟枷号一个月，满日发边卫充军。

西门庆不看万事皆休，看了耳边厢只听飕的一声，魂魄不知往那里去了。就是惊损六叶连肝肺，唬坏三毛七孔心。即忙打点金银宝玩，驮装停当，把家人来保、来旺叫到卧房中，悄悄分付，如此如此，这般这般，"雇头口[32]，星夜上东京打听消息，不消到尔陈亲家老爹下处，但有不好声色，取巧打点停当，速来回报。"又与了他二人二十两盘缠。绝早五更，雇脚夫起程，上东京去了，不在话下。

西门庆通一夜不曾睡着，到次日早，分付来昭、贲四，把花园工程止住，各项匠人都且回去，不做了。每日将大门紧闭，家下人无事亦不敢往外去，随分人叫着不许开[33]。西门庆只在房里动旦，走出来，又走进去，忧上加忧，闷上加闷，如热地蚰蜒一般，把娶李瓶儿的勾当丢在九霄云外去了。吴月娘见他每日在房中愁眉不展，面带忧容，便说道："他陈亲家那边为事，各人冤有头，债有主，你平白焦愁些甚么？"西门庆道："你妇人知道些甚么！陈亲家是我的亲家，女儿、女婿两个业障，搬来咱家住着。这是一件事。平昔街坊邻舍，恼咱的极多，常言机儿不快梭儿快，打着羊驹驴战。倘有小人指戳，拔树寻根，你我身家不保。"正是：关着门儿家里坐，祸从天上来。这里西门庆在家纳闷不题。

....

话分两头，不说蒋竹山在李瓶儿家招赘，单表来保、来旺二人上东京打点。朝登紫陌，暮践红尘，饥餐渴饮，戴月披星，有日到东京，进了万寿城门，投旅店安歇。到次日，街前打听，只听见过路人风里言，风里语，多交头接耳，街谈巷议，都说：兵部王尚书，昨日会问明白。圣旨下来，秋后处决。止有杨提督名下，亲属人等未曾拿完，尚未定夺，且待今日便有次第[34]。

这来保等二人把礼物打在身边，急来到蔡府门首。旧时干事来了两遍，道路久熟，立在龙德街牌楼底下，探听府中消息。少顷，只见一个青衣人慌慌打太师府中出来，往东去了。来保认的是杨提督府里亲随杨干办，待要叫住，问他一声，事情何如说，家主不曾分付招惹他，以此不言语，放过了他去了。迟了半日，两个走到府门前，望着守门官深深唱了个喏："动问一声：太师老爷在家不在？"那守门官道："老爷不在家了，朝中议事未回。你问怎的？"来保又问道："管家翟爷请出来小人见见，有事禀白。"那官吏道："管家翟叔也不在了，跟出老爷去了。"来保道："且住。他不实说与我，已定问我要些东西。"于是袖中取出一两银子递与他。那官吏接了，便问："你要见老爷，要见学士大爷？老爷便是大管家翟谦禀，大爷的事便是小管家高安禀，各有所掌。况老爷朝中未回，止有学士大爷在家。你有甚事，我替你请出高管家来，有甚事引你禀见大爷也是一般。"这来保就借情道："我是提督杨爷府中，有事禀见。"官吏听了，不敢怠慢，进入府中。良久，只见高安出来。来保慌忙施礼，递上十两银子，说道："小人是杨爷的亲，同杨干办一路来见老爷讨信。因后边吃饭，来迟了一步，不想他先来见了，所以不曾赶上。"高安接了礼物，说道："杨干办只刚才去了。老爷还未散朝，你且待待，我引你再见见大爷罢。"一面把来保领到第二层大厅旁边，另一座仪门进去[35]，坐北朝南三间敞厅，绿油栏杆，朱红牌额，石青填地，金字大书天子御笔钦赐"学士琴堂"四字。

原来蔡京儿子蔡攸，也是宠臣，见为祥和殿学士，兼礼部尚书、提点太一宫使[36]。来保在门外伺候。高安先人，说了出来，然后唤来保入见，当厅跪下。厅上垂着朱帘，蔡攸深衣软巾，坐于堂上，问道："是那里来的？"来保禀道："小人是杨爷的亲家陈洪的家人，同府中杨干办来禀见老爷讨信。不想杨干办先来见了，小人赶来后见。"因向怀中取出揭帖递上。蔡攸见上面写着"白米五百石[37]"，叫来保近前说道："蔡老爷亦因言官论列，连日回避阁中之事。并昨日三法司会问，都是右相李爷秉笔，称杨老爷的事，昨日内里消息出来，圣上宽恩，另有处分了。其手下用事有名人犯，待查明问罪。你还往到李爷那里说去。"来保只顾磕头道："小的不认的李爷府中，望爷怜悯俯就，看家杨老爷分上。"蔡攸道："你去到天汉桥迤北高坡大门楼处，问声当朝右相、资政殿大学士兼礼部尚书，名讳邦彦的。你李爷，谁是不知道！——也罢，我这里还差个人同你去。"即令祗候官呈过一缄[38]，使了图书[39]，就差管家高安同去见李老爷，如此这般替他说。

那高安承应下了，同来保出了府门，叫了来旺，带着礼物，转过龙德街，径到天汉桥李邦彦门首。正值邦彦朝散才来家，穿大红绉纱袍、腰系玉带，送出一位公卿上轿而去。回到厅上，门吏禀报说："学士蔡大爷差管家来见。"先叫高安进去，说了回话，然后唤来保、来旺进见，跪在厅台下。高安就在旁边递了蔡攸封缄，并礼物揭帖；来保下边就把礼物呈上。邦彦看了，说道："你蔡大爷分上，又是你杨老爷亲，我怎么好受此礼物？况你杨爷，昨日圣心回动，已没事。但只是手下之人，科道参语甚重，已定问发几个。"即令堂候官："取过昨日科中送的那几个名字与他瞧。"上写着："王黼名下：书办官董升，家人贾廉，班头黄玉；杨戬名下：坏事书办官卢虎，干办杨盛，府掾韩宗仁、赵弘道，班头刘成，亲党陈洪、西门庆、胡四等。皆鹰犬之徒，狐假虎威之辈，撄置本官[40]，倚势害人；贪残无比，积弊如山；小民蹙额，市肆为之骚然。乞敕下法司，将一干人犯，或投之荒裔，以御魑魅；或置之典刑，以正国法，不可一日使之留于世也。"来保等见了，慌的只顾磕头，告道："小人就是西门庆家人。望老爷开天地之心，超生性命则个！"高安又替他跪禀一次。邦彦见五百两金银只买一个名字，如何不做分上，即令左右抬书案过来，取笔将文卷上西门庆名字改作贾庆；一面收上礼物去。邦彦打发来保等出来，就拿回帖回蔡学士，赏了高安、来保、来旺一封五十两银子。

来保路上作辞高管家，回到客店，收拾行李，还了店钱，星夜回到清河县来。早到家见西门庆，把东京所干的事从头说了一遍。西门庆听了，如提在冷水盆内，对月娘说："早时使人去打点，不然怎了。"正是：这回西门庆性命有如落日已沉西岭外，却被扶桑唤出来。于是一块石头方才落地。过了两日，门也不关了，花园照旧还盖，渐渐出来街上走动。

【注释】

[1] 选自《金瓶梅词话》第17、18回，有删节。

[2] 守备：明代设置的卫戍武官。小说以宋代社会为背景，但不少官职都使用明代的称谓。

[3] 五星分资：五钱银子的寿礼。

[4] 提刑：官名。提点刑狱官的简称。明清称提刑按察使，掌管一省司法。

[5] 团练：团练使，负责编练地方武装的官。
[6] 千户：明代卫所中掌兵千人的武官名。
[7] 玳安：西门庆的男仆。
[8] 头面：首饰。
[9] 计较话：商议事情。
[10] 杨老爷：指西门庆在朝廷的靠山，东京八十万禁军提督杨戬。科道官：负责进谏的官。
[11] 干办：管家。
[12] 眷生：旧时姻亲互称。
[13] 雄州：治所在今河北省雄县。
[14] 三法司：明清以刑部、都察院、大理寺为三法司。
[15] 孔目：掌管文书的吏员。
[16] 邸报：官府用以传知朝廷重要文书的抄本。
[17] 兵科给事中：官名。明制，吏、户、礼、刑、兵、工六科，各设给事中若干人，其权颇重。
[18] 宸断：皇帝的裁决。宸：北极星所在处，代称帝王。
[19] 卢扁：指古代名医扁鹊，因其家住卢地，故称卢扁。
[20] 尪（wāng）羸：瘦弱。
[21] 荣卫外扞：外部防卫坚尚。扞："捍"的异体字。
[22] 憸（xiān）邪：邪佞奸猾。
[23] 赞元理化：辅佐皇帝治理与教化。
[24] 元元：庶民百姓。
[25] 朱紫：唐代官服三品以上紫，五品以上朱。后因称品位高的官员为"朱紫"。
[26] 河湟：黄河、湟水两河流域，泛指西戎所居之地。
[27] 王黼（fǔ）：北宋末，由蔡京引荐重用的奸臣，被称为"六贼"之一，时任兵部尚书。
[28] 滥膺阃（kǔn）外：滥授军职。阃：郭门之外。后因称军职为阃外。
[29] 待罪：大臣向帝王陈奏时的自谦之词，意为身居职位能胜任，终将获罪。
[30] 置极典：处以极刑。
[31] 官掾（yuàn）：副官佐吏之类。掾：古代属官的通称。
[32] 头口：驴马等牲口。
[33] 随分：任凭，随便。
[34] 次第：本意为顺序，次序。这里指分晓。
[35] 仪门：明清官府的第二重正门。
[36] 提点太一宫使：掌管太一神宫的官员。
[37] 白米五百石：即白银五百两之隐语。
[38] 祗候：供奔走役使的衙役。
[39] 图书：图章。
[40] 揆置本官：由宰相设立的官职。揆：宰相。

241

【思考与练习】

1. 简要分析《金瓶梅》的社会价值和艺术价值。
2. 《西门庆行贿免祸》表现了明代后期怎样的社会现实。
3. 简述《封神演义》的主题思想。

第六节 明代小说批评的繁荣

随着古代小说的产生与发展，古代小说的理论批评工作也一直在同步发展。汉魏六朝时期的文言笔记小说的序跋中已经出现了小说批评的萌芽，嗣后宋代刘辰翁评点《世说新语》，已经标志着古代小说批评的正式起步。

一、明代小说批评的繁荣

明代初年以来，随着《剪灯新话》《剪灯余话》等文言传奇小说集和《虞初志》《艳异编》等大型文言小说丛刊的出版，出现了许多与之相关的序跋和评点。这些评点和序跋大多能从文学的角度对文言小说进行批评，是文言小说理论批评的一次小结和高潮。

嘉靖年间《三国志通俗演义》的刊印，为明代小说理论的振兴和发展提供了有利的契机。从嘉靖本《三国志演义》开始，出现了几篇为通俗历史演义而作的序言，其中主要有：署名庸愚子（即蒋大器）的《三国志通俗演义序》，署名修髯子（即张尚德）的《三国志通俗演义引》，熊大木的《大宋中兴通俗演义序》，李大年的《唐书志传通俗演义序》。这些序言围绕历史演义小说的特点和创作意义、历史演义小说中历史真实与艺术真实的关系、作品的语言等问题进行了有益的探讨，成为白话通俗小说理论批评的正式开端。

明代后期，伴随着明代小说的兴盛与繁荣，明代小说的理论批评进入了繁荣与高潮时期。从万历到崇祯七十年间，与政治混乱、国事日衰的社会现实形成鲜明反差，小说创作及其理论建设却得到了空前的繁荣和发展，成为有史以来第一次小说理论建设的繁荣和高潮。

这一时期，能够代表和说明明代后期小说理论繁荣的主要学者和论著有：李贽的《忠义水浒传序》，也包括他对《水浒传》和《琵琶记》的评点，叶昼托名李贽评点的《水浒传》《三国志演义》《西游记》《皇明英烈传》及若干戏曲作品，冯梦龙的《北宋三遂平妖传序》《古今小说叙》《警世通言序》《醒世恒言叙》《石点头叙》，凌濛初的《拍案惊奇序》《拍案惊奇凡例》《二刻拍案惊奇小引》及《二拍》部分内容的题外话，袁于令关于《隋史遗文》的序言和评点，胡应麟的《少室山房笔丛》，谢肇淛的《五杂俎》等，然而突出的是金圣叹关于《水浒传》的评点。

明代小说理论批评主要涉及以下几个方面内容：

1. 关于小说的文学地位

针对先秦以来社会上诋毁小说的正统观念，明代一些进步文人首先对小说的文学地位给予了充分的肯定。嘉靖年间，王慎中、唐顺之等人就反对将《水浒传》冠以"奸盗诈伪"的罪名，并将其与《史记》相提并论（见李开先《词谑》）。李贽更是认为一代有一代的文学，而《水浒传》则是可以与《史记》、杜诗并称为宇宙内"五大部文章"的"古今至文"（《焚书·童心说》）。袁宏道进一步从艺术性的角度，认为"六经"和《史记》的文学价值反不如《水浒传》。冯梦龙认为《论语》《孝经》虽然"捷且深"，但在通过形象的感染达到教育目的方面却不如小说。这些观点在当时的文坛如同长空霹雳，令人振聋发聩，尽管它不可能在当时就从根本上扭转正统文人对小说的歧视和偏见，但在文学史上却第一次为小说的正当地位大声疾呼，并对后世产生了深远影响。

2. 关于小说的艺术虚构问题

明代中期，随着长篇白话小说创作的日益繁荣，创作上的虚构问题需要得到理论上的清晰揭示和深入引导。胡应麟在《少室山房笔丛》中说："唐人乃作意好奇，假小说以寄笔端。"作"幻设语"。与之呼应，熊大木、谢肇淛、李日华、叶昼、冯梦龙、袁于令等都以不同的话语表达了对小说艺术虚构合理性的充分肯定。如袁于令说小说与正史的区别就在于"传奇"和"贵幻"；叶昼说《水浒传》事节都是假的，说来却似逼真，所以为妙；冯梦龙说"人不必有其事，事不必有其人"，强调生活的真实与艺术真实的统一。这些理论观点不仅是对当时长篇小说创作的科学总结，也从理论上为长篇创作指出了方向。

3. 关于人物性格的刻画与塑造问题

明代以来的小说理论则比较深入地阐发了关于人物塑造和性格刻画的问题。如谢肇淛认为《金瓶梅》成功的重要原因就在于它塑造了众多形神兼备的人物形象，"不图肖其貌，且并神传之"（《金瓶梅跋》）。叶昼认为"《水浒传》文字妙绝千古，全在同而不同处有辨，如鲁智深、李逵、武松、阮小七、石秀、呼延灼、刘唐等众人，都是急性的，形容刻画来各有派头，各有光景，各有家数，各有身份，一毫不差，半些不混"（《梁山泊一百单八人优劣》）。叶昼的同而不同的见解与黑格尔典型形象的"这一个"之说不谋而合，但比黑氏早了两百多年。

4. 关于小说语言的通俗性

明代以来，随着白话通俗小说的兴起和繁荣，小说语言的通俗问题成为多数小说理论家的共识。如蒋大器认为文章写得"理微义奥"，就会"不通乎众人"，缺少市场；应当将小说写得"读诵者人人得而知之"，就会"一开卷，千百载之事豁然于心胸"（《三国志通俗演义序》）。而张尚德则从可接受性的角度将小说语言通俗妙用概况为"入耳而通其事，因事而悟其义，因义而兴乎感"（《三国志通俗演义引》）。冯梦龙从小说为社会多数人服务的角度指出通俗性的重要。这些有关论述无论是对当时白话小说创作，还是对后来的小说创作及理论，都具有十分重要而深远的影响。

二、金圣叹

在明代乃至清代的小说理论家中，金圣叹的成就和地位都是无与伦比的。他的小说理论代表了明清两代小说理论的最高成就，也是中国古代文学理论的宝贵遗产。

金圣叹（1608—1661），名采（又名喟），字若采。明亡后更名人瑞，字圣叹，一说本姓张，吴县（今江苏苏州）人，名著生，少有才名，为人狂傲，明亡后绝意仕进，后因哭庙案被杀。金圣叹曾将《离骚》《庄子》《史记》、杜甫诗、《水浒传》《西厢记》合称"六才子书"，其中尤以评点和整理《水浒传》著称。

金圣叹对于小说理论的突出贡献主要有两方面。

一方面是关于小说中人物性格塑造的理论。他认为《水浒传》之所以具有强烈的艺术感染力，"无非为他把人物一百零八个人性格都写出来"，即把人物性格塑造置于中心地位；另一方面小说又注意到人物性格的普遍概括性，屡屡指出《水浒传》写人物能写出一类人物的神理。说明他对小说人物性格塑造的认识已经上升到典型特征的高度。

此外，他对《水浒传》中人物语言、行动的个性化以及环境描写、心理描写等方面的艺术成就也都有许多精彩而深刻的论述。

二是关于小说结构艺术的论述。他首先将《水浒传》视为一个完整的艺术整体，一部《水浒传》"只是一篇文字，中间许多事体，便是文字起承转合之法"（《读第五才子书法》）。而这样"一篇文字"又"字有字法，句有句法，章有章法，部有部法"（《第五才子书施耐庵水浒传序三》）。在评点中，他还对《水浒传》的结构布局的技巧作了很多具体的分析和论述。此外，他还对小说的创作过程也作了深入的论述。这些评点中所表现出来的小说美学思想对后来的小说理论批评产生了极为深远的影响。

第二章　明代短篇小说

第一节　明代短篇小说概述

一、明代文言短篇小说

短篇小说分为文言和白话两个系列。文言系列自唐宋传奇之后，呈衰落状态。明代文言短篇小说成就不高，富有代表性的作品主要是"剪灯三话"。"剪灯三话"主要是指瞿佑的《剪灯新话》（22篇）、李祯的《剪灯余话》（22篇）和邵景瞻的《觅灯因话》（8篇）。"剪灯三话"多以"劝善惩恶"为创作目的，具有浓厚的封建说教和迷信色彩；多模仿唐传奇，但其题材的深广度和艺术功力又远不如唐传奇。"剪灯三话"虽然成就不甚高，远不能与明代的白话短篇小说相比，但它们为明代拟话本小说和戏曲创作提供了大量的素材，又是唐传奇到清代《聊斋志异》之间的桥梁，在中国文言短篇小说发展史上起着承前启后的作用。

明代还有一些比较优秀的文言短篇小说作品，如陶辅的《桑榆漫志》（52篇），《花影集》（20篇），宋懋澄《九籥别集》（44篇）等，也是明代拟话本及戏曲的题材来源之一。

二、明代白话短篇小说的兴盛

早期的话本是说书艺人讲故事的底本，主要以单篇传抄的形式流传。明代嘉靖年间晁瑮的《宝文堂书目》著录了80余篇单篇话本。大约明中叶以后，有人开始将单篇话本整理结集，出版刊行，文人模拟话本创作的短篇小说开始出现。今存最早的明人辑印的话本专集，是嘉靖年间洪楩编的《清平山堂话本》，分《雨窗》《长灯》等6集，每集10卷，每卷1篇，共收话本60篇，故全书总名为《六十家小说》，今存27篇。万历年间又有《熊龙峰小说四种》。以上两种话本集都包括宋元话本和明代拟话本在内。明代后期，文人摹拟话本而创作白话短篇小说之风更加盛行，各种结集刊印的短篇小说成为社会上普通读者的案头读物。明代后期出现的拟话本小说集有20种左右。其中较为知名的有天然痴叟的《石点头》（14篇）、东鲁古狂生的《醉醒石》（15篇）、周清源的《西湖二集》（34篇）、梦觉道人的《幻影》（30篇）、佚名的《欢喜冤家》（24篇）、金木散人的《鼓掌绝尘》（40篇）、陆人龙的《型世言》（40篇）等，这些作品大多思想迂腐，说教气重，艺术平平。能够代表明代拟话本小说最高成就的作品是冯梦龙的《三言》和凌濛初的《二拍》。

三、"三言""二拍"

天启年间冯梦龙编撰的《喻世明言》（初题《古今小说》）、《警世通言》和《醒世恒言》三部拟话本小说集，合称"三言"。每集各40篇，共120篇，其中有冯梦龙加工整理的宋元话本25篇，其余为明代作品，包括冯梦龙本人创作的。"二拍"是凌濛初仿"三言"编撰的拟话本小说集《初刻拍案惊奇》和《二刻拍案惊奇》，每本各收拟话本小说40篇，其中1篇重复，1篇为杂剧，实为78篇。

"三言""二拍"以普通市民及其生活为主要表现对象，题材内容非常广泛，反映了广阔的社会生活。主要可以概括为三方面：

反映了以个性自由为基础的爱情观念。"三言""二拍"中爱情题材的作品尤其引人注目，这类作品多通过感人的艺术形象，表现了市民阶层追求个性自由、婚姻自主的爱情观念，揭露了封建礼教及门第观念的罪恶。如《乐小舍拼生觅偶》《金明池吴清逢爱爱》等讴歌了纯真爱情的伟大；《闲云庵阮三偿冤债》《乔太守乱点鸳鸯谱》等则肯定了男女情欲的正当性与合理性；《杜十娘怒沉百宝箱》《卖油郎独占花魁》《满少卿饥附饱飏》等表现了男女平等、人格上相互尊重的爱情观。这类小说反映了市民阶层的爱情婚姻观念，与程朱理学完全背道而驰。

反映了市民眼中的黑暗面。以市民的视角揭露封建统治阶级的罪恶和政治的黑暗，是"三言""二拍"的又一重要主题。如《沈小霞相会出师表》《卢太学诗酒傲王侯》《张廷秀逃生救父》《李玉英狱中讼冤》等深刻揭露那些专权误国、卖官鬻爵、屠民冒功、贪污残暴、草菅人命的高官胥吏，抨击了官场吏治的腐败；《张溜儿熟布迷魂局》《姚润珠避羞惹羞》《赵五虎合计挑家衅》《沈将士三千买笑钱》等则直指社会上的坑蒙拐骗的种种丑恶行径，并给予严厉的批判；也有抨击科举制度的，如《老门生三世报恩》《赵伯升茶肆遇仁宗》等；也有指斥和尚尼姑淫乱的，如《夺风情村姑捐躯》《闻人生野战翠浮庵》等，指斥社会种种弊端。

对"重农抑商"传统观念的反拨。经商的题材在"三言""二拍"中也占有较大的比重，反映了明代后期商业迅速发展的社会现实。这类小说对传统的"重农抑商、重义轻利"的观念进行了大胆的质疑，对自食其力的经商活动给予全面的肯定，是明末"好货好利"社会思潮的一种反映。如《施润泽滩阙遇友》《汪信之一死救全家》《蒋兴哥重会珍珠衫》《转运汉巧遇洞庭红》等展现了经商活动的艰辛和商人们的进取精神，肯定了经商对发展经济带来正面价值，同时也讴歌了商人们拾金不昧、相互救助的美好品质，对"无商不奸"的传统偏见给予了纠正。

"三言""二拍"代表了明代白话短篇小说的最高成就，具有较高的艺术水准。大多故事构思巧妙，情节曲折生动，悬念迭起，引人入胜；作者善于通过激烈的矛盾冲突刻画人物性格，心理描写、细节描写丰富细腻，人物个性化；语言通俗晓畅，大量运用口语、俗语、谚语，具有浓郁的生活气息，同时又程度不同地掺杂有诗词韵语，体现了雅俗共赏的艺术效果。

第二节 明代短篇小说选读

冯梦龙（1574—1646），是南直隶苏州府吴县籍长洲（今苏州）人，出身名门世家，冯氏兄（冯梦桂）弟（冯梦雄）三人被称为"吴下三冯"。其兄梦桂是画家，其弟梦雄是太学生，作品均已不传。冯梦龙除了写诗文，主要精力在于写历史小说和言情小说，他自己的诗集今也不存，但值得庆幸的是由他编纂的30种著作得以传世，为中国文化宝库留下了一批不朽的珍宝。其中除世人皆知的"三言"外，还有《新列国志》《增补三遂平妖传》《古今烈女演义》《广笑府》《古今谭概》《智囊》《古今谈概》《太平广记钞》《情史》《墨憨斋定本传奇》，以及许多解经、纪史、采风、修志的著作，而以选编"三言"的影响最大最广。

在思想上，冯梦龙受李卓吾的影响，敢于冲破传统观念。他提出："世俗但知理为情之范，孰知情为理之维乎？"（《情史》卷一《总评》），强调真挚的情感，反对虚伪的礼教。

在文学上，冯梦龙重视通俗文学所蕴涵的真挚情感与巨大教化作用。他认为通俗文学为"民间性情之响"，"天地间自然之文"，是真情的流露。在《叙山歌》中，他提出要"借男女之真情，发名教之伪药"的文学主张，表现了冲破礼教束缚、追求个性解放的时代特质。他重视通俗文学的教化作用，在《古今小说序》中，认为"日诵《孝经》《论语》，其感人未必如是之捷且深"，通俗小说可以使"怯者勇、淫者贞、薄者敦、顽钝者汗下"。这些见解对鄙视通俗文学的论调是一个有力的打击。

纵览冯梦龙的一生，虽有经世治国之志，但他不愿受封建道德约束的狂放，他对"敢倡乱道，惑世诬民"的李卓吾的推崇，他与歌儿妓女的厮混，他对俚词小说的喜爱等都被理学家们认为是品行有污、疏放不羁，而难以容忍。因而，他只得长期沉沦下层，或舌耕授徒糊口，或为书贾编辑养家。

杜十娘怒沉百宝箱

【题解】《杜十娘怒沉百宝箱》是冯梦龙纂辑的白话小说集《警世通言》中的名篇，是中国古代文学史上杰出的短篇小说之一。这篇小说以爱情婚姻为题材，描写了一个哀婉动人的悲剧故事。京师名妓杜十娘为了赎身从良，追求真爱，将自己的终身托付给太学生李甲。李甲虽然对杜十娘也真心爱恋，但生性软弱、自私，屈从于社会、家庭的礼教观念，再加上孙富的挑唆，他最终出卖了杜十娘，酿成了杜十娘沉箱投江的悲剧。杜十娘美丽热情，聪敏机智，热烈追求爱情与幸福，与恶势力进行勇敢的斗争，她真挚深沉的感情和刚毅、倔强的思想性格，在同类小说中是少见的。小说歌颂杜十娘的同时，批判了李甲的软弱和对爱情的背叛，鞭挞了孙富破坏他人幸福的丑恶行径，从而揭露了封建伦理道德、门第观念的罪恶。小说继承了宋元话本的艺术传统，故事有头有尾，情节安排有张有弛，波澜起伏，曲折离奇，表现了作者在布局谋篇方面的艺术匠心。语言明快晓畅，尤其在细腻刻画人物内心活动的方面有新的发展。

> 扫荡残胡立帝畿[1]，龙翔凤舞势崔嵬[2]。
> 左环沧海天一带[3]，右拥太行山万围[4]。
> 戈戟九边雄绝塞[5]，衣冠万国仰垂衣[6]。
> 太平人乐华胥世[7]，永保金瓯共日辉[8]。

这首诗，单夸我朝燕京建都之盛。说起燕都的形势，北倚雄关，南压区夏[9]，真乃金城天府[10]，万年不拔之基。当先洪武爷扫荡胡尘，定鼎金陵[11]，是为南京。到永乐爷从北平起兵靖难[12]，迁于燕都，是为北京。只因这一迁，把个苦寒地面，变作花锦世界。自永乐爷九传至于万历爷，此乃我朝第十一代的天子。这位天子，聪明神武，德福兼全，十岁登基，在位四十八年，削平了三处寇乱。那三处？日本关白平秀吉[13]，西夏哱承恩[14]，播州杨应龙[15]。平秀吉侵犯朝鲜，哱承恩、杨应龙是土官谋叛[16]，先后削平。远夷莫不畏服，争来朝贡。真个是：

> 一人有庆民安乐[17]，四海无虞国太平。

话中单表万历二十年间，日本国关白作乱，侵犯朝鲜。朝鲜国王上表告急，天朝发兵泛海往救。有户部官奏准：目今兵兴之际，粮饷未充，暂开纳粟入监之例[18]，原来纳粟入监的，有几般便宜：好读书，好科举，好中，结末来又有个小小前程结果。以此宦家公子，富室子弟，到不愿做秀才，都去援例做太学生[19]。自开了这例，两京太学生[20]，各添至千人之外。内中有一人，姓李名甲，字干先，浙江绍兴府人氏。父亲李布政所生三儿[21]，惟甲居长。自幼读书在庠[22]，未得登科[23]，援例入于北雍。因在京坐监[24]，与同乡柳遇春监生同游教坊司院内[25]，与一个名姬相遇。那名姬姓杜名媺，排行第十，院中都称为杜十娘，生得：

> 浑身雅艳，遍体娇香，两弯眉画远山青，一对眼明秋水润。脸如莲萼[26]，分明卓氏文君[27]；唇似樱桃，何减白家樊素[28]。可怜一片无瑕玉，误落风尘花柳中。

那杜十娘自十三岁破瓜[29]，今一十九岁，七年之内，不知历过了多少公子王孙，一个个情迷意荡，破家荡产而不惜。院中传出四句口号来，道是：

> 坐中若有杜十娘，斗筲之量饮千觞[30]。
> 院中若识杜老媺，千家粉面都如鬼[31]。

却说李公子，风流年少，未逢美色，自遇了杜十娘，喜出望外，把花柳情怀，一担儿挑在他身上。那公子俊俏庞儿，温存性儿，又是撒漫的手儿[32]，帮衬的勤儿[33]，与十娘一双两好，情投意合。十娘因见鸨儿贪财无义[34]，久有从良之志[35]；又见李公子忠厚志诚，甚有心向他。奈李公子惧怕老爷，不敢应承。虽则如此，两下情好愈密，朝欢暮乐，终日相守，如夫妇一般，海誓山盟，各无他志。真个：

> 恩深似海恩无底，义重如山义更高。

再说杜妈妈女儿，被李公子占住，别的富家巨室，闻名上门，求一见而不可得。初时李公子撒漫用钱，大差大使，妈妈胁肩谄笑[36]，奉承不暇。日往月来，不觉一年有余，李公子囊箧渐渐空虚，手不应心，妈妈也就怠慢了。老布政在家闻知儿子嫖院，几遍写字来唤他回去。他迷恋十娘颜色，终日延捱。后来闻知老爷在家发怒，越不敢回。

古人云："以利相交者，利尽而疏"。那杜十娘与李公子真情相好，见他手头愈短，心头愈热。妈妈也几遍教女儿打发李甲出院，见女儿不统口[37]，又几遍将言语触突李公子[38]，要激怒他起身。公子性本温克[39]，词气愈和，妈妈没奈何，日逐只将十娘叱骂道："我们行户人家[40]，吃客穿客，前门送旧，后门迎新，门庭闹如火，钱帛堆成垛。自从那李甲在此，混帐一年有余，莫说新客，连旧主顾都断了，分明接了个钟馗老[41]，连小鬼也没得上门。弄得老娘一家人家，有气无烟[42]，成什么模样！"杜十娘被骂，耐性不住，便回答道："那李公子不是空手上门的，也曾费过大钱来。"妈妈道："彼一时，此一时，你只教他今日费些小钱儿，把与老娘办些柴米，养你两口也好。别人家养的女儿便是摇钱树，千生万活[43]，偏我家晦气，养了个退财白虎[44]，开了大门，七件事般般都在老身心上[45]。到替你这小贱人白白养着穷汉，教我衣食从何处来？你对那穷汉说：有本事出几两银子与我，到得你跟了他去，我别讨个丫头过活却不好？"十娘道："妈妈，这话是真是假？"妈妈晓得李甲囊无一钱，衣衫都典尽了，料他没处设法。便应道："老娘从不说谎，当真哩。"十娘道："娘，你要他许多银子？"妈妈道若是别人，千把银子也讨了，可怜那穷汉出不起，只要他三百两，我自去讨一个粉头代替。只一件，须是三日内交付与我。左手交银，右手交人。若三日没有银时，老身也不管三七二十一，公子不公子，一顿孤拐[46]打那光棍出去。那时莫怪老身！"十娘道："公子虽在客边乏钞，谅三百金还措办得来。只是三日忒近，限他十日便好。"妈妈想道："这穷汉一双赤手，便限他一百日，他那里来银子？没有银子，便铁皮包脸，料也无颜上门。那时重整家风，嬾儿也没得话讲。"答应道："看你面，便宽到十日。第十日没有银子，不干老娘之事。"十娘道："若十日内无银，料他也无颜再见了。只怕有了三百两银子，妈妈又翻悔起来。"妈妈道："老身年五十一岁了，又奉十斋[47]，怎敢说谎？不信时与你拍掌为定。若翻悔时，做猪做狗。"

从来海水斗难量，可笑虔婆意不良[48]；料定穷儒囊底竭，故将财礼难娇娘。

是夜，十娘与公子在枕边，议及终身之事。公子道："我非无此心。但教坊落籍[49]，其费甚多，非千金不可。我囊空如洗，如之奈何！"十娘道："妾已与妈妈议定只要三百金，但须十日内措办。郎君游资虽罄[50]，然都中岂无亲友可以借贷？倘得如数，妾身遂为君之所有，省受虔婆之气。"公子道："亲友中为我留恋行院，都不相顾。明日只做束装起身，各家告辞，就开口假贷路费，凑聚将来，或可满得此数。"起身梳洗，别了十娘出门。十娘道："用心作速，专听佳音。"公子道："不须分付。"

公子出了院门，来到三亲四友处，假说起身告别，众人倒也欢喜。后来叙到路费欠缺，意欲借贷。常言道："说着钱，便无缘"，亲友们就不招架[51]。他们也见得是，道李公子是风流浪子，迷恋烟花[52]，年许不归，父亲都为他气坏在家。他今日抖然要回[53]，未知真假。倘或说骗盘缠到手[54]，又去还脂粉钱，父亲知道，将好意翻成恶意，始终只是一怪，不如辞了干净，便回道："目今正值空乏，不能相济，惭愧！惭愧！"人人如此，个个皆然，并没有个慷慨丈夫，肯统口许他一十二十两。

李公子一连奔走了三日，分毫无获，又不敢回决十娘[55]，权且含糊答应。到第四日又没想头,就羞回院中。平日间有了杜家,连下处也没有了,今日就无处投宿。只得往同乡柳监生寓所借歇。柳遇春见公子愁容可掬[56],问其来历。公子将杜十娘愿嫁之情,备细说了。遇春摇首道:"未必,未必。那杜媺曲中第一名姬[57],要从良时,怕没有十斛明珠,千金聘礼?那鸨儿如何只要三百两?想鸨儿怪你无钱使用,白白占住他的女儿,设计打发你出门。那妇人与你相处已久,又碍却面皮,不好明言。明知你手内空虚,故意将三百两卖个人情,限你十日。若十日没有,你也不好上门。便上门时,他会说你笑你,落得一场亵渎[58],自然安身不牢,此乃烟花逐客之计。足下三思,休被其惑。据弟愚意,不如早早开交为上[59]。"公子听说,半晌无言,心中疑惑不定。遇春又道:"足下莫要错了主意。你若真个还乡,不多几两盘费,还有人搭救。若要是三百两时,莫说十日,就是十个月也难。如今的世情,那肯顾缓急二字的[60]。那烟花也算定你没处告债,故意设法难你。"公子道:"仁兄所见良是。"口里虽如此说,心中割舍不下。依旧又往外边东央西告,只是夜里不进院门了。

公子在柳监生寓中,一连住了三日,共是六日了。杜十娘连日不见公子进院,十分着急,就叫小厮四儿街上去寻[61]。四儿寻到大街,恰好遇见公子。四儿叫道:"李姐夫,娘在家里望你。"公子自觉无颜,回复道:"今日不得功夫,明日来罢。"四儿奉了十娘之命,一把扯住,死也不放,道:"娘叫咱寻你,是必同去走一遭。"李公子心中也牵挂着婊子,没奈何,只得随四儿进院。见了十娘,嘿嘿无言[62]。十娘问道:"所谋之事如何?"公子含泪而言,道出二句:"'不信上山擒虎易,果然开口告人难。'一连奔走六日,并无铢两[63],一双空手,羞见芳卿[64],故此这几日不敢进院。今日承命呼唤,忍耻而来,非某不用心,实是世情如此。"十娘道:"此言休使虔婆知道。郎君今夜且住,妾别有商议。"十娘自备酒肴,与公子欢饮。睡至半夜,十娘对公子道:"郎君果不能办一钱耶?妾终身之事,当如何也?"公子只是流涕,不能答一语。渐渐五更天晓。十娘道:"妾所卧絮褥内藏有碎银一百五十两,此妾私蓄,郎君可持去。三百金,妾任其半,郎君亦谋其半,庶易为力[65]。限只四日,万勿迟误!"

十娘起身将褥付公子,公子惊喜过望,唤童儿持褥而去,径到柳遇春寓中,又把夜来之情与遇春说了。将褥拆开看时,絮中都裹着零碎银子,取出兑时果是一百五十两[66]。遇春大惊道:"此妇真有心人也。既系真情,不可相负。吾当代为足下谋之。"公子道:"倘得玉成[67],决不有负。"当下柳遇春留李公子在寓,自出头各处去借贷。两日之日,凑足一百五十两交付公子道:"吾代为足下告债[68],非为足下,实怜杜娘之情也。"

李甲拿了三百两银子,喜从天降,笑逐颜开,欣欣然来见十娘,刚是第九日,还不足十日。十娘问道:"前日分毫难借,今日如何就有一百五十两?"公子将柳监生事情,又述了一遍。十娘以手加额道[69]"使吾二人得遂其愿者,柳君之力也。"两个欢天喜地又在院中过了一晚。

次日,十娘早起,对李甲道:"此银一交,便当随郎君去矣。舟车之类,合当预备。妾昨日于姊妹中借得白银二十两,郎君可收下为行资也。"公子正愁路费无出,但不敢开口,得银甚喜。说犹未了,鸨儿恰来敲门叫道:"媺儿,今日是第十日了。"公子闻叫,启户相延道:"承妈妈厚意,正欲相请。"便将银三百两放在桌上。鸨儿不料公子有银,嘿然变色,似有悔意。十娘道:"儿在妈妈家中八年,所致金帛[70],不下数千金矣。今日从良美事,又妈妈亲口所订,三百金不欠分毫,又不曾过期。倘若妈妈失信不许,郎君持银去,儿即刻自尽。恐那时人财两失,悔之无及也。"鸨儿无词以对,腹内筹画了半晌,只得取天平兑准了银子,说道:"事已如此,料留你不住了。只是你要去时,即今就去。平时穿戴衣饰之类,毫厘休想。"说罢,将公子和十娘推出房门,讨锁来就落了锁。此时九月天气。十娘才下床,尚未梳洗,随身旧衣，就拜了妈妈两拜。李公子也作了一揖。一夫一妇，离了虔婆大门。

鲤鱼脱却金钩去，摆尾摇头再不来。

公子教十娘且住片时[71]："我去唤个小轿抬你，权往柳荣卿寓所去，再作道理。"十娘道："院中诸姊妹平昔相厚，理宜话别；况前日又承她借贷路费，不可不一谢也。"乃同公子到各姊妹处谢别。姊妹中惟谢月朗、徐素素与杜家相近，尤与十娘亲厚。十娘先到谢月朗家。月朗见十娘秃髻旧衫[72]，惊问其故。十娘备述来因。又引李甲相见。十娘指月朗道："前日路资，是此位姐姐所贷，郎君可致谢。"李甲连连作揖。月郎便教十娘梳洗，一面去请徐素素来家相会。十娘梳洗已毕，谢、徐二美人各出所有，翠钿金钏[73]，瑶簪 宝珥[74]，锦袖花裙，鸾带绣履[75]，把十娘装扮得焕然一新，备酒作庆贺筵席。月朗让卧房与李甲、杜微二人过宿。次日，又大摆筵席，遍请院中姊妹。凡十娘相厚者，无不毕集，都与他夫妇把盏称喜。吹弹歌舞，各逞其长，务要尽欢，直饮至夜分。十娘向众姊妹一一称谢。众姊妹道："十娘为风流领袖，今从郎君去，我等相见无日。何日长行[76]，姊妹们尚当奉送。"月朗道："候有定期，小妹当来相报。但阿姊千里间关[77]，同朗君远去，囊箧萧条，曾无约束[78]。此乃吾等之事，当相与共谋之，勿令姊有穷途之虑也。"众姊妹各唯唯而散。

是晚，公子和十娘仍宿谢家。至五鼓，十娘对公子道："吾等此去，何处安身？郎君亦曾计议有定着否[79]？"公子道："老父盛怒之下，若知娶妓而归，必然加以不堪，反致相累。辗转寻思，尚未有万全之策。"十娘道："父子天性，岂能终绝。既然仓卒难犯，不若与郎君于苏杭胜地，权作浮居[80]。郎君先回，求亲友于尊大人面前劝解和顺，然后携妾于归[81]，彼此安妥。"公子道："此言甚当。"

次日，二人起身，辞了谢月朗，暂住柳监生寓中，整顿行装。杜十娘见了柳遇春，倒身下拜，谢其周全之德："异日我夫妇必当重报。"遇春慌忙答礼道："十娘钟情所欢[82]，不以贫窭易心[83]，此乃女中豪杰。仆因风吹火[84]，谅区区何足挂齿！"三人又饮了一日酒。

次早，择了出行吉日，雇倩轿马停当[85]。十娘又遣童儿寄信，别谢月朗。临行之际，只见肩舆纷纷而至[86]，乃谢月朗与徐素素拉众姊妹来送行。月朗道："十娘从郎君千里间关，囊中消索[87]，吾等甚不能忘情。今合具薄赆[88]，十姊可检收，或长途空乏，亦可少助。"说罢，命从人挈一描金文具至前[89]，封锁甚固，正不知什么东西在里面。十娘也不开看，也不推辞，但殷勤作谢而已。须庾，舆马齐集，仆夫催促起身。柳监生三杯别酒，和众美人送出崇文门外[90]，各各垂泪而别。正是：

他日重逢难预必，此时分手最堪怜。

再说李公子同杜十娘行至潞河[91]，舍陆从舟，却好有瓜洲差使船转回之便[92]，讲定船钱，包了舱口。比及下船时，李公子囊中并无分文余剩。你道杜十娘把二十两银子与公子如何就没了？公子在院中嫖得衣衫褴褛，银子到手，未免在解库中取赎几件穿着[93]，又制办了铺盖，剩来只勾轿马之费[94]。公子正当愁闷，十娘道："郎君勿忧。众姊妹合赠，必有所济。"乃取钥开箱。公子在傍[95]，自觉惭愧，也不敢窥觑箱中虚实。只见十娘在箱里取出一个红绡袋来，掷于桌上道："郎君可开看之。"公子提在手中，觉得沉重。启而观之，皆是白银，计数整五十两。十娘仍将箱子下锁，亦不言箱中更有何物，但对公子道："承众姊妹高情，不惟途路不乏，即他日浮寓吴越间[96]，亦可稍佐吾夫妻山水之费矣[97]"。公子且惊且喜道："若不遇恩卿，我李甲流落他乡，死无葬身之地矣！此情此德，白头不敢忘也！"自此，每谈及往事，公子必感激流涕。十娘亦曲意抚慰，一路无话。

不一日，行至瓜洲，大船停泊岸口。公子别雇了民船，安放行李，约明日侵晨，剪江而渡[98]。其时仲冬中旬，月明如水，公子和十娘坐于舟首。公子道："自出都门，困守一舱之中，四顾有人，未得畅语。今日独据一舟，更无避忌。且已离寒北，初近江南，宜开怀畅饮，以舒向来抑郁之气。恩卿以为何如？"十娘道："妾久疏谈笑，亦有此心。郎君言及，足见同志耳。"公子乃携酒具于船首，与十娘铺毡并坐，传杯交盏。次至半酣，公子执卮对十娘道："恩卿妙音，六院推首[99]某相遇之初，每闻绝调[100]，辄不禁神魂之飞动。心事多违，彼此郁郁，鸾鸣凤奏[101]，久矣不闻。今清江明月，深夜无人，肯为我一歌否？"十娘兴亦勃发，遂开喉顿嗓，取扇按拍，呜呜咽咽，歌出元人施君美《拜月亭》杂剧上"状元执盏与婵娟"一曲[102]，名《小桃红》[103]。真个：

声飞霄汉云皆驻，响入深泉鱼出游。

却说他舟有一少年，姓孙名富，字善赉，徽州新安人氏[104]。家资巨万，积祖扬州种盐[105]。年方二十，也是南雍中朋友。生性风流，惯向青楼买笑[106]，红粉追欢[107]，若嘲风弄月[108]，到是个轻薄的头儿。事有偶然，其夜亦泊舟瓜洲渡口，独酌无聊。忽听得歌声嘹亮，凤吟鸾吹不足喻其美。起立船头，伫听半晌，方知声出邻舟。正欲相访，音响倏已寂然。乃遣仆者潜窥踪迹，访于舟人。但晓得是李相公雇的船，并不知歌者来历。孙富想道："此歌者必非良家，怎生得他一见？"辗转寻思，通宵不寐，挨至五更，忽闻江风大作。及晓，彤云密布[109]，狂雪飞舞。怎见得？有诗为证：

千山云树灭，万径人踪绝。
扁舟蓑笠翁，独钓寒江雪[110]。

因这风雪阻渡，舟不得开。孙富命艄公移船，泊于李家舟之傍，孙富貂帽狐裘，推窗假作看雪。值十娘梳洗方毕，纤纤玉手，揭起舟旁短帘，自泼盂中残水，粉容微露，却被孙富窥见了，果是国色天香，魂摇心荡，迎眸注目，等候再见一面，杳不可得。沉思久之，乃倚窗高吟高学士《梅花诗》二句道[112]：

雪满山中高士卧，月明林下美人来。

李甲听得邻舟吟诗，舒头出舱，看是何人。只因这一看，正中了孙富之计：孙富吟诗，正要引李公子出头，他好乘机攀话。当下慌忙举手就问："老兄尊姓何讳？"李公子叙了姓名乡贯，少不得也问那孙富，孙富也叙过了。又叙了些太学中的闲话，渐渐亲热。孙富便道："风雪阻舟，乃天遣与尊兄相会，实小弟之幸也。舟次无聊[113]，欲同尊兄上岸，就酒肆中一酌，少领清诲[114]，万望不拒。"公子道："萍水相逢，何当厚扰？"孙富道："说那里话！'四海之内，皆兄弟也'。"喝教艄公打跳[115]，童儿张伞，迎接公子过船，就于船头作揖。然后让公子先行，自己随后，各各登跳上涯[116]。行不数步，就有个酒楼。二人上楼，拣一副洁净座头，靠窗而坐。酒保列上酒肴。孙富举杯相劝，二人赏雪饮酒。先说些斯文中套话[117]，渐渐引入花柳之事。二人都是过来之人，志同道合，说得入港[118]，一发成相知了。

孙富屏去左右，低低问道："昨夜尊舟清歌者，何人也？"李甲正要卖弄在行，遂实说道：

"此乃北京名姬杜十娘也。"孙富道："既系曲中姊妹，何以归兄？"公子遂将初遇杜十娘，如何相好，后来如何要嫁，如何借银讨他，始末根由，备细述了一遍。孙富道："兄携丽人而归，固是快事，但不知尊府中能相容否？"公子道："贱室不足虑[119]。所虑者，老父性严，尚费踌躇耳。"孙富将机就机，便问道："既是尊大人未必相容，兄所携丽人，何处安顿？亦曾通知丽人，共作计较否？"公子攒眉而答道："此事曾与小妾议之。"孙富欣然问道："尊宠必有妙策[120]？"公子道："他意欲侨居苏杭，流连山水，使小弟先回，求亲友宛转于家君之前，俟家君回嗔作喜[121]，然后图归。高明以为何如[122]？"孙富沉吟半晌，故作愀然之色道[123]："小弟乍会之间，交浅言深，诚恐见怪。"公子道："正赖高明指教，何必谦逊？"孙富道："尊大人位居方面[124]，必严帷薄之嫌[125]。平时既怪兄游非礼之地，今日岂容兄娶不节之人？况且贤亲贵友，谁不迎合尊大人之意者？兄枉去求他，必然相拒。就有个不识时务的进言于尊大人之前，见尊大人意思不允，他就转口了。兄进不能和睦家庭，退无词以回复尊宠，即使流连山水，亦非长久之计。万一资斧困竭[126]，岂不进退两难？"公子自知手中只有五十金，此时费去大半，说到资斧困竭，进退两难，不觉点头道是。孙富又道："小弟还有句心腹之谈，兄肯俯听否？"公子道："承兄过爱，更求尽言。"孙富道："'疏不间亲'[127]，还是莫说罢。"公子道："但说何妨？"孙富道："自古道：'妇人水性无常'[128]。况烟花之辈，少真多假。他既系六院名姝[129]，相识定满天下，或者南边原有旧约，借兄之力，挈带而来，以为他适之地[130]。"公子道；"这个恐未必然。"孙富道："即不然，江南子弟，最工轻薄，兄留丽人独居，难保无逾墙钻穴之事[131]；若挈之同归，愈增尊大人之怒。为兄之计，未有善策。况父子天伦，必不可绝。若为妾而触父，因妓而弃家，海内必以兄为浮浪不经之人。异日，妻不以为夫，弟不以为兄，同袍不以为友[132]，兄何以立于天地之间？兄今日不可不熟思也！"公子闻言，茫然自失，移席问计道[133]："据高明之见，何以教我？"孙富道："仆有一计，于兄甚便。只恐兄溺枕席之爱，未必能行，使仆空费词说耳。"公子道："兄诚有良策，使弟再睹家园之乐，乃弟之恩人也，又何惮而不言耶？"孙富道："兄飘零岁余，严亲怀怒，闺阁离心[134]，设身以处兄之地，诚寝食不安之时也。然尊大人所以怒兄者，不过为迷花恋柳，挥金如土，异日必为弃家荡产之人，不堪承继家业耳。兄今日空手而归，正触其怒。兄倘能割衽席之爱[135]，见机而作，仆愿以千金相赠。兄得千金，以报尊大人，只说在京授馆[136]，并不曾浪费分毫，尊大人必然相信。从此家庭和睦，当无间言[137]。须臾之间，转祸为福。兄请三思，仆非贪丽人之色，实为兄效忠于万一也！"李甲原是没主意的人，本心惧怕老子，被孙富一席话，说透心中之疑，起身作揖道："闻兄大教，顿开茅塞[138]。但小妾千里相从，义难顿绝，容归与商之。得其心肯，当奉复耳。"孙富道："说话之间，宜放婉曲。彼既忠心为兄，必不忍使兄父子分离，定然玉成兄还乡之事矣。"二人饮了一回酒，风停雪止，天色已晚。孙富教家僮算还了酒钱，与公子携手下船。正是：

逢人且说三分话，未可全抛一片心。

却说杜十娘在舟中，摆设酒果，欲与公子小酌，竟日未回，挑灯以待。公子下船，十娘起迎，见公子颜色匆匆[139]，似有不乐之意，乃满斟热酒劝之。公子摇首不饮，一言不发，竟自床上睡了。十娘心中不悦，乃收拾杯盘，为公子解衣就枕，问道："今日有何见闻，而怀抱郁郁如此？"公子叹息而已，终不开口。问了三四次，公子已睡去了。十娘委决不下，坐于床头而不能寐。

到夜半，公子醒来，又叹一口气。十娘道："郎君有何难言之事，频频叹息？"公子拥被而起，欲言不语者几次，扑簌簌掉下泪来。十娘抱持公子于怀间，软言抚慰道："妾与郎君情好，已及二载，千辛万苦，历尽艰难，得有今日。然相从数千里，未曾哀戚。今将渡江，方图百年欢笑，如何反起悲伤？必有其故。夫妇之间，死生相共，有事尽可商量，万勿讳也。"[140]公子再四被逼不过，只得含泪而言道："仆天涯穷困，蒙恩卿不弃，委曲相从，诚乃莫大之德也。但反复思之，老父位居方面，拘于礼法，况素性方严，恐添嗔怒，必加黜逐[141]，你我流荡，将何底止[142]？夫妇之欢难保，父子之伦又绝。日间蒙新安孙友邀饮，为我筹及此事，寸心如割。"十娘大惊道："郎君意将如何？"公子道："仆事内之人，当局而迷。孙友为我画一计颇善[143]，但恐恩卿不从耳！"十娘道："孙友者何人？计如果善，何不可从？"公子道："孙友名富，新安盐商，少年风流之士也。夜间闻子清歌，因而问及。仆告以来历，并谈及难归之故。渠意欲以千金聘汝。我得千金，可借口以见吾父母；而恩卿亦得所天[144]。但情不能舍，是以悲泣。"说罢泪如雨下。十娘放开两手，冷笑一声道："为郎君画此计者，此人乃大英雄也。郎君千金之资，既得恢复，而妾归他姓，又不致为行李之累[145]；发乎情，止乎礼，诚两便之策也。那千金在那里？"公子收泪道："未得恩卿之诺，金尚留彼处，未曾过手。"十娘道："明早快应承了他，不可错过机会。但千金重事，须得兑足，交付郎君之手，妾始过舟，勿为贾竖子所欺[146]。"

时已四鼓，十娘即起身挑灯梳洗道："今日之妆，乃迎新送旧，非比寻常。"于是脂粉香泽[147]，用意修饰。花钿绣袄，极其华艳，香风拂拂，光彩照人。装束方完，天色已晓。孙富差家童到船头候信。十娘微窥公子，欣欣似有喜色，乃催公子快去回话，及早兑足银子。公子亲到孙富船中，回复依允。孙富道："兑银易事，须得丽人妆台为信[148]。"公子又回复了十娘，十娘即指描金文具道："可便抬去。"孙富甚喜。即将白银一千两，送到公子船中。十娘亲自检看，足色足数[149]，分毫无爽。乃手把船舷，以手招孙富。孙富一见，魂不附体。十娘启朱唇，开皓齿道："方才箱子可暂发来，内有李郎路引一纸[150]，可检还之也。"孙富视十娘已为瓮中之鳖[151]，即命家童送那描金文具，安放船头之上。十娘取钥开锁，内皆抽替小箱[152]。十娘叫公子抽第一层来看，只见翠羽明珰[153]，瑶簪宝珥，充牣于中[154]，约值数百金。十娘遽投之江中。李甲与孙富及两船之人，无不惊诧。又命公子再抽一箱，乃玉箫金管。又抽一箱，尽古玉紫金玩器，约值数千金。十娘尽投之于大江中。岸上之人，观者如堵[155]，齐声道可惜，可惜！"正不知什么缘故。最后又抽一箱，箱中复有一匣。开匣视之，夜明之珠，约有盈把，其他祖母绿、猫儿眼[156]，诸般异宝，目所未睹，莫能定其价之多少。众人齐声喝采，喧声如雷。十娘又欲投之于江。李甲不觉大悔，抱持十娘恸哭，那孙富也来劝解。

十娘推开公子在一边，向孙富骂道："我与李郎备尝艰苦，不是容易到此。汝以奸淫之意，巧为谗说[157]，一旦破人姻缘，断人恩爱，乃我之仇人。我死而有知，必当诉之神明，尚妄想枕席之欢乎？"又对李甲道："妾风尘数年[158]，私有所积，本为终身之计。自遇郎君，山盟海誓，白首不渝。前出都之际，假托众姊妹相赠，箱中韫藏百宝，不下万金。将润色郎君之装[159]，归见父母，或怜妾有心，收佐中馈[160]，得终委托，生死无憾。谁知郎君相信不深，惑于浮议[161]，中道见弃，负妾一片真心。今日当众目之前，开箱出视，使郎君知区区千金，未为难事。妾椟中有玉[162]，恨郎眼内无珠。命之不辰[163]，风尘困瘁[164]，甫得脱离，又遭弃捐。今众人各有耳目，共作证明，妾不负郎君，郎君自负妾耳！"于是众人聚观者，无不流涕，都唾骂李公子负心薄幸。公子又羞又苦，且悔且泣，方欲向十娘谢罪。十娘抱持宝匣向江心一跳。众人急呼捞救，但见云暗江心，波涛滚滚，杳无踪影。可惜一个如花似玉的名姬，一旦葬于江鱼之腹。

  三魂渺渺归水府，七魄悠悠入冥途。

  当时旁观之人，皆咬牙切齿，争欲拳殴李甲和那孙富。慌得李、孙二人手足无措，急叫开船，分途遁去。李甲在舟中看了千金，转忆十娘，终日愧悔，郁成狂疾，终身不痊。孙富自那日受惊得病，卧床月余，终日见杜十娘在傍诟骂[165]，奄奄而逝，人以为江中之报也。

  却说柳遇春在京坐监完满，束装回乡，停舟瓜步[166]。偶临江净脸。失坠铜盆于水，觅渔人打捞。及至捞起，乃是个小匣儿。遇春启匣观看，内皆明珠异宝，无价之珍。遇春厚赏渔人，留于床头把玩。是夜，梦江中一女子，凌波而来[167]，视之，乃杜十娘也。近前万福，诉以李郎薄幸之事。又道："向承君家慷慨，以一百五十金相助，本意息肩之后[168]，徐图报答。不意事无终始；然每怀盛情，悒悒未忘[169]。早间曾以小匣托渔人奉致，聊表寸心，从此不复相见矣。"言讫，猛然惊醒，方知十娘已死，叹息累日[170]。

  后人评论此事，以为孙富谋夺美色，轻掷千金，固非良士；李甲不识杜十娘一片苦心，碌碌蠢才，无足道者。独谓十娘千古女侠，岂不能觅一佳侣，共跨秦楼之凤[171]，乃错认李公子，明珠美玉，投于盲人，以致恩变为仇，万种恩情，化为流水，深可惜也！有诗叹云：

  不会风流莫妄谈，单单情字费人参[172]；

  若将情字能参透，唤作风流也不惭。

【注释】

[1] 残胡：指元朝。帝畿：京都及其附近地方。

[2] 崔嵬：高峻雄伟的样子。

[3] 左环句：指北京东临大海，海天相连，辽阔无边。

[4] 右拥句：指北京西接太行山脉，重峦叠嶂，气势雄伟。

[5] 九边：明代北边九个军事重镇的合称。即辽东、蓟州、宣府、大同、太原、宁夏、固原、延绥、甘肃。绝塞：极远的边塞。

[6] 衣冠万国：泛指各国。垂衣："垂衣而治"（见《易·系辞下》）的省称，意谓盛世。

[7] 华胥世：相传黄帝曾经梦游华胥国，看到那里一派太平景象（见《列子·黄帝》），后世即以华胥喻理想世界。

[8] 金瓯：用以比喻国土完整、国家巩固。

[9] 区夏：旧指中国，这里指中原。

[10] 金城天府：坚固而富庶的地方。金城，喻城之坚固。天府，指富庶之地。

[11] 定鼎：定都。鼎，古代传国宝器，作为国家的象征。

[12] 靖难：1399 年燕王朱棣起兵南下，以"靖难"（平定祸乱）为名，实际是和建文帝朱允炆（惠帝）争夺帝位。

[13] 关白：日本最高级官名，相当于我国宰相。平秀吉：又称丰臣秀吉，他于万历二十年（1592）四月发兵侵略朝鲜，明朝派兵援朝，久不能取胜。后秀吉死，部下扬帆归，兵祸乃息。

[14] 西夏胪承恩：西夏即宁夏镇，防区相当于今宁夏西北黄河沿岸地区，治所在今银川

市。时承恩是脖拜的儿子。脖拜因得罪酋长而降明。以军功升副总兵，承恩袭父职，骄横有异志，于万历二十年（1592）发动叛乱，不久兵败被俘，处死。

[15] 播州：今贵州遵义市。杨应龙：当时任播州宣慰使，万历二十年叛乱，兵败自杀。
[16] 土官：对边远地区当地人任官职者的称呼。
[17] 庆：福气。
[18] 纳粟入监：官宦和富家子弟向政府交纳一定的钱财（最早为粟米）即可入国子监（又称太学）读书，名监生（又称太学生）。取得监生资格后，就可以应考举人；也可进一步捐纳得官。
[19] 援例：引用成例。
[20] 两京：指北京和南京。明代两京均为国子监，称"北雍""南雍"。
[21] 布政：布政使，官名。明初分全国为十三个承宣布政使司，相当于十三个省。
[22] 庠（xiáng）：古代府、县设立的学校。在庠：已经进了学。
[23] 登科：这里指中举。
[24] 坐监：在国子监读书。
[25] 教坊司：原为古代掌管乐舞伎艺的官署，明代，娼妓也属教坊司所辖。这里泛指妓院。
[26] 莲萼：莲花瓣。
[27] 卓氏文君：卓文君。西汉人，有文才，通音乐，早寡。后来冲破封建礼教束缚追求婚姻自由，与文学家司马相如结为夫妇。
[28] 白家樊素：唐代诗人白居易的歌姬。白居易曾用"樱桃樊素口"的诗句赞美她。
[29] 破瓜：这里是女子破身的意思。
[30] 斗筲（shāo）之量：比喻酒量很小，斗和筲都是较小的容器。
[31] 粉画：原指年轻貌美女子。这里指妓女。
[32] 撒漫：挥霍，用钱阔绰。
[33] 帮衬：巴结知趣，会献殷勤之意。
[34] 鸨（bǎo）儿：妓院的老板娘。鸨：旧时对老年妓女及妓女养母之称谓。
[35] 从良：妓女脱籍嫁人。
[36] 胁肩谄笑：耸着肩膀媚笑。形容巴结讨好于人的丑态。
[37] 不统口：不开口。统：当是绽字之误。
[38] 触突：触犯唐突。
[39] 温克：温和克制。
[40] 行户：与下文行院，都是指妓院。
[41] 钟馗（kuí）：迷信传说中捉鬼的神。
[42] 有气无烟：形容穷得快要断炊了。
[43] 千生万活：形容家业兴旺，赚钱很多。
[44] 白虎：白虎星，迷信说法中的凶神。
[45] 七件事：柴、米、油、盐、酱、醋、茶，也泛指生活必需品。
[46] 孤拐：脚踝（huái）骨。
[47] 十斋：佛教规定夏历每月初一、初八、十四、十五、十八、二十三、二十四、二十八、二十九、三十等十天，素食，不杀生，称为十斋。

[48] 虔婆：犹言"贼婆"，本指盗贼之妻，后来用来骂凶恶的老婆子，这里指鸨母。
[49] 落籍：妓女从教坊乐籍上除掉名字，这里指妓女从良。
[50] 罄（qìng）：尽。
[51] 招架：应酬、应承之意。
[52] 烟花：妓女的代称。
[53] 抖然：突然。
[54] 盘缠：路费。
[55] 回决：回绝。
[56] 愁容可掬（jū）：形容愁容满面，好像可以用手捧住似的。掬，双手捧物。
[57] 曲中：指妓院，因妓院多聚处曲巷而得名。唐宋时妓女所居之处称坊曲，有南曲和北曲；明代两京有南院和北院。曲中、院中同义。
[58] 亵（xiè）渎（dú）：轻慢，侮辱。
[59] 开交：分开，丢开，断绝关系之意。
[60] 缓急：缓，舒缓；急，急迫。这里是偏义词，即急切紧迫。
[61] 小厮：小僮。
[62] 嘿嘿：同"默默"。
[63] 铢两：指极轻微的分量。铢：古代重量单位，汉代以二十四铢为一两。
[64] 芳卿：男子对女子的爱称。
[65] 庶易为力：才容易办到。庶：希望之词。
[66] 兑：用秤称。
[67] 玉成：成全。
[68] 告债：向人借贷。
[69] 以手加额：表示庆贺之意。
[70] 致：招致，引来。这里引申为赚来。
[71] 且住：暂等。
[72] 秃髻：发髻上没有首饰。
[73] 翠钿金钏：翠钿，镶嵌有翡翠的首饰。金钏：金镯子。
[74] 瑶簪宝珥：瑶簪，玉簪。宝珥：宝石耳环。
[75] 鸾带绣履：鸾带，绣着鸾凤的衣带。绣履：绣花鞋。
[76] 长行：远行。
[77] 间关：行程辗转艰难之意。
[78] 曾无约束：全无准备。
[79] 定着：确定的着落。
[80] 浮居：暂住。
[81] 于归：女子出嫁。语出《诗经·周南·桃夭》："之子于归，宜其室家。"这里指到婆家。
[82] 所欢：所爱的人。
[83] 贫窭（jù）：贫穷。
[84] 仆因风吹火：仆，谦虚的自称。因风吹火，喻顺便帮助，不费力的意思。因：趁着。

[85] 雇倩（qìng）：雇请。
[86] 肩舆：轿子。
[87] 消索：空乏。
[88] 赆：赠送行人的礼物。
[89] 描金文具：绘有金彩的小箱子。
[90] 崇文门：北京内城南面的一座城门。
[91] 潞河：即北京通县以下的北运河。
[92] 瓜洲：镇名，在今江苏邗江县南部，大运河入长江处，与镇江市隔江斜对。差使船：给官府临时当差的船。
[93] 解库：典当铺。
[94] 勾（gòu）：通"够"。
[95] 傍（páng）：通"旁"。
[96] 吴越间：指苏州、杭州一带。
[97] 佐：帮助。
[98] 剪江而渡：横渡长江。
[99] 六院：明初南京妓院聚集之处，有许多家，后来只剩下六处，称为六院。以后六院便成为妓院的代称。
[100] 绝调：绝妙的歌声。
[101] 鸾鸣凤奏：形容音调和谐，美妙动听。
[102] 施君美：名惠，元代戏曲作家，相传《拜月亭》传奇（一名《幽闺记》）是他所作，此处说成杂剧，有误。
[103] 《小桃红》：曲牌名。
[104] 徽州新安：今安徽歙（shè）县。
[105] 积祖：祖祖辈辈。种盐：制盐，做盐商。
[106] 青楼：妓院。
[107] 红粉：女子，这里指妓女。
[108] 嘲风弄月：指玩弄妓女。
[109] 彤云：阴云。
[110] 千山四句：是改写唐柳宗元《江雪》诗，原诗为："千山鸟飞绝，万径人踪灭。孤舟蓑笠翁，独钓寒江雪。"
[111] 国色天香：原指花卉的艳丽芬芳，引申为妇女美丽非凡。
[112] 高学士：明初诗人高启，曾任翰林院国史编修，故称学士。
[113] 舟次：停舟的意思。
[114] 清诲：向别人请教的谦辞，意为高雅的教诲。
[115] 打跳：搭跳板。跳：船上跳板。
[116] 上涯：上岸。
[117] 斯文中套话：读书人之间的应酬客套话。
[118] 入港：这里指谈话很投机。

[119] 贱室：对别人称自己妻子的谦称。指李甲家中的正妻。

[120] 尊宠：对别人妾的尊称。

[121] 家君：家父，父亲。

[122] 高明：对人的敬称。

[123] 愀（qiǎo）然：神色严肃的样子。

[124] 位居方面：古时封疆大臣，独当一面称为方面官。李甲父亲是布政使，在明代还不是最高级的官，说他"位居方面"是阿谀之词。

[125] 帷薄：帷，帐幔。薄：帘子。都是障隔内外之具，借指内室。旧时官场对于有关家庭或妇女的事情，常用帷薄二字来代称。

[126] 资斧：旅费。

[127] 疏不间亲：外人不应离间人家亲人之间的关系。

[128] 水性无常：像水一样流动不定，比喻妇女用情不专。是旧时对妇女的诬蔑性说法。

[129] 姝：美女。

[130] 他适：别寻出路。

[131] 逾墙钻穴：指男女偷情幽会。

[132] 同袍：指同事，朋友。语出《诗经·秦风·无衣》："岂曰无衣，与子同袍。"

[133] 移席：移动座位。古人席地而坐，故云。

[134] 闺阁：这里指李甲家中的妻子。

[135] 衽（rèn）席之爱：指男女之爱。衽席：床席。与上文"枕席之爱"意同。

[136] 授馆：做家庭教师。

[137] 间言：不和睦的话。

[138] 茅塞：谦辞，意谓自己愚笨无知，好像被茅草塞住一般。

[139] 颜色匆匆：着急不安的神色。

[140] 讳：隐瞒。

[141] 黜（chù）逐：斥责驱逐。

[142] 底止：犹言止境。结局：归宿。

[143] 画：谋划，策划。

[144] 所天：指丈夫。封建社会以君权、族权、夫权为至高无上，故臣、子、妇分别称君、父、夫为"所天"。

[145] 行李之累：指杜十娘成为李甲旅途中的累赘。

[146] 贾（gǔ）竖子：做买卖的小子，对商人的蔑称。

[147] 香泽：头油。

[148] 妆台：妇女的梳妆台。这里泛指嫁妆。

[149] 足色：成色纯正。

[150] 路引：由官府所发的行路执照。这里指国子监所发给的回籍证。

[151] 瓮中之鳖：喻无处可逃。

[152] 抽替：抽屉。

[153] 翠羽：又名"翠翘"，羽毛状的翡翠首饰。明铛：明珠耳饰。

[154] 充牣（rèn）：充满。

[155] 如堵：形容人多。堵：墙壁。

[156] 祖母绿、猫儿眼：都是珍贵宝石的名称。

[157] 谗说（shuì）：挑拨离间的话。

[158] 风尘：指妓女生涯。

[159] 润色：这里充实、装点的意思。

[160] 佐中馈：帮助主妇料理家务。馈：进食于尊长。旧时妇女的职务就是在家中料理饮食等事，因称家庭主妇为中馈，更引申为妻子的代称。

[161] 浮议：没有根据的话。

[162] 椟（dú）：匣子。

[163] 命之不辰：命运不好。不辰：生不逢时之意。

[164] 困瘁：困苦，忧患。

[165] 诟（gòu）骂：辱骂。

[166] 瓜步：镇名，在今江苏六合县东南瓜步山下。疑为"瓜洲"之误。

[167] 凌波：行走在水波之上。

[168] 息肩：放下担子。这里指获得安定的生活。

[169] 悒悒：忧愁烦闷的样子。

[170] 累日：多日。

[171] 秦楼之凤：这里借喻美满的婚姻。传说春秋时萧史善吹箫，秦穆公以女弄玉嫁之，恩爱夫妇住一楼上。一天，箫声招来了赤龙、紫凤，萧史乘龙，弄玉跨凤，共同升天。见《列仙传》。

[172] 参：理解，懂得。

【思考与练习】

1. 简述明代短篇小说的主要成就。
2. 举例说明市民意识在明代短篇小说中的反映。
3. 解读《杜十娘怒沉百宝箱》篇中"百宝箱"在故事中的作用与意义。

第三章 明代戏剧

第一节 明代杂剧

明代戏剧主要分杂剧和传奇两条线发展，但明杂剧的艺术地位及影响既不及蔚为主流的明传奇，与元杂剧相较也大为逊色。但明代杂剧作家作品仍然不少，在明代文坛上占有一席之地。根据傅惜华的《明代杂剧全目》统计，明杂剧剧目有523种之多，其中有姓名可考的有349种，无名氏的174种，流传至今的尚有180余种。

一、明代初期杂剧

明初,杂剧创作较为单调。影响较大的是朱权和朱有燉。他们左右并影响着一批文人墨客,从而形成了宫廷派杂剧创作的小群体。他们的剧作内容多点缀生平,歌功颂德,喜庆剧、道德剧和神仙剧是他们的主要创作类型。

朱权(1378—1448)是明太祖第十七子,封宁献王,著有杂剧12种,今存2种。其中《冲漠子独步大罗天》是神仙道化剧,内容形式平平;《卓文君私奔相如》对后世有一定影响。朱权的《太和正音谱》是一部戏曲史上的重要著作,他对戏曲的体制、流派、作家作品,杂剧的分科、制曲方法、脚色源流,都进行了论述,不乏精辟见解;另外它还记录了戏曲曲谱,是现存最古老的北曲曲谱。

朱有燉(1379—1439),号诚斋,朱元璋第五子周定王长子,封周宪王,作杂剧31种,总名《诚斋乐府》。他是明代杂剧史上创作较多的作家。他的作品内容主要是歌功颂德、神仙道化、鼓吹封建道德等几方面,总体成就不是很高。其中《豹子和尚自还俗》和《黑旋风仗义疏财》两出梁山英雄剧,有一定积极意义,但对鲁智深、李逵形象有些歪曲。朱有燉的杂剧在体制上突破了元杂剧"一人司唱"和全用北曲的规则,创造了对唱、合唱及南、北曲兼用的新体制,对艺术的发展有一定贡献。

在宫廷派杂剧作家之外,这一时期还有一些来自中下层文人的杂剧作家。根据朱权的《太和正音谱》记载,主要有刘东升、王子一、杨景言、贾仲明等16人。如刘东升的杂剧《娇红记》、杨景言(名讷)的杂剧《西游记》分别对后世孟称舜的传奇《娇红记》和吴承恩《西游记》都有一定的影响。值得一提的是贾仲明,他的杂剧创作虽然较平庸,但他的《录鬼簿续编》是继钟嗣成《录鬼簿》之后,记录了元末明初杂剧作家作品的一些史料,对研究中国戏曲史有很高的价值。

二、明代中后期杂剧

明代中叶以后,著名的杂剧作家有王九思、康海、李开先、徐渭、冯惟敏、梁辰鱼、王骥德、吕天成、凌濛初、孟称舜等人。从创作倾向看,明代中后期的杂剧打破了风花雪月、伦理教化和神仙道化的偏狭局面,题材不断拓宽,思想渐次深化,张扬个性、愤世嫉俗的社会批判剧与伦理反思剧大量增加。从艺术体式看,嘉靖之后的杂剧大都是南北合套或者纯为南杂剧,北杂剧的纯北曲体式从总体上看已经终结。从艺术影响看,明代中后期的部分作品可以称之为传世之作,具有较为深远的影响。

明代中叶以后的杂剧具有较强的现实批判精神,讽刺喜剧、寓言剧和影射现实的历史剧占有较大的比重。王九思的杂剧《杜甫游春》写杜甫出游曲江,痛骂李林甫"嫉贤妒能,坏了朝纲",分明是借老杜之酒杯,烧自己之块垒,骂当道之黑暗,感个人之不遇。康海的《中山狼》写东郭先生冒着极大的风险,搭救被追杀的中山狼,结果却被负义忘恩的饿狼吃掉,揭露了官场中尔虞我诈、弱肉强食、好心遭恶报的丑恶现实。徐复祚的《一文钱》是一部讽刺喜剧,作品以夸张而辛辣的笔调塑造了卢员外这一万贯家财而又极端吝啬的"吝啬鬼"典型,极具讽刺意义。王衡的《郁轮袍》也是讽刺杂剧,写无耻文痞王推冒充大诗人王维而夺得状元,王维看破现实,飘然归隐,揭露了官场与科场的腐败与肮脏。吕天成的《齐东绝倒》

杂剧,更把讥刺的矛头直接对准"圣君"尧、舜,揭露了权比法大,情比权大,君王脸面更比国家利益大的社会现实。陈与郊的《昭君出塞》和《文姬入塞》洋溢着一种祖国难离、游子归根的情感。冯惟敏的《僧尼共犯》、孟称舜《桃花人面》是不错的爱情剧。此外,杨慎、许潮、梁辰鱼、王骥德、梅鼎祚等人的杂剧创作亦各有韵致。相对而言,明代影响最大的杂剧作家是徐渭。

三、徐渭与《四声猿》

徐渭是明代杂剧最高成就的代表。徐渭(1521—1593),字文长,别号青藤居士,山阴(浙江绍兴)人。其多才多艺,在诗文书画和戏剧等艺术领域内纵横驰骋,迸发出离经叛道、追求个性自由的强烈愿望。其为人正直,性格豪放,但境遇坎坷,终生不得志。徐渭早年有《南词叙录》,是中国戏曲史上第一部研究南戏的专著,其中保存了研究南戏的珍贵史料。杂剧合集《四声猿》是他的代表作,愤世嫉俗,表现出他桀骜不驯的个性;晚年有杂剧《歌代啸》,演绎了一出"张冠李戴"闹剧,寓庄于谐,于嬉笑怒骂中讽刺了黑白颠倒的社会现实。另有诗文集《徐文长集》。

徐渭在文学方面的主要贡献是杂剧《四声猿》,包括四个短剧:《狂鼓史渔阳三弄》《玉禅师翠乡一梦》《雌木兰替父从军》《女状元辞凰得凤》。《狂鼓吏》写祢衡被曹操杀害后,受阴间判官之请,面对曹操的亡魂再次击鼓痛骂,历数曹操全部罪恶,抒发作者对权贵的愤慨,感情激昂,畅快淋漓,语言辛辣而协律,本色之处,堪拟元人。《玉禅师》源自民间传说"月明和尚度柳翠"的故事,写玉通和尚持戒不坚,致被临安府尹柳宣教设计破了色戒。他出于报复而转世投胎为柳家的女儿,又堕落为妓女败坏柳氏门风,最后经师兄月明和尚点醒,重新皈依佛门的故事。此剧旨在宣扬轮回报应,但也揭露了官吏的阴险毒辣和僧侣们奉行禁欲主义的虚假。《雌木兰》叙木兰女扮男装,代父从军,建功立业嫁王朗的故事。《女状元》写五代时才女黄崇嘏女扮男装应科举、中状元的佳话。后两部杂剧都以女子为主人公,有意识地从文、武两方面讴歌她们的才能智慧与魄力情操,彰扬女才。

徐渭的杂剧创作活泼畅快、汪洋恣肆,呈现出陈规尽扫、独具一格的气度,具有不避人间烟火的市井气息,在一定意义上反映出有价值的世俗观念和相对进步的市民精神。他对所谓的巍巍正统与赫赫权威勇于揭露、善于讥刺,嬉笑怒骂,谑而有理,开辟了讽刺杂剧的新路。他又精通声律,敢于创新,《四声猿》所包括四剧,长短不一,从一折到五折都有;其中五折的《女状元》,全用南曲,其他三剧,并用北曲。徐渭开创了以南曲作杂剧的新写法,南杂剧从此大兴。此外,《四声猿》语言清新活泼、流畅优美,感情饱满,妙趣横生。他的剧作从内容、精神到形式,都给剧坛带来了积极影响。王骥德《曲律》称"徐天池先生《四声猿》,故是天地间一种奇绝文字"。

虽然明杂剧的总体成就纵不能与元杂剧相比,横不能与明传奇相媲美,但戏曲理论的建树不容小觑。除了前文提到的朱权的《太和正音谱》、徐渭的《南词叙录》等,魏良辅的《曲律》是关于昆曲音律的著名论著,吕天成的《曲品》为我国第一部系统的戏曲批评专著;王骥德《曲律》为我国第一部全面论述南北曲源流、宫调、作曲和演唱方法兼及剧本结构、情节、宾白、科诨等方面的理论著作;何元郎的《曲论》、臧晋叔的《元曲选序》、祁彪佳的《远山堂曲品》等,都在戏曲理论批评方面有独到的见解。这些著作在中国戏曲理论史上占有重要地位。

【思考与练习】

1. 简述明代杂剧的概况。
2. 简述徐渭的杂剧成就。

第二节　明代传奇

明代戏曲的主体是传奇。明代传奇是在宋元南戏的基础上吸收元杂剧的某些优点发展起来的。比之南戏,传奇的形式更加活泼,体制更加宏伟,艺术上也趋于精美,逐渐走向雅化;同时适当采用杂剧的北曲,南北曲兼用。在南戏向传奇的发展过程中,各种声腔竞起,其中余姚腔、海盐腔、弋阳腔、昆山腔被称为明代"四大声腔",影响较大的是弋阳腔和昆山腔。弋阳腔以锣鼓等打击乐伴奏,声调慷慨激昂,适合农村与城市的广场演出,在民间流行很广。昆山腔流丽悠扬,主要流行于上层社会。后来嘉靖时期魏良辅又对其进行了改造,使其不仅流丽悠扬,而且优雅严谨,很受士大夫阶层的欢迎。声腔的盛行,更加促进了明传奇的进一步发展与盛行。总体而言,明传奇音调悦耳,情节复杂,文人借此显耀文才,观众喜其内容曲折,故明代中叶以后,传奇日益兴盛,成为明代戏剧的主导形式。明代传奇作家,知名的约有300人,作品有千种左右,开创了戏曲艺术的新局面。

一、明初传奇

明初的传奇带有浓厚的伦理教化色彩。这是与统治集团对程朱理学的大力推行息息相关的。朱元璋对标举风化、有益人心的《琵琶记》赞不绝口:"五经、四书如五谷,家家不可缺;高明《琵琶记》如珍馐百味,富贵家岂可缺耶"(明黄溥《闲中今古录》)。这一时期,宣扬伦理教化比较富有代表性的作品是弘治年间的文渊阁大学士邱濬的《伍伦全备记》和邵灿《香囊记》。《伍伦全备记》塑造了伍伦全、伍伦备兄弟一门忠臣孝子,又是夫妻和睦、兄弟友善、朋友信任的五伦典型,不但享尽人间荣华富贵,而且还超升仙界,为明初道学戏剧的发轫之作。《香囊记》写宋代张九成与新婚妻贞娘的悲欢离合故事,所谓"忠臣孝子重纲常,慈母贞妻德允臧,兄弟爱慕朋友义,天书旌异有辉光",可以说是封建礼教之集大成者。《香囊记》也开辟了明传奇骈俪化、典雅化和八股化的源头。

受《伍伦全备记》和《香囊记》的影响,陆续出现了一些借历史故事宣扬封建伦理道德和发迹变泰思想的传奇作品。如姚茂良《精忠记》写岳飞的精忠报国,苏复之的《金印记》写苏秦发迹,沈采的《千金记》写韩信发迹变泰,王济的《连环记》写王允定计除董卓等。总体而言,这一时期的传奇作品说教色彩比较浓厚,艺术平平。

二、明中期传奇

明代中叶以后,传奇创作体现出了崭新的气象,涌现出了一批具有一定社会意义的好作品,代表着传奇创作的新倾向。享有盛誉的优秀作品层出不穷,其中李开先的《宝剑记》、相传为王世贞所作的《鸣凤记》、梁辰鱼的《浣纱记》被称为明代"三大传奇",是这一时期的代表作品。

李开先的《宝剑记》,取材于小说《水浒传》,写林冲落草的故事。剧作中的林冲是一位主动出击、正气凛然的英雄,与小说中被动反抗的林冲不同。他与高俅、童贯的斗争,清醒、自觉而又坚定不移。他一再上本参奏童贯、高俅祸国殃民的罪过,数落童贯在外交上败祖宗之盟的不是,又强调"宦官不许封王"的原则,结果落得个"毁谤大臣之罪",被降职处理。然而林冲仍然心系苍生,忧国忧民,抛开个人的"夫贵妻荣,四海名声已显扬",再度上本揭露高俅等奸党的种种腐败行为,体现出威武不屈的浩然正气。戏剧强化了忠奸斗争的力度,突出了林冲嫉恶如仇、正直不苟的人格精神。《宝剑记》充满战斗激情的烈烈雄风,强悍地掠过明代开国后近两个世纪的沉闷剧苑;其《夜奔》一场戏,至今还是昆曲和京剧的常演节目,经久不衰。

《鸣凤记》相传为王世贞所作,叙写嘉靖年间一场真实的政治斗争,是一部几乎与时事同步的政治活报剧。剧中以夏言、杨继盛等"八谏臣"反对严嵩父子的斗争为主线,对奸相为首恶势力的骄奢淫逸、横行肆虐进行了深刻的揭露,对正义人士刚毅、勇敢、大义凛然、不屈不挠的斗争精神也写得十分透辟,感人至深。戏剧以浓重的笔墨渲染出一种悲壮美,然而这位滥施淫威长达二十多年的奸相,最终还是在仁人志士们抛头颅、洒热血的不断冲击下颓然败亡。史实与悲剧在反严嵩的大潮中遇合、定格,使得该剧一直到明末还盛演不衰。吕天成在《曲品》中慨叹:"《鸣凤记》记诸事甚悉,令人有手刃贼嵩之意!"《鸣凤记》成为传奇作品中时事戏的先锋,从而开拓了政治悲剧现实化的道路。

梁辰鱼的《浣纱记》写范蠡协助勾践灭吴的故事:春秋时范蠡向勾践献计,将自己的恋人浣纱女西施献给吴王夫差,以离间吴国君臣;并辅佐勾践励精图治,终于消灭吴国。功成后范蠡毅然挂官归隐,与西施泛舟而去。作品一方面歌颂了越国君臣卧薪尝胆、艰难复国的坚毅精神;另一方面又嘲弄了荒淫无耻、宠信奸佞的吴王夫差和腐化贪婪、奸诈狠毒的权臣;同时也表现了文人功成身退有美女相伴的人生理想。戏剧将悲欢离合的爱情故事与重大历史事件有机融合,对后来《桃花扇》这类以生旦爱情写历史兴亡的作品有较大的影响。

在明代中叶的三大戏剧中,《宝剑记》和《浣纱记》都或多或少地对现实作了曲折的反映,而《鸣凤记》则堪称戏曲史上较早、较完整地反映当时政治事变的悲剧现代戏。在《鸣凤记》为代表的反严系列戏之后,崇祯即位之初还出现过一次反映魏忠贤祸国殃民、表彰东林党人壮烈斗争的悲剧现代戏热潮,那正是《鸣凤记》积极参与现实政治斗争精神的延续与发展。

三、明后期传奇

万历至崇祯年间(1573—1644),传奇创作进入了高潮期和繁荣期,涌现出了一大批优秀传奇作家作品,如汤显祖、沈璟、高濂、周朝俊、孙忠龄、王骥德、吕天成、吴炳、孟称舜、袁于令、阮大铖等。这一时期传奇的派别主要有以沈璟为代表的吴江派、以汤显祖为代表的临川派以及讲究辞藻用事的骈俪派等；其中吴江派和临川派两大派的形成与竞争，是明代后期传奇繁荣的重大标志，也是中国戏剧史上的一大盛事。

1. 沈璟与吴江派

沈璟（1553—1610），字伯英，号宁庵，江苏吴江人。这位万历二年（1574）的进士经历了一段官场沉浮后，终因科场舞弊案而被牵连，于37岁时告病返乡。后半生以"词隐生"自署，进行了长达20年的戏曲创作与研究。他精研曲律，著有《南词全谱》《南词韵选》等曲著；他一共改编、创作了17本传奇，合称为《属玉堂传奇》。其中流传至今的有《红蕖记》《埋剑记》《双鱼记》《义侠记》《桃符记》《坠钗记》《博笑记》等。

《义侠记》是沈璟剧作的代表。该剧根据《水浒传》中的武松故事改编，通过武松逼上梁山的故事，歌颂武松的忠义与侠烈。该剧语言通俗浅易，场次生动合度，其中《打虎》《戏叔》《别兄》《挑帘》《捉奸》《杀嫂》等折，至今还在昆剧舞台上盛演不绝。

《博笑记》由10个情节各异的短剧组成，在艺术形式上有一定创新。该剧演市井故事时注重封建道德规范的宣扬，戒淫警盗，惩恶扬善，具有一定现实意义。

总体而言沈璟的剧作封建伦理道德气息比较浓厚，成就一般；相比较而言，他的曲学主张影响更大。他的曲学主张主要有两点：一是"本色论"，所谓"鄙意僻好本色"（《词隐先生手札二通》），强调语言的通俗自然，主张多用民间俚语。二是"声律论"，强调戏曲创作要讲究音律，认为"欲度新声休走样！名为乐府，须教合律依腔。宁使时人不鉴赏，无使人挠喉捩嗓"（《词隐先生论曲》），甚至矫枉过正，为服从音律可以牺牲表意。为了贯彻这一主张，他还审定了《南九宫十三调曲谱》，作为传奇音律的范本。

吴江派的成员多为沈璟的子侄、门生或朋友，如沈自晋、沈自征是他的侄辈，门生有吕天成、叶宪祖、卜世臣、袁于令等，朋友有王骥德、范文若等，他们对昆曲格律十分讲究，被称为吴江派作家群。其中传奇创作成就较高的有沈自晋、卜世臣、袁于令。

2. 临川派

明代后期，与吴江派剧作家群体相为映衬的是以汤显祖为楷模的"临川派"。追随汤显祖艺术风格的临川派作家主要有吴炳、阮大铖、孟称舜等。他们大多继承了汤显祖重文采、才情，不受形式、格律约束的特点，而忽略了汤氏注重立意、以情反理的思想追求。吴炳以写爱情剧见长，所作传奇有《西园记》《绿牡丹》《疗妒羹》《情邮记》《画中人》，合称《粲花斋五种曲》，立意都是歌颂男女真挚的爱情。阮大铖在明末依附魏忠贤，后以附逆罪罢官为民；南明时官至兵部尚书、右副都御史，对东林、复社文人大加迫害，专事报复，品质卑劣。但他的才情还是为世人所公认，诗词文俱佳，作传奇11种，今存《春灯谜》《燕子笺》《双金榜》和《牟尼合》，合称《石巢四种》。四剧都是浪漫喜剧，其间既有对真挚爱情的歌颂，也有对阴险小人的鞭挞，情节曲折；从文采斐然、辞情华赡上看，竭力追步汤显祖。

受汤显祖影响最深、成就最大的明末传奇作家是孟称舜。孟称舜传奇有《娇红记》《二胥记》《贞文记》《二乔记》《赤伏符》，后两种已经亡佚。其中《娇红记》影响最大。该剧根据宋梅洞的《娇红传》小说和刘东生的《娇红记》杂剧写成，叙写王娇娘与申纯倾心相爱，王家却将女儿许配给财大气粗的帅公子，致使娇娘与申纯先后抑郁而死，家人将他们合葬一处，名为"鸳鸯冢"。后二人灵魂化成一对鸳鸯，相向而鸣。前人此类爱情故事多是男主角高中状元来捍卫其偷情私合后的婚姻成果，而《娇红记》中的申纯即使赴试高中也仍然不能成就婚姻、捍卫爱情；名阀世家的滔天富贵、凌人气势远非新进士子所能及，两者地位仍然悬殊。

这也说明申娇之爱,是在排除了政治功利目之后的真心悦慕,他们以真正的爱情作为起点和终点,不得不在严酷的现实面前以死来殉情、明志,作出最后的抗争。戏剧摆脱了传统才子佳人剧的俗套,具有深刻的思想意义和震撼人心的悲剧力量。此剧在《西厢记》《牡丹亭》之后,将爱情剧推向了一个新的高度,成为《红楼梦》之前的一部杰出爱情悲剧。

明末周朝俊《红梅记》也是一部惊心动魄的爱情悲剧,塑造了李慧娘这一著名的艺术形象。李慧娘是奸相贾似道的姬妾,由于在西湖游船上当众赞扬裴舜卿的青春风采而被奸相贾似道杀害示众,裴舜卿也被贾似道囚禁起来,并欲强娶裴舜卿的未婚妻卢昭容为妾。然而阴险毒辣的贾似道决没有想到李慧娘"一身虽死,此情不泯"。李慧娘鬼魂见到在府内幽禁的裴舜卿后,先是主动而热烈地与之欢会,后来又掩护裴郎远走高飞,加入了参劾奸相的斗争,最后,裴舜卿应试得中后与卢昭容完姻。剧本揭露贾似道令人发指的罪行,歌颂了李慧娘敢于反抗,勇于追求幸福的精神。

【思考与练习】

1. 简述明代传奇的概况。
2. 简述临川派和吴江派的艺术主张和主要成就。
3. 对比分析《水浒传》和《宝剑记》中的林冲形象。
4. 简述《娇红记》的艺术成就。

第三节 汤显祖与《牡丹亭》

一、汤显祖

汤显祖(1550—1616),字义仍,号海若、若士,晚年号茧翁,自署清远道人,江西临江人。汤显祖出生书香门第,聪颖好学,先后受教于徐良傅、罗汝芳等名师,21岁中举,由于不肯依附权势,直到34岁才中进士。曾任南京太常寺博士,两年后改任詹士府主簿,后又升南京礼部主事。万历十九年(1591),他上呈《论辅臣科臣疏》抨击朝政,弹劾内阁大学士申时行,被贬为广东徐闻县典史,两年后又迁任浙江遂昌知县。任职期间,兴教劝学,扶持农桑,抑制豪强,关心百姓疾苦,招致上司的弹劾,再加上对横行不法的税监的不满,遂于万历二十六年(1598)到北京述职后径返临川。两三年后,吏部以"浮躁"罪名将他正式免职。从此他家居玉茗堂,直到终老。

汤显祖师从泰州学派创立者王艮的三传弟子罗汝芳,推崇李贽,与著名禅师达观(紫柏)交往甚密,所以他的思想兼备儒、道、佛、心学等诸方面。在创作思想上特别强调"情"的价值。他崇尚真性情,反对假道学,把"情"分为善的"真情"与恶的"矫情"两种,认为摆脱封建专制束缚的合理要求的"真情"是具有永恒力量的;而贪恋和放纵不正当情欲的"矫情",则是要坚决反对的。他认为"真情"与所谓"天理"势不两立,是构成他蔑视权贵、痛恨专制政治和要求个性解放的思想基础,也成为了他创作的强大动力。

汤显祖著作甚多,留下诗歌两千多首和不少文赋,但他的主要成就在戏剧。著有传奇《紫钗记》《牡丹亭》(又名《还魂记》)《南柯记》《邯郸记》,合称为"临川四梦"或玉茗堂四梦。今人钱南扬、徐朔方将其戏剧、诗文合编为《汤显祖集》出版。

二、临川四梦

汤显祖的传奇《紫钗记》《牡丹亭》《南柯记》《邯郸记》,因为四部戏剧都与"梦"有关,故称为"临川四梦"或"玉茗堂四梦"。四梦都以"情"为主题,前两部作品写青年男女的爱情故事,歌颂"真情"力量,后两部则写士人仕途生涯和宦海沉浮,意在劝诫世人要超越"矫情"的贪恋。

《紫钗记》是作者据自己的处女作《紫箫记》改写而成的,取材于唐传奇《霍小玉传》。该剧53出,叙写才子李益与才貌俱佳的霍小玉的曲折爱情故事。李、霍二人一见倾心,随后以紫钗为信物,喜结良缘。后李益高中状元,但因得罪欲招其为婿的卢太尉,被派往玉门关外任参军。李益与小玉灞桥伤别。后卢太尉又改李益任孟门参军,更在还朝后将其软禁在卢府。小玉不明就里,痛恨李益负心。黄衫客慷慨相助,使两人重逢,于是真相大白,连理重谐。该剧热情讴歌了爱情的真挚与执著,深刻揭露了强权的腐败与丑恶。

《南柯记》根据唐李公佐的传奇小说《南柯太守传》改编,全剧44出,叙写淳于棼因愤于功名不成,酒醉后梦入槐安国(即蚂蚁国)被招为驸马,后任南柯太守,政绩卓著。公主死后,召还宫中,加封左相。他权倾一时,淫乱无度,终于被逐。醒来却是一梦,后经禅师点化,大悟成佛。戏剧以梦境的方式,叙写了淳于棼从施展才能,到权倾一时、"情欲"(矫情)泛滥这一异化过程,揭露了朝廷的骄奢淫逸、文人的奉承献媚等,具有较强的讽刺意义。

《邯郸记》取材于唐代作家沈既济的传奇《枕中记》。穷途潦倒的书生卢生在邯郸的一个小客店遇到来世间超度凡人的仙人吕洞宾,卢生抱怨自己命运不济,吕仙则给他一个磁枕入睡。卢生在梦中享尽荣华富贵,历尽宦海沉浮,五十余年人我是非,一梦醒来,店小二为他们煮的黄粱尚未蒸熟。卢生遂悟破人生,随吕洞宾而去。作品通过卢生的命运,深刻揭露了封建社会官场的丑恶现实。

三、《牡丹亭》

《牡丹亭》亦名《还魂记》,全剧55出,是汤显祖剧作中成就最高的一部,他自己也说:"自谓一生四梦,得意处惟在牡丹"(王思仁《牡丹亭叙》)。《牡丹亭》的题材来源于民间志怪小说中"死而复生"传说和明代话本小说《杜丽娘慕色还魂记》,这些题材经汤显祖改编而写成了这部爱情名剧。

《牡丹亭》具有丰富的社会内容,"情"与"理"的斗争贯穿全剧。明王朝推崇程朱理学,提倡"存天理,灭人欲",对女性的奴役和桎梏尤甚,统治者用《闺阁四书集注》《女儿经》极力向广大妇女灌输封建的纲常名教,大力表彰烈女、节妇,使这一时代妇女所受封建礼教的束缚和精神虐杀比以前任何一代都严重。《牡丹亭》就是带着对这种时代的严重挑战问世的。它通过杜丽娘与柳梦梅的生死恋,喊出了个性解放、爱情自由、婚姻自主的呼声,深刻揭露封建礼教的虚伪和冷酷,突出地反映了当时青年男女反礼教、反理学的强烈愿望。

《牡丹亭》反礼教、反理学的深刻思想主要是通过杜丽娘的形象来体现的。杜丽娘身上有着强烈的叛逆情绪,是汤显祖"真情"力量的化身。杜丽娘出生于名门宦族之家,从小就受到严格的封建正统教育。她曾经安于父亲替她安排下的道路,稳重,矜持,温顺,这突出表现在"闺塾"一场。但是,这样的生活让她感到精神苦闷,引起了她对现状的不满和怀疑。《诗经》中的爱情诗唤起了她青春的觉醒,春天的明媚风光也刺激了她要求身心解放的强烈感情。然而现实的桎梏只能让她在梦中追求,终于,她在梦中和柳梦梅相爱了。梦中获得的爱情,更是加深了她对幸福生活的渴望,她渴望把梦境变成现实,"寻梦"正是她反抗的进一步。在现实里,作者用浪漫主义的手法成功地表现了理想与现实的矛盾,幻梦中的美景,现实里难寻。正因梦境不可得,理想不能遂,杜丽娘因相思而亡。在这里,作者并没有以杜丽娘的死来结束剧本,而是以独特的艺术构思,运用浪漫主义的手法描写杜丽娘在阴间向判官询问她梦中的情人姓柳还是姓梅,她的游魂还和柳梦梅相会,继续着以前梦中的美满生活。然而,杜丽娘并不满足以游魂来和情人一起生活的状况,她要求柳梦梅掘墓,让她复生。杜丽娘可以为情而死,也可以为情而生;可以为理想而牺牲,也可以为理想而复活。她最终又回到了现实世界,突破现实的一切阻碍,与柳梦梅美满结合。杜丽娘由唯唯诺诺的官宦千金,发展到勇于追梦的深情女郎,再到为情而穿越生死,勇敢捍卫自己的爱情与婚姻,反抗性格步步升级,表现了"情"之所至,无坚不摧的特点。汤显祖在该剧《题词》中有言:"如杜丽娘者,乃可谓之有情人耳。情不知所起,一往而深。生者可以死,死亦可生。生而不可与死,死而不可复生者,皆非情之至也。"杜丽娘追求爱情大胆而坚定,缠绵而执着,洋溢着追求个人幸福、呼唤个性解放、反对封建制度的浪漫主义理想,是中国古典文学里继崔莺莺之后出现的最动人的女性形象之一。

柳梦梅是一个富有才华的青年,对待爱情也是始终如一。他一看到杜丽娘的画像和题诗,就被吸引住了。他为她敢于冒开棺处死的危险;在烽火连天、刀兵遍地的日子里,不畏艰险到淮阳替她探望父母。在得悉自己中了状元还被吊打的情况下,第一个念头就是叫人赶紧送信给杜丽娘,让她高兴。这些描写也是生动的,同时他不畏强暴、刚强的反抗性格也是突出的。他敢于在金銮殿上揭露和嘲笑权高势重的岳父。他始终相信自己和杜丽娘的行为是正确的,理直气壮,义正词严。这种性格与杜丽娘交相辉映,使他们的爱情发出了更大的光芒。

《牡丹亭》以情反理,崇尚个性解放,突破禁欲主义,拨开了正统理学的重重迷雾,为深受迫害的女性吹拂起阵阵清新的春风。此剧一经上演,就深受民众的喜爱,沈德符在《顾曲杂言》中说它"家传户诵,几令西厢减价",是明代戏剧最杰出的浪漫主义作品。

《牡丹亭》最突出的特点就是充满浪漫主义色彩,以"梦"结构全剧,以"情"贯穿全剧,故事情节离奇跌宕,充满幻想色彩。人物塑造善于展示人物的内心世界,情感细腻,形神兼具。文词典丽,宾白饶有机趣,兼有北曲的泼辣及南词的婉丽,表现出很高的艺术水准。明吕天成称之为"惊心动魄,且巧妙迭出,无境不新,真堪千古矣!"

四、《牡丹亭》选读

惊梦

【题解】本篇节选的是《牡丹亭》第十出"惊梦"的前半部分,主要写女主人公杜丽娘青春的觉醒。深受封建礼教压抑的杜丽娘和丫环春香偷偷来到后花园。在大自然旖旎春光的感染下，杜丽娘感到生命和春天一样美丽，感受到人生的意义，萌生了对自由爱情和幸福生活的憧憬。这种要求身心解放的强烈感情，折射明代中叶以后要求个性解放的时代精神。这出戏是杜丽娘从名门闺秀走向叛逆的第一步，是她思想转折点，对全剧的故事情节的发展具有重要意义。表现了作者对广大妇女在封建礼教桎梏下不幸遭遇的同情和不平。这出戏以优美的语言创造了迷人的戏剧场面，写景、抒情、心理描写融合一体。特别是杜丽娘情感世界的细腻描写，使人物形象更加鲜明生动，剧本的抒情性大大增强。戏剧语言极富文采，曲词华美，充满诗情画意，具有高度的艺术表现力。

【绕地游】（旦上）梦回莺啭[1]，乱煞年光遍[2]。人立小庭深院。（贴）炷尽沉烟[3]，抛残绣线[4]，恁今春关情似去年[5]？

【乌夜啼】（旦）晓来望断梅关[6]，宿妆残[7]。（贴）你侧着宜春髻子恰凭栏[8]。（旦）剪不断，理还乱[9]，闷无端[10]。（贴）已分付催花莺燕借春看。（旦）春香，可曾叫人扫除花径？（贴）分付了。（旦）取镜台衣服来。（贴取镜台衣服上）云髻罢梳还对镜[11]，罗衣欲换更添香[12]，镜台衣服在此。

【步步娇】（旦）袅晴丝吹来闲庭院[13]，摇漾春如线[14]。停半晌，整花钿[15]。没揣菱花[16]，偷人半面[17]，迤逗的彩云偏。（行介）步香闺怎便把全身现[19]！

（贴）今日穿插的好[20]。

【醉扶归】（旦）你道翠生生出落的裙衫儿茜[21]，艳晶晶花簪八宝填[22]，可知我常一生儿爱好是天然[23]。恰三春好处无人见[24]，不提防沉鱼落雁鸟惊喧[25]，则怕的羞花闭月花愁颤[26]。

（贴）早茶时了，请行。（行介）你看：画廊金粉半零星[27]，池馆苍苍一片青。踏草怕泥新绣袜[28]，惜花疼煞小金铃[29]。（旦）不到园林，怎知春色如许[30]！

【皂罗袍】原来姹紫嫣红开遍[31]，似这般都付与断井颓垣[32]。良辰美景奈何天，赏心乐事谁家院[33]！恁般景致，我老爷和奶奶再不提起。（合）朝飞暮卷[34]，云霞翠轩[35]；雨丝风片，烟波画船，锦屏人忒看的这韶光贱[36]！

（贴）是花都放了，那牡丹还早。

【好姐姐】（旦）遍青山啼红了杜鹃[37]，荼蘼外烟丝醉软[38]。春香呵，牡丹虽好，他春归怎占的先！（贴）成对儿莺燕呵。（合）闲凝眄[39]，生生燕语明如前[40]，呖呖莺歌溜的圆[41]。

（旦）去罢！（贴）这园子委是观之不足也[42]。（旦）提他怎的！（行介）

【隔尾】观之不足由他缱[43]，便赏遍了十二亭台是枉然[44]。到不如兴尽回家闲过遣[45]。

（作到介）（贴）开我西阁门，展我东阁床[46]。瓶插映山紫[47]，炉添沉水香。小姐，你歇息片时，俺瞧老夫人去也。（下）

【注释】

[1] 啭（zhuàn）：鸟儿宛转动听地鸣叫。

[2] 乱煞年光遍：倒装句，到处是一片令人眼花缭乱的大好春光。

[3] 炷（zhù）：燃烧。沉烟：即沉香烟。沉香又名沉水香，是一种常绿乔木，木材有香味，可制香料。

[4] 抛残绣线：丢下了绣剩的丝线，表现青春少女的春思情态。

[5] 恁：怎么，为什么。关情：牵动人心的情怀，即春情。似：胜似的省文，即胜过的意思。
[6] 望断梅关：远望梅关。梅关：即江西与广东交界的大庾岭，宋代曾在此设梅关，位置在剧中故事发生地点南安（今江西大余县）的南面。从"晓来望断梅关"到"已分付催花莺燕借春看"这几句旦与贴的对白，是用《乌夜啼》的词牌规格写的，显得文雅而又含蓄。
[7] 宿妆残：晚妆凌乱，意谓清晨尚未梳洗。
[8] 宜春髻子：相传立春那天，妇女剪纸作燕子形，上贴"宜春"二字，戴在头上。这里借指一种发型。
[9] 剪不断，理还乱：借用南唐李煜《乌夜啼》的句子，形容心情烦闷缭乱。
[10] 无端：无故。
[11] 云髻：形容妇女的发髻浓密卷曲如云。"云髻"二句是借用唐薛逢诗《宫词》的句子。说明杜丽娘着意打扮。
[12] 更添香：衣服上再熏熏香气。
[13] 袅（niǎo）晴丝：细长柔软的游丝在晴空中飘荡。袅：轻柔飘忽无定的样子。晴丝：即游丝，春季晴天时常见虫类吐出的游丝飘荡，故称晴丝。
[14] 摇漾：摇摆荡漾。
[15] 花钿（diàn）：古代妇女鬓发两边的装饰物。
[16] 没揣（chuǎi）：不料想，突然。菱花：镜子。古时镜子用铜制成，背而多雕菱花图案，故有此称。
[17] 偷人半面：偷偷地映照出自己半个面庞。
[18] 迤逗：引惹。彩云：对妇女头发的美称。
[19] 步香闺：在闺房中走动。香闺：少女闺房的美称。
[20] 穿插：穿戴。穿指衣服，插指装饰品。
[21] 翠生生：形容色彩鲜艳。出落的：显出，衬托出。茜（qiàn）：红色。这里是鲜艳的意思。
[22] 艳晶晶：光彩夺目的样子。花簪八宝填：镶嵌着各种宝石的簪子。
[23] 常：总是。爱好是天然：爱美是天性使然。爱好：爱美。天然：自然本性。
[24] 三春好处：美丽的春光。喻自己美丽的青春和容貌。
[25] 沉鱼落雁：形容女子异常美丽，可使鱼儿惊得避入水中，大雁吃惊地落到地上。
[26] 羞花闭月：或作"闭月羞花"。也是形容女子貌美异常。使花儿感到羞惭，使月亮躲藏起来，都不敢同她比美。
[27] 零星：不完好。
[28] 泥：沾污。作动词用。
[29]《开元天宝遗事》记载：唐代天宝初年，宁王因惜花便用红绳缀上许多小铃，栓在花梢上，有乌鹊飞落，就让园吏拉绳响铃驱赶。这句借用此典，并加以夸张，说因为惜花而拉铃次数太多，使小金铃也疼得不得了。
[30] 如许：如此。
[31] 姹（chà）紫嫣（yān）红：形容花色鲜艳，万紫千红。

[32] 断井颓（tuí）垣（yuán）：废井塌墙。形容庭院破败。

[33] "良辰"两句：用谢灵运《拟魏太子邺中集诗序》"天下良辰、美景、赏心、乐事，四者难并"的句意。两句意思是大好春光，美丽景色无人欣赏，有负苍天，这令人心旷神怡、赏心悦目的事又在哪一家呢！

[34] 朝飞暮卷：唐王勃《滕王阁诗》"画栋朝飞南浦云，朱帘暮卷西山雨。"此用其典，借指朝云暮雨。连同以下的三句：是杜丽娘想象中更加开阔的春天景象。

[35] 云霞翠轩：云彩和霞光笼罩着华丽的楼阁亭台。

[36] 锦屏人：深闺中的女子。韶光：美好的春光。

[37] 啼红了杜鹃：以杜鹃鸟啼血，来比喻开遍了红艳艳的杜鹃花。

[38] 荼（tú）蘼（mí）：一种晚春时开白花的小灌木。烟丝醉软：形容柳丝柔弱多姿。烟丝：柳丝，一说游丝，亦通。

[39] 凝眄（miǎn）：这里是注视的意思。

[40] 生生燕语明如剪：燕子柔美的叫声明快而又清脆。生生：形容燕叫声。明：明快。剪：形容燕语的清脆。

[41] 呖（lì）呖：黄莺的叫声。溜的圆：叫声圆润婉转。

[42] 委是观之不足：实在是看不够。委：确实。

[43] 缱（qiǎn）：留恋。

[44] 十二亭台：代指园中一切景物，非确指。

[45] 过缱：消磨时光。

[46] 开我西阁门，展我东阁床：改用《木兰诗》"开我东阁门，坐我西阁床"的句子。

[47] 映山紫：紫色的映山红，杜鹃花一种。

【思考与练习】

1. 简述"临川四梦"是怎样表现"情"的价值的？
2. 分析《牡丹亭》的矛盾冲突，并指出"情"与"理"的斗争实质。
3. 简析杜丽娘这一人物形象。

第四章　明代诗文

第一节　明代诗文概况

明代诗文作家众多，作品数量亦很大。仅朱彝尊的《明诗综》收录诗人3400多位，著录于《千顷堂书目》的明人别集有4900多种。但总体而言，成就不如唐宋，也不能与同时代的小说、戏曲相比。究其原因，一是自宋以后通俗文学戏曲、小说等迅猛发展，传统诗文拟古风气甚浓，缺乏创新，影响日小，逐步转向保守领域；二是明王朝大力推行文化专制，特别是大兴文字狱和八股文取士，扼杀了文人的创造力，诗文创作也受到影响。

一、明代前期诗文

明初的诗文作家多是经元入明的，经历了元末明初的动乱，对社会民生及治乱兴亡有较深的认识和体会，他们的作品或写社会动乱，或写民生疾苦，或抒写个人情怀，具有较强的现实意义。其中宋濂以文名，高启以诗称，刘基则诗文并著。永乐之后，台阁体几乎垄断文坛。

宋濂（1310—1381）擅长散文，朱元璋称他为"开国文臣之首"，刘基称他为"当今文章第一"，著有《宋学士文集》。他的传记文最为出色，对人物形象的刻画，神情毕现，细致生动，如《秦士录》《王冕传》等；《环翠亭记》等写景散文亦简洁清秀，景中寓情，颇有风味；寓言体散文《燕书》《龙门子》等寓意深刻，耐人寻味；为世传诵之文《送东阳马生序》，作品自叙求学经历之苦，以劝马生珍惜时机，进德修业，语言质朴，亲切感人。

高启（1336—1374）是明代成就较高的诗人之一，他才华横溢，狂放不羁，诗风雄健豪迈，且众体兼长，歌行、律诗，无不运用自如。有诗集《缶鸣集》，文集《凫藻集》，词集《扣舷集》，后人编为《高太史大全集》。代表作有《登金陵雨花台望大江》，全诗波澜壮阔，气魄宏伟，笔力雄健。在对祖国壮丽山河的描绘中，抒写他对历史的回顾；在深沉的历史回忆中，流露出对祖国重新统一的喜悦。

刘基（1311—1375）与宋濂并为文章一代之宗，而诗歌可与高启相抗衡，是明初文学的代表作家。有诗文集《覆瓿集》《写情集》《犁眉公集》等，后人编为《诚意伯文集》。他为文的主张在于"明道"，讲求"体格严正"，作品多揭露时弊，讽喻现实，具有鲜明的时代精神。名篇如《卖柑者言》，通过卖柑小贩和作者的议论，批判了元代官僚"金玉其外、败絮其中"的腐朽本质，文笔犀利，生动有力。刘基的诗风古朴、雄放，古体诗成就较高，如《买马词》《筑城词》《畦桑词》《北风行》等篇，或对时事的忧虑，或对政令繁苛的不满，或对重敛伤民的同情，都具有一定的现实意义；律诗中也有些佳作，抒情真切，写景逼真，在悲凉中含喜意，在萧瑟中见生机。

永乐之后，文坛上出现了以"三杨"（杨士奇、杨荣、杨溥）为代表的"台阁体"诗文，风靡一时。"三杨"均是"台阁重臣"，他们多写应制、颂圣以及墓志铭、神道碑、题序、赠答之作，尽是歌功颂德、粉饰太平、应酬捧场的应时文字。虽然他们自称词气安闲、雍容典雅，实是平庸呆板，毫无生气。由于当时统治阶层的提倡和推崇，这种文风几乎垄断了整个文坛，直到前后七子起来极力反对才得以改变。

在"台阁"体垄断文坛期间能够独树一帜，不随波逐流的诗人极为罕见，其中以于谦为代表。于谦（1398—1457）忧国忧民，诗歌或写民生疾苦，或抒写节操，如《出塞》《悯农》《石灰吟》等，诗风不事雕琢，明白如话，著有《于肃愍公集》。

"三杨"之后，出现了以李东阳为代表的"茶陵诗派"。李东阳（1447—1516）为茶陵（今属湖南）人，著有《怀麓堂集》一百卷。他在成化至弘治年间以内阁大臣身份主持诗坛，追随者趋之若鹜，形成"茶陵诗派"。李东阳不满台阁体无病呻吟、千篇一律的纤弱文风，主张以杜甫的诗风加以匡正；但他强调的不是杜诗关注社会的现实主义精神，而是强调学习他的"音响"与"格律"，不免舍本求末。李东阳的诗歌内容比较贫乏，比"三杨"略胜一筹，仍属台阁体之余波，但他开启了前后七子拟古之先河。

二、明代中叶诗文

明代中叶,诗文领域出现了不少流派,如前后七子、唐宋派、吴中四才子等,他们各有主张,相互竞争,主要围绕拟古和反拟古两条线而展开。这些流派的竞争,使长期占据明代文坛统治地位的"台阁体"逐渐淡出。这些流派中,"唐宋派"主要成就在散文,其他各派皆诗文兼备。就具体创作而言,明代没有大家,但有不少优秀作品。

"前后七子"是明代文坛声势浩大的一个文学流派。"前七子"出现于弘治、正德年间,是以李梦阳和何景明为代表,包括徐祯卿、边贡、康海、王九思、王廷相等人的文学群体。"后七子"出现于嘉靖、万历年间,是以李攀龙和王世贞为首,包括谢榛、宗臣、梁有誉、徐中行、吴国伦在内的文学群体。他们倡导尊古,主张"文必秦汉,诗必盛唐",目的在于扫荡台阁体的无聊文风;在创作上,他们以拟古的形式来指导创作,要求一字一句摹拟,不可逾越半步,以为非如此不可得其精髓。这种文学主张,针对当时颓靡文风、振作文坛的作用看,具有进步意义;但就其对创作的继承和革新关系方面看,又是保守的。因而,在具体创作上,"前后七子"的成就都不高,不管是诗还是文,内容较空虚,缺乏真切的生活感受;形式上缺乏个性,无论句式与辞藻都沿袭、模拟古人,古奥艰深,大大削弱了诗文的感染力。他们的集子中,只有一小部分作品尚有可取之处,如李梦阳的《玄明宫行》《秋望》,何景明的《岁晏行》,李攀龙的《挽王中丞》,王世贞的《战城南》,宗臣的散文《报刘一丈书》等。

在前七子模拟、复古之风大盛之时,被誉为"吴中四才子"的徐祯卿与祝允明、唐寅、文征明起来反对复古,他们的诗风平易清新,不傍门户,卓然自立,自成一派,以抒写性情为第一义,给诗坛带来了清新的空气。唐寅的《题画》、文征明的《新秋》等都意境清新,语言清丽,给人以美的享受。

在前后七子的复古运动蓬勃发展的时候,归有光、唐顺之、王慎中、茅坤等人就站出来表示不满,在理论上公开反驳他们,主张为文不光要学习先秦两汉,也要学习唐宋散文的优良传统,因称"唐宋派"。他们针对前后七子学秦汉文造成佶屈聱牙的缺点,提出"文从字顺"的要求,认为要从唐宋文下手,再学秦汉;抨击七子名为复古,实是剽窃的恶劣作风。由于唐宋派强调在学古基础上的变化,作品一般较平易通达,在反拟古风气上起了一些积极作用;但他们文章道学气较重,学古人处也较肤浅。唐宋派在创作上成就较高的是归有光,被誉为"明文第一"(黄宗羲《明文综序》),当时人称"今之欧阳修",著有《震川文集》。归有光的散文创作,包括学术、赠序、杂记、墓志铭等,其中杂记五十篇是他的创作精华,那些叙写家世的作品,尤为亲切生动。他的作品长于即事抒情,善用清新自然、细腻朴实的笔调,记叙日常生活中的小事琐语,写来纡徐平淡,深切感人,具有浓郁的抒情气息。其中《项脊轩志》《先妣事略》《寒花葬志》等,都是深挚感人、脍炙人口的传世之作。

三、明代后期诗文

明代后期,以李贽为代表的进步哲学思想对明代后期的文坛产生重要影响,肯定个性,注重真情实感,成为这一时期文学的主流。

李贽(1527—1602)是晚明时期一位重要的思想家。他为人特立独行,论道讲学,崇尚王学左派及佛教禅宗思想,攻击宋明理学,破坏传统束缚,因此被当时正统文人、道学家视为异端,最终被迫害死于狱中。李贽著有《焚书》《续焚书》《藏书》等。李贽在文学方面提倡"童心说",强调抒发真情,反对虚伪说教,认为"天下之至文,未有不出于童心焉者也";反对用圣人之言,抨击"代圣人立言"的荒谬,大大动摇了理学的权威。同时,他极力批判复古派的"文学退化论",认为文章必随时代而变,各个时代都有好文章,对模拟复古创作进行了痛斥。

李贽的文学理论富有战斗性,给当时的文坛带来了一股求真重性的新风,促进了小说、戏曲创作和理论的蓬勃发展,也对公安派产生了重要影响,为后来文学上的反复古运动起了先导作用。李贽的文章,大都思想解放,见解大胆而深刻,直道心中事,如诉家常,不假修饰;形式上短小精悍,尖锐泼辣。

公安派以"三袁"为代表,即袁宗道、袁宏道和袁中道三兄弟,他们是湖北公安人,故称公安派。这一派还有江盈科、陶望龄、黄辉等。公安派在文学上受到李贽的直接影响,提出的文学主张与复古派针锋相对,与唐宋派迥异,具有反道学色彩。他们认为文学随时代发展而发展,各个时代有各个时代自己的特色,不能厚古薄今,以古非今;他们提出"性灵说",强调文学应"独抒性灵,不拘格套",充分表现作者个性,破除种种清规戒律;在创作论上,竭力反对摹拟,认为好文乃自"胸中流出",应用平易近人的语言写出,不必堆砌典故。公安派的理论主张与创作实践不仅摧垮了复古派的统治地位,同时博得了当时文人的普遍欢迎,扭转了文坛的风气。但也存在着不重视学习前人的经验、不注意遵守基本法则的片面性,思想内容也变得狭窄,只是表现士大夫的生活情调及兴趣,后学者更是把文风推向另一歧路:或纤巧,或莽阔,形成浮躁轻率的文风。

"三袁"中成就最高、影响最广的是袁宏道。袁宏道(1568—1610)的小品文非常出色。因为他强调写真性情,又强调"韵"与"趣",追求"自适",所以他的小品文,不论写景还是抒情,都挥洒自如而又融洽无间,从中透出作者鲜明的个性,可以说基本上体现了他要求创作充分表现作者个性、反对死板规律与陈词滥调的主张。其中尤以游记为突出,文字清新活泼,文笔秀逸,代表作有《初至西湖记》《晚游六桥待月记》《满井游记》等。他的书信和随笔也写得相当出色,不乏佳作,其间可见他对官场的厌恶,反对道学气,喜好自由自在的生活与创作。

继公安派之后,以钟惺、谭元春为代表的竟陵派崛起于文坛。因钟、谭二人都是湖北竟陵人,故称竟陵派。竟陵派继承了公安派抒发"性灵"的主张,但他们认为"性灵"来源不是诗人的"胸臆",而是古人的篇什。主张"引古人之精神,以接后人之心目",追求一种孤僻的情怀。在艺术上,他们不满公安派的浅易俚俗,提倡"幽深孤峭"的风格。为此他们不惜在诗中用怪字,押险韵,作品常给人佶屈聱牙、刁钻古怪的感觉。

明末的散文成就比较高的是继公安、竟陵之后的小品文。这种文体并无定制,包括尺牍、日记、游记、序跋、短论等,通常篇幅不长,结构松散随意,文笔轻松而富于情趣。徐渭、袁宏道、王思任、张岱、刘侗等人在小品文上都颇有成就。张岱(1597—1679)的小品文非常出色,他曾学"公安""竟陵"派风格,并能融其二家而独成一格,堪称晚明小品文之集大成者。他的小品文,题材广阔、无所不写,诸如传记、游记、序跋、碑铭等,到他笔下,均能写得情趣盎然、幽默诙谐。最突出的是《西湖七月半》一文,湖光月色、人情物态,写得惟妙惟肖、活灵活现,历来被人所赞赏。《柳敬亭说书》一文也写得相当传神,将柳敬亭说武松打虎一节描述得入木三分，令人叫绝。

明末政治斗争尖锐复杂，民族矛盾十分激烈，当时关心国事的文人纷纷组织文社，用他们的诗文创作来干预时事，参加政治斗争。有名的文社如张溥领导的复社，陈子龙领导的几社，艾南英的豫章社等。这些文人大多投入明亡前后的激烈斗争，有的人在明亡后积极抗清，或壮烈牺牲，或坚决不屈于清政权，隐退而终，表现了高尚的民族气节。张溥（1602—1641年）写过一些反映明末政治斗争的文章，有名的如《五人墓碑记》，记载了在向迫害东林党人的阉党作斗争中的苏州市民的可歌可泣的英勇事迹，文章气氛热烈，情调激昂，是一篇政治性很强的散文。陈子龙（1608—1647）前期作品多反映民生疾苦，真切自然，如《卖儿行》《小车行》等；明亡后诗风一变，悲愤苍凉，气魄雄伟，深刻表现了民族气节，曾被誉为明诗殿军，名作如《秋日杂感》，借景物以抒发孤愤，词语工丽而豪壮，情景交融。夏完淳（1631—1647）不仅是一个少年的爱国英雄，也是一个杰出的作家，创作了许多文情皆美、激动人心的诗文。文章如《狱中上母书》《土室余论》，诗如《细林夜哭》《舟中忆邵景说寄张子退》等，直抒昂扬的斗志以及国亡家破的悲愤情感，表现出一种雄健豪放的风格。

【思考与练习】

1. 明代诗文有哪些流派？各流派的文学主张是什么？在文学史上的意义？
2. 简述袁宏道小品文方面的成就。

第二节　明代诗文选读

一、刘基作品选读

刘基（1311—1375），字伯温，青田（今浙江青田县）人，元末进士，曾任江西高安县丞、江浙儒学副提举等职，后弃官归隐。朱元璋起事后，他协助朱元璋建立明朝，为开国功臣，官至御史中丞兼太史令，封诚意伯。刘基博通经史，学识渊博，"慷慨有大节，论天下安危，义形于色"。他诗文兼长，为元末明初重要诗文作家。他在元末的作品多为针砭元末时政的弊端，"有激而言"；一定程度地反映了元末社会的动乱和人民的痛苦，客观上揭露了封建统治阶级的腐败。他在隐居期间作《郁离子》，以寓言和郁离子的议论相间为文，较广泛地反映了元末的现实。刘基的诗以古朴、雄放见长，著名的有带神话色彩的长诗《二鬼》；他的散文富有形象性，往往文笔犀利，生动有力。《卖柑者言》是他散文的代表作之一。刘基虽为开国功臣，但后来仍被朱元璋害死。有诗文集《覆瓿集》《写情集》《犁眉公集》等，后人编为《诚意伯文集》。

卖柑者言

【题解】本篇选自《诚意伯文集》。《卖柑者言》是一篇著名的寓言体讽刺散文。文章借卖柑者之口对那些居高位、骑大马、饫美食的统治者进行讽刺，揭穿他们"金玉其外，败絮其中"的腐朽本质，从而表现作者愤世之情。全文以"金玉其外，败絮其中"为辩论中心，以议为主，叙议结合；借物讽世，寓意深刻。问答驳辩，引人深思；行文简洁，意旨明确，显出了刘基散文的风格。

杭有卖果者[1]，善藏柑[2]，涉寒暑不溃[3]。出之烨然[4]，玉质而金色。置于市，贾十倍[5]，人争鬻之[6]。予贸得其一[7]，剖之[8]，如有烟扑口鼻，视其中，则干若败絮[9]。予怪而问之曰："若所市于人者[10]，将以实笾豆[11]、奉祭祀、供宾客乎？将炫外以惑愚瞽乎[12]？甚矣哉为欺也！"卖者笑曰："吾业是有年矣[13]，吾赖是以食吾躯[14]。吾售之，人取之，未尝有言，而独不足子所乎[15]？世之为欺者不寡矣，而独我也乎？吾子未之思也。今夫佩虎符、坐皋比者[16]，洸洸乎干城之具也[17]，果能授孙吴之略耶[18]？峨大冠[19]、拖长绅者[20]，昂昂乎庙堂之器也[21]，果能建伊皋之业耶[22]？盗起而不知御[23]，民困而不知救，吏奸而不知禁[24]，法斁而不知理[25]，坐縻廪粟而不知耻[26]，观其坐高堂，骑大马，醉醇醴而饫肥鲜者[27]，孰不巍巍乎可畏[28]，赫赫乎可象也[29]？又何往而不金玉其外，败絮其中也哉？今子是之不察[30]，而以察吾柑？"

予默默无以应。退而思其言，类东方生滑稽之流[31]。岂其愤世嫉邪者耶？而托于柑以讽耶[32]？

【注释】

[1] 杭：浙江杭州。
[2] 柑：果名，橙黄色，形状像橘子而比橘子大。
[3] 涉寒暑不溃：经历冬夏不腐烂。涉：经历。溃：腐烂。
[4] 烨（yè）然：新鲜光亮的样子。
[5] 贾：通"價"（即"价"），价格。
[6] 鬻（yù）：这里是买的意思。
[7] 贸：本为买卖。这里是买的意思。
[8] 剖：破开。
[9] 败絮：破旧的棉絮之类。
[10] 若所市于人者：你所卖给人的。若：你。
[11] 将以实笾（biān）豆：准备把它装在器皿中。实：充装，盛满。笾豆：都是古代供祭祀或宴会用的礼器。笾用竹制，用来装果脯之类；豆用木制，或用陶、铜制，用来装齑酱等。
[12] 将炫外以惑愚瞽乎：准备用它的外表炫耀迷惑傻子和瞎子呢？炫：炫耀，夸耀。愚瞽：傻子、瞎子。
[13] 吾业是有年矣：我从事这职业已经多年了。
[14] 吾赖是以食（sì）吾躯：我依靠着这种职业来供养我的身躯。食：供养；躯：身体。
[15] 不足子所：不满意于您。
[16] 虎符：虎形的兵符，古代军用印信。皋（gāo）比（pí）：虎皮，指武将的坐席。全句为佩戴虎符，坐虎皮椅子的人。
[17] 洸（guāng）洸：威武的样子。干城之具：《诗经·周南·兔罝》"纠纠武夫，公侯干城"。干：即盾。具：才，指人才。"干城之具"指抵抗外族侵扰，保卫国家的人。

[18] 孙吴：指古代著名的军事家孙武、吴起。他们精通兵法，善于用兵，善用韬略，为春秋战国时期的著名的军事家。

[19] 峨：高，用如动词，高戴着大帽子。

[20] 绅（shēn）：古代士大夫束在腰间并垂下来以为装饰用的宽大的带子。全句：系着又宽又长的带子。

[21] 昂昂乎庙堂之器也：趾高气扬的样子像朝中的能臣大吏。庙堂之器：喻指朝中大臣之材。

[22] 伊皋：伊尹和皋陶（yáo）。伊尹：商汤时的贤臣。皋陶：相传为虞舜时掌刑法的贤大臣。

[23] 御：抵挡，制止。

[24] 吏奸：官吏行为不端，贪赃枉法。

[25] 斁（dù）：败坏。

[26] 坐縻廪粟：坐着消费国家发给的禄米。指吃粮不做事。

[27] 醇醲而饫肥鲜：醉饮味道醇厚的美酒，饱餐各种肥鲜的食物。醇醲：味道醇厚的美酒。饫（yù）：饱食。

[28] 巍巍：高大的样子。

[29] 赫赫乎可象也：威武显赫可供效法。

[30] 察：细看，考究。

[31] 东方生：东方朔，汉武帝时为太中大夫，性诙谐，善用滑稽语对皇帝的过失进行讽劝。

[32] 托：借托，假借。

二、高启作品选读

高启（1336—1374），字季迪，长洲（今江苏苏州）人。元末曾隐居吴淞江畔的青丘，因自号青丘子。明初受诏入朝修《元史》，授翰林院编修。洪武三年（1370）朱元璋拟委任他为户部右侍郎，他固辞不赴，返青丘授徒自给。洪武七年苏州知府魏观因改修府治获罪，高启因曾为魏撰上梁文而被株连，逮至金陵，腰斩于市，年仅39岁。诗兼采众家之长，无偏执之病。但从汉魏一直摹拟到宋人，又死于盛年，未能熔铸创造出独立的风格。他的作品反映人民生活的诗质朴真切，富有生活气息。吊古或抒写怀抱之作寄托了较深的感慨，风格雄劲奔放。有诗集《高太史大全集》，文集《凫藻集》，词集《扣舷集》。《牧牛词》是他的代表作之一。

《牧牛词》

三、于谦作品选读

于谦（1398—1457），字廷益，钱塘（今浙江杭州）人，永乐间进士。历任监察御史、山西、河南巡抚、兵部尚书等职。为官清正，不畏强暴，深受人民爱戴。正统十四年（1449年），蒙古瓦剌部入侵，英宗被俘，于谦拥立代宗，反对南迁，并率京师群众击退瓦剌，使千百万人民免遭涂炭，局势转危为安。天顺元年（1457年）英宗复位后，于谦被诬杀。万历间昭雪，谥忠肃。他的诗歌多表述忧国忧民的感情和坚贞的情操。有《于肃愍公集》。

入塞

【题解】"入塞""出塞"都是以战争为题材的汉乐府旧题。明初主要与塞外的瓦剌蒙古作战，玉门关远在西北的甘肃，诗中所写"玉门关"乃系假托，并非实指。作者另有《出塞》诗一首，是本诗的姊妹篇。这首诗前半部分写出征队伍凯旋和亲人们拦街相迎的场景，既威武庄严，又热烈激动；后半部分写将士们入京受赏和归来后的矛盾心情。边防战争辛苦危险，他们希望边境安宁，和平生活。真切地反映了当时人民反对战争，热爱和平的共同愿望。

> 将军归来气如虎，十万貔貅争鼓舞[1]。
> 凯旋驰入玉门关，邑屋参差认乡土[2]。
> 弟兄亲戚远相迎，拥道拦街不得行。
> 喜极成悲还堕泪，共言此会是更生[3]。
> 将军令严不得住，羽书催人京城去[4]。
> 朝廷受赏却还家[5]，父子夫妻保相聚。
> 人生从军可奈何，岁岁防边辛苦多。
> 不须更奏胡笳曲[6]，请君听我入塞歌。

【注释】

[1] 貔（pí）貅（xiū）：古代传说中的猛兽名，常用以比喻勇猛的军队。争鼓舞：意即取得了胜利，士气高昂。
[2] 邑屋参差：高低不齐的街道房屋。
[3] 更生：重新获得生命。
[4] 羽书：军事文书，上插鸟羽，表示紧急。
[5] 却：再。
[6] 胡笳：原为北方胡人用的一种乐器，传入中原后，为军队所用。此处借指军乐。

四、李梦阳作品选读

李梦阳（1473—1530），字献吉，号空同子。庆阳（今甘肃庆城县）人，后迁居扶沟（今河南扶沟县）。弘治间进士，任户部主事，迁郎中。因反对宦官刘瑾，被下狱。刘瑾败露伏诛后，迁江西提学副使。当"台阁体"弥漫诗坛时，李梦阳以复古为解放，倡导"文必秦汉，诗必盛唐"，成为"前七子"的领袖，对当时打击"台阁体"的文风，起到了一定的作用。但他的作品只是蹈袭前人，模拟太甚，晚年略有转变，间有抚时感事、不满弊政之作。著有《空同集》。

《石将军战场歌》

五、唐寅作品选读

唐寅（1470—1523），字伯虎，一字子畏，自号六如居士，吴县（今江苏苏州市）人。弘治十一年（1498）乡试第一，世称唐解元。唐寅蔑视世俗，生活狂放不羁。作诗不拘成法，多用口语，敢于突破格律限制，大胆表达真情实感，题画诗清丽动人。他的诗文书画都有名，与祝允明、文征明、徐祯卿，被称为"吴中四才子"。有《六如居士全集》。

题画

【题解】这是一首题画诗。诗中展示的画面意境辽阔：秋天的傍晚，浩渺的湖水和辽阔的远天连接一体，重叠的山峦上树木郁郁苍苍，景色优美；小艇在湖上轻轻地荡漾，作者躺卧在艇上欣赏这傍晚美景，闲适自在。整首诗歌富有诗情画意。

秋水接天三万顷[1]，晚山连树一千重[2]。
呼他小艇过湖去[3]，卧看斜阳江上峰。

【注释】

[1]顷：地积单位，百亩为一顷。三万顷，虚指，形容湖面极为广阔。
[2]重（chóng）：重叠，多。
[3]艇：轻快的小船。

六、袁宏道作品选读

袁宏道（1568—1610），字中郎，又字无学，号石公，又号六休。湖广公安（今湖北省公安县）人。万历二十年进士，历任吴县知县、礼部主事、吏部验封司主事、稽勋郎中、国子博士等职。与兄宗道、弟中道，并称为"三袁"。世人认为其是三兄弟中成就最高者。少敏慧，善诗文，年十六为诸生，结社城南，自为社长。袁宏道在文学上反对"文必秦汉，诗必盛唐"的风气，提出"独抒性灵，不拘格套"的性灵说。诗风清新，但题材比较狭窄，有《袁中郎全集》。

孤山[1]

【题解】本文写作者游孤山时的感想，盛赞"梅妻鹤子"的孤山处士林逋和西湖南屏山隐士虞僧孺，表达了对高人隐士的叹羡，对无牵无挂的自由生活的向往。

孤山处士[2]，妻梅子鹤，是世间第一种便宜人[3]。我辈只为有了妻子[4]，便惹许多闲事，撇之不得，傍之可厌，如衣败絮[5]行荆棘中，步步牵挂。近日雷峰[6]下，有虞僧孺[7]，亦无妻室，殆是孤山[8]后身。所著《溪上落花诗》，虽不知于和靖如何，然一夜得百五十首，可谓迅捷之极。至于食淡参禅，则又加孤山一等[9]矣，何代无奇人哉！

【注释】

［1］孤山：位于西湖里湖与外湖之间，一山孤峙，故名孤山。
［2］孤山处士：指北宋林逋，钱塘人，字君复，隐居西湖孤山，不娶，种梅养鹤以自娱，有"梅妻鹤子"之称，卒谥和靖先生。
［3］便宜人：得便宜的人。
［4］妻子：妻子儿女。
［5］衣（yì）：穿。败絮：破棉絮。
［6］雷峰：峰名，位于西湖南屏山净慈寺前，又名中峰，因郡人雷氏居此，故名雷峰。
［7］虞僧孺：虞淳贞，字僧孺，钱塘人，与兄虞淳熙均好佛好仙，隐居南屏山下。与袁宏道有交往。
［8］孤山：孤山处士，即林逋。
［9］加孤山一等：比林逋高出一等。

七、张岱作品选读

张岱（1597—1679），字宗子，又字石公，号陶庵，又号蝶庵，山阴（今浙江绍兴）人。侨寓杭州，终身不仕。少年时生活优裕，落拓不羁，纵情山水，潜心古文。明亡后，坚持民族气节，隐居剡溪山中，追记往事，专心著述，表现了对故国的深切怀念。他是明末著名散文家，尤以小品文见长。文章兼取公安、竟陵两派之长，也较"唐宋派"作品更为清新活泼，简洁流丽，卓然自成一家。有《陶庵梦忆》《西湖梦寻》《琅嬛文集》《石匮书》等。

西湖七月半

【题解】本文真实生动地记叙了杭州人七月十五日游西湖赏月的习俗。作者以清新活泼的语言刻画了五类人游西湖时不同的神态。文章先描绘了达官贵人、名娃闺秀、名妓闲僧、市井之徒四类游湖看月之人；与这些附庸风雅的世俗之辈形成鲜明对比的是最后一类：清雅之士，即作者与好友及佳人，其观景赏月时行为的持重高雅、情态气度与西湖的优美风景和谐一致。作者对五类人的描述，字里行间不见褒贬之词，然孰优孰劣、孰雅孰俗昭然。文章表面写人，又时时不离写月，看似无情又蕴情于其中，完美而含蓄地体现了作者抑浅俗、颂高雅的主旨。文章结构谨严，语言生动活泼，清新流丽。寥寥数语，即勾勒出湖光月色、游人情态，十分传神。记事、写景和抒情三者有机融合，具有一种清新的风格。

西湖七月半[1]，一无可看，只可看看七月半之人。

看七月半之人，以五类看之。其一，楼船箫鼓[2]，峨冠盛筵，灯火优傒[3]，声光相乱，名为看月而实不见月者，看之[4]；其一，亦船亦楼，名娃闺秀[5]，携及童娈[6]，笑啼杂之[7]，还坐露台[8]，左右盼望，身在月下而实不看月者，看之；其一，亦船亦声歌，名妓闲僧[9]，浅斟低唱，弱管轻丝，竹肉相发[10]，亦在月下，亦看月而欲人看其看月者，看之；其一，不舟不车，不衫不帻[11]，酒醉饭饱，呼群三五，跻入人丛，昭庆[12]、断桥[13]，嚣呼嘈杂[14]，装假醉，唱无腔曲，月亦看，看月者亦看，不看月者亦看，而实无一看者，看之；其一，小船轻幌[15]，净几暖炉，茶铛旋煮[16]，素瓷静递[17]，好友佳人，邀月同坐，或匿影树下[18]，或逃嚣里湖[19]，看月而人不见其看月之态，亦不作意看月者[20]，看之。

杭人游湖，巳出酉归[21]，避月如仇。是夕好名，逐队争出，多犒门军酒钱[22]。轿夫擎燎[23]，列俟岸上[24]。一入舟，速舟子急放断桥[25]，赶入胜会[26]。以故二鼓以前[27]，人声鼓吹[28]，如沸如撼，如魇如呓[29]，如聋如哑。大船小船，一齐凑岸，一无所见[30]，止见篙击篙，舟触舟，肩摩肩，面看面而已。少刻兴尽，官府席散，皂隶喝道去[31]，轿夫叫船上人，怖以关门[32]，灯笼火把如列星，一一簇拥而去。岸上人亦逐队赶门[33]，渐稀渐薄，顷刻散尽矣。

吾辈始舣舟近岸[34]，断桥石磴始凉，席其上[35]，呼客纵饮。此时月如镜新磨，山复整妆，湖复颒面[36]，向之浅斟低唱者出，匿影树下者亦出，吾辈往通声气[37]，拉与同坐。韵友来[38]，名妓至，杯箸安，竹肉发。月色苍凉[39]，东方将白，客方散去。吾辈纵舟，酣睡于十里荷花之中，香气拍人[40]，清梦甚惬[41]。

【注释】

[1] 七月半：农历七月十五日，俗称中元节，又名鬼节。杭州旧习，人们于这天晚上倾城出游西湖。

[2] 楼船：有楼台装饰的游船。

[3] 优傒（xī）：歌妓和仆役。傒同"奚"，本指因犯的子女，后借指奴仆。

[4] 看之：意为可以看看这一类人。

[5] 名娃：名门的美女。闺秀：本指有才德的女子，后指代"小姐"。

[6] 童娈（luán）：同"娈童"，美童。

[7] 啼：叫喊声。

[8] 还：同"环"。露台：指大船前部的平台。

[9] 闲僧：和尚。和尚出家，不问世俗，从容闲暇，故称。

[10] 竹肉相发：箫管伴和着歌声。竹：指竹制的管乐器。肉：指歌喉。

[11] 不衫不帻（zé）：不穿长衫，也不戴头巾。意为衣冠不整。

[12] 昭庆：昭庆寺，在西湖东北隅岸上。

[13] 断桥：在西湖白堤上。原名宝祐桥，唐代称断桥。

[14] 嚣（xiāo）呼：大喊大叫。嚣是"嚣"的假借。

[15] 轻幌（huǎng）：细薄的帷幔。幌：布幔。

[16] 茶铛（chēng）：煮茶的小锅。

[17] 素瓷：雅洁精致的瓷杯。

[18] 匿（nì）影：藏身。

[19] 里湖：在苏堤西部，孤山北边。

[20] 作意：存心，有意。

[21] 巳出酉归：巳时出城，酉时返回。巳：上午九点至十一点。酉，下午五点至七点。

[22] 犒（kào）门军：犒赏守门军士。犒：用酒食或财物慰劳。

[23] 擎（qíng）燎：举着火把。

[24] 列俟（sì）：列队等候。

[25] 速舟子：催促船夫。

[26] 赶入胜会：赶上盛大的集会。

[27] 二鼓：即二更，约晚上十时开始。

[28] 鼓吹：器乐合奏的声音。

[29] 如魇（yǎn）如呓：好像梦中惊叫和说梦话。魇：梦里惊呼。呓：说梦话。

[30] 一无所见：指见不到美景。

[31] 皂隶：古代贱役，后专以称衙门中的差役。喝道：官员出行，前面有差役吆喝，驱人让路。

[32] 怖：恐吓。

[33] 赶门：赶在城门关闭前回城。

[34] 舣（yǐ）舟：整船靠岸。

[35] 席：摆设酒席。

[36] 颒（huì）：洗脸。

[37] 声气：这里指招呼。

[38] 韵友：高雅的朋友。

[39] 苍凉：幽凉。

[40] 拍：扑。

[41] 惬（qiè）：畅快，适意。

八、陈子龙作品选读

陈子龙（1608—1647），字卧子，号大樽，松江华亭（今上海市松江县）人。明末崇祯十年进士。明朝灭亡后，他在南明弘光朝任兵科给事中，后见朝政腐败，辞职归乡。清军攻陷南京后，他在松江起兵抗清。事败后，又联合太湖兵抗清。后在苏州被捕，乘隙投水而死，表现了崇高的民族气节。陈子龙是明末复社的重要成员，曾与夏允彝等人结成几社，以文章气节为重，反对魏阉余党。他的文学主张与主张复古的前、后七子基本相同，但在主张恢复古诗文传统时，反对盲目尊古，又与前后七子有别。他早期的作品有一些反映现实的诗篇。明朝灭亡后，作品多为怀念故国，哀悼烈士，愤恨清军的诗篇，格调变得悲愤苍凉。他的诗、文、词后人辑为《陈忠裕公全集》。

小车行

【题解】小车行为新题乐府诗。"行"即歌行，是古代诗歌中一种体裁，一般可以配乐歌唱。《小车行》作于明崇祯十年（1637）。这一年陈子龙中进士，被选为惠州司李，离京赴任途中，适遇京郊和山西、山东旱、蝗灾情严重，广大农民被迫流落他乡。诗人见此，心情凄怆，作诗记之。诗人用汉乐府民歌的风格，描绘了百姓流离失所的惨景，风格沉雄悲壮。陈子龙早期诗作往往重于摹拟古诗，"以形似为工"。《小车行》虽也有摹拟的痕迹，但因感于现实而作，写灾民离家流亡的悲惨情景，惨凄感人，是陈子龙早期的佳作。

小车班班黄尘晚[1]，夫为推，妇为挽[2]。"出门茫茫何所之[3]？""青青者榆疗吾饥[4]，愿得乐土共哺糜[5]。""风吹黄蒿[6]，望见垣堵[7]，中有主人当饲汝[8]。"叩门无人室无釜[9]，踯躅空巷泪如雨[10]。

【注释】

[1] 班班：车行之声。一作班班。
[2] 挽：在前边拉车子。
[3] 之：往。走出门去，前途渺茫，往哪里去呢？这是路人向逃荒者夫妇的问话。茫然：渺茫，心里不清楚。
[4] 青青者榆疗吾饥：用青青的榆英（即榆钱）来充饥。疗吾饥：医治我的饥饿，即充饥。
[5] 愿得乐土共哺糜（mí）：想找个好地方，我们得碗粥喝。乐土：美好的地方，《诗·魏风·硕鼠》："适彼乐土"，这里是借用《诗经》中的成词。共哺糜：大家有粥喝，汉乐府《东门行》："他家但愿富贵，贱妾与君共哺糜"，这里是借用《东门行》中语。上句和这句是逃荒者对路人问话的答词。
[6] 黄蒿：旱天里变得枯黄的蒿草。
[7] 垣堵：墙壁，这里指房屋。
[8] 饲汝：把食物给你吃。汝：你。"风吹黄蒿，望见垣堵，中有主人当饲汝"是路人指点逃荒夫妇的话，意思是：风吹动黄色的蒿草，就可以望见（前方的）房屋，屋中会有主人施舍给你们东西吃。
[9] 叩门无人室无釜（fǔ）：（逃荒者）敲门（室内）已无人应，室中也没有锅灶。釜，古代的一种锅。
[10] 踯（zhí）躅（zhú）空巷泪如雨：（逃荒夫妇）在空空的街上徘徊着，泪淋如雨。踯躅，徘徊不进，犹豫。

【思考与练习】

1. 分析刘基《卖甘者言》的思想内容和写作特色。
2. 《牧牛词》最后两句运用了怎样的表达技巧？表达了诗人怎样的思想感情？
3. 周作人在给《陶庵梦忆》时说："他（张岱）的洒脱的文章大抵出于性情的流露……"请结合《西湖七月半》文章内容加以分析。

第五章 明代散曲与民歌

第一节 明代散曲与民歌概况

一、明代散曲

明代散曲创作总体上处于盛而不衰的状态，作家作品数量众多。据《全明散曲》统计，明代有姓名可考的散曲作家有400多人，现存小令约10500余首，套数2050多篇，远远超过元代。比起曲调清新自然、语言浅俗活泼的元代散曲，明代散曲有脱离民间本色而文人化的趋向，特别是明中叶以后，词藻化、音律化的现象比较突出。从作家的地域分布和风格特征来看，明代散曲大致上可以分为南北两派，北派风格大多豪爽雄迈、质朴粗率，南派则清丽俊逸、细腻婉约。

明初的曲坛比较沉寂，主要作家如朱权、朱有燉、贾仲明等。他们的作品内容比较单调，多写豪门贵族生活和游山玩水的闲情逸致；形式上模拟元人，追求华丽工巧，无甚特色。

弘治、正德年间，散曲创作开始走向兴盛，作家不断出现，像北方的王九思、康海，南方的王磐、陈铎等人，是当时具有代表性的作家。

王九思和康海分别有散曲集《碧山乐府》《沜东乐府》。两人历尽宦海沉浮，多愤世嫉俗之作，风格雄爽质朴，浑厚跌宕，体现着北方作家豪放雄迈的创作特征。如王九思套曲《次韵赠邵晋夫》、康海《满庭芳·遣兴》等作品反映了世态炎凉和官场中的压抑艰险；王九思《寨儿令·对酒》、康海《雁儿落带过得胜令·饮中闲咏》等作品放达中寄寓失意，悠闲中含藏不平，刻露了传统士大夫既不愿放弃仕途进取，又对自身遭遇无能为力而聊以自慰的心态。

以王磐、陈铎等人为代表的南方散曲家的作品，内容则显得较为广泛，风格大多清丽俊逸。王磐有散曲集《王西楼乐府》，题材较丰富，《朝天子·咏喇叭》讽刺宦官恃权横行，《南吕一枝花·久雪》表达对社会恶势力的不满，《南吕一枝花·村居》则写隐士孤高洒脱的情怀。陈铎散曲有《秋碧乐府》《梨云寄傲》《滑稽馀韵》等集。其中《秋碧乐府》《梨云寄傲》多闺情之作，文字清丽，王世贞说他"所为散套，既多蹈袭，亦浅才情，然字句流丽，可入弦索"（《曲藻》）。较有特色的应数他的《滑稽馀韵》，共136首小令，描写了城市各行各业的人情世态，如瓦匠、铁匠、门子、牢子、巫师、媒婆、葬士等，广泛反映了明朝中叶以来逐渐繁荣的城市生活面貌，取材上有新的突破。对于这些人物，作者有赞美，有讽刺，有嘲笑，有同情，爱憎鲜明，具有一定的现实意义。

自嘉靖年间以来，散曲创作进一步繁荣，南北方都有不少作家涌现，如金銮、冯惟敏、梁辰鱼、施绍莘等都是当时较有成就的人物，各家创作风格更趋于多元化。随着昆山腔的兴起，一些地区南曲盛兴，而北曲有衰落趋向。

冯惟敏是北人作家中的佼佼者，也是这一时期散曲创作的大家，有散曲集《海浮山堂词稿》。他的作品或反映时艰，或抨击政治弊端，或写人情世态，反映的生活面较广，具有较强的现实感。如《胡十八·刈麦有感》《玉江引·农家苦》等关注民生疾苦；《玉江引·纪笑》写畸形世态；《改官谢恩》写官场阴暗；《耍孩儿·十自由》则抒写归田后悠闲落拓等。冯惟敏散曲格调大多爽逸豪迈，遣词造句率直明白，体现出北派作家的创作风格。

金銮生于北方，但长期寓居南京，作品有着南方作家的风格。著有《萧爽斋乐府》，讲究音律和谐，作品清丽婉转。梁辰鱼有散曲集《江东白苎》，作品讲究锻字炼句，文辞典丽华美，并注意吸收词的写作手法，因此不少曲文呈现出词味重而曲味淡的特征。梁辰鱼散曲以工词藻著称，继而后起的另一位散曲家沈璟则注重声律，两者在曲坛造成很大影响，不少人或崇梁或崇沈，于是明代散曲逐渐转向词藻化、音律化。但过分注重文辞声律，在一定程度上束缚了散曲的创作。

施绍莘是晚明时期重要的散曲作家，著有散曲集《秋水庵花影集》，他的作品大多"随境写声，随事命曲"（《春游述怀》跋），较少受文辞与声律的约束，与当时词藻化、音律化的创作风气有所不同，在曲坛独树一帜。

二、明代民歌

明代民歌在南北地区都广为流行，在文学史上有着重要的地位。明人卓人月以为："我明诗让唐，词让宋，曲让元，庶几《吴歌》《挂枝儿》《罗江怨》《打枣竿》《银绞丝》之类，为我明一绝耳。"（陈鸿绪《寒夜录》引）民歌的繁荣，与当时文学审美趣味的变化有着密切关系。自明中期起，城市工商经济不断发展，市民阶层逐渐崛起，像民歌这样直接反映民众生活而又具有鲜活艺术生命力的俗文学，越来越受到广大民众尤其是市民阶层的普遍欢迎，所谓"不问南北，不问男女，不问老幼良贱，人人习之，亦人人喜听之"（沈德符《万历野获编》卷二十五《词曲·时尚小令》）。一些文人士大夫经过耳濡目染，也对昔日不登大雅之堂的民间俗曲另眼相看，如李开先称其"语意则直出肺肝，不加雕刻"，"情尤足感人"（《市井艳词序》）；冯梦龙则将它们看作是"借男女之真情，发名教之伪药"（《序山歌》）。有的甚至亲自参与整理、创作与传播工作。这对民歌的兴盛，也起着一定的推动作用。

现存最早的明代民歌集子为成化年间金台鲁氏刊行的《新编四季五更驻云飞》《新编题西厢记咏十二月赛驻云飞》《新编太平时赛赛驻云飞》《新编寡妇烈女诗曲》四种。其中不乏描绘男女情爱婚姻和歌咏民间故事的民歌。

嘉靖以来，出现了不少收有民歌作品的文学选本，如张禄选辑的《词林摘艳》、郭勋选辑的《雍熙乐府》、陈所闻选辑的《南宫词纪》以及熊稳寰选辑的《徽池雅调》等，都或多或少地载录了一部分民歌。这一方面说明当时民歌创作趋于繁盛，另一方面也意味着选辑者对那些民间俗曲时调的重视。这些选本收录的民歌，有相当一部分也是描写男女私情的作品，如《雍熙乐府·驻云飞·闺怨》《南宫词纪·汴省时曲·锁南枝》等。

晚明时期，对民歌收集整理表现出极大热情的是冯梦龙。他投入相当精力编辑了两部明代民歌专集《童痴一弄·挂枝儿》和《童痴二弄·山歌》，代表着明代民歌创作的主要成就。《童痴一弄·挂枝儿》收录的是明万历前后流行起来的民间时调"挂枝儿"，仅有极少数为冯梦龙和他朋友的拟作。《童痴二弄·山歌》多用吴语，是现存明代民歌中保存吴中地区山歌数量最多的一种专集。这两部民歌集从一个侧面表现了明代社会尤其是晚明时期下层民众的生活风貌。冯梦龙在《序山歌》中说："山歌虽俚甚矣，独非郑、卫之遗欤？且今虽季世，而但有假诗文,无假山歌,则以山歌不与诗文争名,故不屑假。苟其不屑假,而吾藉以存真,不亦可乎?"这不仅道出了冯梦龙对民间俗曲的肯定态度,也可以说是从去伪存真的角度对他所编辑的民歌的创作特征作了总体的概括。

冯梦龙的《挂枝儿》和《山歌》在明代俗文学发展史上具有重要地位,其内容与艺术形式大致体现出这样几个特点:一是真实地描绘出社会平民阶层的各种世情俗态,如《谑部·山人》等;二是热烈歌咏青年男女自由的爱情生活,如《山歌·私情四句·娘打》《挂技儿·欢部·分离》等;三是形象刻画、语言运用等艺术手法丰富新颖,显示出明代民歌创作技巧进一步趋于成熟,如《挂技儿·私部·错认》《山歌·私情四句·送郎》等。这些民歌,从民间孕育脱胎而出,大多通俗形象、新奇自然、富有生气,极具艺术表现力。

第二节 明代散曲选读

一、王磐作品选读

王磐(1470—1530?),字鸿渐,号西楼,高邮(今江苏高邮)人。出身官宦,但厌弃功名,一生不仕,寄情山水,以词曲自娱。所作散曲大都反映自己的闲适生活,也有一些是揭露和抨击黑暗现实之作。有《西楼乐府》。

朝天子·咏喇叭[1]

【题解】明正德年间,宦官刘瑾当权,派出大批宦官,以各种名义到地方搜刮钱财。官船所到之处,喇叭、唢呐齐鸣,威风凛凛,地方官吏豪绅亦乘机勒索,百姓却倾家荡产。散曲借物抒怀,尖锐而深刻地讽刺宦官作威作福、鱼肉人民的罪恶。用喇叭、唢呐来比喻官僚统治,形象而又生动,充分发挥了散曲适于揶揄、讽刺的特点。语言幽默、犀利,运用白描手法,写来轻松活泼、畅快流利,在诙谐的言语中流露着沉痛愤激的思想感情。

喇叭,锁哪[2],曲儿小,腔儿大[3];官船来往乱如麻,全仗你抬身价。军听了军愁,民听了民怕,那里去辨甚么真共假?眼见的吹翻了这家,吹伤了那家,只吹的水净鹅飞罢[4]!

【注释】

[1] 朝天子:散曲曲牌。咏喇叭:标题。
[2] 锁哪:即唢呐,形状像喇叭的乐器。
[3] 曲儿小,腔儿大:说喇叭、唢呐这样的乐器只能吹奏些简单的乐曲,但发出的音响很大。隐喻宦官身份卑微,但倚仗皇帝宠信,横行不法。
[4] 水净鹅飞罢:隐喻人民倾家荡产。罢:停止。

二、冯惟敏作品选读

冯惟敏(1511—1580?),字汝行,号海浮,青州临朐(今山东临朐县)人。嘉靖举人,曾任涞水知县、润州教授、保定通判等小官。为官不畏权势，敢于抑制豪门，因而连遭贬斥。晚年归田，过着悠闲的田园生活。所作散曲，题材广泛，风格爽朗，语言自然流畅。部分作品能反映民生疾苦，揭露官吏贪暴，对农民的悲惨遭遇有一定的同情。有《海浮山堂词稿》。

胡十八
刈麦有感（其三）

【题解】此曲写旱灾之年，农民颗粒无收，卖田典儿都交不上税粮的惨状。散曲描绘的这幅悲惨农村破产图，反映了作者对农民苦难生活的深切同情和对统治者横征暴敛的愤慨。此曲语言质朴无华，却高度凝练，是散曲中少有的现实主义佳作。

穿和吃不索愁，愁的是遭官棒。五月半间便开仓[1]，里正哥过堂[2]，花户每比粮[3]。卖田宅无买的，典儿女陪不上[4]。

【注释】

[1] 开仓：指开官仓征收赋税。
[2] 里正：里长。过堂：在县官公堂呈报催征赋税的情况。
[3] 花户：旧时造户口册，人名叫花名，户口叫花户。这里即民户、老百姓之意。比粮：按规定时间和数目缴纳钱粮，违限的、不足的受杖责，称为比粮。
[4] "典儿"句：意思是典卖儿女也赔不起要交的赋税。典：典当；抵押。陪：通"赔"，赔偿。

第四编　清代文学

清代文学是指 1644 年至 1839 年，即李自成灭明至清道光十九年这一时期的文学现象。

一、清代社会特点

1644 年 3 月，李自成率领农民起义军攻下北京，明朝灭亡。这时东北的满族贵族所建立的清政权军队，在明降将吴三桂的配合下，长驱入关，趁李自成立足未稳，攻陷北京，取得了中央政权，建立了清王朝。但从全国来看，还远未统一，民族矛盾和阶级矛盾都十分尖锐。为此，清廷一方面采取了一些缓和的措施，如厚葬崇祯帝后，启用汉族归臣降将，减免粮饷，赦免罪犯；另一方面，继续采取强大的军事行动，镇压广大汉族人民的抗清斗争。"扬州十日""嘉定三屠"就是血腥镇压的历史记录。经过四十余年，到康熙二十二年（1683），郑成功在台湾坚持的抗清斗争失败，清王朝才完成了统一全国的大业。

经过几十年的休养生息，社会又逐渐恢复了繁荣。康熙、雍正时期，农业、手工业、商业都有较大发展。到了乾隆时期，清代的经济高度繁荣。农业生产的发展，促进了手工业的发达，从而也促进了商业交通和城市贸易的兴盛，一度被摧残的东南沿海资本主义萌芽又重新抬头。清王朝积累巨大财富，保证了经济的稳固发展。与此同时，封建地主阶级，包括皇室、贵族、官僚、商贾，也聚集了巨额财富，阶级矛盾日益尖锐。乾嘉时期，全国多处爆发起义，特别是白莲教起义、苗民起义、天理教起义等，都给清廷以沉重的打击。

清朝统治者在武力镇压农民起义的同时，在思想文化领域也实行了严酷的统治。清王朝为了控制知识分子的思想，采取了怀柔与高压相结合的政策。一方面，沿袭明朝旧制，以八股取士，并不断扩充科举录取名额，颁布捐纳制度，开设博学鸿词科，尽力拉拢愿为清王朝效力的汉族知识分子。作为重视学术、优容文人的表示，朝廷还组织了大规模的书籍编纂工作。康熙时纂有《康熙字典》《佩文韵府》《子史精华》《全唐诗》《古今图书集成》等，乾隆时更纂有规模空前的《四库全书》。这些工作固然有文化总结的意义，但也有羁縻文人的用意。同时借此对中国古籍进行一次全面检查，凡被认为不利于清王朝统治的书籍，就加以篡改或销毁。到了乾、嘉时期，大批知识分子一头钻进故纸堆中，潜心考据，形成了对中国学术发展产生了巨大影响的乾嘉学派。考据学在文献整理和古代文化研究方面的成果是值得肯定的，但作为一种社会现象，则需要从另外的角度看待。首先，这是文化专制政策所引出的结果，它耗费了许多杰出的才智之士的毕生精力，其成就是以牺牲对社会对人生的批判性思考为代价的。其次，清代考据学中包含着缜密的思考和科学的方法，不但推进了纯学术研究的进步，也推进了研究者的理性精神。另一方面，竭力推崇程朱理学，把程朱理学奉为正统哲学，鼓吹忠君思想，宣扬封建礼教，给以理学家高官厚禄，誉为"理学名臣"，以束缚人民的思想。

对于具有异端思想尤其是具有反清意识的文人，清朝统治者采取了严酷高压手段。严禁文人结社，大兴文字狱，康、雍、乾三朝文字狱达七八十起之多，如著名的"明史案"株连近200人，戴名世《南山集》案，死者百余人，流放多达数百人。统治者企图用血腥的恐怖手段，镇压汉族知识分子在思想上和文化上的反抗，以期达到强化思想统治的目的。这种手段不仅打击了汉族文人的民族意识，而且和强行易服薙发一起，严重打击了士人的人格尊严。而士人人格的破坏，成为清代文化中的严重问题。

在反对民族压迫，反对封建专制的斗争中，出现了一批具有民族意识和民主倾向的思想家。明末清初，是中国思想史上最活跃的历史时期之一，以顾炎武、黄宗羲、王夫之为代表的思想家，都曾从事抗清活动，并对封建统治有所抨击。指出"为天下之大害者，君而已矣"（《明夷待访录·原君》）。唐甄更大胆指出"自秦汉以后，凡帝王者皆贼也"（潜书·室语》）。这些进步思想家的理论，在许多方面突破了儒家传统观念的束缚，对清代文学有积极的影响。

二、清代文学概况

清代是古代文学史上最后一个重要阶段。清代文学中各种样式、各种体裁最为完备，而且都取得了相当可观的成就。它集封建文学发展之大成，乃是三千年古代文学的一个光辉总结。

清代文学的发展以雍正朝为界，大致可分为清初、清中叶两个阶段，清初期进步作家民族意识强烈，对现实的认识也较深刻，创作大都表现了爱国思想和民族感情，反映了明、清之际社会的变乱和人民的苦难。清中叶，统治者对文人施行高压与笼络相结合的政策，许多作家的反清意识和反封建的思想逐渐磨灭，他们在创作上大都模拟古人，追求艺术形式，复古主义和形式主义的倾向较为严重。

清代文学的成就是多方面的，小说、戏曲、诗歌、散文、词等，都出现了大量优秀作家作品。文学成就尤以小说最引人瞩目，无论文言、白话、短篇、长篇，都取得了很高的成就。文言短篇小说集《聊斋志异》，长篇白话小说《儒林外史》《红楼梦》，都是中国小说史上璀璨的明珠。戏曲文学也获得很大成就，《长生殿》《桃花扇》就是杰出的代表。清代的诗词文无论在数量或质量上，都大大超过了元、明时代，呈现出一种复兴的局面。但是清代文学毕竟是三千年中国古代文学发展的尾声，它的兴盛只是中国古典文学的回光反照。道光、咸丰以后随着时代的发展，形势的变化，加上外来文化的影响，文学也开始酝酿着新的变革，中国古代文学的发展已走完了它的漫长历程，接续而来的是中国近代文学阶段。

一般认为，中国古代文学发展到鸦片战争（道光二十年，1840年）以前告终，鸦片战争之后，开始了近代文学阶段。这时，社会发生了大的变革，文学也产生了新的特点。

第一章 清代小说

第一节 清代小说概述

清代是我国古典小说发展的高峰时期。许多进步的思想通过小说传达给读者，对于封建社会黑暗面的揭露，小说比其他文学形式也更广泛深入。于是，小说的读者面迅速扩大，书坊竞相刊印。清初许多不肯屈节事清的遗民文人和科举失意的落拓文人，也纷纷从事小说的写作。清王朝也因此把小说视为洪水猛兽，多次下令查禁、销毁。

清代文言短篇小说取得很高成就，以蒲松龄《聊斋志异》为最，其赋予女性以狐仙鬼怪之类非人世身份，使之与现实矛盾构成一定距离，成了诗意化、幻想性存在，其中现实的女性往往是贤惠温良合于传统道德的。继《聊斋志异》之后，文言短篇大量出现，沈起凤的《谐铎》、邦额的《夜谭随录》、浩歌子的《萤窗异草》、袁枚的《新齐谐》（原名《子不语》）、纪昀的《阅微草堂笔记》、乐钧的《耳食录》、许元仲的《三异笔谈》等。其中《新齐谐》和《阅微草堂笔记》影响较大。《阅微草堂笔记》否定蒲松龄"用传奇法而以志怪"的创造性贡献，"尚质黜华，追踪晋宋"，仿效六朝志怪笔记小说，标榜真实记录和记事简要客观，体例与《聊斋志异》有别。由于作者见多识广，学力甚深，又长于文笔，因而隽思妙语，随处可见。但内容谨遵封建礼教，多因果报应之说。《新齐谐》文笔自然流畅，不尚雕饰，读来亦觉清新活泼。

清代白话短篇小说成就不能与文言短篇相比。自明末"三言""二拍"出现以后，文人竞相效仿，这种风气一直延续到清朝康、乾之际，故拟话本的数量在清代仍然相当可观。但是无论是思想内容还是艺术成就，这些作品都远不如"三言""二拍"，其中成就较高的是李渔的白话小说。李渔是明末清初的戏剧家和戏剧理论家，也从事小说创作。他的短篇小说集《连城璧》《十二楼》在清代白话短篇小说中可推为上乘之作。另外有笔炼阁主人的《五色石》、草亭老人的《娱目醒心编》、艾衲居士的《豆棚闲话》等，思想境界不够高，艺术形式多落入俗套。

清代是我国古代长篇小说的黄金时代。清代长篇小说继明代而发展，题材非常丰富，类型众多，有历史小说、家庭小说、讽刺小说、神怪小说、武侠小说、才子佳人小说等。清代长篇小说数量空前，风格流派多样，最重要的是它与现实生活十分接近，不再只是描写逝去的英雄时代和传奇式的英雄人物，它把目光转向世俗的社会和平常的人们。明代的历史演义、英雄传奇和神魔小说，都是以描写超凡的英雄为主，只有短篇白话小说才叙写社会家庭的日常生活，以描绘市井俗人为主。唯有《金瓶梅》第一次把短篇白话小说的传统题材纳入长篇小说，用细腻而逼真的笔触描摹俗人的世界，拓宽了长篇小说的题材领域。《金瓶梅》的创新，到了清代才真正得到发扬。清代长篇小说的主流是描写现实社会的寻常生活，如《醒世姻缘传》《儒林外史》《歧路灯》《绿野仙踪》《红楼梦》等，都是写现实生活的。尤其是《红楼梦》，它按生活本来的样子描绘生活，以一个家庭的兴衰表现一个阶级、一个时代的兴衰，以一群青年男女的悲剧表现一个社会一个时代的悲剧，充分显示出长篇小说表现现实生活的巨大能力和容量。

雍正、乾隆时期，白话长篇小说收获丰盈。吴敬梓的《儒林外史》和曹雪芹的《红楼梦》，几乎是同时出现的两座高峰，小说史上的这种盛况可以和明初的《三国志演义》《水浒传》相媲美。《儒林外史》"以公心讽世"（鲁迅《中国小说史略》），是讽刺小说中的佳作。它集中地描写和反映了科举制度下的知识分子的种种心态和活动。在思想内容的深刻与广泛上，大大超越了同题材的文学作品。和《儒林外史》相比，《红楼梦》的成就更高，对当时及后世的影响也更大。从思想内容的深度与广度看，它不愧为封建社会生活的百科全书；从艺术描写的纯熟看，称得上中国古代小说的最高典范。曹雪芹在《红楼梦》第一回中及时地对才子佳人小说提出了中肯的批评。从这个时期开始，才子佳人小说作品的思想、艺术水平普遍下降，这一门类已失去了发展的前途，代表作有《驻春园小史》《金石缘》《水石缘》《雪月梅》等。历史演义小说中，《飞龙全传》《说呼全传》《反唐演义全传》《说唐后传》《征西演义全传》《反唐演义传》等作品吸收了民间传说的成分，很多地方离开了历史事实，写法上与英雄传奇小说相近，风格粗犷，自成一路。《东周列国志》《南史演义》《北史演义》等仍遵循着旧的传统。其中，蔡元放的《东周列国志》流传较广，影响较大，在当时完全取代了明代《列国志传》的几种不同的版本。《绿野仙踪》和《野叟曝言》是两部优秀的作品。由于内容繁富，很难把它们归入任何一个单纯的门类。《绿野仙踪》受到了《儒林外史》的影响，有尖锐的讽刺和大胆的揭露。在结构上，几组不同的故事通过主角冷于冰的活动而贯串起来，很有特色。在温如玉和金钟儿的故事中，妓院生活的描写，细致而又真实，嫖客、妓女和两个帮闲人物的性格生动传神，人情世态惟妙惟肖，这些在过去的小说中还没有这样成功地表现过。《野叟曝言》篇幅庞大，多至一百五十四回；内容之广，如其凡例所说"叙事说理，谈经论史，教孝劝忠，运筹决策，艺之兵诗医算，情之喜怒哀乐，讲道学，辟邪说……"，几乎无所不包。作者以小说皮藏学问文章，与后来的《镜花缘》如出一辙。《归莲梦》以白莲教农民起义为背景，才子佳人小说、历史演义小说、神怪小说三种写法兼有。《金兰筏》属于人情小说范畴，但其中关于清官微服私访，以及罗致侠士麾下效力的描写，对下一阶段出现的公案小说、侠义小说无疑有着直接或间接的影响。

清代小说的类型虽多，但也表现出一些共性。首先，描写婚姻爱情的小说占了很大的比重。清代的才子佳人小说盛行一时，可说是这一特点的典型例证。这一特点同样表现在其他小说中，例如《红楼梦》等。其次，反映科举制度是清代小说的又一重要内容。科举作为清代知识分子的主要出路，自然成为整个社会关注的中心，这在清代的小说中有不同的反映。一种是从正面来反映，表现知识分子"洞房花烛夜，金榜题名时"的人生理想，大量的才子佳人小说可作为这方面的代表；另一种则是从反面来批判或表现科举制度的问题，《儒林外史》是这方面的代表。

第二节　蒲松龄与《聊斋志异》

我国文言小说自魏晋南北朝盛行以来，涌现出大量的作品。但大部分作品，为志怪，既平实而乏文采；为传奇，又多托往事而避近闻，拟古却远不逮，更无独创可言。而蒲松龄的《聊斋志异》"虽亦如当时同类之书，不外记神仙狐鬼精魅故事，然描写委曲，叙次井然，用传奇法，而以志怪，变幻之状，如在目前，故读者耳目，为之一新"（鲁迅《中国小说史略》）。用唐人传奇法来写志怪，使我国文言小说的创作达到了一个高峰。

一、蒲松龄的生平与创作

蒲松龄（1640—1715），字留仙，一字剑臣，别号柳泉居士，世以其斋号称聊斋先生，淄川（今山东淄博）人。他出身于一个热衷科举的家庭，远祖蒲鲁浑为元代般阳路总管，其后代于元亡时易姓，明初又复姓蒲，故有蒲松龄为蒙古族之说。松龄之父名槃，学识渊博，但困于童生，终因家贫而弃儒经商。松龄少时颇有文名。作为中国封建社会的知识分子，他亦热衷科举，19岁（顺治十五年，1638）考取秀才，他的文章受到主考施闰章的称赞。31岁时，应聘为同乡进士宝应县知县孙蕙的"幕宾"，代为书札、告示及应酬文字。这与他的性格和志向是相违的，因此仅一年即北归故里。此后，为了谋生，他一面应考，一面做私塾教师，时间长达四十年。期间有很长一段时间在同县乡宦毕氏家中作塾师。毕家藏书万卷，与四方名士多有交往，这为蒲松龄读书写作和交友提供了条件。四十年间，蒲松龄多次应举，但终不第。他每每顾影自悲，"数卷残书，半窗寒烛，冷落荒斋里"，耗尽了他的生命。直到71岁，才援例出贡。辞馆归家后，生活凄苦，76岁去世。贫寒的境遇，使蒲松龄接触了下层社会，特别是农村生活。长期的设帐生涯，又使他观察到社会的各个层面，接触到各种人物；屡试不第的经历，更使他对社会生活，对文人的处境有了深切的体验。这一切，正是他能够创作出不朽的《聊斋志异》的根本原因。蒲松龄一生著述丰富，有诗词文章、戏曲小说、俚曲、杂著等。成就最高、影响最大的是《聊斋志异》。

《聊斋志异》实际上是蒲松龄的短篇小说集，用文言写成，近五百篇作品。此书是作者几乎花费毕生精力写成的，前后共达到40多年。书中的故事来源有：前代小说或笔记的改编、亲友所提供和自己的经历和见闻，但更多的是作者的虚构。

《聊斋志异》流传至今的版本有：一是乾隆十六年（1751）历城张希杰据济南朱氏殿春亭抄本过录的铸雪斋抄本，为较完整的抄本。存目488篇，有目无文14篇，实存474篇。二是乾隆三十一年（1766）赵起杲所刻的青柯亭本，是目前所存最早的印本，共16卷，成为此后通行本之底本。三是20世纪60年代由上海中华书局编辑出版的张友鹤辑校的"三会（会校会注会评）"本，收入490余篇，采录宏富，是目前较完备的本子。

二、《聊斋志异》的思想内容

蒲松龄对黑暗的封建社会有深切的体验，他在《与韩刺史樾依书》中说："仕途黑暗，公道不彰，非袖金输璧不能自达于圣明，真令人愤气填胸，欲望望然哭向南山而去！"《聊斋志异》正是作者借鬼狐花妖故事寄托"孤愤"的作品。

王士禛为《聊斋志异》题辞云："姑妄言之姑听之，豆棚瓜架雨如丝。料应厌作人间语，爱听秋坟鬼唱时。"王士禛的这首题辞，应看作是对蒲松龄和《聊斋志异》不仅十分重视而且十分理解的知音者的评析。蒲松龄之所以"厌作人间语"，"爱听秋坟鬼唱时"，就是因为"人间"的丑恶太多了，由人类组成的这个社会太黑暗；而被人类视为"异类"的狐妖鬼蜮却比满口仁义道德的"人类"善良得多，美好得多。乾隆年间进士余集在《聊斋志异序》中说："世固有服声被色，俨然人类；叩其所藏，有鬼蜮之不足比，而豺虎之难与方者，下堂见蚕，出门触蜂，纷纷沓沓，莫可穷诘。惜无禹鼎铸其情状，镯镂决其阴霾，不得已而涉想于杳冥荒怪之域。以为异类有情，或者尚堪晤对；鬼谋虽远，庶其警彼贪淫。呜呼！先生之志荒，而先生之心苦矣！"《聊斋志异》对鬼狐花妖的赞美，正是对世间丑恶的鞭挞！

《聊斋志异》大致可以分为三种形式的作品：一种主要采用史传文学及唐人传奇的体制，以人物生平遭遇为中心，有人物性格的刻画和复杂曲折的故事情节，篇幅比较长。一种以记事为中心，多描绘一个场面或记述某些事件，情节简单，篇幅适中，受古代记事散文影响较明显。一种则是保留魏晋"残丛小语"的形式，多为偶记琐闻，写法亦属粗陈梗概，一鳞片爪,故篇幅短小,但其中亦不乏寓意深刻之作。其中第一类作品成就最大。

蒲松龄由于科举失意,长期为官宦人家私塾教师,这对《聊斋志异》创作的影响是至关重要的。因此,对科举制的抨击与批判,反映科举的弊端是《聊斋志异》的一个主要内容。作品一方面揭露考场的腐败不公,讽刺考官的不学无术,认为考官"心盲或目瞽"(如《司文郎》《王子安》等),另一方面又反映了考生灵魂被扭曲的情况(如《叶生》《胡四娘》等)。

由于蒲松龄身居下层,深知民间疾苦,所以《聊斋志异》中有许多揭露黑暗之作,如《席方平》,通过"冥间"一件冤狱的处理过程,深刻地揭露了当时现实社会中封建官府的暗无天日和人民的含冤莫伸。还有《促织》《窦氏》《向杲》等作品表现了蒲松龄对黑暗势力的痛恨,也表现了他的正义感。

蒲松龄对爱情的美好向往,促使他写作了许多表现婚姻爱情的作品。如《娇娜》《婴宁》《青凤》《黄英》等。在这一类作品里,女主角往往集年轻、美丽、聪明、活泼、温柔于一身,更多的或是青春貌美的花妖,或是情操高尚、才识过人的狐魅。她们扮演主动追求爱情的角色。男主人公则往往是潦倒、不得志的中下层书生。这些作品都强调了平等自由的爱情,在一定程度上否定了"理"与"礼"。这除了作为现实的一种补偿之外,其中还蕴含对两性关系的思索。这一类作品是《聊斋志异》中最动人的篇章。

《聊斋》中还有一些作品揭示了某些生活中的现象以引起人们的警觉,极富有教育意义。如《画皮》告诫世人不可被美丽的画皮所迷惑。《崂山道士》则教育人们不可像王生那样投机取巧,好逸恶劳,希图侥幸成功,结果在现实生活中被碰得头破血流。《口技》《偷桃》等篇,有如笔记,生动描绘了艺人的高超技艺,丰富了人们的知识。

我们也应看到,《聊斋志异》思想内容具有一定的复杂性。有的作品对某些野蛮、阴暗的现象颇感兴趣,如《犬奸》;有的则宣扬陈腐的礼教,如《耿十八》《金生色》等,都对妇女不能守节大加鞭挞,认为她们活该受罪。这种复杂性的出现,或许与作者思想复杂、题材来源丰富以及创作之期漫长有关。

三、《聊斋志异》的艺术成就

《聊斋志异》在艺术上代表了我国古代文言短篇小说已经达到和能够达到的最高水平。

一是采用传奇的方法来志怪。传统的志怪小说,大抵叙述鬼神怪异之事,篇幅短小又仅"粗陈梗概",语言简约而显露不出文采。而唐代的传奇小说则"叙述宛转,文辞华艳",小说的主体是人间人事人情人态。蒲松龄借用传奇的特长,来写花妖狐魅,使小说内容精彩且充实,情节离奇而生动,展现出极其迷幻曲折的色彩。《聊斋志异》所写,虽"不外记神仙狐鬼精魅故事",近于传统的志怪,但"描写委曲、叙次井然",全是传奇笔法,因此"聊斋故事"不仅异常曲折动人,而且有极强的艺术真实感。人狐虽为异类,但在蒲松龄的笔下,他们的交往,都构成一个个感人的传奇故事,"变幻之状,如在目前""出于幻域,顿入人间"。

二是《聊斋志异》的文章,典雅而明快,无论是叙述故事或写人物对话,都极简洁而富于表现力。较之以前的文言小说,作品加重了对人物环境、行动状况、心理表现等方面的描写。如《连琐》开头便写杨于畏"斋临旷野,墙外多古墓,闻白杨萧萧,声如涛涌",为鬼女连琐的出场设置了阴森的环境。《红玉》写红玉初见冯相如:"一夜,相如坐月下,忽见东邻女自墙上来窥。视之,美。近之,微笑。招以手,不来亦不去。固请之,乃梯而过,遂共寝处。"生动地表现了两情相悦的情景。

三是语言精练,词汇丰富,句式富于变化。如《婴宁》中,写婴宁爱笑,就用了"笑容可掬""嗤嗤笑不已""笑不可遏""复笑不可仰视""大笑""笑声始纵""狂笑欲堕""且下且笑""微笑而止""室中吃吃皆婴宁笑声""浓笑不顾""孜孜憨笑""笑处嫣然""笑极不能俯仰""放声大笑,满室妇女为之粲然",总共不下二十余处,但无一处相同,各有特色,且符合不同的情境。

《聊斋志异》将中国古代文言短篇小说发展到了一个新高度,《聊斋志异》之后,颇多模仿之作,但成就不高。

四、《聊斋志异》选读

席方平[1]

【题解】这篇小说描写了冥府对一件冤狱的处理过程。它曲折抨击了现实社会中各级官府的暗无天日,生动揭示了官场吏治中的"钱神当道",人民有冤莫伸。有如灌口二郎判词所说:"金光盖地,因使阎摩殿上尽是阴霾;铜臭熏天,遂教枉死城中全无日月。"主人公席方平,是一个富有反抗性的人物形象。他为代父伸冤,面对酷刑,威武不能屈,勇往直前;面对利诱,不为所动,冷静周旋,懂得机变。终于冤屈昭雪,取得胜利。席方平这种"大冤未伸,寸心不死"的顽强斗争精神,表现了被压迫人民对压迫者的刻骨仇恨,也反映了我国人民在邪恶势力面前永不屈服的高贵品质。这则故事,情节怪诞,想象奇特,寓意精辟,体现了《聊斋志异》奇瑰的浪漫主义特色。故事中的冥吏、城隍、郡司、冥王,贪酷暗昧,贿赂公行,狼狈为奸,残害良民,二郎神的判词,实是现实社会中在作品的影射。这些描写,无疑寄托了作者的孤愤与追求。

席方平,东安人[2]。其父名廉,性戆拙[3]。因与里中富室羊姓有郤[4],羊先死;数年,廉病垂危,谓人曰:"羊某今贿嘱冥使榜我矣[5]。"俄而身赤肿,号呼遂死。席惨怛不食[6],曰:"我父朴讷[7],今见陵于强鬼[8];我将赴冥,代伸冤气矣。"自此不复言,时坐时立,状类痴,盖魂已离舍[9]。

席觉初出门,莫知所往,但见路有行人,便问城邑。少选[10],入城。其父已收狱中。至狱门,遥见父卧檐下,似甚狼狈。举目见子,潸然流涕[11],曰:"狱吏悉受赇嘱,日夜榜掠,胫股摧残甚矣[12]!"席怒,大骂狱吏:"父如有罪,自有王章[13],岂汝等死魅所能操耶[14]!"遂出,写状。值城隍早衙[15],喊冤投之。羊惧,内外贿通,始出质理[16]。城隍以所告无据,颇不直席[17]。席愤气无所复伸,冥行百余里[18],至郡,以官役私状,告诸郡司[19]。迟至半月[20],始得质理。郡司扑席[21],仍批城隍覆案[22]。席至邑,备受械梏[23],惨冤不能自舒。城隍恐其再讼,遣役押送归家。役至门辞去。席不肯入,遁赴冥府,诉郡邑之酷贪。冥王立拘质对。二官密遣腹心与席关说[24],许以千金。席不听。过数日,逆旅[25]主人告曰:"君负气已甚,官府求和而执不从,今闻于王前各有函进[26],恐殆矣[27]。"席以道路之口[28],犹未信。俄有皂衣人唤入[29]。升堂,见冥王有怒色,不容置词,命笞二十。席厉声问:"小人何罪?"冥王漠若不闻。席受笞,喊曰:"受笞允当[30],谁教我无钱也!"冥王益怒,命置火床[31]。两鬼摔席下[32],

见东墀有铁床[33]，炽火其下，床面通赤。鬼脱席衣，掬置其上[34]，反复揉捺之。痛极，骨肉焦黑，苦不得死。约一时许，鬼曰："可矣。"遂扶起，促使下床着衣，犹幸跛而能行。复至堂上，冥王问："敢再讼乎？"席曰："大冤未伸，寸心不死，若言不讼，是欺王也。必讼！"王曰："讼何词？"席曰："身所受者，皆言之耳。"冥王又怒，命以锯解其体。二鬼拉去，见立木高八九尺许，有木板二，仰置其上，上下凝血模糊。方将就缚，忽堂上大呼"席某"，二鬼即复押回。冥王又问："尚敢讼否？"答曰："必讼！"冥王命捉去速解。既下，鬼乃以二板夹席，缚木上。锯方下，觉顶脑渐辟[35]，痛不可忍，顾亦忍而不号。闻鬼曰："壮哉此汉！"锯隆隆然寻至胸下。又闻一鬼云："此人大孝无辜，锯令稍偏，勿损其心。"遂觉锯锋曲折而下，其痛倍苦。俄顷，半身辟矣。板解，两身俱仆。鬼上堂大声以报。堂上传呼，令合身来见。二鬼即推令复合，曳使行。席觉锯缝一道，痛欲复裂，半步而踣[36]。一鬼于腰间出丝带一条授之，曰："赠此以报汝孝。"受而束之，一身顿健，殊无少苦。遂升堂而伏。冥王复问如前；席恐再罹酷毒[37]，便答："不讼矣。"冥王立命送还阳界。隶率出北门，指示归途，反身遂去。

　　席念阴曹之暗昧尤甚于阳间[38]，奈无路可达帝听[39]，世传灌口二郎为帝勋戚[40]，其神聪明正直，诉之当有灵异。窃喜二隶已去，遂转身南向。奔驰间，有二人追至；曰："王疑汝当归，今果然矣。"捽回复见冥王。窃疑冥王益怒，祸必更惨；而王殊无厉容[41]，谓席曰："汝志诚孝。但汝父冤，我已为若雪之矣。今已往生富贵家[42]，何用汝鸣呼为[43]。今送汝归，予以千金之产、期颐之寿[44]，于愿足乎？"乃注籍中，嵌以巨印[45]，使亲视之。席谢而下。鬼与俱出，至途，驱而骂曰："奸猾贼！频频翻复，使人奔波欲死！再犯，当捉入大磨中，细细研之[46]！"席张目叱曰："鬼子胡为者！我性耐刀锯，不耐挞楚[47]。请反见王，王如令我自归，亦复何劳相送。"乃返奔。二鬼惧，温语劝回。席故蹇缓[48]，行数步，辄憩路侧。鬼含怒不敢复言。约半日，至一村，一门半开，鬼引与共坐；席便据门阈[49]。二鬼乘其不备，推入门中。惊定自视，身已生为婴儿。愤啼不乳[50]，三日遂殇[51]。魂摇摇不忘灌口[52]，约奔数十里，忽见羽葆来[53]，幡戟横路[54]。越道避之[55]，因犯卤簿[56]，为前马所执[57]，絷送车前[58]。仰见车中一少年，丰仪瑰玮[59]。问席："何人？"席冤愤正无所出，且意是必巨官，或当能作威福[60]，因缅诉毒痛[61]。车中人命释其缚，使随车行。俄至一处，官府十余员，迎谒道左，车中人各有问讯。已而指席谓一官曰："此下方人，正欲往诉，宜即为之剖决。"席询之从者，始知车中即上帝殿下九王[62]，所嘱即二郎也。席视二郎，修躯多髯[63]，不类世间所传。

　　九王既去，席从二郎至一官廨[64]，则其父与羊姓并衙隶俱在。少顷，槛车中有囚人出[65]，则冥王及郡司、城隍也。当堂对勘[66]，席所言皆不妄。三官战栗，状若伏鼠。二郎援笔立判；顷刻，传下判语，令案中人共视之。判云："勘得冥王者：职膺王爵[67]，身受帝恩。自应贞洁以率臣僚，不当贪墨以速官谤[68]。而乃繁缨棨戟，徒夸品秩之尊[69]；羊狠狼贪，竟玷人臣之节。斧敲斲[70]，斲入木[71]，妇子之皮骨皆空；鲸吞鱼，鱼食虾，蝼蚁之微生可悯。当掬西江之水[72]，为尔涮肠[73]；即烧东壁之床[74]，请君入瓮[75]。城隍、郡司，为小民父母之官，司上帝牛羊之牧[76]。虽则职居下列[77]，而尽瘁者不辞折腰[78]；即或势逼大僚[79]，而有志者亦应强项[80]。乃上下其鹰鸷之手[81]，既罔念夫民贫[82]，且飞扬其狙狯之奸[83]，更不嫌乎鬼瘦。惟受赃而枉法，真人面而兽心[84]！是宜剔髓伐毛[85]，暂罚冥死[86]；所当脱皮换革，仍令胎生[87]。隶役者：既在冥曹[88]，便非人类，只宜公门修行[89]，庶还落蓐之身[90]，何得苦海生波[91]，益造弥天之孽[92]？飞扬跋扈，狗脸生六月之霜[93]；隳突叫号[94]，虎威断九衢之路[95]。肆淫威于冥界，咸知狱吏为尊[96]；助酷虐于昏官，共以屠伯是惧[97]。当以法场之内，剁其四肢；更向汤镬之中[98]，捞其筋骨。羊某：富而不仁，狡而多诈。金光盖地[99]，因使阎摩殿上尽是阴霾[100]；铜臭熏天[101]，遂教枉死城中，全无日月[102]。余腥犹能役鬼[103]，大力直可通神[104]。宜籍羊氏之家[105]，以赏席生之孝。即押赴东岳施行[106]。"又谓席廉："念汝子孝义，汝性良懦[107]，可再赐阳寿三纪[108]。"因使两人送之归里。席乃抄其判词，途中父子共读之。

至家，席先苏；令家人启棺视父，僵尸犹冰，俟之终日，渐温而活。又索抄词，则已无矣。自此，家道日丰，三年良沃遍野[109]；而羊氏子孙微矣[110]。楼阁田产，尽为席有。里人或有买其田者，必梦神人叱之曰："此席家物，汝乌得有之！"初未深信；既而种作，则终年升斗无所获，于是复鬻于席。席父九十余岁而卒。

异史氏曰："人人言净土[111]，而不知生死隔世，意念都迷[112]，且不知其所以来，又乌知其所以去；而况死而又死，生而复生者乎？忠孝志定，万劫不移[113]，异哉席生，何其伟也！"

【注释】

[1] 本篇选自中华书局会校会注会评本《聊斋志异》卷十。
[2] 东安：县名，汉置安次县，明改为东安县，属顺天府，清因之，即今河北省安次县。
[3] 戆拙：迂直诚实。
[4] 有郄：有怨恨。《史记·刺客列传》："久之，濮阳严仲子事韩哀侯，与韩相侠累有郄。"郄，同"隙"，两物间的空隙，引申为嫌怨。
[5] 冥使：阴间的差役。迷信谓人死后神魂所在之处为阴间。搒（péng）：拷打。
[6] 惨怛（dá）：忧伤，悲痛。《汉书·元帝纪》："岁比灾害，民有菜色，惨怛于心。"
[7] 朴讷：质朴而不善言辞。讷：言语迟钝。
[8] 陵：亦作"凌"，欺辱。《礼记·中庸》："在上位，不陵下。"
[9] 离舍：此指魂魄离开肉体。舍：原指居处房屋，这里指人的躯体。迷信谓人死后，魂即离体而去，故称"魂已离舍"。
[10] 少选：一会儿，不多久。《吕氏春秋·音初》："覆以玉筐，少选，发而视之，燕遗二卵。"注："少选，须臾。"
[11] 潸然：流泪的样子。《诗经·小雅·大东》："潸然出涕。"
[12] 胫股：小腿和大腿。
[13] 王章：王法。
[14] 死魅：詈词。魅：鬼怪。
[15] 城隍：旧时称守护城邑的神。陆游《宁德县重修城隍庙记》："故唐以来郡县皆祭城隍。"道教以其为"剪恶除凶、护国保邦"之神。早衙：古时官府早晚两次坐衙治事，早上卯时的一次称为早衙。
[16] 质理：对质说理。即出庭打官司。
[17] 不直：不信任，不以之为是。《汉书·韩延寿传》："上由是不直延寿，各令穷竟所考。"
[18] 冥行：摸黑走路。
[19] 郡司：指阴间管理郡一级的地方神。这两句是说，将县城隍和差役私下营私舞弊的情况，向郡司告状。
[20] 迟（zhì）：等待。《荀子·修身》："故学曰：'迟彼止而待我。'"注："迟，待也。"

[21] 扑：拷打。

[22] 覆案：重新审理。

[23] 械梏（xiègù）：古时拘住犯人手足的刑具。这里泛指刑具。

[24] 腹心：亲近信任的人。《陈书·高祖纪上》："景至阙下，不敢入台，遣腹心取其二子以遁。"关说：通关节，说人情。《史记·佞幸列传序》："此两人非有才能，徒以婉佞贵幸，与上卧起，公卿皆因关说。"《索隐》："关，通也，谓公卿因之而通其说。"

[25] 逆旅：客舍，旅馆。《庄子·山木》："阳子之宋，宿于逆旅。"

[26] 函进：即送贿赂。函，匣，盒子。

[27] 殆：危险。《淮南子·人间训》："国家危，社稷殆。"

[28] 道路之口：传闻之辞。

[29] 皂衣人：穿黑色衣服的人，指皂隶。皂：黑色。古时差役穿黑衣，故称。

[30] 允当：平允适当。《抱朴子·酒戒》："诚能赏罚允当，……则士思果毅，人乐奋命。"《聊斋志异》稿本无名氏乙评云："极愤激语，却含蓄无尽。"

[31] 火床：地狱中一种刑具。《法苑珠林》引《佛藏经》："入僧房，已复出诸比丘坐于火床，互相蚧捶，肉尽筋出，五脏骨髓，亦如燋炷。"

[32] 捽（zuó）：揪住头发，《战国策·楚策一》："吾将深入吴军，若扑一人，若捽一人。"注："捽，持发也。"

[33] 墀：殿上空地，亦指台阶。

[34] 掬：两手相合捧物叫"掬"，这里有抬的意思。

[35] 辟：开。

[36] 踣（bó）：向前扑倒。

[37] 罹（lí）：遭受。

[38] 暗昧：黑暗。

[39] 无路可达帝听：无法使玉皇大帝知道。听：听闻。

[40] 灌口二郎：即二郎神，民间传说中神名。灌口：今四川省灌县。或以为二郎神乃指秦时蜀郡太守李冰的次子。《朱子语类》卷三："蜀中灌口二郎庙，当初是李冰，因开离堆有功，立庙。今来现许多灵怪，乃是他第二儿子出来。"小说《封神演义》则说其名为杨戬，是玉皇大帝的外甥，故云"为帝勋戚"。

[41] 厉容：严厉的脸色。

[42] 往生：本指佛教信徒死后，能往西方净土，化生于莲花中。这里作"投胎"讲。

[43] 鸣呼：喊冤。

[44] 期颐：百岁。《礼记·曲礼上》："百年曰期颐。"注："期，犹要也；颐，养也。不知衣服食味，孝子要尽养道而已。"

[45] 嵌：盖印。《聊斋志异·神女》："姬大悦，窃印为生嵌之。"

[46] 研：研磨。

[47] 挞楚：棒打。楚，古代刑杖。《礼记·学记》："夏楚二物，收其威也。"陈澔注："夏，榎也；楚，荆也。榎形圆，楚形方。以二物为扑，以警其怠忽者，使之收敛威仪也。"

[48] 故蹇缓：故意慢腾腾地走。蹇：跛，行动迟缓。

[49] 门阈：门槛。

[50] 乳：吃奶。
[51] 殇：夭折。未成年而死。
[52] 摇摇：心神不定的样子。《诗经·王风·黍离》："行迈靡靡，中心摇摇。"孔颖达疏："《战国策》云：楚威王谓苏秦曰：'寡人心摇摇然，如悬旌而无所薄。'然则摇摇是心忧无所附着之意。"
[53] 羽葆：以鸟羽连缀装饰的华盖。《礼记·杂记下》："匠人执羽葆御柩。"疏："羽葆者，以鸟羽注于柄头，如盖，谓之羽葆。葆，谓盖也。"
[54] 幡戟横路：前驱仪仗，排满道路。幡：长幅下垂的旗。戟：即棨戟，古代官吏出行时用作前导的一种仪仗。幡戟：这里泛指前驱仪仗。横路：横陈路上。《南齐书·东昏侯纪》："每三四更中，鼓声四出，幡戟横路，百姓喧走相随，士庶莫辨。"
[55] 越道：穿过大路。
[56] 卤簿：古代帝王或后妃、王公大臣外出时的仪仗队。《封氏闻见记》卷五："舆驾行幸，羽仪导从，谓之卤簿……按字书：'卤，大楯也。'卤以甲为之，所以扞敌……甲楯有先后部伍之次，皆著之簿籍，故谓之卤簿耳。"
[57] 前马：仪仗队的前驱。《国语·越语上》："亲为夫差前马。"韦昭注："前马，前驱，在马前也。"
[58] 絷（zhì）：拘捕，拴系。
[59] 丰仪：风度仪表。瑰玮：魁梧美好。
[60] 作威福：本指滥用权势，独断专横。这里是握有生杀大权、能主持公道的意思。
[61] 缅诉毒痛：从头诉说所遭受的摧残苦痛。缅：遥远的样子。
[62] 殿下：汉魏以后对诸侯王、太子、诸王的尊称。
[63] 修躯：颀长的身子。修：长。
[64] 官廨（xiè）：廨、官署，衙门。
[65] 槛车：四面围有栅栏的囚车。
[66] 对勘：对质审问。
[67] 膺（yīng）：受任。
[68] 率：表率。贪墨：意即贪污。《左传》昭公十四年："贪以败官为墨。"注："墨，不洁之称。"速：招致。官谤：因居官不称职而受到的责难和非议。《左传》庄公二十二年："齐侯使敬仲为卿。辞曰：'羁旅之臣，幸若获宥……君之惠也，所获多矣。敢辱高位，以速官谤。'"这两句是说，应当廉洁奉公，作臣僚的表率；不应当贪污受贿，给官府招来责难。
[69] 繁缨棨戟：何垠注云："仪仗也，皆诸侯之制。"繁缨：诸侯所用的马腹带饰。《左传》成公二年："既，卫人赏之以邑，辞，请曲县繁缨以朝，许之。"注："曲县，轩县；繁缨，马饰，皆诸侯之服。"棨戟：一名油戟。有缯衣或油漆的木戟，古官吏外出，以为前驱。《汉书·韩延寿传》："功曹引车，皆驾四马，载棨戟。"补注："沈钦韩曰：《古今注》：棨戟，殳之遗像，前驱之器。以木为之，后世滋伪，无复典刑，以赤油韬之，亦谓之油戟。王公以下通用之以前驱。"品秩：官位，官阶。这两句是说，你竟然耀武扬威，只是夸耀自己地位的尊贵。
[70] 羊狠狼贪：如羊之凶狠，似狼之贪婪。《史记·项羽本》："（宋义）因下令军中曰：

'猛如虎，狠如羊，贪如狼，强不可使者，皆斩之。'"玷：玉的斑点，此处作"玷污"讲。这两句是说，像羊一样狠，如狼一样贪，竟然玷污了人臣的节操。

[71] 斫：用刀斧等砍削。

[72] 西江之水：谓西来的江水。《庄子·外物》："周顾视车辙中有鲋鱼焉……曰：'我东海之波臣也，君岂有升斗之水而活我哉？'周曰：'诺，我且南游吴越之王，激西江之水而迎子，可乎？'"

[73] 湔肠：庾信《温汤碑》："洒胃湔肠，兴羸起瘵。"湔（jiān）：洗涤。

[74] 东壁之床：指火床，即前面所说的"见东墀有铁床，炽火其下，床面通赤。"

[75] 请君入瓮：《资治通鉴》唐则天皇后天授二年："左金吾大将军丘神勣以罪诛。……或告文昌右丞周兴与丘神勣通谋，太后命来俊臣鞫之。俊臣与兴方推事进食，谓兴曰：'囚多不承，当为何法？'兴曰：'此甚易耳！取大瓮，以炭四周炙之，令囚入中，何事不承！'俊臣乃索大瓮，火围如兴法，因起谓兴曰：'有内状推兄，请兄入此瓮！'兴惶恐叩头服罪。"

[76] 父母之官：旧时称州县等地方长官为父母官。司：承担。牛羊：比喻被统治的人民。牧：统治。《左传》襄公十四年："天生民而立之君，使司牧之。"这两句是说，城隍、郡司身为阴间，本来是替上帝管理百姓的。

[77] 职居下列：官位低微。

[78] 尽瘁：竭尽心力，不辞劳苦。《诗经·小雅·北山》："或燕燕居息，或尽瘁事国。"毛传："尽力劳病，以从国事。"折腰：鞠躬行礼。《晋书·陶潜传》："为彭泽令……郡遣督邮至县，吏白应束带见之，潜叹曰：'吾不能为五斗米折腰，拳拳事乡里小人邪！'义熙二年，解印去县。"这句是说，对百姓鞠躬尽瘁的人，不怕官小受委屈。

[79] 势逼大僚：受到达官权贵的威逼。

[80] 强项：刚正不屈，《后汉书·杨震传》帝不悦曰："卿强项，真杨震子孙！"

[81] 上下其鹰鸷之手：谓玩弄诡计，施展凶暴的手段。上下其手谓玩弄手法、通同作弊。鹰鸷：皆为猛禽，因以比喻狠毒之人。

[82] 罔念：顾念。

[83] 狙狯之奸：像猕猴那样狡诈。狙（jū）：猕猴。传说其生性狡黠。狯（kuài）：奸诈。

[84] 人面而兽心：外貌是人，而心肠如兽，形容为人凶残卑鄙。《晋书·孔严传》："又观顷日降附之徒，皆人面兽心，贪而无亲，难以义感。"

[85] 剔髓伐毛：剔出骨髓，削去毛发。本指仙人涤除尘垢，脱胎换骨。《太平广记》引《洞冥记》云："俄而有黄眉翁，指母以语朔曰：'……三千年一返骨洗髓，二千年一剥皮伐毛，吾生来已三洗髓五伐毛矣。'"此处借指严刑惩办。

[86] 冥死：受阴间的死刑。旧时以为鬼死为聻（jiān）。如《聊斋志异·章阿端》："人死为鬼，鬼死为聻。鬼之畏聻，犹人之畏鬼也。"

[87] 胎生：人和哺乳动物由母体怀孕而生，叫胎生。《庄子·知北游》："而万物以形相生，故九窍者胎生，八窍者卵生。"这两句是说，应当剥去人皮，换上兽革，让他们转世投胎为牲畜。

[88] 鬼曹：鬼类。

[89] 公门修行：在衙门中修德积善。旧时谓官署中权力很大，容易行善救人。高文秀《双

298

献功》第一折："人道公门不可入,我道公门好修行。"

[90] 落蓐之身:意即再生为人。落蓐:落在荐蓐上,指人之出生。

[91] 苦海:比喻世俗人间。白居易《寓言题僧》诗:"劫风火起烧荒宅,苦海波生荡破船。"

[92] 弥天:满天。

[93] "狗脸"句:这句是形容差役冷酷无情,脸上好像蒙上严霜一样。一说,指差役们造成无数冤狱。六月之霜,《太平御览》引《淮南子》:"邹衍事燕惠王尽忠,左右潜之王,王系之狱,仰天哭,夏五月,天为之下霜。"

[94] 隳突叫号:横冲直撞,大声呼喊。隳(huī)突:冲撞毁坏。柳宗元《捕蛇者说》:"悍吏之来吾乡,叫嚣乎东西,隳突乎南北。"

[95] 九衢之路:纵横交叉的大道。

[96] 狱吏:管理监狱的小吏。《史记·绛侯周勃世家》:"其后人有上书告勃欲反,下廷尉。廷尉下其事长安,逮捕勃治之。勃恐,不知置辞。吏稍侵辱之,勃以千金与狱吏,狱吏乃书牍背示之,曰'以公主为证。'……绛侯既出,曰:'吾尝将百万军,然安知狱吏之贵乎!'"这两句是说,差役狱卒在阴间作威作福,使大家都知道狱吏的尊贵。

[97] 屠伯:犹言屠夫,借指酷吏。《汉书·严延年传》:"所欲诛杀,奏成于手中。……冬月,传属县囚,会论府上,流血数里,河南号曰屠伯。"颜师古注引邓展曰:"言延年杀人如屠儿之杀六畜。伯,长也。"

[98] 汤镬:煮着滚水的大锅。古时常用作刑具,以烹煮犯人。

[99] 金光盖地:形容金钱的威力无比。

[100] 阴霾(mái):本指风沙弥漫。这里形容阴暗昏惨的气氛。

[101] 铜臭熏天:意谓富者以金钱贿赂,气焰逼人。铜臭:据《后汉书·崔寔传》载,崔寔从兄烈,有重名于北州,历位郡守。灵帝时,开鸿都门榜,卖官鬻爵,崔烈入钱五百万,得为司徒。久之不安,问其子钧曰:"吾居三公,于议者如何?"钧曰:"论者嫌其铜臭。"

[102] 枉死城:旧时谓阴间枉死鬼居住的地方。《水浒传》第二十一回:"七魄悠悠已赴森罗殿上,三魂渺渺应归枉死城中。"

[103] 余腥犹能役鬼:残余的铜臭尚可以役使鬼神。余腥:残余的铜臭味,指羊某死后带到阴间的钱财。役:役使,指令。

[104] 大力直可通神:《太平广记》引《幽闲鼓吹》云:"唐张延赏将判度支,知一大狱,颇有冤屈,每甚扼腕。及判使,召狱吏严诫之,且曰:'此狱已久,旬日须了。'明旦视事,案上有一小帖子曰:'钱三万贯,乞不问此狱。'公大怒,更促之。明日,复见一帖子来曰:'钱五万贯。'公益怒,令两日须毕。明旦,案上复见帖子曰:'钱十万贯。'公遂止不问。子弟乘间侦之,公曰:'钱至十万贯,可通神矣!无不可回之事,吾恐及祸,不得不受也。'"

[105] 籍:查抄没收。

[106] 东岳:此指东岳大帝。传说为泰山山神,掌握人间生死及阴间刑狱。

[107] 良懦:善良懦弱。

[108] 阳寿三纪:人间寿命三十六年。我国古代以十二年为一纪。

[109] 良沃:良田沃土。

[110] 微：衰败。《论语·季氏》："故夫三桓之子孙微矣。"
[111] 净土：佛教语。指佛所居住的无尘世污染的清净世界。吕湛恩注引《法苑珠林》云："西方常清净自然，无一切杂秽，故名净土。"
[112] 意念都迷：意识和感觉都模糊不清。
[113] 万劫：形容灾难很多。劫：佛教语。佛教认为世界有周期性的生灭过程，它经过若干万年毁灭一次，再重新开始，这一周期称为一"劫"。后遂引申作"灾难"讲。变文《温室讲唱押座文》："百年万劫作轮王，不乐王宫恩爱事。舍命舍身千万劫，直至今身证菩提。"

青凤

【题解】《青凤》为人狐相恋故事。耿生狂放、勇敢而痴情，一见青凤之后，不能忘怀。即使后知青凤为狐，也未因"异类见憎"。青凤虽是狐魅，但美丽、温柔，极富人情，同时对美好爱情也极为向往，敢于越出"闺训"，而又矜持和顾虑重重。本文情节曲折变幻，"用传奇法，而以志怪"。

太原耿氏，故大家[1]，第宅宏阔。后凌夷[2]，楼舍连亘[3]，半旷废之。因生怪异，堂门辄自开掩，家人恒中夜骇哗[4]。耿患之，移居别墅，留老翁门焉[5]。由此荒落益甚。或闻笑语歌吹声。

耿有从子去病[6]，狂放不羁[7]，嘱翁有所闻见，奔告之。至夜，见楼上灯光明灭，走报生。生欲入觇其异[8]。止之，不听。门户素所习识，竟拨蒿蓬，曲折而入。登楼，殊无少异。穿楼而过，闻人语切切[9]。潜窥之，见巨烛双烧，其明如昼。一叟儒冠南面坐，一媪相对，俱年四十余。东向一少年，可二十许[10]；右一女郎，裁及笄耳[11]。酒胾满案[12]，团坐笑语。生突入，笑呼曰："有不速之客一人来[13]！"群惊奔匿。独叟出叱问："谁何入人闺闼[14]？"生曰："此我家闺闼，君占之。旨酒自饮，不一邀主人，毋乃太吝？"叟审睇[15]："非主人也。"生曰："我狂生耿去病，主人之从子耳。"叟致敬曰："久仰山斗[16]！"乃揖入生，便呼家人易馔。生止之。叟乃酌客。生曰："吾辈通家[17]，座客无庸见避，还祈招饮。"叟呼："孝儿。"俄上年自外入。叟曰："此豚儿也[18]。"揖而坐。略省门阀。叟自言："义君姓胡[19]。"生素豪，谈议风生，孝儿亦倜傥；倾吐间，雅相爱悦。生二十一，长孝儿二岁，因弟之[20]。叟曰："闻君祖纂《涂山外传》[21]，知之乎？"答曰："知之。"叟曰："我涂山氏之苗裔也[22]。唐以后，谱系犹能忆之；五代而上无传焉[23]。幸公子一垂教也。"生略述涂山女佐禹之功，粉饰多词，妙绪泉涌。叟大喜，谓子曰："今幸得闻所未闻。公子亦非他人，可请阿母及青凤来共听之，亦令知我祖德也。"孝儿入帏中[24]。少时，媪偕女郎出。审顾之，弱态生娇，秋波流慧，人间无其丽也。叟指妇云："此为老荆[25]。"又指女郎："此青凤，鄙人之犹女也[26]。颇慧，所闻见，辄记不忘，故唤令听之。"生谈竟而饮[27]，瞻顾女郎，停睇不转。女觉之，辄伏其首。生隐蹑莲钩[28]，女急敛足，亦无愠怒。生神志飞扬，不能自主，拍案曰："得妇如此，南面王不易也[29]！"媪见生渐醉，益狂，与女俱起，遽搴帏去[30]。生失望，乃辞叟出。而心萦萦，不能忘情于青凤也。至夜，复往，则兰麝犹芳[31]，而凝待终宵，寂无声欬[32]。

归与妻谋，欲携家而居之，冀得一遇。妻不从，生乃自往，读于楼下。夜方凭几，一鬼披发入，面黑如漆，张目视生。生笑，染指研墨自涂，灼灼然相与对视[33]。鬼惭而去。次夜，更既深，灭烛欲寝，闻楼后发扃[34]，辟之閛然[35]。生急起窥觇，则扉半启。俄闻履声细碎，有烛光自房中出。视之，则青凤也。骤见生，骇而却退，遽阖双扉。生长跽而致词曰："小生不避险恶，实以卿故。幸无他人，得一握手为笑，死不憾耳。"女遥语曰："惓惓深情[36]，妾岂不知，但叔闺训严，不敢奉命。"生固哀之云："亦不敢望肌肤之亲，但一见颜色足矣。"女似肯可，启关出，捉之臂而曳之。生狂喜，相将入楼下，拥而加诸膝。女曰："幸有夙分[37]；过此一夕，即相思无用矣。"问："何故？"曰："阿叔畏君狂，故化厉鬼以相嚇，而君不动也。今已卜居他所，一家皆移什物赴新居，而妾留守，明日即发。"言已，欲去，云："恐叔归。"生强止之，欲与为欢。方持论间[38]，叟掩入。女羞惧无以自容，俯首倚床，拈带不语。叟怒曰："贱婢辱吾门户！不速去，鞭挞且从其后！"女低头急去，叟亦出。尾而听之，呵诟万端[39]。闻青凤嘤嘤啜泣。生心意如割，大声曰："罪在小生，于青凤何与？倘宥凤也[40]，刀锯鈇钺[41]，小生愿身受之！"良久寂然，生乃归寝。自此第内绝不复声息矣。

生叔闻而奇之，愿售以居，不较直[42]。生喜，携家口而迁焉。居逾年，甚适，而未尝须臾忘凤也。

会清明上墓归，见小狐二，为犬逼逐。其一投荒窜去，一则皇急道上。望见生，依依哀啼，阘耳辑首[43]，似乞其援。生怜之，启裳袷，提抱以归。闭门，置床上，则青凤也。大喜，慰问。女曰："适与婢子戏，遘此大厄[44]。脱非郎君[45]，必葬犬腹。望无以非类见憎。"生曰："日切怀思，系于魂梦。见卿如获异宝，何憎之云！"女曰："此天数也，不因颠覆，何得相从？然幸矣，婢子必以妾为已死，可与君坚永约耳。"生喜，另舍舍之[46]。

积二年余，生方夜读，孝儿忽入。生辍读[47]，讶诘所来。孝儿伏地，怆然曰："家君有横难[48]，非君莫拯。将自诣恳，恐不见纳，故以某来。"问："何事？"曰："公子识莫三郎否？"曰："此吾年家子也[49]。"孝儿曰："明日将过，倘携有猎狐，望君之留之也。"生曰："楼下之羞，耿耿在念，他事不敢预闻[50]。必欲仆效绵薄[51]，非青凤来不可！"孝儿零涕曰："凤妹已野死三年矣！"生拂衣曰[52]："既尔，则恨滋深耳[53]！"执卷高吟，殊不顾瞻。孝儿起，哭失声，掩面而去。生如青凤所，告以故。女失色曰："果救之否？"曰："救则救之，适之不诺者，亦聊以报前横耳。"女乃喜曰："妾少孤，依叔成立。昔虽获罪，乃家范应尔[54]。"生曰："诚然，但使人不能无介介耳[55]。卿果死，定不相援。"女笑曰："忍哉！"次日，莫三郎果至，镂膺虎韔[56]，仆从甚赫[57]。生门逆之[58]。见获禽甚多，中一黑狐，血殷毛革；抚之，皮肉犹温。便托裘敝，乞得缀补[59]。莫慨然解赠。生即付青凤，乃与客饮。客既去，女抱狐于怀，三日而苏，展转复化为叟[60]。举目见凤，疑非人间。女历言其情。叟乃下拜，惭谢前愆[61]。喜顾女曰："我固谓汝不死，今果然矣。"女谓生曰："君如念妾，还乞以楼宅相假，使妾得以申反哺之私[62]。"生诺之。叟赧然谢别而去[63]。入夜，果举家来。由此如家人父子，无复猜忌矣。生斋居[64]，孝儿时共谈宴。生嫡出子渐长[65]，遂使傅之[66]；盖循循善教，有师范焉[67]。

【注释】

[1] 故大家：原来是大户人家。
[2] 凌夷：当为"陵夷"。陵：丘陵，土山。夷：平。陵夷：如丘陵变为平地，喻始盛而终衰。

[3] 连亘（gèn）：连接不断。

[4] 恒：常常。

[5] 门：作动词，守门，看门。

[6] 从子：侄子。

[7] 狂放不羁：行为疏狂放纵，不受拘束。羁：马笼头。不羁：不可控制。

[8] 觇（chān）：窥视。

[9] 切切：形容声音细小低微。

[10] 可：大约。

[11] 裁：同"才"。及笄（jī）：古代女子十五岁为及笄，表示成年。《礼记·内则》："十有五年而笄。"笄：女子发簪。

[12] 胾（zī）：大块肉。

[13] 不速之客：不请自来的客人。速：邀请。

[14] 闺闼：此指女性居住的内室。闺：女子卧室。闼（tà）：门。

[15] 审睇：细看。

[16] 久仰山斗：谓仰望人如仰望泰山北斗一样，为敬慕之词。

[17] 通家：原指世代有交往的人家。此处意为胡叟住在耿家，早有交往。

[18] 豚儿：对人称自己儿子蠢笨的谦词。豚（tún）：小猪。

[19] 义君：指家长。此处是对其先世的敬称。

[20] 弟之：以之为弟。弟：作动词。

[21] 涂山外传：古代传说，大禹在涂山娶九尾白狐为妻，称涂山氏。

[22] 苗裔（yì）：后代。

[23] 五代：指南朝宋、齐、梁、陈及隋五个朝代。

[24] 入帏中：指进入内室。帏：布幔。

[25] 老荆：对人称自己妻子的谦辞。东汉梁鸿妻孟光，服饰俭朴，荆钗布裙。以荆条为钗，赞美妇女勤俭美德，亦表示生活贫寒。

[26] 犹女：侄女。

[27] 谈竟：谈完。

[28] 隐蹑莲钩：偷偷踩脚。莲钩：《南史·齐东昏侯纪》："凿金为莲花以帖地，令潘妃行其上，曰：'此步步生莲华也。'"后因称妇女缠过的小脚为"金莲"或"莲钩"。

[29] 南面王：古代帝王坐位向南，故称。易：交换。

[30] 遽（jù）：急速。搴（qiān）帏：掀起帏幕。

[31] 兰麝：兰花、麝香。此处指女性的脂粉香味。

[32] 欬（kài）：咳嗽。

[33] 灼灼然：鲜明貌。此指目光射人的样子。

[34] 扃（jiōng）：门闩。

[35] 閛（pēng）然：开、关门的声音。

[36] 惓（quán）惓：义同"拳拳"，恳切的样子。

[37] 夙（sù）分：前世缘分。
[38] 持论：相持争论。
[39] 呵诟：责骂。
[40] 宥（yòu）：原谅，饶恕。
[41] 铁（fǔ）钺（yuè）：均为古代斧状兵器。
[42] 不较直：不计较价钱。直通"值"。
[43] 阘（tà）耳辑首：垂耳缩头。
[44] 遘（gòu）此大厄：遭此大难。
[45] 脱非：如果不是。
[46] 另舍舍之：给她另外安排房子住。后一"舍"字作动词，使之居住意。
[47] 辍读：停止读书。
[48] 家君：对人称自己的父亲。横难：意外灾祸。
[49] 年家子：旧时同年考中举人、进士者，彼此为同年。称彼此的后辈为年家子。
[50] 不敢预闻：不愿倾听。"不敢"为婉辞。
[51] 绵薄：谓力量微薄。
[52] 拂衣：即拂袖，表示愤慨。
[53] 滋深：更深。
[54] 家范：家规。
[55] 介介：记在心里的不愉快。
[56] 镂（lòu）膺：马胸前镂金饰带。虎韔（chàng）：虎皮做的弓袋。
[57] 赫：显赫，声势大。
[58] 逆：迎接。
[59] "便托"二句：就借口自己的皮衣坏了，希望能得到狐狸皮修补。
[60] 展转：形容屈伸转动的样子。
[61] 愆（qiān）：过失。
[62] 反哺之私：指赡养父母的愿望。传说乌鸦是孝鸟，雏鸟长大后寻食喂养老鸟，名为"反哺"。
[63] 赧（nǎn）然：因羞愧而脸红的样子。
[64] 斋居：住在书房里。
[65] 嫡出子：正妻生的儿子。
[66] 遂使傅之：就请（孝儿）做他的老师。
[67] 有师范焉：很有老师的样子。

【思考与练习】

1. 试述《聊斋志异》的艺术成就及思想价值。
2. 分析作品中席方平的性格特征。
3. 简要分析《青凤》叙事的特点。

第三节　吴敬梓与《儒林外史》

《儒林外史》，是我国古代文学史上成就最高的长篇讽刺小说。它全面而深刻地揭示了科举制度给社会带来的严重祸害，开创了小说直接评价现实生活的范例。

一、吴敬梓的生平及其创作

吴敬梓（1701—1754），字敏轩，一字粒民，晚年自号文木老人，自称秦淮寓客，安徽全椒人。他出身于"科第仕宦多显者"的官绅家庭。十三岁丧母，十四岁随父宦游大江南北。他少年聪敏，勤奋好学，"熔经铸史"的同时，亦学八股制艺，早年即中秀才。雍正元年补博士弟子员。父亲去世后，家难顿起，由于他慷慨好施，旷达不羁，不久便将家业荡尽，亲友故交或拒之门外，或避于路途，使他饱尝世态炎凉。三十三岁时移家南京，开始卖文生涯。对功名十分淡漠。乾隆元年，朝廷开博学鸿词科，安徽巡抚推荐他参加，他托病不赴。此后，他的生活更为艰苦，靠卖书和朋友的接济过活，常常陷于"囊无一钱守，腹作干雷鸣""近闻典衣尽，灶突无烟青"（程晋芳《寄怀严东有》）的地步；冬夜为御寒，常与朋友"绕城堞行数十里"，谓之"暖足"。家世的败落，生活的清苦，使他对社会现实的认识日益深刻。他怀着愤世嫉俗的心情，创作了《儒林外史》。用近十年的时间，在五十岁以前完成了这部长篇小说。晚年，他的生活更加困顿，有时甚至衣食无着。最终在扬州去世。

《儒林外史》全书共五十五回，四十万字。小说里的人物，大多依据当时的真人真事写成。为了避免文字狱的迫害，作者故意把故事的背景移至明代，而实际上是清统治下的18世纪中国封建社会的写照。作者通过《儒林外史》，表达了他反对科举、鄙薄功名富贵的基本思想。小说主要描写封建社会中各种类型的"儒"，辛辣地讽刺了"无行文人"醉心于功名利禄的种种丑态，抨击了腐蚀士人灵魂的科举制度，对八股文及醉心于八股文的腐儒，更是作了无情的鞭挞。此外，对理学末流的虚伪，官吏乡绅的贪暴，以及其他黑暗现象，作者都有所揭露和抨击。

《儒林外史》的版本，主要有几种。最早刻本为嘉庆八年（1803）的卧闲草堂本，共五十六回。光绪十四年（1888）有东武惜红生序本，另外插入四回，共六十回。中华人民共和国成立后出版的本子，是以卧闲草堂本为底本整理的。因多数学者以为最后一回非出吴敬梓手笔，故将其作为"附录"，置于书后。

吴敬梓的作品除《儒林外史》外，还有诗文集《文木山房集》。

二、《儒林外史》的思想内容

《儒林外史》最主要的内容就是对八股取士制的批判。《儒林外史》讲的是明代故事，反映的却是清代现实。它是明清之际批判八股取士制的进步社会思潮的组成部分。它采用小说的形式，将这个批判的历史课题与哲学思想具体化形象化。作品批判八股取士，是以功名富贵为轴心，以各类型士大夫的"文行出处"为切入口展开的。

作品深刻地揭露了科场的腐败。如主考官周进，因与范进有相似的遭际，不禁动了恻隐之心。第一遍看他的试卷，"心里不喜"；第二遍，"觉得有点意思"；到第三遍，竟发现是"天地间之至文，真乃一字一珠！"可见，举业并没有什么客观依据，中与不中，不在学问的高低，关键在考官的好恶。

揭露官场的黑暗。科举制的产物是官僚制度，腐朽的官僚制度又制造了大批横行乡里的地主豪绅，他们大肆搜刮民脂民膏、鱼肉百姓、压榨人民，有的勾结官府、狼狈为奸；有的关人牲口、横行霸道；有的夺人田产、为非作歹。而恰恰是这样无恶不作的败类，却能受到上级的嘉奖，号为"能员"，并得升官。原因就在于有科举功名这张护身符。

揭露程朱理学的罪恶。在八股取士制实行的同时，程朱理学成为维系世道人心，束缚人们思想的绳索。作品中"做了三十年秀才"的王玉辉，他的三姑娘出嫁不到一年就死了丈夫，他竟鼓动姑娘自杀殉夫，说这是"青史上留名的事"。姑娘死后，还仰天大笑道—"死得好！死得好！"其实王玉辉的笑充满了凄伤与痛苦，他如此变态、迂腐，是因为他把"饿死事小，失节事大"变成一种自觉行为，使自己与女儿成为理学毒害下的牺牲品。

揭露八股取士制蛊惑人心，摧残人才。如六十多岁的周进，因未曾进学，不得不卑躬屈节，或忍受新进学的嘲笑，或替新中举人清扫垃圾，以至一见贡院号板就万感俱发，一头撞去。当有人答应替他捐个监生时，他竟趴在地上磕头不止，表示变马变驴也要报答。原本出身贫困、纯洁朴实，一直用自己的劳动养活父母的匡超人，自从热衷举业后，逐渐堕落为追求名利的庸人，甚至成为忘恩负义的无赖。

从另一个角度说，《儒林外史》意在为儒林（即士人、知识分子）画像，它主要刻画了几类知识分子：第一类是热衷科举，为做官奋斗的人，如周进、范进、马二先生等。吴敬梓在刻画这一类人时，主要表现他们如何通过科举来达到做官的过程。这一类人里，有些人经过长期的努力，终于达到了做官的目的，但是，他们的精神、性格已完全被扭曲，身心受到极大的摧残，付出的代价是沉重的。如周进、范进等。有些人则付出了终生努力，但仍未能在科举上有所收获，成了遗憾终生的悲剧人物，如马二先生。第二类是做了官的知识分子，如王惠、汤知县等，他们只知一心往上爬，做官的信条是"三年清知府，十万雪花银"。第三类是表面上不愿参加科举，不愿做官的假名士，如娄三、娄四公子。这些人最初也是热衷科举的名利之徒，只是在碰了壁后，转而清高起来了。他们其实是一些庸才。第四类是真正远离科举、功名的人，如王冕、杜少卿等。在这些人的身上，寄寓着吴敬梓的人生理想，他们是《儒林外史》中的闪光人物。科举对知识分子的影响是《儒林外史》最关注的问题，因此，小说最突出的思想就是对科举制度的大力抨击。一方面，他通过范进、周进等，揭示科举对人的摧残，通过娄三、娄四公子来反映科举对士林的破坏。另一方面，又通过王冕、杜少卿等，说明只有不受科举影响，摆脱政治权力体制，才能保持人的尊严和人格的健康发展。

三、《儒林外史》的艺术成就

《儒林外史》在中国小说史上具有特殊的艺术地位，艺术成就是多方面的。

"散中有骨"的结构形式。《儒林外史》结构独特,它不是严格的长篇小说结构,没有贯穿始终的主要人物和故事框架,而是由一个个相对独立的故事串联而成,人物在一部分篇幅中成为主角后,下一部分便退居配角,成为点缀,或不再出现。鲁迅在《中国小说史略》中曾论及"全书无主干,仅驱使各种人物,行列而来,事与其来俱起,亦以其去俱讫,虽云长篇,颇同短制;但如集诸碎锦,合为帖子,虽非巨幅,而时见珍异,因而娱心,使人刮目矣。"这样的结构在某种意义上是将一个个中短篇小说串连起来,表面看来"有枝无干";但实质上却以"功名富贵为一篇之骨"(闲斋老人《序》),将那些松散的情节和人物全部统摄于八股制艺摧残人性的主旋律上,因而达到了结构形式与内容表达的完美统一。这种综合了短篇小说和长篇小说的某些特点创造出来的崭新结构形式,很适合表现该书特定内容的需要,是吴敬梓的一大创造。

鲜明生动的人物形象。《儒林外史》所写的人物,大部分都极为生动,各具个性。他成功地描写了封建社会中不同类型的知识分子,有利禄熏心、热衷功名的学子,如周进、匡超人等;有不学无术、趋炎附势的名流,如季萧苇、景兰江、赵雪斋等;有敲骨吸髓、贪婪成性的达官猾吏,如王惠、汤奉、潘三等;有蛮横狡诈、鱼肉乡里的土豪劣绅,如严致中、张静斋等;以及道德堕落、到处招摇的骗子,如权勿用、牛浦郎等。通过这些人物形象,从各个不同角度揭露了科举制度是怎样麻痹和毒害人们头脑,使人精神堕落、道德败坏、生活腐朽的。即使是同一类型的人,也是性格各异。与以前的小说相比,《儒林外史》写的是平凡人、平凡事,在平凡而又典型的细节中见人物性格,而不是通过曲折的情节来展现人物的性格。在这一点上,它足以与《金瓶梅》媲美。

讽刺艺术的典范。《儒林外史》讽刺艺术的运用已达到了至善至美的境地。作者在全面吸取并总结前人讽刺艺术的基础上加以丰富提高,使之上升为一种成熟的讽刺文学。将讽刺小说发展到了一个新的高峰。在《儒林外史》之前,《西游记》《西游补》《金瓶梅》等小说中,已有讽刺的成分,但是,往往不是流于插科打诨,就是等同漫骂,还不能说是真正意义的讽刺小说。《儒林外史》则不同,正如鲁迅所说:"《儒林外史》出,乃秉持公心,指摘时弊,机锋所向,尤在士林;其文又戚而能谐,婉而多讽。于是说部中乃始有足称讽刺之书"(《中国小说史略》)。《儒林外史》足称讽刺之书的原因主要表现在两方面:一是出于公心。也就是说,它并不是由于个人遭遇,深受科举之害,或是由于对某个人的不满,出于愤激之情才写出的,而是出于公心(社会责任感、忧患意识等),看到了科举制度的普遍危害和士林的种种丑态,才有这部小说的问世;二是能用比较冷静、客观、委婉的手法来写,从真实可信的细节和语言入手来讽刺,既能感受到作者的忧世之心,同时又可见讽刺之意。具体地说,《儒林外史》精湛的讽刺艺术,主要表现在以下几方面:

构思极朴实,造型极精确,处处保持生活本身所固有的"自然"形态,以高度的写实性来讽刺。如范进居丧尽礼,在酒宴上装模作样不肯用银筷银杯和象牙筷,却大吃虾丸子。连苏轼是哪个朝代的人都不懂,居然充当主考官。全照生活的本色如实地描绘出来,平平淡淡,琐琐屑屑,似乎没有什么尖锐的东西,但仔细一想,却不禁令人捧腹大笑。

将人物冠冕堂皇的言词跟其卑鄙肮脏的行为对照,让人物的灵魂自我暴露。如严贡生初逢张静斋,就自我吹嘘"为人真率""从不晓得占人寸丝半粟的便宜",接着就揭露他强占邻居的猪。

寓嬉笑怒骂于情节和场面描写中,不著一字,尽得风流。如马二先生游西湖,不观赏山光水色,见女人不敢仰视,对皇帝御书恭敬朝拜,见好东西胡乱买了吃,却不知滋味。作者未加一字褒贬,其愚拙保守和酸腐气却跃然纸上。

嬉笑中隐藏着深沉的悲哀。鲁迅说过"泪和笑只隔一张纸,恐怕只有尝过泪的深味的人,才真正懂得人生的笑。"《儒林外史》中最惹人发笑的片段,往往是内在悲剧性最强烈的地方。如王玉辉听到女儿殉夫饿死的消息时,仰天大笑说"死的好,死的好!"这确是令人感到十分可笑的事,但笑过之后冷静沉思,却令人感到悲哀,僵化的科举制度和腐朽的理学末流把人性异化得不成样子,封建礼教杀了人却让被杀者亲人心安理得,这是多么令人震撼的悲剧!

《儒林外史》的讽刺形式,婉曲诙谐,深刻犀利,表面上是喜剧性的,骨子里却是悲剧性的,起到了"戚而能谐"的作用。面对小说中一连串荒唐可笑的描写,人们会禁不住发笑,但笑过之后,心情却是沉重的,它留给人们一连串发人深省的思考。

《儒林外史》奠定了中国古典讽刺小说的基础,为以后讽刺小说发展开辟了广阔的道路。《儒林外史》对清末的谴责小说有直接的影响。

《儒林外史》也有一些不理想的地方。如果与稍后的《红楼梦》相比,论结构之宏大完整,人物之类型众多,它都显然不如。但它朴素、平实而深刻的艺术风格,则更接近于现代小说。鲁迅小说中一些简洁的描写和冷峻的笔调,可以看出与《儒林外史》的关系。就这点而言,它在中国文学史上是有特殊地位的。

【课程思政】

以文化人 《儒林外史》采用"寓庄于谐"的讽刺手法,入木三分地刻画了封建社会儒林人士追寻"功名利禄"的种种丑态,对科举的弊端、吏治的腐败、礼教的罪恶等进行了深刻的批判和嘲讽,真实地揭示人性被腐蚀的原因和过程。周恩来曾说:"为中华之崛起而读书。"联系实际,引导学生将个人的学习与人生价值的实现、人民的幸福、祖国的强盛相联系,志存高远,放大格局,树立正确的人生价值观。

学有所悟 请同学们品读选文《严贡生与严监生》,谈谈对这两个人物的理解,从他们身上能得到什么人生启示?

四、《儒林外史》选读

严贡生与严监生[1]

【题解】该篇选自《儒林外史》第5、6回。节选部分主要描写严贡生和严监生兄弟二人,他们代表了当时获取功名的两类读书人。作者运用描写、夸张、讽刺等多种手法成功地刻画了二严的形象:严贡生敲诈勒索,横行乡里;严监生爱财如命,悭吝成性;辛辣地讽刺了堕落的读书人的丑恶面目,揭露了封建社会的腐败和黑暗。作者善于通过巧妙的构思,将笔下的反面人物推进到情节的漩涡中心,把矛盾着的事物同时表现在一个人的身上,让他当场出丑,从而收到强烈的讽刺效果。本篇在结构上也颇有特色,在"二严"的传记中包孕了"二王"的故事,用"二王"的故事来充实"二严"传记的内容。这种彼此映照、相互补充的关联结构,极其节省地刻画出一批魑魅魍魉的丑恶形象。

汤知县正要退堂[2]，见两个人进来喊冤，知县叫带上来问。一个叫做王小二，是贡生严大位的紧邻。去年三月内，严贡生家一口才过下来的小猪[3]，走到他家去，他慌送回严家。严家说，猪到人家，再寻回来，最不利市[4]，押着出了八钱银子[5]，把小猪就卖与他。这一口猪在王家已养到一百多斤，不想错走到严家去，严家把猪关了。小二的哥子王大走到严家讨猪。严贡生说，猪本来是他的。"你要讨猪，照时值估价[6]，拿几两银子来，领了猪去。"王大是个穷人，哪有银子，就同严家争吵了几句，被严贡生几个儿子，拿拴门的闩，赶面的杖[7]，打了一个臭死，腿都打折了，睡在家里。所以小二来喊冤。知县喝过一边，带那一个上来问道："你叫做什么名字？"那人是个五六十岁的老者，禀道："小人叫做黄梦统，在乡下住。因去年九月上县来交钱粮，一时短少，央中向严乡绅借二十两银子[8]，每月三分钱[9]，写立借约，送在严府，小的却不曾拿他的银子。走上街来，遇着个乡里的亲眷，他说有几两银子借与小的，交个几分数[10]，再下乡去设法，劝小的不要借严家的银子。小的交完钱粮，就同亲戚回家去了。至今已是大半年，想起这事来，问严府取回借约。严乡绅问小的要这几个月的利钱。小的说：'并不曾借本，何得有利？'严乡绅说小的当时拿回借约，好让他把银子借与别人生利；因不曾取约，他将二十两银子也不能动，误了大半年的利钱，该是小的出。小的自知不是，向中人说，情愿买个蹄酒上门取约[11]。严乡绅执意不肯，把小的的驴和米同梢袋都叫人短了家去[12]，还不发出纸来[13]。这样含冤负屈的事，求大老爷做主！"知县听了，说道："一个做贡生的人，忝列衣冠[14]，不在乡里间做些好事，只管如此骗人，其实可恶！"便将两张状子都批准，原告在外伺候。

早有人把这话报知严贡生。严贡生慌了，自心里想："这两件事都是实的，倘若审断起来，体面上须不好看。'三十六计，走为上计'！"卷卷行李，一溜烟急走到省城去了。

知县准了状子，发房出了差[15]，来到严家，严贡生已是不在家了，只得去会严二老官[16]。二老官叫做严大育，字致和，他哥字致中，两个人是同胞弟兄，却在两个宅里住。这严致和是个监生[17]，家私豪富，足有十多万银子。严致和见差人来说了此事，他是个胆小有钱的人，见哥子又不在家，不敢轻慢，随即留差人吃了酒饭，拿两千钱打发去了，忙着小厮去请两位舅爷来商议[18]。

他两个阿舅姓王，一个叫王德，是府学廪膳生员[19]；一个叫王仁，是县学廪膳生员。都做着极兴头的馆[20]，铮铮有名[21]；听见妹丈请，一齐走来。严致和把这件事从头告诉一遍。"现今出了差票在此[22]，怎样料理？"王仁笑道："你令兄平日常说同汤公相与的，怎的这一点事就吓走了？"严致和道："这话也说不尽了，只是家兄而今两脚站开，差人却在我这里吵闹要人，我怎能丢了家里的事，出外去寻他？他也不肯回来。"王仁道："各家门户，这事究竟也不与你相干。"王德道："你有所不知。衙门里的差人，因妹丈有碗饭吃，他们做事，'只拣有头发的抓'[23]，若说不管他，就更要的人紧了。如今有个道理，是'釜底抽薪[24]'之法。只消央个人去把告状的安抚住了，众人递个拦词[25]，便歇了。谅这也没有多大的事。"王仁道："不必又去央人，就是我们愚兄弟两个去寻了王小二、黄梦统，到家替他分说开；把猪也还与王家，再折些须银子给他养那打坏了的腿[26]；黄家那借约，查了还他。一天的事[27]，都没有了。"严致和道："老舅怕不说的是！只是我家嫂也是个糊涂人，几个舍侄，就像生狼一般，一总也不听教训。他怎肯把这猪和借约拿出来？"王德道："妹丈，这话也说不得了。假如你令嫂、令侄拗着，你认晦气，再拿出几两银子，折个猪价，给了王姓的；黄家的借约，我们中间人立个纸笔与他[28]，说寻出作废纸无用[29]。这事才得落台[30]，才得个耳根清静。"

当下商议已定,一切办的停妥。严二老官连在衙门使费共用去了十几两银子,官司已了。过了几日,整治一席酒,请二位舅爷来致谢。两个秀才,拿班做事[31],在馆里又不肯来。严致和吩咐小厮去说:"奶奶这些时心里有些不好[32]。今日一者请吃酒,二者奶奶要同舅爷们谈谈。"二位听见这话,方才来。严致和即迎进厅上吃过茶,叫小厮进去说了。丫鬟出来请二位舅爷。进到房内,抬头看见他妹子王氏,面黄肌瘦,怯生生的[33],路也走不全[34],还在那里自己装瓜子,剥栗子,办围碟[35]。见他哥哥进来,丢了过来拜见。奶妈抱着妾出的小儿子[36],年方三岁,带着银项圈,穿着红衣服,来叫舅舅。二位吃了茶,一个丫鬟来说:"赵新娘进来拜舅爷。"二位连忙道:"不劳罢。"坐下说了些家常话,又问妹子的病。"总是虚弱,该多用补药。"说罢,前厅摆下酒席,让了出去上席。

　　叙些闲话,又提起严致中的话来。王仁笑着问王德道:"大哥,我倒不解,他家老大那宗笔下[37],怎得会补起廪来的?"王德道:"这是三十年前的话。那时宗师都是御史出来[38],本是个吏员出身[39],知道什么文章!"王仁道:"老大而今越发离奇了,我们至亲,一年中也要请他几次,却从不曾见他家一杯酒。想起还是前年出贡竖旗杆[40],在他家扰过一席。"王德愁着眉道:"那时我不曾去。他为出了一个贡,拉人出贺礼,把总甲、地方都派分子[41],县里狗腿差是不消说,弄了有一二百吊钱,还欠下厨子钱,屠户肉案子上的钱,至今也不肯还。过两个月在家吵一回,成什么模样!"严致和道:"便是我也不好说。不瞒二位老舅,像我家还有几亩薄田,日逐夫妻四口在家度日[42],猪肉也舍不得买一斤,每当小儿子要吃时,在熟切店内买四个钱的哄他就是了。家兄寸土也无,人口又多,过不得三天,一买就是五斤,还要白煮的稀烂;上顿吃完了,下顿又在门口赊鱼。当初分家,也是一样田地,白白都吃穷了。而今端了家里花梨椅子[43],悄悄开了后门,换肉心包子吃。你说这事如何是好!"二位哈哈大笑,笑罢,说:"只管讲这些混话,误了我们吃酒。快取骰盆来[44]。"当下取骰子送与大舅爷:"我们行状元令[45]。"两位舅爷,一个人行一个状元令,每人中一回状元吃一大杯。两位就中了几回状元,吃了几十杯。却又古怪:那骰子竟像知人事的,严监生一回状元也不曾中。二位拍手大笑。吃到四更尽鼓[46],跌跌撞撞,扶了回去。

　　自此以后,王氏的病,渐渐重将起来。每日四五个医生用药,都是人参、附子[47],并不见效。看看卧床不起,生儿子的妾在旁侍奉汤药,极其殷勤;看他病势不好,夜晚时,抱了孩子在床脚头坐着哭泣,哭了几回。那一夜道:"我而今只求菩萨把我带了去,保佑大娘好了罢。"王氏道:"你又痴了,各人的寿数,那个是替得的?"赵氏道:"不是这样说。我死了值得什么;大娘若有些长短,他爷少不得又娶个大娘。他爷四十多岁,只得这点骨血[48],再娶个大娘来,各养的各疼。自古说:'晚娘的拳头,云里的日头。'这孩子料想不能长大,我也是个死数,不如早些替了大娘去,还保得这孩子一命!"王氏听了,也不答应。赵氏含着眼泪,日逐煨药煨粥[49],寸步不离。一晚,赵氏出去了一会,不见进来。王氏问丫鬟道:"赵家的那里去了?"丫鬟道:"新娘每夜摆个香桌在天井里哭求天地,他仍要替奶奶,保佑奶奶就好。今夜看见奶奶病重,所以早些出去求拜。"王氏听了,似信不信。次日晚间,赵氏又哭着讲这些话。王氏道:"何不向你爷说明白,我若死了,就把你扶正做个填房[50]?"赵氏忙叫请爷进来,把奶奶的话说了。严致和听不得这一声[51],连三说道:"既然如此,明日清早就要请二位舅爷说定此事,才有凭据。"王氏摇手道:"这个也随你们怎样做去。"

　　严致和就叫人极早去请了舅爷来,看了药方,商议再请名医。说罢,让进房内坐着,严致和把王氏如此这般意思说了,又道:"老舅可亲自问声令妹。"两人走到床前,王氏已是不能言语了，把手指着孩子，点了一点头。两位舅爷看了，把脸木丧着[52]，不则一声。须臾，让到书房里用饭，彼此不提这话。吃罢，又请到一间密屋里。严致和说起王氏病重，吊下泪来道："你令妹自到舍下二十年，真是弟的内助！如今丢了我，怎生是好！前日还向我说，岳父岳母的坟，也要修理。他自己积的一点东西，留与二位老舅做个遗念。"因把小厮都叫出去，开了一张橱，拿出两封银子来，每位一百两，递与二位老舅。"休嫌轻意。"二位双手来接。严致和又道："却是不可多心，将来要备祭桌，破费钱财，都是我这里备齐，请老舅来行礼。明日还拿轿子接两位舅奶奶来，令妹还有些首饰，留为遗念。"交毕，仍旧出来坐着。外边有人来候，严致和去陪客去了，回来见二位舅爷哭得眼红红的。王仁道："方才同家兄在这里说，舍妹真是女中丈夫，可谓王门有幸。方才这一番话，恐怕老妹丈胸中也没有这样道理，还要恍恍忽忽，疑惑不清，枉为男子。"王德道："你不知道，你这一位如夫人关系你家三代[53]。舍妹殁了，你若另娶一人，磨害死了我的外甥，老伯老伯母在天不安，就是先父母也不安了。"王仁拍着桌子道："我们念书的人，全在纲常上做工夫[54]。就是做文章代孔子说话，也不过是这个理。你若不依，我们就不上门了！"严致和道："恐怕寒族多话[55]。"两位道："有我两人做主。但这事须要大做，妹丈，你再出几两银子，明日只做我两人出的，备十几席，将三党亲戚都请到了[56]，趁舍妹眼见，你两口子同拜天地祖宗，立为正室，谁人再敢放屁！"严致和又拿出五十两银子来交与，二位义形于色去了[57]。

　　过了三日，王德、王仁，果然到严家来，写了几十副帖子，遍请诸亲六眷[58]，择个吉期，亲眷都到齐了，只有隔壁大老爹家五个亲侄子一个也不到。众人吃过早饭，先到王氏床面前写立王氏遗嘱。两位舅爷王于据、王于依都画了字[59]。严监生戴着方巾，穿着青衫，披了红绸；赵氏穿着大红，戴了赤金冠子[60]。两人双拜了天地，又拜了祖宗。王于依广有才学，又替他做了一篇告祖先的文，甚是恳切。告过祖宗，转了下来，两位舅爷叫丫鬟在房里请出两位舅奶奶来，夫妻四个，齐铺铺请妹夫、妹妹转在大边[61]，磕下头去，以叙姊妹之礼。众亲眷都分了大小[62]。便是管事的管家、家人、媳妇、丫鬟、使女，黑压压的几十个人[63]，都来磕了主人、主母的头。赵氏又独自走进房内拜王氏做姐姐。那时王氏已发昏去了。行礼已毕，大厅、二厅、书房、内堂屋，官客并堂客[64]，共摆了二十多桌酒席。吃到三更时分，严监生正在大厅陪着客，奶妈慌忙走了出来说道："奶奶断了气了。"严监生哭着走了出去，只见赵氏扶着床沿，一头撞去，已经哭死了。众人且扶着赵氏灌开水，撬开牙齿[65]，灌了下去。灌醒了时，披头散发，满地打滚，哭的天昏地暗。连严监生也无可奈何。管家都在厅上，堂客都在堂屋候殓，只有两个舅奶奶在房里，乘着人乱，将些衣服、金珠、首饰，一摅精空[66]；连赵氏方才戴的赤金冠子滚在地下，也拾起来藏在怀里。严监生慌忙叫奶妈抱起哥子来[67]，拿一搭麻替他披着[68]。那时衣衾棺椁，都是现成的。入过了殓，天才亮了。灵柩停在第二层中堂内。众人进来参了灵，各自散了。次日送孝布，每家两个[69]，第三日成服[70]，赵氏定要披麻戴孝[71]。两位舅爷断然不肯道："'名不正则言不顺'，你此刻是姊妹了，妹子替姐姐只戴一年孝，穿细布孝衫，用白布孝箍[72]。"议礼已定，报出丧去。自此，修斋理七[73]，开丧出殡，用了四五千两银子，闹了半年，不必细说。赵氏感激两位舅爷入于骨髓，田上收了新米，每家两石；腌冬菜，每家也是两石；火腿每家四只；鸡、鸭、小菜不算。

　　不觉到了除夕。严监生拜过了天地祖宗，收拾一席家宴[74]。严监生同赵氏对坐，奶妈带着哥子坐在底下。吃了几杯酒，严监生吊下泪来，指着一张橱里，向赵氏说道："昨日典铺内送来三百两利钱[75]，是你王氏姐姐的私房[76]。每年腊月二十七八日送来，我就交与他，我也不管他在那里用。今年又送这银子来，可怜就没人接了！"赵氏道："你也莫要说大娘的银子没用处，我是看见的。想起一年到头，逢时遇节，庵里师姑送盒子[77]，卖花婆换珠翠[78]，弹三弦琵琶的女瞎子不离门，那一个不受他的恩惠？况他又心慈，见那些穷亲戚，自己吃不成，也要把人吃[79]；穿不成的，也要把人穿。这银子，够做什么？再有些也完了。倒是两位舅爷从来不沾他分毫。依我的意思，这银子也不费用掉了，到开年替奶奶大大的做几回好事[80]，剩来的银子，料想也不多，明年是科举年[81]，就是送与两位舅爷做盘程[82]，也是该的。"严监生听着他说，桌子底下一个猫就扒在他腿上，严监生一靴头子踢开了。那猫吓的跑到里房内去，跑上床头。只听得一声大响，床头上掉下一个东西来，把地板上的酒坛子都打碎了。拿烛去看，原来那瘟猫把床顶上的板跳塌一块，上面掉下一个大篾篓来。近前看时，只见一地黑枣子样在酒里，篾篓横睡着。两个人才扳过来，枣子底下，一封一封，桑皮纸包着[83]。打开看时，共五百两银子。严监生叹道："我说他的银子那里就肯用完了！像这都是历年聚积的，恐怕我有急事，好拿出来用的。而今他往那里去了！"一面哭着，叫人扫了地，把那个干枣子装了一盘，同赵氏放在灵前桌上。伏着灵床子，又哭了一场。因此，新年不出去拜节，在家哽哽咽咽，不时哭泣；精神颠倒，恍惚不宁。过了灯节后[84]，就叫心口疼痛。初时撑着，每晚算账，直算到三更鼓。后来就渐渐饮食少进，骨瘦如柴，又舍不得银子吃人参。赵氏劝他道："你心里不自在，这家务事就丢开了罢。"他说道："我儿子又小，你叫我托那个？我在一日，少不得料理一日。"不想春气渐深，肝木克了脾土[85]，每日只吃两碗米汤，卧床不起。及到天气和暖，又强勉进些饮食，挣起来家前屋后走走。挨过长夏，立秋以后病又重了，睡在床上。想着田上要收早稻，打发了管庄的仆人下乡去，又不放心，心里只是急躁。

那一日，早上吃过药，听着萧萧落叶打的窗子响，自觉得心里虚怯，长叹了一口气，把脸朝床里面睡下。赵氏从房外同两位舅爷进来问病，就辞别了到省城里乡试去[86]。严监生叫丫鬟扶起来强勉坐着。王德、王仁道："好几日不曾看妹丈，原来又瘦了些，喜得精神还好。"严监生请他坐下，说了些恭喜的话，留在房里吃点心，就讲到除夕晚里这一番话，叫赵氏拿出几封银子来，指着赵氏说道："这倒是他的意思，说姐姐留下来的一点东西，送与二位老舅添着做恭喜的盘费。我这病势沉重，将来二位回府，不知可会的着了？我死之后，二位老舅照顾你外甥长大，教他读读书，挣着进个学，免得像我一生，终日受大房里的气[87]"。二位接了银子，每位怀里带着两封，谢了又谢，又说了许多安慰宽心的话，作别去。

自此，严监生的病一日重似一日，再不回头。诸亲六眷都来问候。五个侄子穿梭的过来陪郎中弄药[88]。到中秋以后，医家都不下药了。把管庄的家人都从乡里叫了上来。病重得一连三天不能说话。晚间挤了一屋的人，桌上点着一盏灯。严监生喉咙里痰响得一进一出，一声不倒一声的[89]，总不得断气，还把手从被单里拿出来，伸着两个指头。大侄子走上前来问道："二叔，你莫不是还有两个亲人不曾见面？"他就把头摇了两三摇。二侄子走上前来问道："二叔，莫不是还有两笔银子在那里，不曾吩咐明白？"他把两眼睁的滴溜圆，把头又狠狠摇了几摇，越发指得紧了。奶妈抱着哥子插口道："老爷想是因两位舅爷不在跟前，故此记念。"他听了这话，把眼闭着摇头，那手只是指着不动。赵氏慌忙揩揩眼泪，分开众人，走上前道："爷，别人都说的不相干，只有我能知道你的心事。你是为那灯盏里点的是两茎灯草，不放心，恐费了油。我如今挑掉一茎就是了。"说罢，忙走去挑掉一茎。众人看严监生时，点一点头，把手垂下，登时就没了气。合家大小号哭起来，准备入殓，将灵柩停在第三层中堂内。

次早，着几个家人小厮满城去报丧。族长严振先，领着合族一班人来吊孝，都留着吃酒饭，领了孝布回去。赵氏有个兄弟赵老二在米店里做生意，侄子赵老汉在银匠店扯银炉[90]，这时也公备个祭礼来上门[91]。僧道挂起长幡，念经追荐。赵氏领着小儿子，早晚在柩前举哀[92]。伙计、仆从、丫鬟、养娘[93]，人人挂孝。门口一片都是白。

看看闹过头七，王德、王仁科举回来，齐来吊孝，留着过了一日去。又过了三四日，严大老官也从省里科举了回来。几个儿子都在这边丧堂里。大老爹卸了行李，正和浑家坐着，打点拿水来洗脸[94]；早见二房里一个奶妈，领着一个小厮，手里捧着端盒和一个毡包[95]，走进来道："二奶奶拜上大老爹，知道大老爹来家了，热孝在身，不好过来拜见。这两套衣服和这银子，是二爷临终时说下的，送与大老爹做个遗念。就请大老爹过去。"

严贡生打开看了，簇新的两套缎子衣服，齐整整的二百两银子，满心欢喜，随向浑家封了八分银子赏封，递与奶妈，说道："上复二奶奶，多谢，我即刻就过来。"打发奶妈和小厮去了，将衣裳和银子收好，又细问浑家，知道和儿子们都得了他些别敬[96]，这是单留与大老官的；问毕，换了孝巾，系了一条白的腰絰[97]，走过那边来。到柩前叫声"老二"，干号了几声，下了两拜，赵氏穿着重孝，出来拜谢；又叫儿子磕伯伯的头，哭着说道："我们命苦！他爷半路里丢了去了，全靠大爷替我们做主！"严贡生道："二奶奶，人生各禀的寿数[98]。我老二已是归天去了。你现今有恁个好儿子[99]，慢慢的带着他过活，焦怎的？"赵氏又谢了，请在书房，摆饭请两位舅爷来陪。

须臾，舅爷到了，作揖坐下。王德道："令弟平日身体壮盛，怎么忽然一病就不能起？我们至亲的也不曾当面别一别，甚是惨然。"严贡生道："岂但二位亲翁，就是我们弟兄一场，临危也不得见一面。但自古道：'公而忘私，国而忘家。'我们科场是朝廷大典，你我为朝廷办事，就是不顾私亲，也还觉得于心无愧。"王德道："大先生在省，将有大半年了？"严贡生道："正是。因前任学台周老师举了弟的优行[100]，又替弟考出了贡。他有个本家在这省里住，是做过应天巢县的[101]，所以到省去会会他。不想一见如故，就留着住了几个月，又要和我结亲，再三把他第二个令爱许与二小儿了。"王仁道："在省就住在他家的么？"严贡生道："住在张静斋家，他也是做过县令的，是汤父母的世侄[102]；因在汤父母衙门里同席吃酒认得，相与起来。周亲家家，就是静斋先生执柯作伐[103]。"王仁道："可是那年同一位姓范的孝廉同来的[104]？"严贡生道："正是"。王仁递个眼色与乃兄道[105]："大哥，可记得就是惹出回子那一番事来了的[106]。"王德冷笑了一声。

一会摆上酒来，吃着又谈。王德道："今岁汤父母不曾入帘[107]？"王仁道："大哥，你不知道么？因汤父母前次入帘，都取中了些陈猫古老鼠的文章，不入时目[108]，所以这次不曾来聘。今科十几位帘官，都是少年进士，专取有才气的文章。"严贡生道："这倒不然。才气也须是有法则。假若不照题位[109]，乱写些热闹话，难道也算有才气不成？就如我这周老师，极是法眼[110]，取在一等前列，都是有法则的老手。今科少不得还在这几个人内中。"严贡生说此话，因他弟兄两个在周宗师手里都考的是二等。二人听这话，心里明白，不讲考校的事了[111]。酒席将阑，又谈到前日这一场官事："汤父母着实动怒，多亏令弟看的破，息下来了。"严贡生道："这是亡弟不济。若是我在家，和汤父母说了，把王小二、黄梦统这两个奴才，腿也砍折了！一个乡绅人家，由得百姓如此放肆！"王仁道："凡事只是厚道些好。"严贡生把脸红了一阵，又彼此劝了几杯酒。奶妈抱着哥子出来道："奶奶叫问大老爷，二爷几时开丧？又不知今年山向可利[112]，祖茔里可以葬得[113]，还是要寻地？费大老爷的心，同二位舅爷商议。"严贡生道："你向奶奶说，我在家不多时耽搁，就要同二相公到省里去周府招亲。你爷的事，托在二位舅爷就是。祖茔葬不得，要另寻地。等我回来斟酌。"说罢，叫了扰[114]，起身过去。二位也散了。

过了几日，大老爷果然带着第二个儿子往省里去了。赵氏在家掌管家务，真个是钱过北斗[115]，米烂成仓，童仆成群，牛马成行，享福度日。不想皇天无眼，不佑善人，那小孩子出起天花来，发了一天热，医生来看，说是个险症，药里用了犀角、黄连[116]，几日不能灌浆[117]，把赵氏急的到处求神许愿，都是无益。到七日上，把个白白胖胖的孩子跑掉了[118]。赵氏此番的哭泣，不但比不得哭大娘，并且比不得哭二爷，直哭得眼泪都哭不出来。整整的哭了三日三夜，打发孩子出去[119]。叫家人请了两位舅爷来商量，要立大房里第五个侄子承嗣[120]。二位舅爷踌躇道："这件事，我们做不得主。况且大先生又不在家，儿子是他的，须是要他自己情愿，我们如何硬做主？"赵氏道："哥哥，你妹夫有这几两银子的家私，如今把个正经主儿去了[121]，这些家人小厮都没个投奔，这立嗣的事是缓不得的。知道他伯伯几时回来？间壁第五个侄子才十一二岁，立过来，还怕我不会疼热他，教导他？他伯娘听见这个话，恨不得双手送过来。说是他伯伯回来，也没得说。你做舅舅的人，怎的做不得主？"王德道："也罢，我们过去替他说一说罢。"王仁道："大哥，这是那里话？宗嗣大事[122]，我们外姓如何做得主？如今姑奶奶若是急的很，只好我弟兄两人公写一字[123]，他这里叫一个家人连夜到省里请大先生回来商议。"王德道："这话最好，料想大先生回来也没得说。"王仁摇着头笑道："大哥，这话也且再看。但是不得不如此做。"赵氏听了这话，摸头不着，只得依着言语，写了一封字，遣家人来富连夜赴省接大老爷。

来富来到省城，问着大老爷的下处的高底街。到了寓处门口，只见四个戴红黑帽子的[124]，手里拿着鞭子，站在门口；吓了一跳，不敢进去。站了一会，看见跟大老爷的四斗子出来，才叫他领了他进去。看见敞厅上，中间摆着一乘彩轿，彩轿旁边竖着一把遮阳[125]，遮阳上贴着"即补县正堂[126]"。四斗子进去请了大老爷出来，头戴纱帽，身穿圆领补服[127]，脚下粉底皂靴。来富上前磕了头，递上书信。大老爷接着看了，道："我知道了。我家二相公恭喜[128]，你且在这里伺候。"来富下来，到厨房里，看见厨子在那里办席。新人房在楼上，张见摆的红红绿绿的，来富不敢上去。直到日头平西，不见一个吹手来。二相公戴着新方巾，披着红，簪着花，前前后后走着着急，问吹手怎的不来。大老爷在厅上嚷成一片声，叫四斗子快传吹打的。四斗子道："今日是个好日子，八钱银子一班叫吹手还叫不动，老爷给了他二钱四分低银子[129]，又还扣了他二分戥头[130]，又叫张府里押着他来；不知今日应承了几家，他这个时候怎得来？"大老爷发怒道："放狗屁！快替我去！来迟了，连你一顿嘴巴！"四斗子骨都着嘴[131]，一路絮聒了出去[132]，说道："从早上到此刻，一碗饭也不给人吃，偏生有这些臭排场！"说罢，去了。

直到上灯时候，连四斗子也不见回来。抬新人的轿夫和那些戴红黑帽子的又催的狠。厅上的客说道："也不必等吹手，吉时已到，且去迎亲罢。"将掌扇捐起来，四个戴红黑帽子的开道，来富跟着轿，一直来到周家。那周家敞厅甚大，虽然点着几盏灯烛，天井里却是不亮。这里又没有个吹打的，只得四个戴红黑帽子的，一递一声，在黑天井里喝道，喝个不了。来富看见，不好意思，叫他不要喝了。周家里面有人吩咐道："拜上严老爷，有吹打的就发轿，没吹打的不发轿。"正吵闹着，四斗子领了两个吹手赶来，一个吹箫，一个打鼓，在厅上滴滴打打，总不成个腔调。两边听的人笑个不住。周家闹了一回，没奈何，只得把新人轿发来了。新人进门，不必细说。

过了十朝，叫来富同四斗子去写了两只高要船[133]。那船家就是高要县的人。两只大船，银十二两，立契到高要付银。一只装的新郎、新娘，一只严贡生自坐。择了吉日，辞别亲家，借了一副"巢县正堂"的金牌，一副"肃静"、"回避"的白粉牌，四根门枪[134]，插在船上；又叫了一班吹手，开锣掌伞，吹打上船。船家十分畏惧，小心伏侍，一路无话。

　　那日将到了高要县，不过二三十里路了，严贡生坐在船上，忽然一时头晕上来，两眼昏花，口里作恶心，哕出许多清痰[135]。来富同四斗子，一边一个，架着膊子[136]，只是要跌。严贡生口里叫道："不好！不好！"叫四斗子快丢了去烧起一壶开水来。四斗子把他放了睡下，一声不倒一声的哼。四斗子慌忙同船家烧了开水，拿进仓来。严贡生将钥匙开了箱子，取出一方云片糕来，约有十多片，一片一片，剥着吃了几片，将肚子揉着，放了两个大屁，登时好了。剩了几片云片糕，搁在后鹅口板上[137]，半日也不来查点。那掌舵驾长害馋痨[138]，左手扶着舵，右手拈来，一片片的送在嘴里了。严贡生只作不看见。

　　少刻，船拢了码头。严贡生叫来富作速叫两乘轿子来，摆齐执事[139]，将二相公同新娘先送了家里去；又叫些码头上人来把箱笼都搬了上岸，把自己的行李也搬上了岸。船家、水手都来讨喜钱。严贡生转身走进仓来，眼张失落的[140]，四面看了一遭，问四斗子道："我的药往那里去了？"四斗子道："何曾有甚药？"严贡生道："方才我吃的不是药？分明放在船板上的！"那掌舵的道："想是刚才船板上的几片云片糕？那是老爷剩下不要的，小的大胆就吃了。"严贡生道："吃了好贱的云片糕！你晓得我这里头是些什么东西？"掌舵的道："云片糕不过是些瓜仁、核桃、洋糖、粉面做成的了，有什么东西？"严贡生发怒道："放你的狗屁！我因素日有个晕病，费了几百两银子合了这一料药，是省里张老爷在上党做官带了来的人参[141]，周老爷在四川做官带了来的黄连。你这奴才！'猪八戒吃人参果，全不知味！'说的好容易！是云片糕！方才这几片，不要说值几十两银子，'半夜里不见了枪头子，攮到贼肚里[142]'。只是我将来再发了晕病，却拿什么药来医？你这奴才，害我不浅！"叫四斗子开拜匣[143]，写帖子，"送这奴才到汤老爷衙里去，先打他几十板子再讲！"掌舵的吓了，陪着笑脸道："小的刚才吃的甜甜的，不知道是药，只说是云片糕。"严贡生道："还说是云片糕！再说云片糕，先打你几个嘴巴！"

　　说着，已把帖子写了，递给四斗子。四斗子慌忙走上岸去。那些搬行李的人帮船家拦着。两只船上船家都慌了，一齐道："严老爷，而今他不是，不该错吃了严老爷的药；但他是个穷人，就是连船都卖了，也不能赔老爷这几十两银子。若是送到县里，他那里耽得住？如今只是求严老爷开恩，高抬贵手，恕过他罢。"严贡生越发恼得暴躁如雷，搬行李的脚子走过几个到船上来道[144]："这事原是你船上人不是。方才若不如是着紧的问严老爷要喜钱、酒钱，严老爷已经上轿去了。都是你们拦住那严老爷，才查到这个药。如今自知理亏，还不过来向严老爷跟前磕头讨饶！难道你们不赔严老爷的药，严老爷还有些贴与你不成[145]？"众人一齐捺着掌舵的磕了几个头。严贡生转弯道："既然你众人说，我又喜事匆匆，且放着这奴才，再和他慢慢算账！不怕他飞上天去！"骂毕，扬长上了轿[146]，行李和小厮跟着，一哄去了。船家眼睁睁看着他走去了。

　　严贡生回家，忙领了儿子和媳妇拜家堂[147]；又忙的请奶奶来一同受拜。他浑家正在房里抬东抬西，闹得乱哄哄的。严贡生走来道："你忙什么？"他浑家道："你难道不知道家里房子窄瘪瘪的？统共只得这一间上房，媳妇新新的，又是大家子姑娘，你不挪与他住？"严贡生道："呸！我早已打算定了，要你瞎忙！二房里高房大厦的，不好住？"他浑家道："他有房子，为甚的与你的儿子住？"严贡生道："他二房无子，不要立嗣的？"浑家道："这不成，他要继我们第五个哩。"严贡生道："这都由他么？他算是个什么东西！我替二房立嗣，与他什么相干？"他浑家听了这话，正摸不着头脑。只见赵氏着人来说："二奶奶听见大老爷回家，叫请大老爷说话。我们二位舅老爷，也在那边。"严贡生便走过来，见了王德、王仁，"之乎者也"了一顿，便叫过几个管事的人来吩咐将正宅打扫出来，明日二相公同二娘来住。"赵氏听得，还认他把第二个儿子来过继，便请舅爷，说道："哥哥，大爷方才怎样说？媳妇过来，自然在后一层；我照常住在前面，才好早晚照顾；怎倒叫我搬到那边去？媳妇住着正屋，婆婆倒住着厢房，天地世间，也没有这个道理！"王仁道："你且不要慌，随他说着，自然有个商议。"说罢，走出去了。彼此谈了两句淡话又吃了一杯茶。王家小厮走来说："同学朋友候着作文会[148]。"二位作别去了。

严贡生送了回来，拉一把椅子坐下，将十几个管事的家人都叫了来，吩咐道："我家二相公明日过来承继了，是你们的新主人，须要小心伺候。赵新娘是没有儿女的[149]，二相公只认得他是父妾，他也没有还占着正屋的[150]。吩咐你们媳妇子把群屋打扫两间[151]替他搬过东西去；腾出正屋来，好让二相公歇宿，彼此也要避个嫌疑。二相公称呼他'新娘'，他叫二相公、二娘是'二爷'、'二奶奶'。再过几日，二娘来了，是赵新娘先过来拜见，然后二相公过去作揖。我们乡绅人家，这些大礼，都是差错不得的。你们各人管的田房、利息账目，都连夜趱造清完[152]，先送与我逐细看过，好交与二相公查点。比不得二老爹在日，小老婆当家，凭着你们这些奴才朦胧作弊！此后若有一点欺隐，我把你这些奴才，三十板一个，还要送到汤老爷衙门里追工本饭米哩[153]！"众人应诺下去，大老爷过那边去了。

这些家人、媳妇领了大老爷的言语，来催赵氏搬房；被赵氏一顿臭骂，又不敢就搬。平日嫌赵氏装尊作威作福[154]，这时偏要领了一班人来房里说："大老爷吩咐的话，我们怎敢违拗？他到底是个正经主子。他若认真动了气，我们怎样了得？"赵氏号天大哭，哭了又骂，骂了又哭，足足闹了一夜。次日，一乘轿子，抬到县门口，正值汤知县坐早堂，就喊了冤。知县叫补进词来[155]，随即批出："仰族亲处复[156]。"

赵氏备了几席酒，请来家里。族长严振先，乃城中十二都的乡约[157]，平日最怕的是严大老官，今虽坐在这里，只说道："我虽是族长，但这事以亲房为主[158]。老爷批处，我也只好拿这话回老爷。"那两位舅爷，王德、王仁，坐着就像泥塑木雕的一般，总不置一个可否。那开米店的赵老二、扯银炉的赵老汉，本来上不得台盘[159]；才要开口说话，被严贡生睁开眼睛，喝了一声，又不敢言语了。两个人自心里也裁划道[160]："姑奶奶平日只敬重的王家哥儿两个，把我们不瞅不睬；我们没来由，今日为他得罪严老大，'老虎头上扑苍蝇'怎的？落得做好好先生。"把个赵氏在屏风后急得像热锅上蚂蚁一般，见众人都不说话，自己隔着屏风请教大爷，数说这些从前已往的话。数了又哭，哭了又数；捶胸跌脚，号做一片。严贡生听着，不耐烦道："像这泼妇，真是小家子出身！我们乡绅人家，那有这样规矩！不要恼犯了我的性子，揪着头发，臭打一顿，登时叫媒人来领出发嫁！"赵氏越发哭喊起来，喊的半天云里都听见，要奔出来揪他，撕他，是几个家人媳妇劝住了。众人见不是事，也把严贡生扯了回去。当下各自散了。

次日，商议写复呈。王德、王仁说："身在黉宫[161]，片纸不入公门[162]。"不肯列名。严振先只得混账复了几句话[163]，说："赵氏本是妾扶正，也是有的；据严贡生说与律例不合，不肯叫儿子认做母亲，也是有的。总候大老爷天断[164]。"那汤知县也是妾生的儿子，见了复呈道："律设大法，理顺人情[165]，这贡生也忒多事了！"就批了个极长的批语，说："赵氏既扶过正，不应只管说是妾。如严贡生不愿将儿子承继，听赵氏自行拣择，立贤立爱可也[166]"。严贡生看了这批，那头上的火直冒了有十几丈，随即写呈到府里去告。府尊也是有妾的[167]，看着觉得多事，"仰高要县查案"。知县查上案去，批了个"如详缴"。严贡生更急了，到省赴按察司一状[168]。司批："细故赴府、县控理[169]。"严贡生没法了，回不得头，只得飞奔到京，想冒认周学道的亲戚，到部里告状。一直来到京师，周学道已升做国子监司业了[170]。大着胆，竟写一个"姻眷晚生"的帖[171]，门上去投。长班传进帖[172]，周司业心里疑惑，并没有这个亲戚。正在沉吟，长班又送进一个手本[173]，光头名字，没有称呼，上面写着"范进"。周司业知道是广东拔取的，如今中了，来京会试，便叫快请进来。范进进来，口称恩师，叩谢不已。周司业双手扶起，让他坐下，开口就问："贤契同乡[174]，有个什么姓严的贡生么？他方才拿姻家帖子来拜学生[175]，长班问他，说是广东人。学生却不曾有这门亲戚。"范进道："方才门人见过[176]，他是高要县人，同敝处周老先生是亲戚[177]。只不知老师可是一家？"周司业道："虽然是同姓，却不曾序过[178]。这等看起来，不相干了。"即传长班进来吩咐道："你去向那严贡生说，衙门有公事，不便请见，尊帖也带了回去罢。"长班应诺回去了。

【注释】

　　[1] 贡生：科举时代挑选府、州、县生员（秀才）中成绩或资格优异者，升入京师的国子监（太学）肄业，称为贡生。

　　[2] 汤知县：指高要县（今属广东）的知县。

　　[3] 过下来：生下来。

　　[4] 利市：吉利。

　　[5] 押着：逼着。

　　[6] 时值：当时的市价。

　　[7] 赶面：今通作擀面。

　　[8] 央中：请托中人。中人，这里指借钱时的介绍人。

　　[9] 每月三分钱：指月息三分。

　　[10] 交个几分数：交纳一部分。

　　[11] 蹄酒：猪蹄和酒。

　　[12] 梢袋：装粮食的长口袋。梢：一般写作"捎"。短：拦路抢夺的意思。

　　[13] 纸：指借约。

　　[14] 忝列衣冠：这里是也算有士大夫身份的意思。忝（tiǎn）：辱没，勉强。衣冠，指士绅。

　　[15] 发房出了差：分发到管这种案子的房里（房，相当于现在的"科"），派出差役去传人。

　　[16] 二老官：二爷，二相公。

　　[17] 监生：明清时，入国子监就读者，统称监生，在清代可以通过捐纳取得。

　　[18] 着：这里是派遣的意思。小厮：指年轻的童仆。

　　[19] 府学：府里学官的衙门。下文"县学"是县里学官的衙门。廪（lǐn）膳生员：简称廪生，秀才中学行优秀的，经过学官推选和考试，就能补上"廪生"的名额。补廪生以后，每月可以领到一石米的膳费，所以称廪膳生员。

　　[20] 做着极兴头的馆：教着极兴旺的私塾（意思是学生多，收入多）。

[21] 铮铮有名：名声很响亮。
[22] 差票：衙门的传票。
[23] 有头发的：指有钱的。
[24] 釜底抽薪：从锅（釜）底抽掉烧柴（薪），使锅里的水不沸腾。这里的意思是从根本上解决。
[25] 拦词：由地方或家族的头面人物呈请官府免予审问这个案子的呈文。
[26] 些须：少许。
[27] 一天的事：天大的事。
[28] 纸笔：指字据。
[29] 寻出：指寻出原借约。
[30] 落台：下台阶，了结。
[31] 拿班做势：装模作样，装腔作势。
[32] 奶奶：指严致和的妻子王氏。
[33] 怯生生：衰弱的样子。
[34] 走不全：走不稳。
[35] 围碟：酒席上在正菜前先上的装干鲜果品的小碟子。
[36] 妾出的：姨太太生的。妾：指下文的赵新娘。新娘：这里是对姨太太的一种称呼。
[37] 那宗笔下：那样的文章。
[38] 宗师：清代称"提督学政"为宗师。提督学政，科举时代掌管全省教育的官。御史出来：从御史当中选派到外省来的。
[39] 吏员生身：意思是说不是科举正途出身。
[40] 出贡竖旗杆：秀才取得贡生资格后，就可以和举人、进士一样，在宗祠或家门前竖起旗杆，表示荣耀。
[41] 把总甲、地方都派分子：叫总甲、地方都出一份贺礼。总甲、地方，都是地方上承应官差的人。总甲：官差头目。地方：即地保，相当于后世的保长。
[42] 日逐：每日。
[43] 花梨椅子：花梨木（一种质地坚实的木头）制的椅子。
[44] 骰盆：掷骰子用的盆子。骰（tóu）子，一般叫"色（shǎi）子"，一种赌具。用骨头、木头等制成的立体小方块，六面分刻一、二、三、四、五、六点。
[45] 状元令：酒令的一种。
[46] 四更尽鼓：报四更的鼓已经敲过了。
[47] 人参、附子：都是补药。
[48] 骨血：亲生的儿子。
[49] 煨（wēi）：用微火慢慢地煎煮。
[50] 扶正做个填房：在封建多妻制度下，妻为正房，妾为偏房（侧室）。妻死后续娶的叫填房，把妾转为妻叫扶正。
[51] 听不得：巴不得听到。
[52] 把脸木丧着：死板板地哭丧着脸。
[53] 如夫人：也称"如君"，对别人的妾的客气称呼。

[54] 纲常：指三纲五常的大道理。三纲指君为臣纲，父为子纲，夫为妻纲。五常即仁、义、礼、智、信。
[55] 寒族：指本族的人。这是谦虚的说法。
[56] 三党：指父族、母族、妻族。
[57] 义形于色：正义之气见于神色。
[58] 诸亲六眷：所有的亲戚，六眷，指叔伯、兄弟、姑姊、诸舅、妻党、婿党六方面的亲属。
[59] 于据：王德的字。于依：王仁的字。
[60] 赤金冠子：纯金制的戴在发髻上的首饰。
[61] 齐铺铺：整整齐齐地。大边：上首的正座。旧日接待宾客或宴会就座，以左边为大。
[62] 分了大小：(同赵氏)分清行辈。
[63] 媳妇：这里指家人的妻子，也是仆人。
[64] 官客并堂客：男客和女客。堂客，这里泛指妇女。
[65] 撬（qiào）：用棍、棒等拨、挑东西。
[66] 掳（luǒ）：抢。
[67] 哥子：小孩子。
[68] 一搭麻：一缕麻。
[69] 两个：两匹。
[70] 成服：举行成服（每个亲属按一定规矩穿上孝服）的仪式。
[71] 赵氏定要披麻戴孝：披麻戴孝是妾对主母的丧服。赵氏费尽心机谋求"扶正"，这时仍故意表示是妾的身份，目的是让他人说出"你此刻是姊妹了"这句话，以巩固已取得的地位。
[72] 孝箍：围在头上表示戴孝的箍。
[73] 修斋理七：人死后四十九天内，每隔七天请和尚道士念经超度亡灵。
[74] 收拾：安排。
[75] 典铺：当铺。
[76] 私房：私下积蓄的钱。
[77] 师姑送盒子：尼姑送礼拜节。
[78] 换珠翠：卖珠子、翡翠。
[79] 把：给。
[80] 好事：指念经超度。
[81] 科举年：考试的年头。
[82] 盘程：盘缠，旅费。
[83] 桑皮纸：用桑树皮制成的纸。
[84] 灯节：元宵节。元宵赏灯，所以叫"灯节"。
[85] 肝木克了脾土：意思是肝气旺盛，损害脾胃。中医用金木水火土五行来比内脏各部分。
[86] 乡试：考举人。
[87] 大房里：指严贡生家。
[88] 郎中：医生。
[89] 一声不倒一声的：一声连一声地。

[90] 老汉：安徽方言，最小的儿子叫老汉。扯银炉：做拉风箱化银子的活儿。
[91] 公备：合伙备办。
[92] 举哀：祭奠时放声号哭，表示哀悼。
[93] 养娘：保姆，女仆。
[94] 打点：吩咐。
[95] 端盒：盛礼物的盒子。
[96] 别敬：另外的礼物。
[97] 腰绖（dié）：麻腰带。
[99] 各禀的寿数：各有命中注定的寿数。
[99] 恁：这样，如此。
[100] 学台：对提督学政的尊称。举了弟的优行：认为我有优良的品行加以保举。
[101] 应天巢县：应天府巢县的知县。巢县（今属安徽），明代属应天府（南京）。
[102] 汤父母：指上文的汤知县。旧时称本县的县官为父母官。世侄：朋友的侄子。
[103] 执柯作伐：即做媒。《诗经·伐柯》以执斧伐木比喻托人说媒，后人就用"执柯"或"作伐"表示做媒的意思。柯：斧柄。
[104] 姓范的孝廉：指范进。孝廉：举人。
[105] 乃兄：他哥哥。
[106] 惹出回子那一番事来：第四回"荐亡斋和尚吃官司，打秋风乡绅遭横事"里说，张静斋和范进到汤知县那里作客，张静斋给汤知县出主意,处罚了一个卖牛肉的回民，惹起回民的反抗。
[107] 入帘：做帘官。帘官，乡试时阅卷的官。
[108] 不入时目：不合时下一般人的眼光。
[109] 不照题位：不按照题目的要求。
[110] 极是法眼：鉴别（文章）的眼力极高。
[111] 考校的事：科场考试的事情。
[112] 山向可利：坟地风水吉利不吉利。
[113] 茔：坟。
[114] 叫了扰：说一声"打扰"。
[115] 钱过北斗：钱积得比北斗星还高。
[116] 犀角、黄连：都是良药。
[117] 灌浆：天花出足。
[118] 跑掉了：死了。
[119] 打发孩子出去：叫人把孩子抬出去埋葬。
[120] 承嗣：过继做儿子。
[121] 正经主儿：家庭里正式的主人，指那死了的孩子。
[122] 宗嗣：传宗接代。
[123] 字：信。
[124] 戴红黑帽子的：指雇用的差人。
[125] 遮阳：掌扇（长柄的大扇），旧时官府所用的仪仗之一。

[126] 即补县正堂：一种官衔，就是候补县官。
[127] 补服：有补子的礼服。补子：钉在衣服前后心的一块方缎子，上面绣着表示品级的花纹。
[128] 恭喜：指办喜事。
[129] 低银子：成色不足的银子。
[130] 扣了他二分戥头：戥子称得不够分量，少给了二分银子。戥（děng）：秤金、银、药品等东西的小秤。
[131] 骨都着嘴：噘着嘴。
[132] 絮聒：嘟嘟囔囔。
[133] 写：立约租雇的意思。旧时车行、船行承接生意，大都要写个包运无失的字据给租运的人。
[134] 门枪：一种仪仗。
[135] 哕（yuē）：呕吐。
[136] 膊子：胳膊。
[137] 后鹅口板：船尾的船板。
[138] 掌舵驾长：掌舵的艄公。
[139] 执事：仪仗。
[140] 眼张失落的：东张西望，像丢了东西似的。
[141] 上党：在今山西长治县附近，这个地方产的人参很有名，叫"党参"。
[142] 攘（rǎng）：刺，戳。
[143] 拜匣：盛名帖的盒子。
[144] 脚子：脚夫。
[145] 贴与：倒贴给。
[146] 扬长：大模大样、毫不在乎的样子。
[147] 家堂：供祖先牌位的地方。
[148] 作文会：举行文会（吟诗作文的集会）。
[149] 新娘：妾的别称，这里表示严贡生不承认赵氏是主妇，仍把她看作妾。
[150] 没有还占着正屋的：没有还占着正屋的道理。
[151] 群屋：正屋以外的房屋。
[152] 趱（zǎn）造清完：赶紧造册清理完毕。
[153] 追工本饭米：追回工资和饭钱。
[154] 装尊：摆主人架子。
[155] 补进词来：在衙门前口头喊冤，官府允准后要补写状纸。词：指状纸。
[156] 仰族亲处复：命令同族的亲戚处理，并把结果回复。仰：以尊命卑，旧时公文中上对下的用语。
[157] 都：相当于街。乡约：相当于乡长。
[158] 亲房：本支，嫡亲家族。指严贡生。
[159] 台盘：大场面。
[160] 裁划：盘算。

[161] 身在黉（hóng）宫：指有禀生身份。黉宫：官学。黉：古代的学校。
[162] 公门：衙门。
[163] 混账：含混、敷衍。
[164] 天断：明断。
[165] 律设大法，理顺人情：法律设立各种重要条例，那道理却是顺应人情的。
[166] 立贤立爱：立她认为好的或喜爱的人为嗣。
[167] 府尊：知府。
[168] 如详缴：照报告中对原案处理的办法处理，并且准予销案。详：指下级衙门给上级衙门的报告。缴：销案。按察司：省司法长官的衙门。
[169] 细故：小事。控理：控告、处理。
[170] 国子监司业：国子监副长官。
[171] 姻眷晚生：向有亲戚关系的长辈递送名帖时的谦称。
[172] 长班：听差（听候差遣的人）。
[173] 手本：明、清时下属见上司或门生见座师、房师的折叠式名帖，投帖人应在名字上写卑职、晚生等自称。清代有一个时期不准试官同中举的人攀师生关系，所以说手本上"光头名字，没有称呼"。
[174] 贤契：意同"贤友"，是旧时老师对学生的客气称呼。
[175] 学生：这是老师对学生表示客气的自称。
[176] 门人：门生、弟子。
[177] 周老先生：就是上文所说的严贡生的亲家。
[178] 不曾序过：意思是没有宗族关系。序，指按宗族的谱系排辈分。这里点明上文严贡生说他在省中联姻的亲家是周学台本家的话，也是吹牛。

【思考与练习】

1. 《儒林外史》对讽刺艺术的贡献是什么？
2. 简述《儒林外史》的结构特点。
3. 结合《严贡生和严监生》，谈谈《儒林外史》塑造人物的手法。

第四节　曹雪芹与《红楼梦》

曹雪芹的《红楼梦》多方面突破了小说传统的思想与写法，成为中国小说史上成就最高、影响最大的一部文学巨著。

一、曹雪芹与《红楼梦》的创作

《红楼梦》原名《石头记》，作者曹雪芹。曹雪芹（1615—1763），名霑，字梦阮，雪芹为其号，又号芹圃、芹溪，祖籍辽阳（今属辽宁）。先世原是汉族，后为满洲正白旗包衣。其祖先随清兵入关，因军工卓著而家道日兴。曾祖母为康熙奶妈，祖父曹寅为康熙的伴读，故而康熙登基后曹家日益显赫。曾祖曹玺、祖父曹寅及父亲曹颙、叔父曹頫先后任江宁织造达五十八年之久，深得康熙的信任与赏识。这个职务名义上是为皇室采办物资，实际是皇帝派驻江南的亲信耳目。康熙六次南巡，有四次为曹家负责接驾，可见曹家地位之显赫。

雍正继位后，杀害和他争位的兄弟及其羽臣，排斥和打击康熙生前的宠臣。雍正五年曹頫因"苛索繁费，苦累驿站""织造款项亏空甚多"等罪名革职抄家。次年，全家由南京迁回北京，家道遂衰。乾隆八年（1743），屈复的《曹荔轩织造》诗忆曹寅，诗中有"何处飘零有子孙"之句（《消暑诗十六首》之十二），可知前此不久，曹家已子孙流散、彻底败落了。曹雪芹晚年住在北京西郊的山村，生活十分穷苦，"满径蓬蒿老不华，举家食粥酒常赊"（敦诚《赠曹雪芹》），过着极为艰难的日子。

曹雪芹的一生，恰好经历了家庭由盛而衰的重大转折。"生于繁华，终于沦落"，生活的巨大变化，使他深感世态炎凉，对封建社会和封建政治的黑暗有了清醒的认识，对封建统治阶级的腐朽及其没落命运有了深切的体验。他用毕生精力，创作了《红楼梦》这部伟大的长篇小说。他的悲剧体验，他的诗化情感，他的探索精神，他的创新精神，全部熔铸到这部旷世奇书《红楼梦》里。曹雪芹开始创作《红楼梦》当在他的青年时期。经过十年的辛勤劳动，至迟在乾隆十九年（1754）以前就已经基本完成了小说的初稿，前八十回已加批抄出，只有个别未分回、未标目和缺失、破失的地方待补缀；八十回后的原稿，在一次誊清时，有五、六回被借阅者遗失，以至未能传抄出来。作者未及重新补写遗失部分便去世了。留存于脂砚斋、畸笏叟等亲友手中的后半部残稿，后来也中断了线索，终至于散失。曹雪芹唯一的爱子夭亡，使他忧伤成疾，终因贫困无医，遂至不起。他死时，不过四十几岁，时间当在1764年的春天（其卒年有乾隆二十七年的"壬午除夕"、二十八年的"癸未除夕"、二十九年的"甲申春"三说，以"甲申说"较成理，后两说的时间是1764年2月1日和此后不久）。

二、《红楼梦》的版本

《红楼梦》的版本主要有两大系统：一为八十回抄本系统，一为一百二十回排印本系统。抄本系统均为八十回，题名为《石头记》，大多附有脂砚斋评语，比较重要的有脂评本有甲戌本、己卯本、庚辰本、戚序本等。排印本系统为一百二十回。最早是乾隆五十六年（1791），程伟元、高鹗对社会上流行而无定本的《红楼梦》作了一番加工，并增补了后四十回，合成一部故事完整的小说，以活字排印，首次出版了120回本《红楼梦》，即"程甲本"。次年，高鹗又对程甲本进行"补遗订讹"，重新排印，成为后来社会上最为流行的"程乙本"。

至于高鹗所补的后40回，有功有过，应当说是功大于过。首先，由于有了后40回而使《红楼梦》成为一部结构完整、首尾齐全、浑然一体的文学作品。其次，它写出了全书中心事件、主要人物的悲剧结局，如黛玉之死、贾家之败、宝玉出家等，从而保持原有矛盾的发展，基本上符合前八十回的倾向。最后，有的情节描写生动精彩，如潇湘惊梦、黛玉迷性、焚诗稿、魂归离恨天等，有较强的艺术感染力。不足的是"兰桂齐芳、家道复初"的结局，违背了曹雪芹揭示贾府衰败的初衷；黛玉肯定八股文、宝玉应试中举等也与曹雪芹塑造人物的精神不符。但后40回对于《红楼梦》的流传与影响还是起到了无法代替的作用。

三、"红学"概况

自《红楼梦》问世以来,引起了社会各阶层的广泛注意,随着研究的深入,嘉道年间形成了一种专门学问,叫作"红学"。长期以来,形成了各种红学派别,主要有:

评点派。采用评述、评点的方法,以探索作品内容、本事或阐述其思想、艺术价值。其中,最有价值的是脂砚斋等人的评语。

索隐派。所谓索隐,即探索幽隐,也就是去发掘被小说表面故事所掩盖的"本事"。

新红学派。一方面继承乾嘉学派学风,同时又接受西方资产阶级学术思想的影响,对《红楼梦》作出了新的解释。新红学派的代表之作是胡适的《红楼梦考证》(1921)和俞平伯的《红楼梦辩》(1923)。他们批驳了索隐派的主观臆测、牵强附会,开创了一个崭新的研究局面。他们的主要贡献有:一是肯定了《红楼梦》的作者为曹雪芹,并对曹的家世生平做了不少有益的考证。二是对《红楼梦》的版本进行了一些必要的考证。三是关于《红楼梦》思想艺术的评论。能把《红楼梦》还原为文学作品,使《红楼梦》的研究纳入了科学的轨道。

20世纪50年代后,由于学术环境、研究条件的改善,大批历史和档案材料以及重要版本陆续被发掘并公之于世,使《红楼梦》的研究取得了较大的进展;特别是80年代后,《红楼梦》的研究与论争更是百花齐放。

四、《红楼梦》的思想内容

《红楼梦》的思想内容是中国古代小说中最复杂的。它以贾宝玉、林黛玉、薛宝钗爱情故事为主线,表面看来似乎与一般的才子佳人小说没有太大的区别,但实际上,却与一般的才子佳人小说有着本质的区别。因为它的着眼点并不在爱情,而是以爱情为线索,通过贾府由盛而衰的描写,展现了贾宝玉和一群红楼女子以及许多人的悲剧命运、广大的社会生活面、深入的人生体验、不同人生价值观的冲突等。其思想之复杂、内容之广泛、主题之模糊,中国古代小说中无出其右。学术界关于其主题的探讨也是观点纷呈,如有阶级斗争说、爱情说、封建家族衰亡说、悲剧说等诸多观点。正因为如此,小说给读者留下了极大的审美空间,这也是《红楼梦》的巨大魅力之一。

《红楼梦》产生在乾隆"盛世",而书中集中描写的却是赫赫贾府不可挽救的衰败趋势。生在"盛世"的作者,能写出衰败的社会,这显然是作者对时代特点的一种深层的把握。

贾府衰败的各种表现,是18世纪中国封建社会的缩影,而贾府衰败的趋势,也揭示了封建社会必然崩溃的历史发展的必然性。旧时代的结束,意味着新时代的到来。《红楼梦》以它塑造的封建礼教、道德的叛逆者的形象,预示了新的思想、新的社会,尽管她还十分脆弱、朦胧,但毕竟出现了。

小说在内容上给人印象最深的是两个方面:一是社会的复杂,二是书中强烈的悲剧气氛。《红楼梦》所反映的社会生活面之广,是罕有其匹的。从皇帝、后妃到贩夫走卒、婢女优伶都有所反映,而且更重要的是写出了他们之间的复杂关系。既反映了阶级压迫、贵族生活的豪富、下层人民的困苦,也反映了科举制度、封建礼教、不同人的命运等。用形象化的手法,从不同的角度立体地展示了社会全貌,这超过了以往任何一部小说。《红楼梦》中的悲剧气氛也是非常强烈的。小说中,整个社会不断走向衰落,贾府及其他三大家族也不断衰落,贾府中的人，特别是那些纯洁、美丽、惹人怜爱的女性也一个个无可挽回地成为悲剧，最终的结果是一无所有。这一切都像宿命一样，令人遗憾，但又无可奈何。当那些美的代表或象征走向毁灭的时候，没有人不为之深深叹息。这种悲剧气氛正是《红楼梦》最能打动人的地方之一。从《红楼梦》描写贾府衰败的过程，也可以看出一代王朝走向衰败的社会面貌，与过去小说、戏曲中那种廉价的大团圆结局与之相比，《红楼梦》的这种结局无疑要深刻动人得多。

小说对理想与光明的大力颂扬。小说这一倾向是通过贾宝玉、林黛玉这两个理想人物来体现的。贾宝玉，是有理想、有追求、热爱人生的贵族阶级的叛逆者。在他出场之前，作者就通过冷子兴之口对他的独特个性作了介绍："潦倒不通庶务，愚顽怕读文章，行为偏僻性乖张，哪管世人诽谤"（第三回）。他的叛逆，体现在以下几个方面：

首先，在道德观、价值观上，他离经叛道，反对"仕途经济"。贾宝玉最憎恶读书应试、追逐功名的人。他把这种人通称为"国贼禄鬼"，还给他们起了一个外号叫"禄蠹"。这种认识远不是对贾雨村等个人的厌恶，而是公开表示着对封建社会规定的人生道路最高准则的否定。由此决定了宝玉在读书问题上表现为喜好"杂学旁搜"，厌恶八股时文；在交游方面宁愿与"戏子"为友，不愿与官宦往来；无论是谁，哪怕是关系亲近的人劝他留心仕途，都会被他斥为"混帐话"，并与之"生分"。

其次，在妇女观上，反对"男尊女卑"观念。中国封建社会的一个重要支柱就是严格的等级制度，所谓"尊卑有序"。贾宝玉恰恰在这个重大问题上表现出强烈的叛逆精神。在日常生活中，他从不摆主子的架子，与丫环小厮"没上没下"，甚至甘心为丫环"充役"。宝玉在晴雯死后，把她与先贤相提并论，这种大胆的平等思想，确实是难能可贵的。他认为"女儿是水做的骨肉，男人是泥作的骨肉，山川日月之精，只钟于女儿，须眉男子不过是些渣浊沫而已"。这话听起来似乎有些"矫枉过正"，但却充分显示出反对男尊女卑的彻底性。在大观园里，每一个不幸的女子，不论是他的姊妹或丫环，都引起他的极大的关怀和同情。他痛惜平儿周旋于"贾琏之俗、凤姐之威"的境遇之中，以为平儿之薄命比黛玉犹甚。他为此而"感伤""泪下"，一旦有机会能为她做一点事情，他会感到由衷的欣喜，如"喜望外平儿理妆"。同样的，宝玉也深深同情香菱的命运："可惜这么一个人，没父母，连自己本姓都忘了，被人拐出来，偏又卖与了这个霸王（指薛蟠）"。因此，他也为自己能给香菱一些帮助而喜悦，如"情解石榴裙"。

再次，在爱情观上，追求真挚爱情与自主婚姻，反对封建礼教。宝玉与黛玉的爱情悲剧，是《红楼梦》的中心情节。贾府的统治者，按照封建礼教及家族利益的原则，为宝玉选择的妻室必然是"薛宝钗"，而且确认这是"金玉良缘"。但是贾宝玉的心目中却只有林黛玉。宝黛二人从小生活在一起，他们之间的爱情，不是"父母之命，媒妁之言"，也不是"一见钟情"和一般的"郎才女貌"，而是在共同的思想和情趣的基础上建立起来的真挚爱情。而他们的共同的思想和情趣，包含了强烈的反对封建礼教和习俗，追求个性解放和平等自由的民主性精神。因此，他们的爱情本身就是叛逆的，并且，其结局也注定也是悲剧性的。正如第五回中所写的《终身误》预示的那样："都道是金玉良姻，俺只念木石前盟。空对着，山中高士晶莹雪；终不忘，世外仙姝寂寞林。叹人间，美中不足今方信。纵然是齐眉举案，到底意难平"。贾宝玉这一人物形象无疑有作者早年生活的影子，但也渗透了他在人生经历中对社会与人生的思考。在他身上，集中体现了小说的核心主题——新的人生追求与传统价值观的冲突，以及这种追求不可能实现的痛苦。

林黛玉，也是贵族阶级的叛逆者，由于寄人篱下的处境，形成了自己的独特个性。一是具有强烈的自尊与自强。黛玉爱使"小性儿"，多愁善感，多病好哭，甚至有时过分敏感和"不饶人"。但是，只要认识到她的处境，就不难理解这种"小性儿"的实质正是在"风刀霜剑严相逼"境遇中的自尊和自卫。甲戌本《石头记》的第三回回目是："荣国府收养林黛玉"，脂评说"收养"二字"触目凄凉之至"，这正点明了黛玉与贾府的关系和黛玉在贾府的地位。而且，她对人也绝非一味"小性儿"，她热情帮助香菱学诗，她与紫鹃坦诚相处，她甚至对宝钗也完全信任了。二是纯洁、脱俗而富有诗人气质，"质本洁来还洁去"是她的人格追求。在贾府里，黛玉是最纯洁、脱俗的女子。她没有丝毫的趋炎附势，搬弄是非等世俗习气。"葬花"的行动，就是她追求纯洁的品格的表现。三是从不看重功名富贵，并把封建礼教的叛逆者贾宝玉引为知己。黛玉才华四溢，聪敏过人，她有丰富的内心世界，她能写出感人肺腑的诗篇。她与宝玉一样，蔑视封建道德、功名利禄，对贾府中种种丑恶的人与事，她不仅绝不同流，而且时时予以嘲弄讥讽。四是反对以"门当户对""父母之命"为条件的封建婚姻，对有共同思想和情趣的爱情忠贞不渝。她对宝玉的爱情是深沉而执着的，她虽然早已看到了这爱情的艰难，特别是"金玉良缘"的巨大压力；但是，她依旧在追求，最终不惜献出生命。她既是脆弱的，又是坚强的。

宝玉与黛玉作为古老而腐朽的封建社会的两个青年，他们的思想、情操及爱情，都充分表现了人类社会生活中进步和美好的一面；而且在那新旧交替的特定历史时期，也预示着依稀可见的光明。这正是《红楼梦》远远高出《金瓶梅》等人情小说的根本原因。

五、《红楼梦》的艺术成就

《红楼梦》是一部天才的、又是精心构撰的巨作。"字字看来皆是血，十年辛苦不寻常"，在艺术上，它达到了中国古典小说的艺术巅峰。鲁迅称许说："自有《红楼梦》出来以后，传统的思想和写法都打破了。"（《中国小说的历史的变迁》）

首先，它的结构宏大而精致。小说中包含这样一些层次：贾宝玉、林黛玉、薛宝钗三人的感情和婚姻纠葛，是小说的中心线索；由此扩展，大观园是小说人物活动的主要场所，贾宝玉与林、薛及园中其他诸多女性的命运，是小说的基本内容；大观园作为贾府的一部分，这里发生的一切，又与整个贾府即宁国府、荣国府的种种活动密切联系，贾府由盛入衰的过程，以及贾府中复杂的家族矛盾、贾府中其他人物的命运，同样是小说的基本内容，且贾府中的男性与大观园这一女性世界具有对照意味；由此扩展，贾家与薛家、史家、王家的所谓"四大家族"，构成一个社会阶层。虽然除薛家外，其余二家在小说中很少出现，但这种以贾家为主、薛家为辅，带及史、王两家的结构方法，足以反映出这一特殊阶层的面貌；再由此扩展，以贾家为主、薛家为辅的贵族世家，又与外界发生广泛的牵连，上至皇宫，下至市巷、乡野，时近时远地反映出整个社会的状况；在这一切之上，又有一个隐隐绰绰的虚幻的神话世界，它不断暗示着"红楼梦"的宿命，使小说始终在花团锦簇的景象中透着幽凄的气息。

其次，《红楼梦》的人物塑造具有突出的成就。《红楼梦》中有名有姓的人物达四百余人，其中给人印象深刻的达数十人，而精心刻画的主要人物如贾宝玉、林黛玉、薛宝钗、王熙凤、贾母、贾政、探春、晴雯、袭人等，跃然纸上，呼之欲出，具有极其鲜明的性格特征，成了中国文学中不朽的艺术形象。作者善于通过不同的手法来塑造人物，或通过人物个性化的行为、语言，或通过环境描写来暗示，或通过对比、比较，或通过他人的评论等，这些手法运用得娴熟自然，浑然天成。《红楼梦》与前人塑造的人物的最大不同在于它的人物具有复杂的性格特征，而不是脸谱化的。以前的小说所塑造的人物往往好坏分明，阵营清楚，而《红楼梦》中打破了好人一切都好，坏人一切皆坏的写法。一大批的典型人物都具有高度的复杂性、鲜明的个性和充分的真实性。《红楼梦》中，贾宝玉、林黛玉和薛宝钗无疑是最重要的人物。贾宝玉的性格最主要的特点是纯情、追求自由。他反对科举，不喜八股，这并不是因为他对科举有深刻的认识，而是出于追求自由的本性。他不满意强加给他的婚姻，视林黛玉为意中人，也是因为他要尊重自己的爱情感觉。他的心灵是一片未曾污染的净土，因此，不谙世故，不存名利。他与大观园中那些年轻美丽的女子是一种与肉欲无关的审美关系，他平等、善意地对待她们，是出于对美的尊重。如果说贾宝玉的特点可以用一个纯字来概括的话，林黛玉则更多地表现为真。尽管林黛玉多愁善感，说话尖刻，但是她的心灵也是未曾污染的净土，她在本质上是最接近贾宝玉的，所以她与贾宝玉才是心心相印的恋人。薛宝钗与贾宝玉和林黛玉不同，她更多的表现为世故。她善于处理人际关系，在复杂的关系中游刃有余。她具有宽容的性格，体现了较多的人伦道德等社会因素。她之所以未能与贾宝玉心心相印，正是缘于这种本质的差别。

第三，《红楼梦》调动了我国诗词、散文、绘画、音乐、建筑、雕塑等一切艺术表现手段，创造出诗化的性格和诗化的意境与风格，这又是对以前叙事体小说的一个突破。古代小说中的诗词，往往用于场面、人物外貌等方面的描写，常游离于人物性格之外。《红楼梦》却将诗词歌赋与环境、人物、场面、情节等融合一起，达到人境合一、情景交融、神形兼备的艺术境界，给人以整体感与和谐感，显示了作者的古典文化修养。

第四，《红楼梦》的语言有极高的造诣。它的叙事文字，是成熟的白话，简洁而略显文雅，或明朗或暗示，描写人情物象准确有力；它的对话部分，尤能切合人物的身份、教养、性格以及特定场合中的心情，活灵活现，使读者似闻其声、似见其人。即脂砚斋所谓的"追魂摄魄"之笔。也正如鲁迅先生所说的"能使读者由说话看出人来"。如第二十回中，写贾环和丫环莺儿掷骰子，输了钱哭起来，遂被宝玉撵了回去。回家遭到他的母亲赵姨娘叱骂，恰被王熙凤听到，并教训赵姨娘一番对话。在这里，赵姨娘卑下的个性和怨恨的心理，王熙凤盛气凌人的威势，以及贾环在母亲身边染得的猥琐，一一跃然纸上。这个特点，不仅体现在王熙凤、贾宝玉等主要人物的语言之中，而且在一些次要的甚至是小厮、丫环的语言中也是如此。如宝玉的小厮茗烟，聪明伶俐而且十分风趣，他本来谈不到文化修养，但因为长期跟随宝玉，受到熏染，所以有时也会说出宝玉常说的话。如第四十三回，茗烟随宝玉祭祀时的祝词。《红楼梦》中这样的神来之笔，实是随处可见，它使读者如同进入了一个活的世界。

《红楼梦》对后世有极大的影响，自从它问世以后，有关的续书层出不穷。对《红楼梦》的研究，更是硕果累累。即使在今天，它仍然保持着强大的艺术魅力。

【课程思政】

以文化人 习近平总书记说过："青年的价值取向决定了整个社会的价值取向，而青年又处于价值观形成时期，抓好这一时期的价值观养成十分重要。"在教学过程中，将《红楼梦》中灵动的人物、生动的故事和现实社会充分结合，引导学生对人生价值进行思索，对生命意义进行探寻,对爱情真谛进行追寻。

学有所悟 1.《红楼梦》主题是多元的,鲁迅先生曾说:"经学家看见易,道学家看见淫,才子看见缠绵,革命家看见排满,流言家看见宫闱秘事。"请同学们谈谈对这段话的理解,同时也谈谈自己对《红楼梦》感悟最深的是什么。

2. 请结合宝黛钗的爱情婚姻悲剧谈谈你的爱情观、婚姻观。

六、《红楼梦》选读

黛玉葬花

【题解】本篇选自《红楼梦》第二十六回《蜂腰桥设言传心事,潇湘馆春困发幽情》、第二十七回《滴翠亭杨妃戏彩蝶,埋香冢飞燕泣残红》,篇名为编者所加。"黛玉葬花"是《红楼梦》作者着力摹写的文字,是小说的重要章节之一。它在整部小说中是群芳归宿的艺术象征。红消香断的落花,象征着以林黛玉为代表的大观园众姊妹未来的共同的悲剧命运。林黛玉所吟咏的"葬花词",更是她感叹身世遭遇的全部哀音的代表。"一年三百六十日,风刀霜剑严相逼。"借大自然的淫威,写出现实环境的冷酷无情和自身忍受熬煎的痛苦;"质本洁来还洁去,不教污淖陷渠沟。"又借净土掩埋落花,来表达自己宁死也要保持洁白操守的高傲心志。这首风格上仿效"初唐体"的歌行,通俗流畅,婉转缠绵,淋漓尽致地抒发了林黛玉内心的抑郁与哀伤,有着很强的艺术感染力。诗的感伤情绪虽然浓重,但它符合林黛玉所处的特定的环境地位所形成的多愁善感的思想性格。写在同一回里的"宝钗扑蝶"情节,在塑造人物形象、表现环境气氛以及运笔的风格技巧上,都与"黛玉葬花"形成鲜明的对照和强烈的反差。这样组合,在艺术上能收到彼此映衬、相得益彰的效果。本篇还写到晴雯、红玉、凤姐、探春等许多人物,也都各具个性特点。此外,本篇中用以写景绘形的骈词骊句,语言简洁,隽永雅致,富有诗词的悠然韵味。

却说那林黛玉听见贾政叫了宝玉去了,一日不回来,心中也替他忧虑。至晚饭后,闻听宝玉来了,心里要找他问问是怎么样了。一步步行来,见宝钗进宝玉的院内去了,自己也便随后走了来。刚到了沁芳桥,只见各色水禽都在池中浴水,也认不出名色来,但见一个个文彩炫耀,好看异常,因而站住看了一会。再往怡红院来,只见院门关着,黛玉便以手叩门。

谁知晴雯和碧痕正拌了嘴,没好气,忽见宝钗来了,那晴雯正把气移在宝钗身上,正在院内抱怨说:"有事没事跑了来坐着,叫我们三更半夜的不得睡觉!"忽听又有人叫门,晴雯越发动了气,也并不问是谁,便说道:"都睡下了,明儿再来罢!"林黛玉素知丫头们的情性,他们彼此顽耍惯了,恐怕院内的丫头没听真是他的声音,只当是别的丫头们来了,所以不开门,因而又高声说道:"是我,还不开么?"晴雯偏生还没听出来,便使性子说道:"凭你是谁,二爷吩咐的,一概不许放人进来呢!"林黛玉听了,不觉气怔在门外,待要高声问他,逗起气来,自己又回思一番:"虽说是舅母家如同自己家一样,到底是客边[1]。如今父母双亡,无依无靠,现在他家依栖。如今认真淘气[2],也觉没趣。"一面想,一面又滚下泪珠来。正是回去不是,站着不是。正没主意,只听里面一阵笑语之声,细听一听,竟是宝玉、宝钗二人。

林黛玉心中益发动了气,左思右想,忽然想起了早起的事来:"必竟是宝玉恼我要告他的原故。但只我何尝告你了,你也打听打听,就恼我到这步田地。你今儿不叫我进来,难道明儿就不见面了!"越想越伤感起来,也不顾苍苔露冷,花径风寒,独立墙角边花阴之下,悲悲戚戚呜咽起来。

原来这林黛玉秉绝代姿容,具希世俊美,不期这一哭,那附近柳枝花朵上的宿鸟栖鸦一闻此声,俱忒楞楞飞起远避[3]不忍再听。真是:

花魂默默无情绪,鸟梦痴痴何处惊[4]?

因有一首诗道:

颦儿才貌世应希[5],独抱幽芳出绣闺[6]。
呜咽一声犹未了,落花满地鸟惊飞[7]。

那林黛玉正自啼哭,忽听院门响处,只见宝钗出来了,宝玉袭人一群人送了出来。待要上去问着宝玉,又恐当着众人问羞了宝玉不便,因而闪过一旁,让宝钗去了,宝玉等进去关了门,方转过来,犹望着门洒了几点泪。自觉无味,方转身回来,无精打采的卸了残妆。

紫鹃、雪雁素日知道林黛玉的情性:无事闷坐,不是愁眉,便是长叹,且好端端的不知为了什么,常常的便自泪道不干。先时还有人解劝,怕他思父母,想家乡,受了委曲,只得用话宽慰解劝。谁知后来一年一月的竟常常的如此,把这个样儿看惯,也都不理论了。所以也没人理,由他去闷坐,只管睡觉去了。那林黛玉倚着床栏杆,两手抱着膝,眼睛含着泪,好似木雕泥塑的一般,直坐到二更多天方才睡了。一宿无话。

至次日乃是四月二十六日,原来这日未时交芒种节[8]。尚古风俗:凡交芒种节的这日,都要设摆各色礼物,祭饯花神,言芒种一过,便是夏日了,众花皆卸,花神退位,须要饯行。然闺中更兴这种风俗,所以大观园中之人都早起来了。那些女孩子们,或用花瓣柳枝编成轿马的,或用绫锦纱罗叠成干旄旌幢的[9],都用彩线系了。每一棵树上,每一枝花上,都系了这些物事。满园里绣带飘飘,花枝招展,更兼这些人打扮得桃羞杏让,燕妒莺惭,一时也道不尽。

且说宝钗、迎春、探春、惜春、李纨、凤姐等并巧姐、大姐、香菱与众丫鬟们在园内玩耍,独不见林黛玉。迎春因说道:"林妹妹怎么不见?好个懒丫头!这会子还睡觉不成?"宝钗道:"你们等着,我去闹了他来。"说着便丢下了众人,一直往潇湘馆来。正走着,只见文官等十二个女孩子也来了,上来问了好,说了一回闲话。宝钗回身指道:"他们都在那里呢,你们找他们去罢。我叫林姑娘去就来。"说着便逶迤往潇湘馆来[10]。忽然抬头见宝玉进去了,宝钗便站住低头想了想:宝玉和林黛玉是从小儿一处长大,他兄妹间多有不避嫌疑之处,嘲笑喜怒无常;况且林黛玉素习猜忌,好弄小性儿的。此刻自己也跟了进去,一则宝玉不便,二则黛玉嫌疑。罢了,倒是回来的妙。想毕抽身回来。

刚要寻别的姊妹去,忽见前面一双玉色蝴蝶,大如团扇,一上一下迎风翩跹,十分有趣。宝钗意欲扑了来玩耍,遂向袖中取出扇子来,向草地下来扑。只见那一双蝴蝶忽起忽落,来来往往,穿花度柳,将欲过河去了。倒引的宝钗蹑手蹑脚的,一直跟到池中滴翠亭上,香汗淋漓,娇喘细细。宝钗也无心扑了,刚欲回来,只听滴翠亭里边嘁嘁喳喳有人说话。原来这亭子四面俱是游廊曲桥,盖造在池中水上,四面雕镂槅子糊着纸[11]。

宝钗在亭外听见说话,便煞住脚往里细听,只听说道:"你瞧瞧这手帕子,果然是你丢的那块，你就拿着；要不是，就还芸二爷去。"又有一人说话："可不是我那块！拿来给我罢。"又听道："你拿什么谢我呢？难道白寻了来不成。"又答道："我既许了谢你，自然不哄你。"又听说道："我寻了来给你，自然谢我；但只是拣的人，你就不拿什么谢他？"又回道："你别胡说。他是个爷们家，拣了我的东西，自然该还的。我拿什么谢他呢？"又听说道："你不谢他，我怎么回他呢？况且他再三再四的和我说了，若没谢的，不许我给你呢。"半晌，又听答道："也罢，拿我这个给他，算谢他的罢。——你要告诉别人呢？须说个誓来。"又听说道："我要告诉一个人，就长一个疔，日后不得好死！"又听说道："嗳呀！咱们只顾说话，看有人来悄悄在外头听见。不如把这槅子都推开了，便是有人见咱们在这里，他们只当我们说顽话呢。若走到跟前，咱们也看的见，就别说了。"

宝钗在外面听见这话，心中吃惊，想道："怪道从古至今那些奸淫狗盗的人，心机都不错。这一开了，见我在这里，他们岂不臊了。况才说话的语音，大似宝玉房里的红儿的言语。他素昔眼空心大，是个头等刁钻古怪东西[12]，今儿我听了他的短儿，一时人急造反，狗急跳墙，不但生事，而且我还没趣。如今便赶着躲了，料也躲不及，少不得要使个'金蝉脱壳'的法子[13]。"犹未想完，只听"咯吱"一声，宝钗便故意放重了脚步，笑着叫道："颦儿，我看你往那里藏！"一面说，一面故意往前赶。那亭内的红玉、坠儿刚一推窗，只听宝钗如此说着往前赶，两个人都唬怔了。宝钗反向他二人笑道："你们把林姑娘藏在那里了？"坠儿道："何曾见林姑娘了。"宝钗道："我才在河那边看着林姑娘在这里蹲着弄水儿的。我要悄悄的唬他一唬，还没有走到跟前，他倒看见我了，朝东一绕就不见了。别是藏在这里头了。"一面说，一面故意进去寻了一寻，抽身就走，口内说道："定是又钻在山子洞里去了。遇见蛇，咬一口也罢了。"一面说一面走，心中又好笑：这件事算遮过去了，不知他二人是怎样。

谁知红玉听了宝钗的话，便信以为真，让宝钗去远，便拉坠儿道："了不得了！林姑娘蹲在这里，一定听了话去了！"坠儿听说，也半日不言语。红玉又道："这可怎么样呢？"坠儿道："便是听了，管谁筋疼，各人干各人的就完了。"红玉道："若是宝姑娘听见，还倒罢了。林姑娘嘴里又爱刻薄人，心里又细，他一听见了，倘或走露了风声，怎么样呢？"二人正说着，只见文官、香菱、司棋、侍书等上亭子来了。二人只得掩住这话，且和他们顽笑。

只见凤姐儿站在山坡上招手叫，红玉连忙弃了众人，跑至凤姐跟前，堆着笑问道："奶奶使唤作什么事？"凤姐打谅了一打谅[14]，见他生的干净俏丽，说话知趣，因笑道："我的丫头今儿没跟进我来。我这会子想起一件事来，要使唤个人出去，不知你能干不能干，说的齐全不齐全？"红玉笑道："奶奶有什么话，只管吩咐我说去。若说的不齐全，误了奶奶的事，凭奶奶责罚就是了。"凤姐笑道："你是那位小姐房里的？我使你出去，他回来找你，我好替你说的。"红玉道："我是宝二爷房里的。"凤姐听了笑道："嗳哟！你原来是宝玉房里的，怪道呢。也罢了，等他问，我替你说。你到我们家，告诉你平姐姐：外头屋里桌子上汝窑盘子架儿底下放着一卷银子[15]，那是一百六十两，给绣匠的工价，等张材家的来要，当面称给他瞧了，再给他拿去。在里头床头间有一个小荷包拿了来。"

红玉听说撤身去了，回来只见凤姐不在这山坡子上了。因见司棋从山洞里出来，站着系裙子，便赶上来问道："姐姐，不知道二奶奶往那里去了？"司棋道："没理论。"红玉听了，抽身又往四下里一看，只见那边探春、宝钗在池边看鱼。红玉上来陪笑问道："姑娘们可知道二奶奶那去了？"探春道："往你大奶奶院里找去。"红玉听了，才往稻香村来，顶头只见晴雯、绮霰、碧痕、紫绡、麝月、待书、入画、莺儿等一群人来了。晴雯一见了红玉，便说道：

"你只是疯罢！院子里花儿也不浇，雀儿也不喂，茶炉子也不煽[16]，就在外头逛。"红玉道："昨儿二爷说了，今儿不用浇花，过一日浇一回罢。我喂雀儿的时候，姐姐还睡觉呢。"碧痕道："茶炉子呢？"红玉道："今儿不该我煽的班儿，有茶没茶别问我。"绮霞道："你听听他的嘴！你们别说了，让他逛去罢。"红玉道："你们再问问我逛了没有。二奶奶使唤我说话取东西的。"说着将荷包举给他们看，方没言语了，大家分路走开。晴雯冷笑道："怪道呢！原来爬上高枝儿去了[17]，把我们不放在眼里。不知说了一句话半句话，名儿姓儿知道了不曾呢，就把他兴的这样！这一遭半遭儿的算不得什么，过了后儿还得听呵！有本事从今儿出了这园子，长长远远的在高枝儿上才算得。"一面说着去了。

这里红玉听说，不便分证[18]，只得忍着气来找凤姐儿，到了李氏房中，果见凤姐儿在这里和李氏说话儿呢。红玉上来回道："平姐姐说，奶奶刚出来了，他就把银子收了起来，才张材家的来讨，当面称了给他拿了去了。"说着将荷包递了上去，又道："平姐姐教我回奶奶：才旺儿进来讨奶奶的示下[19]，好往那家子去。平姐姐就把那话按着奶奶的主意打发他去了。"凤姐笑道："他怎么按我的主意打发去了？"红玉道："平姐姐说，我们奶奶问这里奶奶好。原是我们二爷不在家，虽然迟了两天，只管请奶奶放心。等五奶奶好些，我们奶奶还会了五奶奶来瞧奶奶呢。五奶奶前儿打发了人来说，舅奶奶带了信来了，问奶奶好，还要和这里的姑奶奶寻两丸延年神验万全丹。若有了，奶奶打发人来，只管送在我们奶奶这里。明儿有人去，就顺路给那边舅奶奶带去的。"

话未说完，李氏道："嗳哟哟！这些话我就不懂了。什么'奶奶'、'爷爷'的一大堆。"凤姐笑道："怨不得你不懂，这是四五门子的话呢。"说着又向红玉笑道："好孩子，难为你说的齐全。别像他们扭扭捏捏的蚊子似的。嫂子你不知道，如今除了我随手使的几个丫头老婆之外，我就怕和他们说话。他们必定把一句话拉长了作两三截儿，咬文咬字，拿着腔儿，哼哼唧唧的，急的我冒火，他们那里知道！先时我们平儿也是这么着，我就问着他：难道必定装蚊子哼哼就是美人了？说了几遭才好些儿了。"李宫裁笑道："都像你泼皮破落户才好[20]。"凤姐又道："这一个丫头就好。方才两遭，说话虽不多，听那口声就简断。"说着又向红玉笑道："你明儿伏侍我去罢。我认你作女儿，我一调理你就出息了[21]。"

红玉听了，扑哧一笑。凤姐道："你怎么笑？你说我年轻，比你能大几岁，就作你的妈了？你还做春梦呢！你打听打听，这些人头比你大的大的，赶着我叫妈，我还不理。今儿抬举了你呢？"红玉笑道："我不是笑这个，我笑奶奶认错了辈数了。我妈是奶奶的女儿，这会子又认我作女儿。"凤姐道："谁是你妈？"李宫裁笑道："你原来不认得他？他是林之孝之女。"凤姐听了十分诧异，说道："哦！原来是他的丫头。"又笑道："林之孝两口子都是锥子扎不出一声儿来的。我成日家说[22]，他们倒是配就了的一对夫妻，一个天聋，一个地哑。那里承望养出这么个伶俐丫头来！你十几岁了？"红玉道："十七岁了。"又问名字，红玉道："原叫红玉的，因为重了宝二爷，如今只叫红儿了。"

凤姐听说将眉一皱，把头一回，说道："讨人嫌的很！得了玉的益似的，你也玉，我也玉。"因说道："既这么着肯跟，我还和他妈说：'赖大家的如今事多，也不知这府里谁是谁，你替我好好的挑两个丫头我使。'他一般答应着。他饶不挑[23]，倒把这女孩子送了别处去。难道跟我必定不好？"李氏笑道："你可是又多心了。他进来在先，你说话在后，怎么怨的他妈！"凤姐道："既这么着，明儿我和宝玉说，叫他再要人，叫这丫头跟我去。可不知本人愿意不愿意？"红玉笑道："愿意不愿意，我们也不敢说。只是跟着奶奶，我们也学些眉眼高低[24]，出入上下，大小的事也得见识见识。"刚说着，只见王夫人的丫头来请，凤姐便辞了李宫裁去了。红玉回怡红院去，不在话下。

如今且说林黛玉因夜间失寐，次日起来迟了，闻得众姊妹都在园中作饯花会[25]，恐人笑他痴懒，连忙梳洗了出来。刚到了院中，只见宝玉进门来了，笑道："好妹妹，你昨儿可告我了不曾？教我悬了一夜心。"林黛玉便回头叫紫鹃道："把屋子收拾了，撂下一扇纱屉[26]；看那大燕子回来，把帘子放下来，拿狮子倚住[27]；烧了香就把炉罩上。"一面说一面又往外走。宝玉见他这样，还认作是昨日中晌的事，那知晚间的这段公案[28]，还打恭作揖的[29]。林黛玉正眼也不看，各自出了院门，一直找别的姊妹去了。宝玉心中纳闷，自己猜疑：看起这个光景来，不像是为昨日的事；但只昨日我回来的晚了，又没有见他，再没有冲撞了他的去处了。一面想，一面由不得随后追了来。

只见宝钗、探春正在那边看鹤舞，见黛玉去了，三个一同站着说话儿。又见宝玉来了，探春便笑道："宝哥哥，身上好？我整整的三天没见你了。"宝玉笑道："妹妹身上好？我前儿还在大嫂子跟前问你呢。"探春道："宝哥哥，你往这里来，我和你说话。"宝玉听说，便跟了他，离了钗、玉两个，到了一棵石榴树下。探春因说道："这几天老爷可曾叫你？"宝玉笑道："没有叫。"探春说："昨儿我恍惚听见说老爷叫你出去的。"宝玉笑道："那想是别人听错了，并没叫的。"探春又笑道："这几个月，我又攒下有十来吊钱了。你还拿了去，明儿出门逛去的时候，或是好字画，好轻巧顽意儿，替我带些来。"宝玉道："我这么城里城外、大廊小庙的逛，也没见个新奇精致东西，左不过是那些金玉铜磁没处撂的古董，再就是绸缎吃食衣服了。"探春道："谁要这些。怎么像你上回买的那柳枝儿编的小篮子，整竹子根抠的香盒儿，胶泥垛的风炉儿，这就好了。我喜欢的什么似的，谁知他们都爱上了，都当宝贝似的抢了去了。"宝玉笑道："原来要这个。这不值什么，拿五百钱出去给小子们，管拉一车来。"探春道："小厮们知道什么。你拣那朴而不俗、直而不拙者，这些东西，你多多的替我带了来。我还像上回的鞋作一双你穿，比那一双还加工夫，如何呢？"

宝玉笑道："你提起鞋来，我想起个故事：那一回我穿着，可巧遇见了老爷，老爷就不受用[30]，问是谁作的。我那里敢提'三妹妹'三个字，我就回说是前儿我生日，是舅母给的。老爷听了是舅母给的，才不好说什么，半日还说：'何苦来！虚耗人力，作践绫罗，作这样的东西。'我回来告诉了袭人，袭人说这还罢了，赵姨娘气的抱怨的了不得：'正经兄弟，鞋搭拉袜搭拉的没人看的见，且作这些东西！'"探春听说，登时沉下脸来，道："这话糊涂到什么田地！怎么我是该作鞋的人么？环儿难道没有分例[31]的，没有人的？一般的衣裳是衣裳，鞋袜是鞋袜，丫头老婆一屋子，怎么抱怨这些话！给谁听呢！我不过是闲着没事儿，作一双半双，爱给那个哥哥兄弟，随我的心。谁敢管我不成！这也是白气。"宝玉听了，点头笑道："你不知道，他心里自然又有个想头了。"探春听说，益发动了气，将头一扭，说道："连你也糊涂了！他那想头自然是有的，不过是那阴微鄙贱的见识。他只管这么想，我只管认得老爷、太太两个人，别人我一概不管。就是姊妹弟兄跟前，谁和我好，我就和谁好，什么偏的庶的[32]，我也不知道。论理我不该说他，但忒昏愦的不象了！还有笑话呢：就是上回我给你那钱，替我带那顽的东西。过了两天，他见了我，也是说没钱使，怎么难，我也不理论。谁知后来丫头们出去了，他就抱怨起来，说我攒的钱为什么给你使，倒不给环儿使呢。我听见这话，又好笑又好气，我就出来往太太跟前去了。"正说着，只见宝钗那边笑道："说完了，来罢。显见的是哥哥妹妹了，丢下别人，且说梯己去[33]。我们听一句儿就使不得了！"说着，探春、宝玉二人方笑着来了。

宝玉因不见了林黛玉，便知他躲了别处去了，想了一想，索性迟两日，等他的气消一消再去也罢了。因低头看见许多凤仙石榴等各色落花，锦重重的落了一地[34]，因叹道："这是他心里生了气，也不收拾这花儿来了。待我送了去，明儿再问着他。"说着，只见宝钗约着他们往外头去。宝玉道："我就来。"说毕，等他二人去远了，便把那花兜了起来，登山渡水，过树穿花，一直奔了那日同林黛玉葬桃花的去处来。将已到了花冢，犹未转过山坡，只听山坡那边有呜咽之声，一行数落着[35]，哭的好不伤感。宝玉心下想道："这不知是那房里的丫头，受了委曲，跑到这个地方来哭。"一面想，一面煞住脚步，听他哭道是：

花谢花飞花满天，红消香断有谁怜？
游丝软系飘春榭[36]，落絮轻沾扑绣帘[37]。
闺中女儿惜春暮，愁绪满怀无释处[38]。
手把花锄出绣帘[39]，忍踏落花来复去[40]？
柳丝榆荚自芳菲[41]，不管桃飘与李飞
桃李明年能再发，明年闺中知有谁？
三月香巢已垒成，梁间燕子太无情。
明年花发虽可啄，却不道人去梁空巢也倾。
一年三百六十日，风刀霜剑严相逼。
明媚鲜妍能几时，一朝漂泊难寻觅。
花开易见落难寻，阶前闷杀葬花人。
独把花锄泪暗洒，洒上空枝见血痕[42]。
杜鹃无语正黄昏，荷锄归去掩重门。
青灯照壁人初睡，冷雨敲窗被未温。
怪侬底事倍伤神[43]？半为怜春半恼春：
怜春忽至恼忽去，至又无言去不闻。
昨宵庭外悲歌发，知是花魂与鸟魂[44]！
花魂鸟魂总难留，鸟自无言花自羞。
愿侬胁下生双翼，随花飞到天尽头。
天尽头，何处有香丘[45]！
未若锦囊收艳骨，一抔净土掩风流[46]。
质本洁来还洁去，不教污淖陷渠沟[47]。
尔今死去侬收葬，未卜侬身何日丧[48]？
侬今葬花人笑痴，他年葬侬知是谁？
试看春残花渐落，便是红颜老死时。
一朝春尽红颜老，花落人亡两不知。

宝玉听了不觉痴倒。

【注释】

［1］客边：以客人的身份寄居在别人家里。

[2] 淘气：这里是怄气的意思。

[3] 忒（tè）楞楞：象声词，形容鸟飞的声音。

[4] "花魂"二句：见林黛玉哭泣，花为之神魂颠倒，默默伤感；鸟也从梦中惊起，弄得痴痴呆呆。

[5] 颦（pín）儿：相传西施心痛时"捧心而颦"，样子很好看（见《庄子·天运》林黛玉"眉尖若蹙"，贾宝玉因此送她一表号（字），叫"颦颦"，是暗取其意。

[6] 幽芳：这里指幽怨感伤的情怀和孤芳自傲的操守。绣闺：绣房。

[7] "落花"句：以花鸟拟人，说不忍听黛玉的哭声，极写她的悲泣令人悯恻；又兼应诗的首句说黛玉的貌美。后文黛玉葬花是小说中的重要文字，所以预先用黛玉哭花阴的细节作引；有了这一番渲染，更增强了后文的艺术效果。

[8] 芒种：二十四节气之一，多在公历6月6日前后。

[9] 干：盾牌。旄、旌、幢：都是古代的旗子。旄：旗杆顶端缀有牦牛尾的旗。旌：与旄相似，另有五彩折羽装饰。幢：形状像伞。

[10] 逶迤：沿着弯曲的道路。

[11] 槅（gé）子：窗上用木条作成的格子，这里指窗子。

[12] 刁钻古怪：狡猾而性情怪癖。

[13] 金蝉脱壳：蝉由幼虫变为成虫时，要脱掉外充（蝉蜕）喻以假象作掩蔽暗中溜走。"金蝉脱壳"是古代"三十六计"中的一计。

[14] 打谅：打量，仔细地看。

[15] 汝窑：北宋时建于汝州（今河南省临汝县）的瓷器窑。

[16] 烓（lóng）：即烓火，生火。

[17] 爬上高枝儿：比喻依附地位高的人。

[18] 分证：分辩。

[19] 示下：吩咐。

[20] 泼皮破落户：泼皮，无赖。破落户：原指先前有钱有势而后来败落的人家。小说中戏称王熙凤"破落户"，是以"破落户"谐"泼辣货"音。李宫裁当面说凤姐"泼皮破落户"，含戏谑的意思。

[21] 调理：训练，管教。

[22] 成日家：北京方言，整天、每天的意思。

[23] 饶：连词，跟"不但"的意思相近。

[24] 眉眼高低：指待人接物时能够察貌辨色，根据不同情况，区别对待不同的人和事。

[25] 饯花会：为饯别残花而举行的仪式。

[26] 撂（liào）下：放下。纱屉（tì）：旧时的窗户分里外两层，外层窗棂是用纸糊或木板装的，白天可以卸下来或支起来，晚间再安上或放下。里层用纱糊，透明而通气，叫"纱屉"。

[27] 狮子：这里指一种压帘用的带座的石狮子。

[28] 公案：原指疑难案件，泛指有纠纷或离奇的事情。

[29] 打恭：也作"打躬"，弯下身子施礼。作揖：行拱手礼。

[30] 受用：舒服，高兴。

[31] 分例：月例或月钱，封建大家庭里的成员从管家人那里领取的每月的费用。

[32] 偏的庶的：指偏房（妾）所生的子女。

[33] 梯己：即梯己话，贴心话或知心话。

[34] 锦重重：颜色鲜艳并繁多零乱。

[35] 一行：一面，一边。数落：不住嘴地列举叙述。

[36] 榭：筑在台上的房子。

[37] 絮：柳絮，柳花。

[38] 无释处：没有排遣的地方。

[39] 把：拿。

[40] 忍：岂忍。

[41] 榆荚：榆树的实。榆未生叶时先生荚，色白，像是成串的钱，俗称榆钱。芳菲：花草芳香。

[42] "洒上"句：与两个传说有关：一是湘妃哭舜，泣血染竹成斑。所以黛玉号"潇湘妃子"。二是蜀帝魂化杜鹃鸟，啼血染花枝，花即杜鹃花，所以下句接言"杜鹃"。

[43] 侬："我"的俗语，吴地乐府民歌中多用。底事：何事，什么事。

[44] 知是：哪里知道是……还是……。

[45] 香丘：香坟，指花冢。以花拟人，所以下句用"艳骨"。

[46] 一抔（póu）净土："一抔土"。代指坟墓。这里"一抔净土"指花冢。

[47] 污淖（nào）：被污秽的泥水所弄脏。

[48] 卜：预知。

【思考与练习】

1. 曹雪芹的家庭变故和个人经历对其创作《红楼梦》有何影响？
2. 谈谈你对《红楼梦》主题的理解。
3. 试述《红楼梦》的艺术成就。
4. 结合《黛玉葬花》的具体内容，分析作品的思想意义。

第五节　清代其他小说

一、清代其他小说概述

清代其他小说创作也是丰富多彩的。虽篇幅有长有短、价值有大有小，但它们都共同为清代小说的繁荣做出了自己的贡献。他们或直承明代的历史演义、英雄传奇和世情小说，或独辟蹊径，描写新的生活领域，都取得了一定的成就。如《水浒后传》《说岳全传》《醒世姻缘传》《镜花缘》《歧路灯》等都是非常不错的作品。

陈忱的《水浒后传》是清初的小说续书中成就较高的一部。陈忱（1615—1671），字遐心，号雁宕山樵，浙江乌程（今湖州市）人。小说依据原书的结局，叙写梁山未死的英雄再度起义,由反贪官污吏,转为反抗入侵的金兵,最后到海外创立基业的故事。作品一方面寄托了作者的亡国之恨,另一方面也反映了当时江南遗民不肯臣服新王朝的普遍心理。作品在叙事模式上趋向寻常生活化,注重抒情写意。

题为钱采编的《说岳全传》,是在各种"岳传"的基础上加工而成的,全书八十回。小说歌颂了岳飞等人坚决抗金的英勇斗争,痛斥了秦桧等人卑鄙的投降活动,爱憎分明。在小说中除了突出岳飞精忠报国外,还让他具有好结义友、待人宽厚等优点,这是作者顺应时势,把重视人民抗敌力量的卓越见识赋予岳飞。此为超越以往"岳传"之处。但作品仍存在较浓厚的封建正统思想,人物形象也不够鲜明突出。

《醒世姻缘传》,一百回,原署"西周生辑著,然藜子校定",有人认为是清代蒲松龄作,但缺乏确证。《醒世姻缘传》是继《金瓶梅》之后的又一部以一个家庭为描写中心的长篇白话小说。小说写一个两世姻缘、轮回报应的故事。前二十二回写晁源携妓女珍哥射死一狐狸,后娶珍哥为妾,虐待妻计氏,使计氏自缢。此为前世。二十三回后,写晁源托生为狄希陈,被射死的狐狸托生为其妻薛素姐,计氏托生为其妾童寄姐。狄希陈成为极端惧内的人,薛素姐、童寄姐变为极端凶悍的泼妇,她们想出各种稀奇古怪的办法来折磨狄。后经高僧指点前世因果,诵《金刚经》一万遍,才得消除。小说的主旨是通过说因果报应来劝人为善。但同时也应看到,它反映了古代婚姻制度所带来的问题,同时以家庭为中心,广泛地反映了社会生活的各个方面。小说长达百万字,情节琐碎冗长,但人物写得较好,山东土语运用得非常生动。

《镜花缘》的作者为李汝珍。李汝珍(1763?—1830?),字松石,号松石道人,人称北平子,直隶大兴(今属北京)人。曾经做过河南县丞,终生不达。他学问渊博,精通音韵,鄙薄时文。著有《李氏音鉴》《镜花缘》等。《镜花缘》一百回,是李汝珍根据《山海经》以及历代笔记杂著的记载,驰骋想象而写成的一部小说。小说的前半部写唐敖、林之洋、多九公三人游历海外三十余国的奇异经历,后半部写诸花神所托生的一百个才女参加武则天所设的女试。小说表现了一些新的思想,如主张男女平等、同情赞美妇女、反对八股文等,对各种丑恶现象也不乏批判。所以,小说中有才能的是女子,男人也缠足。小说的构思比较奇特,能通过想象的国度将现实社会的各种现象揭示出来,生动地表达了对封建社会种种恶俗的憎恨。但它最大的弱点在于人物形象多苍白无力,性格不够鲜明,尤其是后半部多为文字游戏,卖弄才学。

在大量的文言小说集中,纪昀的《阅微草堂笔记》也是成就较高的一部。该书是以"超传奇追晋宋"为己任,以笔记体编写而成的文言短篇志怪小说。主要记述狐鬼神怪故事,意在惩恶扬善,因果说教色彩较为浓厚。其文体简约、笔法凝练、语言精湛,在清代大量的笔记小说中独树一帜,与《聊斋志异》并誉为清代文言小说中的"双璧"。

二、作品选读

阅微草堂笔记二则

纪昀(1724—1805),字晓岚,一字春帆,晚号石云,直隶献县(今河北省献县)人,乾隆十九年（1754）进士，授编修，累迁侍读学士。乾隆三十三年（1768），因事革职，遣戍新疆迪化，两年后释放。乾隆三十七年（1772），充四库全书总纂官，删定总目提要，为编纂四库全书做出重要贡献。后又历官内阁学士兼礼部侍郎、左都御史、兵部尚书，嘉庆十年（1805），官至礼部尚书、协办大学士。

纪昀学识渊博，于书无所不通，曾主编著作多种。工诗和骈文，内容多模山范水、歌功颂德之作，内容贫弱，思想意义不大，有《纪文达公遗集》。

《阅微草堂笔记》是纪昀的代表作。书凡二十四卷，共录故事一千二百余则，写于乾隆五十四年（1789）至嘉庆三年（1798）之间。先以单行本刊行，后由其门人盛时彦编为合集。是书原为"追录旧闻"之作，事实多"得诸传闻"（《自序》）。盛时彦谓其"俶诡奇谲，无所不载；洸洋恣肆，无所不言。而大旨要归于醇正，欲使人知所劝惩"。举凡当时政治、经济情况、官场例则、文坛掌故、各地风俗人情等，皆有所反映。文辞简洁，叙事明畅，说理透辟，风格质朴淡雅，亦庄亦谐，情趣盎然。与《聊斋志异》代表着清代拟晋唐小说的两种不同倾向，鲁迅说它"尚质黜华，追踪晋宋……与《聊斋》之取法传奇者途径自殊"（《中国小说史略》）。

许南金戏鬼[1]

【题解】触摸玄妙神怪世界，领悟为人处世之道。该故事告诉人们，在邪恶势力面前不能害怕逃避，只有以凛然正气与之斗争，才能使它无所逞其伎，战而胜之。故事情节奇特，全文二百余字，写许南金的坦荡诙谐，友人和小童的胆小恐惧，鬼物的变幻丑态，对比映衬，生动有趣，描写栩栩如生。

南皮许南金先生[2]，最有胆。在僧寺读书，与一友共榻。夜半，见北壁燃双炬[3]。谛视，乃一人面出壁中，大如箕，双炬其目光也。友股栗欲死[4]。先生披衣徐起曰："正欲读书，苦烛尽。君来甚善。"乃携一册背之坐，诵声琅琅。未数页，目光渐隐；拊壁呼之[5]，不出矣。又一夕如厕，一小童持烛随。此面突自地涌出，对之而笑。童掷烛仆地。先生即拾置怪顶，曰："烛正无台，君来又甚善。"怪仰视不动。先生曰："君何处不可往，乃在此间？海上有逐臭之夫[6]，君其是乎？不可辜君来意。"即以秽纸拭其口。怪大呕吐，狂吼数声，灭烛而没，自是不复见。先生尝曰："鬼魅皆真有之，亦时或见之；惟检点生平，无不可对鬼魅者，则此心自不动耳。"

【注释】

[1] 本篇选自上海古籍出版社校点本《阅微草堂笔记》卷六《滦阳消夏录六》。标题为编者所加。

[2] 南皮：县名，在今河北省东南部，南运河东岸。

[3] 双炬：一对烛光。炬：蜡烛。

[4] 股栗：大腿发抖。形容极其恐惧。

[5] 拊：击。

[6] 海上有逐臭之夫：《吕氏春秋·遇合》："人有大臭者，其亲戚兄弟妻妾知识，无能与居者，自苦而居海上。海上人有说其臭者，昼夜随之而弗能去。"后因以比喻人嗜好怪癖。

《唐执玉勘杀人案》

【思考与练习】

结合作品,比较《阅微草堂笔记》与《聊斋志异》的写作特点。

第二章 清代戏曲

第一节 清代戏曲概述

清代戏剧作家、作品数量都十分可观。杂剧数量1300种左右,传奇数量在1100种左右。杂剧数量虽多于传奇,但清代戏剧的成就还是主要体现在传奇方面。清代的传奇以前期最为繁荣,可以看作明代传奇的继续,以后就不断衰退。因此,优秀作品基本上集中在前期。

清初传奇创作主要有三种流派:以李玉为首的苏州派,其身份和作品都具有较强的市民色彩;以吴伟业、尤侗为代表的文人派,其作品有较强的案头化倾向;以李渔为代表的形式派,他们讲究戏剧的娱乐功能和形式技巧。在此三派之后,代表清代戏剧最高成就的是被称为"南洪北孔"的历史剧作家洪昇的《长生殿》和孔尚任的《桃花扇》。

苏州在明代是戏剧创作与演出的中心之一,到了清初,仍有许多作家在这里活动,出现了李玉、朱素臣、朱佐朝、毕魏、叶时章、张大复等戏剧家,他们大多是苏州人,交往密切,经常合作写作戏剧,以致形成共同的思想倾向和艺术风格,所以称之为苏州派。苏州派大多为平民专业作家。戏曲创作的数量与质量在中国戏曲史上当属一流。在创作中他们往往是走发挥个人智慧为主,兼取其他同仁之长的道路,注重个人与群体共同合作,使苏州剧派在中国戏曲史上产生巨大影响。苏州派的创作,政治题材占很重要的位置。如李玉的《清忠谱》一批作品,一方面生动地反映了苏州平民作家群强烈的时代责任感和战斗精神,另一方面又十分真实地体现了动荡时期作家忧国忧民的情感。苏州派的剧作还重视市民形象的塑造,作家一般从市民视角展现他们的生活与思想,突出他们的高尚品质,光彩的市民形象丰富了中国戏曲的人物画廊。苏州派的作品都是为舞台演出而创作的,所以主脑突出、结构紧凑、戏脉分明,场面生动。广泛受到观众的欢迎。

苏州派中最有名的是李玉。李玉(1591?—1671?),字玄玉,号苏门啸侣,又称一笠庵主人,江苏吴县人。李玉是明清之际承前启后的剧作家。他出身卑微,才华出众,但仕途不得志。一生主要精力用于戏剧创作,撰写的传奇有三十余种,今存十八种。他在明亡前创作的戏剧,以"一笠庵四种曲"最为重要,四种曲即《一捧雪》《人兽关》《永团圆》《占花魁》,

合称为"一人永占",内容以反映世态人情为主。入清以后,李玉的创作转向表现政治斗争和历史题材,主要作品有《清忠谱》《千钟禄》。《千钟禄》又名《千忠戮》,写明朝燕王朱棣为抢夺帝位,举兵攻陷南京,建文帝乔装成和尚流亡各地。其中的一些唱词很有感染力。《清忠谱》是李玉成就最高的一部作品。苏州派主要人物都参与了此剧的创作,表明他们很重视这个剧作,作品主要描写明末周顺昌等人与魏忠贤阉党斗争的故事。《清忠谱》取材"事俱按实,其言亦雅驯,虽云填词,目之信史可也"(吴伟业《序》)。这个剧本上承《鸣凤记》,下启《桃花扇》,成为我国戏剧史上迅速反映当代社会重大政治事件的著名作品之一。剧本反映了明末尖锐的反阉党斗争,刻画了周顺昌刚直耿介、坚强不屈的性格,歌颂了颜佩韦等正义纯朴的市民群众,以及他们英勇斗争和从容就义的高贵品质,对罪恶滔天的阉党表示了莫大的愤慨,从而写出了广大人民对清正廉明政治的追求和希望。它在中国古代戏剧史上有着特殊的地位。首先,它将现实政治斗争如实地搬上舞台,这是一个创造。其次是表现一场轰轰烈烈声势浩大的群众斗争,不仅在让市井小民成为正义的象征,肯定他们的历史地位,使他们成为戏剧的重要人物方面,而且把群众斗争场面搬上有限的舞台,这是以前的戏剧作品未曾出现过的。

李渔(1611—1680),字笠鸿,后字笠翁,自号湖上笠翁等,兰溪(今属浙江)人。多次应试不中后,移居杭州,靠印行通俗书籍、组织家庭戏班巡回演出谋生。他才思敏捷,为人机智,讲究生活享受。著有《笠翁十种曲》《闲情偶寄》等。李渔既是戏曲作家,又是戏曲理论家。创作主要是《笠翁十种曲》,即《怜香伴》《风筝误》《意中缘》《蜃中楼》《奈何天》《玉搔头》《比目鱼》《凰求凤》《巧团圆》《慎鸾交》。其中以《风筝误》最著名。李渔的十种传奇几乎全是演男女情事的,剧作赞成爱情婚姻自主,反对父母包办儿女婚事,特别欣赏对情的执著。这反映出了晚明以来尚情的思潮。李渔的作品多为喜剧,是我国戏剧史上第一个专门从事并大量写作浪漫喜剧的作家,十种传奇都以皆大欢喜的大团圆为结局,"止有嘉祥,决无凶咎"(十二家评点《笠翁十种曲》)。他曾说:"惟我填词不卖愁,一夫不笑是我忧"(《风筝误》)。虽然他没作出堪称杰出的作品,甚至表现出媚俗的倾向,但作为明清间的一种戏曲流派,也代表了一种以娱乐为宗旨的文学倾向,是不应忽视的。另外,这些剧作中运用了多种喜剧手法,为喜剧的创作和喜剧理论的发展提供了经验材料。在艺术上,李渔的戏曲作品具有突出的特点,情节不落俗套,构思巧妙,风格幽默,即使是一个很普通的故事,李渔也能叙述得跌宕起伏,出人意表。这既是李渔戏曲的长处,也是他的短处。因为过于注意情节,往往会削弱了刻画人物的深度。李渔戏曲作品的这些特点,与他创作的目的是赚钱赢得票房价值有关。

《闲情偶寄》是李渔的一部杂著,其中《词曲部》《演习部》《声容部》有李渔关于戏曲理论的论述,他系统全面地讨论了戏曲创作中的各种问题,从结构、词采、音律、宾白、科诨、格局六个方面论述戏剧创作。他还认为,戏曲的语言应该通俗、形象、个性化,不能深奥晦涩、千人一腔。关于音律,他主张"恪守词韵""凛遵曲谱",对科诨,他提出"戒淫亵""忌俗恶""重关系""贵自然"。此外,对于演出中的导演、伴奏、演唱、角色等,也有中肯的论述。李渔的戏曲理论系统较为完整,而且具有很强的实践性,是他长期从事戏曲创作与演出经验的总结。时至今日,仍有重要的参考价值。

李玉和李渔都是由明入清的戏剧作家,但他们作品的差别是非常明显的。李渔重在商业价值,李玉重在政治道德价值。价值观的不同,导致了作品内容和艺术上的巨大差别。

洪昇(1645—1704),字昉思,号稗畦,钱塘(今浙江杭州)人。出身仕宦之家,早年受过良好的教育，但在仕途上无所成就。中年寓居北京，横遭家难后，贫困潦倒。

《长生殿》的写作时间长达十多年，第一稿《沉香亭》；第二稿《舞霓裳》；第三稿《长生殿》。三易其稿，最终完成于康熙二十七年（1688）。问世后，名震京城，洛阳纸贵，"爱文者喜其词，知音者赏其律，以是传闻益远。蓄家乐者攒笔竞写，转相教习，优伶能是，升价什佰"（吴野臣《长生殿》序）。但洪昇得名于《长生殿》，也得罪于《长生殿》。《长生殿》完成后的第二年八月，洪昇与赵执信等人宴饮观剧，因其时孝懿皇后丧服未除，被人告发，赵执信被罢官，洪昇被国子监除名，返回杭州。51岁，《长生殿》付梓，吴中扮演成风。60岁赴南京，名流盛会，演《长生殿》三昼夜。返杭州舟中，酒后坠水而死。

洪昇的作品除《长生殿》外，还有杂剧《四婵娟》及诗集《稗畦集》等。《长生殿》无疑是洪昇一生最著名的作品。

《长生殿》写的是李隆基（唐玄宗）与杨贵妃的爱情故事，题材并不新颖。李杨爱情故事，自中唐以来，就是文学家们喜欢描写的题材，所以相继出现了白居易《长恨歌》、陈鸿《长恨歌传》、乐史的《杨太真外传》、白朴《梧桐雨》、吴世美《惊鸿记》等著名作品。但与前代同题材的作品相比，《长生殿》具有两方面突出特点：一是对情作了最大限度的强调和表现。作品以情为中心，并将情从故事中抽象出来，使之作为具有普遍意义和超越生死的力量。在这一点上，它与《牡丹亭》类似。《长生殿》第一出写道："古今情场，问谁个真心到底？但果有精诚不散，终成连理。万里何愁南共北，两心哪论生和死。笑人间儿女怅缘悭，无情耳。感金石，回天地。昭白日，垂青史。看臣忠子孝，总由情至。先圣不曾删郑、卫，吾侪取义翻宫、徵。借太真外传谱新词，情而已。"这一段话可看作对《长生殿》创作意图或主题的表白。二是将李杨爱情故事与重大的历史事件、广阔的社会背景联系在一起，除了批评唐明皇失政，寄寓"乐极哀来，垂戒来世"之外，还突出了个人命运被巨大的历史力量所摆布的哀伤。这样，就使《长生殿》成了一部以写情为主，兼寓政治教训和历史沧桑感的作品，使爱情主题富有沉郁的历史感。这两方面的内容都是极能打动观众的，这便是《长生殿》能够在当时激起人广泛共鸣的主要原因之一。

《长生殿》在艺术上具有很高的成就：

首先，在结构上，《长生殿》长达五十出，场面壮观，情节曲折，但组织得相当严密。《长生殿》所写的内容很广，涉及的人物和事件也很多，但能够紧紧围绕李杨爱情这一主线展开情节，按与主线关系的紧密程度组织材料，所以，基本上做到了不枝不蔓。这对于一部大型作品来说，是相当不容易的。而且写实的上半部与写幻的下半部，能相互依存，互相呼应，融为一体，体现了作者的独特匠心。其次，它曲词优美，具有强烈的抒情色彩。洪昇本是诗人，他实际上是将《长生殿》作为诗来写的，一支曲就是一首诗，因此该剧语言清丽流畅，刻画细致，抒情色彩极浓。例如《闻铃》一出中唐明皇的一段唱词：【前腔】"淅淅零零，一片凄然心暗惊。遥听隔山隔树，战合风雨，高响低鸣。一点一滴又一声，一点一滴又一声，和愁人血泪交相迸。对这伤情处，转自忆荒茔。白杨萧瑟雨纵横，此际孤魂凄冷。鬼火光寒，草间湿乱萤。只悔仓皇负了卿，负了卿！……"情景交融，语言优美，抒发了唐明皇失去杨贵妃后内心的极度痛苦，具有很强的艺术感染力。第三，在人物刻画上，《长生殿》成功地刻画了唐明皇、杨贵妃等人物，即使是一些次要人物，性格也比较鲜明，如郭子仪、雷海青、李龟年等。作者在塑造人物时，有鲜明的倾向性，人物形象在不同程度上表现了作者的情感与爱憎。

如果说洪昇的《长生殿》是以一个产生了重大影响的历史事件为背景，突出垂戒来世和爱情理想，那么，孔尚任的《桃花扇》则是以一个爱情故事为线索，表现了兴亡感慨的历史主题。《桃花扇》是一部政治色彩十分鲜明的历史剧。

孔尚任（1648—1718），字聘之，又字季重，号东塘、岸堂、云亭山人，山东曲阜人，孔子第六十四代孙。康熙南巡北归途中到曲阜祭孔，他因御前讲《论语》受嘉奖，被任命为国子监博士，这种非同寻常的机遇，令孔尚任感动之至，为此写了《出山异数记》。他工诗善文，尤精于戏剧创作，作品除《桃花扇》外，还有与人合作的《小忽雷》，诗文集有《湖海集》《岸堂稿》等。《桃花扇》是孔尚任经过十年的惨淡经营，几易其稿，于康熙三十八年（1699）写成的一部传奇作品。

《桃花扇》称得上是南明王朝的一部兴衰史。作品以复社名士侯方域与秦淮名妓李香君的爱情故事为线索，反映了南明王朝由兴到亡的全部过程。作品中，在侯、李恋爱的同时，一方面是南明王朝以福王为代表的统治者的腐败，另一方面是史可法等人力挽狂澜地抗清。最后，南明王朝灭亡，史可法英勇就义，侯、李双双入道。对于《桃花扇》的创作目的，孔尚任自己说得很清楚，"《桃花扇》一剧，皆南朝新事，父老犹有存者。场上歌舞，局外指点，知三百年之基业，隳于何人？败于何事？消于何年？歇于何地？不独令观者感慨涕零，亦可惩创人心，为末世之一救矣"（《桃花扇小引》）。可以看出，孔尚任主要是想以《桃花扇》来总结南明王朝灭亡的历史教训，用他的另一种说法就是"借离合之情，写兴亡之感"，这正是此剧的主题。所以《桃花扇》一剧，不同于一般传奇，皆注意于风月，而起波于军民离乱，而是全由国家兴亡大处感慨结想而成，非止为儿女细事所作。

《桃花扇》在爱情与政治的结合上，比以前所有剧作都更加紧密，都更加突出了个人与政治、历史的密切关系。作品中，侯、李之间的悲欢离合不是一般的才子佳人那种恋爱婚姻的类型，而自始至终都带有浓厚的政治色彩。这是《桃花扇》在内容上的一个重要特点。

另外，作品表现了非常浓厚的悲凉与梦幻感。如《余韵》中苏昆生所唱的《哀江南》（离亭宴带歇指煞），沧海桑田，悲凉凄切，感人至深，这也是《桃花扇》的动人之处。

《桃花扇》的艺术成就是非常突出的，可以说，它是中国古代戏剧的最后一部杰作，在许多方面都具有创造性。

首先，在人物塑造上，作品成功地塑造了一系列性格鲜明的人物。其中，以李香君的形象最为成功，她是中国文学中最有光彩的艺术形象之一。与其他文学作品中的女性的最大区别在于，她具有鲜明的政治立场、凛然的气节、清醒的政治头脑，并在这些方面超过了剧中的男主角。在其他人物的塑造上，《桃花扇》也能注意避免概念化。

其次，在结构上，作品以桃花扇为主线串联李、侯爱情，又以这一线索串联南明政权各派各系及社会中各色人物，复杂而有条理，起伏而又不蔓不枝。这正如作者所说的"桃花扇何奇乎？其不奇而奇者，扇面之桃花也；桃花者，美人之血痕也；血痕者，守贞待字，碎首淋漓不肯辱于权奸者也；权奸者，魏阉之馀孽也；馀孽者，进声色，罗货利，结党复仇，隳三百年之帝基者也"（《桃花扇小识》）。"南朝兴亡，遂系之桃花扇底。"（《桃花扇本末》）以物传情是中国古代戏曲传统的艺术手法，但是，通过一把桃花扇来写兴亡之感，使桃花扇具有如此丰富的意蕴，这是作者的创造。

再次，作品的结局打破了古代戏剧常见的大团圆模式，给读者或观众留下了更大的思考余地。《桃花扇》的结局是一个悲剧结局，南明王朝在风雨飘摇中最终走向了灭亡，《桃花扇》

最终也成了"哭声泪痕之书",让人感受到一种新的情绪体验。

最后,全剧曲辞偏于典雅,或"明亮"或"整炼",皆见功力。但不及《长生殿》曲辞优美生动。

从数量来说,清代传奇留存下来的最多,但是,也应该看到,中国古代戏曲的衰落也正是从清代开始的。

【思考与练习】

1. 以李玉的作品为例,说明苏州派作家的创作特点。
2. 李渔作为我国戏剧史上第一个专门从事并大量写作浪漫喜剧的作家,他的主要贡献是什么?
3. 如何理解《长生殿》中爱情描写与政治批判内容之间的关系?
4. 《桃花扇》的思想意义是什么?

第二节　清代戏曲选读

长生殿·惊变

【题解】本篇为《长生殿》第二十四出。《惊变》这出戏,谴责了唐明皇沉溺声色、荒废朝政的行为,揭示了统治阶级荒淫与国家变乱之间的内在联系。它是全剧的转折。这场戏演唱时,可分为《小宴》(由开场至[南扑灯蛾]曲)和《惊变》(接上至[南尾声]曲)两部分。气氛由热烈转为凄凉;两相映衬,对比鲜明,造成了强烈的艺术效果。剧中对人物的神情与心理活动的刻画描摹,皆细腻入微,活脱逼真,达到了淋漓尽致的程度。

(丑上)"玉楼天半起笙歌,风送宫嫔笑语和。月殿影开闻夜漏,水晶帘卷近秋河[1]"。咱家高力士[2],奉万岁爷之命,着嗻在御花园中安排小宴[3],要与贵妃娘娘同来游赏,只得在此伺候。(生、旦乘辇,老旦、贴随后,二内侍引,行上)

【北中吕·粉蝶儿】天淡云闲,列长空数行新雁。御园中秋色斓斑:柳添黄,蘋减绿,红莲脱瓣。一抹雕阑,喷清香桂花初绽。

(到介)(丑)请万岁爷娘娘下辇[4]。(生、旦下辇介)(丑同内侍暗下)(生)妃子,朕与你散步一回者。(旦)陛下请。(生携旦手介)(旦)

【南泣颜回】携手向花间,暂把幽怀同散。凉生亭下,风荷映水翩翻。爱桐阴静悄,碧沉沉并绕回廊看。恋香巢秋燕依人,睡银塘鸳鸯蘸眼[5]。

(生)高力士,将酒过来,朕与娘娘小饮数杯。(丑)宴已排在亭上,请万岁爷娘娘上宴。(旦作把盏,生止住介)妃子,坐了。

【北石榴花】不劳你玉纤纤高捧礼仪烦[6],子待借小饮对眉[7]。俺与你浅斟低唱互更番,三杯两盏,遣兴消闲。妃子,今日虽是小宴,倒也清雅。回避了御厨中,回避了御厨中烹龙包凤[8]堆盘案,咿咿哑哑乐声催趱。只几味脆生生[9],只几味脆生生蔬和果清香馔,雅称你仙肌玉骨美人餐[10]。

妃子，朕与你清游小饮，那些梨园旧曲，都不耐烦听他。记得那年在沉香亭上赏牡丹，召翰林李白草"清平调"三章，令李龟年度成新谱[11]，其词甚佳，不知妃子还记得么？（旦）妾还记得。（生）妃子可为朕歌之，朕当亲倚玉笛以和。（旦）领旨。（老旦进玉笛，生吹介）（旦按板介）

【南泣颜回】花繁、秾艳想容颜。云想衣裳光璨。新妆谁似？可怜飞燕娇懒[12]。名花国色[13]，笑微微常得君王看。向春风解释春愁，沉香亭同倚阑干。

（生）妙哉！李白锦心，妃子绣口[14]，真双绝矣！宫娥，取巨觥来，朕与妃子对饮。（老旦、贴送酒介）（生）

【北斗鹌鹑】畅好是喜孜孜驻拍停歌，喜孜孜驻拍停歌，笑吟吟传杯送盏。妃子干一杯。（作照干介）不须他絮烦烦射覆藏钩[15]，闹纷纷弹丝弄板[16]。（又作照杯介）妃子，再干一杯。（旦）妾不能饮了。（生）宫娥每跪劝。（老旦、贴）领旨。（跪旦介）娘娘请上这一杯。（旦勉饮介）（老旦、贴作连劝介）（生）我这里无语持觥仔细看，早子见花一朵上腮间[17]。（旦作醉介）妾真醉矣！（生）一会价软哈哈柳軃花欹[18]，软哈哈柳軃花欹，困腾腾莺娇燕懒[19]。

妃子醉了。宫娥每，扶娘娘上辇进宫去者。（老旦、贴）领旨。（作扶旦起介）（旦作醉态呼介）万岁。（老旦、贴扶旦行。旦作醉态介）

【南扑灯蛾】态恹恹轻云软四肢[20]，影蒙蒙空花乱双眼[21]，娇怯怯柳腰扶难起，困沉沉强抬娇腕，软设设金莲倒褪，乱松松香肩軃云鬟；美甘甘思寻凤枕，步迟迟倩宫娥搀入绣帏间。

（老旦、贴扶旦下）（丑同内侍暗上）（内击鼓介）（生惊介）何处鼓声骤发？（副净急上）渔阳鼙鼓动地来[22]，惊破霓裳羽衣曲。（问丑介）万岁爷在那里？（丑）在御花园内。（副净）军情紧急，不免径入。（进见介）陛下，不好了！安禄山起兵造反[23]，杀过潼关，不日就到长安了！（生大惊介）守关将士何在？（副净）哥舒翰兵败[24]已降贼了。（生）

【北上小楼】你道失机的哥舒翰……称兵的安禄山，赤紧的离了渔阳[25]，陷了东京，破了潼关。唬得人胆战心摇，唬得人胆战心摇，肠慌腹热，魂飞魄散，早惊破月明花粲。

卿有何策，可退贼兵？（副净）当日臣曾再三启奏禄山必反，陛下不听，今日果应臣言。事起仓卒，怎生抵敌？不若权时幸蜀[26]，以待天下勤王[27]。（生）依卿所奏。快传旨：诸王百官，即时随驾幸蜀便了。（副净）领旨。（急下）（生）高力士，快些整备军马，传旨令右龙武将军陈元礼，统领羽林军士三千，扈驾前行[28]。（丑）领旨。（下）（内侍）请万岁爷回宫。（生转行叹介）咳！正尔欢娱，不想忽有此变，怎生是了也！

【南扑灯蛾】稳稳的宫庭宴安，扰扰的边廷造反，冬冬的鼙鼓喧，腾腾的烽火颭[29]。的溜扑碌臣民儿逃散[30]，黑漫漫乾坤覆翻，碜磕磕社稷摧残[31]，碜磕磕社稷摧残。当不得萧萧飒飒西风送晚，黯黯的一轮落日冷长安。

（向内问介）宫娥每，杨娘娘可曾安寝？（老旦、贴内应介）已睡熟了。（生）不要惊他，且待明早五鼓同行。（泣介）天那！寡人不幸，遭此播迁[32]，累他玉貌花容，驱驰道路，好不痛心也！

【南尾声】在深宫兀自娇慵惯，怎样支吾蜀道难！[33]（哭介）我那妃子呵！愁杀你玉软花柔要将途路趱[34]。

宫殿参差落照间，（卢纶）渔阳烽火照函关。（吴融）
遏云声绝悲风起（胡曾）[35]，何处黄云是陇山。（武元衡）[36]

【注释】

[1] "玉楼"四句：丑扮高力士时的上场诗。言楼之高，夜之深。夜漏：古代用铜壶记时，夜间的时刻，即称夜漏。秋河：指银河。
[2] 高力士：唐玄宗时备受宠幸，权极一时的宦官，本姓冯，少时被宦官高挺福收养，改姓高。
[3] 喒（zán）：同"咱"。
[4] 辇：帝王所乘之车。
[5] 银塘：月光下的池塘。蘸眼：耀眼。
[6] 玉纤纤：言手指细腻如玉。
[7] 子待：只待，只要。眉山：指眉毛。好以黛青为眉，视之若淡淡远山。或谓眉弯若山，故称眉山，这里用以指代人。
[8] 烹龙包凤：烹制珍贵食品，以龙凤喻其珍贵。
[9] 脆生生：很脆。生生：表示程度的形容词缀。
[10] 雅称（chèn）：很适合。雅：甚。
[11] 李龟年：唐代乐师，通音律，能自度曲，善歌唱。开元中，与弟彭年、鹤年同在梨园供职。安史乱后，流落江南，不知所终。
[12] 飞燕：指汉成帝的皇后赵飞燕，以美貌善舞著称。
[13] 名花：指牡丹。国色：倾国美女，此指杨贵妃。
[14] "李白"二句：锦心绣口一般指为文构思巧妙，措辞华丽，这里分用，意谓李白文思之巧，妃子歌唱之妙。[南泣颜回]之曲词，系改写李白《清平调》而成，非李白原文。
[15] 射覆藏钩：两种游戏。射覆，指猜谜语。藏钩，把东西藏起来，请对方猜藏在哪里。钩，代指一般的小物件。
[16] 丝：弦乐器，这里泛指乐器。板：演奏乐曲时掌握节奏的拍板，也是一种乐器。
[17] 早子见：意谓早已看见。
[18] 一会价：一会儿。软哈哈（dāi）：软绵绵。柳軃（duǒ）花欹（qī）：形容杨贵妃酒醉无力的情态。柳与花皆指杨贵妃。軃：垂下。欹：倚。
[19] 困腾腾：形容酒后思睡的醉态。
[20] 青云软四肢：意思是四肢醉软如在云中。
[21] 空花乱双眼：酒醉后两眼朦胧。
[22] 副净：角色名，剧中扮演杨国忠。渔阳：唐郡名，治所在今天津蓟县。鼙鼓：军鼓。
[23] 安禄山（？—757）：本姓康，唐营州柳城奚族人。母嫁突厥人安偃，遂改姓安，名禄山。玄宗时，官平卢，范阳，河东三镇节度使。天宝十四载（755）冬在范阳起兵叛乱，先后攻陷洛阳，长安，称雄武皇帝，国号燕，建元圣武。至德二载（757）春，为其子庆绪所杀。
[24] 哥舒翰（？—756）：唐突骑施酋长哥舒部后代，世代居住安西，因战功封西平郡王。安禄山起兵，朝廷拜哥舒翰为元帅，守潼关。出战不利，投降禄山，不久被杀。
[25] 赤紧：亦作"吃紧的"，指迅速。
[26] 权时幸蜀：暂时去四川。幸：皇帝出行称幸。

[27] 勤王：本意是为王事尽力。后专指朝廷有难，各地出兵救助。
[28] 羽林军：皇帝的近卫军，唐朝时设左右羽林卫，也是叫羽林军，置大将军、将军等官。扈驾：随驾护卫。
[29] 烽火黶（yān）：战火烽烟一片昏暗。
[30] 的溜扑碌：形容慌乱狼狈的逃散情景。
[31] 磣磕磕：形容凄惨之极。
[32] 播迁：动荡，灾难。
[33] 支吾：应付的意思。
[34] 趱：赶。
[35] 遏云：指能够停止行云的美妙歌声。《列子·汤问》："抚节悲歌声震林木，响遏行云。"
[36] 陇山：六盘山南段的别称。延伸与陕西、甘肃边境，山势险峻，由长安往成都，沿陇山东麓而南行。"宫殿"四句是本出结尾的下场诗。系摘集唐人诗句而成。

【思考与练习】

任选文本中你认为优美的曲词，体会其强烈的抒情色彩。

第三章　清代诗词文

第一节　清代诗词文概述

清代不仅俗文学全面繁荣，作为正统文学的诗词文在这一时期也成就斐然，是继唐宋之后的再度中兴时期。

一、诗歌

在中国诗歌发展史上，清代是唐宋之后又一个重要时期。诗歌数量众多，流派纷呈，诗学主张也多样，具有较高的艺术价值。民国间徐世昌所编《晚晴簃诗汇》，所收诗人6100多家，诗歌达27 600多首。实际数字远不如此，不仅超过明代，也远远超过历代诗坛。清代诗歌总体而言具有两大特色。一是宗宋和宗唐并举。清诗的宗宋和宗唐不像明人那么绝对，而是以包容的态度，在宋诗的淳实和唐诗的缠绵中寻找艺术的源泉，宗宋者不排斥唐诗，宗唐者不排斥宋诗，让唐、宋诗歌的优点在清诗中都得到了继承和发扬。二是重实与感伤相互渗透。由于明清易代的重创，文人们心态被迫内敛，由明末的汪洋恣肆而转为对现实实务的关注；同时，对民族耻辱和个人情怀压抑的深深痛苦，又使文人的诗歌蒙上浓重的感伤色彩。

清初诗坛的情况不同于唐、宋的开国时期。唐、宋两朝建立之初，诗坛并不繁荣，唐和北宋建国后，都要经过一个世纪以上，诗才大放光芒。而清代之前的明末，诗歌已出现好的转机，明清易代的战乱与痛苦，反而使清初的诗坛显得活跃而多彩，使已经走向衰微的古代诗歌又呈现出"中兴"的局面。这一时期的诗人，大体可分为两类：一类是原为明臣后来仕清的文人，如清初诗坛盟主钱谦益和吴伟业，还有施闰章、宋琬等；另一类是坚持气节，不肯仕清或继续进行抗清斗争的遗民诗人，如顾炎武、屈大均、吴嘉纪等。

钱谦益（1582—1664）是比所有清初诗人年岁大一辈的老诗人，他继明开清，宗盟诗坛五十年。他的诗初宗盛唐，后广泛学习唐宋各名家而有所创新，对转变明末复古主义诗风有较大贡献。他的诗雄奇瑰异，辞采丰缛，用典切当，技巧纯熟，在当时颇有盛名。他长于抒情，尤工七律。他的《后秋兴》是和杜甫《秋兴》而作的组诗，步原韵至十三叠，共一百零四首。它结合时事，抒发故国之思，及觍颜仕清、复国无望的复杂痛苦心情。这种大型组诗，就其体制和气魄而言，在前代诗人创作中还未曾见过，故陈寅恪誉之为"明清之诗史，较杜陵尤胜一筹，乃三百年来之绝大著作也"（《柳如是别传》）。钱谦益是明末清初以常熟虞山命名的东南诗坛重要流派虞山诗派的代表人物。

钱氏之外，清初诗坛声望最高的当推吴伟业（1609—1672），字骏公，号梅村，江苏太仓人。吴伟业的诗在取法盛唐及元白诸家、深得现实主义传统这一点上相当杰出。内容多为歌咏明清之际的重大史事，抒发家国兴亡的身世之感，不仅有很高的艺术水平，且具有一定的史料价值。他擅长七言歌行，工于叙事，措辞华美而情调哀怨，讽刺也含蓄婉曲。其代表作《圆圆曲》借吴三桂、陈圆圆的故事，反映明末清初错综复杂的社会矛盾，讥讽为女色引清兵入关的叛降求荣行为。此诗兼有初唐体歌行藻饰用典和白居易《长恨歌》叙事之所长，广为传诵。此外，叙写南明亡国惨事的七言长诗《楚两生行》《萧史青门曲》等也很有名。《四库全书总目》评其诗"格律本乎四杰而情韵为深，叙述类乎香山而风华为胜"。他是娄东诗派（娄东是江苏太仓旧称，故称"娄东诗派"或"太仓诗派"）的领袖。

此外，宣城（今安徽宣州）人施闰章和莱阳（今属山东）人宋琬合称"南施北宋"，他们也是当时声誉卓著的诗人。施闰章长于写景的五言律诗，诗风清远。宋琬曾蒙冤下狱三年，多有感伤忧患之作，诗风雄健。

清初的遗民诗人，抒写家国之痛，张扬民族气节，关注民生疾苦，铸就了一代史诗。遗民诗人中，顾炎武、黄宗羲、王夫之三人是清初的思想家，主要成就不在诗歌上，但他们的诗都洋溢着爱国的热情，感情沉痛，气势豪壮。特别是顾炎武（1613—1682），初名绛，字宁人，号亭林，江苏昆山人，他诗学杜甫，功力极深。曾说"诗不必人人皆作"，但作诗就要"为时""为事"，要直言不隐，不得"文辞欺人"。如《海上》《秋山》《京口即事》等篇，都直接描写当时重大的史实，具有强烈的历史兴亡感。他擅长用典，熨帖切当，无生硬堆砌之弊。七律深沉悲壮，如"十年天地干戈老，四海苍生痛哭深"（《海上》），苍凉沉郁，诗风近乎杜甫、陆游、元好问。与顾炎武等人同时的作者还有归庄。归庄与顾炎武齐名，曾有"归奇顾怪"之称。

吴嘉纪（1618—1684），字宾贤，号野人，泰州（今属江苏）人，明末大学士。明亡后，绝意仕进，苦吟度日，著有《陋轩诗》，晚年诗歌得到周亮工、王世禛的推崇而名声大噪。他反映农民、盐民、灾民疾苦和揭露清军暴行的诗较有特色，如，《临场歌》《海潮叹》写官吏的凶暴和百姓的苦难，形象真切。诗歌语言自然质朴，浑然天成，风格接近白居易新乐府诗歌风格。

屈大均（1630—1696），初名邵隆，字介子，又字翁山，番禺（今属广东）人。清兵入广州前后,曾参加抗清义军,失败后削发为僧。中年还俗,结交顾炎武、朱彝尊等,继续进行抗清活动。他推崇李白,自称"生平好嗜太白,以太白为师"(《与石濂书》)。诗多写抗清的经历和情怀,如"故国江山徒梦寐,中华人物又销沉"(《壬戌清明作》),"万里悲风随出塞,三年明月照思乡"(《紫荆关道中送客》)等,其志趣与顾炎武相似,但风格俊逸明快,有慷慨奇崛之气。

如果说清初诗歌以抒写遗民诗人的亡国之痛和入仕诗人变节后内疚与感伤为主的话,那么稍后的王士禛则逐渐淡化政治,表现出与新政权的和谐,将文学从浓重的政治阴影下分离出来,而赋予文学独立的艺术价值。王士禛(1634—1711),字贻上,号阮亭,别号渔洋山人,新城(今山东桓台)人,著有《带经堂集》《池北偶谈》《居易录》《香祖笔记》《渔洋诗话》等多种著述。他是继钱谦益、吴伟业之后的文坛领袖,有"清代第一诗人"之称。他提出的"神韵说"影响了一代诗人。所谓"神韵说"就是力图摆脱政治等社会性因素对诗歌艺术的干扰,而更多地注重诗歌本身淡远清新的艺术境界和含蓄蕴藉的语言风格,强调诗歌独立的艺术价值和排忧解愁的消遣娱乐功能。他竭力推崇唐代王、孟、韦、柳一派的诗风,以描写山水景色和个人情怀为主,以七绝最有特色。如《真州绝句》是他"兴会神到"的代表作,确有一种清新蕴藉的风致。但这种主张,宜于作绝句,不宜于作长篇;宜于写景,不宜于表现社会重大题材。这是神韵派的局限。

与王士禛齐名的朱彝尊,论诗亦崇唐而以学力、辞藻见长,诗也写得清新浑朴,与王士禛为南北二大宗,时称"南朱北王"。但朱的影响不及王,而更以词著称。稍后于王士禛的知名诗人还有查慎行、赵执信等。

随着王世禛时代的过去,到了乾隆年间,诗歌流派纷争又开始热闹起来。以沈德潜为代表的宗法唐人的"格调说",以翁方纲为首的宗法宋诗的"肌理说",之后以袁枚为首的标举性灵、追求诗歌解放的性灵派等是比较富有影响力的。各派之间相互争胜,都取得了相当的成就。

沈德潜(1673—1769),字确士,号归愚,长洲(今江苏苏州)人。官至礼部侍郎加尚书衔,地位高而诗作平庸,是个台阁体诗人。论诗倡"格调说",即用唐诗的格调去表现封建政治和伦理思想,内容上强调"温柔敦厚"的诗教,形式上讲究格律声调,诗多歌功颂德之辞,缺少现实生活内容。但所编《古诗源》和《唐诗别裁集》却是研究古典诗歌的两部很有价值的选本。

翁方纲(1733—1818),以治经学及金石著名,论诗主"肌理说"。肌理,包括以儒学经典为基础的"义理"和机构辞章方面的"文理"。他认为学问是写诗的根底,以考证来充实诗歌内容,使义理和文理有机统一。他本人多以考据入诗,炫耀学问,显示"肌理"所在,以为这就是宋诗的正宗。在这种理论指导下,产生了枯燥无味、令人生厌的"学问诗"。虽然"肌理说"在当时影响不大,但在考据学盛行的情况下,也形成了"学问诗"的流派,并对近代的宋诗运动产生一定影响。

袁枚(1716—1797)是乾隆时期影响最大的诗人,他继承晚明以来的主情传统,论诗提倡"性灵说",认为"诗有性情而后真""诗之传者,都自性灵,不关堆垛"(《随园诗话》),格调即在性情之中。袁枚的文学主张是晚明公安派思想的重振和延续,但创作实践方面却取得了比公安派更大的成就。公安派以小品文见长,而袁枚为首的性灵派却以诗歌取胜。袁枚的七绝和七律尤佳,构思新颖,笔调轻灵,婉转玲珑,变化多姿。如《春日杂诗》《水西亭夜坐》《马嵬》等都是脍炙人口的佳作。但由于他过分强调抽象的个人"性情遭际",忽视诗人的社会实践和作品的社会意义，这就使他的诗多半是吟风弄月、自我消遣或应酬之作，在艺术上能以明快的语言直抒性情，写得清新灵巧，但时或流于浮滑，格调不高。

乾隆时期，诗歌主张与风格与袁枚相似的诗人还有郑燮，赵翼和黄景仁。其中郑燮（1693—1765）是个很有个性的诗人，主张诗人要"自树旗帜"，"直抒血性"，与袁枚比较相近。但他比袁枚更加关注现实，对杜甫、白居易非常推崇，诗作多揭露官吏贪酷、抒写民生疾苦及磊落胸怀。诗风质朴泼辣，不避俚俗，以白描取胜。

二、词

元明两代，散曲的勃兴逐渐取代了词的地位，词坛一片冷落萧条。清代，词又出现了全面中兴的局面，主要表现在三方面。一是数量众多。叶恭绰编选的《全清词钞》入选词人共3196人，选词8260多首，是宋代词人传世之词的两倍以上。二是词学理论也得到很大的发展，如朱彝尊的《词综》、张惠言的《词选》、万树的《词律》等词学论著，既是清代词人创作经验的结晶，同时也为创作提供了理论技法上的指导。三是清代在词作整理和编辑方面也取得了很大的成就，比较有影响力的有王鹏运辑《四印斋所刻词》、朱孝臧辑《彊村丛书》、江标辑《宋元名家词》、吴昌绶和陶湘所辑《双照楼影宋金元明本词》等。清代的词，可谓词人云集，词派纷呈，高潮迭现，流光溢彩，远超元、明，直追两宋。清词人中最重要的是康熙朝的三大家，即陈维崧、朱彝尊和纳兰性德。直至乾隆、嘉庆时期，多数词人都不出这三家门户。

陈维崧（1625—1682）学识渊博，才情纵横，长调小令，挥洒自如。他使用过的词调达400余种，词作达1600余首，均为古今之最。他的词师法苏、辛，尤其接近辛弃疾豪放苍凉的词风。陈为江苏宜兴人，宜兴古名阳羡，故将陈维崧为代表的词派称为"阳羡派"。这一词派还有曹贞吉、蒋士铨、沈雄、陈崿等，成就都不如陈维崧。

朱彝尊（1629—1709），浙江秀水（今浙江嘉兴市，位于浙江西部）人。陈维崧师法苏辛，他则推崇南宋姜夔、张炎一类婉约词人，认为张炎所说的"清空"境界是作词的最高标准。他注重词的格律和技巧，词风醇雅清丽。朱彝尊的论词主张和词作受到浙西词家的认同，许多人都以他所标榜的姜夔、张炎为楷模，一时此风大盛，影响波及康雍乾三朝百年词坛。后来龚翔麟选朱彝尊、李良年、李符、沈岸登及他本人的词为《浙西六家词》，遂有"浙西词派"之名。

纳兰性德（1655—1685）是我国文学史一名著名的满族词人。他推崇南唐二主，著有《通志堂集》和《纳兰词》。论词主情，崇尚入微有致，其词感伤幽怨而又直抒胸臆，纯任性灵，自成一家。在清初的词坛中，以陈维崧为代表的阳羡派壮怀激烈但有失粗率，以朱彝尊为代表的浙西词派长于工巧却短于挚情，相比之下，纳兰性德的词则纠正了二者的偏颇，代表了清词的最高成就。清初词人与纳兰性德接近的还有王世禛、毛奇龄、彭孙遹、顾贞观等人。

到了乾嘉时期，受朴学尚实风气的影响，词坛注重质实的风格逐渐取代了清初词坛激情与感伤的风格。其中以张惠言（1761—1802）、周济（1781—1839）为代表的常州词派影响较大。该派强调词的社会功能，主张恢复风骚传统，提倡比兴、寄托。该派还有张琦、董士锡、周子琦等人。常州词派代表了清代词风的转变，其影响直至清末。

三、散文

清代散文上承秦汉唐宋，蔚为大观。清代散文数量众多，远超元明。《清史稿·艺文志》

及补编所收清人文集共4575种,近年柯愈春编辑《清集薄录》收清人诗文集近16000家。从质量看,散文与骈文争奇斗艳,直追唐宋。

清初散文可分两类:一类是黄宗羲、顾炎武、王夫之等为代表的学者的政治散文,以学术修养为根柢,以政论、史论见长,表现出强烈的时代精神;一类是号称"清初三大散文家"的侯方域、魏禧、汪琬等为代表的文人的散文,主要以传记文学为主,文风各具特色,表现出较高的艺术价值。

顾炎武为文凝练劲健,他的书信笔锋锐利,议论文简明宏伟,记事文如《吴同初行状》《书吴潘二子事》等,或揭露清军屠城罪行,或表彰志士高风亮节,读来情景如在目前,人物跃然纸上。黄宗羲的政论笔锋犀利,说理透辟;其他散文质朴流畅,能直抒胸臆。他为文强调"情至"与文、道、学的统一,《原君》《原臣》等文具有进步的民主性思想。王夫之著作宏富,其文论和杂文感情洋溢,恣肆纵横,有大家气度。

侯方域富于才气,为文能不尽拘古法而常有生动的描写,他的《马伶传》《李姬传》赞扬下层人物,吸收了小说气氛渲染、细节描写等表现手法,成就较高。魏禧爱好《左传》和苏洵的文章,他为文有凌厉雄杰、刚劲慷慨之气,内容多表彰有民族气节的人和事,叙事简洁,又善议论。《大铁椎传》是他的代表作。汪琬的散文讲究规矩法度,写得疏畅条达。他的《江天一传》表彰抗清死难烈士,文字朴实,生动感人。

清代中叶出现了影响最大、延续最长的散文流派——桐城派,代表人物是方苞、刘大櫆、姚鼐,号称"桐城三祖",他们提倡义理、考据和辞章,使古文理论系统化、规范化,在创作上也取得了一定成就。桐城派从康熙年间创立,直到晚清还非常活跃,几乎贯穿了整个清朝。

方苞为文以《左传》《史记》为准则,推崇韩、柳,讲究"义法"。他自己写的散文,以所标"义法"及"清真雅正"为旨归,写得简练雅洁,没有枝蔓芜杂的毛病,开创清代古文的新面貌。他的《左忠毅公逸事》《狱中杂记》等文章,不限于"阐道翼教",而是深刻地反映历史和现实,所以成就较高。刘大櫆在方苞"义法论"的基础上,进一步探求文章的艺术性,着重探讨"神气""音节"和"字句"的关系,对"义"和"法"的关系,以及掌握"法"的途径,作了比较具体的分析。刘大櫆为文喜欢铺张排比,辞藻气势较方苞为盛,而雅洁淡远则不如。

姚鼐进一步发展了桐城派的理论,提出义理、考证、辞章三者兼备的观点;以"神理气味""格律声色"区别文章的精粗;还把文章的风格概括为"阳刚""阴柔"两大类,认为"阳刚之美"和"阴柔之美"都是文章所需要的,不能偏废。姚鼐的散文风格简洁清淡,雍容和易,在桐城派诸家中最富情韵,较优秀的有《袁随园君墓志铭》《登泰山记》等。

嘉庆年间,恽敬、张惠言等自立门户,开创阳湖派,他们既承认桐城派的正宗地位,又不满其束缚过严,欲有所突破,他们强调在学习唐宋古文的同时,还主张兼学诸子百家、史书禅书,主张文章要合骈散两体之长,增强文学性等。他们的文风以博雅放纵取胜,可以称得上是一支别开生面的生力军,但影响远不及桐城深广。

清代,骈文的创作出现了一大批优秀作家和传诵一时的作品。清代初年的陈维崧、毛奇龄等,他们的骈文气势雄伟,追踪魏晋;清代中期,出现了汪中和号称"骈文八大家"的袁枚、邵齐焘、刘星炜、吴锡麒、曾燠、洪亮吉、孙星衍、孔广森等,呈现中兴气象,形成与桐城派古文尖锐对立的格局。其中以汪中的成就为最高,其代表作《哀盐船文》被人誉为"惊心动魄，一字千金"之作。

【思考与练习】

1. 清代宗宋、宗唐派有哪些代表人物？有何特点？
2. 性灵派诗人的主张和主要代表诗人有哪些？
3. 清代有哪些富有影响力的词派？简要陈述各派的观点与代表人物。
4. 简述桐城派在理论与创作方面的成就。

第二节 清代诗词文选读

一、钱谦益作品选读

钱谦益（1582—1664），字受之，号牧斋，晚号蒙叟，常熟（今属江苏）人。明万历三十八年（1610）进士，官至礼部侍郎，因与温体仁争权失败而被革职。在明末他作为东林党首领，已颇具影响。马士英、阮大铖在南京拥立福王，钱谦益依附之，为礼部尚书。后降清，仍为礼部侍郎。但很快他就告病归，与反清势力保持联系。诗文在当时极负盛名，在东南一带，奉为"文宗"和"虞山诗派"的代表人物。其诗作于明者收入《初学集》，入清以后的收入《有学集》；另有《投笔集》系晚年之作，多抒发反对清朝、恢复故国的心愿。所注《杜诗笺注》和编选的《列朝诗集》都具有较高的学术价值。

《后秋兴》[1]（其二）

【题解】 这是钱谦益《后秋兴》诗十三首其二，以激扬的气节感慨兴亡，表达了身陷新朝而痛悼故国的复杂心绪。首联借宋亡写南明覆灭。从这首诗可以看出，钱诗既善于使事用典，也富于词彩藻丽；既有唐诗的情趣，也有宋诗的理智，从而呈现出一种典丽宏深的格调。

> 海角崖山一线斜，从今也不属中华。[2]
> 更无鱼腹捐躯地，况有龙涎泛海槎？[3]
> 望断关河非汉帜，吹残日月是胡笳。[4]
> 嫦娥[5]老大无归处，独倚银轮哭桂花[6]。

[注释]

[1] 后秋兴：杜甫有《秋兴八首》，钱谦益用其题和韵，故名后秋兴。《后秋兴》共104首，此为第13首。康熙元年，南明桂王（永历帝）朱由榔被吴三桂所杀，南明最后一个政权宣告瓦解。此诗即咏此事。

[2] "海角"二句：借宋之亡喻明朝覆灭。海角：本指伸入海中的狭长陆地，后常以指偏僻之处。崖山，亦名崖门山，在广东新会县海中，故称为"海角"。此地即南宋末陆秀夫背着帝赵昺跳海处。一线斜：形容海角、崖山细长如线。

[3] "更无"二句：意清朝不仅统治了全国，也控制了海外的交通。鱼腹捐躯地，意思是全国已被清人统治，找不到一块干净的土地。《楚辞·渔父》中载屈原不愿以清白之身"蒙世俗之尘埃"，而"宁赴湘流，葬于江鱼腹中"。龙涎：龙涎香，一种产于鲸鱼内的名贵香料。海槎：渡海的木筏。

[4] "望断"二句：意明朝灭亡，清朝统治天下。关河，指山河。日月二字合在一起即是"明"字，指明王朝。胡笳，一种少数民族乐器，这里指代满族。

[5] 嫦娥：传说中的月中女神，这里作者用以自比。

[6] 桂花：隐指桂王。

二、王士禛作品选读

王士禛（1634—1711），字子真，一字贻上，号阮亭，又号渔洋山人，原籍山东诸城，后祖上迁居新城（今山东省桓台县），遂为新城人。幼年聪慧喜诗，钱谦益曾期许其"与君代兴"。顺治十二年（1655）进士，由扬州司理累官至刑部尚书。王士禛论诗，秉司空图、严羽之说，鼓吹妙悟，强调"兴会神到"，创神韵一派。这对扭转清初的拟古诗风起过积极作用，但诗论也有脱离现实生活的倾向。其诗作以抒情写景的短篇见长，意境淡远，韵味含蓄，语言流丽，艺术造诣较高，尤以七绝最为突出，体现了他的诗歌理论。钱谦益评云："贻上之诗，文繁理富，衔华佩实。感时之作，恻怆于杜陵；缘情之什，缠绵于义山。"（《渔洋诗集序》）士禛亦工词，词风婉丽隽永，以情韵取胜，尤擅小令。王士禛在康熙年间，声望满天下，为一代诗坛盟主。但就其全部作品来看，名实并不完全相符。袁枚批评他主修饰，"性情气魄，俱有所短"；《四库全书总目提要》批评他"范水模山，批风抹月"都是颇中肯的。著有《带经堂全集》《古诗选》《唐贤三昧集》《唐人万首绝句选》《渔洋诗话》等。

秋柳（其一）[1]

【题解】这是一首咏物抒情诗，借秋柳以寄兴，含蓄委婉，众说纷纭。或说为抒写故国沧茫，或说是凭吊明朝济南王，或说为叹息佳人沧落，或说是感慨良辰易逝，莫衷一是。诗成，和者甚多。作者《渔洋诗话》卷上云："余少在济南明湖水面亭，赋《秋柳》四章，一时和者甚众。后三年官扬州，则江南北和者，前此已数十家，闺秀亦多和作。"诗中歌咏秋柳，使曲用事，句句切合题面，有较强艺术性。

秋来何处最销魂？残照西风白下门[2]。他日差池春燕影，只今憔悴晚烟痕[3]。愁生陌上《黄聪曲》，梦远江南乌夜村[4]。莫听临风三弄笛，玉关哀怨总难论[5]。

【注释】

[1] 本诗作于顺治十四年丁酉（1657）。作者《菜根堂诗集序》云："顺治丁酉秋，予客济南。诸名士云集明湖，一日会饮水面亭。亭下杨柳千余株，摇落之态，予怅然有感，赋诗四章。"

[2] 销魂：意谓为情所感，如魂魄离散。江淹《别赋》："黯然销魂者，唯别而已矣。"《文选》李善注："夫人魂以守形，魂散则形毙，别而散，明恨深也。"残照，落日余

晖。李白《忆秦娥》词："西风残照，汉家陵阙。"白下，古地名。故址在今江苏省南京市西北。唐移金陵县于此，改名白下县。后遂用作南京别称。李白《杨叛儿》乐府："何许最关人？乌啼白门柳。"这两句即用李白词意，写南京秋柳日子使人感伤。

［3］差池：犹言参差。《诗经·邶风·燕燕》："燕燕于飞，差池其羽。"马瑞辰《通释》："差池，义与参差同，皆不齐貌。"烟痕，轻烟薄雾。汪揖《秦淮秋柳》诗之二："拂地西风起白门，几枝寒碧衬烟痕。"这两句是说，往日春燕在柳丝中穿翔，今只有寒柳在烟雾中摇荡。

［4］陌上：田间小路。这里意指杨柳陌，即路旁栽有杨柳的道路。王维《观别者》诗："青青杨柳陌，陌上别离人。"《黄骢曲》，亦名《急曲子》。胡震亨《唐音癸签》卷十三："黄骢叠曲：太宗破窦建德，乘马名黄骢骠。及征高丽，死于道，颇哀惜之，命乐之工制《黄骢叠曲》四曲，宫调，黄骢叠曲，后一名急曲子。"乌夜村，古地名，在江苏省吴江县南。《吴郡志》："乌夜村，晋穆帝后，何准女，寓居县南，产后于此。将产之夕，有群乌，夜惊于聚落，产后乌更啼，众共异之，及明大赦。"古乐府《杨叛儿》："蹔出白门前，杨柳可藏乌。"这两句抒写丧乱流离之感。

［5］三弄：即梅花三弄，古曲名。朱权《神奇秘谱》谓，此曲乃由晋桓伊所作的笛曲改编而成。内容写傲霜斗雪的梅花，全曲主调出现三次，故称。李郢《赠羽林将军》诗："惟有桓伊江上笛，卧吹三弄送残阳。"一说，此当作《阳关三叠》，又名《渭城曲》，曲调名。王维《送元二使西安》诗："渭城朝雨浥轻尘，客舍青青柳色新。劝君更尽一杯酒，西出阳关无故人。"后入乐府，以为送别曲，至阳关句，乃反复诵唱，故谓之《阳关三叠》。后泛指送别之曲。周邦彦《苏幕遮》词："三叠阳关声渐杳，断雨残云，只怕巫山晓。"玉关，即玉门关，故址在今甘肃敦煌西北，汉武帝时置。王之涣《凉州词》："羌笛何须怨杨柳，春风不度玉门关。"阳关在其南。这两句写漂泊别离之事。

秦淮杂诗[1]（其一）

【题解】这是两首伤时吊古之作。其一感伤往事，抒写了秦淮河的冷落，表现了一种盛衰易代之感。其八写南明事迹，讽刺了南明王朝昏君佞臣的沉溺声色，荒淫误国。风格冲淡典雅，清新温婉，自具性情，富有韵致。赵翼评云："阮亭专以神韵为主，如《秦淮杂诗》……蕴藉含蓄，实是千古绝调"（《瓯北诗话》卷十）。

年来肠断秣陵舟[2]，梦绕秦淮水上楼。十日雨丝风片里[3]，浓春烟景似残秋[4]。

【注释】

［1］秦淮：指秦淮河。旧时南京之歌楼舞馆，骈列秦淮两岸，画舫游艇，纷集其间，向称金陵胜地。此诗作于顺治十八年（1661）。前年，作者赴扬州推官任；是年至南京，居住秦淮河畔，念秦淮旧事，赋《秦淮杂诗十四首》，以抒兴亡之感。这里选录两首。
［2］秣陵：古县名，今南京市。
［3］雨丝风片：形容春日的风雨。《牡丹亭·惊梦》："朝飞暮卷，云霞翠轩；雨丝风片，

烟波画船，锦屏人忒看的这韶光贱。"

[4] 烟景：春天的美景。李白《春夜宴从弟桃花园序》："况阳春召我以烟景，大块假我以文章。"

秦淮杂诗（其八）

新歌细写冰纨[1]，小部君王带笑看[2]。千载秦淮呜咽水，不应仍恨孔都官[3]。

【注释】

[1] 新歌：指明末阮大铖所著传奇《燕子笺》《春灯谜》等。冰纨：洁白的细绢。《汉书·地理志下》："其俗弥侈，织作冰纨绮绣纯丽之物。"注："冰谓补帛之细，其色鲜洁如冰者也。纨，素也。"作者自注："弘光时，阮司马以吴绫作朱丝阑书《燕子笺》诸剧进宫中。"

[2] 小部：指唐代宫廷中的少年歌舞乐队《甘泽谣·许云封》："值梨园法部置小部音声，凡三十余人，皆十五以下。"后泛指梨园教坊演剧奏曲。君王：指明福王。南明亡国之际的一个君主，在南京即位，年号弘光。这句是说，福王沉溺于声色。《渔洋山人精华录训纂》引《续幸存录》："福王狎近匪人，巷谈里唱，流入大内。梨园子弟，供奉后庭。教坊乐官，出入朝房。诸大老无以目之，共呼为老神仙。"

[3] 孔都官：指南朝时孔范。据《南史·恩幸传》载，孔范字法言，陈后主时为都官尚书，与江总并为狎客，并与孔贵人结为兄妹，宠遇优渥，言听计从。隋军将渡江，他对后主曰："长江天堑，古来限隔，房军岂能飞渡。"后主以为然，遂不深备，终致亡国。这句是说，不应只是怨恨孔范，阮大铖诱惹福王，不下于孔范。

三、陈维崧作品选读

陈维崧（1625—1682），字其年，号迦陵，江苏宜兴人。生于明熹宗天启五年（1625年），是明末四公子之一陈贞慧之子，早有文名。十七岁应童子试，被阳羡令何明瑞拔童子试第一。与吴兆骞、彭师度同被吴伟业誉为"江左三凤"。与吴绮、章藻功称"骈体三家"。明亡后，科举不第。顺治十五年（1658年）十一月，访冒襄，在水绘庵中的深翠房读书，冒襄派云郎（徐紫云）伴读。康熙十八年（1709年），举博学鸿词科，授官翰林院检讨。卒于清圣祖康熙二十一年（1682年），享年五十八岁。陈维崧的词，数量很多，现存尚有1600多首。为明末清初词坛第一人，风格豪迈奔放，接近宋代的苏、辛派。为"阳羡词派"创始者。陈维崧以豪放为主，兼有清真娴雅之作，注意反映社会现实。更难得的是陈维崧所用词调416种，各体词都写得很出色。陈廷焯《白雨斋词话》说："国初词家，断以迦陵为巨擘。""迦陵词气魄绝大，骨力绝遒，填词之富，古今无两"。他的骈体文，在清初亦是一大家，毛先舒为其作序，评为："具龙跳虎卧之奇"，"得歌行顿挫之致"；毛际可作序，评为"言情则歌泣忽生，叙事则本末皆见。至于路尽思穷，忽开一境，如凿山，如坠壑……"。他的《与芝麓先生书》《余鸿客金陵咏古诗序》《苍梧词序》等都写得跌宕悱恻，有很强的感染力。著作有《湖海楼诗文词全集》54卷，其中词占30卷。

南乡子·江南杂咏[1]

【题解】 这首小词,写的是江南农村的水灾。前两句写了水天茫茫、荒凉萧瑟的景象;后三句展现出农民饥饿无告的悲惨生活。以灾情入词,在陈维崧之前颇为少见,这称得上是一种创造。

天水沦涟[2],穿篱一只撅头船[3]。万灶炊烟都不起,芒履[4],落日捞虾水田里。

【注释】

[1] 南乡子:本为唐教坊曲名,后用作词牌。分为单调、双调两体,本篇采用的是单调。本词共六首,都写清初江南农村的苦难生活。

[2] 天水沦涟:意谓无边的田野都淹在水里,一眼望去,水天相接。沦涟:水波起伏。

[3] 撅头船:亦称"掘头船",一种船头向上翘起的简陋小船。这句是说,撅头船穿篱而过。意即田野村落尽为水泽。

[4] 芒履:草鞋。

《点绛唇·夜宿临洺驿》

朱彝尊

朱彝尊(1629—1709),字锡鬯,号竹垞,又号金风亭长、小长芦钓鱼师,秀水(今浙江省嘉兴市)人。明大学士朱国祚曾孙。幼颖悟,书史过目不忘。青年时代尝联络志士,共图复明,几于罹祸。后奔走四方,足迹遍大江南北,长城内外。康熙十八年(1679),以布衣举博学鸿词,授翰林院检讨,充《明史》修纂官。寻入直南书房,出典江南省试。康熙三十一年,假归,专心著述。朱彝尊博学工诗,尤以词著称。其诗早年宗唐,后转向学宋,喜夸才学,为浙派诗创始者。时与王士禛齐名,有"南朱北王"之称。词标榜南宋,尊崇姜夔、张炎,曾纂辑唐宋金元词五百余家为《词综》,推衍其主张,说:"世人言词,必称北宋,然词至南宋始极其工,至宋季而始极其变。姜尧章氏最为杰出。"其词风格婉丽,语言精练,时人誉之"句琢字炼,归于醇雅"。为浙西派词开山之祖。咏物集句之作,有偏重形式之病。著有《曝书亭诗文集》等。

卖花声·雨花台[1]

【题解】 这是一首吊古伤今之作,写作者登临雨花台、俯瞰金陵的感叹。结末两句,运用唐人诗意,写江山依旧,人事已非,寄托着沧桑兴亡之感,暗寓了对故国的深切怀念。词中意象,都呈现了"无人"的荒寒、江山的陵替,意蕴无尽,情词苍凉凄清。谭献谓其"声可裂竹"（《箧中词》）。

衰柳白门湾[2]，潮打城还[3]。小长干接大长干[4]。歌板酒旗零落尽[5]，剩有渔竿。　秋草六朝寒，花雨空坛[6]。更无人处一凭阑[7]。燕子斜阳来又去[8]，如此江山！

【注释】

[1] 卖花声：词牌名，又名《浪淘沙令》。唐人《浪淘沙》，本为七言绝句，至南唐李煜，始制两段令词，另创新声。双调，前后段各五句。雨花台：在江苏南京市南。《嘉庆重修一统志·江宁府》："雨花台，在县南三里，据冈阜最高处，俯瞰城闉。相传梁武时，有法师讲经此处，天花雨落，故名。"《通志》："台在聚宝山上，万家烟火，与远近云峰相乱，遥望大江如带。"

[2] 白门：南朝宋都城建康城西门。《南齐书·王俭传》："宋世外六门设竹篱，有发白虎樽者，言：'白门三重门，竹篱穿不完。'"建康即今南京，后遂称其地曰白门。李白《金陵酒肆留别》诗："白门柳花满店香，吴姬压酒唤客尝。"

[3] 潮打城还：用刘禹锡《石头城》诗"山围故国周遭在，潮打空城寂寞回"句意。

[4] 小长干大长干：古金陵里巷名，故址在今南京城南。左思《吴都赋》："长干延属，飞甍舛互。"注："江东谓山冈间为干。建业南五里有山冈，其间平地，吏民杂居。东长干中有大长干、小长干，皆相连。大长干在越城东，小长干在越城西，地有长短，故号大小长干。"

[5] 歌板：拍板，歌唱时用以打拍子，故名。李贺《酬答》诗之二："试问酒旗歌板地，今朝谁是拗花人？"酒旗：即酒帘，酒家所用的招子。以布缀竿，悬于门首，以招徕酒客。王安石《桂枝香·金陵怀古》："征帆去棹残阳里，背西风，酒旗斜矗。"

[6] 六朝：吴、东晋、宋、齐、梁、陈相继建都于建康，是为六朝。《宋史·张守传》："建康自六朝为帝王都。"花雨：天降花如雨，即指雨花台。这两句是说，六朝史事已成陈迹，只剩下荒寒的秋草；昔日天花降落的地方，而今也只剩下空坛。王安石《桂枝香·金陵怀古》："六朝旧事随流水，但寒烟衰草凝绿。"

[7] 凭阑：亦作"凭栏"，身倚栏杆。李煜《浪淘沙令》词："独自莫凭栏，无限江山。"

[8] 燕子句：用刘禹锡《乌衣巷》诗"朱雀桥边野草花，乌衣巷口夕阳斜。旧时王谢堂前燕，飞入寻常百姓家"句意。乌衣巷在今南京秦淮河南。东晋时王、谢等望族居此，因而著名。

四、纳兰性德作品选读

纳兰性德（1655—1685），为武英殿大学士明珠长子，原名成德，字容若，号楞伽山人，满洲正黄旗人。自幼饱读诗书，文武兼修，十七岁入国子监，被祭酒徐文元赏识，推荐给内阁学士徐乾学。十八岁参加顺天府乡试，考中举人。十九岁参加会试中第，成为贡士。康熙十二年因病错过殿试。康熙十五年补殿试，考中第二甲第七名，赐进士出身。

工诗，犹长于词。纳兰性德论词，推崇李煜，曾说："花间之词如古玉器，贵重而不适用；宋词适用而少贵重，李后主兼而有其美，更饶烟水迷离之致。"纳兰性德的词风，清新隽秀、哀感顽艳。王国维赞其曰:"以自然之眼观物,以自然之舌言情。初入中原未染汉人风气,北宋以来,一人而已"。著有《纳兰词》《通志堂集》。

长相思

【题解】1682年纳兰性德在随康熙东巡,在去往山海关途中,写下了这首思乡之词。这首词以具体时空推移过程,及视听感受,既表现景象的宏阔观感,更抒露着情思深苦绵长心境,全词语言清新、描写传神动情。

山一程,水一程,身向榆关[1]那畔行,夜深千帐灯。　　风一更,雪一更,聒[2]碎乡心梦不成,故园无此声。

【注释】

[1] 榆关:即山海关。"那畔行"三字是通俗化语言,犹如"那厮""那处"。
[2] 聒(guō):喧闹、嘈杂的声响,用作动词,言风雪呼啸吵闹得不能入睡成梦。

五、黄宗羲作品选读

黄宗羲(1610—1695),字太冲,号南雷,又号梨洲,明末清初浙江余姚(今余姚县)人。其父黄尊素是明末著名东林党人,被阉党魏忠贤迫害而死。黄宗羲青年时代就参加反对阉党的斗争,并成为继东林党而起的复社的领导人物之一。清兵南下,他毁家纾难,召募义兵,成立世忠营,进行抗清斗争。南明鲁王任为左副都御史。失败以后,隐居乡间,讲学著述,多次拒绝清朝政府的征聘。黄宗羲是清初重要的思想家和历史学家。其思想带有鲜明的民主主义色彩。史学思想着眼于通今致用,反对空谈。在文学方面,强调诗文必须表达真情实感。他认为情有真伪之分,"凡情之至者,其文未有不至者也"(《明文案序》上),指斥那些变节文人的诗文不过是"情随事转,事因世变,干啼湿哭,总为肤受",不能"谓之诗"(《黄孚先诗序》)。他的文章注重内容,直抒胸臆,朴实无华,说理透彻。其传记文,多表彰那些坚持民族气节、抗击清代统治者的节义之士,有较强的感染力。撰述甚富,主要有《明夷待访录》《南雷文定》《宋元学案》《明儒学家》《明文海》等。

《原君》

六、姚鼐作品选读

姚鼐(1731—1815),字姬传,一字梦谷,号惜抱,桐城(今安徽省桐城)人,乾隆二十八年(1763)进士,选庶吉士,改礼部主事,历任山东、湖南乡试考官,会试考官。四库并馆，充纂修官。不久辞官告归，先后在柴阳、敬敷、梅花、钟山等书院讲学，凡四十余年。姚鼐是桐城派的中心人物，他将方苞、刘大櫆的文学主张加以引申发展，使桐城派理论更加系统化。他继承方苞的义法说，提出了义理、考据、辞章三者相互为用的主张，他说："以考证助文之境，正有佳处"（《与陈硕士书》）。并且，他还提出文章阳刚、阴柔之说，以为作家的"才性气质"不同，文章风格也就不一样。所编《古文辞类纂》贯彻了他的论文精神，扩大了桐城派的影响，流传甚广。姚鼐散文，多以个人生活为内容，语言简洁，剪裁得体，结构严谨。某些写景文章，有其独特的风格。刘师培《论近世文学之变迁》虽不满意桐城派文风，但仍以为"惟姬传之丰韵……则又近今之绝作也。"著有《惜抱轩全集》，编有《古文辞类纂》《五七言今体诗钞》等。

登泰山记

【题解】这是一篇有名的游记。文章记述了泰山的地理位置、周围环境和登山的时间、路径，以及所见到的自然景物，再现了祖国山川雄伟壮丽的景象。在写作上，这篇游记将义理、考证、文章结合得较为完美。单说考据，文中处处可见。"古长城""三谷""环水""东谷""石刻""天门"等都是作者考证的内容。写游记间以考证，而考证又力避烦琐，吐辞雅驯，表现了作者的功力。其次，文章剪裁，繁简得宜，记述条理明晰。开头一段简括地介绍泰山的山川形势，这是登山前的一段叙述性笔墨。第二段正式写登山，重点写了登山的路径和到达山顶后所见的景色。第三段集中写观日出，描摹细致。这两段是全文重点。第四段写建筑和石刻等古迹，第五段写山石和树木等景物，不是文章重点，因此写得比较简略，没有枝蔓。最后一句交代作者，是游记中常见的格式。文章的景物描写，抓住特征巧妙烘托。本文描写景物很少直接写出，而是采用侧面烘托的办法。例如写泰山的高峻，先用"其级七千有余"暗暗点出，然后借山顶俯视所见"半山居雾"和在日观亭时"足下皆云漫"的图景从侧面加以烘托。又如写雪，除"冰雪""雪与人膝齐"等正面描写外，又以"明烛天南""白若""绛皓驳色"等作侧面烘托，给人以想象，又生动有趣。语言简洁、生动。这篇文章全文只有八九百字，却充分表现出雪后登山的特殊情趣。比如从京师到泰安，只用"自京师乘风雪，历齐河、长清，穿泰山西北谷，越长城之限，至于泰安"，简洁生动地点出了季节、路程，并照应了第一段的古长城。又如写登山的情形，用"道中迷雾冰滑，磴几不可登"，不仅简洁，而且生动形象。最后一段介绍泰山的自然景观最能体现这个特点，寥寥几句，就把它的多石、多松、冰雪覆盖的景色描写出来了。总之，与唐宋诸家的某些游记相比，本文的思想深度和情感浓度，似嫌不足；但它谨严有法，雅洁不芜，则实有新的特点。这也是桐城派文章的佳处所在。

泰山之阳[1]，汶水西流[2]；其阴，济水东流[3]。阳谷皆入汶[4]，阴谷皆入济，当其南北分者，古长城也[5]。最高日观峰[6]，在长城南十五里。

余以乾隆三十九年十二月[8]，自京师乘风雪，历齐河、长清[9]，穿泰山西北谷，越长城之限[10]，至于泰安[11]。是月丁未[12]，与知府朱孝纯子颍由南麓登[13]。四十五里，道皆砌石为磴[14]，其级七千有余。泰山正南面有三谷[15]，中谷绕泰安城下，郦道元所谓环水也[16]。余始循以入[17]，道少半[18]，越中岭[19]，复循西谷，遂至其巅。古时登山，循东谷入，道有天门。东谷者，古谓之天门谿水，余所不至也。今所经中岭，及山巅崖限当道者[20]，世皆谓之天门云[21]。道中迷雾冰滑，磴几不可登。及既上，苍山负雪，明烛天南[22]，望晚日照城郭，汶水、徂徕如画[23]，而半山居雾若带然[24]。

戊申晦[25]，五鼓[26]，与子颖坐日观亭待日出[27]。大风扬积雪击面。亭东自足下皆云漫[28]。稍见云中白若樗蒲数十立者，山也[29]。极天[30]，云一线异色，须臾成五采，日上，正赤如丹，下有红光，动摇承之[31]。或曰：此东海也。回视日观以西峰，或得日，或否[32]，绛皓驳色[33]，而皆若偻[34]。

亭西有岱祠[35]，又有碧霞元君祠[36]。皇帝行宫在碧霞元君祠东[37]。是日，观道中石刻，自唐显庆以来[38]，其远古刻尽漫失[39]。僻不当道者[40]，皆不及往。

山多石，少土，石苍黑色，多平方，少圜[41]。少杂树，多松，生石罅[42]，皆平顶。冰雪，无瀑水，无鸟兽音迹。至日观，数里内无树，而雪与人膝齐。

桐城姚鼐记。

【注释】

[1] 泰山：也叫岱宗、岱山、岱岳，在山东省中部，主峰玉皇顶在泰安县北。古称东岳，为五岳之一。古代帝王常在泰山举行封禅大典。

[2] 阳：山的南面。

[3] 汶水：大汶河，源出山东省莱芜东北的原山，向西南流经泰安县东。

[4] 济水：源出河南省济源县西的王屋山，其故道原经黄河而南，东流入山东，与黄河并行入海，后来下游为黄河所占，只有发源处尚存。

[5] 阳谷：山南面谷中的水。

[6] 古长城：指战国时齐国所筑的长城。西起平阴，经泰山北冈，东至黄海。这座长城是古时齐、鲁两国的分界，不是后来的万里长城。《管子·轻重》："长城之阳，鲁也；长城之阴，齐也。"这两句是说，在阳谷和阴谷南北分界处的，是古长城。

[7] 日观峰：泰山绝顶诸峰之一，为其观日出之处。《水经注·汶水》引《汉官仪》："泰山东南山顶名曰日观。日观者，鸡一鸣时，见日始欲出，长三丈许，故以名焉。"

[8] 乾隆三十九年：即公元1774年。乾隆：清高宗（弘历）年号（1736—1795）。

[9] 齐河：县名，即今山东省齐河县。长清：县名，即今山东省长清县。

[10] 限：阻隔。《战国策·秦一》："南有巫山黔中之限。"

[11] 泰安：今山东省县名，在泰山南面，清朝为泰安府治所。

[12] 是月丁未：这月（农历十二月）二十八日，其时已是公元1775年。

[13] 知府：明朝正式有此官名，管辖数州县，为府的最高行政长官，清朝沿袭之。这里指泰安府知府。朱孝纯，字子颖，号海愚，山东历城人。乾隆进士，工诗善画。时任泰安府知府，后官至两淮盐运使。著有《宝扇楼诗集》。

[14] 磴：音dèng，台阶。

[15] 三谷：即三溪，指泰山南麓三条大山谷，山间溪水注入其中，又汇成三条溪流，流出泰山。为沿溪谷而上的登山之路。

[16] 郦道元：字善长，北魏范阳（今河北省涿县）人。著有《水经注》。环水，即中溪，俗称梳洗河，流出泰山，傍泰安府城东面南流。《水经注·汶水》："又合环水，水出

泰山南溪,南流历中下两庙间。"

[17] 始循以入:开始沿着中谷上山。
[18] 道少半:走了一小半路。
[19] 中岭:即黄岘岭,又名中溪山,中溪发源于此。上有中天门,又称二天门。
[20] 崖限:像门限一样的山崖。
[21] 天门:泰山峰名。《山东通志》:"泰山周回一百六十里,屈曲盘道百余,迳南天门,东西三天门,至绝顶,高四十余里。"
[22] 烛:照耀。
[23] 徂徕:山名,在今天的泰安东南四十里。
[24] 居:住,引申为停留。
[25] 戊申晦:戊申(农历十二月二十九)这天正是这个月的最后一天。晦:农历每月的最后一日。
[26] 五鼓:五更。
[27] 日观亭:日观峰上的亭子。
[28] "亭东句":漫,用作动词,弥漫,布满。这句是说,日观亭以东,从脚下开始都布满云雾。
[29] 稍:小,引申为稍微,依稀。樗蒱(chūpú):作"樗蒲",古时的一种博戏,这里指博具,又名五木。《樗蒲经》:"古斫木为子,一具凡五子,名五木。《演繁露》卷六:"五木之形,两头尖锐,故可转跃;中间广平,故可镂采。凡一子悉为两面,一面涂黑,画犊,一面涂白,画雉。投子者,五皆现黑,名曰卢,为最高之采;四黑一白,名曰雉,降卢一等,自此而降,白黑相等,或名为枭,或名为犍。"后来的骰子即由此演变而来。这两句是说,依稀望见云雾中数十个白如樗蒱般站立着的,那是山峰。
[30] 极天:天边。
[31] 承之:托着它。
[32] 或得日或否:有的山峰被日光照着,有的则没有。
[33] 绛皓驳色:红色和白色相错杂。绛:大红色。皓:音hào,白色。驳:本指马的毛色不纯,引申为混杂。
[34] 皆若偻:都像弯腰曲背的样子。偻,驼背。
[35] 岱祠:即东岳祠,祭祀泰山之神东岳大帝的庙宇。
[36] 碧霞元君祠:在泰山顶,宋真宗东封泰山,建昭应祠,以祀碧霞元君,明以后改为碧霞宫。碧霞元君,相传为东岳大帝之女,宋真宗封其为"天仙玉女碧霞元君"。
[37] 皇帝行宫:这里指乾隆去祭泰山时住过的宫室。行宫,古时在京城外供皇帝出行时居住的宫室。
[38] 显庆:唐高宗(李治)的年号。
[39] 漫失:磨灭缺失。
[40] 僻不当道者:偏僻不在道路的附近。
[41] 圜:同"圆"。
[42] 罅(xià):裂缝。

七、袁枚作品选读

袁枚（1716—1797），字子才，号简斋，浙江钱塘（今杭州市）人。乾隆元年（1736）荐举博学鸿词，四年（1739）进士，授翰林院庶吉士，出知江宁、溧水等县。三十三岁后即辞官侨居江宁（今南京市），筑园林于小仓山，号随园，度过了近半个世纪论文赋诗、优游自在的享乐生活。袁枚是清中叶著名诗人，论诗主张抒写性情，创性灵说。强调"性情以外本无诗"（《寄怀钱玙沙方伯予告归里》），"自三百篇至今日，凡诗之传者，都是性灵，不关堆垛。"主张作诗"不徇人，不欺己，不受古欺，不为习囿"（《答施兰垞论诗书》）。他的诗歌理论对当时拟古主义和形式主义的诗风起了很大的冲击作用。不过，其诗歌作品虽然新巧、空灵，但所写多是士大夫的闲情逸致，缺少关系民瘼的内容，有些作品流于浮滑。吴应和评其诗云："归愚宗伯（沈德潜）以汉魏、盛唐之诗唱率后世，为一时诗坛宗匠。随园起而一变其说，专主性灵，不必师古。初学立脚未定，莫不喜新厌旧，于是《小仓山房集》人置一编，而汉魏盛唐之诗绝无挂齿。盖其有逸群之才，腾空之笔，落想不凡，新奇炫目，诚足倾倒一世。惟是轻薄浮荡习气与三百篇无邪之旨相悖。"袁枚亦善文，自负"文章幼饶奇气，喜于议论，金石序事徽徽可诵"（《答程鱼门书》）。虽然当时被桐城派古文家讥为有小说气，诋为野狐禅，却别树一帜，在骈文和散文方面都取得了相当的成就。著有《小仓山房集》《随园诗话》等。今有上海古籍出版社周本淳标校本《小仓山房诗文集》较完备。

马嵬[1]

【题解】这首诗将唐玄宗、杨贵妃的爱情悲剧放在民间百姓悲惨遭遇的背景下加以审视，强调广大民众的苦难远非帝妃可比。前两句表现了诗人对下层百姓疾苦的深切同情；后两句揭露了社会上的种种不幸迫使诸多夫妻不能团圆的现实。

莫唱当年长恨歌[2]，人间亦自有银河[3]。石壕村里夫妻别[4]，泪比长生殿上多[5]。

【注释】

[1] 马嵬：即马嵬坡，在陕西省兴平县西。安史之乱时，唐玄宗逃到这里，在随军将士的胁迫下，勒死杨贵妃。
[2] 长恨歌：唐代诗人白居易所作之诗，写的是唐玄宗宠幸杨贵妃而造成的政治悲剧与爱情悲剧。
[3] 银河：天河。神话传说中，牛郎织女被银河隔开，每年只能会合一次。
[4] 石壕村：在今河南陕县东南。唐代诗人杜甫《石壕吏》诗，写在安史之乱中，官吏征兵征役，造成石壕村中一对老年夫妻惨别的情形。
[5] 长生殿：唐代官殿名，旧址在今陕西骊山华清宫内。

黄生借书说[1]

【题解】本文提出"书非借不能读也"的观点，论证书非借不能读也，劝勉人们（此指黄生）不要因为条件不利而却步不前，只要有志向，有决心，不利的条件，反而可以催人奋进，取得成绩，也提醒人们不要因为条件优越，而贪图安逸，养成不求进步的恶习，要珍惜时间，珍惜拥有的学习条件，好好学习。文章语言鲜明，论述严密，有比较强的说服力。全文分为三段。第一段开门见山，提出了"书非借不能读"这个中心论点；第二段联系自己的亲身体验，就借书与读书的关系，深入一层阐明文章的这一观点。最后一段以勉励黄生作结，说明借书的人如能知道遇"吝书"者为不幸，遇"公书"者为幸，"则其读书也必专，而其归书也必速"，以此激励黄生要珍惜良机，更加专心读书。文章还运用了多种形式的对比手法，进行论证，给人以深刻的印象和启示。

  黄生允修借书，随园主人授以书而告之曰："书非借不能读也。子不闻藏书者乎，七略四库[2]，天子之书，然天子读书者有几？汗牛塞屋[3]，富贵家之书，然富贵人读书者有几？其他祖父积、子孙弃者，无论焉。非独书为然，天下物皆然。非夫人之物，而强假焉，必虑人逼取，而惴惴焉摩玩之不已[4]，曰：今日存，明日去，吾不得而见之矣。若业为吾所有，必高束焉，庋藏焉，曰：姑俟异日观云尔[5]。"

  余幼好书，家贫难致[6]。有张氏藏书甚富，往借不与，归而形诸梦[7]，其切如是。故有所览，辄省记[8]。通籍后[9]，俸去书来，落落大满[10]，素蟫灰丝[11]，时蒙卷轴[12]。然后叹借者之用心专，而少时之岁月为可惜也[13]。

  今黄生贫类予，其借书亦类予，惟予之公书[14]，与张氏之吝书，若不相类。然则予固不幸而遇张乎，生固幸而遇予乎！知幸与不幸，则其读书也必专，而其归书也必速，为一说，使与书俱[15]。

【注释】

[1] 黄生：名允修，生平不详。袁枚并有《赠黄生序》一文，知其出身贫寒，颇受作者器重。

[2] 七略四库：都指宫廷藏书。七略，本为书名。汉成帝时，命光禄大夫刘向检校秘书，每校毕一书，即加以编次，写出题要，奏报皇帝。刘向死后，汉哀帝复使刘向的儿子刘歆接替父业。刘歆总括群书，撮其指要，著为《七略》：一曰辑略，二曰六艺略，三曰诸子略，四曰诗赋略，五曰兵书略，六曰术数略，七曰方技略。原书已失传（见《汉书·艺文志》）。四库，原是宫廷收藏图书的地方。《新唐书·艺文志》："两都各聚书四部，以甲、乙、丙、丁为次，列经、史、子、集四库。其本有正有副，轴带帙签，各异色以别之。"后世相沿，通称群书为四库书或四部书。

[3] 汗牛塞屋：汗牛充栋。形容藏书很多，搬运时，能使牛累得出汗；堆放时，可以塞满屋子。柳宗元《唐故给事中皇太子侍读陆文通先生墓表》："以为论注疏说者百千人矣，……其为书，处则充栋宇，出则汗牛马。"

[4] 夫：指示代词。惴惴（zhuìzhuì）：忧惧的样子。摩玩：观摩玩赏。李清照《金石录后序》："每获一书，即同共勘校，整集签题。得书画、彝鼎，亦摩玩舒卷，指摘疵病，夜尽一烛为率。"这几句是说，不是自己的东西，而是勉强向别人借来的，总担心人家逼着归还，而忧虑不安的揣摩赏玩不止。

[5] 业：已经。高束：束之高阁的意思，谓把东西捆起来，放在高高的木架上。韩愈《寄

卢仝》：" 《春秋》三传束高阁，独抱遗经究终始。" 庋（guǐ）：置放器物的架子。庋藏：收藏的意思。俟：等待。这四句是说，假如物品已经为我所有，必然把它捆束起来，收藏起来，姑且等待他日再来观赏。

[6] 难致：难以得到。
[7] 归而形诸梦：回来后出现在梦中。
[8] 辄省（xǐng）记：就能了解、记住。辄：就，便。
[9] 通籍：汉代制度，把记有姓名、年龄、身份等的竹片（籍），挂在宫门外，经过核对，相合者才能入宫。记名于门籍，叫作通籍（见《汉书·元帝纪》）。后来也称初作官为通籍，意谓朝中已经有了名籍。
[10] 落落大满：形容书籍堆积得很多。落落：高的样子。孙绰《游天台山赋》："荫落落之长松。" 六臣注《文选》吕延济注："落落，松高貌。"
[11] 素蟫（tán）：白色的蠹鱼，也叫白鱼，蛀蚀衣服、书籍的小虫。灰丝：指灰尘蛛丝。
[12] 时蒙卷轴：书籍上不时盖满尘土和蛛丝。蒙：盖。卷轴：此指书箱。古代的帛书或纸书，用轴卷束，故称卷轴。后来泛指书籍或带轴的字画。
[13] 可惜：值得珍惜。惜：爱惜，珍惜。《吕氏春秋·长利》："我国士也，为天下惜死。" 注："惜，爱也。"
[14] 公书：把书公开，意即肯借书与人。
[15] 为一说二句：意谓写了一篇"借书说"，把它同书一块儿交给黄生。

【思考与练习】

1. 试析《点绛唇·夜宿临洺驿》的艺术特点。
2. 《原君》的思想观点是什么？有何现实意义？
3. 《登泰山记》的写作特点。
4. 你喜欢读书吗？结合自身实际说说该怎样培养阅读的兴趣。

第四章 近代文学

第一节 近代文学概述

乾隆末年以后，大清王朝由盛世进入衰世，但作为专制王朝的统治者，没有外力，是不肯"自改革"的。1840年，英帝国主义者发动蓄谋已久的掠夺性的侵略战争，即第一次鸦片战争。这对中国的改革，起了"不自觉的工具"的作用。中国历史进入近代，直到1919年"五四"新文化运动兴起而告一段落。从此以后，晚清社会发生了本质的变革，文学也发生了空前的变化。这一时期，中国社会从长期的沉寂状态进入了剧烈动荡、迅疾变化的时代潮流之中，在社会生活的各个领域、层面都发生了巨大的、整体性的变革。社会形态上，延续了两千多年的封建制度开始解体，中国由此迈入了半殖民地半封建的社会发展历程；经济结构上，自给自足的自然经济趋于破产，资本主义经济应运而生，开始了由农业社会向工业社会的转换；与上述变化相适应，同时也是在欧风美雨的冲击之下，这一时期的文化也开始走上了向现代转型的艰难进程。概而言之，近代文化的转型经历了由军事、经济到国家体制再到思想文化的过程，其间虽然充满了矛盾冲突甚至有逆流、回流的不断干扰，但总体趋势依然是指向现代性的目标的。

可以说，西学东渐、中西文化的冲突与交汇构成了近代文学的文化背景。从宏观来考察，中国近代文学的主流大致是由封闭型思维体系向开放型思维体系转化，亦即由自我完善、自我调节、自我延续向面对世界、面对新潮、面对社会人生转化，其间中与西的碰撞，古与今的抵牾，旧与新的裂变，贯穿了整个中国近代文学演化的流程。求新、求变、求用是近代各派倾向进步的文学家的共识，实为中国近代文学的主要特征。反帝反封建和争取民族独立的救亡启蒙思想是近代文学的灵魂与基本主题，也是决定近代文学性质的根本因素。作为横亘在旧文学与新文学之间的过渡性桥梁，近代文学起着继往开来的历史作用，它在中国社会空前巨变、矛盾尖锐复杂的八十年中，转化了古典文学，孕育了现代文学，以迅猛的速度完成了中西交流、新旧交替的伟大使命，它所具有的特殊意义与重大价值是不容低估的。

近代文学与政治关系密切，文学风貌的变化与社会变革基本同步。近代文学的流程，依社会变革的阶段，大体可以一八九四年中日甲午战争为界，分为前后两期。

前期是近代文学首开风气的时期，此期文学的总体风貌变化不够显著，紧承乾嘉以来的文学风气，沿着惯性向前推衍的力量还相当大，只有个别脱胎于传统母体的启蒙思想家能独领风骚，以富有时代气息的创作打破文坛的沉闷，翻开了近代文学的新篇章。因而此期的文坛形成了流派纷呈、新旧交错的创作格局。在诗词文等雅文学领域，这一点体现得尤为突出。一方面带有拟古、复古色彩的诗文流派极为活跃，以程恩泽、祁寯藻为代表的宋诗运动兴起一时，周济承绪常州词派而予以发扬光大，姚门四大弟子继续固守桐城阵地，曾国藩开创湘乡派并把桐城古文推向中兴；另一方面，龚自珍、魏源作为近代思想的先行者，以符合时代前进步伐的新思潮和高度的爱国激情，给当时的文坛注入新的血液，成为这一时期进步文学潮流的核心力量。这个时期的诗文变化，是从龚自珍、魏源等人开始的。龚自珍的诗从现实的社会形势出发，以冲决一切罗网的精神，抒情寄愤，纵横议论，包含着丰富的社会、历史内容，在艺术上，以奇特的想象，奔放的热情，豪迈的气概，瑰丽的文辞，显示了他诗歌的浪漫主义特色。他的散文多政治评论，记叙、杂文亦多涉及现实问题。魏源思想亦倾向改革，与龚自珍相似。他的散文，斩截劲悍，力求简古，自为一体。他的诗歌，时代特色亦很明显，多涉及时事。与龚自珍、魏源同时的，还有张维屏、张际亮、鲁一同、朱琦、贝清乔、姚燮等人，也都有反映现实，涉及时事之作。此外还有坚持抗战的林则徐、太平天国的洪秀全、石达开等，也都有诗文作品，富有时代特色。

在小说、戏剧等俗文学领域，创作则更显沉闷。就小说而言，此期依然是传统小说的延续期，其创作长期处于萎靡不振的状态。这一阶段产生了一批以写优伶娼妓为主的狭邪小说和写清官侠士为主的侠义公案小说，前者以《品花宝鉴》《海上花列传》等为代表，后者以《三侠五义》《儿女英雄传》等为代表，这些作品虽然在题材内容上有所拓新，但在思想上明显地呈现滑坡趋势，充分显示出十九世纪终了阶段的"世纪末"情调。就戏剧而言，此期的传统戏曲创作继续呈现出衰微的趋势，而各地方戏随着各声腔剧种的广泛流布，不断地繁衍、融合，其中一些剧种逐渐走向成熟和定型。特别是享有"国剧"之称的京戏更是后来居上，在近代戏剧史上占有突出地位。

后期是近代文学的全面繁荣时期，此期的文学风貌发生了具有历史转折性的变化，虽然旧的文学形态与旧的文学流派并没有销声匿迹，但新的文学风气与充满新思想的文学作品，已成为文坛的主导潮流。在诗词文领域，最引人注目的现象是出现了由资产阶级改良派倡导的"诗界革命""文界革命"等文学改良运动，其中黄遵宪锐意开辟"新派诗"，能骖铸新理想以入旧风格，堪称"诗世界之哥伦布"。他的诗以现实主义精神反映了近代中国发生的一系列重大历史事件，表现了强烈的爱国主义思想，被誉为"诗史"；与黄遵宪同时但年辈稍晚的作者，还有严复、谭嗣同、梁启超、丘逢甲等人。其中，对文学影响最大的是梁启超，他致力创造"新文体"，以比较通俗而富有煽动力的文字运载新思想，使他成为"新思想界之陈涉"，黄、梁等人携手将近代诗文推向了高峰。此后，资产阶级民主革命的蓬勃发展，又促使文坛发生了显著变化，涌现出以秋瑾、章炳麟、邹容等为代表的革命文人和以南社为代表的革命文学社团，他们的创作真正体现了20世纪初的时代潮流和诗歌艺术的发展方向。与当时进步潮流并行，旧的诗文流派仍在文坛上继续活动，有以陈三立、沈曾植为代表的同光体，以王闿运为代表的汉魏六朝派，以樊增祥、易顺鼎为代表的晚唐诗派，其作品虽不乏可取之处，但都未能摆脱拟古藩篱，只能成为复古诗歌没落的标志；近代后期词的创作基本是在常州词派理论的笼罩之下，其中被称为"四大词人"的王鹏运、朱祖谋、况周颐、郑文焯以及异军突起的文廷式最为突出。

在小说、戏剧领域，此期处于转型嬗变的重要时期，创作上也取得不俗的成绩。就小说而言，梁启超等人掀起了声势浩大的"小说界革命"，有力地推动了小说创作，其中《官场现形记》《二十年目睹之怪现状》《老残游记》《孽海花》四大谴责小说即代表了这一革命的实绩，亦代表了近代小说创作的最高成就。此外，陈天华、黄世仲等人的革命小说，林纾的翻译小说，苏曼殊的哀情小说，也都各具特色，在当时产生过较大的影响。辛亥革命以后，以消遣、游戏为创作主旨的鸳鸯蝴蝶派，因迎合城市市民阶层的审美趣味，满足他们的文化娱乐需要而盛行一时，其余响波及20世纪40年代。就戏剧而言，此期戏曲改良运动全面展开，在传奇杂剧等传统形式中注入了新的思想内容，具有鲜明的时代特征；更为重要的是，话剧这种新的艺术剧种引入中国并扎根发芽，它彻底突破了旧形式，获得全新的戏剧生命，虽然没有杰作产生，却为"五四"以后新话剧的发展开辟了道路。

80年的中国近代文学表现出罕见的复杂状态和过渡状态。文坛上旧的与新的，中国的与外国的，古典的与近代的，资产阶级的与封建主义的，各种思想，各种形式，各种风格，各种流派，互相对峙，互相斗争，互相交融。旧的不断地被淘汰，却又在挣扎；新的不断地在成长，但还不十分成熟。所以，近代文学既不同于鸦片战争前的古代文学，又不同于"五四"的新文学，它在中国文学史上起着承前启后的历史作用。

【课程思政】

以文化人　习近平总书记曾说："中国梦是历史的、现实的，也是未来的；是我们这一代的，更是青年一代的。中华民族伟大复兴的中国梦终将在一代代青年的接力奋斗中变为现实。新时代青年要乘新时代春风，在祖国的万里长空放飞青春梦想，以社会主义建设者和接班人的使命担当，为全面建成小康社会、全面建设社会主义现代化强国而努力奋斗，让中华民族伟大复兴在我们的奋斗中梦想成真!"结合龚自珍、梁启超、秋瑾等文人的事迹与作品,引导和激励青年学生要勇于担当责任和使命,青春焕发,继往开来,立志做实事,建大功。

学有所悟 习近平总书记曾对青年学生说,立志是一切开始的前提,青年要立志做大事,不要立志做大官。请同学们结合自身实际,谈谈自己的志向。

【思考与练习】

1. 文学改良运动的主要内容。

第二节 近代文学作品选读

一、龚自珍作品选读

龚自珍(1792—1840),又名巩祚,字瑟人,号定盦,浙江仁和(今杭州市)人。他出身于一个官僚家庭。祖父龚敬身曾批注过《汉书》。父亲龚丽正也长于史学。他三十八岁中进士,先后任内阁中书、礼部主事。道光十九年(1839)四月,辞官南归。道光二十一年,暴卒于江苏丹阳书院。龚自珍精通经学、文字学和史地学,又是著名的思想家、诗人和散文家,才华横溢。他敏锐地感到封建统治阶级蕴藏着的危机,主张改革内政,抵制外国侵略,是近代改良主义运动的先驱者。龚自珍的诗歌反映了鸦片战争前夕黑暗的社会现实,具有热烈追求理想的精神。文辞清奇瑰丽,别开生面,并具有巨大的抒情力量;散文则多抒发其对社会、政治问题的见解,辞文旨远,纵横奇诡,不拘一格。在文学上一扫桐城古文和各种形式主义诗派积习,被奉为近代文学的开山作家。龚自珍的思想和作品对后世影响极为深远。柳亚子曾写诗赞许为"三百年来第一流,飞仙剑客古无俦。"梁启超在《清代学术概论》里说他"好今文""文辞俶诡连环""往往引《公羊》义讥切时政,诋排专制"。又说:"晚清思想之解放,自珍确与有功焉;光绪间所谓新学家者,大率人人皆经过崇拜龚氏之一时期;初读《定盦文集》若受电然,稍进乃厌其浅薄。"著有《龚定盦文集》。

咏史[1]

【题解】本诗题为"咏史",实则讽今。龚自珍在这首诗中揭露当时的政治黑暗,痛斥东南地区一批庸俗鄙劣、祸国殃民的所谓名流人物,其忧国忧民的情怀,百年之下,如获见之。在艺术上,这首诗虽然是议论时政之作,但并不以议论为主,也不作具体、详细的刻画描绘,只是概括地指出现实中的黑暗现象。抒发情感,表明态度。观点鲜明,语言淳厚有味,避免了一般议论的枯燥和单调。用典亦贴切自然,有强烈现实意义。最后一问矫健有力,力透纸背。总之,这首诗是龚自珍的代表作品,为不可多得的佳作。全诗感情浓郁,语言警拔。

金粉东南十五州[2],万重恩怨属名流[3]。牢盆狎客操全算[4],团扇才人踞上游[5]。避席畏闻文字狱,著书都为稻粱谋[7]。田横五百人安在,难道归来尽列侯[7]?

【注释】

[1] 道光三年（1823），作者曾因母丧，自京解职回江南。道光五年服丧期满后一月，客居江苏昆山。本诗即于是年冬写于昆山。据吴昌绶《定盦先生年谱》："道光五年乙酉……是岁有《咏史》一律，旧传为南城曾宾谷醛使作。"

[2] 金粉：花钿和铅粉，皆为妇女化妆用品。旧时多用以形容豪华绮丽的生活。洪亮吉《冬青树乐府序》："金粉六朝，尽才子伤心之赋。"东南十五州：泛指江南地区。

[3] 恩怨：指男女间的恩爱怨情。韩愈《听颖师弹琴》诗："昵昵儿女语，恩怨相尔汝。"一说，偏指怨恨。李渔《闲情偶寄·词采》："谁无恩怨，谁乏牢骚，悉以填词泄愤。"名流：名士。这句是说，东南名士皆沉溺于万般儿女恩怨之中。或说，名士之间彼此怨恨，矛盾重重。

[4] 牢盆：煮盐的器具。《汉书·食货志下》："官与牢盆。"补注："此是官与以煮盐器作，而定其价直，故曰牢盆。"李时珍《本草纲目·食盐》集解引苏颂曰："煮盐之器，汉谓之牢盆。"这里指代盐商。狎客：陪伴权贵游乐的人。《陈书·江总传》："总当权宰，不持政务，但日与后主宴游后庭，共陈暄、孔范、王瑳等十余人，当时谓之狎客。"龚自珍《明良论二》："伺主人喜怒之狎客，试诏而诘之，则岂有为主人分一夕之愁苦者哉？"操全算：掌握全权。这句是说，盐商狎客握着全面权利。

[5] 团扇才人：意谓流连声色的文人。团扇，此指《团扇郎歌》。《乐府诗集·吴声歌曲二》题解引《古今乐录》："《团扇郎歌》者，晋中书令王珉捉白团扇，与嫂婢谢芳姿有爱，情好甚笃。嫂捶挞婢过苦，王东亭闻而止之。芳姿素善歌，嫂令歌一曲当赦之，应声歌曰：'白团扇，辛苦五流连，是郎眼所见。'"

[6] 避席：古人席地而坐，离开座位，谓之避席。稻粱谋：本指鸟类觅食。杜甫《同诸公登慈恩寺塔》诗："君看随阳雁，各有稻粱谋。"这里比喻人谋求衣食。这两句是说，读书人一听说文学狱之事，无不畏惧，离席而去；即使著书作文，也只是为了谋取衣食。

[7] 田横：秦末狄人。本为齐国贵族。据《史记·田儋列传》载，秦末，横从其兄田儋起事，重建齐国。楚汉纷争时，自立为齐王。后为汉军所败，投归彭越。汉朝建立，横率部属五百人逃亡海岛。汉高祖刘邦召之曰："田横来，大者王，小者乃侯耳！不来，且举兵加诛焉。"横乃与二门客前往洛阳，终因不愿臣服刘邦，于途中自杀。二客亦自刎。其余部属闻之，悉自杀于岛上。列侯：秦汉爵位名。秦分十二级，彻侯位最高；汉改彻侯为通侯，或称列侯。后泛指诸侯。这两句是说，田横五百壮士哪里去了，难道俯首归附汉朝就能个个封侯吗？

己亥杂诗[1]（其五）

【题解】这首诗是龚自珍最著名的代表作之一。这首诗的含义主要体现在两个方面，一方面抒发了诗人离京南返时的愁绪，另一方面表达了诗人虽已辞官赴天涯，但仍决心为国效力，流露了作者效忠朝廷与国家的深沉丰富的思想感情。"落红不是无情物，化作春泥更护花"是历来为人们传颂的经典名句，它一方面是诗人的抒怀言志，另一方面也是诗人崇高人格道德境界的真实写照，形象、贴切地展示了作者为国效力的献身精神和鞠躬尽瘁死而后已的决心。诗人以"白日斜"来烘托离愁，以"吟鞭东指即天涯"抒写退出官场事故纷争后的洒脱豪放，以"落红"暗示自己"处江湖之远则忧其君"之"进亦忧，退亦忧"的忧国忧民情怀，可见诗人辞官心情是极其复杂的，也是极其痛苦的。全诗寄情于物，形象贴切，浑然一体，感人至深。

浩荡离愁白日斜[2]，吟鞭东指即天涯[3]。落红不是无情物[4]，化作春泥更护花。

【注释】

[1] 己亥：道光十九年（1839）。这年作者四十八岁。据吴昌绶《定盦先生年谱》载，作者这时原在京任礼部主客司主事，因"俸入本薄，性既豪迈，嗜奇好客，境遂大困，又才高动触时忌"，于是借口父亲年迈，乃乞养归，辞官离京。后又北上迎取眷属。于南北往返途中，杂记行程，兼述旧事，写成绝句三百十五首，题为《己亥杂诗》。从中可以考见作者的生平出处，著述交游。

[2] 浩荡：广大。严忌《哀时命》："处卓卓而日远兮，志浩荡而伤怀。"广王逸注："中心浩荡，罔然愁思，念楚国也。"

[3] 吟鞭：诗人的马鞭。

[4] 落红：落花。此为作者自比。

二、梁启超作品选读

梁启超（1873—1929），字卓如，一字任甫，号任公，又号饮冰室主人、饮冰子、哀时客、中国之新民、自由斋主人。清朝光绪年间举人，中国近代思想家、政治家、教育家、史学家、文学家。戊戌变法（百日维新）领袖之一、中国近代维新派、新法家代表人物。幼年时从师学习，八岁学为文，九岁能缀千言，十七岁中举。后从师于康有为，成为资产阶级改良派的宣传家。维新变法前，与康有为一起联合各省举人发动"公车上书"运动，此后先后领导北京和上海的强学会，又与黄遵宪一起办《时务报》，任长沙时务学堂的主讲，并著《变法通议》为变法做宣传。戊戌变法失败后，与康有为一起流亡日本，政治思想上逐渐走向保守，但是他是近代文学革命运动的理论倡导者。逃亡日本后，梁启超在《饮冰室合集》《夏威夷游记》中继续推广"诗界革命"，批判了以往那种诗中运用新名词以表新意的做法。在海外推动君主立宪。辛亥革命之后一度入袁世凯政府，担任司法总长；之后对袁世凯称帝、张勋复辟等严词抨击，并加入段祺瑞政府。他倡导新文化运动，支持五四运动。其著作合编为《饮冰室合集》。

少年中国说[1]

【题解】《少年中国说》是梁启超的代表作之一，是当时发表在《清议报》上的一篇著名文章。此文影响颇大，是一篇篇幅较长的政论文，作者站在资产阶级改良派的立场上，在文中将封建古老的中国与他心目中的少年中国作了鲜明的对比，极力赞扬少年勇于改革的精神，鼓励人们肩负起建设少年中国的重任，表达了要求祖国繁荣富强的愿望和积极进取的精神。被公认为梁启超著作中思想意义最积极，情感色彩最激越的篇章，作者本人也把它视为自己"开文章之新体，激民所之暗潮"的代表作。

文章开端首先驳斥了将中国称为"老大帝国"的说法，提出"吾心目中有一少年中国在"的观点。接着文章阐述了老大之可悲，揭露了晚清王朝的腐朽没落；并用当时传到中国的西方的国家观念，说明中国正是少年之中国。其所以被称作老大帝国，原因在于"据国权者皆老朽之人也"，批判了顽固的昏庸无能、苟且偷安。最后作者以奔放的热情生动描绘了少年中国的辉煌前途和日后腾飞奋进的动人情景，并指出少年是中国未来的希望，激励他们要发奋图强，变革现实，繁荣祖国。这些认识，在当时是有一定进步意义的。

文章条理明晰，论证步步深入。第一段反驳有关"老大帝国"的说法；第二段以人喻国，说明国家与人一样，也有老少之不同；第三段列举实例，阐明老大确实可悲；第四、五、六、七段古今对照，论述今日之中国是少年之中国；第八、九段探讨中国被称为老大帝国的原因；最后一段引申主旨，指出"少年中国之少年"是中国的希望。语言运用，或奇偶相间，或文白并用，通俗酣畅，恣意淋漓，抒写自由。并善于运用排比、递进与比喻手法，往复百折，说理透彻，妙趣横生，有极大的鼓动性和强烈的感染力。

日本人之称我中国也，一则曰老大帝国，再则曰老大帝国。是语也，盖袭译欧西人之言也。呜呼！我中国其果老大矣乎？梁启超曰："恶[2]，是何言！是何言！吾心目中有一少年中国在。

欲言国之老少，请先言人之老少。老年人常思既往，少年人常思将来。惟思既往也，故生留恋心；惟思将来也，故生希望心。惟留恋也故保守，惟希望也故进取。惟保守也故永旧，惟进取也故日新。惟思既往也，事事皆其所已经者，故惟知照例；惟思将来也，事事皆其所未经者，故常敢破格。老年人常多忧虑，少年人常好行乐。惟多忧也，故灰心；惟行乐也，故盛气。惟灰心也，故怯懦；惟盛气也，故豪壮。惟怯懦也，故苟且；惟豪壮也，故冒险。惟苟且也，故能灭世界；惟冒险也，故能造世界。老年人常厌事，少年人常喜事。惟厌事也，故常觉一切无可为者；惟好事也，故常觉一切事无不可为者。老年人如夕照，少年人如朝阳。老年人如瘠牛，少年人如乳虎[3]。老年人如僧，少年人如侠。老年人如字典，少年人如戏文。老年人如鸦片烟，少年人如泼兰地酒[4]。老年人如别行星之陨石，少年人如大洋海之珊瑚岛。老年人如埃及沙漠之金字塔，少年人如西伯利亚之铁路。老年人如秋后之柳，少年人如春前之草。老年人如死海之潴为泽[5]，少年人如长江之初发源。此老年与少年性格不同之大略也。梁启超曰："人固有之，固亦宜然。"

梁启超曰：伤哉，老大也！浔阳江头琵琶妇，当明月绕船，枫叶瑟瑟，衾寒于铁，似梦非梦之时，追想洛阳尘中春花秋月之佳趣[6]。西宫南内，白发宫娥，一灯如穗，三五对坐，谈开元天宝间遗事，谱霓裳羽衣曲[7]。青门种瓜人，左对孺人，顾弄孺子，忆侯门似海珠履杂述之盛事[8]。拿破仑之流于厄蔑[9]，阿剌飞之幽于锡兰[10]，与三两监守吏，或过访之好事者，道当年短刀匹马，驰骋中原，席卷欧洲，血战海楼，一声叱咤，万国震恐之丰功伟烈，初而拍案[11]，继而抚髀[12]，终而揽镜[13]。呜呼！面皱齿尽，白发盈把，颓然老矣！若是者，舍幽郁之外无心事，舍悲惨之外无天地，舍颓唐之外无日月，舍叹息之外无音声，舍待死之外无事业，美人豪杰且然，而况于寻常碌碌者耶？生平亲友，皆在墟墓[14]；超居饮食，待命于人。

今日且过,遑知他日?今年且过,遑恤明年?普天下灰心短气之事,未有甚于老大者。于此人也,而欲望以拿云之手段[15],回天之事功,挟山超海之意气[16],能乎不能?

呜呼!我中国其果老大矣乎?立乎今日以指畴昔[17],唐虞三代,若何之郅治[18]。秦皇汉武,若何之雄杰;汉唐来之文学,若何之隆盛;康乾间之武功,若何之烜赫[19]。历史家所铺叙,词章家所讴歌,何一非我国民少年时代、良辰美景赏心乐事之陈迹哉!而今颓然老矣!昨日割五城,明日割十城[20]。处处雀鼠尽,夜夜鸡犬惊。十八省之土地财产[21],已为人怀中之肉。四百兆之父兄子弟,已为人注籍之奴[22]。岂所谓"老大嫁作商人妇"者耶?呜呼!凭君莫话当年事,憔悴韶光不忍看[23]!楚囚相对[24],岌岌顾影,人命危浅,朝不虑夕。国为待死之国,一国之民为待死之民。万事付之奈何,一切凭人作弄,亦何足怪!

梁启超曰:我中国其果老大矣乎?是今日全地球之一大问题也。如其老大也,则是中国为过去之国,即地球上昔本有此国,而今渐渐灭[25],他日之命运殆将尽也。如其非老大也,则是中国为未来之国,即地球上昔未现此国,而今渐发达,他日之前程且方长也。欲断今日之中国为老大耶?为少年耶?则不可不先明国字之意义。夫国也者,何物也?有土地,有人民,以居于其土地之人民,而治其所居之土地之事,自制法律而自守之,有主权,有服从,人人皆主权者,人人皆服从者。夫如是,斯谓之完全成立之国。地球上之有完全成立之国也,自百年以来也。完全成立者,壮年之事也。未能完全成立而渐进于完全成立者,少年之事也。故吾得一言以断之曰:欧洲列邦在今日为壮年国,而我中国在今日为少年国。

夫古昔之中国者,虽有国之名,而未成国之形也。或为家族之国,或为酋长之国,或为诸侯封建之国,或为一王专制之国。虽种类不一,要之,其于国家之体质也,有其一部而缺其一部。正如婴儿自胚胎以迄成童,其身体之一二官支,先行长成,此外则全体虽粗具,然未能得其用也,故其唐虞以前为胚胎时代,殷商之际为哺乳时代,由孔子而来至于今为童子时代,逐渐发达,而今乃始将入成童以上少年之界焉。其长成所以若是之迟者,则历代之民贼有窒其生机者也[26]。譬犹童年多病,转类老态。或且疑其死期之将至焉。而不知皆由未完全未成立也,非过去之谓,而未来之谓也。

且我中国畴昔岂尝有国家哉!不过有朝廷耳。我黄帝子孙,聚族而居,立于此地球之上者既数千年,而问其国之为何名,则无有也。夫所谓唐、虞、夏、商、周、秦、汉、魏、晋、宋、齐、梁、陈、隋、唐、宋、元、明、清者,则皆朝名耳。朝也者,一家之私产也。国也者,人民之公产也。朝有朝之老少。国有国之老少。朝与国既异物,则不能以朝之老少而指为国之老少明矣。文、武、成、康[27],周朝之少年时代也;幽、厉、桓、赧[28],则其老年时代也。高、文、景、武[29],汉朝之少年时代也;元、平、桓、灵[30],则其老年时代也。自余历朝,莫不有之。凡此者谓为一朝廷之老也则可,谓为一国之老也则不可。一朝廷之老且死,犹一人之老且死也。于吾所谓中国者何与焉。然则,吾中国者,前此尚未出现于世界,而今乃始萌芽云尔。天地大矣,前途辽矣,美哉我少年中国乎!

玛志尼者[31],意大利三杰之魁也,以国事被罪,逃窜异邦。乃创立一会,名曰"少年意大利"。举国志士,云涌雾集以应之。卒乃光复旧物,使意大利为欧洲之一雄邦。夫意大利者,欧洲第一之老大国也,自罗马亡后,土地隶于教皇,政权归于奥国[32],殆所谓老而濒于死者矣。而得一玛志尼,且能举全国而少年之,况我中国之实为少年时代者耶?堂堂四百余州之国土,凛凛四百余兆之国民,岂遂无一玛志尼其人者!

龚自珍氏之集有诗一章,题曰《能令公少年行》[33]。吾尝爱读之,而有味乎其用意之所存。我国民而自谓其国之老大也，斯果老大矣。我国民而自知其国之少年也，斯乃少年矣。西谚有之曰："有三岁之翁，有百岁之童。"然则，国之老少，又无定形，而实随国民之心力以为消长者也。吾见乎玛志尼之能令国少年也，吾又见乎我国之官吏士民能令国老大也。吾为此惧！夫以如此壮丽浓郁翩翩绝世之少年中国，而使欧西日本人谓我为老大者何也？则以握国权者皆老朽之人也。非哦几十年八股[34]、非写几十年白摺[35]、非当几十年差，非捱几十年俸，非递几十年手本[36]，非唱几十年喏[37]，非磕几十年头，非请几十年安，则必不能得一官，进一职。其内任卿贰以上[38]，外任监司以上者[39]，百人之中，其五官不备者，殆九十六七人也。非眼盲，则耳聋，非手颤，则足跛，否则半身不遂也。彼其一身饮食步履视听言语，尚且不能自了，须三四人在左右扶之捉之，乃能度日，于此而乃欲责之以国事，是何异立无数木偶而使之治天下也！且彼辈者，自其少壮之时，既已不知亚细、欧罗为何处地方，汉祖、唐宗是那朝皇帝，犹嫌其顽钝腐败之未臻其极，又必搓磨之，陶冶之，待其脑髓已涸，血管已塞，气息奄奄，与鬼为邻之时，然后将我二万里江山、四万万人命，一举而界于其手[40]。呜呼！老大帝国，诚哉其老大也！而彼辈者，积其数十年之八股、白摺、当差、捱俸、手本、唱诺、磕头、请安，千辛万苦，千苦万辛，乃始得此红顶花翎之服色[41]、中堂大人之名号[42]，乃出其全副精神，竭其毕生力量，以保持之。如彼乞儿拾金一锭，虽轰雷盘旋其顶上，而两手犹紧抱其荷包，他事非所顾也，非所知也，非所闻也。于此而告之以亡国也，瓜分也，彼乌从而听之，乌从而信之！即使果亡矣，果分矣，而吾今年既七十矣八十矣，但求其一两年内，洋人不来，强盗不起，我已快活过了一世矣！若不得已，则割三头两省之土地力[43]，奉申贺敬，以换我几个衙门；卖三几百万之人民作仆为奴，以赎我一条老命，有何不可，有何难办。呜呼！今以所谓老后老臣老将老吏者，其修身齐家治国平天下之手段，皆具于是矣。西风一夜催人老，凋尽朱颜白尽头。使走无常当医生[44]，携催命符以祝寿，嗟乎痛哉！以此为国，是安得不老且死，且吾恐其未及岁而殇也。

梁启超曰：造成今日之老大中国者，则中国老朽之冤业也；制出将来之少年中国者，则中国少年之责任也。彼老朽者何足道？彼与此世界作别之日不远矣！而我少年乃新来而与世界为缘。如僦屋者然[45]，彼明日将迁居他方，而我今日始入此室处。将迁居者，不爱护其窗栊[46]，不洁治其庭庑[47]，俗人恒情，亦何足怪？若我少年者，前程浩浩，后顾茫茫，中国而为牛为马为奴为隶，则烹脔笞鞭之惨酷[48]，惟我少年当之。中国如称霸宇内主盟地球，则指挥顾盼之尊荣，惟我少年享之。于彼气息奄奄与鬼为邻者何与焉？彼而漠然置之，犹可言也。而我漠然置之，不可言也。使举国之少年而果为少年也，则吾中国为未来之国，其进步未可量也。使举国之少年而亦为老大也，则吾中国为过去之国，其澌亡可翘足而待也。故今日之责任，不在他人，而全在我少年。少年智则国智，少年富则国富，少年强则国强，少年独立则国独立，少年自由则国自由，少年进步则国进步，少年胜于欧洲，则国胜于欧洲，少年雄于地球，则国雄于地球。红日初升，其道大光；河出伏流[49]，一泻汪洋；潜龙腾渊，鳞爪飞扬；乳虎啸谷，百兽震惶，鹰隼试翼，风尘吸张[50]；奇花初胎，矞矞皇皇[51]；干将发硎，有作其芒[52]；天戴其苍，地履其黄；纵有千古，横有八荒[53]；前途似海，来日方长。美哉我少年中国，与天不老！壮哉我少年中国，与国无疆！

"三十功名尘与土，八千里路云和月。莫等闲白了少年头，空悲切。"此岳武穆《满江红》词句也。作者自六岁时即口受记忆，至今喜诵之不衰。自今以往，弃"哀时客"之名[54]，更自名曰："少年中国之少年"。作者附识。

【注释】

[1] 本文作于光绪二十六年（1900）。时作者年仅二十七岁。
[2] 恶：叹词，表示反对，《孟子·公孙丑上》："然则夫子既圣矣乎？曰：恶！是何言也！"赵岐注："恶者，不安事之叹辞也。"
[3] 乳虎：初生的小虎。
[4] 泼兰地：酒名，即白兰地，酒性醇烈。
[5] 死海：西南亚著名大咸湖。在约旦同巴勒斯坦之间。鱼类及水生植物均不能生长，故称死海。潴（zhù）：流水停积。《宋史·河渠志》："（星宿海）流出复潴，曰哈喇海。"
[6] "浔阳"六句：浔阳，即今江西省九江市。古时称长江流经九江的部分为浔阳江。这里用白居易《琵琶行》诗意，比喻中国之老大伤悲。白诗有句云："浔阳江头夜送客，枫叶荻花秋瑟瑟……老大嫁作商人妇，商人重利轻别离，前月浮梁买茶去。去来江口守空船，绕船明月江水寒。夜深忽梦少年事，梦啼妆泪红阑干。"
[7] "西宫"六句：西宫，指唐代太极宫，当时称西内，在今陕西省长安县北。南内，指唐代兴庆宫，在今长安县东南。安史之乱平定，唐玄宗由蜀返京后，先居兴庆宫，后迁至西宫。开元、天宝，均为唐玄宗年号。霓裳羽衣曲，初名"婆罗门曲"，后经玄宗润色并作歌词，改称此名。天宝乱后散佚。这里用白居易《长恨歌》和元稹《行宫》诗意，比喻中国之老大。白诗有句云："西宫南内多秋草，落叶满阶红不扫。梨园子弟白发新，椒房阿监青娥老。"元诗云："寥落古行宫，宫花寂寞红。白头宫女在，闲坐说玄宗。"
[8] "青门"四句：青门，指汉代长安城东南门，本名霸门，俗因其门色青，呼为青门。青门种瓜人：指汉初召平。《史记·萧相国世家》："召平者，故秦东陵侯，秦破，为布衣，贫，种瓜于长安城东，瓜美，世俗谓之东陵瓜。"孺人：古称大夫的妻子，亦用作对妻的通称。珠履：缀有珠饰的鞋。亦代指贵客。孙梅锡《琴心记·王孙作醵》："身老爱才华，座上皆珠履。"杂遝（tà）：纷纭聚集的样子。《汉书·刘向传》："及至周文开基西郊，杂遝众贤，罔不肃和。"注："杂遝，聚集之貌。"这里形容召平做官时高朋满座的情景。这句是借召平回忆往日之盛况，比喻中国的老大。
[9] 拿破仑：指法兰西帝国国王拿破仑一世。1796年统兵进攻意大利，破奥地利，侵入埃及。1804年称帝，并兼意大利王，称霸欧洲。1814年反法联军攻陷巴黎，被放逐于地中海的厄尔巴岛。厄蔑：即指厄尔巴岛，在意大利半岛与法国科西嘉岛之间。
[10] 阿剌飞：疑即阿拉比，埃及人。1879年组成祖国党。1881年领导军队发动政变，力图摆脱英、法控制。翌年，领导起义军抗击英军进攻，战败，被流放于锡兰（今斯里兰卡）1901年被释放回国。
[11] 拍案：以手击桌，表示振奋。
[12] 抚髀：以手拍股，表示感叹。《世说新语·识鉴》"谢子微见许子将"注引《汝南先贤传》："虞恒抚髀称劭，自以为不及也。"髀（bì）：股部，大腿。
[13] 揽镜：对镜，表示衰老。梁启超《意大利建国三杰传》第五节："揽镜华发，据鞍髀肉，蹉跎岁月，何以为情。"
[14] 墟墓：坟墓。《礼记·檀弓下》："墟墓之间，未施哀于民而民哀。"

[15] 拿云：这里比喻高强的本领。《天雨花》第二十回："狂生纵有拿云手，难出天罗地网门。"
[16] 挟山超海：夹着泰山跨越北海，比喻不可能做到的事。《孟子·梁惠王上》："挟太山以超北海，曰：'我不能。'是诚不能也。"这里比喻远大的志气。
[17] 畴昔：往昔，过去。
[18] 郅治：即至治，盛世的意思。
[19] 烜赫：声势盛大。
[20] "昨日"二句：苏洵《六国》："昨日割五城，明日割十城，起视四块，而秦兵又至矣。"
[21] 十八省：清初全国划分十八省。这里指代全中国。
[22] 注籍之奴：登记入册的奴隶。
[23] 憔悴：凋零。引申指衰败。阮籍《咏怀》之三："繁华有憔悴，堂上生荆杞。"
[24] 楚囚相对：楚囚本指被俘的楚国人。《左传》成公九年："晋侯观于军府，见钟仪。问之曰：'南冠而絷者，谁也？'有司对曰：'郑人所献楚囚也。'"后借指处境窘迫而无计可施的人。又，《世说新语·言语》："过江诸人，每至美日，辄相邀新亭，藉卉饮宴。周侯中坐而叹曰：'风景不殊，正自有山河之异！'皆相视流泪。唯王丞相愀然变色曰：'当共戮力王室，克服神州，何至作楚囚相对？'"后遂以"楚囚相对"形容人们遭遇变故或国难，相对无策，徒然悲伤。
[25] 澌灭：灭亡。澌：消亡，尽。
[26] 民贼：残害人民的人。这里指专制的封建统治者。
[27] 文武成康：指周之文王、武王、成王、康王。文王、武王开创了周朝基业；成王、康王继承文王、武王遗业，其时天下安宁，刑措不用，史称"成康之治"。《汉书·录帝纪》："周云成康，汉言文景，美矣。"
[28] 幽厉桓赧：指周之幽王、厉王、桓王、赧王。厉王暴虐无道，被放于彘（今山西省霍县）。幽王宠褒姒废申后，申侯联合犬戎攻周，幽王被杀，西周灭亡。《礼记·礼运》："我观周道，幽厉伤之。"东周桓王时，诸侯势力膨胀，王室衰微，至战国末年，周王朝已成诸侯大国附庸，赧王死后，即被秦所灭。
[29] 高文景武：指汉高祖、文帝、景帝、武帝。汉高祖刘邦灭秦败楚，统一中国，建立汉朝。文帝、录帝相继，生产发展，社会富裕，史称"文景之治"。武帝时，经济、文化又有发展，国家强盛。
[30] 元平桓灵：指西汉元帝、平帝、东汉桓帝、灵帝。元帝、平帝时，宦官专权，国力衰弱，西汉开始由盛而衰，光武帝刘秀建立东汉，王室中兴。至桓、灵二帝时，外戚擅权，党锢之祸复起，中平元年（184）爆发了黄巾起义。谢灵运《拟魏太子邺中集诗·王粲》："幽厉昔崩乱，桓灵今板荡。"
[31] 玛志尼：意大利革命志士。罗马帝国灭亡后，意受法、奥列强奴役，玛志尼创立"少年意大利同盟"，创办"少年意大利报"，在日内瓦起事，进兵萨伏依，为皇室军队所败；复又组织欧洲新党，继续坚持民主革命，最终完成意大利独立统一事业。当时与加里波第、喀富尔并称为意大利三杰。
[32] "土地"二句：这里指罗马帝国灭亡后，意大利分崩离析，罗马教皇国在拿破仑时被

法国占领，1815年后又受奥地利控制。

[33] 《能令公少年行》：见《龚自珍全集》第九辑。诗作于道光元年（1821），当时作者三十岁，官内阁中书。诗中有句云："公毋哀吟娅姹声沈空，酌我五石云母钟，我能令公颜丹鬓绿而与年少争光风。"含有劝诫人不要年老自馁，应该放宽心怀，饮酒作歌，焕发青春，与年轻人争比风采。

[34] 哦：吟。八股，亦称制义、时艺、时文等。明清科举考试的一种文体。其体源于宋元经义，明成化后渐成定式，清光绪末年废。文章就四书取题。其形式发端为破题、承题，后为起讲，再后为入手；以下分起股、中股、后股和束股四个段落，每个段落都有两股排比对偶的文字，合共八股，故称八股文。文章内容限于对经义的理解，不能自由发挥。

[35] 白摺：清代应试考卷的一种，即用白纸叠成的摺叶。进士经殿试后，在授任官职前要举行一次朝考，朝考时用白摺。康有为《广艺舟双楫》："应制之书，约分二种，一曰大卷，应殿试者也；一曰白摺，应朝考者也。"

[36] 手本：明清时见座师、上司或贵官所用的名帖。分红白两种，又称红禀、白禀。书写官衔姓名者谓官衔手本，书写履历听候使用者谓履历手本。

[37] 喏：音 rě，向人作揖，同时出声致敬。

[38] 卿贰：次于卿相的朝官。贰：副职。

[39] 监司：负有监察之责的官吏。汉以后的司隶校尉及督察州县的刺史、转运使、按察使、布政使等通称为监司。

[40] 畀：音 bì，给与。

[41] 红顶花翎：清代官员的冠饰。红顶，帽顶用红绢制成。花翎：孔雀花翎，缀于帽顶。有单眼、双眼、三眼之分，以翎眼多者为贵。清初唯有功勋的人和受特恩的贵族大臣方能佩戴，咸丰以后，凡五品以上官员均可援例捐纳单眼花翎。唯戴双眼者仍出于特恩，三眼者只赏给亲王贝勒。

[42] 中堂：唐代于中书省设政事堂，为宰相理事的地方，后遂称宰相为中堂。明清时，大学士亦沿用此称。

[43] 三头两省：三两省的意思。

[44] 走无常：旧时迷信说法，以为阴司亦如人间，有官有吏。有时吏有不足，便勾摄生人为鬼吏，事讫放还，称为走无常（见祝允明《语怪》）。无常：勾摄人魂魄的鬼役。《古今小说·闹阴司司马貌断狱》："阎君得旨，便差无常小鬼，将重湘勾到地府。"

[45] 僦屋：租赁屋舍。僦：租赁。

[46] 窗棂：窗户。

[47] 庭庑（wǔ）：庭院居室。庑：本指堂下周围的廊屋，亦泛指房屋。

[48] 烹商箠鞭：泛指烹煮、宰割、杖击、鞭打等酷刑。

[49] 河出伏流：《淮南子·坠形训》："河出积石。"高诱注："河源出昆仑，伏流地中万三千里，禹导而通之，故出积石。"河：古对黄河的专称。伏流：潜藏于地下的水流。这里以"河出伏流"比喻潜在的力量爆发，其势猛不可挡。

[50] 吸张：收缩张开。

[51] 俣俣（yǔyǔ）皇皇：盛美的样子。扬雄《太玄经·交》："阳交于阴，阴交于阳，物登明堂，俣俣皇皇。"司马光集注引陆绩曰："俣皇，休美貌。"这里形容万物逢春，生气勃勃。

[52] 干将：古宝剑名。《吴越春秋·阖闾内传》载，春秋时吴有干将、莫邪夫妇善铸剑，为阖闾铸阴阳剑，阳曰干将，阴曰莫邪。后以干将代指利剑。发硎：指刀刃新磨。《庄子·养生主》："今臣之刀十九年矣，所解数千牛矣，而刀刃若新发于硎。"后以发硎比喻锋利。这两句是说，新磨过的宝剑，光芒四射。

[53] 八荒：八方荒远之地。《汉书·项籍传》："并吞八荒之心。"注："八荒，八方荒忽极远之地也。"这两句是说，中国历史悠久，地域辽阔。

[54] 哀时客：作者笔名之一。

三、秋瑾作品选读

秋瑾（1877—1907），字璿卿，号竞雄，别署鉴湖女侠。浙江山阴（今绍兴市）人。少随父入湘，十八岁嫁湘潭富绅子弟王廷钧，后随夫寓居北京。徐自华《鉴湖女侠秋君墓表》谓其"平生慷爽明决，意气自雄；读书敏悟，为文章，奇警雄健如其人；尤好剑侠传，慕朱家、郭解为人。"光绪三十年（1904）赴日本留学，积极参加留日学生革命活动，次年由光复会员加入同盟会。光绪三十二年（1906），为反对日本取缔留学生愤而归国，在上海发刊《中国女报》，提倡女权，宣传革命。光绪三十三年（1907）回绍兴主持大通学堂，联合金华、兰溪等地会党，组织光复军，与徐锡麟分头准备皖、浙两省起义。同年七月起义失败后被捕，在绍兴轩亭口就义。秋瑾工于诗词，诗多激昂慷慨之作，内容主要是抒发对祖国命运的忧心和愿为祖国赴汤蹈火的革命情怀。情感炽烈，格调雄健，但也不时流露出感伤的情调。著作有《秋瑾女侠遗集》。

黄海舟中日人索句并见日俄战争地图[1]

【题解】这是一首即事抒怀诗。篇幅不长，却情辞激越，令人为之动容。首联写其赴日豪情。大气磅礴，展现出意气风发的诗人主体形象。颔联点出观图之事，从而引发对日俄横行东北的极大愤恨。后四句由忧国而思济世，表达愿为祖国而抛头颅洒热血的崇高志向。全诗语言浅显明快，风格刚健豪放。开篇以"万里""乘风""春雷"写其豪情，慷慨激昂。继之写想到祖国山河破碎，不禁感慨万状，"浊酒不销忧国泪"，于沉痛之中流露出忧郁悲凉的情绪。结末复壮怀激烈，一股强烈的革命激情洋溢纸上。情愫真率，披襟见怀；字重千钧，力能扛鼎。一腔豪气喷薄而出，丝毫不见女儿态。

万里乘风去复来[2]，只身东海挟春雷。忍看图画移颜色[3]，肯使江山付劫灰[4]！浊酒不销忧国泪，救时应仗出群才[5]。拼将十万头颅血，须把乾坤力挽回。

【注释】

[1] 索句：索取诗作。日俄战争，指光绪三十年（1904）日本和沙俄为重新分割中国东

北和朝鲜而进行的一场战争。战场主要在中国境内，清廷则宣布"中立"。战争结果，沙俄失败，于光绪三十年（1905）九月五日与日签订"朴次茅斯和约"，日本遂取代沙俄在中国东北的支配地位。本诗作于光绪三十一年春，当时日俄战争尚未结束。作者目睹祖国被蹂躏的现实，无比沉痛，于是写了这首诗。

[2] 万里乘风：语本《晋书·韦𫖮传》："乘长风，破万里浪。"这里形容志向远大。秋瑾《日人石井君索和即用原韵》："漫言女子不英雄，万里乘风独向东。"去复来：作者于光绪三十年夏（见《鉴湖女侠秋君墓表》，陶成章《秋瑾传》作"甲辰三月"）赴日留学，同年冬回国省亲，次年春再赴日本，故云。此诗即作于二次赴日途中。这句写作者只身往返日本和祖国之间。

[3] 图画：此指日俄战争地图。换颜色：指我国领土被帝国主义国家侵占。

[4] 劫灰：指佛教劫火的余灰，这里指战争毁坏后的残迹。

[5] 出群才：超群出众的人才。杜甫《诸将》诗之五："西蜀地形天下险，安危须仗出群材。"

【思考与练习】

1. 分析《少年中国说》的艺术特色。
2. "少年强则中国强"在当今有何现实意义？结合中国教育现状，谈谈你的看法。

参考文献

[1]（宋）苏轼. 苏轼词集[M]. 刘石，导读. 上海：上海古籍出版社，2009.
[2]（宋）李清照. 李清照诗词选[M]. 诸葛忆兵，选注. 北京：中华书局，2009.
[3]（宋）辛弃疾. 稼轩词编年笺注[M]. 邓广铭，笺注. 上海：上海古籍出版社，1978.
[4] 马茂军. 宋代散文史论[M]. 北京：中华书局，2008.
[5] 王兆鹏. 唐宋词史论[M]. 北京：人民文学出版社，2000.
[6] 宋代散文选注[M]. 王水照，注. 上海：上海古籍出版社，2011.
[7] 唐圭璋. 全宋词[M]. 北京：中华书局，2011.
[8] 刘石. 宋词鉴赏大词典[M]. 北京：中华书局，2011.
[9] 王季思. 全元戏曲（十二卷）[M]. 北京：人民文学出版社，1999.
[10]（元）钟嗣成，等. 录鬼簿[M]. 上海：上海古籍出版社，1978.
[11] 隋树森. 全元散曲[M]. 北京：中华书局，1964.
[12] 谢伯阳. 全明散曲[M]. 济南：齐鲁书社，1994.
[13]（明）冯梦龙. 情史[M]. 杨军，等，点评. 长春：长春出版社，2009.
[14]（清）蒲松龄. 聊斋志异 会校会注会评本[M]. 张友鹤，辑校. 上海：上海古籍出版社，2019.
[15] 古本小说集成. 上海：上海古籍出版社，2017.
[16]（清）曹雪芹. 脂砚斋重评石头记[M]. 上海：上海古籍出版社，1985.
[17] 吕慧鹃，刘波，卢达. 中国历代著名文学家评传[M]. 济南：山东教育出版社，1983.
[18] 游国恩. 中国古代文学史[M]. 北京：人民文学出版社，2002.
[19] 袁行霈. 中国文学史[M]. 北京：高等教育出版社，2014.
[20] 章培恒，骆玉明. 中国文学史[M]. 上海：复旦大学出版社，2005.